首屆向全國推薦優秀古籍整理圖書

〔南朝梁〕蕭　統　編
〔唐〕李　善　注

文選

第一册

第一卷至第十卷

上海古籍出版社

圖書在版編目(CIP)數據

文選 /（南朝梁）蕭統編；（唐）李善注. —上海：上海古籍出版社，2019. 11（2023.12重印）
（中國古典文學叢書）
ISBN 978-7-5325-9357-6

Ⅰ. ①文… Ⅱ. ①蕭… ②李… Ⅲ. ①古典文學—作品集—中國—南朝時代 Ⅳ. ①I211

中國版本圖書館 CIP 數據核字（2019）第 213763 號

中國古典文學叢書

文 選

（全六册）

〔南朝梁〕蕭統 編

〔唐〕李善 注

上海古籍出版社出版發行

（上海市閔行區號景路159弄1-5號A座5F 郵政編碼201101）

（1）網址：www. guji. com. cn

（2）E-mail：guji1@guji. com. cn

（3）易文網網址：www. ewen. co

上海展强印刷有限公司印刷

開本 850×1168 1/32 印張 86.75 插頁 31 字數 1,458,000

2019 年 11 月第 2 版 2023 年 12 月第 5 次印刷

印數：5,251—6,350

ISBN 978-7-5325-9357-6

I·3428 精裝定價：480.00 元

如有質量問題，請與承印公司聯繫

電話：66366565

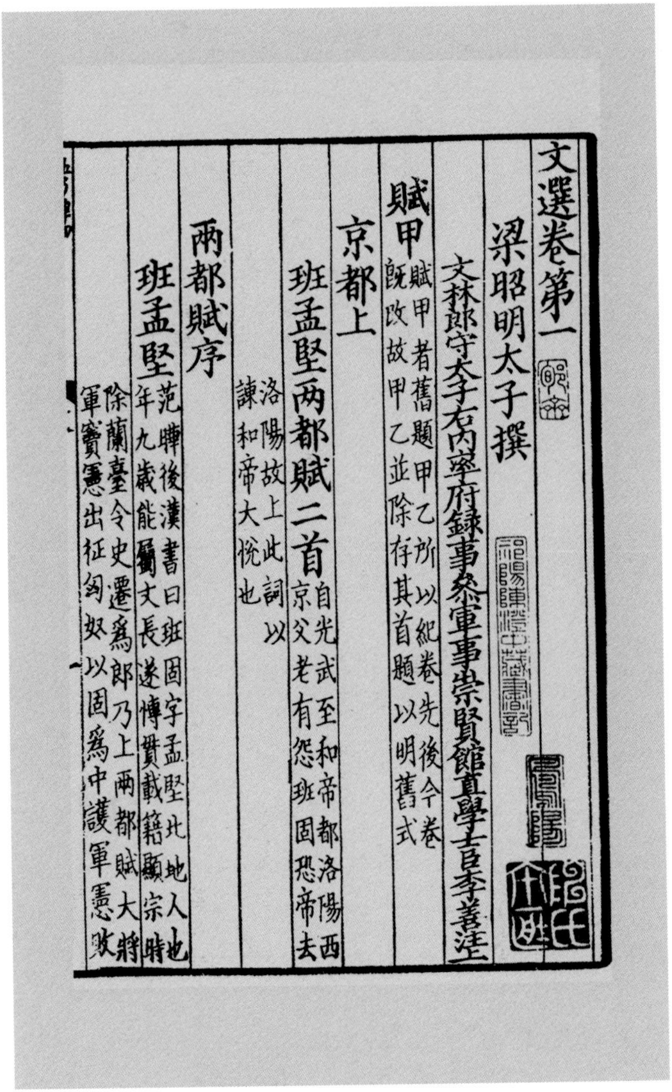
文選卷第一

梁昭明太子撰

文林郎守太子右内率府錄事參軍事崇賢館直學士臣李善注上

賦甲 賦甲者舊題甲乙所以紀卷先後今卷既改故甲乙並除存其首題以明舊式

京都上

班孟堅兩都賦二首 自光武至和帝都洛陽西京父老有怨班固恐帝去洛陽故上此詞以諫和帝大悦也

兩都賦序

班孟堅 范曄後漢書曰班固字孟堅北地人也年九歲能屬文長遂博貫載籍顯宗時除蘭臺令史遷爲郎乃上兩都賦大將軍竇憲出征匈奴以固爲中護軍憲敗

宋尤袤刻本《文選》書影

（《中華再造善本》據南宋淳熙八年池陽郡齋刻本影印）

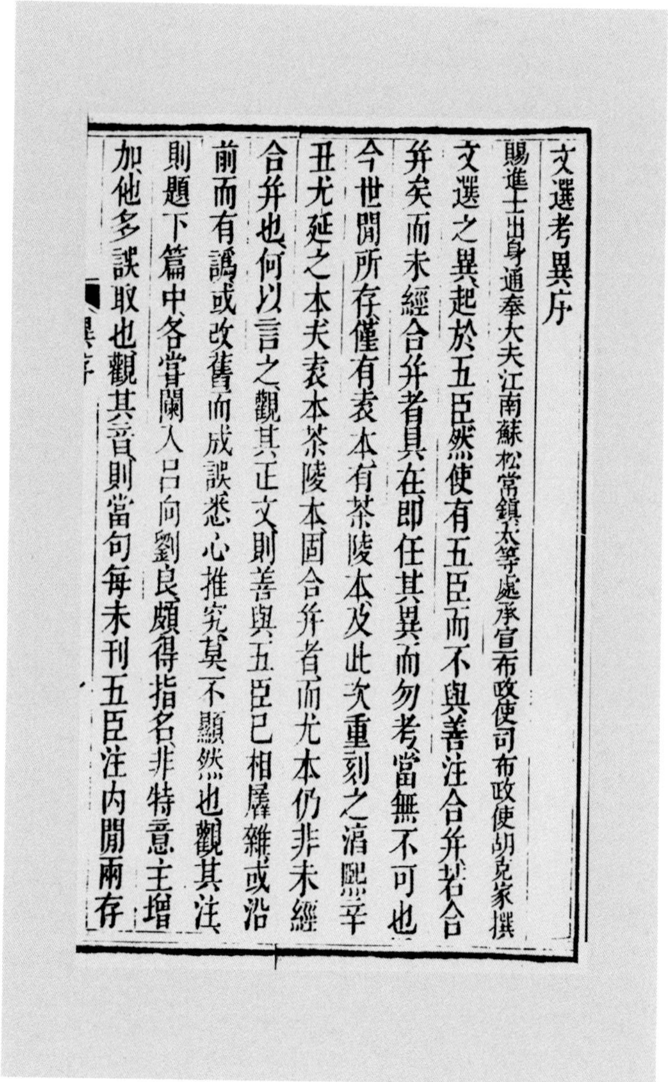
文選考異序

賜進士出身通奉大夫江南蘇松常鎮太等處承宣布政使司布政使胡克家撰

文選之異起於五臣然使有五臣而不與善注合并若合并矣而未經合并者具在即任其異而勿考當無不可也今世間所存僅有袁本有茶陵本及此次重刻之淳熙辛丑尤延之本夫袁本茶陵本固合并者而尤本仍非未經合并也何以言之觀其正文則善與五臣已相羼雜或沿前而有譌或改舊而成誤悉心推究莫不顯然也觀其注則題下篇中各嘗闌入呂向劉良頗得指名非特意主增加他多誤取也觀其音則當句每未刊五臣注內間兩存

清嘉慶刊本胡克家《文選考異》書影

出版説明

文選是南朝梁昭明太子蕭統(五〇一——五三一)主持下一些著名文人共同編選的,也稱昭明文選。它選録了先秦至梁八九百年間、一百多個作者、七百餘篇各種體裁的文學作品,是我國現存編選最早的詩文總集。

蕭統,字德施,南蘭陵(今江蘇常州西北)人,武帝蕭衍長子。武帝天監元年(五〇二),立爲太子。著有文集二十卷、正序十卷、文章英華二十卷,都已失傳,後人輯有昭明太子集。他是一個很淵博的學者,招集著名文士,商榷古今,聚書近三萬卷,研讀不倦。梁書昭明太子傳記述當時盛況説:「名才並集,文學之盛,晉、宋以來未之有也。」文選就是在這種情況下依靠集體力量編成的。這部書選録詩文辭賦,除了史書中少數讚、論、序、述被蕭統認爲是文學作品以外,一般不收經、史、子等學術著作。作品入選的標準是「事出於沈思,義歸乎翰藻」(蕭統文選序),就是説,入選的作品必須情義與辭采内外並茂,偏於一面的概不録取。蕭統有意識地把文學作品和學術著作區别開來，給文學作品和非文學作品之間劃出了一條界綫。這反映了當時對文學作品的特色和範圍認識日趨明確，是有一定的進步意義的。

正由於當時具備如此有利的編著條件和明確的選擇標準，才能够使文選成爲一部規模宏大、選擇嚴格的詩文總集，使蕭統以前正統派的文章精華，基本上總結在這部書裏。其中比較精審地選録了在思想上和藝術上各種有代表性的文學作品，同時能够兼顧到各種體裁，各種流派，各種内容，在一定程度上反映了梁以前各個封建朝代的文學面貌，爲以後文學研究提供了重要的資料。如班固的兩都賦、張衡的二京賦以及王延壽的魯靈光殿賦等，保存了古代都市建築規模的資料。左思三都賦、木華海賦、郭璞江賦，等於三部自然、人文及經濟地理著作。潘岳西征賦、孫綽遊天台山賦，則是韻文的遊記。幾篇關於音樂舞蹈的賦，就是古代音樂舞蹈的寫實。陸機文賦是極精湛的文學批評作品。其他不少的賦，寫景抒情，各有獨特的造詣，很少雷同。因此可以説，文選的前半部等於梁以前具有代表性的賦的結集，除了時間稍後、不及選入的名篇庾信哀江南賦以外，幾乎使人無遺珠可採。此外，它所選雖以辭賦和駢體文爲主，但同時也選録了其他文體，在詩歌方面，較多入選了漢魏以來如曹氏父子及阮籍、嵇康、左思、顔延之、鮑照、謝靈運、謝朓等代表作家的名篇；散文方面，有賈誼過秦論、司馬遷報任少卿書、諸葛亮出師表等名篇；學術和歷史論文方面，有卜子夏毛詩序、孔安國尚書序、杜預春秋左氏經傳集解序、干寶晉紀總論等代表作。就連歷來爲人所傳誦的陶潛歸去來辭，也是文選最早選入才被後世的古文選家所重視的。

由於文選是一部具有代表性的大型詩文總集，其中選録了很多辭藻華美的文章，因而後代文人學習前代作品時都要經過閱讀文選的階段，它對唐代及以後的文學産生了深遠的影響。唐、宋之世的學者，幾於人手一編，大詩人杜甫教導兒子説要「熟精文選理」，甚至流傳有「文選爛，秀才半」的諺語（陸游老學菴筆記）。所謂「選學」既見重於時，於是訓注家先後繼起。最早始於蕭統姪子蕭該的文選音，陳、隋以後的注家大都失傳，唐顯慶年間，李善爲之作注，改分原書三十卷爲六十卷。唐開元六年（七一八），吕延祚將五臣（吕延濟、劉良、張銑、吕向、李周翰）注文選進表呈上，從此文選就有兩種不同的注釋本流傳下來。後人又將兩注合爲一書，并加删編，稱「六臣注」。李善注釋文選經多次易稿方才完成，搜集材料最多，徵引古籍達數百種，其中有的今已失傳。他的注釋，不僅有助於理解詞義典故，而且是文字訓詁和校勘輯佚的重要參考資料。後人對它評價很高，是一部和文選本書不可分割的集大成的學術著作。其缺點是偏重於釋事和辭藻的溯源，而忽略對文意的析解。

自文選六臣注盛行以後，李善注原書被埋没了，今天所見到的文選李善注，都是後人從六臣注中輯録出來的。李注和五臣注經過合而又分，使輯録出來的李注，有的地方羼入了其他注釋，有的又被誤認爲其他注釋而删去了。我們細讀清人的校記和用敦煌石室發現的舊抄本文選殘卷相校，就不難理解這種錯亂複雜的情況。就是李善注本身，原來也存在着不少引書和注釋的錯誤。這一方面，清乾、嘉以後治「選學」的學者，做了大量的考證工作，并取得了顯著的成績。

清嘉慶年間，胡克家據南宋尤袤所刻文選李善注本覆刻，改正了尤刻本明顯的錯誤數百處之多（胡刻文選考異所糾正的還不包括在内），並根據幾種不同的版本作成文選考異十卷，成爲校刊較好和最通行的文選李善注本。現即以胡克家重刊本爲底本標點整理出版。胡克家的考異十卷，則分别附在所屬篇章之後，以便讀者查考。在整理過程中，并參校一九七四年中華書局影印尤袤原刊本，改正了胡刻本的一些明顯錯誤。

本書由李培南、李學穎、高延年、欽本立、黄宇齊、龔炳孫同志標點整理，並由龔炳孫同志通讀全稿。另編製篇目及著者索引附於卷末，以備查檢。

上海古籍出版社
一九八〇年四月

文選序

梁昭明太子撰

式觀元始，眇覿玄風。冬穴夏巢之時，茹毛飲血之世，世質民淳，斯文未作。逮乎伏羲氏之王去聲天下也，始畫八卦，造書契，以代結繩之政，由是文籍生焉。易曰：「觀乎天文，以察時變；觀乎人文，以化成天下。」文之時義遠矣哉！若夫椎輪爲大輅音路之始，大輅寧有椎輪之質；增冰爲積水所成，積水曾作能微增冰之凛力錦。何哉？蓋踵音腫其事而增華，變其本而加厲；物既有之，文亦宜然。隨時變改，難可詳悉。

嘗試論之曰：詩序云：「詩有六義焉：一曰風，二曰賦，三曰比，四曰興去聲，五曰雅，六曰頌。」至於今之作者，異乎古昔，古詩之體，今則全取賦名。荀宋表之於前，賈馬繼之於末。自茲以降，源流寔繁。述邑居則有「憑虛」、「亡音無是」之作，戒畋遊則有長楊羽獵之制。若其紀一事，詠一物，風雲草木之興去聲，魚蟲禽獸之流，推而廣之，不可勝載矣！又楚人屈原，含忠履潔，君匪從流，臣進逆耳，深思遠慮，遂放湘南。耿介之意既傷，壹鬱之懷靡愬。臨淵有懷沙之志，吟澤有憔悴之容。騷人之文，自茲而作。

詩者，蓋志之所之也，情動於中而形於言。關雎七余麟趾音止，正始之道著；桑間濮音卜上，亡國之音表。故風雅之道，粲然可觀。自炎漢中葉，厥塗漸異。退傅有「在鄒」之作，降下江將著「河梁」之篇；四言五言，區以別入聲矣。又少則三字，多則九言，各體互興，分鑣彼嬌並驅丘遇。頌者，所以游揚德業，褒讚成功。吉甫有「穆音目若」之談，季子有「至矣」之歎。舒布爲詩，既言如彼；總成爲頌，又亦若此。次則箴音針興於補闕，戒出於弼匡。論去聲則析洗激反理精微，銘則序事清潤。美終則誄發，圖像則讚興。又詔誥教令之流，表奏牋記之列，書誓符檄胡激之品，弔祭悲哀之作，答客指事之制，三言八字之文，篇辭引以進反序，碑碣誌狀，衆制鋒起，源流間去聲出。譬陶匏蒲包異器，並爲入耳之娱；黼黻不同，俱爲悦目之玩。作者之致，蓋云備矣！

余監音緘撫餘閑，居多暇日，歷觀文囿，泛覽辭林，未嘗不心遊目想，移晷音軌忘倦。自姬漢以來，眇焉悠邈，時更平聲七代，數去聲逾千祀。詞人才子，則名溢於縹匹沼囊；飛文染翰，則卷盈乎緗音相帙。自非略其蕪穢，集其清英，蓋欲兼功，太半難矣！若夫姬公之籍，孔父之書，與日月俱懸，鬼神争奥，孝敬之准式，人倫之師友，豈可重去聲以芟音衫夷，加之剪截？老莊之作，管孟之流，蓋以立意爲宗，不以能文爲本，今之所撰，又以略諸。若賢人之美辭，忠臣之抗直，謀夫之話下快反，辨士之端，冰釋泉涌，金相玉振。所謂坐狙七余丘，議稷下，仲連之却秦軍，食音異其音饑之下齊國，留侯之發八難，曲逆之吐六奇，蓋乃事美一時，語流千載。概古害見墳籍，旁出子史，若斯之流，又亦繁博，雖傳之簡牘，而事異篇章，今之所集，亦所不取。至於記事之史，繫年之書，所以褒貶是非，紀別入聲異同，方之篇翰，亦已不同。若其讚論去聲之綜作宋緝此立辭采，序述之錯比避文華，事出於沈思，義歸乎翰藻，故與夫篇什，雜而集之。遠自周室，迄于聖代，都爲三十卷，名曰文選云耳。

凡次文之體，各以彙于貴聚。詩賦體既不一，又以類分；類分之中，各以時代相次。

唐李崇賢上文選注表

文林郎守太子右内率府録事參軍崇賢館直學士臣李善

臣善言：竊以道光九野，縟景緯以照臨；德載八埏，麗山川以錯峙。垂象之文斯著，含章之義聿宣。協人靈以取則，基化成而自遠。故羲繩之前，飛葛天之浩唱；媧簧之後，掞叢雲之奥詞。步驟分途，星躔殊建；球鍾愈暢，舞詠方滋。楚國詞人，御蘭芬於絶代；漢朝才子，綜鞶帨於遥年。虚玄流正始之音，氣質馳建安之體。長離北度，騰雅詠於圭陰；化龍東騖，煽風流於江左。爰逮有梁，宏材彌劭。昭明太子，業膺守器，譽貞問寢。居肅成而講藝，開博望以招賢。搴中葉之詞林，酌前修之筆海。周巡緜嶠，品盈尺之珍；楚望長瀾，搜徑寸之寶。故撰斯一集，名曰文選。後進英髦，咸資準的。

伏惟陛下，經緯成德，文思垂風。則大居尊，耀三辰之珠璧；希聲應物，宣六代之雲英。孰可撮壤崇山，導涓宗海。臣蓬衡蕞品，樗散陋姿。汾河委筴，夙非成誦；崇山墜簡，未議澄心。

握玩斯文，載移涼燠；有欣永日，實昧通津。故勉十舍之勞，寄三餘之暇，弋釣書部，願言注緝，合成六十卷。殺青甫就，輕用上聞。享帚自珍，緘石知謬。敢有塵於廣內，庶無遺於小説。謹詣闕奉進，伏願鴻慈，曲垂照覽。謹言。顯慶三年九月日上表。

宋刻原序

貴池在蕭梁時寔爲昭明太子封邑，血食千載，威靈赫然，水旱疾疫，無禱不應。廟有文選閣，宏麗壯偉，而獨無是書之板，蓋缺典也。往歲邦人嘗欲募衆力爲之，不成。今是書流傳於世，皆是五臣注本。五臣特訓釋旨意，多不原用事所出。獨李善淹貫該洽，號爲精詳。雖四明贛上各嘗刊勒，往往裁節語句，可恨。袤因以俸餘鋟木，會池陽袁史君助其費，郡文學周之綱督其役，踰年乃克成。既摹本藏之閣上，以其板寘之學宫，以慰邦人所以尊事昭明之意云。淳熙辛丑上巳日晉陵尤袤題。

重刻宋淳熙本文選序

賜進士出身通奉大夫江南蘇松常鎮太等處承宣布政使司布政使胡克家撰

文選於孟蜀時，毌昭裔已爲鏤板，載五代史補。然其所刻何本，不可考也。宋代大都盛行五臣，又并善爲六臣，而善注反微矣。淳熙中，尤延之在貴池倉使，取善注讎校鋟木。厥後單行之本，咸從之出。經數百年轉展之手，譌舛日滋，將不可讀。恭逢國家文運昭回，聖學高深，苞函藝府。受書之士，均思熟精選理，以潤色鴻業。而佳本罕覯，誦習爲難，寧非缺事歟。往歲顧千里、彭甘亭見語，以吴下有得尤槧者，因即屬兩君遴手影摹，校刊行世。踰年工成，雕造精緻，勘對嚴審，雖尤氏真本，殆不是過焉。從此讀者開卷快然，非敢云是舉即崇賢功臣，抑亦學海文林之一助已。其善注之并合五臣者，與尤殊别。凡資參訂，既所不廢；又尋究尤本，輒有致疑。鉤稽探索，頗具要領，宜諗來者。撰次爲考異十卷，詳著義例，附列於後，而别爲之敘云。嘉慶十四年二月既望序。

文選考異序

賜進士出身通奉大夫江南蘇松常鎮太等處承宣布政使司布政使胡克家撰

文選之異，起於五臣。然使有五臣而不與善注合并，若合并矣，而未經合并者具在，即任其異而勿考，當無不可也。

今世間所存，僅有袁本，有茶陵本，及此次重刻之淳熙辛丑尤延之本。夫袁本、茶陵本固合并者，而尤本仍非未經合并也。何以言之，觀其正文，則善與五臣已相羼雜，或沿前而有譌，或改舊而成誤，悉心推究，莫不顯然也。觀其注，則題下篇中，各嘗闌入吕向、劉良，頗得指名，非特意主增加，他多誤取也。觀其音，則當句每未刊五臣，注内間兩存善讀，割裂既時有之，删削殊復不少。崇賢舊觀，失之彌遠也。然則數百年來徒據後出單行之善注，便云顯慶勒成，已爲如此，豈非大誤。即何義門、陳少章斷斷於片言隻字，不能挈其綱維，皆繇有異而弗知考也。

余夙昔鑽研，近始有悟，參而會之，徵驗不爽。又訪於知交之通此學者，元和顧君廣圻、鎮洋彭君兆蓀，深相剖晰，僉謂無疑。遂廼條舉件繫，編撰十卷，諸凡義例，反覆詳論，幾於二十萬言。苟非體要，均在所略。不敢祕諸篋衍，用貽海内好學深思之士，庶其有取於斯。嘉慶十四年二月下旬序。

文選目録

第十七卷

第十八卷

第十九卷

第二十卷

第二十一卷

第二十二卷

第二十三卷

第二十四卷

第二十五卷

詩丁

贈答三

第二十六卷

贈答四

第二十七卷

詩戊

行旅下

軍戎

郊廟

樂府上

第二十八卷

樂府下

第二十九卷

第三十卷

第三十一卷

第三十二卷

第三十三卷

第三十四卷

第三十五卷

第三十六卷

第三十七卷

第三十八卷

第三十九卷

第四十三卷

書下

第四十四卷

檄

第四十五卷

對問

設論

第四十六卷

第四十七卷

第四十八卷

第四十九卷

第五十卷

第五十一卷

第五十二卷

第五十三卷

文選第一册目録

（第一卷至第十卷）

賦

京都

郊祀

耕藉

畋獵

紀行

文選卷第一

賦甲

賦甲者，舊題甲乙，所以紀卷先後。今卷既改，故甲乙並除，存其首題，以明舊式。

京都上

兩都賦二首

自光武至和帝都洛陽，西京父老有怨。班固恐帝去洛陽，故上此詞以諫。和帝大悦也〔一〕。

班孟堅

范曄後漢書曰：班固，字孟堅，北地人也。年九歲，能屬文，長遂博貫載籍。顯宗時，除蘭臺令史，遷爲郎，乃上兩都賦。大將軍竇憲出征匈奴，以固爲中護軍。憲敗，固坐免官，遂死獄中。

兩都賦序

或曰：賦者，古詩之流也。毛詩序曰：詩有六義焉，二曰賦。故賦爲古詩之流也。諸引文證，皆舉先以明後，以示作者必有所祖述也。他皆類此。昔成康没而頌聲寢，王澤竭而詩不作。言周道既微，雅頌並廢也。史記曰：周武王太子誦立，是爲成王。成王太子釗立，是爲康王。毛詩序曰：頌者，以其成功告於神明者也。樂稽耀嘉曰：仁義所生爲王。毛詩序曰：止乎禮義，先王之澤也。然則作詩稟乎先王之澤，故王澤竭而詩不作。作，興也。孟子曰：王者之跡息而詩亡。大漢初定，日不暇給。漢書曰：高祖，姓劉氏，立爲漢王，滅項羽，即皇帝位。荀悦曰：諱邦，字季。史記曰：雖受命，而日有不暇給也。至於武宣之世，乃崇禮官，考文章，漢書曰：孝武皇帝，景帝中子。荀悦曰：諱徹。漢書曰：孝宣帝，武帝曾孫，戾太子孫。荀悦曰：諱詢，字次卿。内設金馬石渠之署，外興樂府協律之事，史記曰：金馬門者，宦者署門，傍有銅馬，故謂之曰金馬門。三輔故事曰：石渠閣在大祕殿北，以閣祕書。漢書曰：武帝定郊祀之禮，乃立樂府，以李延年爲協律都尉。以興廢繼絶，潤色鴻業。言能發起遺文，以光讚大業也。論語，子曰：興滅國，繼絶世。然文雖出彼而意微殊，不可以文害意。他皆類此。論語，子曰：東里子産潤色之。劇秦美新曰：制成六經，洪業也。是以衆庶悦豫，福應尤盛，白麟赤鴈芝房寶鼎之歌，薦於郊廟。漢書武紀曰：行幸雍，獲白麟，作白麟之歌。又曰：行幸東海，獲赤鴈，作朱鴈之歌。又曰：甘泉宫内産芝，九莖連葉，作芝房歌。又曰：得寶鼎后土祠傍，作寶鼎之歌。

神雀五鳳甘露黃龍之瑞，以爲年紀。漢書宣紀曰：神雀元年。應劭曰：前年神雀集長樂宮，故改年也。又曰：五鳳元年。應劭曰：先者，鳳皇五至，因以改元。又甘露元年，詔曰：乃者，鳳皇至，甘露降，故以名元年。又曰：黃龍元年。應劭曰：先是黃龍見新豐，因以改元焉。故言語侍從之臣，若司馬相如虞丘壽王東方朔枚皋王襃劉向之屬，朝夕論思，日月獻納；漢書曰：司馬相如，字長卿，爲武騎常侍。又曰：虞丘壽王，字子貢，以善格五召待詔，遷爲侍中中書。又曰：東方朔，字曼倩，上書自稱舉，上偉之，令待詔公車，後拜爲太中大夫給事中。又曰：枚皋，字少孺，上書北闕，自稱枚乘之子，上得大喜，召入見待詔，拜爲郎。又曰：王襃，字子淵，上令襃待詔，襃等數從獵，擢爲諫大夫。又曰：劉向，字子政，爲輦郎，遷中壘校尉。而公卿大臣，御史大夫倪寬、太常孔臧、太中大夫董仲舒、宗正劉德、太子太傅蕭望之等，時時間作。漢書曰：倪寬，脩尚書，以郡選詣博士孔安國，射策爲掌固，遷侍御史。孔臧集曰：臧，仲尼之後，少以才博知名，稍遷御史大夫，辭曰：臣代以經學爲家，乞爲太常，專脩家業。武帝遂用之。漢書曰：董仲舒以脩春秋爲博士，後爲中大夫。又曰：劉德，字路叔，少脩黃老術，武帝謂之千里駒，爲宗正。又曰：蕭望之，字長倩，以射策甲科爲郎，遷太子太傅。或以抒下情而通諷諭，廣雅曰：抒，渫也。抒，食與切。諷，方鳳切。毛詩序曰：吟詠情性，以諷其上。楚詞曰：抒中情而屬詩。或以宣上德而盡忠孝，國語，泠州鳩曰：夫律，所以宣布哲人之令德。雍容揄揚，著於後嗣，抑亦雅頌之亞也。說文曰：揄，引也，以珠切。孔安國尚書傳曰：揚，舉也。毛詩序曰：言天下之事，形四方之風，謂之雅。故孝成之世，論而録之，漢書曰：孝成皇帝，元帝太子也。荀悦蓋奏御者千有餘篇，而後大漢之文章，炳焉與三代同風。蒼頡篇曰：炳，著明也，彼皿切。論語，子曰：三代之所以直道而行。馬融曰：三代，夏、殷、周。且夫道有夷隆，學有麤密，因時而建德者，不以遠近易則。故皐陶歌虞，奚斯頌魯，同見采於孔氏，列于詩書，其義一也。尚書，皐陶歌曰：元首明哉，股肱良哉，庶事康哉。韓詩魯頌曰：新廟弈弈，奚斯所作。薛君曰：奚斯，魯公子也。言其新廟弈弈然盛。是詩，公子奚斯所作也。稽之上古則如彼，考之漢室又如此。斯事雖細，然先臣之舊式，國家之遺美，不可闕也。臣竊見海內清平，朝廷無事，蔡邕獨斷，或曰：朝廷亦皆依違尊者，都舉朝廷以言之〔二〕，諸釋義或引後以明前，示臣之任不敢專。他皆類此。京師脩宮室，浚城隍，起苑囿，以備制度。公羊傳曰：京師者，天子之居也。京者何？大也。師者何？衆也。天子之居，必以衆大之辭言也。說文曰：城池無水曰隍。周禮曰：囿遊之獸。鄭玄曰：囿，今之苑。西土耆老，咸懷怨思，冀上之睠顧，而盛稱長安舊制，有陋雒邑之議〔三〕。長安在西，故曰西土。尚書曰：西土有衆。故臣作兩都賦，以極衆人之所眩曜，折以今之法度。其詞曰。

文選考異

〔一〕兩都賦二首注「自光武至和帝都洛陽」下至「和帝大悅也」　何屺瞻焯校曰：案後漢書班固

傳，則兩都賦明帝世所上，注和帝誤。陳少章景雲校曰：賦作於明帝之世，注中「故上此以諫，和帝大悅」，語未詳所據。今案：此一節，非善注也。善下引後漢書「顯宗時除蘭臺令史，遷爲郎，乃上兩都賦」，不得有此注甚明。即五臣銑注亦言明帝云云。然則并非五臣注也。且此是卷首所列子目，其下本不應有注，決是後來竄入。凡善注失舊，有竄入五臣注者，有并非五臣注而亦竄入者，說詳在後。

〔二〕兩都賦序注「亦皆依違尊者都舉朝廷以言之」　吳郡袁氏翻雕六臣本，茶陵陳氏刻增補六臣本，「都」上有「所」字，「舉」上有「連」字。案：此尤延之校改之也。袁本五臣居前、善次後，茶陵本善居前、五臣次後，皆取六家以意合并如此。凡各本所見善注，初不甚相懸，逮尤延之多所校改，遂致迥異，說見每條下。

〔三〕有陋雒邑之議　袁本、茶陵本「雒」作「洛」。案：二本不著校語，詳賦正文及注俱用「洛」字，其後漢書所載賦亦作「洛」，蓋善自作「洛」也。

西都賦〔一〕

有西都賓問於東都主人曰：「蓋聞皇漢之初經營也，嘗有意乎都河洛矣。輟而弗康，寔用西遷，作我上都。主人聞其故而覩其制乎？」孝經鉤命決曰：道機合者稱皇。尚書曰：厥既得吉卜，乃經營。東都有河南洛陽，故曰河洛也。鄭玄論語注曰：輟，止也，張衞切。孔安國尚書傳曰：

康，安也。穀梁傳曰：葬我君桓公。我君，接上下也。主人曰：「未也。願賓攄懷舊之蓄念，發思古之幽情。博我以皇道，弘我以漢京。」廣雅曰：攄，舒也。孔安國尚書傳曰：蓄，積也。論語，顔淵曰：夫子博我以文。賓曰：「唯唯。禮記曰：父召，無諾，唯而起。

「漢之西都，在於雍州，寔曰長安。漢書曰：秦地於禹貢時跨雍、梁二州，漢興，立都長安。左據函谷二崤之阻，表以太華終南之山。戰國策，蘇秦曰：秦，東有殽、函之固。鹽鐵論曰：秦左殽、函。漢書音義，韋昭曰：函谷關。左氏傳曰：崤有二陵，其南陵夏后皋之墓，其北陵文王所避風雨也。表，標也。山海經曰：華首之山西六十里曰太華之山。毛詩曰：終南何有？有條有枚。毛萇曰：終南，周之名山中南也。右界褒斜隴首之險，帶以洪河涇渭之川。衆流之隈，汧涌其西〔二〕。長楊賦曰：命右扶風發人，西自褒斜。梁州記曰：萬石城泝漢上七里有褒谷，南口曰褒，北口曰斜，長四百七十里。鹽鐵論曰：秦右隴阺。漢書，幸雍白麟歌曰：朝隴首，覽西垠。尚書曰：導河自積石，南至于華陰。山海經曰：涇水出長城北。尚書曰：導渭自鳥鼠同穴。華實之毛，則九州之上腴焉；防禦之阻，則天地之隩區焉。春秋文耀鉤曰：春致其時，華實乃榮。左氏傳，君子曰：澗溪沼沚之毛。漢書曰：秦地，九州膏腴。楊雄衛尉箴曰：設置山險，盡爲防禦。説文曰：隩，四方之土可定居者也，於報切。是故横被六合，三成帝畿。周以龍興，秦以虎視。漢書音義，文穎曰：關西爲横。孔安國尚書傳曰：被，及也。吕氏春秋曰：神通乎六合。高誘曰：四方上下爲六合。三成帝畿，謂周、秦、漢也。樂稽嘉耀曰〔三〕：德象天地爲帝。周禮曰：方千里曰王畿。史記曰：周后稷，名弃，堯、舜時爲農師，號后稷，姓姬氏。至孫公劉，周之道興，至文王徙都豐，武王滅紂。孔安國尚書序曰：漢室龍興。史記曰：秦之先，帝顓頊之苗裔，至孝公作咸陽，政并六國，稱皇帝。周易曰：虎視眈眈，其欲逐逐。**及至大漢受命而都之也，仰悟東井之精，俯協河圖之靈。**漢書曰：漢元年十月，五星聚于東井，沛公至灞上。又曰：以歷推之，從歲星也。此高祖受命之符。尚書雒書曰：河圖，命紀也。然五經緯，皆河圖也。春秋漢含孳曰：劉季握卯金刀，在軫北，字季，天下服。卯在東方，陽所立，仁且明。金在西方，陰所立，義成功。刀居右，字成章。刀擊秦，枉矢東流，水神哭祖龍。然則成功在西〔四〕，故都長安。**奉春建策，留侯演成。**漢書曰：高祖西都洛陽，戍卒婁敬求見，説上曰：陛下都洛不便，不如入關，據秦之固。上問張良，良因勸上。是日車駕西都長安，拜婁敬爲奉春君，賜姓劉氏。又曰：封張良爲留侯也。蒼頡篇曰：演，引也。**天人合應，以發皇明。乃眷西顧，寔惟作京。**天，謂五星也。人，謂婁敬也。皇，謂高祖也。四子講德論曰：天人並應。毛詩曰：乃眷西顧，此惟與宅。**於是睎秦嶺，睋北阜。挾灃灞〔五〕，據龍首。**説文曰：睎，望也，呼衣切。秦嶺，南山也。漢書曰：秦地有南山。睋，視也，五哥切。北阜，山也。漢書，文帝曰：以北山石爲槨。張揖上林賦注曰：豐水出鄠南山豐谷。漢書曰：灞水出藍田谷。山海經曰：華山之西，龍首之山也。**圖皇基於億載，度宏規而大起〔六〕。**長楊賦曰：規億載。孔安國尚書傳曰：十萬曰億。爾雅曰：載，年也。小雅曰：羌，發聲也。度與羌，古字通。度或爲慶也〔七〕。**肇自高而終平，世增飾以崇麗。歷十二之延祚，故窮泰而極侈。**高，高祖。漢書〔八〕，張晏曰：爲功最高〔九〕，而爲漢帝太祖〔一〇〕，故特起名焉。漢書，孝平皇帝，元帝庶孫。荀悦曰：諱衎。漢自高祖至于孝平，凡十二帝也。國語曰：天地之所祚。賈逵曰：祚，禄也。**建金城而萬雉，呀周池而成淵。**鹽鐵論曰：秦四塞以爲固，金城千里。鄭玄周禮注曰：雉，長三丈，高一丈。字林曰：呀，大空貌，火家切。説文曰：

城有水曰池。披三條之廣路，立十二之通門。周禮曰：匠人營國，方九里，旁三門。鄭玄曰：天子十二門，通十二子也。內則街衢洞達，閭閻且千。九市開場，貨別隧分。人不得顧，車不得旋。闐城溢郭，旁流百廛。紅塵四合，煙雲相連。說文曰：街，四通也，音佳。爾雅曰：四達謂之衢。字林曰：閭，里門也。閻，里中門也。漢宮闕疏曰：長安立九市，其六市在道西，三市在道東。鄭玄周禮注曰：金玉曰貨。薛綜西京賦注曰：隧，列肆道也，音遂。鄭玄禮記注曰：填，滿也。填與闐同，徒堅切。又曰：廛，市物邸舍也，除連切。李陵詩曰：紅塵塞天地，白日何冥冥。於是既庶且富，娛樂無疆。都人士女，殊異乎五方。遊士擬於公侯，列肆侈於姬姜。論語曰：子適衛，冉有僕。子曰：庶矣哉！冉有曰：既庶矣，又何加焉？曰：富之。毛詩曰：惠我無疆。又曰：彼都人士。又曰：彼君子女。漢書曰：秦地五方雜錯，富人則商賈爲利。列侯貴人，車服僭上。衆庶倣效，羞不相及。鄭玄周禮注曰：肆，市中陳物處也。左氏傳，君子曰：詩云：雖有姬姜，無棄憔悴也。鄉曲豪舉，遊俠之雄。節慕原嘗，名亞春陵。連交合衆，騁騖乎其中。莊子曰：治州閭鄉曲。史記，魏公子無忌曰：平原之遊，徒豪舉耳。文子曰：智過十人謂之豪。漢書曰：秦地豪桀，則游俠通姦。史記曰：平原君趙勝者，趙之諸公子也。諸子中勝最賢，賓客蓋至者數千人。又曰：孟嘗君，名文，姓田氏。孟嘗君在薛，招致諸侯賓客，食客數千人。又曰：春申君者，楚人也，名歇，姓黃氏。考烈王以歇爲相，封春申君，客三千餘人。又曰：魏公子無忌者，魏安釐王弟也。安釐王封公子爲信陵君，致食客三千。楚辭曰：朝騁騖乎江皋。說文曰：騁，直馳也。又曰：騖，亂馳也，音務。若乃觀其四郊，浮遊近縣，則南望杜霸，北眺五陵。名都對郭，邑居相承。英俊之域，紱冕所興。冠蓋如雲，七相五公。鄭玄周禮注曰：王國百里爲郊。漢書曰：宣帝葬杜陵，文帝葬霸陵，高帝葬長陵，惠帝葬安陵，景帝葬陽陵，武帝葬茂陵，昭帝葬平陵。文子曰：智過萬人謂之英，千人謂之俊。蒼頡篇曰：紱，綬也。説文曰：冕，大夫以上冠也。毛詩曰：有女如雲。相，丞相也。漢書，韋賢爲丞相，徙平陵。車千秋爲丞相，徙長陵。黄霸爲丞相，徙平陵。平當爲丞相，徙平陵。魏相爲丞相，徙平陵。公，御史大夫、將軍通稱也。漢書曰：張湯爲御史大夫，徙杜陵。杜周爲御史大夫，徙茂陵。蕭望之爲前將軍，徙杜陵。馮奉世爲右將軍，徙杜陵。史丹爲大將軍，徙杜陵。然其餘不在七相之數者，並以罪國除故也。

與乎州郡之豪傑，五都之貨殖。三選七遷，充奉陵邑。蓋以強幹弱枝，隆上都而觀萬國也〔一一〕。文子曰：智過百人謂之傑，十人謂之豪。漢書曰：王莽於五都立均官〔一二〕，更名雒陽、邯鄲、臨淄、宛、城都市長安〔一三〕皆爲五均司市師〔一四〕。三選，謂選三等之人。七遷，謂遷於七陵也。漢書曰：徙吏二千石、高訾富人及豪傑兼并之家於諸陵，蓋亦以強幹弱枝，非獨爲奉山園也。又元帝詔曰：往者，有司緣臣子之義，奏徙郡國人以奉園陵。自今所爲陵者，勿置縣邑。然則元帝始不遷人陪陵。自元以上，正有七帝也。春秋漢含孳曰：強幹弱流，天之道。宋均曰：流，猶枝也。左傳曰：魯諸大夫曰：禹會諸侯於塗山，執玉帛者萬國。

「封畿之内，厥土千里。逴躒諸夏，兼其所有。漢書曰：雒邑與宗周通封畿，爲千里。又曰：秦地沃野千里，人以富饒。逴躒，猶超絶也〔一五〕。逴，音卓。躒，吕角切。論語，子曰：夷狄之有君，不如諸夏之亡也。

其陽則崇山隱天，幽林穹谷。陸海珍藏，藍田美玉。上林賦曰：崇山巃嵸崔嵬。楊雄蜀都賦曰：蒼山隱天。韓詩曰：皎皎白駒，在彼空谷〔一六〕。薛君曰：穹谷，深谷也。漢書，東方朔曰：漢興，去三河之地，止灞、滻以西，都涇、渭之南，北謂天下陸海之地〔一七〕。范子計然曰：玉英出藍田。商洛緣其限，鄠杜濱其足。

源泉灌注，陂池交屬。漢書，弘農郡有商縣、上雒縣。扶風有鄠縣、杜陽縣。説文曰：隈，水曲也，於回切。孔安國尚書傳曰：濱，涯也。又曰：澤鄣曰陂，停水曰池。竹林果園，芳草甘木。郊野之富，號爲近蜀。言秦境富饒，與蜀相類，故號近蜀焉。漢書曰：秦地南有巴、蜀、廣、漢山林竹木蔬食果實之饒。爾雅曰：邑外曰郊，郊外曰野。其陰則冠古亂以九嵕子紅，陪以甘泉，乃有靈宮起乎其中。秦漢之所極觀，淵雲之所頌歎，於是乎存焉。漢書，谷口縣九嵕山在西。戰國策，范雎説秦王曰：大王之國，北有甘泉谷口。漢書，公孫卿曰：仙人好樓居。於是上令甘泉作延壽館、通天臺。漢宮闕疏曰：甘泉林光宮，秦二世造。漢書曰：王子淵爲甘泉頌。又曰：楊子雲奏甘泉賦。下有鄭白之沃，衣食之源。提封五萬，疆埸綺分。溝塍刻鏤，原隰龍鱗。決渠降雨，荷插成雲。五穀垂穎，桑麻鋪棻。史記曰：韓聞秦之好興事，欲罷，無令東伐。迺使水工鄭國間説秦，令鑿涇水，自中山西抵瓠口爲渠，並北山東注洛，溉舄鹵之地四萬餘頃。收皆畝税一鍾。命曰鄭國渠。又曰：趙中大夫白公，復奏穿渠引涇水，首起谷口，尾入櫟陽，注渭，溉田四千餘頃，因曰白渠。人得其饒，歌之曰：田於何所？池陽谷口。鄭國在前，白渠起後。舉插爲雲，決渠爲雨。涇水一石，其泥數斗。且溉且糞，長我禾黍。衣食京師，億萬之口。天子畿方千里，提封百萬井。臣瓚案：舊説云，提，撮凡也。言大舉頃畝也。韋昭曰：積土爲封限也。毛詩曰：疆埸有瓜。周禮曰：十夫有溝。鄭玄曰：遂，廣深各二尺，溝倍之。説文曰：塍，稻田之畦也，音繩。爾雅曰：高平曰原，下濕曰隰。周禮曰：以五穀養病。漢書音義，韋昭曰：黍、稷、菽、麥、稻也。毛詩曰：實穎實栗。毛萇曰：穎，垂穎也。小雅曰：禾穗謂之穎。爾雅曰：鋪，布也，普胡切。王逸楚辭注曰：紛，盛貌也。棻與紛，古字通。東郊則有通溝大漕，潰渭洞河。汎舟山東，控引淮湖，與海通波。言通溝大漕，既達河渭，又可以汎舟山東，控引淮、湖之流，而與海通其波瀾。漢書武紀曰：穿漕渠道渭〔一八〕。如淳曰：水轉曰漕。蒼頡篇曰：潰，旁決也，胡對切。説文曰：洞，疾流也。國語曰：秦汎舟於河，歸糴於晉。史記曰：滎陽下引河東南爲鴻溝，以與淮、泗會也。西郊則有上囿禁苑，林麓藪澤，陂池連乎蜀漢。繚以周墻，四百餘里。離宫别館，三十六所。神池靈沼，往往而在。上囿禁苑，即林苑也。羽獵賦曰：開禁苑。穀梁傳曰：林屬於山爲麓。鄭玄周禮注曰：澤無水曰藪。漢書有蜀都漢中郡〔一九〕。繚，猶繞也。三輔故事曰：上林連縣，四百餘里。繚，力鳥切。離，别，非一所也。上林賦曰：離宫别館，彌山跨谷。三秦記曰：昆明池中有神池，通白鹿原。毛詩曰：王在靈沼。其中乃有九真之麟，大宛之馬。黄支之犀，條支之鳥〔二〇〕。踰崑崙，越巨海。殊方異類，至于三萬里。漢書，宣帝詔曰：九真獻奇獸。晉灼漢書注曰：駒形，麟色，牛角。又武紀曰：貳師將軍廣利斬大宛王首，獲汗血馬。又曰：黄支自三萬里貢生犀。又曰：條枝國臨西海，有大鳥，卵如甕。山海經曰：帝之下都，崑崙之墟，高萬仞。河圖括地象曰：崑崙在西北，其高萬一千里。子虚賦曰：東注巨海也。

「其宫室也，體象乎天地，經緯乎陰陽。據坤靈之正位，倣太紫之圓方。七略曰：王者師天地，體天而行。是以明堂之制，内有太室，象紫微宫；南出明堂，象太微。春秋元命苞曰：紫之言此也，宫之言中也。言天神圖法，陰陽開閉，皆在此中也。周易曰：坤，地道也。楊雄司命箴曰〔二一〕：普彼坤靈，侔天作制。春秋合誠圖曰：太微，其星十二，四方。又曰：紫宫，大帝室也。樹中天之華闕，豐冠山之朱堂。因瓌材而究奇，抗應龍之虹梁。列棼橑以布翼，荷棟桴而高驤。列子曰：周穆王築臺，號曰中天之臺。

漢書曰：蕭何立東闕、北闕。周易曰：豐其屋。漢書曰：蕭何作未央宮。潘岳關中記曰：未央宮殿，皆疏龍首山土作之。然殿居山上，故曰冠云。埤蒼曰：瓌瑋，珍琦也。應龍虹梁，梁形似龍而曲如虹也。廣雅曰：有翼曰應龍。爾雅曰：蝃蝀，虹也。蝃，音帝。蝀，音董。虹，音紅。説文曰：棼，複屋棟也，扶云切。又曰：橑，椽也，梁道切。又曰：翼，屋榮也。爾雅曰：棟謂之桴，音浮。雕玉瑱以居楹，裁金璧以飾璫。言彫刻玉磌，以居楹柱也。爾雅曰：玉謂之彫〔二二〕。郭璞曰：治玉名也。廣雅曰：磌，礩也。瑱與磌，古字通，並徒年切。説文曰：楹，柱也。上林賦曰：華榱璧璫。韋昭曰：裁金爲璧以當榱頭。發五色之渥彩，光爓音艷朗以景彰。毛詩曰：顔如渥丹。鄭玄曰：渥，厚漬也，烏學切。字林曰：爓，火貌也。於是左城右平，重軒三階。閨房周通，門闥洞開。列鍾虡於中庭，立金人於端闈。七略曰：王者宮中，必左城而右平。摯虞決疑要注曰：凡太極乃有陛，堂則有階無陛也。左城右平，平者，以文塼相亞次也；城者，爲陛級也，言階級勒城然〔二三〕，七則切。王逸楚辭注曰：軒，樓板也。周禮，夏后氏世室九階。鄭玄曰：南面三，三面各二也。爾雅曰：宮中門謂之闈，小者謂之閨。毛萇詩傳曰：闈，門内也。史記曰：始皇大收天下兵器，聚之咸陽，銷以爲鍾鐻，鑄金人十二，重各千斤，置宮中。徐廣曰：鐻，音巨。毛詩曰：設業設虡。毛萇曰：植曰虡，與鐻古字通也。三輔黄圖曰：秦營宮殿，端門四達，以則紫宮。闥，他曷切。仍增崖而衡閾，臨峻路而啓扉。爾雅曰：仍，因也。仍或爲芿，非也。孔安國論語注曰：閾，門限也，胡洫切。又曰：峻，高大也。爾雅曰：闔謂之扉。徇以離宮別寢，承以崇臺閒館。焕若列宿，紫宮是環。孔安國尚書傳曰：徇，循也。爾雅曰：室無東西廂，有室曰寢。又曰：四方而高曰臺。春秋合誠圖曰：紫宮，大帝室，太一之精也。漢書曰：中宮天極星，環之匡衞十二星，藩臣。皆曰紫宮也。

清涼宣溫，神仙長年。金華玉堂，白虎麒麟。區宇若茲，不可殫論。三輔黄圖曰：未央宮有清涼殿、宣室殿、中溫室殿、金華殿、太玉堂殿、中白虎殿、麒麟殿，長樂宮有神仙殿。孔安國尚書傳曰：殫，盡也。長年亦殿名。增盤崔嵬，登降炤爛。殊形詭制，每各異觀。乘茵步輦，惟所息宴。毛萇詩傳曰：崔，高大也，茲瑰切。王逸楚辭注曰：嵬，高也，才迴切。廣雅曰：炤，明也，音照。爛，亦明也，力旦切。應劭漢官儀曰：皇后、婕妤乘輦，餘皆以茵，四人輿以行。鄭玄禮記注曰：茵，蓐也，於申切。周易曰：君子以鄉晦入宴息也。後宮則有掖庭椒房，后妃之室。合歡增城〔二四〕，安處常寧。茝若椒風，披香發越。蘭林蕙草，鴛鸞飛翔之列。漢書曰：詔掖庭養視。應劭曰：掖庭，宮人之官。漢官儀曰：婕妤以下皆居掖庭。三輔黄圖曰：長樂宮有椒房殿。漢書曰：班婕妤居增城舍。桓子新論曰：董賢女弟爲昭儀，居舍號曰椒風。漢宮閣名，長安有合歡殿、披香殿、鴛鸞殿、飛翔殿。餘亦皆殿名。昭陽特盛，隆乎孝成。屋不呈材，牆不露形。裛以藻繡，絡以綸連。隨侯明月，錯落其間。金釭銜璧，是爲列錢。翡翠火齊，流耀含英。懸黎垂棘，夜光在焉。漢書曰：孝成趙皇后弟絶幸，爲昭儀，居昭陽舍。其壁帶，往往爲黄金釭，函藍田璧，明珠翠羽飾之。音義曰：謂璧中之横帶也。引漢書注云音義者，皆失其姓名，故云音義而已。説文曰：釭，轂鐵也。列錢，言金釭銜璧，行列似錢也。釭，古雙切。説文曰：裛，纏也，於劫切。又曰：綸，糾青絲綬也。淮南子曰：隨侯之珠，和氏之璧，得之而富，失之而貧。高誘曰：隨侯，漢中國姬姓諸侯也〔二五〕。隨侯見大蛇傷斷，以藥傳而塗之，後蛇於夜中銜大珠以報之，因曰隨侯之珠。蓋明月珠也。李斯上書曰：有隨、和之寶，垂明月之珠。張揖上林賦注曰：翡翠大小如爵，雄赤曰翡，雌青曰翠。韻集曰：玫瑰，火齊珠也。戰國策，應侯謂秦王曰：梁有懸黎，楚有和璞，而爲天下名器。左氏傳曰：晉荀息請以垂棘之璧，假道於虞以伐虢。許慎淮南子注曰：夜光之珠，有似明月，故曰明月也。高誘以隨侯爲明月。許慎以明月爲夜光。班固上云隨侯明月，下云懸黎垂棘，夜光在焉。然班以夜光非隨珠明月矣。以三都合爲一寶，經典不載夜光本末，故說者參差矣。西京賦曰：流懸黎之夜光。吳都賦曰：隨侯於是鄙其夜光。鄒陽云：夜光之璧。劉琨云：夜光之珠。尹文子曰：田父得寶玉徑尺，置於廡上，其夜明照一室。然則夜光爲通稱，不繫之於珠璧也。

於是玄墀釦砌，玉階彤庭。碝磩綵緻，琳珉青熒。珊瑚碧樹，周阿而生。漢書曰：昭陽舍中庭彤朱，而殿上髤漆，砌皆銅沓，黃金塗，白玉階。然墀以髤漆，故曰玄也。釦砌，以玉飾砌也。說文曰：釦，金飾器，枯後切。廣雅曰：砌，戺也，且計切。說文曰：碝，石之次玉也，如兗切。磩，碝類也，音戚。鄭玄禮記注曰：緻，密也。郭璞上林賦注：珉，玉名也。張揖上林賦注曰：珉，石次玉也。廣雅曰：珊瑚，珠也。淮南子曰：崑崙山有碧樹在其北。高誘曰：碧，青石也。韓詩曰：曲景曰阿。然此阿，庭之曲也。

紅羅颯纚，綺組繽紛。精曜華燭，俯仰如神。薛綜西京賦注曰：颯纚，長袖貌也。颯，思合切。纚，山綺切。說文曰：綺，文繒也。孔安國尚書傳曰：組，綬也。楚辭曰：佩繽紛其繁飾。王逸曰：繽紛，盛貌也。繽，匹人切。戰國策，張儀謂楚王曰：彼鄭國之女，粉白黛黑，立於衢閭，非知而見之者以爲神。

後宮之號，十有四位。窈窕繁華，更盛迭貴。處乎斯列者，蓋以百數。漢書曰：大星正妃，餘三星後宮。又贊曰：漢興，因秦之稱號，帝正適稱皇后，妾皆稱夫人，號凡十四等云。昭儀位視丞相，婕妤視上卿，娙娥視中二千石，傛華視真二千石〔二六〕，美人視二千石，八子視千石，充依視千石〔二七〕，七子視八百石，良人視七百石，長使視六百石，少使視四百石，五官視三百石，順常視二百石，無涓、共和、娛靈、保林、良使、夜者，皆視百石。毛詩曰：窈窕淑女，君子好逑。史記，華陽夫人姊説夫人曰：不以繁華時樹本。方言曰：迭，代也，徒結切。娙，音刑。左右庭中，朝堂百寮之位。尚書曰：百寮師師。漢書曰：蕭何，沛人。漢王即皇帝位，拜何爲相國。又曰：曹參，沛人也，代蕭何爲相國。又曰：魏相，字弱翁，濟陰人也。宣帝即位，代韋賢爲丞相。又曰：邴吉，字少卿，魯國人也。宣帝即位，代魏相爲丞相。蕭曹魏邴，謀謨乎其上。孔安國尚書傳曰：謀，謨也。佐命則垂統，輔翼則成化。易乾鑿度曰：代者赤兑；黄，佐命。宋衷曰：此赤兑者，謂漢高帝也。黄者，火之子，故佐命，張良是也。孟子曰：君子創業垂統，爲可繼也。禮記曰：保者慎其身以輔翼之。流大漢之愷悌，盪亡秦之毒螫。李陵報蘇武書曰：其餘佐命立功之士。長楊賦曰：今朝廷出凱悌，行簡易。四子講德論曰：秦之時，處位任政者並施螫毒。説文曰：螫，行毒也，舒亦切。故令斯人揚樂和之聲，作畫一之歌。功德著乎祖宗，膏澤洽乎黎庶。孔叢子曰：孔子曰：古之帝王，功成作樂。其功善者其樂和，樂和則天下且由應之，況百獸乎？漢書曰：蕭何薨，曹參代之。百姓歌之曰：蕭何爲法，較若畫一。曹參代之，守而勿失。載其清浄，人以寧一。又景帝詔曰：謌者，所以發德；舞者，所以立功。申屠嘉奏曰：高皇帝宜爲太祖，孝文帝宜爲太宗。史記，太史公曰：成王作頌，沐浴膏澤，而歌詠勤苦。孟子曰：膏澤下於民。孔安國尚書傳曰：黎，衆也。又有天禄石渠，典籍之府。命夫惇誨故老，名儒師傅。講論乎六藝，稽合乎同異。三輔故事曰：天禄閣在大殿北〔三八〕，以閣秘書。石渠，已見上文。然同卷再見者，並云已見上文，務從省也。他皆類此。爾雅曰：惇，勉也。孔安國尚書傳曰：誨，教也。周禮曰：六藝：禮、樂、射、御、書、數。孔安國尚書傳曰：稽，考也。又有承明金馬，著作之庭。大雅宏達，於兹爲羣。元元本本，殫見洽聞。啓發篇章，校理秘文。漢書曰：嚴助爲會稽太守，帝賜書曰：君猷承明之廬。張晏曰：承明廬在石渠門外。金馬，已見上文。大雅，謂有大雅之才者。詩有大雅，故以立稱焉。漢書，武帝曰：司馬相如之倫，皆辨智閎達。元元本本，謂得其元本也。孔叢子曰：萇弘曰：仲尼洽聞強記。孝經鉤命決曰：丘掇秘文。周以鉤陳之位，衛以嚴更之署。總禮官之甲科，羣百郡之廉孝。樂汁圖曰：鉤陳，後宮也。服虔甘泉賦注曰：紫宮外營，勾陳星也。然王者亦法之。薛綜西京賦注曰：嚴更，督行夜鼓也。漢書曰：奉常掌禮儀，屬官有五經博士。又曰：匡衡射策甲科，除太常掌故〔二九〕。又曰：秦分天下爲郡縣。又曰：興廉舉孝也。虎賁贅衣，閹尹閽寺。陛戟百重，各有典司。尚書，周公曰：綴衣虎賁。公羊傳曰：贅，猶綴也。贅，之鋭切。周禮曰：內小臣奄，上士，又有閽人、寺人。漢書曰：太后盛服，坐武帳，武士陛戟，陳列殿下也。周廬千列，徼道綺錯。史記，衛令曰：周廬設卒甚謹。漢書音義，張晏曰：直宿曰廬。漢書曰：中尉掌徼循京師。如淳曰：所謂遊徼循禁，備盜賊也。輦路經營，脩除飛閣。輦路，輦道也。上林賦曰：輦道纚屬。如淳曰：輦道，閣道也。司馬彪上林賦注曰：除，樓陛也。自未央而連桂宮，北彌明光而亘長樂。凌隥道而超西墉，掍建章而連外屬。設璧門之鳳闕，上觚稜而棲金爵。漢書曰：高祖至長安，蕭何作未央宮。三輔舊事曰：桂宮內有明光殿。毛萇詩傳曰：彌，終也。方言曰：亘〔三〇〕，竟也。亘與絙古字通。漢書曰：高祖修長樂宮。薛綜西京賦注曰：隥，閣道也，丁鄧切。毛萇詩傳曰：墉，城也。方言曰：掍，同也，音義與混同，胡本切。漢書曰：建章宮，其東則鳳闕，高二十餘丈，其南有璧門之屬。漢書音義，應劭曰：觚，八觚有隅者也，音孤。說文曰：稜，柧也，柧與觚同。稜，落登切。三輔故事曰：建章宮闕上有銅鳳皇。然金爵則銅鳳也。內則別風之嶕嶢〔三一〕，眇麗巧而聳擢。張千門而立萬户，順陰陽以開闔。

爾乃正殿崔嵬，層構厥高，臨乎未央。經駘盪而出馺娑，洞枍詣以與天梁。上反宇以蓋戴，激日景而納光。三輔故事曰：建章宫東有折風闕。關中記曰：折風，一名別風。廣雅曰：嶕嶢，高也。嶕，玆堯切。漢書曰：建章宫度爲千門萬户，前殿度高未央。然前殿則正殿也。長門賦曰：正殿嵬以造天，其高臨乎未央。高之甚也。崔嵬，高貌也。關中記曰：建章宫有馺娑、駘盪、枍詣、承光四殿。馺，素合切。娑，蘇可切。駘，音殆。枍，烏詣切。天梁，亦宫名也。爾雅曰〔三二〕：蓋戴，覆也。激日景而納光，言宫殿光輝，外激於日，日景下照，而反納其光也。神明鬱其特起，遂偃蹇而上躋。軼雲雨於太半，虹霓迴帶於棼楣。雖輕迅與僄狡，猶愕眙而不能階。漢書曰：孝武立神明臺。王逸楚辭注曰：偃蹇，高貌也。公羊傳曰：躋者何？躋，升也。三蒼曰：軼，從後出前也，餘質切。漢書音義，韋昭曰：凡數三分有二爲太半。尸子曰：虹霓爲析翳。棼，已見上文。爾雅曰：楣謂之梁，靡飢切。方言曰：僄，輕也，芳妙切。鄭玄禮記注曰：狡，疾也，古飽切。字書曰：愕，驚也，五各切。字林曰：眙，驚貌，勑吏切。攀井幹而未半，目眴轉而意迷。舍櫺檻而卻倚，若顛墜而復稽。魂怳怳以失度，巡迴塗而下低。漢書曰：武帝作井幹樓，高五十丈，輦道相屬焉。幹，音寒。司馬彪莊子注曰：井幹，井欄也。然積木有若欄也。蒼頡篇云：眴，視不明也，侯遍切。説文，櫺，楯間子也，力丁切。王逸楚辭注曰：檻，楯也，胡黯切。説文曰：稽，留止也。長門賦曰：神怳怳而外淫。王逸楚辭注曰：怳，失意也，况往切。既懲懼於登望，降周流以徬徨。步甬道以縈紆，又杳窱而不見陽。廣雅曰：懲，恐也。楚辭曰：寤從容以周流，聊逍遥而自恃。毛詩序曰：徬徨不忍去。淮南子曰：甬道相連。高誘曰：甬道，飛閣複道也。説文，縈紆，猶回曲也。又曰：杳，杳窱也。廣雅曰：窈窕〔三三〕，深也。窈與杳同，烏鳥切。窱，他弔切。毛萇詩傳曰：陽，明也。排飛闥而上出，若遊目於天表，似無依而洋洋。廣雅曰：排，推也，簿階切。闥，門闥也。楚辭曰：忽反顧而遊目。王逸楚辭注曰：洋洋，無所歸貌。前唐中而後太液，覽滄海之湯湯。揚波濤於碣石，激神岳之嶈嶈〔三四〕。濫瀛洲與方壺，蓬萊起乎中央。漢書曰：建章宮，其西則有唐中數十里，其北沼太液池，漸臺高二十餘丈，名曰太液，池中有蓬萊、方丈、瀛州、臺梁〔三五〕，象海中仙山。如淳曰：唐，庭也。尚書曰：湯湯洪水方割。蒼頡篇曰：濤，大波。尚書曰：夾右碣石入於河。孔安國曰：海畔山也。毛詩曰：應門將將。説文曰：濫，泛也，力暫切。列子，渤海之中有大壑，其中有山，一曰岱輿，二曰員嶠，三曰方壺，四曰瀛州，五曰蓬萊。於是靈草冬榮，神木叢生。巖峻崷崒，金石崢嶸。神木、靈草，謂不死藥也。史記曰：三神山，仙人不死藥皆在焉。杜預左氏傳注曰：巖，險也。説文曰：峻，峭高也。峻，思俊切。崷，高貌也，慈由切。爾雅曰：崒者，厜㕒也，慈恤切。郭璞方言注曰：崢嶸，高峻也。崢，力耕切。嶸，胡萌切。抗仙掌以承露，擢雙立之金莖。軼埃堨之混濁，鮮顥氣之清英。言承露之高也。漢書曰：孝武又作柏梁、銅柱、承露仙人掌之屬矣。方言曰：擢，抽也，達卓切。金莖，銅柱也。王逸楚辭注曰：埃，塵也。許慎淮南子注曰：堨〔三六〕，埃也，堨與𡒉同，於害切。鮮，絜也。楚辭曰：天白顥顥。説文曰：顥，白貌，胡暠切。鮮，或爲鱻，非也。騁文成之丕誕，馳五利之所刑。庶松喬之羣類，時遊從乎斯庭。實列仙之攸館，非吾人之所寧。漢書曰：齊人李少翁以方術見上，拜少翁爲文成將軍。言上即欲與神通，宮室被服非象神物不至。乃作甘泉宮，中爲臺，畫天、地、泰一諸鬼神，而置祭具以致天神。又曰：樂成侯登上書言欒大，天子見大悅。曰：臣之師，有不死之藥可得，仙人可致。乃拜大爲五利將軍。毛萇詩傳曰：刑，法也。列仙傳曰：赤松子者，神農時雨師也。服水玉以教神農。又曰：王子喬者，周靈王太子晉也。道人浮丘公，接以上嵩高山。

「爾乃盛娛游之壯觀，奮泰武乎上囿。因兹以威戎夸狄，耀威靈而講武事。史記，相如封禪書曰：斯事天下之壯觀。禮記曰：西方曰戎，北方曰狄。又曰：孟冬之月，天子乃命將帥講武習射御。毛詩序曰：有常德以立武事。命荆州使起鳥，詔梁野而驅獸。毛羣内闐，飛羽上覆。接翼側足，集禁林而屯聚。尚書曰：荆及衡陽惟荆州。又曰：華陽黑水惟梁州。然則南方多獸，故命使之。枚乘兔園賦曰：翺翔羣熙，交頸接翼。水衡虞人，修其營表。種別羣分，部曲有署。周禮，水衡〔三七〕。鄭玄曰：川，流水也；衡，平其大小也。周禮曰：虞人萊所田之野爲表。鄭司農曰：表，所以識正行列也。司馬彪續漢書曰：將軍皆有部，大將軍營五部，部有校尉一人，部下有曲，曲有軍候一人。罘網連紘，籠山絡野。列卒周匝，星羅雲布。鄭玄禮記注曰：獸罟曰罘，扶流切。紘，罘之網也〔三八〕，胡萌切。方言曰：絡，繞也，來各切。羽獵賦曰：涣若天星之羅。韓子曰：雲布風動。於是乘鑾輿〔三九〕，備法駕，帥羣臣。披飛廉，入苑門。蔡雍獨斷曰：天子至尊，不敢渫瀆言之，故託於乘輿也。又曰：天子出，車駕次第，謂之鹵簿，有法駕。司馬彪曰：法駕，六馬也。漢書武紀曰：長安作飛廉館。遂繞酆鄗，歷上蘭。六師發逐，百獸駭殫。震震爚爚，雷奔電激。草木塗地，山淵反覆。蹂躪其十二三，乃拗怒而少息。世本曰：武王在酆、鄗。杜預左氏傳注曰：酆，在始平鄠東〔四〇〕，孚宫切。説文曰：鎬，在上林苑中。鎬與鄗同，胡道切。三輔黄圖曰：上林有上蘭觀。尚書曰：司馬掌邦政，統六師。又曰：百獸率舞。震震爚爚，光明貌也。震，之人切。字指曰：倐爚，電光也，弋灼切。説文曰：電，陰陽激耀也。漢書曰：一敗塗地。廣雅曰：塗，汙也。反覆，猶傾動也。字林曰：蹂，踐也，汝九切。説文曰：蹸，轢也。躪與蹸同，力振切。拗，猶抑也，於六切。**爾乃期門佽飛，列刃鑽鍭，要趹追蹤。鳥驚觸絲，獸駭值鋒。機不虛掎，弦不再控。矢不單殺，中必疊雙。**漢書，武帝與北地良家子期諸殿門，故有期門之號。又曰：佽飛，掌弋射。佽，音次。蒼頡篇曰：攢，聚也。鑽與攢同，作官切。爾雅曰：金鏃翦羽，謂之鍭，胡溝切。廣雅曰：趹，奔也，古穴切。孔安國尚書傳：機，弩牙也。説文曰：掎，偏引也，居蟻切。又曰：匈奴名引弓曰控。控，引也。**颮颮紛紛，矰繳相纏。風毛雨血，灑野蔽天。**颮颮紛紛，衆多之貌也。説文曰：颮，古飇字也，俾姚切。周禮曰：矰，矢也。鄭玄曰：結繳於矢謂之矰。矰，高也。説文曰：繳，生絲縷也，之若切。又曰：灑，所買切。**平原赤，勇士厲，猨狖失木，豺狼懾竄。**郭璞山海經注曰：猨，似獮猴而大，臂長便捷，色黑。蒼頡篇曰：狖，似狸，與救切。爾雅曰：豺，狗足。郭璞曰：腳似狗也。説文曰：狼，似犬，鋭頭白頰。淮南子曰：猨狖顛蹶而失木。鄭玄毛詩箋曰：懾，懼也，章涉切。**爾乃移師趨險，並蹈潛穢。窮虎奔突，狂兕觸蹶。**爾雅曰：潛，深也。慎子曰：獸伏就穢。字書曰：穢，蕪也。爾雅曰：兕，似牛。廣雅曰：蹶踶，跳也。蹶，居衛切。踶，徒帝切。跳，達彫切。**許少施巧，秦成力折。掎僄狡，扼猛噬。脱角挫脰，徒搏獨殺。**許少、秦成，未詳。説文曰：捉，搤也。搤與扼，古字通，於責切。王弼周易注曰：噬，齧也，音誓。鄭玄禮記注曰：挫，折也，祖過切。何休公羊傳曰：脰〔四一〕，頸也，徒鏤切。爾雅曰：暴虎，徒搏也。郭璞曰：空手執曰搏，補洛切。**挾師豹，拖熊螭。曳犀犛，頓象羆。超洞壑，**

越峻崖。蹶嶄巖，鉅石隤。松栢仆，叢林摧。草木無餘，禽獸殄夷。爾雅曰：狻猊，如虦貓，食虎豹。郭璞曰：即師子也。狻，先丸切。猊，五奚切。虦，音棧。貓，音苗。説文曰：拖，曳也，徒可切。熊，獸，似豕，山居，冬蟄。歐陽尚書説曰：螭，猛獸也，勑離切。郭璞山海經注曰：犀，似水牛而豬頭，黑色，有三蹄三角，一在頂上，一在額上，一在鼻上。又曰：犛，黑色，出西南徼外，力之切。又曰：象，獸之最大者也，長鼻，大者牙長一丈。爾雅曰：羆，似熊而黄色。毛萇詩傳曰：嶄巖，高峻之貌也（四二），七咸切。説文曰：仆，頓也。爾雅曰：殄，盡也。杜預左氏傳注曰：夷，殺也。

於是天子乃登屬玉之館，歷長楊之榭。覽山川之體勢，觀三軍之殺獲。原野蕭條，目極四裔。禽相鎮壓，獸相枕藉。漢書宣紀曰：行幸長楊宮屬玉觀（四三）。服虔曰：以玉飾，因名焉。三輔黄圖曰：上林有長楊宮。爾雅曰：闍謂之臺（四四），有木謂之榭，辭夜切。羽獵賦曰：三軍忙然（四五）。楚辭曰：山蕭條而無獸。左氏傳曰：投諸四裔，以禦螭魅。

然後收禽會衆，論功賜胙。陳輕騎以行炰，騰酒車以斟酌。割鮮野食，舉烽命釂。左氏傳曰：歸胙于公。毛詩曰：炰之燔之。毛萇曰：以毛曰炰，薄交切。子虚賦曰：割鮮染輪。孔安國尚書傳曰：鳥獸新殺曰鮮。方言曰：烽，虞，望也。郭璞曰：今烽火是也。説文曰：釂，飲酒盡，子曜切。

饗賜畢，勞逸齊。大路鳴鑾，容與徘徊。禮記，大路者，天子之車也。白虎通曰：天子大路。周禮曰：巾車掌玉輅。凡馭輅儀，以鑾和爲節。鄭玄曰：鑾在衡，和在軾，皆以金鈴也。

集乎豫章之宇，臨乎昆明之池。左牽牛而右織女，似雲漢之無涯。茂樹蔭蔚，芳草被隄。蘭茝發色，曄曄猗猗。若摛錦布繡（四六），爥燿乎其陂。三輔黄圖曰：上林有豫章觀。漢書曰：武帝發謫吏穿昆明池。漢宮闕疏曰：昆明池有二石人，牽牛、織女象。毛詩曰：倬彼雲漢。蒼頡篇曰：蔚，草木盛貌。説文曰：隄，塘也，都奚切。爾雅曰：芹茝，蘼蕪。郭璞曰：香草也。茝，齒改切。漢書曰：華曄曄，固靈根。説文曰：曄，草木白華貌。毛詩曰：瞻彼淇澳，緑竹猗猗。毛萇曰：猗猗，美貌。説文曰：摛，舒也，勑離切。楊雄蜀都賦曰：麗靡摛爛，若揮錦布繡。**鳥則玄鶴白鷺〔四七〕，黄鵠鵁鶄。鶬鴰鴇鶂，鳧鷖鴻鴈。朝發河海，夕宿江漢。沈浮往來，雲集霧散。**上林賦曰：鸘玄鶴。爾雅曰：鷺，舂鉏。郭璞曰：白鷺也。説文曰：鵠，黄鵠也。爾雅曰：鳽，頭鵁。郭璞曰：似鳧。鳽，鳥絞切。鵁，呼交切。毛萇詩傳曰：鸛，水鳥也。爾雅曰：鶬，麋鴰也。鴰，音括。郭璞曰：即鶬鴰也。郭璞上林賦注曰：鴇，似鴈，無後指。鴇，音保。杜預左氏傳注曰：鶂，水鳥也，五激切。爾雅曰：舒鳧，鶩。毛萇詩傳曰：鳧，水鳥。鄭玄詩箋曰：鷖，鳧屬也。毛萇詩傳曰：大曰鴻，小曰鴈。孝經鉤命決曰：雲委霧散。**於是後宫乘輚輅，登龍舟，張鳳蓋，建華旗。袪黼帷，鏡清流。靡微風，澹淡浮。**埤蒼曰：輚，卧車也，士眼切。淮南子曰：龍舟鷁首，浮吹以虞。桓子新論曰：乘車，玉爪華芝及鳳皇三蓋之屬。上林賦曰：乘法駕，建華旗。高誘淮南子注曰：袪，舉也。劉歆甘泉賦曰：章黼黻之文帷。澹淡，蓋隨風之貌也。澹，達濫切。淡，徒敢切。**櫂女謳，鼓吹震。聲激越，謍厲天。鳥羣翔，魚窺淵。**方言曰：楫謂之櫂，直教切。説文曰：謳，齊歌也，於侯切。漢武帝秋風辭曰：簫鼓鳴兮發櫂歌。爾雅曰：越，揚也。聲類曰：謍，音大也，呼宏切。韓詩曰：翰飛厲天。薛君曰：厲，附也。説文曰：翔，回飛也。方言曰：窺，視也，缺規切。**招白鷳，下雙鵠。揄文竿，出比目。**西京雜記曰：閩越王獻高帝白鷳、黑鷳各一雙。爾雅曰：下，落也。戰國策，更羸曰：臣能虚發而下鳥。説文曰：揄〔四八〕，引也，音頭。文竿，竿以翠羽爲文飾也。毛詩曰：籊籊竹竿。爾雅曰：東方有比目魚焉，不比不行，其名謂之鰈，他合切。**撫鴻**

罿，御繒繳。方舟並騖，俛仰極樂。爾雅曰：繴謂之罿。罿，罬也，竹劣切。郭璞曰：繴，音壁。爾雅曰：大夫方舟。郭璞曰：併兩船。莊子曰：俛仰之間。杜預左氏傳注曰：俛，俯也，音免。遂乃風舉雲搖，浮遊溥覽。前乘秦嶺，後越九嵕。東薄河華，西涉岐雍。宮館所歷，百有餘區，行所朝夕，儲不改供。孔安國尚書傳曰：薄，迫也。河，黃河也。華，華山也。漢書，右扶風美陽縣有岐山。又右扶風有雍縣也。禮上下而接山川，究休祐之所用。采遊童之讙謠，第從臣之嘉頌。尚書曰：並告無辜于上下神祇。又曰：望于山川。列子曰：昔堯理天下五十年，不知天下治歟？亂歟？堯乃微服遊於康衢，聞兒童謠曰：立我蒸人，莫匪爾極，不識不知，順帝之則。漢書曰：宣帝頗好儒術，王褒與張子僑等並待詔，所幸宮館，輒爲歌頌，第其高下，以差賜帛也。于斯之時，都都相望，邑邑相屬。國藉十世之基，家承百年之業。士食舊德之名氏，農服先疇之畎畝。商循族世之所鬻〔四九〕，工用高曾之規矩。粲乎隱隱，各得其所。周易曰：食舊德，貞厲終吉。漢書音義，如淳曰：今隴西俗，麻田歲歲糞種，爲宿疇也。尚書曰：濬畎澮。孔安國曰：廣尺深尺曰畎，古犬切。淮南子曰：古者至德之時，賈便其肆，農安其業，大夫安其職，而處士循其道〔五〇〕。穀梁傳曰：古者有士人，有商人，有農人，有工人。

「若臣者，徒觀迹於舊墟，聞之乎故老。十分而未得其一端，故不能徧舉也。」

文選考異

〔一〕西都賦　案：賦下當有「一首」二字。東都賦下有，袁本、茶陵本無。蓋五臣每題俱無也。

又上兩都賦序下，以三都賦序例之，亦當有。又東京賦、南都賦、吴都賦下同。

〔二〕彙流之隈汧涌其西　何云後漢書無此二句。陳云善此八字無訓釋，疑與范書同。案：各本皆有，恐五臣多此二句，合併六家，失著校語，尤以之亂善也。凡袁本、茶陵本所失著校語者，説具每條下，其尤本無誤，多不復出。

〔三〕注「樂稽嘉耀曰」　案：「嘉耀」當作「耀嘉」。各本皆倒。

〔四〕注「然則成功在西」　案：「則」字不當有。各本皆衍。凡「然則」，善例祇云「然」，全書盡同。其或衍者，當依此求之，不具出也。

〔五〕挾灃灞　案：「灃灞」當作「豐霸」。「豐」字注可證。必善「豐霸」，五臣「灃霸」而亂之。「霸」字説見後。今注中亦作「灞」，非善舊也。餘依此求之。後漢書作「酆霸」，「豐」「酆」同字。

〔六〕度宏規而大起　案：「度」當作「慶」，必善「慶」，五臣「度」。袁、茶陵二本所載五臣銑注云「度大規矩」，作「度」無疑。各本失著校語，尤以之亂善也。注亦失舊，見下。

〔七〕注「度與羌古字通度或爲慶也」　陳云「度」當作「慶」，是也。各本皆誤，下同。「慶」當作「度」。案：云「慶與羌古字通」者，正文作「慶」，與所引小雅廣言之「羌」古字通也，云「慶或爲「度」者，此賦作「慶」，或本爲「度」，如今後漢書之作「度」也。五臣因此改「慶」爲「度」，後來合并，又倒此注以就之，而不可通矣。今特訂正。

〔八〕注「高高祖漢書」　袁本、茶陵本此五字作「漢書高祖」四字，是也。案：此尤校改之，下同。

〔九〕注「爲功最高」 袁本、茶陵本「爲」上有「以」字，是也。

〔一〇〕注「而爲漢帝太祖」 袁本、茶陵本「太」作「之」，是也。

〔一一〕而觀萬國也 袁本、茶陵本無「也」字，何云後漢書無。

〔一二〕注「王莽於五都立均官」 茶陵本「於」下有「長安及」三字，「均官」作「五均」，袁本與此同。

〔一三〕注「城都市長安」 袁本「城」作「成」，茶陵本亦誤「城」。陳云「長」下衍「安」字，是也。各本皆衍。

〔一四〕注「司市師」 茶陵本「市」下有「稱」字，袁本與此同。

〔一五〕注「逴躒猶超絶也」 茶陵本此六字作「卓犖或作逴躒」，袁本與此同。案：茶陵乃校語錯入注也。正文，善「逴躒」，後漢書「逴犖」，五臣「卓犖」。二本作「卓犖」者亂之。尤所見未誤，袁此注亦未誤。

〔一六〕注「在彼空谷」 何校「空」改「穹」，陳同，是也。各本皆譌。案：陸機苦寒行注引正作「穹」。

〔一七〕注「北謂天下陸海之地」 陳云「北」當作「此」，是也。各本皆譌。

〔一八〕注「穿漕渠道渭」 袁本、茶陵本「道」作「通」，是也。

〔一九〕注「漢書有蜀都漢中郡」 袁本、茶陵本「都」作「郡」，是也。

〔二〇〕條支之鳥 袁本、茶陵本「支」作「枝」，是也。注中字各本皆作「枝」，後漢書亦是「枝」字。

〔二一〕注「楊雄司命箴曰」 何校「命」改「空」，陳云據范書注當作「空」，是也。各本皆誤。

〔二二〕注「玉謂之彫」　袁本、茶陵本「彫」作「雕」，是也。

〔二三〕注「言階級勒城然」　茶陵本「階」作「陛」，是也。袁本亦誤「階」。

〔二四〕合歡增城　何校「城」改「成」，注同，是也。後漢書亦是「成」字。

〔二五〕注「漢中國姬姓諸侯也」　陳云「中」當作「東」，是也。各本皆誤。

〔二六〕注「傛華視真二千石」　袁本、茶陵本「傛」作「容」。案：此尤校改之也。

〔二七〕注「充依視千石」　袁本、茶陵本「依」作「衣」。案：此尤校改之也。

〔二八〕注「天禄閣在大殿北」　何校「大」下添「祕」字，是也。各本皆脱。

〔二九〕注「除太常掌故」　袁本、茶陵本「故」作「固」。案：此尤校改之也。上序注，孔安國「射策爲掌固」，茶陵「固」，袁「故」，尤亦未改。「固」即「故」字耳。凡尤改每未必是。

〔三〇〕注「方言曰亘竟也」　案：「亘」當作「絚」，觀下注可見。各本皆誤。此所引在第六卷中，今本正作「絚」，後答賓戲引作「緪」，緪，即「絚」字也。

〔三一〕内則別風之嶕嶢　袁本、茶陵本無「之」字。案：後漢書有，或尤依彼添耳。

〔三二〕注「爾雅曰蓋戴覆也」　案：「爾」當作「小」。各本皆誤。此所引廣詁文。又章懷注後漢書所引，今本亦誤「小」爲「爾」，皆不知小雅者改也。

〔三三〕注「窈窕深也」　陳云「窕」當作「窱」，是也。各本皆誤。

〔三四〕激神岳之嶈嶈　案：善引毛詩「應門將將」爲注，似其本但作「將將」，袁、茶陵二本所載五臣濟注云「蔣蔣，水激山之聲」，或各本所見，皆以五臣亂善。後漢書作「蔣蔣」，章懷無注，而此與彼不必全同也。

〔三五〕注「臺梁」　何校「臺」改「壼」，陳同，是也。各本皆譌。

〔三六〕注「堨埃也」　案：「堨」當作「壒」，觀下注可見。各本皆誤。

〔三七〕注「周禮水衡」　茶陵本「水」作「川」，是也。袁本亦誤「水」。

〔三八〕注「紘罘之網也」　案：「網」當作「綱」。各本皆譌。

〔三九〕於是乘鑾輿　案：「鑾」字衍也。注引獨斷以解乘輿，中間不得有「鑾」字甚明。考後漢書，章懷注引獨斷與此同，亦不得有「鑾」字。今本皆衍耳。上林賦曰：「於是乘輿弭節徘徊。」甘泉賦曰：「於是乘輿乃登夫鳳皇兮。」句例相似，孟堅之所出也。袁、茶陵二本「鑾」作「鸞」，詳五臣濟注，仍言「乘輿」，是其本初無「鸞」字，各本之衍，當在其後。讀者罕察，今特訂正。又東都賦「乘輿乃出」注云：「乘輿，已見上文。」指謂此，可借證。

〔四〇〕注「酆在始平鄠東」　袁本、茶陵本「鄠」下有「縣」字，是也。

〔四一〕注「何休公羊傳曰脰」　陳云「傳」下脱「注」字，是也。各本皆脱。

〔四二〕注「嶄巖高峻之貌也」　袁本、茶陵本「高」上有「石」字，是也。

〔四三〕注「行幸長楊宮屬玉館」　陳云「長」當作「萯」。案：所校最是。「長楊」，別注在下。各本皆誤。此所引文，在甘露二年。

〔四四〕注「閣謂之臺」　何校「閣」改「闍」，陳同，是也。各本皆誤。

〔四五〕注「三軍忙然」　何校「忙」改「芒」，是也。各本皆譌。

〔四六〕若摛錦布繡　袁本、茶陵本「錦」下有「與」字。案：後漢書無，或尤依彼删耳。

〔四七〕鳥則玄鶴白鷺　何云：後漢書無「鳥則」二字，今據文義，當以後漢書爲是。案：各本蓋傳寫衍。

〔四八〕注「說文曰揄」　袁本、茶陵本「說」上有「投與揄同」四字。案：此尤校删之也。疑本云「揄與投同」，故五臣因此改正文作「投」，二本誤互易「揄」「投」二字耳。删者未必是。

〔四九〕商循族世之所鬻　袁本、茶陵本「循」作「脩」。案：後漢書亦是「脩」字。

〔五〇〕注「而處士循其道」　何校「循」改「脩」，陳同，是也。各本皆譌。案：章懷注後漢書所引正作「脩」。

東都賦

東都主人喟然而歎曰：「痛乎風俗之移人也！子實秦人，矜夸館室，保界河山，信識昭襄而知始皇矣，烏睹大漢之云爲乎？論語曰：夫子喟然歎曰：吾與點也。漢書曰：人有剛柔緩急，音聲不同，繫水土之風氣，故謂之風。好惡取舍，動静嗜欲，故謂之俗。鄭玄禮記注曰：矜，謂自尊大也。漢書，田肯曰〔一〕：秦帶河阻山。史記曰：秦武王卒，無子，立異母弟，是爲昭襄王。又曰：莊襄王卒，子政立，是爲始皇帝也。夫大漢之開元也，奮布衣以登皇位，由數朞而創萬代，蓋六籍所不能談，前聖靡得言焉〔二〕。漢書，高祖曰：吾以布衣提三尺劍取天下。高祖五年誅項羽，故曰數朞也。孔安國尚書傳曰：帀四時曰朞。六籍，六經也。封禪書曰：六經載籍之傳。左氏傳曰：籍談司晉之典籍。當此之時，功有橫而當天，討有逆而順民。故婁敬度勢而獻其說，蕭公權宜而拓其制。時豈泰而安之哉？計不得以已也。婁敬，已見上文。凡人姓名，皆不重見。餘皆類此。漢書曰：蕭何脩未央宮，上見其壯麗，甚怒。何曰：天下方未定，故可因遂就宮室。且夫天子以四海爲家，非壯麗無以重威，且毋令後代有以加也。上說之。吾子曾不是睹，顧曜後嗣之末造，不亦暗乎？言吾子不覩度勢權宜之由，反以後嗣末造而自眩曜，不亦暗乎，言暗之甚也。儀禮曰：願吾子教之。鄭玄曰：吾子，相親辭也。吾，我也。子，男子美稱。今將語子以建武之治，永平之事。監于太清，以變子之惑志。東觀漢記曰：建武，光武年號也。永平，孝明年號也。淮南子曰：太清之化也，和順以寂漠，質直以素樸。高誘曰：太清，無爲之化。

「往者王莽作逆，漢祚中缺。天人致誅，六合相滅。漢書曰：王莽，字巨君，王皇后之弟子也。初居攝，後即天子位。賈逵國語注曰：祚，位也。尚書曰：我則致天之罰。六合，已見上文。于時之亂，生人幾亡，鬼神泯絶。壑無完柩，郛罔遺室。原野厭人之肉，川谷流人之血。秦項之災猶不克半，書契以來未之或紀。尚書曰：生人保厥居。杜預左氏傳注曰：幾，近也，渠機切。周禮，大宗伯掌天神人鬼之祀。禮記曰：在牀曰尸，在棺曰柩。杜預左氏傳注曰：郛，郭也，芳俱切。楊子法言，秦將白起長平之戰，四十萬人死，原野厭人之肉，川谷流人之血。史記曰：周孝王分非子土爲附庸，邑秦，至始皇初并天下。又曰：項籍，下相人，自立爲西楚伯王。周易曰：上古結繩，後代聖人易之以書契。**故下人號而上訴，上帝懷而降監。**尚書曰：並告無辜于上下神祇。孔安國曰：言百姓兆人，訴天地也。毛詩曰：皇矣上帝。又曰：天命降監，下人有嚴。命于下國，封建厥福。**乃致命乎聖皇。於是聖皇乃握乾符，闡坤珍。披皇圖，稽帝文。赫然發憤，應若興雲。霆擊昆陽，憑怒雷震。**謂光武也。東觀漢記曰：光武皇帝，諱秀。王莽末，荆州下江平林兵起，王匡、王鳳爲之渠率，上遂率舂陵子弟隨之。王莽懼，遣大司徒王尋、大司空王邑將兵來征。上入昆陽，城中兵下，昆陽穀少，留王鳳令守城。夜出城南門，二公兵到，遂還昆陽城。時上遂選精兵三千人奔陳，二公大奔北，殺王尋。昆陽城中兵亦出，中外並擊，二公大衆遂潰亂奔走，赴水溺死以萬數，潰水爲之不流。爾雅曰：疾雷爲霆。左氏傳，吴子之弟蹶由謂楚子曰：今君奮焉，震雷憑怒〔三〕。**遂超大河，跨北嶽。立號高邑，建都河洛。**東觀漢記曰：聖公爲天子，以上爲大司馬，遣之河北，安集百姓。尚書曰：至于北岳。東觀漢記曰：諸將請上尊號皇帝，於是乃命有司設壇場于鄗之陽千秋亭五成陌。皇帝即位，改鄗爲高邑。又曰：建武元年十月，車駕入洛陽，遂定都焉。春秋漢含孳曰：天子受符，以辛日立號也。**紹百王之荒屯，因造化之盪滌。**禮記曰：百王之所同，古今之所一也。淮南子，大丈夫恬然無爲，與造化逍遥。高誘曰：造化，天地也。樂緯曰：殷湯改制易正，蕩滌故俗。**體元立制，繼天而作。**左氏傳，元年春正月，公即位。春秋元命苞曰：元年者何，元宜爲一。謂之元何，曰君之始年也。杜預左氏傳注曰：凡人君即位，欲其體元以居正。穀梁傳曰：爲天下主者，天也；繼天者，君也。周易曰：神農氏作。**系唐統，接漢緒。茂育羣生，恢復疆宇。勳兼乎在昔，**

事勤乎三五。爾雅曰：系，繼也，奚計切。漢書，劉向高祖頌曰：漢帝本系出自唐帝。孔安國尚書傳曰：堯以唐侯升爲天子。東觀漢記曰：光武皇帝，高祖九葉孫。漢書，王太后詔曰：奉天地而成施，化羣生而茂育。漢書曰：羣生啿啿。音湛。國語曰：古曰在昔，昔曰先人。史記，楚子西曰：孔丘述三、五之法，明周、召之業。春秋元命苞曰：伏羲、女媧、神農爲三皇。史記五帝本紀曰：黄帝、顓頊、帝嚳、帝堯、帝舜也。豈特方軌並跡，紛綸后辟，治近古之所務，蹈一聖之險易云爾哉〔四〕？險易，喻治亂也。周易曰：辭有險易也。且夫建武之元，天地革命。周易曰：天地革而四時成。又曰：湯、武革命。爾雅曰：九夷、八蠻、六戎、五狄，謂之四海。四海之内，更造夫婦，肇有父子。君臣初建，人倫寔始。斯乃伏犧氏之所以基皇德也。周易曰：有天地然後有萬物，有萬物然後有男女，有男女然後有夫婦，有夫婦然後有父子，有父子然後有君臣。毛詩序曰：厚人倫。禮含文嘉曰：伏犧德洽上下，始畫八卦。分州土，立市朝，作舟輿，造器械，斯乃軒轅氏之所以開帝功也。漢書曰：昔在黄帝，畫野分州。周易曰：神農氏日中爲市，致天下之人，聚天下之貨。黄帝、堯、舜氏刳木爲舟，剡木爲楫。禮記曰：聖人殊徽號，異器械。鄭玄曰：器械，禮樂之器及兵甲也。史記曰：黄帝名軒轅。龔行天罰，應天順人，斯乃湯武之所以昭王業也。尚書，武王曰：今予惟龔行天之罰。周易曰：湯、武革命，應乎天而順乎人。禮含文嘉曰：湯、武順人心應於天。史記曰：天乙立，是爲成湯。湯伐夏桀，桀奔于鳴條，湯踐天子位。又曰：文王太子發之立，是爲武王。伐殷紂，紂走，自燔死。武王革殷，受天明命。毛詩序曰：七月，陳王業也。遷都改邑，有殷宗中興之則焉；尚書曰：盤庚遷於殷。史記，盤庚之時，殷已都河北。盤庚渡河南，復居成湯之故都，行湯之政，然後殷復興也。謂盤庚爲宗，班之誤歟？即土之中，有周成隆平之制焉。尚書召誥曰：王來紹上帝，自服于土中。孔安國曰：今來居洛邑，地勢之中也。春秋命歷序曰：成、康之隆，醴泉踊出。孝經鉤命決曰：俱在隆平，優劣殊跡。不階尺土一人之柄，同符乎高祖。孟子曰：紂之去武丁未久也，尺地莫非其有也，一人莫非其臣也。又曰：舜、文王相去千有餘歲，若合符節也。克己復禮，以奉終始，允恭乎孝文。論語，顔回問仁，子曰：克己復禮爲仁。孫卿子曰：生，人之始也；死，人之終也。終始俱善，人道必矣。尚書曰：允恭克讓。漢書曰：孝文皇帝，高帝中子也。荀悦曰：諱恒。憲章稽古，封岱勒成，儀炳乎世宗。司馬彪續漢書曰：建武三十二年，上齋，讀河圖會昌符，言九葉封禪。禮記曰：仲尼憲章文、武。尚書云：粤若稽古帝堯。漢書武紀曰：上登封泰山。又宣紀曰：尊孝武皇帝廟爲世宗廟。案六經而校德，眇古昔而論功，仁聖之事既該，而帝王之道備矣。

「至乎永平之際〔五〕，重熙而累洽。盛三雍之上儀，脩袞龍之法服。鋪鴻藻，信景鑠。揚世廟，正雅樂〔六〕。人神之和允洽，羣臣之序既肅。東觀漢記曰：孝明皇帝，光武中子也，以東海王爲皇太子。光武崩，皇太子即位。永平二年正月，上宗祀光武皇帝於明堂，祀畢，登靈臺。二月，上初臨辟雍，行大射禮。漢書曰：武帝時，河間獻王來朝，對三雍宮。應劭曰：辟雍、明堂、靈臺也。東觀漢記，永平二年，上及公卿列侯始服冕冠衣裳。周禮曰：王之吉服，享先王，即袞冕。鄭玄曰：袞，卷龍衣也。續漢書曰：明帝爲光武起廟，號世祖廟。東觀漢記，孝明詔曰：璇璣鈐曰：有帝漢出，德洽作樂名雅〔七〕，會明帝改〔八〕其名郊廟樂曰太予樂，正樂官曰太予樂官〔九〕，以應圖讖。乃動大輅，遵皇衢。省方巡狩，躬覽萬國之有無〔一〇〕。考聲教之所被，散皇明以燭幽。東觀漢記曰：永平二年十月，西巡幸長安。周易曰：風行地上，觀。先王以省方觀民設教也。禮記逸禮曰：王者以巡狩之禮，尊天重人也。巡狩者何？巡者，循也；狩，牧也。謂天子巡行守牧也。有無，謂風俗善惡也。尚書曰：東漸于海，西被于流沙，朔南暨聲教。然後增周舊，脩洛邑。扇巍巍，顯翼翼。光漢京于諸夏，總八方而爲之極。論語，子曰：巍巍乎舜、禹之有天下也。毛詩曰：商邑翼翼，四方之極。諸夏，已見西都賦。其異篇再見者，並云已見某篇。他皆類此。於是皇城之内〔一〕，宫室光明，闕庭神麗。奢不可踰，儉不能侈。言奢儉合禮，故奢者不可而踰，儉者不能更侈。外則因原野以作苑，填流泉而爲沼。發蘋藻以潛魚，豐圃草以毓獸。制同乎梁鄒，誼合乎靈囿。順流泉而爲沼，不更穿之也。昭明諱順，故改爲填。毛詩曰：魚在在藻。蘋，亦水草，故連言之。説文曰：潛，藏也。韓詩曰：東有圃草。薛君曰：圃，博也。有博大茂草也。毓與育，音義同。毛詩傳曰〔二〕：古有梁鄒。梁鄒者，天子之田也。毛詩曰：王在靈囿，麀鹿攸伏。若乃順時節而蒐狩，簡車徒以講武。則必臨之以王制，考之以風雅。左氏傳，臧僖伯曰：春蒐、夏苗、秋獮、冬狩，皆於農隙以講事也。又曰：大閲，簡車馬。講武，已見上文。禮記王制曰：天子諸侯無事，則歲三田。田不以禮曰暴天物。風，國風，騶虞、駟鐵是也。雅，小雅，車攻，吉日是也。歷騶虞，覽駟鐵〔三〕。嘉車攻，采吉日。禮官整儀，乘輿乃出。毛詩序曰：騶虞，蒐田以時，仁如騶虞也。又曰：駟鐵，美襄公也，始命有田狩之事。又曰：車攻，宣王復會諸侯於東都，因田獵而選車徒焉。又曰：吉日，美宣王也，能慎微接下，無不自盡以奉其上焉。漢書：景帝詔曰：禮官具禮儀。乘輿，已見上文。於是發鯨魚，鏗華鐘。尚書大傳曰：天子左五鐘，天子將出則撞黃鐘，右五鐘皆應。薛綜西京賦注曰：海中有大魚曰鯨，海邊又有獸名蒲牢。蒲牢素畏鯨，鯨魚擊蒲牢，輒大鳴。凡鐘欲令聲大者，故作蒲牢於上，所以撞之者，爲鯨魚。鐘有篆刻之文，故曰華也。登玉輅，乘時龍。鳳蓋棽麗，龢鑾玲瓏。天官景從，寢威盛容。輅，已見西都賦。周易曰：時乘六龍。鳳蓋，已見上文。劉歆七略曰：羽蓋棽麗，紛循悠悠。說文曰：棽，大枝條〔一四〕。棽，音林。麗，音離。和鑾，已見上文。埤蒼曰：玲瓏，玉聲也。玲，力經切。瓏，力東切。蔡雍獨斷，百官小吏曰天官。焦貢易林曰：龍渴求飲，黑雲景從。寢威，寢其威武也。寢或爲侵〔一五〕。龢與和，音義通。山靈護野，屬御方神。雨師汎灑〔一六〕，風伯清塵。山靈，山神也。屬御，屬車之御也。方神，四方之神也。韓子曰：師曠謂晉平公曰：黃帝合鬼神於太山之上，風伯進掃，雨師灑道。風俗通曰：雨師，畢星也；風伯，箕星也。千乘雷起，萬騎紛紜。元戎竟野，戈鋋彗雲。羽旄掃霓，旌旗拂天。蔡雍獨斷曰：大駕，備千乘萬騎。毛詩曰：元戎十乘，以先啓行。說文曰：鋋，小矛也，音澶。又曰：彗，掃竹也，蘇類切。左氏傳曰：晉人假羽旄於鄭。焱焱炎炎，揚光飛文。吐爓生風，欲野歕山。日月爲之奪明，丘陵爲之搖震。說文曰：焱，火華也，弋劍切。字林曰：炎，火光，于拑切。說文曰：欲，啜也，火合切。歕，吹氣也，敷悶切。公羊傳曰：地震者何？地動也。震，協韻音真。遂集乎中囿，陳師按屯〔一七〕。駢部曲，列校隊。勒三軍，誓將帥。毛詩曰：陳師鞠旅。漢書音義，臣瓚曰：律說云：勒兵而守曰屯。部曲，已見上文。駢，猶併也，步田切。漢書曰：從胡人大校獵。如淳曰：合軍聚衆，有幡校擊鼓也。杜預左氏傳注曰：百人爲一隊，徒對切。然後舉烽伐鼓，申令三驅。輶車霆激〔一八〕，驍騎電騖。毛詩曰：鉦人伐鼓。鉦，之成切。

孔安國尚書傳曰：師出以律，三申令之，重難之義。周易曰：王用三驅，失前禽也。毛詩曰：輶車鑾鑣。毛萇曰：輶，輕也。説文曰：驍，良馬也。由基發射，范氏施御。弦不睼禽，轡不詭遇。飛者未及翔〔一九〕，走者未及去。左氏傳曰：養由基蹲甲而射之，徹七札焉。括地圖曰：夏德盛，二龍降之。禹使范氏御之，以行經南方。孟子曰：趙簡子使王良與嬖奚乘，終日不獲一禽。反曰：天下賤工也。王良請復之，一朝而獲十。反曰：良工也。簡子曰：吾使汝掌乘。王良曰：不可，吾爲範我驅馳，終日不獲一焉。爲之詭遇，一朝而獲十。劉熙曰：横而射之曰詭遇。説文曰：睼，視也，音遞。指顧倏忽，獲車已實。樂不極盤，殺不盡物。馬踠餘足，士怒未洩。先驅復路，屬車案節。倏忽，疾也。高唐賦曰：舉功先得，獲車已實。鄭玄禮記注曰：極，盡也。爾雅曰：盤，樂也。踠，屈也，於遠切。先驅，則前驅也。周禮曰：王出入，則自左馭而前驅。漢書音義曰：大駕，車八十一乘〔二〇〕，作三行。子虛賦曰：案節未舒也。於是薦三犧，效五牲。禮神祇，懷百靈。左氏傳，鄭子大叔曰：爲五牲三犧。杜預曰：五牲，麋、鹿、麏、狼、兔。三犧，祭天、地、宗廟三者之犧也。周禮曰：大宗伯掌天神地祇之禮。然天神曰神，地神曰祇也。毛詩曰：懷柔百神。覲明堂，臨辟雍。揚緝熙，宣皇風。登靈臺，考休徵。東觀漢記曰：永平三年正月〔二一〕，上宗祀光武皇帝於明堂，禮畢，升靈臺。三月，上初臨辟雍，行大射禮。周書曰：明堂者，明諸侯之尊卑也。故周公建焉，而朝諸侯於明堂之位，制禮樂，頒度量。禮記曰：天子辟雍。毛詩曰：維清緝熙，文王之典。鄭玄毛詩箋曰：天子有靈臺，所以觀祲象，察氣之妖祥也。尚書曰：休徵。孔安國曰：敍美行之驗也。俯仰乎乾坤，參象乎聖躬。周易曰：庖犧氏仰則觀象於天，俯則觀法於地，近取諸身，遠取諸物。目中夏而布德，瞰四裔而抗稜。禮記曰：布德和令。字書曰：瞰，望也，苦暫切。漢書，詔曰：投諸四裔。又曰：威稜憺乎鄰國。李奇曰：神靈之威曰稜。西盪河源，東澹海漘。毛詩曰：寘之河之漘兮。毛萇曰：漘，厓也。北動幽崖，南燿朱垠。尚書曰：宅朔方，曰幽都。朱垠，南方也。甘泉賦曰：南煬丹崖。殊方別區，界絶而不鄰。漢書曰：漢使張騫窮河源。案：古圖書名河所出曰崑崙墟。自孝武之所不征，孝宣之所未臣。孝武耀威，匈奴遠慴。孝宣倄德，呼韓入臣。舉前代之盛猶不如今。莫不陸讋水慄，奔走而來賓。說文曰：讋，失氣也，章涉切。遂綏哀牢，開永昌。東觀漢記曰：以益州徼外哀牢王率衆慕化，地曠遠，置永昌郡也。春王三朝，會同漢京。是日也，天子受四海之圖籍，膺萬國之貢珍。內撫諸夏，外綏百蠻。漢書，董仲舒策曰：春秋之文，正次王，王次春。春者，天之所爲也。正者，王之所爲也。三朝，歲首朔日也。漢書，谷永上書曰：今年正月朔，日有蝕之於三朝之會。周禮曰：時見曰會，殷覜曰同。賈逵國語注曰：膺，猶受也。諸夏，已見上文。其事煩已重見及易知者，直云已見上文，而它皆類此。毛詩曰：因時百蠻也。爾乃盛禮興樂，供帳置乎雲龍之庭。陳百寮而贊羣后，究皇儀而展帝容。漢書成紀曰：三輔長無供帳繇役之勞。張晏曰：帳，帷帳也。洛陽宮舍記有雲龍門。百僚，已見上文。尚書曰：班瑞于羣后。於是庭實千品，旨酒萬鍾。列金罍，班玉觴。嘉珍御，太牢饗。左氏傳，孟獻子言於公曰：臣聞聘而獻物，於是有庭實旅百。毛詩曰：我有旨酒。說文曰：鍾，酒器也。孔叢子曰：堯飲千鍾。毛詩曰：我姑酌彼金罍。漢書音義曰：觴，爵也。珍，八珍也。大戴禮曰：牛曰太牢。爾乃食舉雍徹，太師奏樂。陳金石，布絲竹。鐘鼓鏗鍧，管絃燁煜。蔡雍禮樂志曰：漢樂有四品。一，天子樂〔二二〕，郊祀陵廟殿中諸會食舉也。禮記曰：客出以雍徹。周禮曰：太師，下大夫。又曰：播之以八音：金、石、土、革、絲、木、匏、竹。鄭玄曰：金，鐘鎛也。石，磬也。土，塤也。革，鼓鼗也。絲，琴瑟也。木，柷敔也。匏，笙也。竹，管簫也。禮記曰：子夏曰：鐘聲鏗。鏗，苦耕切。鍧，亦聲也，呼萌切。煒煜，聲之盛。煜，由鞠切。抗五聲，極六律。歌九功，舞八佾。韶武備，泰古畢。左氏傳曰：子曰〔二三〕：五聲六律。杜預曰：五聲，宮、商、角、徵、羽也。六律，黄鐘、太蔟、姑洗、蕤賓、夷則、無射。陽爲律，陰爲吕。此十二月之氣也。尚書禹貢曰：水、火、金、木、土、穀惟修，正德、利用、厚生惟和，九功惟敘，九序惟歌。穀梁傳曰：舞夏，天子八佾。馬融論語注曰：佾，列也。八人爲列，八八六十四人也。論語曰：子謂韶盡美矣，又盡善也。謂武盡美矣，未盡善也。泰古，泰古之樂也。四夷間奏，德廣所及。僸佅兜離，罔不具集。孔安國尚書傳曰：間，迭也，古莧切。毛萇詩傳曰：僸四夷之樂，大德廣所及也。孝經鉤命決曰：東夷之樂曰佅，南夷之樂曰任，西夷之樂曰株離，北夷之樂曰僸。毛萇詩傳曰：東夷之樂曰韎，南夷之樂曰任，西夷之樂曰朱離，北夷之樂曰禁。然說樂是一，而字並不同，蓋古音有輕重也。僸，音禁。佅，莫芥切。兜，丁侯切。萬樂備，百禮暨。皇歡浹，羣臣醉。降烟熅，調元氣。毛詩曰：烝畀祖妣，以洽百禮。周易曰：天地絪縕，萬物化醇。春秋命歷序曰：元氣正，則天地八卦孳也。然後撞鐘告罷，百寮遂退。撞，猶擊也。尚書大傳曰：天子將入，則撞蕤賓之鐘，左五鐘皆應之。

「於是聖上覩萬方之歡娛，又沐浴於膏澤，懼其侈心之將萌，而怠於東作也〔二四〕，孝經曰：故得萬國之歡心。沐浴膏澤，已見西都賦。尚書曰：分命羲叔〔二五〕，平秩東作。乃申舊章，下明詔。命有司，班憲度。昭節儉，示太素。去後宮之麗飾，損乘輿之服御。抑工商之淫業，興農桑之盛務。遂令海内棄末而反本，背僞而歸真。女脩織紝，男務耕耘。器用陶匏，服尚素玄。恥纖靡而不服，賤奇麗而弗珍。捐金於山，沈珠於淵。左氏傳，季桓子曰：舊章不可忘也。漢書曰：文帝躬節儉素也。漢書，詔曰：農，天下之大本也，而人或不務本而事末，故生不遂。李奇曰：本，農也；末，賈也。淮南子曰：守道順理者，不免於飢寒之患；而欲民之去末反本，是猶發其源而壅其流也。禮記曰：女織紝組紃。杜預左氏傳注曰：織紝，紃繒布也〔二六〕。毛萇詩傳曰：耘，除草也。禮記曰：器用陶匏，尚禮殺也。莊子曰：捐金於山，藏珠於淵，不利貨財，不尚富貴也。於是百姓滌瑕盪穢，而鏡至清。形神寂漠，耳目弗營。嗜欲之源滅，廉恥之心生。莫不優游而自得，玉潤而金聲。楊雄集曰：滌瑕蕩穢而猶若然。毛萇詩傳曰：瑕，猶過也。字書曰：穢，不絜清也。淮南子曰：鏡大清者視大明。又曰：形者生之舍也，神者生之制也。又曰：和順以寂漠。尚書曰：弗役耳目，百度惟貞。淮南子曰：至人之治也，除其嗜欲，優游委縱。又曰：吾所謂有天下者，自得而已。禮記，孔子曰：君子比德於玉焉，温潤而澤仁也。尚書傳曰〔二七〕：天下諸侯，受命於周，莫不磬折，玉音金聲。是以四海之内，學校如林，庠序盈門。獻酬交錯，俎豆莘莘。下舞上歌，蹈德詠仁。漢書曰：平帝立學官。郡國曰學，縣道侯國曰校，鄉曰庠，聚曰序。韋昭曰：小於鄉曰聚。尚書曰：受率其旅若林。毛詩曰：韓侯顧之，爛其盈門。又曰：獻酬交錯。論語，孔子曰：俎豆之事，則嘗聞之矣。毛萇詩傳曰：莘莘，衆多也。莘，所巾切。禮記曰：歌者在上，匏竹在下，貴人聲也。詩序曰：嗟嘆之不足，故詠歌之；詠歌之不足，不知手之舞之，足之蹈之也。登降飫宴之禮既畢，因相與嗟歎玄德，讜言弘説。咸含和而吐氣，頌曰：盛哉乎斯世！毛詩曰：儐爾籩豆，飲酒之飫。毛萇曰：不脱屨升堂謂之飫。薛君韓詩章句曰：飲酒之禮，下跣而上坐者謂之宴。尚書曰：玄德升聞，乃命以位。字林曰：讌，美言也，音黨。淮南子曰：故聖人執中含和，不下廟堂而行于四海。

「今論者但知誦虞夏之書，詠殷周之詩。講義文之易，論孔氏之春秋。罕能精古今之清濁，究漢德之所由。尚書有虞書、夏書。毛詩有周詩、商頌。周易曰：古者，庖犧氏始作八卦，以通神明之德，以類萬物之情。又曰：易之興也，其當殷之末世，周之盛德邪，當文王與紂之事邪？史記，孔子曰：吾道不行矣。乃因史記作春秋。唯子頗識舊典，又徒馳騁乎末流。温故知新已難，而知德者鮮矣！班固漢書游俠傳論曰：不入於道德，苟放縱於末流。論語曰：温故而知新，可以爲師矣。又曰：由，知德者鮮矣！且夫僻界西戎，險阻四塞，脩其防禦。孰與處乎土中，平夷洞達，萬方輻湊？史記曰：秦僻在雍州。毛詩序，秦風曰：襄公能備其兵甲以討西戎。戰國策，蘇秦説孟嘗君曰〔二八〕：秦，四塞之國也。高誘曰：四面有山關之固，故曰四塞之國。防禦，已見上文。文子曰：羣臣輻湊。張湛曰：如衆輻之集於轂。漢書，上曰：智略輻湊。秦嶺九嵕則工切，涇渭之川。曷若四瀆五嶽，帶河泝洛，圖書之淵？爾雅曰：江、河、淮、濟爲四瀆。又曰：泰山爲東岳，霍山爲南岳，華山爲西岳，恒山爲北岳，嵩山爲中岳。周易曰：河出圖，洛出書，聖人則之。建章甘泉，館御列仙。孰與靈臺明堂，統和天人？建章、甘泉，已見上文。禮含文嘉曰：天子靈臺，以考觀天人之際，法陰陽之會也。太液昆明，鳥獸之囿。曷若辟雍海流，道德之富？白虎通曰：天子立辟雍者何？所以宣德化也。壅以水，象教化流行也。三輔黄圖曰：辟雍，水四周於外，象四海也。游俠踰侈，犯義侵禮。孰與同履法度，翼翼濟濟也？游俠，已見上文。漢帝年紀曰：禁踰侈。爾雅曰：翼翼，恭也。毛詩曰：濟濟多士。毛萇曰：多威儀也。子徒習秦阿房之造天，而不知京洛之有制也；識函谷之可關，而不知王者之無外也。」史記曰：秦皇上林苑中作阿房宮，未成，欲更擇令名。作宮阿房，故天下謂之阿房宮。公羊傳曰：天王出居于鄭。王者無外，此其言出何？不能于母弟也。

主人之辭未終，西都賓矍然失容。逡巡降階，惵然意下，捧手欲辭。主人曰：「復位，今將授子以五篇之詩。」說文曰：矍，驚視貌也，許縛切。公羊傳，趙盾逡巡北面再拜。郭璞爾雅注曰：逡巡，却去也。周書曰：臨攝以威面氣惵〔二九〕。惵，猶恐懼也，徒頰切。孔子三朝記曰：孔子受業而有疑，捧手問之，不當避席。賓既卒業，乃稱曰：「美哉乎斯詩！義正乎楊雄，事實乎相如。匪唯主人之好學，蓋乃遭遇乎斯時也。小子狂簡，不知所裁。既聞正道，請終身而誦之。」楊雄、相如，辭賦之高者，故假以言焉。非唯主人好學而富乎辭藻，抑亦遭遇太平之時，禮文可述也。論語，子曰：吾黨之小子狂簡，斐然成章，不知所以裁之。又曰：不忮不求，何用不臧，子路終身誦之。其詩曰〔三〇〕：

明堂詩

於昭明堂，明堂孔陽。毛詩曰：於昭于天。又曰：我朱孔陽。聖皇宗祀，穆穆煌煌。孝經曰：宗祀文王於明堂，以配上帝。毛詩曰：穆穆皇皇，宜君宜王。上帝宴饗，五位時序。漢書曰：天神之貴者太一，其佐曰五帝。河圖曰：蒼帝神名靈威仰，赤帝神名赤熛怒，黄帝神名含樞紐，白帝神名白招拒，黑帝神名汁光紀。楊雄河東賦曰：靈祇既饗，五位時序。**誰其配之，世祖光武。**東觀漢記曰：明帝宗祀五帝於明堂，光武皇帝配之。左氏傳，輿人誦：子產若死，其誰嗣之？**普天率土，各以其職。**毛詩曰：普天之下，莫非王土。率土之濱〔三〕，莫非王臣。孝經，子曰：四海之內，各以其職來祭。**猗歟緝熙，允懷多福。**毛詩曰：猗歟那歟！緝熙，已見上文。尚書曰：兆人允懷。又曰：永膺多福。

辟雍詩

乃流辟雍，辟雍湯湯。孔安國尚書傳曰：湯湯，流貌。**聖皇莅止，造舟爲梁。**毛詩曰：方叔涖止。又曰：造舟爲梁。**皤皤國老，乃父乃兄。**說文曰：皤，老人貌也，蒲河切。禮記曰：養國老於上庠。孝經援神契曰：天子尊事三老，兄事五更。應劭漢官儀曰：天子父事三老。**抑抑威儀，孝友光明。**毛詩：威儀抑抑。爾雅曰：善事父母爲孝，善事兄弟爲友。**於赫太上，示我漢行。**毛詩曰：於赫湯孫。漢書，上令薄昭與淮南厲王書曰：王欲以親戚之意，望於太上。如淳曰：太上，天子也。毛詩曰：示我顯德行。**洪化惟神，永觀厥成。**文子曰：執玄德於心，化馳如神。毛詩曰：我客戾止，永觀厥成。

靈臺詩

乃經靈臺，靈臺既崇。毛詩曰：經始靈臺，經之營之。**帝勤時登，爰考休徵。**東觀漢記曰：永平二年，詔曰：登靈臺，正儀度。休徵，已見上文。**三光宣精，五行布序。**淮南子曰：夫道，紘宇宙而章三光。高誘曰：三光，日、月、星也。尚書曰：五行：一曰水，二曰火，三曰木，四曰金，五曰土也。**習習祥風，祁**

祁甘雨。毛詩曰：習習谷風。禮斗威儀曰：君乘火而王，其政頌平，則祥風至。宋均曰：即景風也，其來長養萬物。毛詩曰：興雨祁祁。尚書考靈燿曰：熒惑順行，甘雨時也。百穀蓁蓁，庶草蕃音繁廡音武。韓詩曰：帥時農夫，播厥百穀。薛君曰：穀類非一，故言百也。又曰：蓁蓁者莪。薛君曰：蓁蓁，盛貌也。尚書曰：庶草蕃廡。屢惟豐年，於皇樂胥。毛詩曰：綏萬國，屢豐年。又曰：於皇時周。又曰：君子樂胥。

寶鼎詩

嶽脩貢兮川效珍，吐金景兮歊浮雲。説文曰：歊，氣上出貌，呼朝切。寶鼎見兮色紛縕〔三二〕。煥其炳兮被龍文。東觀漢記曰：永平六年，廬江太守獻寶鼎，出王雒山。漢書曰：武帝爲人祠后土營旁，得鼎，有黄雲焉。公卿大夫議尊寶鼎，有司曰：今鼎至甘泉，光潤龍變，承休無疆也。登祖廟兮享聖神。昭靈德兮彌億年。東觀漢記，明帝曰：太常其以初祭之日〔三三〕，陳鼎於廟，以備器用。尚書曰：公其以予萬億年，敬天之休。

白雉詩

啓靈篇兮披瑞圖，獲白雉兮效素烏。范曄後漢書曰：永平十年，白雉所在出焉。東觀漢記，章帝詔曰：乃者白烏神雀屢臻，降自京師也。嘉祥阜兮集皇都〔三四〕。發皓羽兮奮翘英，容絜朗兮於純精〔三五〕。楚辭曰：砥室翠翹絓曲瓊。王逸曰：翹，羽名。彰皇德兮侔周成。永延長兮膺天慶。韓詩外傳曰：成王之時，越裳氏獻白雉於周公。河圖曰：謀道吉，謀德吉，能行此大吉，受天之慶也。

〔一〕注「田肯曰秦帶河阻山」　袁本、茶陵本「田肯」作「婁敬」。案：二本非也，此所引高帝紀文，非婁敬傳之「秦地被山帶河」也。下注所云「婁敬已見上文」者，謂見西都奉春建策注。二本蓋因下注致誤。何、陳校皆據之改爲「婁敬」，殊失之矣。凡二本有誤，及何、陳校之非者，多不復出。附辨一二，以爲舉例，餘準是求之。

〔二〕前聖靡得言焉　袁本、茶陵本「得」下有「而」字。案：後漢書亦有。

〔三〕注「震雷憑怒」　袁本「雷」作「電」，是也。茶陵本亦誤「雷」。

〔四〕蹈一聖之險易云爾哉　茶陵本無「哉」字，云五臣有「而已哉」字。袁本有「而已哉」。案：袁用五臣也，失著校語，非。後漢書無「而已」有「哉」，或尤依彼添耳。

〔五〕至乎永平之際　袁本「乎」作「于」，茶陵本作「於」。案：後漢書作「于」，似「乎」字非也。

〔六〕正雅樂　案：「雅」當作「予」。後漢書作「予」。章懷注「正予樂」，謂依讖文改「太樂」爲「太予樂」也。困學紀聞曰：文選李善注亦引「太予」，五臣乃解爲「正樂」。今本作「雅樂」，誤，蓋五臣本改爲「雅」。王伯厚此説最是。善既引「太予」，則作「予」自甚明。袁本、茶陵本所載五臣銑注云：「雅樂，正樂也。」其作「雅」亦甚明。各本所見正文，皆以五臣亂善而失著校語耳。凡如此例者，全書不少，詳見每條下。

〔七〕注「作樂名雅」　案：「雅」當作「予」，各本皆誤。此因誤改正文，又并誤改注也。後漢書明帝紀章懷注所引正是「予」字。

〔八〕注「會明帝改」　袁本「明」作「昌」，「改」作「九」，是也。茶陵本誤與此同。案：「會昌帝九」以四字爲一句，何於此節注，不得其讀，多所紛更。非，今不論。

〔九〕注「正樂官曰太予樂官」　案：「正」下當有「太」字。各本皆脱。顔延之曲水詩序「太予協樂」注引此詔有，可證。

〔一〇〕躬覽萬國之有無　袁本、茶陵本「躬」作「窮」。案：後漢書亦是「窮」字。

〔一一〕於是皇城之内　袁本、茶陵本「於是」作「是以」，案：後漢書亦作「是以」。

〔一二〕注「毛詩傳曰古有梁鄒」　何校「毛」改「魯」，案：所校是也。章懷注所引正是「魯」字。各本皆誤。又張載魏都賦注引，亦可證。

〔一三〕覽駟鐵　袁本「駟鐵」作「四驖」，茶陵本作「駟驖」。今案：袁、茶陵二本所載五臣銑注作「四驖」，其善注中作「駟鐵」，必善「駟鐵」，五臣「四驖」，失著校語也。茶陵及此「駟」字未相亂，何云後漢書作「驖」。今考此與彼仍不必全同。范書「駟驖」與善「駟鐵」、五臣「四驖」互異，但當各依其本。

〔一四〕注「梣大枝條」　袁本、茶陵本「條」下有「梣灑也」三字，是也。

〔一五〕注「寢或爲侵」　袁本、茶陵本「侵」作「祲」，是也。

〔一六〕雨師汎灑　袁本、茶陵本「汎」作「泛」，案：後漢書作「汎」，或尤依彼改耳。

〔一七〕陳師按屯　茶陵本「按」作「案」，云五臣作「按」。袁本作「按」，用五臣也。後漢書亦是「案」字。此以五臣亂善，非。

〔一八〕輶車霆激　袁本、茶陵本「輶」作「輕」，後漢書亦是「輕」字。案：此尤因善注引毛詩「輶車」而改之。其實善下引傳「輕也」，作「輕車」之注自通。二本無校語，未必非。善亦作「輕」，尤改蓋非。

〔一九〕飛者未及翔　袁本、茶陵本「未」作「不」，下句同。案：後漢書此二字皆作「未」，或尤依之改耳。

〔二〇〕注「大駕車八十一乘」　案：「車」上當有「屬」字。各本皆脱。

〔二一〕注「永平三年正月」　案：「三」當作「二」。各本皆譌。

〔二二〕注「一天子樂」　何校「天子」改「太予」，云後漢注引作「太予」，陳同，是也。各本皆譌。

〔二三〕注「左氏傳曰子曰」　何校「子」上添「晏」字，陳同。案：上「曰」字當作「晏」。各本皆誤。

〔二四〕而怠於東作也　袁本、茶陵本無「也」字。案：後漢書有，或尤依彼添耳。下「翼翼濟濟也，而不知京、洛之有制也，而不知王者之無外也」三「也」字同。

〔二五〕注「分命羲叔」　袁本「叔」作「仲」，是也。茶陵本亦誤「叔」。

〔二六〕注「織紝紃繒布也」　袁本、茶陵本「紃」作「織」，是也。

〔二七〕注「尚書傳曰天下諸侯」　何校「傳」上添「大」字，是也。各本皆脱。

〔二八〕注「蘇秦説孟嘗君曰」　何校「孟嘗君」改「秦惠王」。案：何校誤也。章懷注所引亦是「孟嘗君」。此齊策孟嘗君將入秦章文。今本高注具存，姚宏跋戰國策，曾指此條爲今本所無，其失檢與何正同，附訂正之。

〔二九〕注「面氣悷」　何校「面」改「而」，陳同，是也。各本皆譌。

〔三〇〕其詩曰　袁本、茶陵本「詩」作「辭」。案：後漢書作「詩」。

〔三一〕注「率土之濱」　袁本「濱」作「賓」，是也。茶陵本誤與此同。案：説見後。

〔三二〕寶鼎見兮色紛緼　袁本、茶陵本「緼」作「紜」。案：後漢書作「緼」。

〔三三〕注「太常其以初祭之日」　何校「初」改「礿」，陳同，是也。各本皆譌。

〔三四〕嘉祥阜兮集皇都　何云後漢書無此句，陳同。案：各本皆有。袁、茶陵不著校語，今無可考也。凡疑而未能明者，俱載之，以俟再詳，此其例也。

〔三五〕容絜朗兮於純精　袁本、茶陵本「純」作「淳」，是也。案：後漢書亦是「淳」字。

文選卷第二

京都上

西京賦

張平子 善曰：范曄後漢書曰：張衡，字平子，南陽西鄂人也，少善屬文。時天下太平日久，自王侯以下，莫不踰侈。衡乃擬班固兩都，作二京賦，因以諷諫。十年乃成。安帝雅聞衡善術學，公車徵拜郎中。出爲河間相。乞骸骨，徵拜尚書，卒。楊泉物理論曰：平子二京，文章卓然。

薛綜注 善曰：舊注是者，因而留之，並於篇首題其姓名。其有乖繆，臣乃具釋，並稱臣善以別之。他皆類此。

有憑虛公子者，憑，依託也。虛，無也。言無有此公子也。善曰：博物志曰：王孫公子，皆古人相推敬之辭。憑，皮兵切。心奓體忲〔一〕奓、忲，言公子生於貴戚，心志奓溢，體安驕泰也。泰或謂忲習之忲，言習於麗好也。善曰：聲類曰：奓，侈字也，昌氏切。小雅曰：狃，忲也。雅好博古，學乎舊史氏，言公子雅性好博知古事，故學於舊史。舊史，太史掌圖典者也。是以多識前代之載。善曰：劉向七言曰：博學多識與凡殊。小雅曰：載，事也。言於安處先生公子爲先生言也。安處，猶烏處，若言何處，亦謂無此先生也。鄭玄禮記注曰：先生，老人教學者。曰：「夫人在陽時則舒，在陰時則慘，此牽乎天者也。陽謂春夏，陰謂秋冬。牽，猶繫也。善曰：春秋繁露曰：春之言猶偆也，偆者，喜樂之貌也。秋之言猶湫也，湫者，憂悲之狀也。偆，充尹切。湫，子由切。處沃土則逸，處瘠土則勞，此繫乎地者也。善曰：國語，公甫文伯之母曰：沃土之人不材，淫也；瘠土之人莫不向義，勞也。韋昭曰：磽埆爲瘠。沃，肥美也。慘則尠於驩，勞則褊於惠，能違之者寡矣。違，猶易也。言人慘戚則不能以驩逸，勞苦則不能以施惠，少有能易此者。善曰：尠，少也，與鮮通也。廣雅曰：褊，狹也，卑緬切。小必有之，大亦宜然。小，謂庶人。大，謂王者。善曰：庶人因沃瘠而勞逸殊，王者亦因險易而彊弱異也。故帝者因天地以致化，兆人承上教以成俗。言帝王必欲順陽時〔二〕，居沃土，歡逸其人，使下承而化之，以成奢泰之俗。善曰：管子曰：君據法而出令，百姓順上而成俗。化俗之本，有與推移。言化之本，還與沃瘠相隨逐推移也。善曰：淮南子曰：法其所以爲法，與化推移也。何以覈諸？覈，驗也，胡革切〔三〕。秦據雍而彊，周即豫而弱。高祖都西而泰，光武處東而約。政之興衰，恒由此作。作，起也〔四〕。善曰：過秦論曰：秦孝公據雍州之地。呂氏春秋曰：河、漢之間爲豫州也。按雍州厥土惟黃壤，厥田惟上上，是沃土也。故云秦據雍而彊，高祖都西而泰。荆、河惟豫州，厥土惟墳壚，厥田惟中上，是瘠土也。故云周即豫而弱，光武處東而約。左傳，晉叔向曰：存亡之道，恒由此興。周禮曰：夫筋之所由幨〔五〕，恒由此作。先生獨不見西京之事歟？請爲吾子陳之。善曰：鄭玄禮記注曰：吾子，相親之辭也。

「漢氏初都，在渭之涘。涘，涯也。善曰：漢書，東方朔曰：漢都涇、渭之南。毛詩曰：在渭之涘。秦里其朔，寔爲咸陽。里，居也。朔，北也。寔，是也。秦地居其北，是曰咸陽。善曰：史記曰：秦孝公作咸陽，徙都之。左有崤函重險，桃林之塞。崤及函谷關、桃林皆在長安東，故言左。善曰：殽、函，已見西都賦。左氏傳曰：以守桃林之塞。按桃林，弘農，在閿鄉南谷中。綴以二華，巨靈贔屓，高掌遠蹠，以流河曲，厥跡猶存。華，山名也。巨靈，河神也。巨，大也。古語云：此本一山，當河水過之而曲行，河之神以手擘開其上，足蹋離其下，中分爲二，以通河流。手足之跡，于今尚在。贔屓，作力之貌也。善曰：賈逵國語注曰：綴，連也。山海經曰：太華之西，少華之山。遁甲開山圖曰：有巨靈胡者，偏得坤元之道，能造山川，出江河。楊雄河東賦曰：河靈矍踼，掌華蹈襄。贔，扶祕切。屓，許備切。蹠，之石切。矍，居縛切。踼，丑略切。右有隴坻之隘，隔閡華戎。善曰：漢書音義，應劭曰：天水有大阪曰隴。坻，丁禮切。廣雅曰：隘，狹也。說文曰：隔，塞也。小雅曰：閡，限也，五代切。岐梁汧雍，說文曰：岐山在長安西美陽縣界，山有兩岐，因以名焉。善曰：漢書，右扶風好時縣有梁山。又汧山在扶風汧縣西。汧，音牽。陳寶鳴雞在焉。善曰：漢書曰：秦文公獲若石，于陳倉北坂城祠之〔六〕。其神光輝若流星，從東方來，集于祠城，則若雄雉，其聲殷殷云〔七〕，野雞夜鳴。以一太牢祠之，名曰陳寶。應劭曰：時以寶瑞作陳寶祠，在陳倉，故曰陳寶。於前則終南太一，二山名也〔八〕。善曰：尚書曰：終南惇物，至于鳥鼠〔九〕。漢書曰：太一山，古文以爲終南。五經要義曰：太一，一名終南山，在扶風武功縣。此云終南、太一，不得爲一山明矣〔一〇〕。蓋終南，南山之總名；太一，一山之別號耳。隆崛崔崒，隱轔鬱律。山形容也〔一一〕。善曰：埤蒼曰：崛，特起也，魚勿切。崔，徂回切。崒，情律切。轔，怜軫切。連岡乎嶓冢，善曰：爾雅曰：山脊曰岡。尚書曰：導嶓冢至于荆山。嶓，音波。抱杜含鄠，音户，杜陵、鄠縣，言終南、太一含裹之〔一二〕。欱灃吐鎬，善曰：灃、鎬，二水名也，已見西都賦。説文曰：欱，歠也，呼合切。歠，昌悦切。爰有藍田珍玉，是之自出。藍田，弘農縣也。善曰：爾雅曰：爰有寒泉〔一三〕。范子計然曰：玉英出藍田。是之自出，謂玉出自藍田之中也。於後則高陵平原，據渭踞涇。善曰：爾雅曰：大阜曰陵。又曰：高平曰原。毛萇詩傳曰：據，依也。大戴禮曰：獨坐不踞然。踞，却倚也，音據。澶漫靡迤，作鎮於近。澶漫靡迤，陵原之形，爲作近鎮也。善曰：子虛賦曰：登降迤靡，案衍澶漫。澶，徒旦切。漫，莫半切。其遠則九嵕甘泉〔一四〕，涸陰沍寒。日北至而含凍，此焉清暑。九嵕甘泉，其處常陰寒。日北至，謂夏至時猶沍寒而有凍。帝或避暑於甘泉宫，故云清暑。善曰：左氏傳，申豐曰：涸陰沍寒。沍，胡故切。漢書曰：夏至于東井，北近極，故晷短爲温暑。上林賦曰：盛夏含凍裂地。爾乃廣衍沃野，厥田上上，善曰：鄭玄周禮注，下平曰衍。漢書曰：秦地沃野千里。尚書，雍州曰厥田惟上上。寔惟地之奥區神皋〔一五〕。神皋，接神之聲。善曰：漢書曰：自古以雍州積高，神明之隩，故立畤郊上帝，諸神祠皆聚之。廣雅曰：臯，局也，謂神明之界局也。昔者大帝説秦繆公而覲之，饗以鈞天廣樂。帝有醉焉，乃爲金策。錫用此土，而翦諸鶉首。大帝，天也。翦，盡也。善曰：山海經曰：浪風之山，或上倍之，是謂玄圃；或上倍之，是謂大帝之居。史記曰：趙簡子疾，扁鵲視之，曰：昔繆公常如此，七日而寤。寤之日，告公孫支曰：我之帝所甚樂。帝告我，晉國且大亂。今主君之疾與之同。二日，簡子寤曰：我之帝所甚樂，與百神遊于鈞天，廣樂九奏萬舞，不類三代之樂，其聲動心。虞喜志林曰：嘐曰：天帝醉，秦暴金誤隕石墜。謂秦繆公夢天帝奏鈞天樂，已有此嘐。列仙傳讚曰：秦繆公受金策，祚世之業。漢書曰：自井至柳謂之鶉首之次，秦之分也。盡取鶉首之分，爲秦之境也。是時也，並爲彊國者有六，韓、魏、燕、趙、齊、楚。然而四海同宅西秦，豈不詭哉？宅，居也。詭，異也。初繆公夢，然後六國竟滅，秦果并而居之，豈不異哉？

「自我高祖之始入也，五緯相汁，以旅于東井。善曰：五緯，五星也〔一六〕。漢書曰：漢元年〔一七〕十月，五星聚于東井，沛公至霸上。又曰：此高祖受命之符。已見西都賦。方言曰：汁，叶也，之十切。郭璞曰：叶，和也。婁敬委輅，幹非其議。善曰：漢書，婁敬脱輓委輅曰：臣願見上言便宜。又説上曰：陛下都洛陽，不如入關中。言婁敬貧乏之人，不合干上，妄議其説，允合帝心。漢書音義，應劭曰：輅，謂以木當胸以輓輦也。輅，胡格切。幹，音干。薛君韓詩章句曰：幹，正也。謂以其議非而正之。天啓其心，謂五星聚也。人惎之謀。惎，教也，謂婁敬之謀。善曰：惎，音忌。及帝圖時，意亦有慮乎神祇。宜其可定以爲天邑。言高帝圖此居之時，意亦以慮於天地陰陽，而思可宜定以爲天邑。善曰：爾雅曰：圖，謀也。尚書曰：肆予敢求爾于天邑商〔一八〕。豈伊不虔思于天衢？伊，惟也。虔，敬也。言此時豈惟不敬思居天氣四交之處邪？謂東京也。豈伊不懷歸于枌榆？懷，思也。枌榆，豐社，高祖所起也。豈惟不思歸處枌榆社之域，都於洛邑也？善曰：漢書曰：高祖禱豐枌榆社。張晏曰：枌，白榆也。社在豐東北一十五里，是也。天命不滔，疇敢以渝！渝，易也。天使都長安，謂五星聚于東井也。善曰：左氏傳，子高曰：天命不滔〔一九〕。滔與謟，音義同。於是量徑輪，考廣袤。南北爲徑，東西爲廣。善曰：周禮，大司徒掌九州之地，廣輪之數。鄭玄曰：輪，縱也。說文曰：南北曰袤。莫又切。經城洫，營郭郛。洫，域池也〔二〇〕。善曰：周禮曰：廣八尺、深八尺謂之洫。呼域切。公羊傳曰：郛者何？域外大郭也。芳俱切。取殊裁於八都，豈啓度於往舊？裁，制也。八都，猶八方也。啓，開也。言采取八方異制，以爲宮室之巧，非復遵往日之故法也。乃覽秦制〔二一〕，跨周法。跨，越也。因秦制，故曰覽。比周勝，故曰跨之也。狹百堵之側陋，增九筵之迫脅。詩曰：築室百堵。今以爲陋。周禮，明堂九筵。今又增之也。善曰：以九筵爲迫脅，故增廣之。周禮曰：明堂度九筵，東西九筵各九尺。正紫宮於未央，表嶢闕於閶闔。天有紫微宮，王者象之。紫微宮門名曰閶闔。宮門立闕以爲表。嶢者，言高遠也。善曰：辛氏三秦記曰：未央宮，一名紫微宮。然未央爲總稱，紫宮其中別名。疏龍首以抗殿，狀巍峩以岌嶪。抗，舉也。善曰：三輔黃圖曰：日營未央，因龍首以制前殿。上林賦曰：嵯峨嶕嶫。此之謂也。亘雄虹之長梁，亘，徑度也。虹，蝃蝀也。謂殿梁皆徑度，朱畫五色如蝃蝀。蝃蝀有雌雄，雄者色鮮好也。善曰：楚辭曰：建雄虹之采旄。亘，古鄧切。結棼橑以相接。善曰：棼橑，已見西京賦〔二二〕。帶倒茄於藻井，披紅葩之狎獵。茄，藕莖也。以其莖倒殖於藻井，其華下向反披。狎獵，重接貌。藻井，當棟中交木方爲之，如井幹也。善曰：聲類曰：蔕，果鼻也。蔕，音帝。孔安國尚書傳曰：藻，水草之有文者也。風俗通曰：今殿作天井，井者，東井之像也。菱，水中之物，皆所以厭火也。說文曰：葩，華也，普華切。**飾華榱與璧璫**，華榱，畫其榱也。善曰：璧璫，已見西都賦也。**流景曜之韡曄**。曜，光也。韡曄，言明盛也。善曰：景，光景也。**雕楹玉碣**〔二三〕，善曰：西都賦曰：彤玉瑱以居楹。說文曰：楹，柱也。廣雅曰：碣，礩也。碣與舃，古字通。**繡栭雲楣**。栭，斗也。楣，梁也。皆雲氣畫如繡也。善曰：王褒甘泉頌曰：采雲氣以爲楣。**三階重軒，鏤檻文槐**。檻，蘭也。皆刻畫。又以大板廣四五尺加漆澤焉，重置中間蘭上，名曰軒。善曰：西都賦曰：重軒三階。王褒甘泉頌曰：編瑇瑁之文槐。聲類曰：槐，屋連緜也，婢祇切。**右平左墄**，墄，限也。謂階齒也。天子殿高九尺，階九齒，各有九級。其側階各中分左右，左有齒，右則滂沱平之，令輦車得上。善曰：西都賦曰：左墄右平也。**青瑣丹墀**。善曰：漢書曰：赤壁青瑣。音義曰：以青畫户邊鏤中。王逸楚辭注曰：文如連瑣。漢官典職曰：丹漆地，故稱丹墀。**刊層平堂，設切厓隒**。刊，削也。善曰：郭璞山海經注曰：層，重也。宋衷太玄經注曰：堂，高也。切與砌，古字通。說文曰：隒，厓也，和檢切。**坻崿鱗眴，棧齴巉嶮**。殿基之形勢也。善曰：廣雅曰：山坻，除也〔二四〕。文字集略曰：崿，崖也。埤蒼曰：眴，音荀。棧，士眼切。齴，音眼。巉，助奄切。嶮，魚檢切。鱗眴，無涯也。棧、嶮，皆高峻貌。**襄岸夷塗，脩路陖險**。襄，謂高也。夷，平也。陖，陡也〔二五〕。險，危也。**重門襲固，姦宄是防**。姦，邪也。竊寶曰宄。善曰：周易曰：重門擊柝，以待暴客。淮南子曰：閨門重襲，以避姦賊。郭璞爾雅注曰：襲，重也。孔安國尚書傳曰：寇賊在外曰姦，在内曰宄。**仰福帝居**〔二六〕**，陽曜陰藏。**帝居，謂太微宮，五帝所居。福，猶同也。太微宮陽時則見，陰時則藏。言今長安宮，上與之同法矣。**洪鐘萬鈞，猛虡趪趪。**洪，大也。猛，怒也。三十斤曰鈞。縣鐘格曰筍，植曰虡。趪趪，張設貌。言大鐘乃重三十萬斤，虡力猛怒，故能勝之焉。善曰：周禮曰：梟氏寫獸之形，大聲有力者，以爲鐘虡。虡，音巨。趪，音黄。**負筍業而餘怒，乃奮翅而騰驤。**當筍下爲兩飛獸以背負，又以板置上，名爲業。騰，超也。驤，馳也。言獸負此筍業已重，乃有餘力奮其兩翼，如將超馳者矣。**朝堂承東，温調延北。西有玉臺，聯以昆德。**皆殿與臺名也。善曰：爾雅曰：延，陳也。説文注曰〔二七〕：聯，連也。**嵳峩崨嶫，**形勢也。**罔識所則。**不能名其所法則也。**若夫長年神僊，宣室玉堂。**四殿之名。善曰：並見西都賦。**麒麟朱鳥，龍興含章。**善曰：龍興、含章，皆殿名也。漢宮闕名有麒麟殿、朱鳥殿。**譬衆星之環極，**極，北極也。環，猶繞也。言宮觀臺榭樓閣之周於正殿，如衆星之繞北極也。善曰：中宮天極星，環之筐十二星，藩臣。西都賦曰：奂若列宿，紫宮是環。**叛赫戲以煇煌。**叛，猶焕也。赫戲，炎盛也。煇煌，光耀也。善曰：淮南子曰：焜昱錯眩，照耀煇煌。叛，音判。戲，音羲。煇，音輝。煌，音皇。**正殿路寢，用朝羣辟。**周曰路寢，漢曰正殿。羣辟，謂王侯公卿大夫士也。**大夏耽耽**〔二八〕**，九户開闢。**屋之四下者爲夏。耽耽，深邃之貌也。都南切。善曰：三輔三代故事曰：大夏殿，始皇造銅人十枚在殿前。大戴禮曰：明堂者，古有之，凡九室。鄭玄禮記注曰：天子路寢，制如明堂。然則既有九室〔二九〕，室有一户也。説文曰：闢，開也。**嘉木樹庭，芳草如積。**善曰：韓詩曰：緑蓐如簀。簀，積也。薛君曰：簀〔三〇〕，緑蓐盛如積也。蓐，音竹。高門有閌，列坐金狄。善曰：毛詩曰：臯門有伉。與閌同。鄭玄禮記注曰：臯之言高也。金狄，金人也。史記曰：始皇收天下兵，銷以爲金人十二，各重千斤，致於宫中。內有常侍謁者，常侍，閹官。謁者，寺人也。奉命當御。善曰：奉傳詔命而遞當進也。左傳，子朱曰〔三一〕：朱也當御。蔡邕獨斷曰：御，進也。凡進皆曰御也。蘭臺金馬〔三二〕，遞宿迭居。蘭臺，臺名。善曰：金馬，已見西都賦序。爾雅曰：遞，迭也。小雅曰：迭，更也，徒結切。次有天禄石渠，校文之處。善曰：天禄、石渠，已見上文。重以虎威章溝，嚴更之署。虎威、章溝，未聞其意。嚴更，督行夜鼓。署，位也。徼道外周，千廬內附。衞尉八屯，警夜巡晝。衞尉帥吏士周宫外，於四方四角立八屯士，士則傳宫外向爲廬舍，晝則巡行非常，夜則警備不虞也。徼，音叫。善曰：西都賦曰：徼道綺錯。漢書曰：衞尉掌門衞屯兵。孔安國尚書傳曰：警，戒也。植鎩懸瞂，用戒不虞。植，柱也。善曰：説文曰：鎩，鈹有鐔也。一曰鋋，似兩刃刀。方言曰：盾或謂之瞂。周易曰：君子以治戎器，戒不虞。鈹，芳皮切。鎩，山例切。瞂，音伐。

「後宫則昭陽飛翔，增成合驩。蘭林披香，鳳皇鴛鸞。皆後宫別名。善曰：皆殿名，已見西都賦。漢宫闕名有鳳皇殿。羣窈窕之華麗，嗟內顧之所觀〔三三〕。觀，覩也。謂內顧所覩，皆盛好也。善曰：窈窕，已見西都賦。小雅曰：嗟，發聲也。三略曰：將內顧則士卒慕之也。故其館室次舍，善曰：周禮曰：宫正掌宫中次舍。鄭玄禮記注曰：次，自循止之處。采飾纖縟。采，五色也。纖，細也。善曰：説文曰：縟，繁采飾也，音辱。裛以藻繡，文以朱緑。善曰：西都賦曰：裛以藻繡。傅毅七激曰：楹桷雕藻，文以朱綠也。翡翠火齊，絡以美玉。善曰：翡翠，鳥名也。火齊，玫瑰珠也。六韜曰：紂作瓊室、鹿臺，飾以美玉。列子曰：穆王爲中天之臺，絡以珠玉。齊，才計切。流懸黎之夜光，綴隨珠以爲燭。明月，大珠，夜則有光如燭也。善曰：懸黎、夜光、隨珠，已見西都賦。金戺玉階，彤庭煇音渾煇。彤，赤也。煇煇，赤色貌。善曰：廣雅曰：戺，砌也，音俟。西都賦曰：玉階彤庭。珊瑚琳碧，瓀珉璘彬。璘彬，玉光色雜也。善曰：珊瑚瓀珉，已見西都賦。璘，力神切。彬，方珉切。珍物羅生，煥若崑崙。珍美之物，羅列布見，煥焉如崑崙之所生者。善曰：山海經云崑崙之墟有珠樹、文玉樹。雖厥裁之不廣，侈靡踰乎至尊。謂其裁制，雖事事狹小於至尊，然其靡麗之好，乃過之也。善曰：喪服傳曰：天子至尊。裁，才再切。於是鉤陳之外，閣道穹隆。善曰：鉤陳，已見西都賦。穹隆，長曲貌。屬長樂與明光，徑北通乎桂宮。長樂、桂宮，皆宮名。明光，殿名也。漢書武帝故事〔三四〕，上起明光宮、桂宮、長樂宮，皆輦道相屬，懸棟飛閣，北度從宮中西上城至神明臺。命般爾之巧匠，般，魯般，一云公輸之子，魯哀公時巧人。爾，王爾，皆古之巧者也。善曰：淮南子曰：魯般以木爲鳶而飛之。般，音班。又曰：王爾無所錯其剞劂。盡變態乎其中。變，奇也。態，巧也。後宮不移〔三五〕，樂不徙懸。善曰：上林賦曰：庖廚不徙，後宮不移。劉向新序曰：孟獻子聘於晉，韓宣子止而觴之，飲三徙，鐘石之懸，不移而具也。門衛供帳，官以物辨〔三六〕。善曰：供帳，已見東都賦。門衛，已見上。恣意所幸，下輦成燕。窮年忘歸，猶弗能徧。善曰：孫卿子曰：知物之理，没世窮年不能徧也。瑰異日新，殫所未見。瑰，奇也〔三七〕。殫，盡也。言奇異之好，日日變易，皆所未嘗目見之物也。

「惟帝王之神麗，懼尊卑之不殊。雖斯宇之既坦，心猶憑而未攄。坦，大也。憑，滿也。攄，舒也。思比象於紫微，恨阿房之不可廬。廬，居也。時阿房已壞，故不得居也。覛往昔之遺館，獲林光於秦餘。覛，視也。善曰：漢書音義，瓚曰：林光，秦離宮名也。覛，亡狄切。處甘泉之爽塏，乃隆崇而弘敷。甘泉，山名。應劭曰：甘泉在馮翊雲陽縣。爽，明也。隆崇，高也。弘敷，猶延蔓也。善曰：左氏傳曰：齊景公欲更晏子之宅，曰：請更諸爽塏者。杜預曰：就高燥也。既新作於迎風，增露寒與儲胥。善曰：漢書曰：武帝因秦林光宮，元封二年增通天、迎風、儲胥、露寒。託喬基於山岡，直墆霓以高居。墆霓，高貌也。善曰：墆，徒結切。霓，五結切。通天訬以竦峙，通天，臺名。武帝元封二年作。漢書舊儀云〔三八〕：高三十丈，望見長安城。訬，高也。竦，立也。峙，住也。善曰：訬，音眇。徑百常而莖擢。徑，度也。倍尋曰常。莖，特也。擢，獨出貌也。上辮華以交紛，下刻陗其若削。辮華，敷大也。刻陗，升高也〔三九〕。善曰：辮，音斑，又音葩。陗，七笑切。翔鶤仰而不逮，況青鳥與黃雀。鶤，大鳥。青鳥、黃雀，皆小鳥。翔，高飛也。善曰：穆天子傳曰：鶤雞飛八百里。郭璞曰：鶤即鵾雞也。鵾與鶤同，音昆。左氏傳曰：青鳥氏司啓者也。杜預曰：青鳥，鶬鴳也。戰國策，莊辛曰：黃雀俯啄百粒。伏櫺檻而頫聽，聞雷霆之相激。伏，猶憑也。櫺，臺上蘭也。頫，低頭也。蒼頡篇曰：霆，霹靂也。言臺之高，於上低頭聽，雷聲乃在下。善曰：頫，古字〔四〇〕，音府。柏梁既災，越巫陳方。建章是經，用厭火祥。善曰：漢書曰：柏梁災。越俗有火災，復起屋，必以大，用勝服之。於是作建章宮。漢武故事曰：以香柏爲之，香聞數十里。厭，於冉切。營宇之制，事兼未央。兼，猶倍也。所以順巫言也。善曰：漢書曰：劉向上疏曰：項籍燔其宮室營宇。圜闕竦以造天，若雙碣之相望。善曰：字書曰：圜，亦圓字也。甘泉賦曰：直嶢嶢以造天。音操。孔安國尚書傳曰：造，至也。又曰：碣石，海畔山也。又曰：三山，言相望也。鳳騫翥於甍標，咸遡風而欲翔。甍，棟也。標，末也。遡，向也。謂作鐵鳳凰，令張兩翼，舉頭敷尾，以函屋上〔四一〕，當棟中央，下有轉樞，常向風如將飛者焉。善曰：楚辭曰：鳳騫翥而飛翔。說文曰：騫，飛貌也。騫，許言切。翥，之庶切。閶闔之内，別風嶕嶢。善曰：閶闔，已見上文。別風，已見西都賦。何工巧之瑰瑋，交綺豁以疏寮。瑰瑋，奇好也。疏，刻穿之也。善曰：交結綺文，豁然穿以爲寮也。說文曰：綺，文繒也。廣雅曰：豁，空也。然此刻鏤爲之。蒼頡篇曰：寮，小窗也。古詩曰：交疏結綺窗。干雲霧而上達，狀亭亭以苕苕。亭亭、苕苕，高貌也。干，犯也。神明崛其特起，井幹疊而百增。崛，高貌。善曰：廣雅曰：增，重也。神明、井幹，已見西都賦。跱遊極於浮柱，結重欒以相承。跱，猶置也。三輔名梁爲極，作遊梁置浮柱上。欒，柱上曲木，兩頭受櫨者。廣雅曰〔四二〕：曲枅曰欒。釋名曰：欒，體上曲拳也。累層構而遂隮，望北辰而高興。隮，升也，子奚切。北辰，北極也。善曰：山海經曰〔四三〕：層，重也。消雰埃於中宸，集重陽之清澂。消，散也。雰埃，塵穢也。宸，天地之交宇也。言神明臺高，既除去下地之埃穢，乃上止於天陽之宇，清澂之中。上爲清陽，又爲陽〔四四〕，故曰重陽。善曰：楚辭曰：集重陽而入帝宮兮，造旬始而觀清都。雰，音氛。宸，音辰。瞰宛虹之長鬐，察雲師之所憑。鬐，脊也。雲師，畢星也。臺高悉得視之。善曰：鬐，渠祇切。廣雅曰：瞰，視也。如淳漢書注曰：宛，虹也。小雅曰：

憑，依也。廣雅曰：雲師謂之豐隆。上飛闥而仰眺，正睹瑤光與玉繩。飛闥，突出方木也。善曰：春秋運斗樞曰：北斗七星，第七曰瑤光。春秋元命苞曰：玉衡北兩星爲玉繩。將乍往而未半，怵悼慄而慫兢。怵，恐也。悼，傷也。慄，憂戚也。言恐墮也。善曰：廣雅曰：乍，暫也。方言曰：慫，慄也，先拱切。怵，音黜。慄，音栗。非都盧之輕趫，孰能超而究升？善曰：漢書曰：自合浦南有都盧國。太康地志曰：都盧國，其人善緣高。説文曰：趫，善緣木之士也，綺驕切。馺娑駘盪，燾奡桔桀。枍詣承光，睽罛庨豁。馺娑、駘盪、枍詣、承光，皆臺名。燾奡、桔桀、睽罛、庨豁，皆形貌。善曰：燾，徒到切。奡，五告切。桔，音吉。睽，呼圭切。罛，計狐切。庨，呼交切。橧桴重棼〔四五〕，鍔鍔列列。善曰：鍔鍔、列列，皆高貌。反宇業業，飛檐𨏵𨏵。凡屋宇皆垂下向，而好大屋飛邊頭瓦皆更微使反上，其形業業然。檐，板承落也。𨏵𨏵，高貌。善曰：西都賦曰：上反宇以蓋戴。𨏵，魚桀切。流景内照，引曜日月。言皆朱畫華采，流引日月之光，曜於宇内。天梁之宫，寔開高闈。天梁，宫名。宫中之門謂之闈。此言特高大。旗不脱扃，結駟方蘄。爾雅曰：熊虎爲旗。扃，關也。謂建旗車上，有關制之，令不動摇曰扃。每門解下之。今此門高，不復脱扃，結駕駟馬，方行而入也。蘄，馬銜也。善曰：左氏傳曰：楚人惎之脱扃。古熒切。蘄，巨衣切。楚辭曰：青驪結駟齊千乘。轢輻輕鶩〔四六〕，容於一扉。馭車欲馬疾，以箠轢於輻，使有聲也。長廊廣廡，途閣雲蔓。謂閣道如雲氣相延蔓也。善曰：許慎淮南子注曰：廊，屋也。説文曰：廡，堂下周屋也，無宇切。閈汗庭詭異，門千户萬。善曰：蒼頡篇曰：閈，垣也，胡旦切。説文曰：詭，違也。西都賦曰：張千門而立萬户。重閨幽闥，轉相踰延。

移賤切。宮中之門小者曰闥。言互相周通。望窔窱以徑廷，眇不知其所返。窔窱、徑廷，過度之意也。言入其中皆迷惑不識還道也。善曰：窱，他弔切。廷，他定切。返，方萬切。既乃珍臺蹇產以極壯，墱道邐倚以正東。蹇產，形貌也。墱，閣道也。邐倚，一高一下，一屈一直也。乃從建章館踰西城，東入於正宮中也。善曰：甘泉賦曰：珍臺閑館。西都賦曰：凌墱道而超西墉。墱，都亘切。邐，力氏切。倚，其綺切。似閬風之遐坂，橫西洫而絕金墉。閬風，崑崙山名也。洫，城池也。墉，謂城也。絕，度也。言閣道似此山之長遠，橫越西池而度金城也。西方稱之曰金。善曰：東方朔十洲記，崑崙其北角曰閬風之巔。洫，已見上文。城尉不弛柝，而內外潛通。弛，廢也。潛，嘿也。言城門校尉不廢擊柝之備，內外已自嘿通也。善曰：弛，詩紙切。鄭玄周禮注曰：欜，戒夜者所擊也。柝與欜同音。

「前開唐中，彌望廣潒。彌，遠也。善曰：唐中，已見西都賦。漢書曰：五侯大治第室，連屬彌望。彌，竟也。言望之極目〔四七〕。字林曰：潒，水潒瀁也〔四八〕，大朗切。顧臨太液，滄池漭沆。漭沆，猶洸潒，亦寬大也。善曰：太液，已見西都賦。漭，莫朗切。沆，胡朗切。漸臺立於中央，赫昈昈以弘敞。善曰：漸臺，高二十餘丈，已見西都賦。埤蒼曰：昈，赤文也，音戶。清淵洋洋，神山峩峩。列瀛洲與方丈，夾蓬萊而駢羅。上林岑以壘嶵，下嶄巖以嵒齬。三山形貌也。峩峩，高大也。善曰：三輔三代舊事曰：建章宮北作清淵海。毛詩曰：河水洋洋。三山，已見西都賦。駢，猶並也。壘，魯罪切。嶵，音罪。嶄，士咸切。齬，音吾。長風激於別隯，起洪濤而揚波。水中之洲曰隯，音島。善曰：高唐賦曰：長風至而波起。浸石菌於重涯，濯靈芝以朱柯。石菌、靈芝，皆海中神山所有神草名，仙之所食者。浸，濯也。重涯，池邊也。朱柯，芝草莖赤色也。善曰：菌，芝屬也。抱朴子曰：芝有石芝。菌，求隕切。海若游於玄渚，鯨魚失流而蹉跎。海若，海神。鯨，大魚。善曰：楚辭曰：令海若舞馮夷。又曰：臨沅、湘之玄淵。薛君韓詩章句曰：水一溢而爲渚。三輔舊事曰：清淵北〔四九〕，有鯨魚，刻石爲之，長三丈。楚辭曰：驥垂兩耳，中坂蹉跎。廣雅曰：蹉跎，失足也。於是采少君之端信，庶欒大之貞固。善曰：史記曰：李少君亦以祠竈穀道却老方見上，上尊之。少君者，故深澤侯舍人主方。欒大，見西都賦。凡人姓名及事易知而別卷重見者，云見某篇，亦從省也。他皆類此。立脩莖之仙掌，承雲表之清露。屑瓊蕊以朝飡，必性命之可度。善曰：漢書曰：孝武作柏梁、銅柱、承露仙人掌之屬。三輔故事曰：武帝作銅露盤，承天露，和玉屑飲之，欲以求仙。楚辭曰：屑瓊蕊以爲糧。王逸曰：糜，屑也。美往昔之松喬，要羨門乎天路。善曰：松、喬，已見西都賦。史記曰：始皇之碣石，使燕人盧生求羨門。韋昭曰：羨門，古仙人也。枚乘樂府詩曰：美人在雲端，天路隔無期。要，烏堯切。想升龍於鼎湖，豈時俗之足慕？善曰：史記曰：齊人公孫卿曰：黄帝采首山銅，鑄鼎於荆山下。鼎既成，龍垂胡髯下迎黄帝，黄帝騎龍乃上去。名其處鼎湖。天子曰：嗟乎，誠得如黄帝，吾視去妻子如脱屣耳。若歷世而長存，何遽營乎陵墓？善曰：言若歷代而不死，何急營於陵墓乎？

「徒觀其城郭之制，則旁開三門，參塗夷庭。方軌十二，街衢相經。街，大道也。經，歷也。一面三門，門三道，故云參塗。塗容四軌，故方十二軌。軌，車轍也。夷，平也。庭，猶正也。善曰：方，言九軌之塗，凡有十二也。周禮曰：營國方三門。鄭玄儀禮注曰：方，併也。周禮曰：國中營途九軌。西都賦曰：立十二之通門。廛里端直，甍宇齊平。都邑之空地曰廛。甍，棟也。善曰：周禮曰：以廛任國中之地〔五〇〕。北闕甲第，當道直啓。第，館也。甲，言第一也。善曰：漢書曰：贈霍光甲第一區。音義曰：有甲乙次第，故曰第也。北闕，當帝城之北也。程巧致功，期不陁陊。言皆程擇好匠，令盡致其功夫，既牢又固，不傾陊也。善曰：方言曰：陁，壞也。陁，式氏切。說文曰：陁，落也〔五一〕，直氏切。木衣綈錦，土被朱紫。言皆采畫如錦繡之文章也。善曰：說文云：綈，厚繒也。朱、紫，二色也。武庫禁兵，設在蘭錡。錡，架也。武庫，天子主兵器之官也。善曰：劉逵魏都賦注曰〔五二〕：受他兵曰蘭，受弩曰錡，音蟻。匪石匪董，疇能宅此？善曰：漢書曰：石顯，字君房，少坐法腐刑，爲黄門中尚書。元帝被疾，不親政事，事無大小，因顯口決。又曰：董賢，字聖卿。哀帝悦其儀貌，拜爲黄門郎。詔將作監爲賢起大第北闕下。土木之功，窮極技巧，柱檻衣以綈錦，武庫禁兵，盡在董氏。爾乃廓開九市，通闤帶闠。廓，大也。闤，市營也。闠，中隔門也。崔豹古今注曰：市牆曰闤，市門曰闠。善曰：九市，已見西都賦。蒼頡篇曰：闠，市門，胡關切。旗亭五重，俯察百隧。旗亭，市樓也。善曰：史記，褚先生曰：臣爲郎，與方士會旗亭下。隧，已見西都賦。周制大胥，今也惟尉。善曰：周禮曰：司市胥師二十人〔五三〕。然尊其職，故曰大。漢書曰：京兆尹，長安四市皆屬焉。與左馮翊、右扶風爲三輔。然市有長丞而無尉，蓋通呼長丞爲尉耳。瓌貨方至，鳥集鱗萃。瓌，奇貨也。方，四方也。奇寶有如鳥之集、鱗之萃也。鬻者兼贏，求者不匱。鬻，賣也。兼，倍也。贏，利也。匱，乏也。爾乃商賈百族，裨販夫婦。坐者爲商，行者爲賈。裨販，買賤賣貴以自裨益。裨，必彌切。善曰：周禮曰：大市，日仄而市，百族爲主。朝市，朝時而市，商賈爲主。夕市，夕時爲市，裨販夫婦爲主〔五四〕。鬻良雜苦，蚩眩邊鄙。良，善也。先見良物，價定，而雜與惡物，以欺惑下土之人。善曰：周禮曰：辨其苦良而買之。鄭玄曰：苦讀爲盬。蒼頡篇曰：蚩，侮也。廣雅曰：眩，亂也。杜預左氏傳注曰：鄙，邊邑也。何必昏於作勞，邪嬴優而足恃。昏，勉也。邪，僞也。優，饒也。言何必當勉力作勤勞之事乎，欺僞之利自饒足恃也。善曰：尚書曰：不昏作勞。彼肆人之男女，麗美奢乎許史。言長安市井之人，被服皆過此二家。善曰：漢書曰：孝宣許皇后，元帝母。帝封外祖父廣漢爲平恩侯。又曰：衛太子史良娣，宣帝祖母也，兄恭。宣帝立，恭已死，封恭長子高爲樂陵侯。若夫翁伯濁質，張里之家。擊鍾鼎食，連騎相過。東京公侯，壯何能加？善曰：漢書食貨志曰：翁伯以販脂而傾縣邑。濁氏以胃脯而連騎。質氏以洗削而鼎食。張里以馬醫而擊鍾。晉灼曰：胃脯，今大官以十日作〔五五〕沸湯燖羊胃，以末椒薑坋之訖，曝使燥者也。燖，在鹽切。坋，步寸切。如淳曰：洗削，謂作刀劍削也〔五六〕。張里，里名也。都邑游俠，張趙之倫。齊志無忌，擬跡田文。善曰：漢書曰：長安宿豪大猾箭張回、酒市趙放，皆通邪結黨。一云，張子羅、趙君都，其長安大俠。具游俠傳。輕死重氣，結黨連羣。寔蕃有徒，其從如雲。寔，實也。蕃，多也。徒，衆也。善曰：尚書曰：寔繁有徒。毛詩曰：齊子歸止，其從如雲。茂陵之原，陽陵之朱。趬悍虓豁，如虎如貙。善曰：原，原涉也。朱，朱安世也。史記曰：誅獟猂。獟與趬同，欺譙切。說文曰：悍，勇也，户旦切。毛詩曰：闞如虓虎。呼交切。爾雅曰：貙獌，似貍。貙，勑珠切。睚眦蠆芥，屍僵路隅。僵，仆也。善曰：漢書曰：原涉，字巨先，自陽翟徙茂陵。涉外温仁内隱忍，好殺，睚眦於塵中，觸死者甚衆。廣雅曰：睚，裂也。説文曰：眥，目匡也。淮南子曰：瞋目裂眥。睚，五解切。眥，在賣切。張揖子虛賦注曰：蔕介，刺鯁也。蠆與蔕同，並丑介切。丞相欲以贖子罪，陽石汙而公孫誅。善曰：漢書曰：公孫賀爲丞相，子敬聲爲太僕，擅用北軍錢千九百萬，下獄。是時詔捕陽陵朱安世。賀請逐捕，以贖敬聲罪。後果得安世。安世遂從獄中上書曰：敬聲與陽石公主私通。遂父子俱死獄中也。陽石，北海縣名也。若其五縣遊麗，辯論之士。街談巷議，彈射臧否。剖析毫氂，擘肌分理。善曰：五縣，謂五陵也。長陵、安陵、陽陵、武陵〔五七〕、平陵，五陵也。已見西都賦。毛詩曰：未知臧否。聲類曰：毫，長毛也。漢書音義曰：十毫爲氂，力之切。鄭玄周禮注曰：擘，破裂也，補革切。説文曰：肌，肉也。所好生毛羽，所惡成創痏。毛羽，言飛揚。創痏，謂瘢痕也。善曰：蒼頡曰〔五八〕：痏，毆傷也，胡軌切。郊甸之内，鄉邑殷賑。五十里爲之郊〔五九〕，百里爲甸師。殷賑，謂富饒也。善曰：尚書曰：五百里甸服。爾雅曰：賑，富也，之忍切。五都貨殖，既遷既引。遷，易也。引，致也。善曰：五都，已見西都賦。遷謂徙之於彼，引謂納之於此。商旅聯槅，隱隱展展。言賈人多，車枙相連屬。隱隱展展，重車聲也〔六〇〕，丁謹切。善曰：説文曰：槅，大車枙也，居責切。冠帶交錯，方轅接軫。冠帶，猶搢紳，謂吏人也。善曰：楊雄蜀都賦曰：方轅齊轂，隱隱軫軫。枚乘兔園賦曰：車馬接軫相屬，方輪錯轂。説文曰：軫，車後横木也。封畿千里，統以京尹。善曰：毛詩曰：封畿千里，惟民所止。漢書曰：内史，周官，武帝更名京兆尹。張晏曰：地絶高曰京，十億曰兆。尹，正也。郡國宮館，百四十五。離宮别館在諸郡國者。

善曰：三輔故事曰：秦時殿觀百四十五所。右極盩厔，并卷酆鄠。盩厔，山名，因名縣。善曰：漢書曰：右扶風有盩厔縣。盩，張流切。厔，張栗切。左暨河華，遂至虢土。暨言及也。華陰縣故屬京兆。善曰：漢書，右扶風有虢縣。

「上林禁苑，跨谷彌阜。跨，越也。彌，猶掩也。大陵曰阜。上林，苑名。禁，禁人妄入也。東至鼎湖，邪界細柳。鼎湖、細柳，皆地名也。鼎湖在華陰東，細柳在長安西北。掩長楊而聯五柞，長楊宮在盩厔。五柞亦館名，云有五株柞樹。善曰：鄭玄毛詩箋曰：掩，覆也。繞黄山而款牛首。繞，裹也。款，至也。善曰：漢書，右扶風槐里縣有黄山宮。三輔黄圖曰：甘泉宮中有牛首山。繚垣緜聯〔六一〕，四百餘里。植物斯生，動物斯止。繚垣，猶繞了也。緜聯，猶連蔓也。四百餘里，苑之周圍也。善曰：今並以亘爲垣。西都賦曰：繚以周牆。三輔故事曰：北有甘泉、九嵕，南至長楊、五柞，連緜四百餘里也。植物，草木。動物，禽獸〔六二〕。善曰：周禮曰：動物宜毛物也，植物宜皁物也。衆鳥翩翻，羣獸駓騃。皆鳥獸之形貌也。善曰：薛君韓詩章句曰：趨曰駓，行曰騃。駓，音鄙。騃，音俟。散似驚波，聚以京峙。京，高也。水中有土曰峙。言禽獸散走之時，如水驚風而揚波；聚時如水中之高土也。善曰：峙，直里切。伯益不能名，隸首不能紀。善曰：列子曰：北海有魚名鯤，有鳥名鵬，大禹行而見之，伯益知而名之，夷堅聞而志之〔六三〕。世本曰：隸首作數。宋衷曰：隸首，黄帝史也。林麓之饒，于何不有？木叢生曰林。善曰：穀梁傳曰：林屬於山曰麓。注曰：麓，山足也〔六四〕。木則樅栝椶柟，梓棫楩楓。樅，松葉柏身也。栝，柏葉松身。梓，如栗而小。棫，白蕤也。楓，香木也。善曰：郭璞山海經注曰：椶，一名并閭。爾雅曰：梅，柟〔六五〕。郭璞曰：柟木似水楊。又曰：棫，白桵。樅，七容切。栝，古活切。椶，子公切。柟，音南。梓，音姊。棫，音域。郭璞上林賦注曰：梗，杞也，似梓。梗，鼻緜切。楓，音風。嘉卉灌叢，蔚若鄧林。嘉，猶美也。灌叢、蔚若，皆盛貌也。善曰：山海經曰：夸父與日競走，渴飲河、渭，不足，北飲大澤，未至，道渴死，棄其杖，化爲鄧林。鬱蓊薆薱，橚爽櫹槮。皆草木盛貌也。善曰：薱，徒對切。橚，音肅。櫹，音簫。槮，音森。吐葩颺榮，布葉垂陰。葩，華也。草則葴莎菅蒯，薇蕨荔芃。善曰：爾雅曰：葴，馬藍。郭璞曰：今大葉冬藍，音針。爾雅曰：蒿，侯莎。又曰：白華，野菅。郭璞曰：菅，茅屬，古顏切。聲類曰：蒯，草中爲索，苦怪切。毛萇詩傳曰：薇，菜也。爾雅曰：蕨，虌也。説文曰：荔，草似蒲，音隸。爾雅曰：芃，東蠡。郭璞曰：未詳。芃，胡郎切。王芻莔臺，戎葵懷羊。善曰：爾雅曰：菉，王芻。郭璞曰：今菉蓐也。爾雅曰：莔，貝母。郭璞曰：似韭，武行切。爾雅曰：臺，夫須。又曰：菺，戎葵。郭璞曰：今蜀葵。菺，音眉。戎，音戎。爾雅曰：瘣，懷羊。郭璞曰：未詳。苯蓴蓬茸，彌皋被岡。彌，猶覆也。言草木熾盛，覆被於高澤及山岡之上也。善曰：苯，音本。蓴，子本切。篠簜敷衍，編町成篁。篠，竹箭也。簜，大竹也。敷，布也。衍，蔓也。編，連也。町謂畎畝。篁，竹墟名也。善曰：尚書曰：瑶琨篠簜既敷。町，音挺。山谷原隰，泱漭馬黨切無疆。泱漭，無限域之貌。言其多無境限也。善曰：泱，烏朗切。迺有昆明靈沼，黑水玄阯。小渚曰阯。善曰：漢書曰：武帝穿昆明池。黑水玄阯，謂昆明靈沼之水沚也〔六六〕。水色黑，故曰玄阯也。周以金堤，樹以柳杞。金堤，謂以石爲邊陲，而多種杞柳之木。善曰：金堤，言堅也。子虛賦曰：上金堤。杞，即梗木也。山海經曰：杞，如楊，赤理。豫章珍館，揭焉中峙。皆豫章木爲臺館也。善曰：三輔黄圖曰：上林有豫章觀。説文曰：揭，高舉也，渠列切。牽牛立其左，織女處其右。善曰：已見西都賦。日月於是乎出入，象扶桑與濛汜。言池廣大，日月出入其中也。淮南子曰：日出暘谷〔六七〕，拂于扶桑。楚辭曰：出自陽谷，入于濛汜。汜，音似。其中則有黿鼉巨鼈，鱣鯉鱮鮦。鮪鯢鱨魦〔六八〕，脩額短項。大口折鼻，詭類殊種。自鱨魦以上，皆魚名也。脩額至折鼻，皆魚形也。詭類殊種，多雜物也。善曰：郭璞山海經曰〔六九〕：鼉，似蜥蜴，徒多切。郭璞爾雅注曰：鱣，似鱏，知連切。鄭玄詩箋曰：鱮，似魴，翔與切。爾雅曰：鱧，鮦也〔七〇〕，音童。毛萇詩傳曰〔七一〕：鮪，似鮎〔七二〕。鮪，乎軌切。鮎，奴謙切。又曰〔七三〕：鱨，揚也。魦，鮀也。鱨，音嘗。鳥則鷫鷞鴰鴇，駕鵝鴻鶤。善曰：高誘淮南子注曰：鷫鷞，長脛緑色，其形似鴈。張揖上林賦注曰：駕鵝，野鵝。又曰：鶤雞，黄白色，長頷赤喙。鴰鴇，已見西都賦。凡魚鳥草木，皆不重見。他皆類此。鷫，音肅。駕，音加。鶤，音昆。上春候來，季秋就温。善曰：周禮曰：上春生穜稑之種。禮記曰：孟春鴻來〔七四〕。鄭玄曰：鴈自南方來，將北反其居也。又曰：季秋之月，鴻鴈來賓。鄭玄曰：來賓，止而未去也。列子曰：禽獸之智，違寒就温。南翔衡陽，北棲鴈門。善曰：尚書曰：荆及衡陽惟荆州。孔安國曰：衡山之陽。漢書有鴈門郡。奮隼歸鳧〔七五〕，沸卉軿訇。奮，迅聲也〔七六〕。隼，小鷹也。善曰：周易曰：射隼高墉之上。軿，芳耕切。訇，火宏切。衆形殊聲，不可勝論。論，説也。善曰：廣雅曰：勝，舉也。

「於是孟冬作陰，寒風肅殺。寒氣急殺於萬物。孟冬十月，陰氣始盛，萬物彫落。善曰：禮記曰：孟秋天氣始肅，仲秋殺氣浸盛。雨雪飄飄，冰霜慘烈。飄飄，雨雪貌。慘烈，寒也。善曰：李陵書曰：邊土慘烈。百卉具零，剛蟲搏摯。草木零落，陰氣盛殺，鷹犬之屬，可摯擊也。善曰：毛詩曰：百卉具腓。禮記曰：季秋，豺祭獸戮禽也。爾乃振天維，衍地絡。維，綱也。絡，網也。謂其大如天地矣。振，整理也。衍，申布也。善曰：衍，以善切。蕩川瀆，簸林薄。林薄，草木叢生也。蕩，動也。簸，揚也。謂驅獸也。鳥畢駭，獸咸作。草伏木棲，寓居穴託。謂禽獸驚走，得草則伏，遇木則棲，非其常處，苟寄而居，值穴而託。爲人窮迫之意。起彼集此，霍繹紛泊。謂爲彼人所驚，而來集此人之前。霍繹紛泊，飛走之貌。在彼靈囿之中，前後無有垠鍔。言禽獸之多，前却顧視，無復齊限也。善曰：靈囿，已見東都賦。淮南子曰：出於無垠鄂之門。許慎曰：垠鍔，端崖也。虞人掌焉，爲之營域。虞人，掌禽獸之官。善曰：周禮曰：山虞，若大田獵，則萊山之野。焚萊平場，柞木翦棘。善曰：周禮曰：牧師贊焚萊。毛萇詩傳曰：萊，草也。賈逵國語曰〔七七〕：槎，邪斫也。柞與槎同，仕雅切。左氏傳曰：翦其荆棘。結罝音嗟百里，迒杜蹊塞。罝，網也。迒，道也。蹊，徑也。皆以網杜塞之也。善曰：迒，公郎切。小雅曰：杜，塞也。麀鹿麌麌，駢田偪仄。鹿牝曰麀。麌麌，形貌。駢田偪仄，聚會之意。善曰：毛詩曰：麀鹿攸伏。麀，於牛切。麌，魚矩切。天子乃駕彫軫，六駿駮。彫，畫也。天子駕六馬。駮，白馬而黑畫爲文如虎者。戴翠帽，倚金較。翠羽爲車蓋，黃金以飾較也。古今注曰：車耳重較，文官青，武官赤。或曰：車蕃上重起如牛角也。善曰：毛詩曰：猗重較兮〔七八〕。音角。説文曰：較，車輢上曲鉤也。較，工卓切。輢，一伎切。璿弁玉纓，遺光儵爚。弁，馬冠也。又髦[七九]以璿玉作之。纓，馬鞅也。以玉飾之。遺，餘也。儵爚，有餘光也。爚，音藥。建玄弋，樹招摇。玄弋，北斗第八星名，爲矛頭，主胡兵。招摇，第九星名，爲盾。今鹵簿中畫之於旗，建樹之以前驅。善曰：禮記曰：招摇在上，急繕其怒。鄭玄曰：繕讀曰勁。畫招摇星於其上，以起軍堅勁，軍之威怒，象天帝也。棲鳴鳶，曳雲梢。禮記曰：前有塵埃，則載鳴鳶。棲，謂畫其形於旗上。雲梢，謂旌旗之流，飛如雲也。善曰：高唐賦曰：建雲旆。弧旌枉矢，虹旃蜺旄。弧，星名。通帛爲旃。雄曰虹，雌曰蜺。善曰：周禮曰：弧旌枉矢，以象牙飾[八〇]。楚辭曰：建雄虹之采旄。上林賦曰：拖蜺旌也。華蓋承辰，天畢前驅。華蓋星覆北斗，王者法而作之。畢，網也，象畢星也，前驅載之。善曰：劉歆遂初賦曰：奉華蓋於帝側。韓詩曰：伯也執殳，爲王前驅。千乘雷動，萬騎龍趨。善曰：東都賦曰：千乘雷起，萬騎紛紜。屬車之簉，載獫猲獢[八一]。大駕最後一乘懸豹尾，以前爲省中侍御史載之。簉，副也。善曰：古今注曰：豹尾車，同制也[八二]，所以象君豹變。言尾者謹也。屬車，已見東都賦。毛詩曰：輶車鸞鑣，載獫猲獢。毛萇曰：獫、猲獢，皆田犬也。長喙曰獫，短喙曰猲獢。簉，初遘切。獫，吕驗切。獢，許喬切。匪唯翫好，乃有祕書。小説九百，本自虞初。小説，醫巫厭祝之術，凡有九百四十三篇。言九百，舉大數也。善曰：漢書曰：虞初周説九百四十三篇。初，河南人也[八三]。武帝時以方士侍郎[八四]，乘馬，衣黄衣，號黄車使者。小説家者流，蓋出於稗官[八五]。應劭曰：其説以周書爲本。從容之求，寔俟寔儲。持此祕術，儲以自隨，待上所求問，皆常具也。善曰：尚書曰：從容以和。爾雅曰：俟，待也。説文曰：儲，具也。

於是蚩尤秉鉞，奮鬣被般。善曰：山海經曰：蚩尤作兵，伐黃帝。史記曰：黃帝與蚩尤戰於涿鹿之野。蒼頡篇曰：鉞，斧也。毛萇曰：鬣〔八六〕般，虎皮也。上林賦曰：被班文。般與班，古字通。禁禦不若，以知神姦。螭魅魍魎，莫能逢旃。善曰：左氏傳曰：王孫滿謂楚子曰：昔夏鑄鼎象物，使人知神姦。故人入川澤，不逢不若，螭魅魍魎，莫能逢旃。杜預曰：若，順也。説文曰：螭，山神，獸形。魅，怪物。蛧蜽，水神。毛萇詩傳曰：旃，之也。陳虎旅於飛廉，正壘壁乎上蘭。陳，列也。善曰：周禮，虎賁，下大夫。旅賁氏，中士也。飛廉、上蘭，已見西都賦。結部曲，整行伍。善曰：司馬彪續漢書曰：大將軍營五部，部有校尉一人，部下有曲，曲有軍候一人。左傳曰：行出犬雞。杜預云：二十五人爲行，行亦卒之行列也。周禮曰：五人爲伍。燎京薪，駴雷鼓。積高爲京。燎謂燒之。善曰：周禮曰：鼓皆駴。鄭玄曰：雷擊鼓曰駴。駴與駭同。縱獵徒，赴長莽。莽，草。長，謂深且遠也。方言曰：草，南楚之間謂之莽。迾卒清候，武士赫怒。善曰：鄭玄禮記注曰：迾，遮也。迾，旅結切。清候，清道候望也。鄭玄毛詩箋曰：赫，怒意也。緹衣韎韐，睢盱拔扈。善曰：緹衣韎韐，武士之服。字林曰：緹，帛丹黃色，他迷切。毛詩曰：韎韐有奭。毛萇曰：韎者，茅蒐染也。字林曰：睢，仰目也。盱，張目也。睢，火佳切。盱，火于切。毛詩曰：無然畔援。鄭玄曰：畔換，猶拔扈〔八七〕。拔與跋，古字通。光炎燭天庭，囂聲震海浦。燭，照也。海浦，四瀆之口。善曰：解嘲曰：未仰天庭。鄭玄周禮注曰：囂，讙也，許朝切。河渭爲之波盪，吳嶽爲之陁堵。波盪，搖動也。陁，落也。善曰：漢書曰：自華西名山七，一曰吳山。郭璞云：吳、岳，別名。百禽㥄遽，騤瞿奔觸。㥄，猶怖也。遽，促也。騤瞿，走貌。

奔觸，唐突也。善曰：羽獵賦曰：虎豹之陵遽。白虎通曰：禽，鳥獸之總名，爲人禽制。悽，音陵。遽，渠庶切。騤，音逵。瞿，巨駒切。喪精亡魂，失歸忘趨。投輪關輻，不邀自遇。言禽獸亡失精魂，不知所當歸趨也。反關入輪輻之間，不須邀逐，往自得之。趣，向也〔八八〕。邀，遮也。飛罕潚箾，流鏑㩟爆。潚箾，罕形也。㩟爆，中聲也。善曰：說文曰：罕，網也。潚，音肅。箾，音朔。㩟，普麥切。爆，芳邈切。矢不虛舍，鋋不苟躍。舍，放也。躍，跳也。矢鋋跳躍，必有獲矣。善曰：說文曰：鋋，小戈也。當足見蹍，值輪被轢。音歷。足所蹈爲蹍，車所加爲轢。善曰：蹍，女展切。僵禽斃獸，爛若磧七亦切礫。僵，仆也。石細者曰礫。謂所獲禽鳥，爛然如聚細石也。但觀罝羅之所羂結，竿殳之所揘畢。羂，縊也。結，縛也。竿，竹也。殳，杖也。八稜長丈二無刃，或以木爲之，或以竹爲之。揘畢，謂撞㧙也。善曰：羂，古犬切。揘，音横。畢，于筆切，又音筆。叉蔟之所攙捔，徒搏之所撞㧙。攙捔，貫刺之。撞㧙，猶揘畢也。善曰：蔟，楚角切。攙，士銜切。捔，助角切。撞，直江切。㧙，房結切。白日未及移其晷〔八九〕，已獮思衍切其什七八。晷，景也。獮，殺也。言日景未移，禽獸什已殺七八矣。善曰：漢書，張竦曰：日不移晷，霍然四除。

「若夫游鷮高翬，絕阬踰斥。雉之健者爲鷮，尾長六尺。詩云：有集唯鷮。翬，翬飛也〔九〇〕。斥，澤崖也。善曰：鷮，舉喬切。阬，音剛。斥，音尺。毚兔聯猭，陵巒超壑。毚，狡兔也。聯猭，走也。巒，山也。壑，阬谷也。自游鷮至此，皆說禽獸輕狡難得也。善曰：毛詩曰：躍躍毚兔。音讒。猭，勑緣切。比諸東郭，莫之能獲。善曰：戰國策，淳于髡曰：夫韓國盧，天下之駿狗也；東郭逡，海內之狡兔也。環山三，騰岡五，韓盧不能及之。鄭玄禮記注曰：比，猶比方也。孔安國尚書傳曰：諸，之也。乃有迅羽輕足，尋景追括。迅羽，鷹也。輕足，好犬也。括，箭括之御弦者〔九一〕。鳥不暇舉，獸不得發。舉，飛也。發，駭走也。善曰：高唐賦曰：飛鳥未及起，走獸未及發。青骹摯於韝下，韓盧噬於緤末。青骹，鷹青脛者善。曰〔九二〕韓盧犬，謂黑色毛也。摯，擊也。噬，齧也。緤，攣也。韝，臂衣。鷹下韝而擊，犬攣末而齧，皆謂急搏不遠而獲。善曰：說文曰：骹，脛也。戰國策，淳于髡曰：韓國盧者，天下之駿狗也〔九三〕。骹，苦交切。緤，音薛。禮記曰：犬則執緤。鄭玄注曰：緤、紖、靮，皆所以繫制之者。守犬、田犬問名，畜養者當呼之名，謂若韓盧、宋鵲之屬〔九四〕。及其猛毅髬髵，隅目高匡。髬髵，作毛鬛也。隅目，角眼視也。高匡，深瞳子也。皆謂猛獸作怒可畏者。善曰：髬，普悲切。髵，音而。威懾兕虎，莫之敢伉。兕，水牛類也。伉，當也。謂獸猛，兕虎且猶畏之，人無敢當之者。善曰：鄭玄毛詩箋曰：懾，恐懼也。伉，古郎切。迺使中黄之士，育獲之儔，朱鬕鬛髽〔九五〕，植髮如竿。絳帕額，露頭髻，植髮如竿，以擊猛獸，能服之也。善曰：尸子曰：中黄伯曰：余左執泰行之獶，而右搏雕虎。戰國策，范雎說秦王曰：烏獲之力焉而死，夏育之勇焉而死。說文曰：鬕，帶髻頭飾也。通俗文曰：露髻曰鬛，以麻雜爲髻，如今撮也。鬕，莫亞切。髽，士瓜切。鬛，作計切。袒裼戟手，奎踽盤桓。奎踽，開足也。盤桓，便旋也。善曰：毛詩曰：袒裼暴虎。左傳曰：戟其手。廣雅曰：盤桓，不進也。奎，欺棰切。踽，去禹切。鼻赤象，圈巨狿。象鼻赤者怒。巨狿，麔也。怒走者爲狿。謂能戾象鼻，又穿麔以著圈。善曰：說文曰：圈，畜閑也，其兗切。狿，音延。摣狒猬，批窳狻。狒，獸身人面，身有毛，被髮迅走，食人。猬，其毛如刺。窳，窫窳也，類貙虎，亦食人〔九六〕。狻，狻猊也，一曰師子。摣、批，皆謂戟撮之。善曰：摣，子加切。狒，房沸切。猬，音謂。批，側倚切。窳，音庾。狻，音酸。猊，五奚切。揩枳落，突棘藩。善曰：字林曰：揩，摩也，口階切。説文曰：枳，木似橘，居紙切。杜預左氏傳注曰：藩，籬也。落，亦籬也。梗林爲之靡拉，樸叢爲之摧殘。靡拉、摧殘，言揩突之，皆擗碎毁拆也。拉，郎答切。善曰：方言曰：凡草木刺人爲梗，古杏切。毛萇詩傳曰：樸，包木也，補木切。輕鋭僄狡趫捷之徒，輕鋭，謂便利捷疾也。言如此者多也。赴洞穴，探封狐。陵重巘，獵昆駼。洞穴，深且通也。探，取也。封，大也。陵，猶升也。山之上大下小者曰巘。昆駼，如馬，跂蹄，善登高。言能升重巘之嶺，而獵取昆駼之獸。善曰：巘，言免切。駼，音途。杪木末，擭獑猢。杪，猶表也。獑猢，猨類而白，腰以前黑，在木表。擭，謂掘取之也。善曰：杪，音眇。擭，於白切。獑，在銜切。猢，音胡。超殊榛，摕飛鼯。殊，猶大也。榛，木也。摕，捎取之也。善曰：爾雅曰：鼯鼠，夷由。郭璞曰：狀如小狐，肉翅，飛且乳。摕，大結切。鼯，音吾。

「是時後宫嬖人昭儀之倫，嬖，幸也。昭儀，後宫官也。常亞於乘輿。亞，次也。乘輿，天子所乘車。慕賈氏之如皋，樂北風之同車。善曰：左氏傳曰：賈大夫惡，取妻三年不言不笑。御以如皋，射雉獲之，其妻始笑而言。杜預曰：賈國之大夫。詩北風曰：惠而好我，攜手同車。盤于游畋，其樂只且。盤，樂也。善曰：尚書曰：不敢盤于游畋。毛詩曰：其樂只且。辭也〔九七〕，子余切。於是鳥獸殫，目觀窮。殫，盡也。窮，極也。所觀畢也。善曰：國語，伍舉曰：若周於目觀。遷延邪睨，集乎長楊之宫。遷延，退旋也。善曰：高唐賦曰：遷延引身也。説文曰：睨，斜視也，魚計切。息行夫，展車馬。息，休也。善曰：左氏傳曰：子反令軍吏，繕甲兵，展車馬。鄭玄禮記注曰：展，整也。張輦切。收禽舉胔，數課衆寡。胔，死禽獸將腐之名也。數，計。課，録。校所得多少。善曰：胔取肉名，不論腐敗也。置互擺牲，頒賜獲鹵。互，所以挂肉。擺，謂破礫懸之。頒，謂以所鹵獲之禽獸賜士衆也。善曰：擺，芳皮切。漢書音義曰：鹵與虜同。割鮮野饗，犒勤賞功。謂饗食士衆於廣野中，勞勤苦，賞有功。善曰：子虚賦曰：割鮮染輪。杜預左氏傳曰〔九八〕：犒，勞也。犒，苦到切。五軍六師，千列百重。善曰：漢官儀，漢有五營。五軍，即五營也。周禮，天子六軍。六師，即六軍也。尚書曰：張皇六師。千列，列千人也。酒車酌醴，方駕授饔。酒肴皆以車布之。善曰：鄭玄儀禮注曰：方，併也。杜預左氏傳注曰：熟曰饔。升觴舉燧，既釂鳴鐘。燧，火也。謂行酒舉烽火以告衆也。以釂，鳴鍾鼓也。善曰：升，進也。説文曰：釂，飲酒盡也。焦曜切。膳夫馳騎，察貳廉空。膳夫，宰夫也。察、廉，皆視也。貳爲兼重也。空，減無也〔九九〕。言宰人騎馬行視，肴有兼重及減無者。善曰：禮記曰：御同於長者，雖貳不辭。鄭玄曰：貳，重也。肴，膳也。炙炰夥，清酤鈘。皇恩溥，洪德施〔一〇〇〕。詩有炰鼈。清酤，美酒也。善曰：史記曰：楚人謂多爲夥。音禍。毛詩曰：既載清酤。音户。廣雅曰：鈘，日多也〔一〇一〕，音支。皇，皇帝。普，博施也。徒御悦，士忘罷。善曰：毛詩曰：徒御不驚。毛萇曰：徒，輦者也。御，御馬也。罷，音皮。巾車命駕，迴旆右移。巾車，主車官也。回車右轉，將旋也。善曰：孔叢子，歌曰：巾車命駕，將適唐都。鄭玄周禮注曰：巾猶衣也。相羊乎五柞之館，旋憩乎昆明之池。相羊，仿羊也。池，即所謂靈沼也。善曰：楚辭曰：聊逍遥以相羊。憩，息也。登豫章，簡矰紅。豫章，池中臺也。簡，省也。繳，射矢，長八寸，其絲名矰。音曾。蒲且發，弋高鴻。善曰：列子，蒲且子之弋，弱矢纖繳，射乘風而振之，連雙鶬於青雲也。且，子余切。挂白鵠，聯飛龍。挂，矢絲挂鳥上也。飛龍，鳥名也。磻不特絓，往必加雙。沙石膠絲爲磻。非徒獲一而已，必雙得之。善曰：説文曰：磻，似石著繳也〔一〇二〕。磻，音波。絓，音卦。

「於是命舟牧，爲水嬉。舟牧，主舟官。嬉，戲也。善曰：禮記曰：舟牧覆舟。琴道，雍門周曰：水嬉則艕龍舟。浮鷁首，翳雲芝。船頭象鷁鳥，厭水神，故天子乘之。翳，覆也。爲畫芝草及雲氣以爲船覆飾也。善曰：淮南子曰：龍舟鷁首。甘泉賦曰：登夫鳳皇而翳華芝。垂翟葆，建羽旗。謂垂羽翟爲葆蓋飾，建隼羽爲旌旗也。善曰：琴道，雍門周曰：水嬉則建羽旗。齊栧女，縱櫂歌。善曰：栧女，鼓栧之女。漢書音義，韋昭曰：栧，楫也，楊至切。櫂歌，引櫂而歌也。西都賦曰：櫂女謳。漢武帝秋風辭曰：發櫂歌。方言曰：楫或謂之櫂。郭璞曰：今云櫂歌也，直教切。發引和，校鳴葭。奏淮南，度陽阿。發引和，言一人唱，餘人和也。葭，更校急之乃鳴。和，胡卧切。杜摯葭賦曰：李伯陽入西戎所造。漢書曰〔一〇三〕：有淮南鼓員四人。謂舞人也。淮南子曰：足蹀陽阿之舞。感河馮，懷湘娥。善曰：感，動也。莊子曰：馮夷得道，以潛大川。説文曰：懷，念思也。楚辭曰：帝子降兮北渚。王逸曰：言堯二女娥皇、女英，隨舜不及，墮湘水中，因爲湘夫人。驚蝄蜽，憚蛟蛇。蝄蜽，水神。蛟，龍類。驚、憚，謂皆使駭怖也。善曰：楊雄蜀都賦曰：其深則有水豹蛟蛇也。然後釣魴鱧，纚鰋鮋。纚，網如箕形，狹後廣前。魴、鱧、鰋、鮋，皆魚名。善曰：纚，所買切。鮋，長由切。摭紫貝，搏耆龜。搏、摭，皆拾取之名。耆，老也。龜之老者神。善曰：相貝經曰：赤電黑雲謂之紫貝。楚辭曰：耆蔡兮踊躍。王逸曰：蔡，龜也。摭，之石切。搤水豹，馽潛牛。水豹、潛牛，皆謂水處也。善曰：説文曰：搤，捉也。楊雄蜀都賦曰：水豹蛟蛇。説文曰：馽，絆馬也。上林賦曰：沈牛麈麋。南越誌：潛牛，形角似水牛。搤，音戹。馽，中立切。澤虞是濫，何有春秋？澤虞，主水澤官。濫，施罛罔也。言不順時節，常設之也。善曰：周禮曰：澤虞掌國澤之政。國語曰：魯宣公濫於泗流。擿漻澥，搜川瀆。布九罭〔一〇四〕，設罜䍡。漻澥，小水別名。擿、搜，謂一一周索也。善曰：毛詩曰：九罭之魚鱒魴。爾雅曰：九罭，魚網。國語，里革曰：罝禁罜䍡〔一〇五〕。韋昭曰：罜䍡，小網也。擿，土狄切。漻，音了。澥，音蟹。罭與緎，古字通。罭，音域。罜，音獨。䍡，音鹿。摷昆鮞，殄水族。昆，魚子。鮞，細魚〔一〇六〕族類也。摷、殄，言盡取之。摷，責交切。善曰：國語，里革曰：魚禁鯤鮞。鯤，音昆。鮞，音而。蘧藕拔，蜃蛤剥。蘧，芙蕖。蜃，蛤蚌也。善曰：蜃，音腎。逞欲畋魰，效獲麑麇。逞，極也。鹿子曰麑，麇子曰麇。善曰：左氏傳，季良曰：今民餒而君逞欲。廣雅曰：逞，快也。孔安國尚書傳曰：田，獵也。田與畋同。説文曰：魰，捕魚也，音魚。國語曰：獸長麑麇。麑，音迷。麇，烏老切。摎蓼浶浪，乾池滌藪。善曰：孔安國尚書傳曰：滌，除所求徧也。善曰：摎，古巧切。蓼，音老。浶，音勞。浪，音郎也。上無逸飛，下無遺走。擭胎拾卵，蚳蝝盡取。善曰：國語曰：鳥翼也。鄭玄禮記注曰：藪，大澤。鷇卵，蟲舍蚳蝝。韋昭曰：蚳，蟻子也，可以爲醢。蝝，復陶也，可食。未乳曰卵。蚳，直尸切。蝝，音緣。取，蒼苟切。取樂今日，遑恤我後？皇，暇也。言且快今日之苟樂，焉能復顧後日之長久也。善曰：毛詩曰：我躬不閱，遑恤我後。既定且寧，焉知傾陁？天下已定，貴在安樂，極意恣心，何能復顧後日傾壞也。陁，音雉。

「大駕幸乎平樂，張甲乙而襲翠被。平樂館，大作樂處也。襲，服也。李尤樂觀賦曰〔一〇七〕：設平樂之顯觀，處金商之維限。善曰：班固漢書贊曰：孝武造甲乙之帳，襲翠被，馮玉几。音義曰：甲乙，帳名也。左氏傳曰：楚子翠被。杜預曰：翠羽飾被。披義切。攢珍寶之玩好，紛瑰麗以奓靡。攢，聚也。紛，猶雜也。瑰，奇也。麗，美也。奓靡，奢放也。臨迴望之廣場，程角觝之妙戲。程，謂課其技能也。善曰：漢書曰：武帝作角觝戲。文穎曰：秦名此樂爲角觝。兩兩相當，角力技藝射御，故名角觝也。烏獲扛鼎〔一〇八〕，都盧尋橦。善曰：史記曰：秦武王有力士烏獲、孟説，皆大官。王與孟説舉鼎。説文曰：扛，横開對舉也〔一〇九〕。扛與舩同〔一一〇〕，古尨切。漢書曰：武帝享四夷之客，作巴俞、都盧。音義曰：體輕善緣。橦，直江切。衝狹鷰濯，胸突銛鋒。卷簟席，以矛插其中，伎兒以身投從中過。鷰濯，以盤水置前，坐其後，踊身張手跳前，以足偶節踰水，復却坐，如鷰之浴也。善曰：漢書音義曰：銛，利也，息廉切。跳丸劍之揮霍，走索上而相逢。揮霍，謂丸劍之形也。索上，長繩繫兩頭於梁，舉其中央，兩人各從壹頭上，交相度，所謂儛絚者也。跳，都彫切。華嶽峩峩，岡巒參差。神木靈草，朱實離離。華山爲西嶽。峩峩，高大貌。參差，低仰貌。神木，松柏靈壽之屬。靈草，芝英朱赤也。離離，實垂之貌。善曰：西都賦曰：靈草冬榮，神木叢生。毛詩曰：其桐其椅，其實離離。毛萇曰：離離，垂也。總會僊倡，戲豹舞羆。白虎鼓瑟，蒼龍吹篪。仙倡，僞作假形，謂如神也。羆豹熊虎〔一一一〕，皆爲假頭也。女娥坐而長歌，聲清暢而蜲蛇。蜲蛇，聲餘詰曲也。善曰：女，娥，娥皇、女英也。洪涯立而指麾，被毛羽之纖襹。洪涯，三皇時伎人。倡家託作之，衣毛羽之衣。襹，衣毛形也〔一一二〕。善曰：䃶，所炎切。䊴，史宜切。度曲未終，雲起雪飛。初若飄飄，後遂霏霏。飄飄、霏霏，雪下貌。皆巧僞作之。善曰：班固漢書曰：元帝自度曲。瓚曰：度曲歌終，更授其次，謂之度曲。毛詩曰：雨雪霏霏。複陸重閣，轉石成雷。複陸，複道閣也。於上轉石，以象雷聲。礔礰激而增響，磅磕象乎天威。增響，委聲也〔一三〕。磅磕，雷霆之音，如天之威怒。善曰：礔，敷赤切。磅，怖萌切。磕，古蓋切。巨獸百尋，是爲曼延。作大獸，長八十丈，所謂蛇龍曼延也。善曰：漢書曰：武帝作漫衍之戲也。神山崔巍，欻從背見。欻之言忽也。僞所作也。獸從東來，當觀樓前。背上忽然出神山崔巍也。欻，許律切。熊虎升而拏攫，猨狖超而高援。皆僞所作也。善曰：拏攫，相搏持也。拏，奴加切。攫，居縛切。怪獸陸梁，大雀踆踆。皆僞所作也。陸梁，東西倡佯也。踆踆，大雀容也。七輪切。善曰：尸子曰：先王豈無大鳥怪獸之物哉？然而不私也。白象行孕，垂鼻轔囷。僞作大白象，從東來，當觀前，行且乳，鼻正轔囷也。善曰：轔，音鄰。囷，巨貧切。海鱗變而成龍，狀蜿蜿以蝹蝹。海鱗，大魚也。初作大魚，從東方來，當觀前，而變作龍。蜿蜿、蝹蝹，龍形貌也。善曰：蜿，於袁切。蝹，於君切。含利颬颬，化爲仙車。驪駕四鹿〔一四〕，芝蓋九葩。含利，獸名。性吐金，故曰含利。颬颬，容也。驪，猶羅列駢駕之也。以芝爲蓋，蓋有九葩之采也。善曰：颬，呼加切。蟾蜍與龜，水人弄蛇。作千歲蟾蜍及千歲龜，行舞於前也。水人，俚兒，能禁固弄蛇也。善曰：蟾，昌詹切。蜍，市余切。奇幻儵忽，易貌分形。儵忽，疾也。易貌分形，變化異也。善曰：幻，下辦切。吞刀吐火，雲霧杳冥。善曰：西京雜記曰：東海黄公，立興雲霧。漢官典職曰：正旦作樂，漱水成霧。楚辭曰：杳冥兮晝晦。畫地成川，流渭通涇。善曰：西京雜記曰：東海黄公，坐成山河。又曰：淮南王好方士，方士畫地成河。東海黄公，赤刀粤祝音呪。東海有能赤刀禹步，以越人祝法厭虎者，號黄公。又於觀前爲之。冀厭白虎，卒不能救。善曰：西京雜記曰：東海人黄公，少時能幻，制蛇御虎，常佩赤金刀。及衰老，飲酒過度，有白虎見於東海，黄公以赤刀往厭之，術不行，遂爲虎所食。故云不能救也。皆僞作之也。挾邪作蠱，於是不售。蠱，惑也。售，猶行也。謂懷挾不正道者，於是時不得行也。侲僮程材，上下翩翻。侲之言善。善童，幼子也。程，猶見也。材，伎能也。翩翻，戲橦形也。善曰：上也。爾乃建戲車，樹脩旃。樹，植也。旃，謂旛也。建之於戲車上也。突倒投而跟絓，譬隕絶而復聯。突然倒投，身如將墜，足跟反絓橦上，若已絶而復連也。善曰：投，他豆切。説文曰：跟，足踵也，音根。百馬同轡，騁足並馳。於橦子作其形狀。善曰：陸賈新語曰：楚平王增駕，百馬同行也。橦末之伎，態不可彌。彌，猶極也。言變巧之多，不可極也。彎弓射乎西羌，又顧發乎鮮卑。彎，挽弓也。鮮卑，在羌之東，皆於橦上作之。善曰：魏書曰：鮮卑者，東胡之餘也。别保鮮卑山，因號焉。「於是衆變盡，心醒醉。盤樂極，悵懷萃。醒，飽也。萃，猶至也。於是游戲畢，心飽於悦樂，悵然思念所當復至也。善曰：孟子曰：盤游飲酒，馳騁田獵。陰戒期門，微行要屈。要或爲徼。善曰：期門，已見西都賦。漢書曰：武帝微行所出。張晏曰：騎出入市里，不復警蹕，若微賤之所爲，故曰微行。要屈，至尊同乎卑賤也。降尊就卑，懷璽藏紱。天子印曰璽。紱，綬也。懷藏之自同卑者也。便旋閭閻，周觀郊遂。

善曰：閭，里門也。闔，里中門也。郊，已見西都賦。周禮有六遂也。若神龍之變化，章后皇之爲貴。龍出則昇天，潛則泥蟠，故云變化。章，明也。天子稱元后。皇，漢帝稱也。善曰：管子曰：龍被五色，欲小則如蠶蝎，欲大函天地也。然後歷掖庭，適驩館。掖庭今官〔一五〕，主後宮，擇所驩者乃幸之。捐衰色，從嬿婉。嬿婉，美好之貌。善曰：毛詩序曰：華落色衰。韓詩曰：嬿婉之求。嬿婉，好貌。嬿，於見切。婉，於萬切。捐，棄也。促中堂之陿坐，羽觴行而無筭。中堂，中央也。善曰：楚辭曰：瑤漿蜜勺實羽觴。漢書音義曰：羽觴，作生爵形。儀禮曰：無筭爵。鄭玄曰：筭，數也。祕舞更奏，妙材騁伎。祕，言希見爲奇也。更，遞也。奏，進也。妖蠱豔夫夏姬，美聲暢於虞氏。善曰：左氏傳，子産曰：在周易，女惑男謂之蠱。音古。又左氏傳曰：楚莊王欲納夏姬。杜預曰：夏姬，鄭穆公女，陳大夫御叔妻。七略曰：漢興，善歌者魯人虞公，發聲動梁上塵。暢，條暢也，勑亮切。蠱，媚也。始徐進而羸形，似不任乎羅綺。嚼清商而却轉，增嬋蜎以此豸音雉。清商，鄭音。嬋蜎、此豸，姿態妖蠱也。善曰：宋玉笛賦曰：吟清商，追流徵。嬋，音蟬。蜎，於緣切。紛縱體而迅赴，若驚鶴之羣罷〔一六〕。縱體，舞容也。迅疾赴節相越也。相鶴經曰：後七年學舞，又七年舞應節。振朱屣於盤樽，奮長袖之颯纚。振，猶掉也。朱屣，赤絲履也。舞人特作長袖。颯纚，長貌也。善曰：韓子曰：長袖善舞。颯，素合切。纚，所倚切。要紹修態，麗服颺菁。要紹，謂娟嬋作姿容也。修，爲也。態，嬌媚意也。菁，華英也。善曰：楚辭曰：夸容脩態。要，於妙切。菁，音精。眳藐流眄，一顧傾城。眳，眉睫之間。藐，好視容也。流眄，轉眼貌也。眳，亡井切。善曰：漢書，李延年歌曰：北方有佳人，絕世而獨立。

一顧傾人城，再顧傾人國。展季桑門，誰能不營？善曰：國語曰：臧文仲聞柳下惠之言。韋昭曰：柳下，展禽之邑。季，字也。家語曰：昔有婦人，召魯男子，不往，婦人曰：子何不若柳下惠？然嫗不逮門之女也，國人不稱其亂焉。桑門，沙門也。東觀漢記，制楚王曰：以助伊蒲塞桑門之盛饌。説文曰：營，惑也。列爵十四，競媚取榮。後宮官從皇后以下凡十四等，競爭邪媚求榮愛也。善曰：列爵十四，見西都賦也。盛衰無常，唯愛所丁。善曰：爾雅曰：丁，當也。衛后興於鬒髮，飛燕寵於體輕。善曰：漢書曰：孝武衛皇后，字子夫。漢武故事曰：子夫得幸，頭解，上見其美髮，悦之。毛詩云：鬒髮如雲。之忍切。荀悦漢紀曰：趙氏善舞，號曰飛燕，上説之。事由體輕而封皇后也。爾乃逞志究欲，窮身極娛。逞，娛也。娛，樂也。善曰：楚辭曰：逞志究欲，心意安之也。鑒戒唐詩，他人是媮。唐詩，刺晉僖公不能及時以自娛樂，曰：子有衣裳，弗曳弗婁，宛其死矣，他人是媮。言今日之不極意恣嬌亦如此也。善曰：國語曰：鑒戒而謀。賈逵曰：鑒，察也。自君作故，何禮之拘？善曰：國語，魯侯曰：君作故事〔二七〕。韋昭曰：君所作則爲故事也。商君書曰：賢者更禮，不肖者拘焉。增昭儀於婕妤，賢既公而又侯。善曰：漢書曰：孝成帝趙皇后有女弟，爲婕妤，絶幸，爲昭儀。又曰：孝元帝傅婕妤有寵，乃更號曰婕妤，在昭儀上，尊之也。又曰：封董賢爲高安侯，後代丁明爲大司馬，即三公之職也。許趙氏以無上，思致董於有虞。善曰：漢書曰：成帝謂趙昭儀曰：趙氏故不立許氏，使天下無出趙氏上者。王閎争於坐側，漢載安而不渝。渝，易也。善曰：漢書曰：上置酒麒麟殿，視董賢而笑曰：吾欲法堯禪舜，何如？王閎曰：天下乃高帝天下，非陛下有之。統業至重，天子無戲言。

「高祖創業，繼體承基。暫勞永逸，無爲而治。善曰：劇秦美新曰：漢祖創業蜀、漢。漢書，平當曰：今漢繼體承基三百餘年。又楊雄曰：不一勞者不久佚。論語曰：無爲而治，其舜也歟？耽樂是從，何慮何思？善曰：尚書曰：惟耽樂之從。周易曰：天下何思何慮？多歷年所，二百餘朞。朞，一帀也。從高祖至于王莽，二百餘年。善曰：尚書曰：殷禮配天，多歷年所。徒以地沃野豐，百物殷阜。沃，肥也。豐，饒也。殷，盛也。阜，大也。巖險周固，衿帶易守。謂左崤、函，右隴坻，前終南，後高陵。善曰：左氏傳曰：制，巖邑也。李尤函谷關銘曰：衿帶咽喉。管子曰：地形險阻，易守難攻。得之者強，據之者久。流長則難竭，柢深則難朽。故奢泰肆情，馨烈彌茂。言土地險固，故得放心極意而夸泰之，馨烈益以茂盛。鄗生生乎三百之外，傳聞於未聞之者。鄗生，公子自稱，謙辭也。三百，自高祖以下至作賦時也。善曰：孔叢子，子高謂魏王曰：君聞之於耳邪？聞之於傳邪？者，之與切。曾髣髴其若夢，未一隅之能睹。善曰：甘泉賦曰：猶髣髴其若夢。說文曰：彷佛，相似，見不諦也。論語曰：子曰：舉一隅而示之。此何與於殷人屢遷，前八而後五？居相圮耿，不常厥土。盤庚作誥，帥人以苦。善曰：廣雅曰：與，如也。言欲遷都洛陽，何如殷之屢遷乎？言似之也。尚書曰：自契至成湯〔二八〕八遷。尚書序曰〔二九〕：盤庚五遷。又曰：河亶甲居相，祖乙圮于耿。孔安國曰：河水所毀曰圮。盤庚遷于殷〔三〇〕，殷人弗適有居，率籲衆慼，出矢言。圮，平鄙切。方今聖上同天，號於帝皇，天稱皇天。帝，今漢天子號。皇帝兼同之。善曰：方今，猶正今也。尚書刑德放曰：帝者，天號也。天有五帝。春秋元命苞曰：皇者，煌煌也。掩四海而爲家，掩，覆也。善曰：禮記，孔子曰：大道既隱，天下爲家。又曰：聖人能以天下爲一家也。富有之業，莫我大也。三皇以來，無大於漢者。善曰：周易曰：富有之謂大業也。徒恨不能以靡麗爲國華，善曰：國語，季文子曰：吾聞以德爲國華。韋昭曰：爲國光華也。獨儉嗇以齷齪，忘蟋蟀之謂何？儉嗇，節愛也。蟋蟀，唐詩刺儉也。言獨爲節愛，不念唐詩所刺邪？漢書注曰：齷齪〔二〕，小節也。王逸楚辭注曰：謂，説也。何休公羊傳注曰：謂據疑〔三〕問所不知者曰何也。豈欲之而不能，將能之而不欲歟？蒙竊惑焉，言我不解何故，反去西都從東京，置奢逸即儉嗇也。善曰：蒙，謙稱也。周易曰：匪我求童蒙也。願聞所以辯之之説也。」説，猶分別解説。

文選考異

〔一〕心奓體忲　案：「忲」當作「泰」。注「奓、忲」同。薛注云「體安驕泰」者，其本作「泰」，而如字解之也。又云「泰或謂忲習之忲」者，讀「泰」爲「忲」，又一解也。善引小雅曰「狃，忲也」者，爲薛後解申説也。然則善本必同薛作「泰」，今各本作「忲」，蓋不知者誤改之。

〔二〕注「言帝王必欲順陽時」　袁本、茶陵本無「陽」字。案：此尤校添也。

〔三〕注「覈驗也胡革切」　袁本、茶陵本無此六字，何校去。

〔四〕注「作起也」　袁本、茶陵本無此三字，何校去。

〔五〕注「夫筋之所由幨恒由此作」　袁本、茶陵本無「之所由幨」四字。案：此尤校添也。

〔六〕注「于陳倉北坂城祠之」　袁本、茶陵本無「北」字。案：此尤校添也。

〔七〕注「云野雞夜鳴」　袁本、茶陵本無「云」字。案：此尤校添也。

〔八〕注「二山名也」　袁本、茶陵本此四字作「終南太一二名也」七字。案：二本是也。「二名也」者，謂一山有二名，觀下注可見，尤校改非。

〔九〕注「至于鳥鼠」　袁本、茶陵本無此四字。案：無者是也。

〔一〇〕注「此云終南太一不得爲一山明矣」　袁本、茶陵本無「不得爲一」四字。案：二本有脱文，今無以補之。尤所校添，未必闇同善舊也。

〔一一〕注「山形容也」　袁本、茶陵本「山」上有「隆崛之類皆」五字。案：尤校删，非。

〔一二〕注「音户杜陵鄠縣言終南太一含褢之」　袁本、茶陵本無此十四字。

〔一三〕注「善曰爾雅曰爰有寒泉」　袁本、茶陵本無「善曰」二字。案：各本皆有，誤也。「爾雅曰」與「爰有寒泉」，不相承接，今無以訂之。尤校添「善曰」，仍未爲得善舊也。

〔一四〕其遠則九嵕甘泉　袁本、茶陵本「則」下有「有」字。案：此無以考也。

〔一五〕實惟地之奥區神皋　袁本、茶陵本「惟」作「爲」。案：此無以考也。

〔一六〕注「善曰五緯五星也」　茶陵本「善曰」在「也」字下，袁本與此同。案：似茶陵是也。

〔一七〕注「漢書曰漢元年」　袁本、茶陵本「曰」作「高紀」二字。

〔一八〕注「尚書曰肆予敢求爾于天邑商」 袁本、茶陵本「曰」上有「王」字，無「肆予」二字。

〔一九〕注「天命不滔」 案：「滔」當作「謟」，觀下注可見。各本皆譌。

〔二〇〕注「洫域池也」 案：「域」當作「城」，後「横西洫而絶金墉」句注可證。下「郛者何域外大郭也」，何校「域」改「城」，是也。各本皆譌。

〔二一〕乃覽秦制 袁本、茶陵本「乃」上有「爾」字。案：此無以考也。

〔二二〕注「棼橑已見西京賦」 何校「京」改「都」，陳同，是也。袁本亦誤，茶陵本複出前注，更非。凡茶陵例改已見爲複出，故其首題增補二字，以後悉放此。

〔二三〕雕楹玉磶 案：「磶」當作「舄」。善引廣雅「磶」而云「磶」與「舄」古字通，謂賦文之「舄」與廣雅之「磶」通也，其作「舄」甚明。各本所見，蓋皆誤。

〔二四〕注「山坻除也」 袁本、茶陵本無「山」字。案：此初亦無，後脩添之而誤耳。

〔二五〕注「陵陡也」 袁本「陡」作「斗」是也，茶陵本作「升」，即「斗」字之譌。

〔二六〕仰福帝居 何校「福」改「福」，云顔氏匡謬正俗云：副貳之字本爲「福」，從衣，畐聲。西京賦「仰福帝居」傳寫譌舛，轉「衣」爲「示」，讀者便呼爲「福禄之福」，失之遠矣。今案：所校是也，凡從「衣」之字，每與從「示」混，各本傳寫之誤，與顔云云正同，善自作「福」，不作「福」也。

〔二七〕注「説文注曰」 案：「注」字不當有，各本皆衍。

〔二八〕大夏耽耽　袁本、茶陵本「夏」作「廈」。案：此疑善「夏」、五臣「廈」而失著校語。又二本注中字盡作「廈」，亦涉五臣亂之。

〔二九〕注「然則既有九室」　袁本、茶陵本無「既有」二字。案：「則」字亦衍。

〔三〇〕注「蕡積也薛君曰蕡」　案：當作「薛君曰蕡積也」六字。各本皆誤。

〔三一〕注「左傳子朱曰」　袁本、茶陵本「左」下有「氏」字，無「子朱」二字，是也。

〔三二〕蘭臺金馬　袁本、茶陵本「蘭」上有「外有」二字。案：此無以考也。疑善、五臣之異，二本失著校語，尤所見獨未誤耳。

〔三三〕嗟内顧之所觀　案：「嗟」當作「羗」，注同。善引小雅廣言「羗，發聲」爲注，是其本作「羗」甚明。袁、茶陵二本所載五臣良注云「嗟，歎聲」，是其本改作「嗟」亦甚明。各本所見，以五臣亂善，又并注中字改爲「嗟」，益不可通。特訂正之。

〔三四〕注「漢書武帝故事」　案：「漢」上當有「善曰」二字，茶陵本此作善注，其薛注「長樂桂宫」至「殿名也」十二字在上，别以「綜曰」冠之，最是。尤本自此至末三十七字錯入薛注，袁本「長樂」云云十二字錯入善注，皆大誤也。又何校去「書」字，陳同，各本皆衍。

〔三五〕後宫不移　袁本、茶陵本「後」上有「於是」二字。案：此無以考也。

〔三六〕官以物辨　袁本、茶陵本「辨」作「辦」。案：此疑善、五臣之異也。

〔三七〕注「瑰奇也」　袁本自此至末二十四字作善注，茶陵本與此同。案：似茶陵是也。

〔三八〕注「漢書舊儀云」 陳云「書」字衍，是也。各本皆衍。

〔三九〕注「刻陗升高也」 袁本「升」作「斗」，是也。茶陵本亦誤「升」。

〔四〇〕注「頫古字」 陳云「古」下疑當有「俯」字，是也。各本皆脱。

〔四一〕注「以函屋上」 袁本、茶陵本「函」作「臿」，是也。

〔四二〕注「廣雅曰曲枅曰欒」 案：「廣」上當有「善曰」二字，茶陵本此作善注，最是。袁本與此同，皆非。

〔四三〕注「山海經曰」 陳云「經」下脱「注」字，是也。各本皆脱。

〔四四〕注「上爲清陽又爲陽」 袁本、茶陵本「清陽」作「陽清」，是也。

〔四五〕橧桴重棼 袁本、茶陵本「橧」作「增」。案：此尤誤。

〔四六〕轢輻輕騖 袁本、茶陵本「轢」作「櫟」。案：此尤誤，注作「櫟」，未改也。

〔四七〕注「彌竟也言望之極目」 袁本、茶陵本無此八字。案：無者是也。袁本複衍「唐中已見西都賦」七字，亦非。

〔四八〕注「水潒瀁也」 袁本、茶陵本「瀁」作「潒」，是也。

〔四九〕注「三輔舊事曰清淵北」 袁本、茶陵本「輔」作「代」。案：此當「三輔」「三代」重有。三輔三代舊事屢引，尤校添而又脱「三代」耳。

〔五〇〕注「以廛任國中之地」 案：「廛」下當有「里」字。各本皆脱。此載師職文也。

〔五一〕注「説文曰阤落也」　案：「阤」當作「陊」。各本皆誤。

〔五二〕注「劉逵魏都賦注曰」　案：此有誤也。吴都有「蘭錡内設」，魏都有「附以蘭錡」，今善於兩賦舊注中，皆不更見。此所引語，無以決其當爲「劉逵吴都賦注曰」，或當爲「張載魏都賦注曰」也。凡善各篇所留舊注，均非全文。

〔五三〕注「司市胥師二十人」　案：「十」下當有「肆則一」三字。各本皆脱。此地官序官文也。

〔五四〕注「裨販夫婦爲主」　袁本、茶陵本無「裨」字，「夫」下有「販」字。

〔五五〕注「今大官以十日作」　案：「日」當作「月」。各本皆譌。

〔五六〕注「謂作刀劍削也」　袁本、茶陵本無「謂削也」三字，下有「晉灼曰」三字。案：漢書顔注引如淳曰「作刀劍削」者，尤依之校改也。「晉灼曰」三字誤去。

〔五七〕注「武陵」　何校「武」改「茂」，袁本亦作「武」，茶陵本所複出作「茂」。「茂」字是也。

〔五八〕注「蒼頡曰」　何校「頡」下添「篇」字，陳同，是也。各本皆脱。

〔五九〕注「五十里爲之郊」　袁本、茶陵本「之」作「近」，是也。

〔六〇〕注「重車聲也」　袁本、茶陵本無「車」字，是也。

〔六一〕繚垣緜聯　陳云，善曰：今並以「亘」爲「垣」。案：據此則正文及薛注中「垣」皆當作「亘」。案：所説是也。善但出「垣」字於注，其正文必同。薛作「亘」，至五臣銑注直云「垣墻」，是其本乃作「垣」，各本所見非。

〔六二〕注「植物草木動物禽獸」　袁本、茶陵本此八字在上文薛注之下。案：依尤本當以正文「植物斯生」二句別爲節，而係以此注及下「善曰云云」也。

〔六三〕注「夷堅聞而志之」　袁本、茶陵本無此六字。

〔六四〕注「注曰麓山足也」　袁本、茶陵本無此六字。

〔六五〕注「爾雅曰梅枏」　袁本、茶陵本「爾」上有「楠亦作枏」四字。案：此校語錯入注也。二本正文作「楠」，蓋善「枏」、五臣「楠」而著此耳。

〔六六〕注「謂昆明靈沼之水沚也」　案：「沚」當作「阯」。各本皆譌。

〔六七〕注「日出暘谷」　案：「暘」當作「湯」。下「出自陽谷」，「陽」亦當作「湯」。各本皆誤。

〔六八〕鮪鯢鱨魦　袁本、茶陵本「魦」作「鯋」，案：此尤誤。

〔六九〕注「郭璞山海經曰」　何校「經」下添「注」字，陳同，是也。各本皆脱。

〔七〇〕注「鮦也」　案：「鮦」上當有「郭璞曰」三字。各本皆脱。説見下。

〔七一〕注「毛萇詩傳曰」　案：此五字當作「又曰」二字。各本與下互誤。説見下。

〔七二〕注「鮪似鮎」　案：「鮪」下當有「鱣屬鯢」三字。各本皆脱。説見下。

〔七三〕注「又曰」　案：此二字當作「毛萇詩傳曰」五字。各本與上互誤。此節注所引「郭璞曰鮦也」在釋魚，所引「又曰鮪鱣屬鯢似鮎」亦在釋魚；所引「毛萇詩傳曰」云云在魚麗首章。今脱落顛倒，絶不可通，爲之訂正如此。

〔七四〕注「孟春鴻來」　袁本、茶陵本「鴻」下有「鴈」字，是也。

〔七五〕奮隼歸鳧　袁本「奮」作「集」，校語云善作「奮」。茶陵本校語云五臣作「集」。案：各本所見，皆非也。薛自作「集」，「集隼」與「歸鳧」對文，承上四句而言，猶楊子雲以「鴈集」與「鳧飛」對文也。善必與薛同，則與五臣亦無異，傳寫譌「奮」耳。二本校語，但據所見而爲之。凡如此例者，全書不少，詳見每條下。

〔七六〕注「奮迅聲也」　袁本、茶陵本無此四字。案：無者最是。詳袁、茶陵所載五臣濟注有「沸卉砰訇，鳥奮迅聲」之語，既不得於「奮」字讀斷，亦不得移作上句之解。尤不察所見正文「奮」爲「集」之誤，乃割取五臣增多薛注以實之，斯誤甚矣。

〔七七〕注「賈逵國語曰」　何校「語」下添「注」字，陳同，是也。各本皆脱。

〔七八〕注「猗重較兮」　袁本、茶陵本「猗」作「倚」，是也。

〔七九〕注「馬冠也又髦」　案：「又」當作「叉」。各本皆譌。

〔八〇〕注「弧旌枉矢以象牙飾」　案：「牙飾」當作「弧也」。各本皆誤。

〔八一〕載獫獥獢　案：「獥」當作「猲」。茶陵本作「猲」，校語云五臣作「獥」。袁本作「獥」，用五臣也。二本注中字，善「猲」，五臣「獥」，皆不誤。袁但正文失著校語。尤注中上二字「猲」，末一字并改爲「獥」，歧出，非也。「猲」、「獥」同字。凡善、五臣之異，不必其字不可通也。各還所本來，而同字亦較然分别矣。全書例如此。

〔八二〕注「同制也」　何校「同」改「周」，陳同，是也。各本皆譌。

〔八三〕注「虞初周説九百四十三篇初河南人也」　袁本、茶陵本此十五字作「虞初者洛陽人明此醫術」十字。

〔八四〕注「以方士侍郎」　袁本、茶陵本無此五字。

〔八五〕注「小説家者流蓋出於稗官」　袁本、茶陵本「小」上有「周説九百四十三篇」八字，無「流」字、「於」字。案：此節注，初同二本，後尤脩改也。

〔八六〕注「毛萇曰鬣」　案：「萇」當作「長」。各本皆譌。以四字爲一句也。

〔八七〕注「猶拔扈」　袁本、茶陵本「扈」下有「也」字，是也。「拔」疑「跋」之誤，正文作「拔」，下云「拔」與「跋」古字通，似善引箋作「跋」也。否則正文作「跋」，爲與五臣無異。乃與此注相應耳。

〔八八〕注「趣向也」　案：「趣」當作「趨」。各本皆誤。

〔八九〕白日未及移其晷　袁本、茶陵本無「其」字。案：此尤衍。

〔九〇〕注「翬翬飛也」　茶陵本不重「翬」字，袁本與此同。案：似重者是。

〔九一〕注「括箭括之御弦者」　陳云「御」當作「銜」。案：「之」字不當有。各本皆誤。

〔九二〕注「鷹青脛者善曰」　袁本無「曰」字，茶陵本與此同。案：袁本最是。「善」字屬上讀，以五字爲一句，下文注「象鼻赤者怒」句例正同。自此下盡「不遠而獲」，皆薛注也。尤、茶陵甚誤。

〔九三〕注「戰國策」下至「天下之駿狗也」　案：依善例，當作「韓盧已見上文」，此十七字不當有。各本皆誤。此類不盡出。

〔九四〕注「禮記曰犬」下至「謂若韓盧宋鵲之屬」　袁本、茶陵本無此四十二字。

〔九五〕朱鬉鬣鬣　案：「鬣」當作「鬣」。廣韻十三祭「鬣，露髻」，即出此。善注引通俗文「露髻曰鬣」及善音「作計切」也。各本所見，皆傳寫誤。

〔九六〕注「虎亦食人」　案：「亦」當作「爪」。各本皆誤。

〔九七〕注「其樂只且辭也」　袁本、茶陵本重「且」字，是也。

〔九八〕注「杜預左氏傳曰」　何校「傳」下添「注」字，是也。各本皆脱。

〔九九〕注「空減無也」　袁本、茶陵本「減」作「滅」，下同。案：此尤改之也。

〔一〇〇〕皇恩溥洪德施又注「皇皇帝普博施也」　茶陵本正文下校語云善無此二句。袁本有，無校語。尤初亦無，後脩改添入。注七字，袁、茶陵皆無。案：善魏都賦注引西京賦曰「皇恩溥」似無者，但傳寫脱其注七字，未審何出也。

〔一〇一〕注「敍日多也」　案：「日」字不當有。各本皆衍。

〔一〇二〕注「似石著繳也」　何校「似」改「以」，陳同，是也。各本皆譌。

〔一〇三〕注「漢書曰有淮南鼓員」　案：「曰」字不當有。各本皆衍。

〔一〇四〕布九罭　案：「罭」當作「緎」。善注「罭」與「緎」古字通，謂引毛詩、爾雅之「罭」與正文之「緎」通也。蓋善「緎」、五臣「罭」，而各本亂之。

〔一〇五〕注「罝禁罜麗」　案：「罝」字不當有。各本皆衍。此蓋有依國語記「罝」字於「罜」旁者，而誤在「禁」上也。

〔一〇六〕注「鮞細魚」　袁本「鮞」作「鱬」，茶陵本亦作「鮞」，下同。案：「鱬」即「鮞」別體字，蓋袁所見正文是「鱬」也。

〔一〇七〕注「李尤樂觀賦曰」　案：「樂」上當有「平」字。各本皆衍。陳云別本有，今未見。

〔一〇八〕烏獲扛鼎　案：「扛」當作「魟」。善注云「扛」與「魟」同，謂引説文之「扛」與正文之「魟」同也。蓋善「魟」、五臣「扛」，而各本亂之。

〔一〇九〕注「横開對舉也」　案：「開」當作「關」。各本皆譌。

〔一一〇〕注「扛與舩同」　袁本、茶陵本「舩」作「魟」。案：此尤改之也。

〔一一一〕注「羆豹熊虎」　案：「熊」當作「龍」。各本皆誤。

〔一一二〕注「襳衣毛形也」　案：「衣」當作「褷」。各本皆誤。

〔一一三〕注「委聲也」　袁本、茶陵本「委」作「重」，是也。案：此與上注「重聲也」可互證，皆尤改之而誤。

〔一一四〕驪駕四鹿　案：「驪」當作「麗」。薛注云「驪猶羅列駢駕之也」。「驪」亦當作「麗」。唯薛正文作「麗」，故如此注之。若作「驪」不可通。善必與薛同。袁、茶陵二本所載五臣濟注云「仍以驪馬駕之」，是其本乃作「驪」。各本以之亂善而失著校語，又并薛注中字改爲「驪」，甚非。

〔一五〕注「掖庭令官」　陳云「令」當作「令」，是也。各本皆譌。

〔一六〕若鶖鶬之羣罷　袁本、茶陵本「罷」作「羆」，下「音媿美切」。案：此疑善「罷」、五臣「羆」也。「媿美切」，蓋善「罷」字之音。凡善音，合并六家，多所割裂失舊，尤又删削不全。俱詳在後。

〔一七〕注「君作故事」　案：「事」字不當有，各本皆衍。

〔一八〕注「尚書曰自契至成湯」　案：「書」下當有「序」字。各本皆脱。

〔一九〕注「尚書序曰」　案：此四字不當有。各本皆衍。

〔二〇〕注「盤庚遷于殷」　陳云「盤」上脱「尚書曰」三字，是也。各本皆脱。

〔二一〕注「漢書注曰齷齪」　茶陵本「漢」上有「善曰」二字。案：有者最是。袁本連上作薛注，誤與此同。

〔二二〕注「謂據疑」　袁本、茶陵本「謂」作「諸」，是也。

文選卷第三

京都中

京都有三卷，此卷居中，故曰京都中。

東京賦

東京謂洛陽，其賦意與班固東都賦同〔一〕。

張平子　薛綜注

安處先生於是似不能言，憮亡禹〔二〕然有間，有間，謂有頃之間也。先生聞公子稱西京奢泰之事，心怪其所貴者，謂違禮失道，故愕然有頃乃能言也。善曰：安，猶烏也。處，處也。言何處有此先生，蓋虛假之也。論語曰：孔子似不能言者。孟子曰：夷子憮然爲間也。趙岐曰：憮然，猶悵然也。乃莞爾而笑曰：「若客所謂，末學膚受，貴耳而賤目者也！莞爾，舒張面目之貌也。末學，謂不經根本。膚受，謂皮膚之不經於心胸。貴耳謂東京〔三〕，先生笑公子以西京爲貴，以東爲賤也。善曰：論語曰：莞爾而笑。又曰：膚受之愬。桓子新論曰：世咸尊古卑今，貴所聞，賤所見。**苟有胸而無心，不能節之以禮，**苟，猶誠也。言賓誠信胸臆之所聞，而心不能以禮節度其可否也。善曰：韓詩曰：鄙野之人，僻陋無心也。論語曰：不以禮節之。賈逵國語注曰：節，制也。**宜其陋今而榮古矣！**言人不能以禮節度其事情者，固宜薄陋今日之事，而以此所聞古事爲榮貴也。善曰：夫尊古而卑今，學者之流也。**由余以西戎孤臣，而悝**苦灰〔四〕**繆穆公於宮室，**孤臣，謂孤陋之臣也。善曰：史記曰：由余本晉人，亡入西戎，相戎王，使來聘秦，觀秦之強弱。穆公示以宮室，引之登三休之臺。由余曰：臣國土階三尺，茅茨不翦，寡君猶謂作之者勞，居之者淫。此臺若鬼爲之，則神勞矣；使人爲之，則人亦勞矣。於是穆公大慚。鄭玄禮記注曰：凡穆或作繆。悝，猶嘲也。**如之何其以温故知新，研覈是非，近於此惑？**如，奈也。覈，實也。研，審也。先生言由余但西戎孤陋之臣耳，尚知非秦宮室之大，如何公子雅好博古，温故知新之德，當審實事理之是非，而返惑於此事？論語曰：温故知新，可以爲師矣。王褒責髯奴曰：研覈否臧。

「周姬之末，不能厥政，政用多僻。姬，周姓也。末，謂幽、厲二主。周末世之王多邪僻之政也。善曰：毛詩曰：民之多僻也。**始於宮鄰，卒於金虎。**鄰，近也。謂幽王近於宮室，惑於褒姒，卒有禍敗也。金虎，西方白虎神王金。金，白也。善曰：應劭漢官儀曰：不制之臣，相與比周。比周者，宮鄰金虎。宮鄰金虎，言小人在位，比周相進，與君爲鄰，貪求之德堅若金，讒謗之言惡若虎也。**嬴氏搏**音附**翼，擇肉西邑。**嬴，秦姓也。周書曰：無爲虎搏翼，將飛入邑，擇人而食也。搏翼，謂著翼也〔五〕。**是時也，七雄並爭，競相高以奢麗。**七雄，謂韓、魏、燕、趙、齊、楚、秦也。爭，謂各強盛而競相高以奢溢，將爲國好，不復顧於禮法也。善曰：答賓戲曰：七雄虓闞。史記，張釋之曰：秦以苛察相高。尚書曰：弊俗奢麗也。**楚築章華於前，趙建叢臺於後。**左氏傳曰：楚子成章華之臺於乾谿，一朝叛之。於前，在春秋之時。史記曰：趙武靈王起叢臺，太子圍之三月。於後，在六國之時。善曰：鄒陽上書曰：全趙之時，武力鼎士，袨服叢臺之下。臣瓚曰：在邯鄲城内也。秦政利觜長距，終得擅場，言秦以天下爲大場，喻七雄爲鬬雞。利喙長距者，終擅一場也。史記曰：秦始皇，秦襄王子〔六〕，名政。説文曰：擅，專也。思專其侈，以莫己若。莫，無也。若，如也。言始皇所以思專擅其奢侈者，以天下之君無如於我也。廼構阿房，傍。起甘泉，三輔故事：秦始皇上林苑中作離宮別觀一百四十六所，不足以爲大會羣臣。二世胡亥起阿房殿，東西三里，南北三百步，下可建五丈旗。在山之阿，故號阿房也。甘泉，山名也。戰國策，范睢曰：秦北有甘泉宮。謂其下有甘泉水，因以名之。善曰：阿房、甘泉，已見上文。結雲閣，冠南山。結，連也。雲閣，閣名也，高如雲，故言雲。三輔故事曰：秦二世胡亥起雲閣，欲與山齊。冠，覆也。終南山在長安南。征税盡，人力殫。言征税之賦，盡於奢泰之用，天下之力，盡於長城與宮室也。殫，盡也。善曰：鄭玄禮記注曰：征，税也。毛萇詩傳曰：税，斂也。然後收以太半之賦，威以參夷之刑。漢書，伍被曰：秦作阿房宮，收太半之賦。韋昭曰：凡數，三分有二爲太半。言秦造宮室奢麗，費用不足，乃復收其太半之賦，百姓賦税不得者，誅其三族。漢書曰：秦用商鞅之法，造參夷之誅。參，三也。謂滅三族也。其遇民也，若薙氏之芟所銜草，遇，逢遇也。周禮，有薙氏掌山澤，芟除草菅。毛詩：載芟載柞也。既蘊崇之，又行火焉！左氏傳曰：周任有言曰：若農夫之務去草，芟夷蘊崇之。杜預曰：芟，殺。蘊，積也。崇，聚也。言秦始皇酷虐百姓，如芟草積而放火焉。悚悚徒頰切黔首，豈徒跼局高天，蹐籍厚地而已哉？乃救死於其頸！史記曰：秦皇更名民曰黔首，謂黑頭無知也。跼蹐，恐懼之貌也。毛詩曰：謂天蓋高，不敢不跼。謂地蓋厚，不敢不蹐。跼，傴僂也。蹐，累足也。謂此時之民，非徒跼高天，蹐厚地而已，乃晝夜畏死其頸。善曰：豈，非也。老子曰：聖人在，天下惵惵焉。國語，單襄公曰：兵在其頸，不可久也。**毆以就役，唯力是視，**謂不復知民有緩急與飢寒，唯趍毆令作力而已。善曰：左氏傳曰：除君之惡，唯力是視。言所觀者，唯力是求，餘無所顧也。**百姓弗能忍，是用息肩於大漢而欣戴高祖。**忍，堪也。言秦天下之民，若檐重物，不得休息，今來歸漢，得息肩髆。善曰：左氏傳曰：鄭成公疾，子駟請息肩於晉。杜預曰：以負檐喻也。國語曰：祭公謀父曰：商王大惡，庶民不忍，欣戴武王。賈逵曰：戴，奉也。

「高祖膺籙受圖，順天行誅，杖朱旗而建大號。膺籙，謂當五勝之籙。受圖，卯金刀之語。順天，謂順天命而起。又悟神姥之言，舉朱旗而大呼，天下之英雄，與其定事也。善曰：春秋命歷引曰：五德之運徵符合，膺〔七〕籙次相代。周易曰：順乎天。漢書，高祖立爲沛公，旗幟皆赤，故曰朱也。周易曰：渙汗其大號。鄭玄曰：號，令也。**所推必亡，所存必固。**言高祖所推擊者，使之亡，所存者，使之堅固。善曰：尚書曰：推亡固存，邦乃其昌。**掃項軍於垓下，紲子嬰於軹**紙〔八〕**塗。**掃，除也。項，項羽也。垓，地名。漢王圍項羽於垓下。羽聞四面有楚歌，乃與數百騎走。高祖使灌嬰追之，斬羽東城。紲，猶繫也。子嬰，秦子嬰也。善曰：史記，秦王子嬰乘素車白馬，繫頸以組降於軹道旁也。蘇林曰：軹，亭名，在長安城東十三里。**因秦宮室，據其府庫。**因，仍也。據，就也。府、庫，謂官吏所止爲府，車馬器械所居曰庫也。**作洛之制，我則未暇。**作洛，謂造洛邑也。我，我高祖也。謂天下新造草創，不暇改作如制禮也〔九〕。**是以西匠營宮，目翫阿房。**西匠，謂秦之舊匠也。目，視也。翫，習也。阿房，宮名也。漢書曰：梧齊侯，陽城人，名延〔一〇〕，爲少府，作長樂、未央宮也。規摹踰溢，不度不臧。規，圖也。踰，越也。溢，過也。度，法也。臧，善也。謂西匠所圖越過，不得禮法，皆言不善也。善曰：聲類曰：摹，法也。損之又損之〔一一〕，然尚過於周堂。損，減也。言高祖雖數損減其制度，猶過於周家之堂。善曰：老子曰：損之又損之，以至於無爲也。觀者狹而謂之陋，帝已譏其泰而弗康。觀，視也。陋，小也。康，安也。言觀者習見秦之夸麗，睹今日之減小，皆以爲陋，然高祖猶已譏其泰而不安也。謂七年冬，上自將擊韓王信，蕭丞相留長安，營起未央宮，立東闕、前殿、武庫、太倉，高祖見其壯麗，怒曰：何修宮室之過也！

「且高既受命建家，造我區夏矣。高，高祖也。區，區域也。夏，華夏也。言高祖受上天之命，建立國家，制造區夏。善曰：毛詩曰〔一二〕：文王受命作周也。鄭玄曰：受天命以王天下。尚書盤庚曰：永建乃家，用肇造我區夏。文又躬自菲薄，治致升平之德。文，文帝也。躬自菲薄，謂儉約。漢書曰：文帝欲作露臺，召匠計直百金，曰：吾奉先帝宮室，常恐太奢，何用臺爲？故文、景之際，號爲升平。升平，謂國太平也。善曰：禹菲薄飲食。孝經鉤命決曰：明王用孝，升平致譽。武有大啓土宇，紀禪肅然之功。武，武帝也。漢書武紀曰：定越地爲南海七郡，北置朔方等五郡，故云大啓土宇。啓，開也。紀，記也。肅，敬也。謂登封太山，升禪肅然。善曰：尚書曰：建邦啓土，毛詩曰：大啓爾宇。宣重直用威以撫和，戎狄呼韓來享。宣，宣帝也。漢書宣紀曰：呼韓邪單于款五原塞，願奉國珍。毛詩曰：自彼氐、羌，莫敢不來。享，享獻也。撫，安也。戎、狄、呼韓，並國名也。左氏傳曰：子教寡人和戎、狄。言宣帝能和戎、狄。咸用紀宗存主，饗祀不輟，咸，皆也。紀，録也。宗，太宗，文帝廟號也。主，木主，言刻木爲人主神，置廟中而祭之。輟，止也。凡天子五世則廢。今廟不遷毀其主，各四時祭祀，無止絶時。善曰：漢書景紀曰：高皇帝爲太祖廟，文皇帝爲太宗廟，言天子宜世世獻祖宗之廟也。鄭玄論語注曰：輟，止也。**銘勳彝器，歷世彌光。**彝，常也。宗廟之器稱彝。勳，功也。歷，經也。彌，益也。銘，勒也。勒銘於宗廟之器于鐘鼎〔一三〕，萬祀彌益光明。善曰：左氏傳，臧武仲曰：夫以大伐小，取所得彝器，銘其功烈，以示子孫也。字林曰：銘，題勒也。**今捨純懿而論爽德，**爾雅曰：純，大。懿，美也。爽，差也。今公子反舍四帝純大懿美之德，而專論説爽差之過失者也。善曰：國語曰：實有爽德。賈逵曰：爽，貳也。**以春秋所諱而爲美談，**春秋諱國之惡，今公子反以爲美談也。善曰：公羊傳曰：大惡諱之，小惡書之。又云：魯人至今以爲美談也。**宜無嫌於往初，故蔽善而揚惡，祇吾子之不知言也。**宜之言義也。無，猶不也。祇，是也。今公子之義，不嫌於蔽國之善，揚國之惡，是公子之不知言也。善曰：説苑，楚文侯曰：邑中豪好蔽善而揚惡，可親問之。論語，子曰：不知言，無以知人也。毛萇詩傳曰：祇，適也。**必以肆奢爲賢，則是黄帝合宫，有虞總期，固不如夏癸之瑶臺，殷辛之瓊室也。**肆，放也。賢，善也。謂黄帝明堂以草蓋之，名曰合宫。舜之明堂，以草蓋之，名曰總章。言難公子：黄帝等造此是守儉也。善曰：尸子曰：欲觀黄帝之行於合宫，觀堯、舜之行於總章。章、期，一也。汲冢古文曰：夏桀作傾宫瑶臺，殫百姓之財，殷紂作瓊室，立玉門也。**湯武誰革而用師哉？**湯，謂殷湯。武，謂武王。革，改也。言誰遣革改殷紂、夏桀而用師哉？以其奢侈淫放，所以湯、武順天命而行罰之。此譏西京公子也。善曰：湯、武革命，已見東都賦。孔叢子曰：舜、禹揖讓，湯、武用師，非相詭，乃時也。**盍合亦覽東京之事以自寤乎？**盍，猶何不也。覽，視也。自寤，自覺寤也。言公子何不視東京之行事，心自覺痞耶？

「且天子有道〔一四〕，守在海外。淮南子曰：若天下無道，守在四夷。天下有道，守在海外。言四夷皆爲臣僕。善曰：鄭玄禮記注曰：道，謂仁義也。守位以仁〔一五〕綜作人〔一六〕，不恃隘害。仁，謂衆庶也〔一七〕。隘，險也。言要須擇任賢臣，不以隘害爲牢固。善曰：周易曰：何以守位？曰：仁也〔一八〕。苟民志之不諒，何云巖險與襟帶？苟，誠也。諒，信也。公子稱巖險周固，襟帶易守，故今答曰：誠使人心不信，何用周固反易守乎〔一九〕？善曰：李尤函谷關銘曰：襟帶、咽喉也。秦負阻於二關，卒開項而受沛。負，恃也。卒，終也。言負二關以爲牢固，終受二人所入也。二人，謂高祖從武關入，項羽從函谷關入。善曰：漢書曰：沛公使兵守函谷關，項羽使黥布攻破之，至戲下。又云：沛公攻武關入秦。應劭曰：武關，秦南關。彼偏據而規小，豈如宅中而圖大。彼，謂秦也。據，依也。言彼秦偏據關西，所規近在二關之內，故云小也。豈如東京居天地之中，所圖者四海之外。善曰：尚書曰：自服于土中。孔安國曰：洛邑，地勢之中。孔叢子曰：子貢謂東郭充曰：今子位卑而圖大。

「昔先王之經邑也，先王，謂周成王也。邑，洛邑也。善曰：毛萇詩傳曰：經，度也。掩觀九隩，靡地不營。掩，猶及也。九隩，謂九州之内也。靡地不營，謂徧求之，卜瀍、澗及黎水，皆不吉。善曰：新序曰：營，度也。九隩，合道四海也。土圭測景，不縮不盈。鄭玄曰：土，度也〔二〇〕。縮，短也。盈，長也。謂圭長一尺五寸，夏至之日，竪八尺表，日中而度之，圭影正等，天當中也。若影長於圭，則太近北。圭長於影，則太近南。近北多寒，近南多暑，近東多風，近西多雨。**總風雨之所交，然後以建王城。**總，猶括也。王城，今河南也。周禮曰：土圭之法，測土深正日景，以求地中四時之所交，風雨之所會，陰陽之所和，乃建王國也。**審曲面勢，**審，度也。謂審察地形曲直之勢，而建王都。善曰：周禮曰：或審曲面勢，以飭五材，以辨民器。鄭司農曰：察五材曲直方面形勢之宜也。**泝素洛背河，左伊右瀍。**泝，向也。洛，洛水。河，黄河。伊，伊水。瀍，瀍水。善曰：尚書曰：予朝至于洛師，卜澗水東，瀍水西，惟洛食。孔安國曰：洛出上洛山，伊出陸渾山，瀍出河南北山。**西阻九阿，東門于旋。**謂東有旋門，在成皋西南十數里。阪形周屈，故曰于旋。善曰：穆天子傳曰：天子西升九阿。郭璞曰：旋，今新安縣十里有九坂。阻，險也。阿，曲也。**盟津達其後，太谷通其前。**孟津，四瀆之長，故武王爲諸侯約誓於其上。尚書曰：東至于盟津。盟津，地名，在洛北。都道所湊，古今以爲津。太谷在輔氏北、洛陽西也。洛陽記曰：太谷，洛城南五十里，舊名通谷。**迴行道乎伊闕，邪徑捷乎轘轅。**伊闕，山名也。轘轅，阪名也。迴，曲也。捷，邪也。謂大道迂曲，乃當伊闕之外，邪徑趣疾，當歷轘轅。善曰：賈逵國語注曰：道，由也。史記，吴起曰：桀之居伊闕。王逸楚辭注曰：捷，疾也。左氏傳注曰：捷，邪出也。漢書曰：沛公從轘轅。薛綜曰：轘轅坂十二曲，道將去復還，故曰轘轅〔二二〕。臣瓚曰：在緱氏東南。**大室作鎮，揭竭以熊耳。**大室，嵩高别名也。揭，猶表也。言以嵩高之嶽，爲國之鎮也。復表以熊耳之山。善曰：郭璞山海經注曰：大室在陽城縣西。羽獵賦曰：揭以崇山。熊耳，山名也。尚書傳曰：熊耳山在宜陽之西也。**底柱輟流，鐔徒南以大岯。**底柱，山名也，在河東縣東，南向，居河中，猶柱然也。輟，止也。善曰：尚書曰：導河至於底柱，東過大岯。韻集曰：鐔，劍口也。言大岯之險，同乎劍口也。莊子曰：天子之劍，以周宋爲鐔。**温液湯泉，黑丹石緇。**言泉水如湯，浴之可以除病，在河南梁縣界中也。黑丹石緇，謂黑石雜色也。言溫液即湯泉之流，黑丹石緇之所出。善曰：孝經援神契曰：德至于山陵，則出黑丹。張揖子虛賦注曰：玄厲黑石，可用磨也。王鮪岫居，能奴來鼈三趾。山有穴曰岫也。王鮪，魚名也，居山穴中。長老言：王鮪之魚，由南方來，出此穴中，入河水，見日目眩，浮水上，流行七八十里，釣人見之，取之以獻，天子用祭。其穴在河南小平山。善曰：周禮曰：春獻鮪。鄭玄曰：王鮪，魚之大者。山海經曰：陽狂水西南流，注于伊水中，有三足鼈。爾雅曰：鼈三足曰能。宓妃攸館，神用挺紀。攸，所也。館，舍也。傳曰：成王遷九鼎於洛邑，卜年七百，卜世三十，後皆如其言，故云神所挺紀。謂告年紀之處也。善曰：楚辭曰：迎宓妃於伊、洛。王逸曰：宓妃，神女，蓋伊、洛之水精。龍圖授羲，龜書畀姒。尚書傳曰：伏羲氏王天下，龍馬出河，遂則其文，以畫八卦，謂之河圖。又曰：天與禹，洛出書。謂神龜負文而出，列於背。善曰：爾雅曰：畀，賜也。史記，禹姓姒氏。召伯相宅，卜惟洛食。相，視也。宅，居也。惟，有也。食，謂吉兆。善曰：尚書曰：召公既相宅，卜惟洛食。孔安國曰：卜必先墨畫龜，然後灼之，兆順食墨，吉也。周公初基，其繩則直。謂初造洛邑。言召公先相宅，卜之吉，周公繩度之，合於制度。善曰：尚書曰：周公初基，作新大邑于東國洛。毛詩曰：其繩則直。毛萇曰：言不失繩直之宜也。萇弘魏舒，是廓是極。萇弘，周大夫也。魏舒，晉大夫。獻子也。廓，猶規也。極，致也。謂二人率諸侯曰，敬以致功，規度王城，三旬而立之。善曰：國語曰：敬王十年，劉文公與萇弘欲城周，爲之告晉。左氏傳曰：晉魏舒合諸侯之大夫以城周也。經途九軌，城隅九雉。南北爲經。途，道也。軌，車轍也。善曰：周禮：國中經途九軌。鄭玄曰：塗容九軌，謂轍廣也。又周禮曰：王城隅之制九雉。鄭玄云：雉，度也。謂高一丈，長三丈爲雉。度徒洛堂以筵，度室以几。堂，明堂也。筵，席也，長九尺。几，俎也，長七尺。善曰：周禮曰：室中度以几，堂上度以筵。**京邑翼翼，四方所視。**京，大也。大邑，謂洛陽也。翼翼，禮儀盛貌。言常爲四方觀，翼翼然也。善曰：毛詩曰：商邑翼翼，四方之極。**漢初弗之宅**〔二二〕**，故宗緒中圮**痞。緒，統也。圮，絶也。漢家不居於洛，故宗廟之統，中途廢絶也。

「巨猾間去聲**舋**許覲**，竊弄神器。**巨，王莽字巨君也。猾，狡也。間，候也。舋，隙也。神器，帝位也。言王莽因成、哀無嗣，元后秉政，漢祚微弱，篡處高位。善曰：老子曰：天下神器，不可爲也，爲者敗之。韋昭漢書注曰：神器，天子璽也。**歷載三六，偷安天位。**載，年也。三六，十八年。謂王莽篡位一十八年也。天位，帝位也。善曰：尚書曰：天位艱哉。**于時蒸民，罔敢或貳。**于，於也。蒸，衆也。罔，無也。言是時衆民無敢有二心於莽者。毛詩曰：于時言言。尚書，蒸民乃粒。**其取威也重矣！**威，畏也。重，猶多也。謂爲天下所畏已者多矣。善曰：左氏傳，先軫曰：報施救患，取威定霸。**我世祖忿之，**世祖，光武也。忿，恚。疾王莽威重如此也。**乃龍飛白水，鳳翔參**所今**墟。**白水，謂南陽白水縣也，世祖所起之處也。初爲更始大司馬，討王郎於河北，北爲參、虚分野〔二三〕。龍飛鳳翔，以喻聖人之興也。善曰：周易曰：飛龍在天，大人造也。**授鉞四七，共工是除。**授，與也。鉞，斧鉞也。四七，二十八將也。共工，霸天下者，以喻王莽也。六韜曰：凡國有難，君召將以授斧鉞。漢書曰：顓頊有共工之陣，以定水災。**欃槍旬始，羣凶靡餘。**欃槍，星名也。謂王莽在位，如妖氣之在天。世祖除之，凶惡無餘。爾雅曰：彗星，爲欃槍也。旬始，妖氣也。史記曰：旬始，狀如雄雞也。靡，無也。今言世祖除凶賊，無有遺餘也。**區宇乂寧**〔二四〕**，思和求中。**天地之内稱寓。言海内既已乂安，思求陰陽之和，天地之中而居之。睿哲玄覽，都茲洛宮。睿，聖也。玄，通也。言通見此洛陽宮也。善曰：尚書曰：睿作聖，明作哲。老子曰：滌除玄覽。河上公曰：心居玄冥之處，覽知萬物，故謂之玄覽。王弼曰：玄，物之極也。廣雅曰：玄，遠也。曰止曰時，昭明有融。曰，辭也。時，是也。融，長也。言當止居是洛邑，必有昭明之德，長久之道也。善曰：毛詩曰：曰止曰時，昭明有融〔三五〕。既光厥武，仁洽道豐。止戈曰武。謚法曰：功格天下曰光，尅定禍亂曰武。洽，合也。豐，盛也。世祖既能止戈，故謚光武。言仁義之道大豐盛也。善曰：洽，霑也。登岱勒封，與黄比崇。登，上也。岱，泰山也。謂王者功成作樂，治定制禮，故封泰山，勒功於石，以紀號也。黄，黄帝也。史記曰：崇，高也。言世祖與黄帝比其尊號。善曰：史記曰：黄帝封泰山，禪云、亭。司馬彪續漢書曰：建武三十二年，乃封禪。孔安國尚書傳曰：崇，尊也。

「逮至顯宗，六合殷昌。逮，及也。殷，盛也。昌，熾也。顯宗，明帝號也。六合，天地四方也。善曰：吕氏春秋曰：神通乎六合。高誘曰：四方上下爲六合也。乃新崇德，遂作德陽。崇德、德陽，皆殿名也。崇德在東，德陽在西，相去五十步。啓南端之特闈，立應門之將將。啓，開也。端門，南方正門。應門，中門也。善曰：爾雅曰：宮中門謂之闈。洛陽宮舍記曰：洛陽有端門。毛詩曰：應門將將。毛萇曰：將將，嚴正之貌。昭仁惠於崇賢，抗義聲於金商。崇賢，東門名也。金商，西門名也。謂東方爲木，主仁，如春以生萬物，昭天子仁惠之德，故立崇賢門於東也。西爲金，主義，音爲商，若秋氣之殺萬物，抗天子德義之聲，故立金商門於西。善曰：漢書曰：角爲木爲仁，商爲金爲義也。飛雲龍於春路，屯神虎於秋方。德陽殿東門稱雲龍門，德陽殿西門稱神虎門。神虎，金獸也。秋方，西方也。飛，飛龍也。易曰：雲從龍，爲水獸〔二六〕。春路，東方道也。善曰：漢書曰：東宮蒼龍。又曰：東方於時爲春。宮殿簿，北宮有雲龍門。王逸楚辭注曰：屯，陳也。漢書曰：西宮白虎。又曰：西方於時爲秋。宮殿簿，北宮有神虎門。**建象魏之兩觀，旌六典之舊章。**象魏，闕也，一名觀也。旌，表也。言所以立兩觀者，欲表明六典舊章之法。謂懸書于象魏，浹日而斂之。善曰：周禮曰：太宰掌建邦之六典：一曰治典，二曰教典，三曰禮典，四曰政典，五曰刑典，六曰事典。舊章，法令條章也〔二七〕。左傳曰：舊章不可忘。**其内則含德章臺，天禄宣明。温飭迎春，壽安永寧。**八殿皆以休令爲名，美時君之德，在應門之内也。**飛閣神行，莫我能形。**言閣道相通，不在於地，故曰飛人。不見行往，故曰神形。謂天子之形容，言我無能説其形狀也。**濯龍芳林，九谷八溪。**洛陽圖經曰：濯龍，地名，故歌曰：濯龍望如海，河橋渡似雷。芳林，苑名。九谷八溪，養魚池。**芙蓉覆水，秋蘭被涯**音宜。芙蓉，荷華也。秋蘭，香草，生水邊，秋時盛也。善曰：楚辭曰：秋蘭兮青青。鄭玄注周易曰：蘭，香草也。被，亦覆也。**渚戲躍魚，淵游龜蠵**音惟。渚，水渚也。戲，游也。躍，跳也。毛詩曰：王在靈沼，於牣魚躍。蠵，龜類也。凡此物謂取有時，非時則恣之游戲，不驚動也。**永安離宮，脩竹冬青。**永安，宮名也。脩，長也。冬青，謂不彫落也。**陰池幽流，玄泉洌清。**水稱陰。幽流，謂伏溝，從地下流通於河也。水黑色，故曰玄泉。洌，清澄貌。善曰：楚辭曰：臨沅、湘之玄淵。毛詩曰：洌彼下泉。**鵯**匹**鶋**居**秋棲，鶻**骨**鵃**竹**交春鳴。**爾雅曰：鸒斯〔二八〕，鵯鶋。郭璞曰：鵯鶋，匹鳥，腹下白也。又曰：鶌鳩，鶻鵃。郭璞曰：鶻鵃，似山鵲，頭尾青黑色〔二九〕。秋棲、春鳴，謂各得其性也〔三〇〕。**鵙**七余**鳩麗**離**黃，關關嚶嚶。**爾雅曰：鵙鳩，王鵙也。郭璞曰：鵙，鶻鵃類也〔三一〕。又曰：鶬鶊，鵹黃也。郭璞曰：鸝，黃黑也。關關嚶嚶，謂音聲和也〔三二〕。於南則前殿靈臺〔三三〕，龢驩安福。前殿，露寢也。靈臺，臺名也。龢驩、安福，二殿名，並在德陽殿之南。謻直移門曲榭，邪阻城洫。謻門，冰室門也。臺有木曰榭。阻，依也。洫，城下池。冰室門及榭皆屈曲邪行，依城池爲道也。奇樹珍果，鉤盾垂允所職。奇，異也。珍，貴也。鉤盾，今官〔三四〕主小苑。善曰：鉤盾，五丞也。爾雅曰：職，主也。西登少華，亭候修勑。登，升也。並有亭有候也。修，治也。勑，整也。謂西園中有少華之山。九龍之内，寔曰嘉德。九龍，本周時殿名也。門上有三銅柱，柱有三龍相糺繞，故曰九龍。嘉德，殿名，在九龍門内也。西南其户，匪雕匪刻。毛詩曰：西南其户，不雕不刻〔三五〕。尚質也。言殿舍之多，其户或西或南也。我后好約，乃宴斯息。我后，謂明帝也。宴，安也。息，止也。善曰：周易曰：君子以嚮晦入宴息也。於東則洪池清蘌〔三六〕語，淥水澹澹徒敢。内阜川禽，外豐葭菼。洪，池名也，在洛陽東三十里。阜，多也。豐，饒也。内多魚鼈，外饒蘆薍也。善曰：漢書音義：應劭曰：蘌，在池水上作室，可用棲鳥，鳥入則捕之〔三七〕。高唐賦曰：水澹澹而盤紆。説文曰：澹澹，水摇貌也。爾雅曰：葭，葦也。菼，薍也。薍，五患切。獻鼈蜃與龜魚，供蝸古花蠯蒲佳與菱芡。蝸，螺也。菱，芰也。芡，雞頭也。善曰：周禮曰：春獻鼈蜃，秋獻龜魚，祭祀供蜱蠯。鄭玄曰：蜃，大蛤也。杜子春曰：蜃，蜯也。蜱與蠯同。禮記曰：蝸，醢而苽食。周禮曰：加籩豆之實〔三八〕，有菱芡也〔三九〕。其西則有平樂都場，示遠之觀。平樂，觀名也。都，謂聚會也。爲大場於上以作樂，使遠觀之，謂之平樂。在城西也。龍雀蟠盤蜿紆元，天馬半漢。龍雀，飛廉也。天馬，銅馬也。蟠蜿、半漢，皆形容也。善曰：華嶠後漢書曰：明帝至長安，迎取飛廉并銅馬，置上西門平樂觀也。瑰異譎詭，燦爛炳煥。瑰，奇也。譎詭，變化也。燦爛炳煥，鮤白鮮明之貌。奢未及侈〔四〇〕，儉而不陋。言皆合於禮，故奢不至侈，故儉不至陋也〔四一〕。規遵王度，動中得趣〔四二〕。規，摹也。遵，循也。趣，意也。度，先王之法度，舉動合禮之意也。家語，孔子曰：公甫之婦，動中得趣。

「於是觀禮，禮舉儀具〔四三〕。具，足也。言觀王之光明禮儀皆備具也。善曰：左氏傳曰：諸侯宋、魯於是觀禮。經始勿亟居力，成之不日。勿，猶不也。亟，急也。成之不日，言不用一日即成之。善曰：毛詩曰：經始勿亟，庶人于來。毛萇曰：經，度也。又曰：庶民攻之，不日成之。猶謂爲之者勞，居之者逸。勞，苦也。逸，樂也。善曰：賈子曰：翟王使使者之楚，楚王饗客於章華之臺。楚王曰：翟亦有臺乎？使者曰：翟王茅茨不剪，采椽不斵。猶以作者大勞，居者大逸也。慕唐虞之茅茨，思夏后之卑室。唐，唐堯也。虞，虞舜也。夏后，夏禹也。善曰：墨子曰：堯、舜茅茨不剪，采椽不刊。説文曰：茅茨，蓋屋也。論語云：禹卑宮室，而盡力於溝洫也。乃營三宮，布教頒班常。三宮，明堂、辟雍、靈臺。頒，布也。常，舊典也。所以行教化，布典禮之宮也。複福廟重屋，八達九房。複廟，重覆也。重屋，重棟也。謂明堂廟屋，前後異制。善曰：禮記曰：複廟、重檐，達鄉，謂天子廟飾也。大戴禮曰：明堂九室而有八牖，然九室，則九房也，八牖，八達也。規天矩地，授時順鄉。謂宮室之飾，圓者象天，方者則地也。鄉，方也，言頒政賦教，常〔四四〕隨時月而居其方。月令曰：孟春，居蒼龍左个。善曰：大戴禮曰：明堂者，上圓下方。范子曰：天者，陽也，規也；地者，陰也，矩也。三輔黃圖曰：明堂方象地，圓象天。又曰：明堂順四時行令也。造舟清池，惟水泱泱央。造舟，以舟相比次爲橋也。毛詩曰：造舟爲梁。泱泱，水流貌。善曰：毛詩曰：瞻彼洛矣，惟水泱泱。左制辟雍，右立靈臺。言德陽殿東有辟雍，於西有靈臺。謂於其上班教令者曰明堂，大合樂射鄉者曰辟雍〔四五〕，司歷紀候節氣者曰靈臺也。因進距衰，表賢簡能。進，善也。衰，老也。言因其進則舉而用之，衰減者拒而退之。謂擇賢以大射，所以表明德行，簡録其能否，謂辟雍也。善曰：尸子曰：治國有四術：一忠愛，二無私，三用賢，四簡能。爾雅曰：簡，猶擇也。馮皮冰相息亮觀祲浸，祈禠絲禳災。善曰：周禮曰：春官宗伯，馮相氏掌歲日月星辰之位，辨其災祥，以爲時候。鄭玄曰：馮，乘也。相，視也。祲，謂陰陽氣相浸漸以成災也。祈，求福也。禳，除也。災，禍也。謂求祈福而除災害也。爾雅曰：禠，福也。鄭玄周禮曰〔四六〕：却變異曰禳。

「於是孟春元日，羣后旁戾。尚書曰：正月元日，舜格于文祖。孟春，正月也。元日，正日也。羣后，公卿之徒也。旁，四方也。戾，至也。言諸侯正月一日從四方而至，各來朝享天子也。百僚師師，于斯胥洎。尚書曰：百僚師師。百僚，謂百官也。師師，謂相師法也。胥，相也。洎，及也。言元日百官於此相連及而來朝賀也。藩國奉聘，要荒來質。綜曰〔四七〕：謂王侯藩稱國也。言要荒之外，所奉聘令者盡來朝見。善曰：周禮曰：鎮服外五百里曰藩服。魏相上封曰〔四八〕：顯明功臣，以鎮藩國。鄭司農周禮注曰：衆來曰頫，寡來曰聘。尚書曰：五百里要服，又五百里荒服。漢書曰：樓蘭王遣子質漢也。具惟帝臣，獻琛執贄。具之言俱也。獻，貢也。琛，寶也。執，持也。贄，禮也。言藩國來貢者，謂隨土所出寶而貢之也。善曰：萬邦黎獻〔四九〕，具惟帝臣。毛詩曰：來獻其琛。封禪書曰：百蠻執贄。周禮曰：以六禽作六贄。鄭玄曰：贄之言至也，所執以自致也。當覲乎殿下者，蓋數萬以二。覲，見也。言於此之時，當入見於殿下者可數萬人，分於闕下夾道爲二部。爾乃九賓重平，臚廬人列。言鴻臚所主，羌胡之人，皆羅列於朝廷也。善曰：漢書曰：羣臣朝十月儀，大行人設九賓，臚句傳。韋昭曰九賓，則周禮曰九儀，謂公、侯、伯、子、男、孤、卿、大夫、士也。臚，傳也，次以傳上令也。蘇林曰：上傳語告下臚，下傳告上句。臚，猶行也。二訓雖殊，皆以行上語爲臚也。崇牙張，鏞庸〔五〇〕鼓設。崇牙，栒虡上板作劍鐕者。橫曰栒，植曰虡。張，謂樹之以縣鍾鼓也。善曰：毛詩曰：崇牙樹羽。又曰：鏞鼓有斁。毛萇詩傳，大曰鏞。郎將司階，虎戟交鎩殺。言虎賁中郎將主夾階而立。虎賁，或執戟，或持鎩而相對也。交鎩，謂交加而設兵器也。善曰：漢書曰：儀兵郎中夾階。説文曰：鎩，鈹有鐔。龍輅充庭，雲旗拂霓。馬八尺曰龍。輅，天子之車也，故曰龍輅。充，滿也。庭，朝廷〔五一〕。旗，謂熊虎爲旗，爲高至雲，故曰雲旗也。楚辭曰：載雲旗之逶夷。拂，至也。霓，天邊氣也。夏正三朝，庭燎晢晢。夏家建寅之正，漢家所用也。三朝，歲月日朝。晢晢，大光明也。善曰：東都賦曰：春王三朝。三朝，歲首朔日也〔五二〕。毛詩曰：夜如何其？夜未艾，庭燎晣晣。撞洪鍾，伐靈鼓，撞，鏗也。伐，擊也。靈鼓，六面鼓也。善曰：周禮曰：靈鼓靈鼗。旁震八鄙，軯普耕礚苦代隱訇火宏。旁，四方也。震，驚也。八鄙，四方與四角也。軯礚隱訇，鍾鼓之聲也。若疾霆轉雷而激迅風也。霆，霹靂也。迅，疾也。言鍾鼓之聲，又若雷霆之相轉，亦如急風之迅疾也。

「是時稱警蹕已下雕輦於東廂。警，謂清道也。輦，人挽車。彫，謂有彫飾也〔五三〕。殿東西次爲廂。善曰：漢書儀注曰：皇帝輦動，則左右侍帷幄者稱警。孔安國尚書傳曰：雕，刻鏤也。冠通天，佩玉璽，通天，冠名也。佩，帶也。玉璽，天子印也。蔡雍獨斷曰：天子冠通天。紆皇組，要干將。紆，垂也。皇，大也。組，綬也。干將，劍名也。越絶書曰：楚王令歐冶子、干將爲鐵劍三枚，一曰龍淵，二曰太阿，三曰工市也。吴越春秋曰：干將者，吴人，造劍二枚，一曰干將，二曰莫耶。負斧扆，次席紛純，白與黑謂之斧。扆，屏風，樹之坐後也。次席，竹席也。紛純，謂以組爲緣。善曰：禮記曰：天子負斧扆，南向而立。鄭玄曰：負之言背也。周禮曰：大朝覲，王設黼依，設莞席紛純，次席黼純，左右玉几。次席紛純，謂二席俱設，互言之。左右玉几〔五四〕而南面以聽矣。周禮曰：天子左右玉几。鄭玄曰：左右有几，優至尊也。善曰：周易曰：離者，明也，南方之卦也。聖人南面聽天下，嚮明而治。蓋取於此也。然後百辟乃入，司儀辨等，百辟，諸侯也。司，主也。儀，法也。辨，別也。言百官有分別者，謂司主之次也。善曰：百辟其刑之〔五五〕。周禮曰：司儀主禮，掌九儀之賓客，分別五等之諸侯。左傳，臧僖伯曰：明貴賤，辯等差。尊卑以班，璧羔皮帛之贄既奠，班，位次也。謂尊卑有等差也。善曰：國語曰：班爵貴賤以列之。周禮曰：子執穀璧，孤執皮帛，卿執羔，大夫執鴈，士雉，各有次第。奠，置也。天子乃以三揖之禮禮之。善曰：周禮曰：王土揖庶姓，時揖異姓，天揖同姓。鄭玄曰：庶姓，無親者也。土揖，推手小下之也。異姓，昏姻也。時揖，平推手也。天揖，推手小舉之。又曰：諸侯，心平手禮。伯男，手在心下禮。外國君，在心上禮。穆穆焉，皇皇焉，濟濟焉，將將焉，信天下之壯觀也。壯觀，言天下之人壯大觀覽也。禮記曰：天子穆穆，諸侯皇皇，大夫濟濟，士將將。鄭玄曰：威儀容止之貌。史記曰：天下之壯觀也。乃羨公侯卿士，登自東除，羨，延也。登，進也。謂命之上殿也。天子從中階，諸侯從東西階。善曰：東除，堦也。

訪萬機，詢朝政，尚書曰：一日二日萬機〔五六〕。言機微之事，日有萬種。詢，謀也，謂與謀朝政，有所先後者也。勤恤民隱，而除其眚。恤，憂也。隱，痛也。眚，病也。言有隱痛不安者，今憂恤之也〔五七〕。善曰：國語，祭公謀父曰：勤恤民隱，而除其害也。人或不得其所，若己納之於隍。隍，城下坑無水者。善曰：孟子曰：伊尹思天下之民，匹夫匹婦不與被堯舜之澤者，若己推而納之於溝中也。鄭玄毛詩箋曰：納，内也。説文曰：城池無水曰隍〔五八〕。荷天下之重任，匪怠皇以寧静。荷，負也。怠，懈也。皇，暇也。言無有懈怠於寧静者，謂常有所憂也。善曰：孫卿子曰：國者，天下之大器也，重任也，可不善擇而後錯之？毛詩曰：不敢怠遑〔五九〕。發京倉，散禁財。發，開也。京，大也。禁，藏也。善曰：尚書曰：散鹿臺之財，發鉅橋之粟。毛詩曰：曾孫之庾，如坻如京。賚皇寮，逮輿臺。賚，賜也。皇寮，百官也。逮，及也。言天子散發禁庫之財，無問貴賤，皆賜及之。善曰：左氏傳曰：人有十等：王臣公，公臣大夫，大夫臣士，士臣皁，皁臣輿，輿臣隸，隸臣寮，寮臣僕，僕臣臺。漢書，公卿言曰：陛下出禁錢以振元元。應劭曰：少府掌山澤陂池之税，名曰禁錢，以給私養。命膳夫以大饗，饔餼浹乎家陪。周禮曰：膳夫，主食之官。孰曰饔，腥曰餼。浹，徧也。家陪，謂公卿大夫之家。善曰：毛詩曰：牲牢饔餼〔六〇〕。論語曰：陪臣執國命。春醴惟醇，燔炙芬芬。醇，厚也。燔炙，謂炙肉也。芬芬，香氣盛也。善曰：毛詩曰：爲此春酒。又曰：燔炙芬芬。呂氏春秋曰：厚酒肥肉。君臣歡康，具醉熏熏。康，樂也。具，俱也。熏熏，和説貌。言君臣皆歡樂而和説也。善曰：毛詩曰：公尸來止熏熏。毛萇曰：熏，和悦也。千品萬官，已事而踆七旬。已，止也。踆，退也。謂品秩官僚等，並止事而退還也。善曰：國語曰：觀射父曰：百姓、千品、萬官、億醜。管仲曰：有司已事而竣。踆與竣同也。勤屢省昔井，懋乾乾。屢，數也。省，察也。懋，勉也。乾乾，敬也。善曰：尚書曰：屢省乃成。周易曰：君子終日乾乾也。清風協於玄德，淳化通於自然。協，同也。淳，厚也。玄，天也。自然，通神明也。言帝如此清惠之風，同於天德，淳厚之化，通於神明也。善曰：孔安國尚書傳曰：風，教也。老子曰：爲而不持，長而不宰〔六一〕，是謂玄德。王弼曰：玄德者，皆有德不知其至，出于幽冥者也。老子曰：天法道，道法自然。王弼曰：自然者，無稱之言，窮極之辭。憲先靈而齊軌，必三思以顧愆。憲，法也。先靈，先聖之神靈，即謂堯、舜也。愆，過也。齊，同也。軌，迹也。言有事能思，信與先聖同軌迹也。善曰：論語曰：季文子三思而後行。招有道於側陋，開敢諫之直言。招，明也。有道〔六二〕，言使郡國於側陋之中，舉有道之士而用之也。直言，謂直諫者也。善曰：尚書曰：明明揚側陋。漢書曰：舉能直言極諫者。聘丘園之耿絜，旅束帛之戔戔。耿，清也。旅，陳也。謂有清絜者也。言丘園中有隱士，貞絜清白之人，聘而用之。束帛，謂古招士必以束帛加璧於上。周易曰：六五〔六三〕，賁于丘園，束帛戔戔。王肅云：失位無應，隱處丘園。蓋蒙闇之人，道德彌明，必有束帛之聘也。戔戔，委積之貌也。上下通情，式宴且盤。上謂君，下謂臣。式，用也。盤，樂也。言君情通於下，臣情達於上，故能國家安，而君臣歡樂也。善曰：墨子曰：古者，聖王惟能審以尚同，是故上下通情。毛詩曰：嘉賓式宴以樂也。

「及將祀天郊，報地功，善曰：將，欲也。白虎通曰：祭天必在郊者，天體至清，故祭必於郊，取其清絜也。周禮以正月上辛，郊祀告于上帝，祭天而郊，以報去年土地之功。京房易占曰：立秋報地功。祈福乎上玄，思所以爲虔。祈，求也。玄，天也，玄黃天地。言天子祭天地之際，思念所以盡其忠敬。善曰：禮記曰：共皇天上帝之神，以爲人祈福。周易曰：天玄而地黃也。肅肅之儀盡，穆穆之禮殫。殫，盡也。善曰：毛詩頌曰：至止肅肅。禮記曰：天子穆穆〔六四〕。然後以獻精誠，奉禋祀，曰：『允矣，天子者也。』獻，進也。允，信也。天子，言是天帝之子也。善曰：國語曰：精意以享謂之禋祀。周禮曰：以禋祀祀昊天上帝。毛詩曰：允矣君子。乃整法服，正冕帶。整，理也。冕，所謂平天冠也。言天子素帶朱裏，謂三皇已來始冕，制有數種。鄭玄曰：長一尺七寸，廣八寸，前圓後方，以珠玉飾之也。法服，謂衣服並有法度。善曰：孝經曰：非先王之法服不敢服。珩行紞丁敢紘宏綖，玉笄綦其會。笄，簪也，謂以玉飾之。善曰：左氏傳曰：珩紞紘綖，昭其度也。杜預曰：珩，維持冠者。紘，纓從下上者。紞，冠之垂者也。綖，冠上覆者。周禮曰：王之五冕，玉笄也。又曰：王之皮弁，會五采玉琪。鄭玄曰：會，縫中。琪如綦〔六五〕。綦，謂結皮弁於縫中，每貫結五采玉十二以爲飾，謂之綦會。火龍黼黻，藻繂律鞶厲。善曰：左氏傳曰：火龍黼黻，昭其文也。藻繂鞞鞛，鞶厲斿纓，昭其數也。杜預曰：火，畫火也。龍，畫龍也。白與黑謂之黼黻，兩已相戾也。藻繂，以韋爲之，所以藉玉。鞞，佩刀削上飾；鞛，下飾。鞶厲，紳帶之垂者。斿，旌旗之斿。纓，在馬膺前。結飛雲之袷輅，樹翠羽之高蓋。袷輅，次車也，次車樹翠羽爲蓋，如雲飛也。今世謂之羽蓋車也。善曰：高唐賦曰：翠爲蓋。建辰旒之太常，紛焱一作飆〔六六〕悠以容裔。辰，謂日、月、星也。畫之於旌旗，垂十二旒，名曰太常，上畫三辰〔六七〕，以象天明也。謂天子十二旒，諸侯九旒，大夫三旒。紛，盛也。悠，從風貌。容裔，高低之貌。焱，火花也。言風鼓動旌旗，紛紜盛亂如火花之飛起。善曰：周禮曰：日月爲常。左氏傳曰：三辰旂旗，昭其明也。六玄虯之弈弈，齊騰驤而沛艾。

六，六馬也。玄，黑也。天子駕六馬。騰驤，趣走也。弈弈，光明。沛艾，作姿容貌也。善曰：甘泉賦曰：六玄虯。毛詩曰：四牡弈弈。司馬相如大人賦曰：沛艾赳螑。**龍輈華轙，金鍐**亡犯**鏤鍚。**輈，車轅，轅端上刻作龍頭也。華，采畫也。善曰：爾雅曰載轡謂之轙。郭璞曰：在軾上，環轡所貫也。蔡雍曰：金鍐者，馬冠也。高廣各五寸，上如玉華形，在馬髦前。鏤，彫飾也，當顱刻金爲之〔六八〕。毛詩曰：鉤膺鏤鍚。**方釳**乞**左纛，鉤膺玉瓖**音襄。方釳，謂轅旁以五寸鐵鏤鍚，中央低〔六九〕，兩頭高，如山形，而貫中以翟尾，結著之轅兩邊，恐馬相突也。左纛，以旄牛尾大如斗，置騑馬頭上，以亂馬目，不令相見也，鉤膺，當胸也。瓖，馬帶玦，以玉飾也。善曰：廣雅曰：釳，許乞切。**鑾聲噦噦，和鈴鉠鉠**於良切。鑾在衡，和在軾，皆以金爲鈴也。噦噦，和鳴聲。鉠鉠，小聲。善曰：毛詩曰：鑾聲噦噦，和鈴鉠鉠。**重輪貳轄，疏轂飛軨**零〔七〇〕。蔡雍獨斷曰〔七一〕：乘輿重轂外復有一轂，副轄其外，乃復設轄。然重輪即重轂也。飛軨，以緹紬廣八尺〔七二〕，長柱地，畫左青龍，右白虎，繫軸頭，取兩邊飾。蔡雍月令章句曰：疏，鏤也。**羽蓋威蕤，葩瑵**爪**曲莖。**羽蓋，以翠羽覆車蓋也。威蕤，羽貌。葩爪，悉以金作華形。莖皆曲，蔡雍獨斷曰：凡乘輿車皆羽蓋金華。爪與瑵同〔七三〕。**順時服而設副，咸龍旂而繁纓。**五時之服，各隨其車，車各一色，以爲副貳。副車各一乘，今謂之五帝車也。龍旂者，交龍爲旂也。鞶，今之馬大帶也。纓，馬鞅也。善曰：毛詩曰：龍旗陽陽。周禮曰：玉路鍚樊纓。鄭玄曰：樊，讀如鞶，謂今之馬大帶也。繁與鞶古字通。**立戈迤戛，農輿輅木。**戈，謂木勾矛戟也〔七四〕。戛，長矛也。矛，置車上，邪柱之，是謂戎輅。農輿無蓋〔七五〕，所謂耕根車也。言耕稼於藉田，乘馬無飾，故稱木。善曰：迤，邪也〔七六〕。**屬車九九，乘軒並轂。**副車曰屬。言相連也。屬〔七七〕車有藩者曰軒。皆在後爲三行，故曰並轂。善曰：漢雜事曰：諸侯貳車九乘，秦滅九國，兼其車服，故大駕屬車八十一乘。琟伏〔七八〕弩重旃，朱旄青屋。通帛曰旃。朱旄，旄牛尾赤色者也。青屋，青作蓋裏也。善曰：説文曰：琟，車蘭間皮筐以安其弩也。徐廣車服志曰：輕車置弩於軾上，載以屬車，然置弩於琟，曰琟弩。奉引既畢，先輅乃發。奉引，謂引道者，言引道之次已定，前車乃發。善曰：漢官儀曰：大駕則公卿奉引。尚書曰：先路在左塾之前。鸞旗皮軒，通帛精旆。鸞旗，謂以象鸞鳥也。皮軒，以虎皮爲之。善曰：蔡邕車服志曰：鸞旗俗人名曰雞翹。上林賦曰：前皮軒，後道斿。通帛曰旗。國語曰：分魯公以少帛綪茷。韋昭曰：綪茷，大赤也〔七九〕。雲罕九斿，闟戟轇輵。雲罕，旌旗之别名也。九斿，亦旗名也。闟，鋋也。轇輵，雜亂貌。善曰：上林賦曰：載雲罕。説文曰：斿，旍施流也。史記曰：趙良謂衛鞅曰：君之出也，操闟戟者旁車而趨。王逸楚辭注曰：轇輵，參差縱横也〔八〇〕。髶而利髦被繡，虎夫戴鶡。髶髦，髦頭茸騎也。善曰：漢書羿爲髦頭。應劭曰：繡衣，在天子乘輿之前。鶡，鷙鳥也。鬬至死乃止，令武士戴之，取猛也。司馬彪續漢書曰：虎賁騎皆鶡冠。駙承華之蒲梢，飛流蘇之騷殺桑葛。駙，副馬也。承華，厩名也。言取華厩之蒲梢，以爲副馬也。漢官儀有承華厩。善曰：後宮〔八一〕蒲梢汗血之馬。流蘇，五采毛雜之，以爲馬飾而垂之。續漢書曰：駙馬赤珥流蘇。摯虞決疑要注曰：凡下垂爲蘇。騷殺，垂貌。總輕武於後陳，奏嚴鼓之嘈囐才達。後陳者，謂北軍五營兵在後陳列。嘈囐，鼓聲。善曰：漢書曰：隤銅丸以擿鼓〔八二〕，聲中嚴鼓之節。晉灼曰：疾擊鼓。戎士介而揚揮，戴金鉦而建黄鉞。戎，兵也。士，士卒也。介，甲也。揮，爲肩上絳幟，如燕尾者也。金鉦，鐲鐃之屬也。黄鉞，以黃金飾之。善曰：左氏傳，廚人濮曰：揚徽者，公徒也。徽與揮古字通。蔡邕獨斷曰：乘輿後有金鉦黃鉞。清道案列，天行星陳。清道，謂蹕止行者。列，猶次也。言天子行如上天之星行，羅列有次。善曰：司馬相如上疏曰：清道而後行。周易曰：天行健。尚書大傳曰：明明上天，爛然星陳。肅肅習習，隱隱轔轔。肅肅，敬貌。習習，行貌。隱隱，衆多貌。轔轔，車聲也。殿坫未出乎城闕，旆已反乎郊畛〔八三〕諸鄰。殿，後軍也。旆，前軍也。郊畛，謂郊界也。言從之多後猶未出城闕，前已迴於郊界也。善曰：論語曰：孟之反不伐，奔而殿。宋衷太玄經注曰：畛，界也〔八四〕。盛夏后之致美，爰敬恭於明神〔八五〕。盛，猶嘉也。夏后，禹也。言今嘉欲行禹之事，爰布恭敬於神明也。善曰：論語曰：惡衣服而致美於黻冕，菲飲食而致孝於鬼神。毛詩曰：恭敬明神也〔八六〕。

「爾乃孤竹之管，雲和之瑟。孤竹，國名，出竹。善曰：周禮曰：孤竹之管，雲龢之瑟。和與龢古字通。鄭玄曰：孤竹，特生者也，雲和，山名也。出美木，用爲瑟，其聲清亮也。雷鼓鼝鼝，六變既畢。雷鼓，八面鼓也。凡樂六變爲一成，則更奏。畢，盡也。善曰：周禮曰：雷鼓路鼗奏之，若樂六變，一變，川澤之神見；二變，山林之神見；三變，丘陵之神見；四變，墳衍之神見；五變，地神見；六變，天神見。毛詩，鼓鼝鼝〔八七〕。冠華秉翟，列舞八佾。冠華，以鐵作之，上闊下狹，以翟雉尾飾之，舞人頭戴。一行羅列八人，八八六十四人。謂今麥策花也。穀梁傳曰：舞夏天子八佾。善曰：蔡邕獨斷曰：大樂郊祀，舞者冠建華冠。毛詩曰：右手秉翟。馬融論語注曰：佾，列也〔八八〕。元祀惟稱，羣望咸秩。元，大也。祀，祭也。稱，舉也。謂大祭天地之禮既舉，羣岳衆神望以祭祀之，皆有秩次。善曰：尚書曰：咸秩無文。王肅曰：秩，序也。左氏傳曰：乃有事于羣望。孔安國尚書傳曰：在遠者望而祭之。飇槱由燎之炎煬樣，致高煙乎太一〔八九〕。飇，飛飇也。槱之言聚也。謂聚薪焚之，揚其光炎，使上達於天也。太一，天之尊神也，曜魄寶也。善曰：周禮曰：以槱燎祀司中司命。郭璞方言注曰：火熾猛爲煬。說文曰：致，送也。漢書曰：中宮天極星，其一明者，太一常居也。神歆馨而顧德，祚靈主以元吉。歆，饗也。顧，眷也。祚，報也。靈，明也。元，大也。吉，福也。言天神覩人主之明肅，顧饗其馨香之祭，故報之以大福。尚書曰：明德惟馨。周易曰：黄裳元吉。然後宗上帝於明堂，推光武以作配。宗，尊也。上帝，太微中五帝也。配，對也。言尊祭五帝於明堂，以光武配之。漢書曰：明帝宗祀五帝於明堂，光武皇帝配之。辯方位而正則，五精帥而來摧徂回切。辯，別也。方位，謂四方中央之位也。則，法也。五精，五方星也。帥，循也。摧，至也。言五帝總集至明堂。善曰：漢書曰：祀五帝於明堂，坐位各處其方。孝經鉤命決曰：宗祀文王於明堂，以配上帝五精之神。爾雅曰：摧，至也。尊赤氏之朱光，四靈懋而允懷。赤氏，謂漢火德所統，赤帝熛怒也。河圖曰：四靈，蒼帝神名靈威仰，赤帝神名赤熛怒，黄帝神名含樞紐，白帝神名白招拒，黑帝神名協光紀。今五云四靈，謂除赤，餘有四。懋，悦也。懷，安也。善曰：尚書曰：民其允懷。孔安國曰：民信歸之。於是春秋改節，四時迭代。改，易也。迭，更也。代，謝也。言感四時之謝，而欲享祀也。善曰：易乾鑿度，孔子曰：天地有春秋冬夏節，故生四時。又曰：五行迭終，四時更廢。蒸蒸之心，感物曾思。廣雅曰：蒸蒸，孝也〔九〇〕。感物，謂感四時之物，即春韭卵，夏麥魚，秋黍肫，冬稻鴈。孝子感此新物，則思祭先祖也。善曰：尚書曰：

虞舜蒸蒸。廣雅曰：感，傷也。躬追養於廟祧吐堯，奉蒸嘗與禴祠。言祭皆追感孝養之道，故躬自爲之。躬，猶身也。善曰：禮緯曰：祭者，所以追養繼孝也。禮記曰：遠廟爲祧。毛詩曰：禴祠蒸嘗。公羊傳曰：春曰祠，夏曰禴，秋曰嘗，冬曰蒸。物牲辯徧省，設其楅衡。物牲，謂祭祀之牲物，皆徧省視之也。橫木於牲角端，以備抵觸，謂之楅衡。善曰：周禮曰：牧六牲而阜蕃其物，以供祭祀。凡祭祀，飾其牛牲，設其楅衡。杜子春曰：楅衡，所以持令不得抵觸人也。毛炰炮豚胉博，亦有和羹。善曰：鄭玄曰：周禮注曰：毛炰者，豚〔九一〕胉去其毛〔九二〕而炰之，以備八珍。毛詩曰：毛炰胾羹。周禮曰：飲食之豆〔九三〕，其實豚胉。杜子春曰：以胉爲膊，謂脇也〔九四〕。毛詩曰：亦有和羹。滌濯靜嘉，禮儀孔明。滌濯，謂洗滌也。靜，絜也。嘉，善也。孔，甚也。言禮儀甚鮮明也。善曰：周禮曰：大祭祀，眡滌濯。鄭玄曰：滌，溉祭器也。毛詩曰：籩豆靜嘉。又曰：禮儀既備。又曰：祀事孔明。萬舞奕奕，鍾鼓喤喤。萬舞，干也。奕奕，舞形也。喤喤，鼓聲也。善曰：毛詩曰：萬舞奕奕，鍾鼓喤喤。靈祖皇考，來顧來饗平聲。靈、皇，神名，謂先帝也。言先帝之神顧悉子孫，享其食也。神具醉止，降福穰穰。神，謂先神也。具，俱也。止，已。降，下也。穰穰，衆多也。善曰：毛詩曰：神具醉止，降福穰穰。

「及至農祥晨正，土膏脉起。農祥，天駟，即房星也。晨時，正中也，謂正月初也。善曰：國語曰：虢文公曰：太史順時視土〔九五〕，農祥晨正，土乃脉發。太史告稷曰：土膏其動。韋昭曰：農祥，房星也。晨正，謂立春之日，晨中於午也。脉，理也。膏，土潤也。乘鑾輅而駕蒼龍，善曰：禮記曰：孟春之月，乘鑾輅，駕蒼龍。鄭玄曰：鑾輅，有虞氏之車也，有鑾和之飾，而飾之以青輪。春，東方色青也。馬八尺爲龍。介馭間以剡以冉〔九六〕

耜。天子車，帝在左，御在中，介處右。善曰：禮記曰：天子祈穀于上帝，親載耒耜，措之於參保介之御間。鄭玄曰：保介，車右，置耒耜於車右與御者之間，明以勸農。又使勇士衣甲而參乘，備非常也。保，猶衣也。毛詩曰：以我覃耜。毛萇曰：覃，利也。鄭玄禮記注曰：耜，耒之金也。覃與剡同。躬三推土回於天田，修帝籍之千畝。善曰：東觀漢記曰：永明四年，詔書曰：朕親耕于籍田，以祈農事。禮記曰：躬耕帝籍，天子三推，爲籍千畝。楊雄上林苑箴曰：芒芒天田，芃芃作穀。供禘郊之粢盛，必致思乎勤己。禘郊，謂祭天於南郊也。言天子籍田千畝，必須親耕者，爲敬其祖考，用充宗廟之粢盛，故云勤己。善曰：禮記曰：王者禘其祖之所自出。鄭玄曰：禘，大祭也。又曰：天子籍田千畝，以事天地，以爲齊盛。毛萇詩傳曰：器實曰粢，在器曰盛。鄭玄禮記注曰：致之言至也。兆民勸於疆場亦，感懋力以耘耔音子。兆民，謂百姓也。疆，田畔也。耘，去草。耔，壅本也。善曰：毛詩曰：疆場有瓜，或耘或耔。爾雅曰：懋，勉也。春日載陽，合射辟雍。陽，暖也。言春三月之時，與諸侯合射辟雍，行禮教。善曰：毛詩曰：春日載陽。鄭玄曰：載之言則也。東觀漢記，永平三年三月，上初臨辟雍，行大射禮。〔九七〕設業設虡，宮懸金鏞。設，施也。業，栒上板刻爲鴈齒，捷業然，植者爲虡，橫者爲栒，以施設懸之宮中也。鏞，大鍾也。善曰：毛詩曰：設業設虡。周禮曰：正樂懸之位，王宮懸。鄭司農曰：宮懸，四面也。鏞，已見上文。鼖鼓路鞀，樹羽幢幢。鼖，大鼓也。鞀，小鼓也。幢幢，羽貌。善曰：周禮曰：以鼖鼓軍事。又曰：路鼓路鞀。〔九八〕毛詩曰：崇牙樹羽。毛萇曰：置羽於栒上，以爲飾也。於是備物，物有其容。言備具也。物，禮物也。射之禮物並有容飾也。善曰：左氏傳，屠蒯曰：事有其物，物有其容。伯夷起而相

儀，后夔坐而爲工。伯夷，唐虞時明禮儀之官也。后夔，舜臣，掌樂之官。言禮以行施，故云起；樂以靜陳，故曰坐。善曰：左氏傳曰：孟僖子不能相儀。又曰：昔玄妻，樂正后夔取之。儀禮曰：大射工六人。**張大侯，制五正。**善曰：毛詩曰：大侯既抗。毛萇曰：大侯，君侯也。周禮曰：王射三侯五正。鄭司農曰：王張五采之侯，即五正之侯也。謂天子五正，諸侯三正，大夫、士二正。以布畫取五方正色於大侯之上也。**設三乏，厞司旌。**言大射張三侯，故設三乏。乏以革爲之，護旌者之禦矢也。司旌，謂執旌司射，中當舉之。周禮曰：服不氏，射則以旌居乏而待獲。杜子春曰：乏，音爲匱乏之乏〔九九〕。爾雅曰：厞，隱也，音翡。**并夾既設，儲乎廣庭。**并夾，鉗矢者。周禮曰：射則取矢也。言侯高則以并夾取之也。儲，待也。廣，大也。謂張設於大庭，以待天子也。**於是皇輿夙駕，輂於東階，**輂之言却也。謂却於東階下，天子未乘之時也。善曰：毛詩曰：皇輿夙駕〔一〇〇〕。輂，音柴。**以須消啓明。掃朝霞，登天光於扶桑。**須，俟也。消，不見也。掃，滅也。言晨時啓明先見，尚有餘光，日出乃不見。霞，日邊赤氣也。謂天子須啓明光消霞滅，日上扶桑，乃就乘輿也。禮：天子日出乃視朝。善曰：毛詩曰：東有啓明，西有長庚。淮南子曰：登于扶桑，爰始將行，是謂朏明也。**天子乃撫玉輅，時乘六龍。**玉輅，謂玉飾之也。鄭玄禮記注曰：撫，猶據也。東都賓曰：登玉輅，乘時龍。善曰：周易曰：時乘六龍。此謂各隨其時而乘之。**發鯨魚，鏗華鐘。**發，舉也。鏗，猶擊也。華鐘，謂有篆刻文，故言華也。善曰：東都賦曰：發鯨魚，鏗華鐘。**大丙弭節，風后陪乘。**善曰：淮南子曰：若夫鉗且、大丙之御也，馬莫使之而自走。高誘曰：二人，太一之御也。楚辭曰：吾令羲和弭節兮。王逸曰：弭，按節徐行也。史記曰：黄帝舉風后以理人。

鄭玄曰：風后，黃帝三公也。應劭漢官儀曰：常伯任侍中，出即陪乘也。**攝提運衡，徐至於射宮。**攝提有
六星。玉衡，北斗中星，主迴轉。並飾於車上，徐行至於射宮。射宮，謂辟雍也。善曰：漢書曰：攝提失方。音義
曰：攝提隨斗杓所建十二月也。杓，匹遥切。春秋保乾圖曰：斗節運衡。何休公羊傳曰〔一〇一〕：運，轉也。**禮事**
展，樂物具。展，謂舒陳器物也。物具，謂器物皆具備也。**王夏闋，騶側留虞奏。**王夏，樂名也，天子初出
奏也。闋，終也。善曰：周禮曰：出入則奏王夏。又曰：凡射，王奏騶虞之樂。**決拾既次，彫弓斯彀**古候。
決，以象骨著右手巨指，所以鉤弦也。拾，鞲捍著左臂也。彫弓，謂有刻畫也。彀，張也。善曰：毛詩曰：決拾既次。
鄭玄曰：次，謂手指相比也。**達餘萌於暮春，昭誠心以遠喻。**昭，明也。誠心，謂天子之心也。善曰：禮
記曰：季春，勾者畢出，萌者盡達。白虎通曰：天子所以親射何？助陽氣達萬物也。名之爲侯者何？明諸侯不朝者，
則當射之。然則射者，帝誠心遠喻於下也。文子曰：誠心可以懷也。**進明德而崇業，滌饕**叨**餮**他結**之貪**
欲。射義曰：射所以觀德也。崇，猶興也。業，射業也。滌，蕩去也。言有貪婪嗜欲者，皆滌蕩去之也。善曰：漢
書，明帝詔曰：親射泰侯，蓋選士威惡，助微達陽也。周易曰：君子進德修業。杜預左氏傳注曰：貪財曰饕，貪食曰
餮。**仁風衍而外流，誼方激而遐騖。**衍，布也。方，道也。激，感也。遐，遠也。騖，馳也。善曰：典引
曰：仁風翔乎海表。禮記曰：射者，仁道也。又曰：古諸侯之射，所以明君臣之義也。廣雅曰：方，正也。**日月**
會於龍狵〔一〇二〕鬮，**恤民事之勞疚。**狵，尾也。日月會於尾，謂十月時也。疚，病也。民勞病於歲事，到此月
乃終也，故天子愍恤勞來之。善曰：國語云：日月會於龍狵，國家於是乎蒸嘗也。賈逵曰：狵，龍尾也。月令，孟冬

日在尾。漢書曰：東宮蒼龍。因休力以息勤，致歡忻於春酒。謂田事畢，休民力，息勤勞也。善曰：禮記曰：孟冬之月，勞農以休息。春酒，謂春時作，至冬始熟也。毛詩曰：春酒惟淳〔一〇三〕。執鑾刀以祖割，奉觴豆於國叟。言天子親執鑾刀，祖右膊而割牲，以示敬也。善曰：東觀漢記曰：永明二年，詔曰：十月元日，始尊事三老，兄事五更，朕親祖割牲。毛詩曰：執其鑾刀。孝經援神契曰：天子親臨辟雍，祖割。禮記曰：食三老五更於太學，天子祖而割牲，執醬而饋，執爵而酳。降至尊以訓恭，送迎拜乎三壽。降，下也。至尊，天子也。三壽，三老也。言天子尊而養此三老者，以教天下之敬，故來拜迎，去拜送焉。善曰：左傳曰：享以訓恭儉。蔡邕獨斷曰：天子事三老，使者安車輭輪送迎而至家，天子獨拜。毛詩曰：三壽作朋也。敬慎威儀，示民不偷以朱反，協韻。敬，宜也。儀，禮也。毛詩曰：敬慎威儀，視民不恌。毛萇曰：恌，偷也。我有嘉賓，其樂愉愉。嘉賓，謂三老、五更也。愉愉，和悅之貌也。善曰：毛詩曰：我有嘉賓。聲教布濩〔一〇四〕護，盈溢天區。布濩，猶散被也。天區，謂四方上下也。言天子教愛及之。尚書曰：聲教訖于四海〔一〇五〕。

「文德既昭，武節是宣。既，已也。昭，明也。宣，猶發也。言文武之教，無處不臨。善曰：尚書曰：誕敷文德。漢書，武帝詔曰：躬秉武節。三農之隙，曜威中原。隙，閒也。曜威，謂治兵也。善曰：國語曰：三時務農，一時講武。韋昭曰：三時，春夏秋。西都賦曰：曜威而講武事也。歲惟仲冬，大閱西園。西園，上林苑也。善曰：周禮曰：仲冬，教大閱。公羊傳曰：大閱者何？簡車馬也。後漢書曰：先帝左開鴻池，右作上林苑。虞人掌焉，先期戒事。先期，謂期日〔一〇六〕敕戒羣吏脩獵具也。善曰：周禮，虞人掌山澤之官，度知禽獸多少。戒，猶告也。悉率百禽，鳩諸靈囿。悉，盡也。率，歛也。鳩，聚也。囿，苑也。囿，謂集禽獸於靈囿之中〔一〇七〕。善曰：毛詩曰：悉率左右，以燕天子。毛萇曰：驅禽獸於王之左右。鄭玄曰：率，循也。悉率驅禽獸，順其左右之宜，以安待王之射。毛詩曰：王在靈囿〔一〇八〕。獸之所同，是謂告備。同，亦聚也。備，具也。言禽獸皆已合聚，田物具備也。善曰：毛詩曰：獸之所同。禮曰：告備于王〔一〇九〕。乃御小戎，撫輕軒。毛詩曰：小戎俴收。謂小戎之車輕便宜田獵。鄭玄曰：輕車，驅逆之車。中畋四牡，既佶其栗且閑。中畋馬，謂調良馬可用獵者。佶，健也。閑，習也。毛詩曰：四牡既佶，既佶且閑。戈矛若林，牙旗繽紛。若林，言多也。繽紛，風吹貌。兵書曰：牙旗者，將軍之旌。謂古者天子出，建大牙旗，竿上以象牙飾之，故云牙旗。迄上林，結徒營〔一一〇〕。迄，至也。結，止也。徒，衆也。營，域也。上林，苑名。善曰：說文曰：營，市居也。次一作敘〔一一一〕和樹表，司鐸授鉦。次，比也。和，軍之正門爲和也。表，門表也。司，主也。鉦鐸，所以爲軍節。善曰：周禮曰：大閲，虞人爲表，以旌爲左右和門。又曰：教振旅，辨鼓鐸鐲鐃之用也。坐作進退，節以軍聲。言聲中進退，取鍾鼓旌之節。善曰：周禮曰：司馬執鐸，以教坐作進退疏數之節。三令五申，示戮斬牲。示，教也。言三令五申，示衆人畢。有不用命者，斬之若牲也。善曰：尹文子曰：將戰，有司讀誥誓，三令五申之，既畢，然後即敵。史記曰：孫子約束既布，三令五申之。周禮曰：大閲，斬牲以徇陣，曰：不用令者斬之。陳師鞠旅，教達禁成。陳師，猶列師衆也。鞠之言告也。教達，謂三令五申，禁令已行，軍法成也。善曰：毛詩曰：陳師鞠旅。火列具舉，武士星敷。具，俱也。敷，布也。言武士獵徒如星之布也。善曰：毛詩曰：火列具舉。毛萇曰：列，人持火也。鵝鸛灌魚麗離，箕張翼舒。鶃、鶴、魚麗，並陣名也。謂武士發於此而列行，如箕之張，如翼之舒也。善曰：左氏傳曰：晉荀吳與華氏戰于赭丘，鄭翩願爲鸛，其御願爲鵝。左氏傳曰：王伐鄭，鄭原繁爲魚麗之陣。軌塵掩远，匪疾匪徐。掩，覆也。远，迹也。謂車軌之塵，適自覆跡，言得遲疾之中也。善曰：穀梁傳曰：蒐于紅，車軌塵，馬候蹄也。馭不詭遇，射不翦毛。孟子曰：爲之詭遇，一朝而獲十。劉熙曰：横而射之曰詭遇〔一二〕。毛萇詩傳曰：面傷不獻，翦毛不獻。升獻六禽，時膳四膏。升，進也。四膏者，禮記曰：牛膏香，犬膏臊，雞膏腥，羊膏羶。善曰：周禮曰：庖人掌供六禽。鄭司農曰：六禽，鴈、鶉、鷃、雉、鳩、鴿也。馬足未極，輿徒不勞。極，盡也。輿，衆也。勞，罷勞也。善曰：韋昭漢書注曰：輿，車士也。成禮三毆一作驅，解罘伏侯放麟。大鹿曰麟。解，散也。罘，罔也。周易曰：王用三毆，失前禽也。毆與驅同。善曰：穀梁傳曰：四時之田用三焉，一曰乾豆，二曰賓客，三曰充君之庖。不窮樂以訓儉，不殫物以昭仁。窮，極也。訓，教也。殫，盡也。物，謂禽獸也。言殺禽獸不盡，即昭明人君行仁之道，謂崇儉故也。善曰：列女傳曰：周宣王姜后曰：好奢必樂，窮樂者亂之所興。左傳曰：享以訓躬儉〔一三〕。慕天乙之弛罟，因教祝以懷民。天乙，殷湯名也。弛，廢也。善曰：呂氏春秋曰：湯見罔置四面，湯拔其三面，置其一面，祝曰：昔蛛蝥作罔，今之人學紓，欲高者高，欲下者下，吾取其犯命者。漢南之國聞之曰：湯德至禽獸，三十國歸之。高誘曰：紓，緩也。毛萇詩傳曰：懷，來也。儀姬伯之渭陽，失熊羆而獲人。儀，則也。姬伯，文王爲西伯也。善曰：史記曰：太公望呂尚，東海人，以漁釣干周西伯。西伯將出獵，卜曰：所獲非龍，非彲，非虎，非羆，所獲霸王之輔。西伯獵，果遇太公渭之陽，與語大說。文王勞之，太公曰：臣聞君子樂其志，小人樂其事。遂載與俱歸。澤浸昆蟲，威振八寓。浸，潤也。八寓，八方區宇也。善曰：毛詩序曰：文王德及鳥獸昆蟲焉。鄭玄禮記注曰：昆，明也。明蟲者，陽而生，陰而藏也。蒼頡篇曰：宇，邊也。說文曰：寓，籀文宇字。好樂無荒，允文允武。允，信也。無荒，言不好荒淫之樂。信與文王、武王等其功德也。善曰：毛詩曰：好樂無荒，允文允武，昭假烈祖。薄狩于敖，既璅璅一作瑣〔二四〕焉。敖，鄭地，今之河南滎陽也。謂周王狩也。璅璅，小也。言鄙陋不足說也〔二五〕。詩曰〔二六〕：建旐設旄，薄獸于敖。岐陽之蒐，又何足數。岐陽，岐山之陽，謂成王所狩之地，亦以小不足可數也。善曰：左氏傳曰：成王有岐陽之蒐〔二七〕。

「爾乃卒歲大儺，毆除羣厲。卒，終，謂一歲之終。儺，逐疫鬼。善曰：漢舊儀曰：昔顓頊氏之有三子，已而爲疫鬼，一居江水爲瘧鬼；一居若水爲罔兩蜮鬼；一居人宮室區隅，善驚人，爲小鬼。於是以歲十二月，使方相氏蒙虎皮，黄金四目，玄衣丹裳，執戈持盾，帥百隸及童子而時儺，以索室中而毆疫鬼也。方相秉鉞，巫覡胡激操茢音例。善曰：周禮曰：方相氏，黄金四目，玄衣朱裳，執戈揚盾也。國語曰：在男謂之覡，在女謂之巫也。說文曰：操，把持也。左傳曰：襄公乃使巫以桃茢先祓殯。杜預曰：茢，乃黍穰也。侲子萬童，丹首玄製。侲子，童男童女也。朱，丹也。玄製，皁衣也。善曰：續漢書曰：大儺，謂逐疫。選中黄門子弟十歲以上十二以下百二十人爲侲子，皆赤幘皁製，以逐惡鬼于禁中。桃弧棘矢，所發無臬牛列切。飛礫雨散，剛癉亶必斃。桃弧，謂弓也。棘，矢箭也。癉，難也。言鬼之剛而難者皆盡死也。善曰：漢舊儀，常以正歲十二月，命時儺，以桃弧葦矢且射之，赤丸五穀播洒之，以除疾殃。左氏傳曰：桃弧棘矢，以除其災。説文曰：臬，射埻的也〔一八〕。煌火馳而星流，逐赤疫於四裔。煌，火光也。馳，競也。赤疫，疫鬼惡者也。四裔，謂四海也。星流，謂羣鬼競走。煌煌然如火光之與星流也。善曰：續漢書曰：儺持火炬，送疫出端門外，騶騎傳炬出宮〔一九〕。五營騎士，傳火棄洛水中。星流，言疾也。左氏傳曰：投諸四裔，以禦魑魅。然後凌天池，絶飛梁。凌，升也。善曰：莊子曰：北溟者，天池也。如淳漢書注曰：直渡曰絶。甘泉賦曰：歷倒景而絶飛梁。捎所交切魑魅，斮側角獝其筆〔二〇〕狂。魑魅，山澤之神。獝狂，惡戾之鬼名。捎，殺也。斮，擊也。善曰：諸鬼之説者各異，今隨所釋而載之，不改易也。斬蜲紆危蛇移〔二一〕，腦方良。方良，草澤之神也。腦，陷其頭也。善曰：莊子，蜲蛇之狀，其大若轂，其長若轅，紫衣而朱冠也。囚耕父於清泠零，溺女魃蒲葛〔二二〕於神潢黄。清泠，水名，在南陽西鄂山上。神潢，亦水名，未知所在。善曰：山海經曰：有神耕父處豐山，常游清泠之淵，出入有光。又曰：大荒之中，有山名不勾，有人衣青衣，名曰黄帝女魃，所居不雨。殘夔魖虚與罔像〔二三〕，殪煙計野仲而殲子廉游光。殘，猶殺也。夔，木石之怪，如龍有角，鱗甲光如日月，見則其邑大旱。説文曰：魖，耗鬼也。罔象，木石之怪。殪，殺也。殲，滅也。野仲、游光，惡鬼也，兄弟八人，常在人間作怪害。八靈爲之震慴之涉，況鬾巨宜〔二四〕蜮域〔二五〕與畢方。鬾，小兒鬼。畢方，老父神，如鳥兩足一翼者，常銜火在人家作怪災也。善曰：楚辭曰：合五嶽與八靈。王逸曰：八靈，八方之神也。爾雅曰：震慴，懼也。漢舊儀曰：魊，鬼也。鬾與蜮古字通。度朔作梗哽，守以鬱壘。神荼副焉，對操七刀索葦。東海中度朔山有二神，一曰神荼，二曰鬱壘，領衆鬼之惡害者，執以葦索而用食虎。善曰：風俗通曰：黄帝書，上古時有神荼、鬱壘昆弟二人，性能執鬼。度朔山上有桃樹，下〔三六〕常簡閲百鬼，鬼無道理者，神荼與鬱壘，持以葦索，執以飼虎。是故縣官常以臘祭夕，飾桃人垂葦索，畫虎於門，以禦凶也。毛詩傳曰：梗，病也。謂爲人作梗病者。目察區陬子侯〔三七〕，司執遺鬼。察，觀也。區陬，隅隟之閒也。司，主也。謂於度朔山主執遺餘之鬼也。京室密清，罔有不韙。密，静也。清，潔也。罔，無也。韙，善也。謂無復疫癘，皆得安善也。

「於是陰陽交和，庶物時育。庶，衆也。漢書曰：陰陽和，風雨時，言疫癘既無，陰陽乃和，衆物育養也。卜征考祥，終然允淑。征，巡行也。考，問也。祥，吉也。允，信也。淑，善也。善曰：左氏傳，石臭曰：先王卜征五年，而歲卜其祥，祥習則行。周易曰：視履考祥。毛詩曰：終然允臧也。乘輿巡乎岱嶽，勸稼穡於原陸。乘輿，天子也。岱，泰山也。種曰稼，收曰穡。謂春勑東方諸侯，課民以耕種，故尚書云：二月東巡狩，至於岱宗，柴〔三八〕。同衡律而壹軌量，齊急舒於寒燠於六。衡，稱也。軌，法也。寒燠，猶苦樂。同、壹、齊，皆使中不參差也。善曰：尚書曰：同律度量衡。又曰：謀恒寒若〔三九〕，豫恒燠若。省幽明以黜陟，乃反旆而迴復。省，察也。幽，闇也。黜，退也。陟，昇也。謂有功者進，無功者退也。故尚書曰：三載考績，黜陟幽明也。反旆，謂迴還也。望先帝之舊墟，慨長思而懷古！先帝，先神也。舊墟，長安也。慨，歎息也。古，往也。謂前漢初也。俟閶風而西遐，致恭祀乎高祖。俟，待也。閶風，秋風也。祠，謂祭祀，高祖廟也。遐，逝也。善曰：東觀漢記曰：永明二年十月，幸長安祠高廟。周書曰：恭明祠，專明刑。易説曰：秋，閶闔風至。既春游以發生，啓諸蟄於潛户。春游，謂仲春巡行岱嶽，是時蟄蟲皆開户，帝乃東巡，助宣氣也。善曰：爾雅曰：春爲發生。禮記曰：仲春之月，蟄蟲咸動，啓户始出。度秋豫以收成，觀豐年之多稌他杜〔三〇〕。秋行曰豫。謂秋行禮高祖廟，此時萬物始成。善曰：晏子曰：吾王不游，吾曷以休？吾王不豫，吾曷以助？一游一豫，爲諸侯度。爾雅曰：秋爲收成。毛詩曰：豐年多稌〔三一〕。毛萇曰：稌，稻也。嘉田畯之匪懈，行致賚于九扈。嘉，善也。畯，主田官也。九扈，農正，知田事。扈，正也。言天子行慶福，致賚於九扈，使民不淫放。善曰：毛詩曰：田畯至喜。又曰：夙夜匪懈，左氏傳曰：郯子曰：九扈爲九農正。杜預曰：扈有九種也：春扈頒鶞〔三二〕，夏扈竊玄，秋扈竊藍，冬扈竊黄，棘扈竊丹，行扈唶唶，宵扈嘖嘖，桑扈竊脂，老扈鷃鷃，以九扈爲九農之號，各隨其宜，以教人事也。左瞰暘谷〔三三〕，右睨玄圃。暘谷，日出之處。玄圃，在崑崙山上。瞰，望也。睨，視也。善曰：淮南子曰：日出于暘谷，浴于咸池也。又曰：懸圃在崑崙閶闔之中。玄與懸古字通。眇天末以遠期，規萬世而大摹。莫補，叶韻。眇，視也。摹，法也。言帝之巡狩，眇然以天末爲遠期，規欲以爲萬代之大法也。善曰：劇秦美新曰：創億兆，規萬世。且歸來以釋勞，膺多福以安悆羊主。悆，寧也。歸，謂西征旋，乃釋吏士之劬勞，祭祀受多福，以安寧也。善曰：尚書曰：永膺多福〔三四〕。總集瑞命，備致嘉祥。總，會也。集，聚也。祥，神也，即騶虞、澤馬之屬也。瑞，應也，即鸞鳳之屬也。善曰：墨子曰：禹親抱天之瑞命也。孝經鈎命決曰：帝王起緯合宿，嘉瑞貞祥。圉語林氏之騶鄒虞，擾澤馬與騰黄。圉，牢養也。林氏，山名也。騶虞，義獸也。善曰：山海經曰：林氏有珍獸，大若虎，五采畢具，尾長於身，其名騶吾，乘之日行千里。劉芳詩義疏曰：騶虞或作吾。應劭漢書注曰：擾音柔。擾，馴也。陰嬉讖曰：聖人爲政，澤出馬。山海經曰：大封國有文馬，縞身朱鬣，名曰吉良，乘之壽千歲。瑞應圖曰：騰黄，神馬，一名吉光。然吉良、騰黄，一馬而異名也。**鳴女牀之鸞鳥，舞丹穴之鳳皇。**女牀，山名，在華陰西六百里。山海經曰：女牀之山有鳥焉，其狀如鶴，五色文，名曰鸞鳥，見即天下安寧。又曰：丹穴之山有鳥焉，其狀如鵠，五采，名曰鳳皇。是鳥也，飲食自歌自舞，見則天下安寧。**植華平於春圃，豐朱草於中唐。**植，猶種也。華平，瑞木也。天下平其華則平；有不平處，其華則向其方傾。中唐，堂塗也。善曰：孝經援神契曰：德至於地，則華平盛也。瑞應圖曰：木名也。宫閣記有春王圃。鶡冠子曰：聖王之德，下及萬靈，則朱草生。抱朴子曰：朱草長三尺，枝葉皆赤，莖似珊瑚也。如淳漢書注曰：唐，庭也。毛詩曰：中唐有甓。**惠風廣被，澤洎幽荒。**惠，恩也。洎，及也。幽荒，九州外，謂四夷也。**北爕**素頰**丁令，南諧越裳。**爕、諧，皆和也。越裳，南蠻，今九真是也。丁令，國名。善曰：漢書曰：匈奴北服丁令也。韓詩外傳曰：成王之時，越裳氏重九譯而至，獻白雉於周公〔三五〕。**西包大秦，東過樂浪**音郎〔三六〕。善曰：司馬彪續漢書曰：大秦國名犁鞬，在西海之西。漢書有樂浪郡。**重舌之人九譯，僉稽首而來王。**重舌，謂曉夷狄語者。九譯，九度譯言始至中國者也。善曰：國語曰：夫戎狄坐諸門外，而使舌人體委與之。韋昭曰：舌人能達異方之志，象胥之官也。韓詩外傳曰：成王之時，越裳氏重九譯而至，獻白雉於周公。晉灼漢書注曰：遠國使來，因九譯言語乃通也。説文曰：譯，傳四夷之語者。尚書曰：禹拜稽首，四夷來王。

「是以論其遷邑易京，則同規乎殷盤。京，京師也。規，法也。盤庚，殷王之名也。**改奢即儉，則合美乎斯干。**斯干，謂周宣王儉宮室之詩也。今漢光武改西京奢華，而就儉約，合斯干之美。善曰：韓詩曰：宋襄公去奢即儉。登封降禪，則齊德乎黃軒。登，謂上泰山封土。降，謂下禪梁父也。言光武登上泰山，下禪梁父，則與黃帝軒轅齊其功德。善曰：黃帝封泰山〔三七〕。爲無爲，事無事，永有民以孔安。爲，作也。事，業也。永，長也。孔，甚也。以無爲爲功，以無事爲業，澹然不煩瀆也。善曰：老子曰：爲無爲，事無事，我無爲而民自化，我無事而民自富。遵節儉，尚素樸。遵，循也。樸，質也。言遵循節儉，尚其樸素也。善曰：漢書曰：文帝躬節儉。莊子曰：同乎無欲，是謂素樸。思仲尼之克己，履老氏之常足。孔子曰：克己復禮。馬融曰：克己，約身。善曰：老子曰：知足常足也。將使心不亂其所在，目不見其可欲。善曰：老子曰：不見可欲，使心不亂。河上公曰：放鄭聲，遠美人，使心不亂，不邪淫也。賤犀象，簡珠玉。簡，猶略也。善曰：長楊賦曰：賤瑇瑁而疏珠璣。藏金於山，抵紙璧於谷。藏、抵，皆謂不取之，謂儉故也。善曰：莊子曰：藏金於山，藏珠於淵。説文曰：抵，側擊也〔三八〕。翡翠不裂，瑇瑁不蔟音族。翡翠，鳥名也。瑇瑁，珍名。不裂，不折其羽以爲玩飾也。不蔟，不叉蔟取之爲器也。所貴惟賢，所寶惟穀。善曰：尚書曰：所寶惟賢，則邇人安。范子計然曰：五穀者，萬人之命，國之重寶。民去末而反本，咸懷忠而抱慤若角切。詐僞爲末，忠信爲本。善曰：淮南子云：守道順理者，不免於飢寒之患，而欲人之去末反本，是猶發其原而壅其流也。説文曰：慤，謹也。于斯之時，海內同悅，曰：『吁！漢帝之德，侯其褘於離而！』言於此之時，皆同歡樂也。于，於也。悅，樂也。吁，驚也。褘，美也。蓋蓂莢爲難蒔神志也，故曠世而不覿。覿，見也。蓂莢，瑞應之草。王者賢聖，太平和氣之所生。生於階下，始一日生一莢，至月半生十五莢；十六日落一莢，至晦日而盡，小月則一莢厭不落。王者以證知月之小大。堯時夾階生之謂不世見，故云難蒔也。善曰：田俅子曰：堯爲天子，蓂莢生於庭，爲帝成歷。范曄後漢書，班固議曰：漢興以來，曠世歷年。**惟我后能殖之，以至和平，方將數**所主**諸朝階。**后，帝也。惟我帝有至和之德，故必能殖之，方當生於朝陛，得以數知月之大小也。謂上文蓂莢也。善曰：鄭玄毛詩箋曰：方，直也〔三九〕。**然則道胡不懷，化胡不柔？**胡，何也。懷，來也。柔，安也。言皆安之也。**聲與風翔，澤從雲游。**翔，游，皆行也。風者，天之號令；雲雨者，天之膏潤，故聲教與風皆翔，恩澤與雲俱行也。**萬物我賴，亦又何求？**我賴，賴我也。言萬物皆賴帝之恩惠以得所，無復他求也。**德寓天覆**赴，**輝烈光燭。**寓，猶蓋也。帝之德蓋如天之覆，日月之光輝照於遠近也。善曰：國語，勃鞮曰：君之德宇何不寬裕也。寓與宇同。禮記，孔子曰：天無私覆。**狹三王之趢**禄**起**七木，**軼五帝之長驅。**狹，謂陋也。趢起，局小貌也。軼，過也。驅，馳也。言以三王禮法爲局小狹陋，過五帝而遠馳，則繼三皇之跡也。善曰：戰國策曰：樂毅長驅至齊。**踵二皇之遐武，誰謂駕遲而不能屬？**踵，繼也。二皇，伏羲、神農也。遐，遠也。武，迹也。屬，逮也。誰敢謂今所駕者遲而不能逮。言必能逮也。**東京之懿未罄，值余有犬馬之疾，不能究其精詳。**懿，美也。罄，盡也。先生言東京之美未盡，遇我有疾，故不能究其美事也。善曰：孔叢子謂魏王曰：臣有犬馬之疾，不任國事。毛萇詩傳曰：詳，審也。**故粗爲賓言其梗槩如此。**粗，猶略也。賓，西京也。梗槩，不纖密，言粗舉大綱如此之言也。

「**若乃流遁忘反，放心不覺，樂而無節，後離其戚，**言若流情放心，不自反寤，恣意所爲，淫樂無禮以無節，終後卒當罹其憂禍，即秦皇、王莽是也。善曰：淮南子曰：凡亂之所由生，皆在流遁。廣雅曰：遁，去也。孟子曰：人有放心，不知求學問之道也。一言幾渠衣於喪國，我未之學也。幾，近也。先生責公子云：取樂今日，皇恤我後，言今非之也。善曰：論語曰：一言可以喪邦乎？且夫挈苦結缾之智，守不假器。言挈缾之小智耳，尚不妄以假人也。善曰：左氏傳曰：人有言曰，雖有挈缾之智，守不假器，禮也。況纂祖管帝業，而輕天位。纂，繼也。今如公子言，皆淫心放意之事，此乃輕居天王之尊位，而禪於董賢。善曰：長楊賦曰：恢帝業。尚書曰：天位艱哉〔四〇〕。瞻仰二祖，厥庸孔肆。庸，功也。孔，甚也。肆，勤也。言瞻望高祖，功庸甚勤苦而得之也。常翹翹以危懼，若乘奔而無轡。言居天子之位，常若奔馬而無轡，履冰而負重也。善曰：毛詩曰：予室翹翹。毛萇曰：翹翹，危也。鄧析曰：明君之御民，若乘奔而無轡。白龍魚服，見困豫且。子余切。說苑曰：吳王欲從民飲，伍子胥曰：昔白龍下清泠之淵，化爲魚，豫且射中目。白龍不化，豫且不射。君今棄萬乘之位，而從於臣，恐有豫且之患。此言先生責公子陰戒期門，微行要屈。雖萬乘之無懼，猶怵惕於一夫〔四一〕。萬乘，天子也，即秦始皇也，高祖也。昔秦始皇東游，爲張良所擊，中其副車。漢高祖於柏人亭，殆爲貫高所中。善曰：尚書曰：怵惕惟厲。孔安國曰：怵惕，悚懼也。方言曰：戒，備也。過秦論曰：一夫作難。惕，驚也〔四二〕。終日不離其輜重〔四三〕，獨微行其焉如？輜重，車也。焉，言安也。如，往也。公子説微行要屈，故先生問之，言欲何往也。善曰：老子曰：終日行不離輜重。張揖曰：輜重，有衣車也。漢書曰：武帝微行始出也。夫君人者，黈纊塞耳，車中不內顧〔四四〕。黈纊，言以黃綿大如丸，懸冠兩邊當耳，不欲妄聞不急之言也。

內顧，謂不外視臣下之私也。善曰：大戴禮，孔子曰：黈纊塞耳，所以塞聰也。魯論語曰：車中不內顧。崔駰車左銘曰：正位授綏，車中不顧〔一四五〕。塵不出軌，鸞以節步。珮以制容，鑾以節塗。珮爲行容，鑾爲車節。善曰：禮記曰：君子在車則聞鑾和之聲，行則鳴珮玉也。行不變玉，駕不亂步。行合容則玉聲應，馬步齊則鑾和響。並謂君之禮法。却走馬以糞車，何惜騕烏皎褭寧少與飛兔。却，退也。老子曰：天下無道，戎馬生於郊。天下有道，却走馬以糞。河上公曰：糞者，糞田也。兵甲不用，却走馬以務農田。然今言糞車者，言馬不用，而車不敗，故曰糞車也。何惜，言不愛之也。善曰：吕氏春秋曰：飛兔騕褭，古之駿馬。方其用財取物，常畏生類之殄也。方，將也。生類，謂天下萬物之類也。殄，盡也。賦政任役，常畏人力之盡也。謂任役使人，常畏人力盡也。取之以道，用之以時。論語曰：敬事而信，節用而愛人，使民以時，此之謂也。善曰：毛萇詩傳曰：太平而微物衆多，取之有時，用之有道。山無槎仕假枿五葛，畋不麌烏夭胎。斜斫曰槎。斬而復生曰枿。不麌胎者，言不如公子所道。擭胎拾卵，校獲麑麌也。漢書曰：昔先王山不槎蘖，畋不殺胎。草木蕃廡，鳥獸阜滋。蕃，滋也。廡，盛也。阜，大也。滋，益也。善曰：尚書曰：庶草蕃廡。班固漢書序曰：蕃阜庶物。民忘其勞〔一四六〕，樂輸其財。民，謂百姓也〔一四七〕。言民不以力役爲勞苦，不以財賦爲損費，故文王有子來之人。武帝時卜式入錢，以助官也。善曰：周易曰：悅以使人，人忘其勞也。百姓同於饒衍，上下共其雍熙。言富饒是同，上下咸悅，故能雍和而廣也。論語曰：百姓足，君孰與不足。善曰：尚書曰：黎民於變時雍。又曰：庶績咸熙。洪恩素蓄，民心固結。洪，大也。蓄，積也。固，牢也。謂高祖已下，積恩施惠，人心固結。

故王莽之時，皆謳吟而思漢也。善曰：四子講德論曰：洪恩所潤，不可究陳。國語，甯莊子曰：民無結，不可以固。孫子曰：吾將固其結也。執誼顧主，夫懷貞節。夫，猶人人也。言執禮義之心，顧思漢德，人懷貞正之志分也。楚辭曰：原生受命于貞節。忿姦慝之干命，怨皇統之見替音鐵，叶韻。慝，惡也。統，嗣也。替，廢也。謂忿王莽之逆命，怨漢統之替廢也。玄謀設而陰行，合二九而成譎。玄，神也。譎，變也。謂王莽之謀，陰行十八年而成變計也。登聖皇於天階，章漢祚之有秩。聖皇，光武也。章，明也。秩，常也。言明漢家之常秩也。善曰：甘泉賦曰：聖皇穆穆。東都賦曰：漢祚中缺。若此，故王業可樂焉。若，如此也。言如此即王業之可樂也。善曰：毛詩曰：致王業之艱難〔四八〕。

「今公子苟好勦子小〔四九〕民以媮逾樂，忘民怨之爲仇也；勦，盡也。媮，猶僥倖也。仇，讎也。今公子所言，苟好盡人以僥倖須臾之樂，不知人好共怨己〔五〇〕，當成大讎也。善曰：左氏傳，晉桓子曰：無及於鄭而勦民。杜預曰：勦，勞也。左氏傳，師服曰：怨耦曰仇。好殫物以窮寵，忽下叛而生憂也。殫，盡也。寵，驕也。忽，忘也。生憂，謂生己之憂患也。言好盡人之財，以寵極驕逸之樂，忘人叛己之爲大患也。漢書，谷永曰：財竭則下叛，下叛則上亡。夫水所以載舟，亦所以覆舟。覆，敗也。善曰：孫卿子曰：君者，舟也。人者，水也。所以載舟所以覆舟。堅冰作於履霜，尋木起於蘖魚竭栽。言事皆從微至著，不可不慎之於初。所以尋木起於牙蘖，洪波出於涓泉。善曰：周易曰：履霜，堅冰至。說文曰：尋，八尺也。山海經曰：尋木長千里。枚乘上書曰：十圍之木，始生而蘖。孔安國尚書傳曰：用生枿栽。韋昭曰：株生曰蘖。鄭玄禮記注曰：栽，植也。蘖與枿古字同。昧旦丕顯，後世猶怠。昧，早也。丕，大也。顯，明也。怠，懈也。謂起行大明之道，後世子孫猶尚懈怠。善曰：左氏傳，讒鼎之銘曰：昧旦丕顯，後世猶怠。況初制於甚泰，服者焉能改裁去聲，叶韻？譬如爲人裁衣，始制之洪大，服者得而衣之，何能更小之乎？善曰：賈逵國語注曰：裁，制也。故相如壯上林之觀，楊雄騁羽獵之辭。雖系計以隤牆填壍七念，亂以收罝嗟解罘浮。系，繼也。亂，理也。司馬相如上林賦，其卒曰：乃命有司，隤牆填壍，使山澤之人得至焉。楊雄羽獵賦，其末曰：放雉兔，收罝罘也。卒無補於風規，祇以昭其愆尤。規，猶諫也。祇，適也。愆，短也。尤，過也。言不能補其愆過。臣濟奓以陵君，濟，謂度也。度於奢侈，謂僭也。陵踰君法，若季氏八佾舞於庭。左氏傳，萇弘曰：毛得以濟侈於王都。忘經國之長基。言尊卑所以爲國，今反陵之，故非所以經國。故函谷擊柝託於東，西朝顛覆而莫持。柝，守夜所擊木也。顛，隕也。持，扶也。謂王莽之兵，猶擊柝守函谷關，而三輔兵已自入長安宫，朝廷顛隕無復扶持也。東謂函谷，在京之東，西朝，則京師也。善曰：周易曰：重門擊柝。凡人心是所學，體安所習。所習，爲心所好愛者即學。善曰：尚書曰：夫常人〔五一〕安於俗學，溺於所聞。鮑肆不知其臰一作臭〔五二〕，翫其所以先入。翫，習也。先入，言久處其俗也。善曰：家語，孔子曰：入善人之室，如入芝蘭之室，久而不知其香；入不善之室，如入鮑魚之肆，久而不知其臰。皆猶體所習，故今言公子以長安爲好亦然也。咸池不齊度於𫄨烏瓜〔五三〕咬烏交〔五四〕，而衆聽或疑〔五五〕。齊，同也。咸池，堯樂也。𫄨咬，淫聲也。言咸池之音本不與𫄨咬同，而衆聽者乃有疑惑。善曰：樂動聲儀曰：黄帝樂曰咸池。賓戲曰〔五六〕：淫𫄨而不可聽者，非寵宴之樂也。李奇曰：淫𫄨，不正也。傅毅琴賦曰：絶激哇之淫。法言曰：哇則鄭。李軌曰：哇，邪也。舞賦曰：吐哇咬則發皓齒。然哇與鼃同。咬亦不正之聲也。咬或作蛟，非也。能不惑者，其唯子野乎？」子野，師曠字，曉音曲者，以喻安處先生也。言西京奢泰肆情，不依禮度，東京儉約，依禮行事。衆人觀之，謂是其一，唯安處先生得知其指也。善曰：左氏傳，叔向曰：子野之言君子哉！

客既醉於大道，飽於文義。客斥公子，謂聞東京文義之道，若醉飽焉。勸德畏戒，喜懼交爭。勸德，謂公子見先生説東京禮法，自勸勉行其道德，又畏懼先生之戒也。罔然若酲，朝罷夕倦，奪氣褫魄之爲者，罔然，猶惘惘然也。酲，病酒也。朝罷夕倦，曉夜不卧，惘然如神奪其精氣。又若魂魄亡離其身，今公子亦如之也。善曰：説文曰：褫，奪也〔五七〕。忘其所以爲談，失其所以爲夸。公子本以奢侈爲美談，今見先生述東京之德，所以忘美失夸也。良久乃言曰：「鄙哉予乎！習非而遂迷也，良久，頃乃復能言也。自鄙其迷惑所學者非正也。善曰：論語曰：荷蕢曰：鄙哉硜硜乎。廣雅曰：鄙，固陋不惠。楊子法言曰：習非之勝是，況習是之勝非乎？幸見指南於吾子。言己之惑，不知南北，今先生指以示我，我則足以三隅反也。善曰：桓譚上便宜曰：管仲，桓公之指南。若僕所聞，華而不實；若，如也。公子言：如僕所聞西京之事，蓋是虚華而無實録。善曰：左氏傳，甯嬴曰〔五八〕：晉陽處父華而不實，怨之所聚。先生之言，信而有徵。先生，安處先生也。徵，驗也。言先生之言，信有徵驗也。善曰：左氏傳，叔向曰：君子之言，信而有徵。鄙夫寡識，而今而後，乃知大漢之德馨，咸在於此。公子重自鄙曰：如今日後日，乃知大漢之德在於此耳。善曰：論語曰：鄙夫不可以事君。尚書曰：明德惟馨。昔常恨三墳五典既泯。三墳，三皇之書也。五典，五帝之書也。泯，滅也。善曰：左氏傳，楚子曰：左史倚相能讀三墳、五典、八索、九丘也。仰不睹炎帝帝魁之美，睹，見也。炎帝，神農後也。帝魁，神農名，並古之君號也。善曰：管子曰：管仲對桓公曰：神農封泰山，炎帝封泰山。孝經鉤命訣曰：佳已感龍生帝魁。鄭玄曰：佳已，帝魁之母也。魁，神名。宋衷春秋傳曰：帝魁，黄帝子孫也。得聞先生之餘論。則大庭氏何以尚兹？先生，安處先生也。大庭，古國名也。尚，高也。善曰：子虚賦曰：願聞先生之餘論。莊子曰：昔容成氏、大庭氏結繩而用之，若此時則至治也。兹，此也〔五九〕。走雖不敏，庶斯達矣。」走，公子自稱走使之人，如今言僕矣。不敏，猶不達也。公子言我雖不敏於大道，庶幾先生之説遂達矣。善曰：司馬遷書曰：太史公牛馬走。孝經，曾子曰：參不敏。

文選考異

〔一〕京都中注「京都」下至「故曰京都中」又東京賦注「東京」下至「與班固東都賦同」　案：此二節，非善注也。袁、茶陵二本不冠注家名於首，恐并非五臣注，但後來竄入耳。

〔二〕注「亡禹」　袁本作「憮亡禹切」。在注末，是也。茶陵本無，非也。

〔三〕注「貴耳謂東京」　陳云「耳」下脱「謂西京賤目」五字，是也。各本皆脱。

〔四〕注「苦灰」　袁本作「枯灰切」三字，在注末，是也。茶陵本無，非也。

〔五〕注「謂著翼也」　袁本、茶陵本此下有「搏與附同」四字，是也。

〔六〕注「秦襄王子」 案：「秦」下當有「莊」字，各本皆脫。

〔七〕注「徵符合膺」 袁本、茶陵本「膺」作「應」，是也。

〔八〕注「紙」 袁本、茶陵本作「軹音紙」三字，在注末，是也。

〔九〕注「如制禮也」 袁本、茶陵本「制禮」作「禮制」，是也。

〔一〇〕注「陽城人名延」 何校「城」改「成」，去「人名」二字，是也。各本皆誤。案：所引功臣表文「人名」二字，乃或記於旁而竄入者，善注失舊，於此等可見矣。

〔一一〕損之又損之 袁本、茶陵本無下「之」字。案：無者是也。此初亦無，與二本同，脩改誤添之。

〔一二〕注「善曰毛詩曰」 陳云「詩」下脫「序」字，是也。各本皆脫。

〔一三〕注「勒銘於宗廟之器于鐘鼎」 茶陵本無「于」字，袁本有，何校去，陳同。

〔一四〕且天子有道 袁本、茶陵本「且」下有「夫」字。案：此善有以否，無可考也。

〔一五〕守位以仁 案：「仁」當作「人」。薛注作「人」。善必與薛同，其注亦自可證，見下。蓋五臣「仁」，各本所見亂之。

〔一六〕注「綜作人」 袁本無此三字，茶陵本有。案：於茶陵爲校語，此誤存之也。

〔一七〕注「仁謂衆庶也」 袁本、茶陵本「仁」作「人」，是也。此所改甚非。

〔一八〕注「何以守位曰仁也」 案：「仁」當作「人」，各本皆誤。考經典釋文云「曰人」。王肅、卞伯玉、桓元明、僧紹作「仁」。然則王弼本周易自作「人」，今本作「仁」者非。善亦必作「人」，乃與薛注相應，不知者妄改之，絶不可通，所當訂正。

〔一九〕注「何用周固反易守乎」　案：「反」當作「及」，各本皆譌。

〔二〇〕注「土度也」　何校「土」改「測」。今案：此疑「土」下有脱，各本皆同，無以補也。

〔二一〕注「薛綜曰轘轅坂」下至「故曰轘轅」　袁本、茶陵本無此十八字。案：無者最是。

〔二二〕漢初弗之宅　袁本、茶陵本「宅」下有「也」字。案：此善有以否，無可考也。

〔二三〕注「北爲參虚分野」　何校「北」上添「河」字。今案：此疑衍「北」字也。

〔二四〕區宇乂寧　何校「宇」改「寓」。案：所改是也。此薛注字作「寓」。下文「威振八寓」、「德寓天覆」，正文皆作「寓」。善此無注者，詳在彼也。各本所見皆非。

〔二五〕注「昭明有融」　案：「昭」上當有「又曰」二字。各本皆脱。善例如此，餘不具出。

〔二六〕注「爲水獸」　袁本、茶陵本「水」作「木」，是也。

〔二七〕注「舊章法令條章也」　袁本、茶陵本無此七字。案：無者最是。

〔二八〕注「爾雅曰鶩斯」　何校「爾」上添「善曰」二字，陳同。下節首「爾雅曰鶌鳩」上亦然。今案：所校是也。袁本、茶陵本此二節亦作薛注，皆誤。凡賦多誤善注爲薛，其引書爲薛注所不及見，如此爾雅郭璞注之類，較然易辨。又有疑無以明者，難於輒定，當俟再詳。

〔二九〕注「頭尾青黑色」　袁本、茶陵本「頭」作「短」，是也。

〔三〇〕注「謂各得其性也」　袁本「也」下有「鵯音匹鶻音骨鵃竹交切」十字。茶陵本與此同。案：袁本乃真善音之舊，尤所見與茶陵皆誤。

〔三一〕注「鵰鶻鵃類也」　袁本、茶陵本「鶻鵃」作「鳩鶥」，是也。

〔三二〕注「謂音聲和也」　袁本「也」下有「鵹麗古字通音離」七字。茶陵本有「鵹麗古字通」五字。案：袁是也。鵹下仍當有「與」字，蓋脱。

〔三三〕於南則前殿靈臺　茶陵本「靈」下校語云五臣「雲」，袁本作「雲」。案：此南宮雲臺也。德陽殿西有靈臺，别在下文，「靈」但傳寫誤耳。薛注「靈」亦「雲」字誤。下文靈臺，薛亦别有注，可見此薛與善並非「靈」字。

〔三四〕注「鉤盾令官」　陳云「今」當作「令」，是也。各本皆誤。

〔三五〕注「不雕不刻」　袁本「雕」作「彫」，是也。茶陵本亦誤「雕」。案：此正文及下「雕」輦，皆「彫」之誤也。

〔三六〕則洪池清蘌　茶陵本「蘌」作「籞」，注同。袁本皆作「蘌」。何校改「籞」。案：「蘌」即「籞」别體字耳。

〔三七〕注「則捕之」　袁本、茶陵本「之」下有「音圉」二字，是也。

〔三八〕注「周禮曰加籩豆之實」　何校去「豆」字，是也。案：「曰」字亦不當有。各本皆衍。

〔三九〕注「有菱芡也」　袁本、茶陵本「也」下有「音儉」二字，是也。

〔四〇〕奢未及侈　袁本「侈」作「奓」，茶陵本與此同。案：「奓」字是也。二本薛注作「奓」可證。尤并改作「侈」，甚非。

〔四一〕注「故儉不至陋也」　茶陵本無「故」字，是也。袁本亦衍。

〔四二〕動中得趣　案：「趣」當作「趨」。注中此字兩見，袁、茶陵二本皆作「趨」，是薛與善自是「趨」字，蓋五臣作「趣」而亂之。尤并改注中盡作「趣」，甚非。

〔四三〕禮舉儀具　袁本、茶陵本「儀」作「義」，注同。案：此無以考也。

〔四四〕注「言頒政賦教常」　袁本、茶陵本無「教」字，是也。

〔四五〕注「大合樂射鄉者曰辟雍」　陳云「鄉」當作「饗」，是也。各本皆誤。

〔四六〕注「鄭玄周禮曰」　何校「禮」下添「注」字，陳同，是也。各本皆脱。

〔四七〕注「綜曰」　案：此二字不當有。此初無，後脩改誤添。袁、茶陵二本每節有之，不可相證。

〔四八〕注「魏相上封曰」　何校「封」下添「事」字，是也。各本皆脱。

〔四九〕注「善曰萬邦黎獻」　何校「曰」下添「尚書曰」三字，陳同。各本皆脱。

〔五〇〕注「庸」　袁本作「音庸」二字，在注末，是也。茶陵本與此同，非。

〔五一〕注「庭朝廷」　袁本、茶陵本「廷」作「也」，是也。

〔五二〕注「東都賦曰」下至「歲首朔日也」　袁本此十五字作「三朝已見東都賦」，是也，茶陵本複出，非。

〔五三〕注「謂有彫飭也」　茶陵本「飭」作「飾」，是也。袁本亦誤「飭」。

〔五四〕左右玉几　袁本、茶陵本「几」下有「穆穆」二字。此初同，二本有，脩改無。案：不當有也，蓋尤校改正之。

〔五五〕注「善曰百辟其刑之」　何校「曰」下添「毛詩曰」三字，陳同。各本皆脱。

〔五六〕注「尚書曰一日二日萬機」　袁本、茶陵本此九字作善注，是也。當在薛注下，而首有「善曰」二字。

〔五七〕注「今憂恤之也」　陳云「今」當作「令」，是也。各本皆譌。

〔五八〕注「説文曰城池無水曰隍」　袁本此八字作「隍已見東都賦」，是也。茶陵本複出，非。

〔五九〕注「不敢逭遑」　案：「逭」當作「怠」。各本皆譌。陳云別本作「怠」，今未見。但陳所云別本，似即茶陵耳。其不合者，恐有誤，亦不具論。

〔六〇〕注「毛詩曰牲牢饔餼」　案：「詩」下當有「序」字。各本皆脱。

〔六一〕注「爲而不持長而不宰」　袁本、茶陵本無「而不持長」四字。

〔六二〕注「招明也有道」　案：此「有」誤也。陳云「有」上似脱「明」，但「招」本不訓，「明」詳下注，蓋訓爲「舉」，陳所説未是，今無以訂之。

〔六三〕注「周易曰六五」　案：「周」上當有「善曰」二字。各本皆脱。何云：綜以赤烏六年卒，安得見王肅易注而引用之？指此注下文也。其説是矣。但因而疑綜注假托則非。蓋何未悟其自是善注耳。善演連珠注，亦引此王肅注也。

〔六四〕注「禮記曰天子穆穆」　袁本此七字作「穆穆已見上」，是也。茶陵本複出，非。

〔六五〕注「琪如綦」　案：「如」上當有「讀」字。各本皆脱。

〔六六〕注「一作飆」　袁本無此三字，正文作「颻」。茶陵本作「五臣作颻」四字。案：此校語之誤存者也。

〔六七〕注「垂十二旒名曰太常上畫三辰」　袁本、茶陵本「名曰太」三字作「也」。案：此尤校改之耳。

〔六八〕注「當顱刻金爲之」　陳云「當」上疑脱「鍚」字，是也。各本皆脱。

〔六九〕注「鏤鍚中央低」　陳云「鍚」字疑衍，是也。各本皆衍。

〔七〇〕注「零」　袁本、茶陵本作「軨音零」三字，在注末，是也。

〔七一〕注「蔡雍獨斷曰」　陳云此注及下注凡三引蔡雍説，其上疑並脱「善曰」二字，以「然重輪即重轂」語觀之，自是李氏文體，與薛注不類。今案：所説是也，當以正文「重輪貳轄」别爲節，而注「善曰」至「即重轂也」於下。

〔七二〕注「廣八尺」　案：「尺」當作「寸」。續漢書輿服志注引可證。各本皆誤。

〔七三〕注「與瑶同」　袁本「同」下有「祖狡切」三字，是也。茶陵本無，非。

〔七四〕注「謂木勾矛戟也」　陳云「木」字衍。「矛」當作「孑」，是也。各本皆誤。案：續漢書輿服志注引無「木」字。

〔七五〕注「農輿無蓋」何校「無」改「三」，依續漢志，是也。各本皆誤。案：志注引正作「三」。

〔七六〕注「迤邪也」袁本「也」下有音「弋氏切」三字，是也。茶陵本無，非。

〔七七〕注「言相連也屬」案：「也屬」當作「屬也」。各本皆倒。續漢書輿服志注引可證。

〔七八〕注「伏」袁本作「音伏」二字。在注末，是也。茶陵本與此同，非。

〔七九〕注「緢茷大赤也」袁本、茶陵本「也」下有「茷音旆」三字，是也。

〔八〇〕注「參差縱橫也」袁本「也」下有「轇音膠輵音葛」六字，是也。茶陵本無，非。

〔八一〕注「善曰後宮」陳云「後」上脱「漢書曰」三字，是也。各本皆脱。

〔八二〕注「以撾鼓」何校「撾」改「擿」，是也。各本皆譌。

〔八三〕旆已反乎郊畛　茶陵本「反」作「迴」，云五臣「反」，袁本「反」無校語。案：此蓋以五臣亂善。

〔八四〕注「畛界也」袁本「也」下有「諸鄰切」三字，是也。茶陵本無，非。

〔八五〕爰敬恭於明神　袁本、茶陵本「敬恭」作「恭敬」。案：二本是也，蓋尤誤因注而改。善注之例，但取意同，不拘語倒，如引「敬恭明神」以注此「恭敬於明神也」。不知者，凡屬此例，多所改易，俱失其意，條見於後。

〔八六〕注「恭敬明神也」何校乙「恭敬」二字，是也，各本皆倒。

〔八七〕注「毛詩鼓鼘鼘」　袁本、茶陵本「詩」下有「曰」字。又袁本末有「音淵」二字，是也。茶陵本無，非也。

〔八八〕注「馬融論語注曰佾列也」　袁本此九字作「八佾已見東都賦」，是也。茶陵本複出，非。

〔八九〕致高煙乎太一　茶陵本「乎」下校語云善作「於」。袁本作「於」。蓋善「乎」、五臣「於」，校語有倒錯也。上文當覲乎殿下者。袁、茶陵亦作「於」，不著校語，似失之耳。

〔九〇〕注「廣雅曰蒸蒸孝也」　案：「廣雅曰」三字，不當有。各本皆衍。此非薛注所得引，乃或記於旁而竄入者。

〔九一〕注「鄭玄曰周禮注曰毛炰者豚」　案：「周」上衍「曰」字。「者豚」當作「豚者」，各本皆誤。下注「杜子春曰」，各本亦衍「曰」字也。

〔九二〕注「胉去其毛」　案：「胉」當作「爓」，各本皆誤。此所引在地官封人也。

〔九三〕注「飲食之豆」　案：「飲」當作「饋」，各本皆誤。此所引天官醢人文。

〔九四〕注「謂脇也」　袁本、茶陵本「也」下有「方薄切」三字，是也。案：凡此爲真善音，其正文下「博」字，乃五臣音耳。全書中俱依此例求之。

〔九五〕注「太史順時視土」　案：「視」當作「覛」，各本皆譌。

〔九六〕注「以冉」　袁本作「以冉切」三字，在注末，是也。茶陵本與此同，非。

〔九七〕注「東觀漢記」下至「行大射禮」　袁本此十九字作「合射辟雍已見東都賦」，是也。茶陵本複出，非。

〔九八〕注「路鼓路鼗」　袁本「鼗」下有「鼗扶云切鼗音逃」七字，是也。茶陵本無，非。

〔九九〕注「乏音爲匱乏之乏」　案：「音」當作「讀」，各本皆誤。

〔一〇〇〕注「皇輿夙駕」　何校「皇輿」改「星言」，陳同，是也。各本皆誤。

〔一〇一〕注「何休公羊傳曰」　何校「傳」下添「注」字，陳同，是也。各本皆脱。

〔一〇二〕日月會於龍狵　袁本、茶陵本「狵」作「豝」，注同，是也。又袁本注末有「豝丁邁反」四字，是也。茶陵本無，非。

〔一〇三〕注「毛詩曰春酒惟淳」　何校改「春酒惟淳」作「爲此春酒」。陳云，因此賦上文有「春酒惟醇」之語，傳寫錯誤。案：此當有誤，但何陳所改未見必然，蓋無以訂也。

〔一〇四〕聲教布濩　案：「濩」當作「護」。茶陵本作「護」，云五臣作「濩」。袁本作「濩」，用五臣也，但失著校語。尤以五臣亂善，非。其薛注中俱是「護」字，尤并改作「濩」，更非。南都賦「布濩」，善無注，各本皆作「濩」，似亦以五臣亂善而失著校語。此及彼「濩」下皆音護，即五臣音耳。凡諸家用字，互有不同，其一家之中而復歧異，即恐有誤，餘不悉出，準此例求之。

〔一〇五〕注「尚書曰聲教訖于四海」　袁本此九字作「聲教已見東都賦」，是也。茶陵本複出，非。

〔一〇六〕注「先期謂期日」　袁本、茶陵本無「謂期」二字，是也。

〔一〇七〕注「囿謂集禽獸於靈囿之中」　案：「謂」上「囿」字不當有，各本皆衍。

〔一〇八〕注「毛詩曰王在靈囿」　袁本此七字作「靈囿已見上文」，是也。茶陵本複出，非。

〔一〇九〕注「禮曰告備于王」　案：「禮」上當有「周」字，各本皆脱。此所引小宗伯職文也。

〔一一〇〕迄上林結徒營　袁本、茶陵本「迄」下有「于」字。「徒」下有「爲」字。茶陵校語云，善無「于」字「爲」字。袁無校語，何云匡謬正俗作「迄于上林結徒爲營」。今案：依文義，善亦當有，或但所見傳寫脱耳。

〔一一一〕注「一作敍」　袁本無此三字，正文作「敍」。茶陵本作「五臣作敍」四字。案：此校語之誤存者也。

〔一一二〕注「孟子曰」下至「曰詭遇」　袁本此二十二字，作「詭遇已見東都賦」，是也。茶陵本複出，非。

〔一一三〕注「左傳曰享以訓躬儉」　袁本此八字作「訓儉已見上文也」，是也。茶陵本複出，非。

〔一一四〕注「一作瑣」　袁本無此三字。茶陵本作「綜作瑮」。正文皆作「瑣」。案：此校語之誤存者也。

〔一一五〕注「言鄙陋不足説也」　袁本、茶陵本無「陋」字，是也。

〔一一六〕注「詩曰」　袁本「詩」作「善」。茶陵本「詩」上有「善曰」二字。案：似茶陵是也。

〔一一七〕注「成王有岐陽之蒐」　何校去「王」字，是也。各本皆衍。

〔一一八〕注「臯射埻的也」　袁本、茶陵本「也」下有「臯牛列切埻之尹切」八字，是也。

〔一九〕注「駘騎傳炬出宫」 案：「駘」當作「騶」，各本皆誤。所引禮儀志文也。

〔二〇〕注「側角」又注「其筆」 袁本作「齗側略切獢其出切」八字，在注末，是也。茶陵本無，非。此去注末善音，存正文下，五臣音與茶陵同而誤。

〔二一〕注「紆危」又注「移」 袁本作「蝼紆危切蛇音移」七字，在注末，是也。茶陵本無，非。此移善音於正文下，與茶陵正文下五臣音不同而亦誤。

〔二二〕注「蒲葛」 袁本作「扶葛切」三字，在注末，是也。茶陵本與此同，非。

〔二三〕殘夔魖與罔像 袁本、茶陵本「像」作「象」。案：「象」是也，注正是「象」字。

〔二四〕注「巨宜」 袁本、茶陵本作「魅巨宜切」四字，在注中「魖鬼也」下，是也。

〔二五〕注「域」 袁本作「音域」二字，在注末是也。茶陵本與此同，非。

〔二六〕注「有桃樹下」 茶陵本「樹」下有「二人於樹」四字，是也。袁本亦脱。

〔二七〕注「子侯」 袁本作「善曰陬音子侯切」七字。茶陵本作「善曰陬子侯切」六字，在注末。

〔二八〕注「至於岱宗柴」 袁本、茶陵本無「柴」字。案：茶陵是也。

〔二九〕注「謀恒寒若」 袁本、茶陵本「謀」作「急」，是也。

〔三〇〕注「他杜」 袁本、茶陵本作「他杜切」三字，在注末，是也。

〔三一〕注「豐年多稌」 案：「多」下當有「黍多」二字。各本皆脱。

〔三二〕注「春扈頒鶥」　袁本、茶陵本「頒」作「鳻」，是也。

〔三三〕左瞰暘谷　案：「暘」當作「湯」。注同。蜀都賦「汨若湯谷之揚濤」，注云「湯谷已見東京賦」，即指此，可證也。吴都賦「包湯谷之滂沛」，善「湯」、五臣「暘」，此賦亦然。各本所見以五臣亂善而失著校語。

〔三四〕注「尚書曰永膺多福」　袁本此七字作「多福已見東都賦」，是也。茶陵本複出，非。

〔三五〕注「韓詩外傳曰」下至「獻白雉於周公」　袁本此二十三字作「越裳見下句」，是也。茶陵本誤與此同。

〔三六〕注「音郎」　袁本、茶陵本此在注末，是也。

〔三七〕注「黄帝封泰山」　袁本「山」下有「已見上文」四字，是也。茶陵本複出，非。

〔三八〕注「抵側擊也」　袁本、茶陵本「也」下有「征氏切」三字，是也。

〔三九〕注「方直也」　陳云「直」當作「且」，是也，各本皆誤。

〔四〇〕注「尚書曰天位艱哉」　袁本此七字作「天位已見上文」，是也。茶陵本複出，非。

〔四一〕猶怵惕於一夫　案：「怵惕」當作「惕戒」。善引尚書以注「惕」，引方言以注「戒」，引過秦論以注「一夫」，循其次序有「戒」字在「惕」下「一夫」上，甚明。又其下「惕驚也」三字，乃薛注。若如今本不容去「怵」注「惕」，可見正文無「怵」字，但有「惕」字，亦甚明，不知何人誤認善注中「怵惕」以爲正文如此而改之，其實與注轉不相應，非也。各本所見皆誤，今特訂正。

〔四二〕注「惕驚也」　案：此乃薛注，當在善曰上。各本皆誤贅於善注下，甚非。凡薛注與善注舛錯失舊者，多此例也。

〔四三〕終日不離其輜重　袁本、茶陵本「其」作「於」。案：此無可考也。

〔四四〕車中不内顧　案：「不」字不當有。薛注無「不」字，可證也。各本所見皆衍。又善注「魯論語曰車中不内顧」，亦不當有「不」字。考論語釋文云「車中不内顧」，魯讀「車中内顧」，然則各本衍「不」字，甚明。近盧學士文弨鍾山札記曾舉正此條云：漢書成帝紀贊，顔注云：今論語「車中内顧」。内顧者，説者以爲「前視不過衡軛，旁視不過輢轂」云云。其説是矣。但失引證釋文耳。

〔四五〕注「車中不顧」　案：「不」當作「内」。各本皆誤。古文苑載此銘，作「車不内顧」。「不」當作「中」，皆或記「不」字於旁，此誤以改「内」，彼誤以改「中」，可互訂也。鍾山札記引彼，又載「車右銘内顧自勑車後銘望衡顧轂」爲證，而不言此銘「内」字，彼未誤，蓋據誤本古文苑也。

〔四六〕民忘其勞　袁本「民」作「人」。茶陵本校語云善作「人」，下「民心固結」同。案：此尤以五臣亂善。

〔四七〕注「民謂百姓也」　袁本作「人謂民也」。茶陵本與此同。案：此當作「人謂百姓也」。薛注作「民」。唐諱改「人」。袁本蓋誤。

〔一四八〕注「毛詩曰致王業之艱難」 何校，「詩」下添「序」字。陳同，是也。各本皆脱。

〔一四九〕注「子小」 袁本作「子小切」三字，在注中「勦勞也」下，是也。茶陵本與此同，非。

〔一五〇〕注「不知人好共怨己」 陳云「好」字衍，是也。各本皆衍。

〔一五一〕注「尚書曰夫常人」 案：「尚」當作「商」，當作「商君」二字。各本皆誤。此所引在更法篇也。

〔一五二〕注「一作臭」 袁本、茶陵本無此三字。案：此校語也，二本正文作「臭」，可借證。蓋尤所見有而誤存之。

〔一五三〕注「烏瓜」 袁本作「烏佳切」三字，在注中「淫繩不正也」下，是也。茶陵本與此同，非。

〔一五四〕注「烏交」 袁本、茶陵本作「烏交切」三字，在注中「或作蛟」上，是也。

〔一五五〕而衆聽或疑 袁本、茶陵本「聽」下有「者」字。案：此無可考。

〔一五六〕注「賓戲曰」 茶陵本「賓」上有「答」字，是也。袁本亦脱。

〔一五七〕注「褫奪也」 袁本、茶陵本「也」下有「直氏切」三字，是也。

〔一五八〕注「甯羸曰」 案：「羸」當作「嬴」。各本皆譌。

〔一五九〕注「兹此也」 袁本、茶陵本無此三字。

文選卷第四

京都中

南都賦

摯虞曰：南陽郡治宛，在京之南，故曰南都。

張平子

於烏顯樂都，既麗且康！毛萇詩傳曰：於，歎辭〔一〕。詩曰：適彼樂國。陪京之南，居漢之陽。京，謂洛陽也。尚書曰：嶓冢導漾，東流爲漢。鄭玄曰：漾水至武都爲漢。割周楚之豐壤，跨荆豫而爲疆。西京賦曰：周即豫而弱。吕氏春秋曰：河、漢之間爲豫州也〔二〕。漢書地理志注曰：南陽屬荆州。又曰：荆州，楚故都。體爽塏以閑敞，紛郁郁其難詳。爽塏，已見西京賦。楊雄豫州箴曰，郁郁京河〔三〕，伊、洛是經也。

爾其地勢，則武闕關其西，桐柏揭竭其東。武闕山爲關在西也〔四〕。漢書音義，文穎曰：武闕山爲關而在西，弘農界也。漢書曰：南陽之平陽縣有桐柏山。流滄浪而爲隍，廓方城而爲墉。尚書曰：漢水又東爲滄浪之水。左氏傳，屈完曰：楚國方城以爲城，漢水以爲池。説文曰：城池無水曰隍。毛萇詩傳曰：墉，城也〔五〕。湯谷涌其後，淯育水盪其胸。盛弘之荆州記曰：南陽郡城北有紫山，紫山東有一水，無所會通，冬夏常温，因名湯谷。山海經曰：攻離之山，淯水出焉。南流注于漢。郭璞曰：今淯水在淯陽縣南。盪，他浪切〔六〕。推淮引湍，三方是通。淮水自此而去，故曰推。湍水自彼而來，故曰引。説文曰：推，排也。山海經曰：翼望之山，湍水出焉。郭璞曰：湍，鹿摶切。今湍水逕南陽穰縣而入淯也。三方，東西及南也。

其寶利珍怪，則金彩玉璞，隨珠夜光。彩，金之彩也。璞，玉之未理者。淮南子曰：隨侯之珠，和氏之璧，得之而富，失之而貧。高誘曰：隨侯，漢中國姬姓諸侯也。隨侯見大蛇傷斷，以藥傅而塗之，後蛇於夜中銜大珠以報之，因曰隨侯之珠，蓋明月珠也。鄒陽曰夜光之璧，劉琨云夜光之珠。尹文子曰：田父得寶玉徑尺，置於廡上，其夜明照一室。然則夜光爲通稱，不繫之於珠璧也〔七〕。銅錫鉛鍇苦駭，赭堊惡〔八〕流黄。鄭玄周禮注曰：錫，鑞也。説文曰：鉛，青金。又曰：九江謂鐵爲鍇。山海經曰：陸郈之山，其下多堊；若之山，其上多赭。郭璞曰：赭，赤土也。堊似土，白色也。郈，音跪。本草經曰：石流黄生東海牧陽山谷中。本草言其所出，此亦兼而有之。博物志曰：雄黄似石流黄。緑碧紫英，青臒烏郭丹粟。廣志曰：碧有縹碧，有緑碧。本草經曰：紫石英生太山之谷。山海經曰：景山之西曰驕山，其下多青臒。郭璞曰：臒，黝屬，音瓠。山海經曰：荆山之首曰景山，睢水出焉。其中多丹粟。郭璞曰：細沙如粟。太一餘糧，中黄瑴角玉。本草經曰：太一禹餘糧，一名石腦，生山谷。博物志曰：石中黄子黄石脂。又曰：欲得好穀玉，用合漿，於襄鄉縣舊穴中鑿取，大者如魁斗，小者如雞子。松子神陂，赤靈解角。習鑿齒襄陽耆舊記曰：神陂在蔡陽縣界，有松子亭，下有神陂也。赤靈，赤龍也。解角，脱角也。事未詳。耕父揚光於清泠之淵，游女弄珠於漢皐之曲。山海經曰：有神耕父處豐山，常游清泠之淵，出入有光〔九〕。韓詩外傳曰：鄭交甫將南適楚，遵波漢皐臺下，乃遇二女，佩兩珠，大如荆雞之卵。

其山則崆口江嵘五江嶱苦葛嵑五葛，嵣大朗嶙莽嶚遼剌力割。崆、嵘、嶱、嵑，山石高峻之貌。字書曰：崆，山貌也。嵣嶙，山石廣大之貌也〔一〇〕。嶚，山高而相戾也。廣雅曰：嶚，高也〔一一〕。説文曰：剌，戾也。岝仕白崿額崋祚迴嵬五迴，嶔香金巇許宜屹魚乞㠑五結。埤蒼曰：岝崿，山不齊也〔一二〕。説文曰：崋嵬，山石崔嵬，高而不平也〔一三〕。嶔巇，山相對而危險之貌也。屹㠑，斷絶之貌也。幽谷𡾋岑岑吟，夏含霜雪。毛詩曰：出自幽谷。楊雄蜀都賦曰：玉石𡾋岑。又曰：夏含霜雪。𡾋岑，高峻之貌也〔一四〕。或岩丘笱嶙鄰而纚力氏連，或豁爾而中絶。岩嶙，相連之貌〔一五〕。鞠九六〔一六〕巍巍其隱天，俯而觀乎雲霓五結。鞠，高貌也。班孟堅西都賦曰：其陽則蒼山隱天。楊雄蜀都賦曰：蒼山隱天〔一七〕。

若夫天封大狐，列仙之陬子侯。天封，未詳，或曰山名也。南郡圖經曰：大胡山，故縣縣南十里。張衡云：天封，大胡也。薛綜注曰：區陬，隅隙之間也〔一八〕。上平衍而曠蕩，下蒙籠而崎溪嶇區。孫子兵法曰：草樹蒙山籠。廣雅曰：崎嶇，傾側也〔一九〕。坂坻遲巀在結嶭五結而成甗魚勉，谿壑錯繆謬而盤紆。郭璞上林賦注曰：坻，岸也。又曰：巀嶭，高峻也〔二〇〕。毛萇詩傳曰：巘〔二一〕，小山，别大山也〔二二〕。錯繆，雜亂貌也。芝房菌奇殞〔二三〕蠢生其隈，玉膏滵密〔二四〕溢流其隅。芝房，芝生成房也。菌蠢，是芝貌也。山海經曰：密山，丹水出焉，其中多白玉，是有玉膏。滵溢，流貌。崑崙無以衮，閬浪風不能踰。東方朔十州記曰：崑崙其北角曰閬風之顛〔二五〕。

其木則檉勑貞松楔更黠欆即，槾萬柏杻橿疆。檉似柏而香。爾雅曰：楔曰荆桃。郭璞曰：欆桃也〔二六〕。郭璞山海經注曰：欆似松柏有刺〔二七〕。槾，荆也〔二八〕。又曰：杻似桑而細葉。又曰：橿，中車材〔二九〕。楓柙櫨櫪，帝女之桑。爾雅曰：楓，聶。楓，音風。聶，之涉切。劉逵吴都賦注曰：柙，香木。智甲切〔三〇〕。郭璞上林賦注：櫨，棗。櫨，力胡切。櫪與櫟同，來的切。山海經曰：宣山有桑焉，其枝四衢，名帝女之桑。郭璞曰：婦人主蠶，因以名桑也。楈胥枒邪栟并櫚閭，柍於兩柘檍憶檀。郭璞上林賦注曰：楈枒似栟櫚，皮可作索〔三一〕。張揖注上林賦曰：栟櫚，椶也，皮可以爲索〔三二〕。柍，未詳〔三三〕。爾雅曰：杻，檍。郭璞曰：似桑〔三四〕。蒼頡篇曰：檀，木名。結根竦本，垂條嬋蟬媛袁。結，猶同也。廣雅曰：竦，上也。嬋媛，枝相連引也。布緑葉之萋萋，敷華蘂之蓑蓑素回反。毛萇詩傳曰：萋萋，茂盛貌。王逸楚辭注曰：蘂，實貌也。劉淵林蜀都賦注曰：蘂，一曰花頭點也〔三五〕。蓑蓑，下垂貌。玄雲合而重陰，谷風起而增哀。淮南子曰：玄雲素朝。毛詩曰：習習谷風。攢在官立叢駢，青冥盰瞑音眠。言林木攢羅，衆色幽昧也。楚辭曰：遠望兮盰眠。王逸曰：盰眠，遥視闇未明也。盰眠與盰瞑音義同。杳藹蓊鬱於谷底，森蓴蓴祖本而刺天。皆茂盛貌也。司馬相如弔二世曰：衆樹之蓊鬱兮。虎豹黄熊游其下，彀呼彀玃居縛猱奴刀狿廷戲其巔。六韜曰：散宜生得黄熊而獻之紂。説文曰：㲋，類犬，腰以上黄，以下黑〔三六〕。爾雅曰：玃父善顧。郭璞曰：似獼猴而大，蒼黑色。鄭玄禮記注曰：猱，獼猴也。張載吴都賦注曰〔三七〕：狖，猨屬。鸑鷟岳鵷鶵翔其上，騰猨飛蠝壘棲其間〔三八〕。國語曰：周之興也，鸑鷟鳴於岐山。賈逵曰：鸑鷟，鳳之别名也。山海經曰：南禺之山有鵷鶵。郭璞曰：鳳屬也。上林賦曰：蜼玃飛蠝。張揖曰：蠝，飛鼠也。蠝與猵同，並音壘。其竹則籦鍾籠龍䈽謹篾銘決，篠蘇了簳幹箛孤箠追。戴凱之竹譜曰：籦籠，竹名也。伶倫吹以爲律。竹菫皮白如霜〔三九〕，大者宜爲篙。篠，出魯郡山，堪爲笙。孔安國曰：篾，桃枝也。簳，小竹也。宋玉笛賦曰：奇簳〔四〇〕。箛、箠，二竹名〔四一〕，其形未詳。緣延坻遲阪，澶徒幹漫陸離。陸離，猶參差也〔四二〕。阿烏可那奴可蓊烏孔茸如涌，風靡雲披。阿那，柔弱之貌。説文曰：蓊，竹貌也〔四三〕。埤蒼曰：茸，竹頭有文也。風靡雲披，言隨風而靡，如雲之披也。

爾其川瀆，則滍雉〔四四〕澧灤欒瀘自呑〔四五〕，發源巖穴。水經曰：滍水出南陽縣西堯山。山海經曰：澧水出雅山。郭璞曰：今出南陽〔四六〕。字書曰：灤水出泚陽。泚，音此。酈善長水經注曰：瀘水出襄鄉縣東北陽中山。潛㕓於臘洞出，没滑骨瀎蔑〔四七〕潏決。㕓，山傍穴也，言水洞出此穴。没滑瀎潏，疾流之貌也〔四八〕。布濩戶漫汗，漭莽沆胡朗洋溢。言廣大也〔四九〕。漭沆，已見西京賦。總括趨欱呼答，箭馳風疾。言江海欱受諸水，故總括而趨之。説文曰：欱，歠也〔五〇〕。慎子曰：西河下龍門，其流敵於竹箭。孫子曰：其疾如風。流湍投濈戢，砏普貧汃八輣普耕軋烏八。許慎淮南子注曰：湍，水行疾也〔五一〕。埤蒼曰：濈，水行出也〔五二〕。砏汃輣軋，波相激之聲也。埤蒼曰：砏，大聲也〔五三〕。長輸遠逝，漻流淚力計淢域汨爲筆反。廣雅曰：輸，寫也。韓詩外傳曰：瀏〔五四〕，清貌也。淮南子曰：水淚破舟〔五五〕。說文曰：淢，疾流也〔五六〕。王逸楚辭注曰：汩，去貌。

其水蟲則有蠳龜鳴蛇，潛龍伏蠵。抱朴子曰：蠳龜噉蛇。山海經曰：鮮水多鳴蛇，其狀如蛇，四翼，其音如磬，見則其邑大旱。說文曰：蠵若龍而黃也。鱏尋鱣張連鰅隅鰫，黿鼉鮫鱅以規反。鱏、鱣，已見上文。郭璞上林賦注曰：鰅魚有文采〔五七〕。鰫似鰱而黑〔五八〕。山海經注曰：鮫，鯌屬也，皮有班文而堅。鮫鱅已見東京賦。巨蜯函含珠，駮剥瑕委蛇。楊雄蜀都賦曰：蜯函珠而擘裂。蜯與蚌同〔五九〕，函與含同。郭璞爾雅注曰：蝦大者長一二丈。委蛇，長貌。瑕與蝦古字通〔六〇〕。

於其陂澤〔六一〕，則有鉗盧玉池，赭陽東陂。杜預表曰：所領部曲，皆居南鄉界，所近鉗盧大陂，下有良田。舊說曰：玉池在宛也。貯知旅〔六二〕水渟亭洿汙，亘望無涯宜。說文曰：貯，積也。廣雅曰：渟，止也。說文曰：洿，濁水不流也。方言曰：亘，竟也。上林賦曰：察之無涯。其草則藨平表苧直吕蘋煩莞〔六三〕桓，蔣將蒲孤蒹葭。說文曰：藨，蒯之屬〔六四〕。又曰：苧可以爲索。郭璞山海經注曰：蘋，青蘋，似莎而大〔六五〕。鄭玄毛詩箋曰：莞，小蒲也〔六六〕。說文曰：蔣，菰蔣也〔六七〕。爾雅曰：蒹，薕也。葭，蘆也。藻茆卯菱芡渠儼，芙蓉含華。從風發榮，斐披芬葩。藻，已見西京賦。爾雅曰：茆，鳧葵〔六八〕。菱芡、芙蓉，並見東京賦。其鳥則有鴛鴦鵠鷺烏兮，鴻鴇保駕加鵝。鶪苦札〔六九〕鶂雅札鸊步覓鶬吐雞〔七〇〕，鷫肅鷞所良鵾昆鸕盧。毛詩曰：鴛鴦于飛。班孟堅西都賦曰：黃鵠鵁鶄，鳧鷖鴻鴈。張平子西京賦曰：鷫鷞鵠鴇，駕鵝鴻鶤〔七一〕。說文曰：鶪鴟，鳧屬。方言曰：野鳧，甚小而好没水中者，南楚之外，謂之鸊鷉。鶂與鷊同。蒼頡篇曰：鸕鷀似鶂而黑。

鷁，音磁〔七二〕。嚶嚶烏耕和鳴，澹徒濫淡徒敢隨波。言自恣也。毛詩曰：鳥鳴嚶嚶。爾雅曰：關關嚶嚶，聲之和也。上林賦曰：隨風澹淡。

其水則開竇灑所蟹〔七三〕流，浸彼稻田。鄭玄周禮注曰：竇，孔穴也，音豆。漢書音義曰：灑，分也。毛詩曰：浸彼稻田。溝澮脉連，隄塍繩相輑丘筠反。爾雅曰：水注溝曰澮。韋昭國語注曰：脉，理也。隄塍已見西都賦。輑，相連之貌。朝雲不興，而潢潦老〔七四〕獨臻。左氏傳曰：潢汙行潦之水。說文曰：潢，積水池也。潦，雨水。決渫薛則暵罕，爲溉古愛爲陸。冬稌肚夏穱側角，隨時代熟。說文曰：渫，去除也〔七五〕。又曰：暵，乾也〔七六〕。又曰：溉，灌也。稌，已見東京賦。楚辭曰：稻粢穱麥挐黃粱。其原野則有桑漆麻苧直旅〔七七〕，菽麥稷黍。百穀蕃廡武，翼翼與與。說文曰：苧，麻屬。鄭玄毛詩箋曰：菽，大豆也。百穀蕃廡，並已見東京賦。毛詩曰：我黍與與，我稷翼翼。

若其園圃，則有蓼了蕺側立蘘而羊荷，藷之餘蔗薑蟠煩，菥析蓂覓〔七八〕芋瓜。說文曰：蓼，辛菜也〔七九〕。風土記曰：蕊，香菜〔八〇〕，根似茆根，蜀人所謂葅香。蕊與蕺同。說文曰：蘘荷，葍葅也。葍，普卜切。葅，子余切。漢書音義曰：藷蔗，甘柘也。字書曰：蟠，小蒜也。爾雅曰：菥蓂大薺。乃有櫻梅山柿，侯桃梨栗。漢書音義曰：櫻桃，含桃也。郭璞爾雅注曰：梅似杏，實酸。說文曰：柿，赤實果也。曹毗魏都賦注曰：侯桃，山桃。子如麻子。梬郢棗若留，穰橙鄧橘。說文曰：梬棗，似柹，如兖切。廣雅曰：石留，若榴也。漢書，南陽郡有穰縣、鄧縣。說文曰：橙，橘屬也〔八一〕。其香草則有薜萍計荔力計蕙若，薇蕪蓀萇。王逸楚辭注曰：薜荔，香草也。郭璞山海經注曰：蕙，香草也，若，杜若也。本草經曰：靡蕪一名薇蕪。陶隱居注曰〔八二〕：蕙葉似蛇牀而香。王逸楚辭注曰：蓀，香草也。萇，萇楚也。爾雅曰：萇楚，銚戈也〔八三〕。銚，音遥。晻於感曖愛薆烏揔蔚，含芬吐芳。言草木闇暝而茂盛也。説文曰：晻，不明貌。王逸楚辭注曰：曖，闇昧貌。

若其廚膳，則有華薌重秬渠舉，滍秩履皋香秔公行反。華薌，鄉名也。毛萇詩傳曰：秬，黑黍，一稃二米，故曰重也。稃，音敷〔八四〕。滍皋，滍水之澤也。廣雅曰：秔，秈也。秈，音仙。歸鴈鳴鷃陟滑〔八五〕，黄稻鱻咠連魚，以爲芍張略藥音略。鴈能候時去來，故曰歸。史記曰：楚人有以弱弓微繳，加歸鴈之上。爾雅曰：鷃鳩，寇雉。郭璞曰：鷃，大如鴿，羣飛，出北方沙漠。聲類曰：鱻，小魚也〔八六〕。子虚賦曰：芍藥之和具而後進也。文穎曰：五味之和。酸甜滋味，百種千名。説文曰：甜，美也〔八七〕。春卵夏筍，秋韭冬菁音精〔八八〕。爾雅曰：筍，竹萌也。廣雅曰：韭，其華謂之菁。蘇蔱殺紫薑，拂徹羶尸然〔八九〕腥。爾雅曰：蘇，桂荏。字書曰：蔱，茱萸也。司馬彪上林賦注曰：紫薑，紫色之薑也。杜預左氏傳注曰：徹，猶去也。酒則九醖於問〔九〇〕甘醴，十旬兼清。醪敷徑寸，浮蟻若萍。魏武集，上九醖酒，奏曰：三日一釀，滿九斛米止。廣雅曰：醖，投也。韓詩曰：醴，甜而不泲也。十旬，蓋清酒百日而成也。鄭玄周禮注曰：清酒，今之中山冬釀接夏而成也。漢書音義，晉灼曰：百日之末酒也。説文曰：醪，汁滓酒也。徑寸，蓋酒膏之徑寸也。釋名曰：酒有汎齊，浮蟻在上，汎汎然如萍之多者。其甘不爽，醉而不酲。老子曰：五味令人口爽。廣雅曰：爽，傷也。毛萇詩傳曰：病酒曰酲。

及其糺宗綏族，禴祠烝嘗。左氏傳曰：召公思周德之不類，故糺合宗族于成周。爾雅曰：綏，安也。毛詩曰：禴祠烝嘗，于公先王〔九一〕。以速遠朋，嘉賓是將。揖讓而升，宴于蘭堂。儀禮曰：速賓。鄭玄曰：速，召也。論語曰：有朋自遠方來。毛詩曰：我有嘉賓，鼓瑟吹笙；吹笙鼓簧〔九二〕，承筐是將。儀禮曰：若四方賓燕，則揖讓而升。賈逵國語注曰：不脱屨升堂〔九三〕。漢書曰：祓蘭堂。珍羞琅玕，充溢圓方。爾雅曰：珍，美也。方言曰：羞，熟。以羞之美，故喻於玉也。圓方，器也。尚書曰：厥貢琅玕。又曰：惟辟玉食。琢琱狎獵，金銀琳琅。爾雅曰：玉謂之琱〔九四〕。琱與彫古字通也。爾雅曰：理玉曰琢，都角切。狎獵，飾之貌，胡甲切。獵，士甲切。尚書曰：厥貢球琳琅玕。侍者蠱媚，巾𢃼鮮明。蠱，已見西京賦。毛萇詩傳曰：綦巾，女服也。字書曰：𢃼，上衣。被服雜錯，履躡華英。雜錯，非一也。華英，光耀也。被，皮義切。儇才齊敏，受爵傳觴。方言曰：儇，急疾也，呼緣切。齊，在雞切。毛萇詩傳曰：敏，疾也。獻酬既交，率禮無違。毛詩曰：獻酬交錯。左氏傳，晉侯曰：魯侯自郊勞至于贈賄，禮無違者。東觀漢記曰：朱浮上疏曰：陛下率禮無違。彈琴擫籥，流風徘徊。言樂聲之結風也。説文曰：擪，一指按也。擪與擫同，烏牒切。鄭玄周禮注曰：籥，舞者所吹也，如篴三孔。籥，音藥。篴，音敵。清角發徵，聽者增哀。言既奏清角而又發徵聲，故增哀也。韓子，師曠曰：清徵之聲，不如清角。許慎淮南子注曰：清角絃急，其聲清也。客賦醉言歸，主稱露未晞。毛詩曰：鼓咽咽，醉言歸。又曰：湛湛露斯，匪陽不晞。厭厭夜飲，不醉無歸。接歡宴於日夜，終愷樂之令儀。毛詩曰：愷樂飲酒。又曰：莫不令儀。

於是暮春之禊，元巳之辰，方軌齊軫，祓于陽瀕。毛詩曰：惟暮之春。史記曰：武帝禊霸上。續漢書曰：三月上巳，宮人皆禊於東流水上，祓除宿垢疾也。周禮曰：女巫掌歲時祓除。楊雄蜀都賦曰：相與如乎陽瀕。朱帷連網〔九五〕，曜野映雲。網，維網也。男女姣服，駱驛繽紛。駱驛繽紛，往來衆多貌。致飾程蠱，便絹便娟。廣雅曰：程，示也。便娟，則蟬蜎也。蠱及便絹便娟，已見西京賦。微眺流睇，蛾眉連卷。鄭玄禮記注曰：睇，傾視也，徒計切。毛詩曰：螓首蛾眉。郭璞爾雅注曰：蠶蛾也。連卷，曲貌。卷，音權。於是齊僮唱兮列趙女。齊、趙，二國名也。楊惲書曰：婦，趙女也。坐南歌兮起鄭舞。白鶴飛兮繭曳緒。吕氏春秋曰：禹行水見塗山之女，禹未之遇，而省南土，塗山之女乃令其妾往候禹于塗山之陽，女乃作歌曰：候人猗兮！實始爲南音。周公、召公取風焉。高誘曰：取南音以爲樂歌也。楚辭曰：二八齊容起鄭舞。王逸曰：鄭國舞也。白鶴飛兮繭曳緒，皆舞人之容。脩袖繚繞而滿庭，羅襪躡蹀而容與。繚繞，袖長貌。躡蹀，小步貌。説文曰：躡，蹈也，徒頰切。許慎淮南子注曰：蹀，蹈也，蘇協切。翩緜緜其若絶，眩將墜而復舉。毛萇詩傳曰：緜緜，長而不絶貌。國語曰：觀美而眩。賈逵曰：眩，惑也。翹遥遷延，蹩躠蹁躚。翹遥，輕舉貌。遷延，却退貌。上林賦曰：便跚蹩屑。蹩，蒲結切。躠，素結切。蹁，步先切。躚，素田切。結九秋之增傷，怨西荆之折盤。古樂府有歷九秋妾薄相行歌，辭曰：齊謳楚舞紛紛，歌聲上徹青雲。西荆，即楚舞也。折盤，舞貌。張衡有七盤舞賦，咸以折盤爲七盤也〔九六〕。彈箏吹笙，更爲新聲。毛詩曰：吹笙鼓簧。史記曰：衛靈公見晉平公曰，今者未聞新聲，請奏之。更，古衡切。寡婦悲吟，鵾雞哀鳴。寡婦曲，未詳。古相和歌有鶡雞之曲。坐者悽欷，蕩魂傷精。楚辭曰：憯悽增欷，傷精神也。神女賦曰：精神相依憑。
於是羣士放逐，馳乎沙場。逐，馳逐也。騄驥齊鑣，黄間機張。騄、驥，駿馬之名也。穆天子傳，八駿有赤驥、騄耳。音録。説文曰：鑣，馬銜也，彼驕切。漢書曰：李廣以大黄射其裨將。鄭氏曰：黄間，弩淵中黄牙。尚書曰：若虞機張。孔安國曰：機，弩牙。足逸驚飈，鏃析毫芒。言馬疾而矢利。析，音錫。俯貫魴鱮，仰落雙鶬音倉。魴鱮，已見西京賦。列子曰：蒲且子連雙鶬於青雲之上。鶬，已見西都賦。魚不及竄，鳥不暇翔。言急遽也。高唐賦曰：飛鳥未及起，走獸未及發。爾乃撫輕舟兮浮清池，亂北渚兮揭南涯。浮，已見西都賦。爾雅曰：水正絶流曰亂。説文曰：揭，高舉也〔九七〕。汰太瀺仕減灂仕角兮船容裔，陽侯澆兮掩鳧鷖。楚辭曰：齊吴榜以激汰。王逸曰：汰，水波也〔九八〕。上林賦曰：瀺灂隕隊〔九九〕。戰國策曰：塞漏舟而輕陽侯之波，則舟覆矣。淮南子曰：武王伐紂，渡于孟津，陽侯之波，逆流而擊之。高誘曰：陽侯，陽國侯也，溺死於水，其神能爲大波。王逸楚辭注曰：回波爲澆〔一〇〇〕。毛詩曰：鳧鷖在潀。
憚丁達夔龍兮怖蛟螭。水豹，已見西京賦。説文曰：蛧蜽，山川之精物也。蛟螭，若龍而黄〔一〇一〕。國語曰：木石之怪夔，水之怪龍。韋昭曰：木石爲山也。夔一足也。追水豹兮鞭蛧蜽，
於是日將逮昏〔一〇二〕，樂者未荒。毛詩曰：好樂無荒。收驪命駕，分背迴塘。孔叢子曰：巾車命駕。廣雅曰：塘，堤也。車雷震而風厲，馬鹿超而龍驤。雷震，言多也。風厲，言疾也。毛詩曰：戎車啍啍，如霆如雷。毛萇詩傳曰：雷出地奮，震驚百里。古詩曰：涼風率已厲。杜預左氏傳注曰：厲，猛也。韓子曰：馬

如鹿者千金。鄒陽上書曰：蛟龍驤首。舞賦曰：龍驤橫舉，揚鑣飛沫。周禮曰：凡馬八尺已上爲龍。夕暮言歸，其樂難忘。此乃游觀之好，耳目之娛。未睹其美者，焉足稱舉。言此游觀耳目之樂，非極美也。

夫南陽者，真所謂漢之舊都者也〔一〇三〕。遠世則劉后甘厥龍醢海，視魯縣而來遷〔一〇四〕。左氏傳曰：劉累學擾龍于豢龍氏，以事孔甲。龍一雌死，潛醢以食夏后，夏后饗之，既又使求之，懼而遷於魯縣。漢書曰：南陽郡魯陽縣即御龍氏所遷。奉先帝而追孝，立唐祀乎堯山。先帝，謂堯也。皇甫謐曰：堯始封於唐，今中山唐縣是也。後徙晉陽。及爲天子，都平陽，於詩爲唐國。是堯以唐侯升爲天子也〔一〇五〕。水經曰：南陽縣西堯山。酈元曰：魯縣立堯祠於西山，謂之堯山也。固靈根於夏葉，終三代而始蕃音繁。言劉氏植根於夏葉，終三代而始蕃昌也。毛萇詩傳曰：葉，世也。三代，已見班固兩都序。非純德之宏圖，孰能揆求癸〔一〇六〕而處旃！孔安國尚書傳曰：揆，度也。鄭玄毛詩箋曰：旃，之也。

近則考侯思故，匪居匪寧。穢長沙之無樂，歷江湘而北征。東觀漢記曰：春陵節侯，長沙定王中子買。節侯生戴侯，戴侯生考侯。考侯仁以春陵地勢下濕，難以久處，上書願徙南陽守墳墓，元帝許之，於是北徙。考或爲孝，非也。曜朱光於白水，會九世而飛榮。朱光，火德也。已見東京賦。東觀漢記曰：考侯仁徙封南陽白水鄉。又曰：世祖光武皇帝，高祖九世孫，承文、景之統，出自長沙定王。榮，光榮也。封禪書曰：發號榮。察兹邦之神偉〔一〇七〕，啓天心而寤靈。言考侯既察此都之神偉，且啓上天之心，又寤先靈之意，使之而王也。說文曰：偉，奇也。

於其宮室，則有園廬舊宅，隆崇崔嵬。說文曰：崔〔一〇八〕，高大也。御房穆以華麗，連閣煥其相徽。御房，帝舊房也。相徽，言俱美。孔安國尚書傳曰：徽，美也。聖皇之所逍遥，靈祇之所保綏。聖皇，謂光武也。逍遥，謂潛龍之日。韓詩外傳曰：逍遥也〔一〇九〕。靈祇，天地之神也。毛詩曰：神保是饗。又曰：綏以多福也。章陵鬱以青葱，清廟肅以微微。東觀漢記曰：建武中，更名春陵爲章陵。光武過章陵，祠園廟。爾雅曰：青謂之葱，林木茂盛之貌。微微，幽静貌。皇祖歆而降福，彌萬祀而無衰。毛詩曰：獻之皇祖。說文曰：歆，神食氣也。毛詩曰：降福孔夷。爾雅曰：彌，終也。又曰：祀，年也。帝王臧其擅美，詠南音以顧懷。帝王，光武也。顧懷，過章陵祠園廟之時也。爾雅曰：臧，善也。說文曰：擅，專也。左氏傳，楚鍾儀囚於晉，與之琴，操南音。劇秦美新曰：后土顧懷。且其君子，弘懿明叡，允恭温良。容止可則，出言有章。班固說東平王蒼曰：體弘懿之姿。叡，哲也。已見東京賦。尚書曰：允恭克讓。論語，子貢曰：夫子温、良、恭、儉、讓。孝經曰：容止可觀，進退可度。毛詩曰：其容不改，出言有章。進退屈伸，與時抑揚。周易曰：往者屈也，來者伸也，屈伸相感，而利害生焉。班固漢書，叔孫通述曰：叔孫奉常，與時抑揚。方今天地之睢虛惟剌力達，帝亂其政，豺虎肆虐，真人革命之秋也。漢書音義曰：方，向也。謂高祖之時。蒼頡篇曰：今，時辭也，謂光武。天地，猶天下也。睢剌，喻禍亂也，謂秦二葉也。淮南子曰：萬物盱睢。楚辭曰：獨乖剌而無當。王逸曰：剌，邪也〔一一〇〕。帝謂高祖也。馬融論語注曰：亂，理也。豺狼貪殘，謂王莽也。真人，光武也。文子曰：得天地之道，故謂之真人。革命，已見東都賦。爾其則有謀臣武將，皆能攫九縛戾執猛，破堅摧剛。排揵件陷扃古熒〔二一〕，蹷蹈咸陽。蒼頡篇曰：攫，搏也。說文曰：揵，距門也。又曰：扃，外閉之關也。高祖階其塗，光武攬其英。漢書曰：沛公圍宛城，南陽守齮降，引兵西，無不下者。爾雅曰：階，因也。齮音蟻。東觀漢記曰：鄧禹、吳漢並南陽人。三略曰：主將之體，務在攬英雄之心。是以關門反距，漢德久長。言居西而距東，居東而距西，故言反也。杜篤論都賦曰：是時山東翕然狐疑，意聖朝之西都，懼關門之反距。及其去危乘安，視人用遷。去危乘安，謂太平也。視人用遷，謂觀人所安而設教。周召之儔，據鼎足焉，以庀匹婢王職。史記曰：周公旦者，周武王弟也，輔武王。又召公奭，姓姬氏。成王時，召公爲三公。漢書曰：夫三公，鼎足之輔也。賈逵國語注曰：庀，由理也。縉紳之倫，經綸訓典，賦納以言。漢書音義，臣瓚曰：縉，赤白色。紳，大帶也。周奇曰〔二二〕：搢，插笏於大帶。周易曰：君子以經綸。國語曰：修其訓典。尚書曰：敷納以言也。是以朝無闕政，風烈昭宣也。春秋考異郵曰：後雖殊世，風烈猶合於持方。宋均曰：持方，受命者名。於是乎鯢齒眉壽，鮐背之叟，皤皤然被黃髮者，毛詩曰：以介眉壽。毛萇曰：眉壽，毫眉也。爾雅曰：黃髮、鯢齒、鮐背、耇老，壽也。皤皤，已見東京賦。喟然相與歌曰：「望翠華兮葳蕤，建太常兮裶裶音霏。上林賦曰：建翠華之旗。葳蕤，翠華貌。太常已見東京賦。上林賦曰：紛紛裶裶〔二三〕。駟飛龍兮騤騤逵，振和鸞兮京師〔二四〕。飛龍，言疾也。周易曰：飛龍在天。毛詩曰：四牡騤騤。鄭玄禮記注曰：鑾輅，有虞氏之車也。有鑾和之節〔二五〕。總萬乘兮徘徊，按平路兮來歸。」萬乘，見東京賦。毛萇詩傳曰：迴，遲也。然徘徊即遲遲也。毛詩曰：行道遲遲。南陽舊居，故曰來歸。毛詩曰：來歸自鎬。豈不思天子南巡之辭者哉！遂作頌曰：毛詩曰：豈不爾思。尚書曰：五月南巡狩。

皇祖止焉，光武起焉。皇祖，高祖也。周易曰：庖犧氏没，神農氏作〔一六〕。據彼河洛，統四海焉。河、洛，謂東都也。西都賦曰：嘗有意乎都河、洛。本枝百世，位天子焉。毛詩曰：文王子孫〔一七〕，本枝百世。永世克孝，懷桑梓焉。毛詩曰：永世克孝。又曰：維桑與梓，必恭敬止。真人南巡，覩舊里焉。東觀漢記曰：光武征秦豐，幸舊宅。酈元水經注曰：光武征秦豐，張衡以爲真人南巡，觀舊里焉。

文選考異

〔一〕注「於歎辭」　袁本、茶陵本辭下有「於孤切」三字，是也。其正文下「烏」字乃五臣音也。凡合併六家之本，於正文下載五臣音，於注中載善音，而善音之同於五臣者每被節去。袁、茶陵二本，又各多寡不齊，蓋合併不一，故所節去不一耳。至尤本於正文下五臣音，往往未嘗區別刊正，而注中善音，則節去彌甚，其失善舊，亦彌甚矣。今取二本善音之可考者，悉皆訂正。其二本已節去在前，則末由考之。間有可借正文下五臣音推知崖略者，然既非明文，難以稱説，當俟再詳。全書善音之例，均準此。

〔二〕注「西京賦曰」下至「爲豫州也」　袁本此二十二字作「周居豫州已見西京賦」，是也。茶陵本複出，非。

〔三〕注「郁郁京河」　袁本、茶陵本「京」作「荆」，是也。

〔四〕注「武闕山爲關在西也」　茶陵本無此八字。袁本有，何、陳校皆去。觀下注，似不當有。

〔五〕注「說文曰」下至「墉城也」　袁本此十七字作「隍已見上文墉已見西京賦」，是也。茶陵本複出，非。

〔六〕注「盪他浪切」　袁本、茶陵本無此四字。茶陵有「淯音育」三字，袁亦無。案：茶陵是也。

〔七〕注「淮南子曰隨侯之珠」下至「不繫之於珠璧也」　袁本、茶陵本無此一百十七字。袁有「隨珠夜光已見西都賦」九字，茶陵有「隨珠夜光見西都注」八字，案：袁本是也。茶陵例改，已見爲複出，此條其遺漏者，尚屬善舊。尤乃複出，甚非。

〔八〕注「惡」　袁本、茶陵本作「堊音惡」三字，在注中「郈音跪」下，是也。

〔九〕注「山海經曰」下至「出人有光」　袁本此二十一字作「耕父已見東京賦」，是也。茶陵本複出，非。

〔一〇〕注「嵣峷山石廣大之貌也」　袁本、茶陵本此下有「嵣音蕩峷音莽」六字，是也。

〔一一〕注「嶚高也」　袁本、茶陵本此下有「力彫切」三字，是也。

〔一二〕注「峉嵤山不齊也」　袁本、茶陵本此下有「峉仕革切」四字，是也。

〔一三〕注「高而不平也」　袁本、茶陵本此下有「崣咋迴切嵬牛迴切」八字，是也。

〔一四〕注「高峻之貌也」　袁本、茶陵本此下有「嶜士林切」四字，是也。

〔一五〕注「相連之貌」　袁本、茶陵本此下有「嵒丘貧切嶙音鄰繩力是切」十一字，是也。

〔一六〕注「九六」　袁本、茶陵本作「九六切」三字，在注中「鞠高貌也」下，是也。

〔一七〕注「班孟堅」下至「蒼山隱天」　袁本此二十四字作「隱天已見西都賦」，是也。茶陵本複出，非。

〔一八〕注「薛綜注曰區陬隅隙之間也」　袁本此十一字作「陬已見西京賦」，是也。茶陵本複出，非。

〔一九〕注「傾側也」　袁本、茶陵本此下有「崎丘宜切嶇丘嵎切」八字，是也。

〔二〇〕注「巀嶭高峻也」　袁本、茶陵本此下有「巀在結切」四字，是也。

〔二一〕注「毛萇詩傳曰巘」　袁本「巘」作「巚」，茶陵本亦作「巘」。案：各本皆非也。當作「甗」，乃與正文相應。茶陵本校語云善作「甗」，否則善當有「巘」、「甗」異同之注，今刪削不全。又案：西京賦「陵重巘」，正文及注皆作「巘」，而毛詩皇矣正義所引則爲「甗」字，恐彼亦善「甗」、五臣「巘」，各本亂之。如袁本之此正文作「巘」，而失著校語也。

〔二二〕注「小山別大山也」　袁本、茶陵本此下有「魚蹇切」三字，是也。

〔二三〕注「奇殞」　袁本作「其殞切」三字，在注中「是芝貌也」下，是也。茶陵本與此同，非。

〔二四〕注「密」　袁本「滵音密」三字在注末，是也。茶陵本與此同，非。

〔二五〕注「東方朔」下至「閶風之顛」　袁本此十七字作「崑崙閶風已見西京賦」，是也。茶陵本複出，非。

〔二六〕注「櫻桃也」　袁本、茶陵本此下有「革黠切」三字，是也。

〔二七〕注「有刺」　袁本、茶陵本此下有「子力切」三字，是也。

〔二八〕注「荆也」　袁本、茶陵本此下有「音萬」二字，是也。

〔二九〕注「中車材」　袁本、茶陵本此下有「音姜」二字，是也。

〔三〇〕注「智甲切」　袁本作「音甲」二字，茶陵本無。案：似袁本是也。

〔三一〕注「皮可作索」　袁本此下有「楈音胥枒以奢切」七字，是也。茶陵本無「楈音胥」，非。

〔三二〕注「皮可以爲索」　袁本此下有「栟音并櫚音驢」六字，是也。茶陵本無，非。

〔三三〕注「柍未詳」　袁本、茶陵本此下有「於良切」三字，是也。

〔三四〕注「似桑」　袁本此下有「檍音憶」三字，是也。茶陵本無，非。

〔三五〕注「花頭點也」　案：「花」下當有「鬚」字。各本皆脱。又袁本、茶陵本此下有「而體切」三字，是也。「體」當作「髓」。

〔三六〕注「以下黑」　袁本、茶陵本此下有「縠呼木切」四字，是也。

〔三七〕注「張載吴都賦注曰」　案：張載當作「劉逵」。各本皆誤。

〔三八〕騰猨飛蠝棲其間　茶陵本「蠝」作「猵」，袁本作「玀」。案：「猵」字是也。注云：「蠝」與

「獵」同，謂正文之「獵」，可證也。

〔三九〕注「竹菫皮白如霜」　案：「竹菫」當作「篁」，蓋一字誤分爲二。袁本亦誤。茶陵本改「菫」爲「篁」，非。

〔四〇〕注「宋玉笛賦曰奇簳」　袁本、茶陵本此下有「古罕切」三字，是也。案：古文苑載此賦云「奇篠異幹」，此疑脱。彼「幹」即「簳」字耳。

〔四一〕注「二竹名」　袁本、茶陵本此下有「箛公都切箠竹隨切」八字，是也。

〔四二〕注「陸離猶參差也」　袁本無此六字，茶陵本有。案：此六字，袁在所載五臣向注中，無者是也。

〔四三〕注「蓊竹貌也」　袁本此下有「於孔切」三字，是也。茶陵本無，非。

〔四四〕注「雉」　袁本、茶陵本作「音雉」，二字在注中「堯山」下，是也。

〔四五〕注「自吝」　袁本、茶陵本作「瀘自吝切」四字，在注末，是也。

〔四六〕注「今出南陽」　袁本此下有「音禮」二字，是也。茶陵本無，非。

〔四七〕注「骨」又注「蔑」　袁本作「滑音骨瀎音蔑」六字，在注末，是也。

〔四八〕注「言水洞出此穴没滑瀎潏疾流之貌也」　袁本無「言水洞出此穴疾之」八字，是也。茶陵本并善入五臣，與此同誤。

〔四九〕注「言廣大也」　袁本、茶陵本無此四字，是也。案：二本在所載良注中。

〔五〇〕注「説文曰欲歠也」　袁本此六字作「欲已見上文」，是也。茶陵本複出，非。

〔五一〕注「水行疾也」　袁本、茶陵本此下有「他鸞切」三字，是也。

〔五二〕注「水行出也」　袁本、茶陵本此下有「俎立切」三字，是也。

〔五三〕注「大聲也」　茶陵本此下有「汃普八切」四字。袁本無。案：茶陵是也。

〔五四〕注「韓詩外傳曰漻」　案：「外」字不當有。各本皆衍。凡本篇引韓詩外傳曰「鄭交甫」云云一條，韓詩曰「醴甜而不沸也」一條，韓詩外傳曰「逍遥也」一條，及此一條，皆當作「韓詩傳曰」，如東都賦注引「魯詩傳曰」之例。傳者蓋所謂内傳。其「逍遥也」句有脱，各本皆同，無以補之。

〔五五〕注「水淚破舟」　袁本、茶陵本此下有「音戾」二字，是也。

〔五六〕注「疾流也」　袁本此下有「音域」二字，是也。茶陵本無，非。

〔五七〕注「鰅魚有文采」　袁本、茶陵本此下有「音禺」二字，是也。

〔五八〕注「似鰱而黑」　袁本、茶陵本此下有「鰱音連」三字，是也。

〔五九〕注「蜯與蚌同」　袁本、茶陵本此下有「步項切」三字，是也。

〔六〇〕注「古字通」　袁本、茶陵本此下有「胡加切」三字，是也。

〔六一〕於其陂澤　袁本無「於」字，何校去。茶陵初刻無，脩者有。案：無者是也。

〔六二〕注「知旅」　袁本、茶陵本作「知旅切」三字，在注中「積也」下，是也。

〔六三〕其草則藨苧蘋莞　袁本、茶陵本「則」下有「有」字，案：有者是也。

〔六四〕注「蓟之屬」　何校「蓟」改「蒯」。案：當作「蔽」，「蔽」即「蒯」字也。

〔六五〕注「似莎而大」　袁本、茶陵本此下有「扶袁切」三字，是也。

〔六六〕注「小蒲也」　袁本、茶陵本此下有「胡官切」三字，是也。

〔六七〕注「菰蔣也」　袁本、茶陵本此下有「蔣子詳切菰音孤」七字，是也。案：「菰音孤」善自音注中字耳，正文「蒲」下「孤」乃因此竄入，誤之甚者也。

〔六八〕注「茆鳧葵」　袁本、茶陵本此下有「茆亡絞切」四字，是也。

〔六九〕注「苦札」　袁本作「苦札切」，在注中「鳧屬」下，是也。茶陵本與此同，非。

〔七〇〕注「步覓」又注「吐雞」　袁本作「鸊步覓切鵜土鷄切」八字，在注中「謂之鸊鵜」下，是也。茶陵本與此同，非。

〔七一〕注「班孟堅」下至「駕鵝鴻鶤」　袁本此三十字作「餘已見上注」，是也。茶陵本複出，非。

〔七二〕注「鷀音磁」　袁本、茶陵本「鷀」上有「鸕良都切」四字，是也。

〔七三〕注「所蟹」　袁本、茶陵本作「所蟹切」三字，在注中「灑分也」下，是也。

〔七四〕注「老」　袁本、茶陵本作「音老」二字，在注末，是也。

〔七五〕注「去除也」　袁本、茶陵本此下有「息列切」三字，是也。

〔七六〕注「乾也」　袁本、茶陵本此下有「呼但切」三字，是也。

〔七七〕注「直旅」　袁本、茶陵本作「直旅切」三字，在注中「麻屬」下，是也。

〔七八〕注「之餘」又注「煩」又注「析」又注「覓」　袁本、茶陵本作「藷之餘切」四字，在注中「甘柘也」下，「音煩」二字在「小蒜也」下，「菥音析蓂音覓」六字在末，是也。

〔七九〕注「蓼辛菜也」　袁本、茶陵本此下有「力鳥切」三字，是也。

〔八〇〕注「蕊香菜」　案：「蕊」當作「蘊」，下同。各本皆譌。集韻廿六緝云「蘊，香菜」，即本此。

〔八一〕注「橘屬也」　袁本此下有「除耕切」三字，是也。茶陵本無，非。

〔八二〕注「陶隱居注曰」　袁本、茶陵本無「注」字，是也。

〔八三〕注「蓀楚銚戈也」　何校「蓀」改「萇」，陳同，是也。「戈」當作「弋」，各本皆誤。又袁本此下有「萇音長」三字，是也。茶陵本無，非。

〔八四〕注「稃音敷」　袁本「稃」上有「秬音巨」三字，是也。茶陵本無，非。

〔八五〕注「陟滑」　袁本、茶陵本作「鵽陟滑切」四字，在注中「寇雉」下，是也。

〔八六〕注「鱻小魚也」　袁本「也」下有「與鮮同」三字，茶陵本有「胥連切」三字。案：此當兩有「與鮮同胥連切」六字。

〔八七〕注「甜美也」　袁本、茶陵本此下有「徒兼切」三字，是也。

〔八八〕注「音精」　袁本、茶陵本此在注末，是也。

〔八九〕注「殺」又注「尸然」　袁本、茶陵本作「音殺」二字，在注中「茱萸也」下，「羶尸然切」四字在注末。是也。

〔九〇〕注「於問」　袁本、茶陵本作「於問切」三字，在注中「醞投也」下，是也。

〔九一〕注「于公先王」　袁本、茶陵本「于公」作「祭于」。案：此尤所校改也。

〔九二〕注「鼓瑟吹笙吹笙鼓簧」　袁本、茶陵本無「吹笙吹笙」四字。茶陵「簧」作「琴」，袁亦作「簧」。案：此尤所校改也。

〔九三〕注「不脱履升堂」　案：下當有「曰宴」二字，各本皆脱。

〔九四〕注「玉謂之琱」　案：「琱」當作「彫」，觀下注可見。各本皆誤。

〔九五〕朱帷連綱　案：「綱」當作「綱」。注「綱維綱也」，二「綱」字亦當作「綱」。茶陵本云五臣作「綱」。袁本云善作「綱」。各本所見皆非也。

〔九六〕注「咸以折盤爲七盤也」　案：「咸」當作「或」，各本皆譌。

〔九七〕注「揭高舉也」　袁本、茶陵本此下有「丘别切」三字，是也。

〔九八〕注「水波也」　袁本、茶陵本此下有「徒蓋切」三字，是也。

〔九九〕注「瀺灂隕隊」　袁本、茶陵本此下有「瀺士減切」四字，是也。

〔一〇〇〕注「回波爲澆」　袁本、茶陵本此下有「公堯切」三字，是也。

〔一〇一〕注「説文曰蝄蜽」下至「若龍而黄」　袁本此十七字作「蝄蜽蛟螭已見西京賦」，是也。茶陵本複出，與此不同，皆非。

〔一〇二〕於是日將逮昏　袁本、茶陵本「逮」下校語云善作「遥」。案：「遥」但傳寫誤，此蓋尤校改正之也。

〔一〇三〕真所謂漢之舊都者也　袁本、茶陵本無「者」字，是也。

〔一〇四〕視魯縣而來遷　案：「視」當作「覛」。袁本云善作「視」。茶陵本云五臣作「覛」。各本所見皆非，善亦當作「覛」，但傳寫誤「視」耳。

〔一〇五〕注「皇甫謐曰」下至「升爲天子也」　袁本此四十二字作「堯以唐侯升爲天子已見上文」，是也。茶陵本複出，非。

〔一〇六〕注「求癸」　袁本、茶陵本作「求癸切」三字，在注中「揆度也」下，是也。

〔一〇七〕察兹邦之神偉　袁本云善作「邦」。茶陵本云五臣作「都」。案：注中仍云此「都」，似善亦作「都」也。

〔一〇八〕注「説文曰崔」　袁本、茶陵本無此四字，是也。

〔一〇九〕注「逍遥也」　何校「遥」下添「遊」字，陳同。案：各本皆無，未審其所據也。

〔一一〇〕注「刺邪也」　袁本、茶陵本此下有「睢許規切」四字，是也。

〔一一一〕注「古熒」　袁本、茶陵本作「古熒切」三字，在注末，是也。

〔一一二〕注「周奇曰」　陳云「周」當作「李」，是也。各本皆誤。

〔一一三〕注「紛紛緋緋」　袁本、茶陵本此下有「芳非切」三字，是也。

〔二四〕振和鸞兮京師　袁本、茶陵本「鸞」作「鑾」，是也。

〔二五〕注「鄭玄禮記注曰」下至「有鑾和之節」　袁本此十九字作「和鑾已見上文」，是也。茶陵本複出，非。

〔二六〕注「神農氏作」　陳云下有脱文。今案：當連引注「作起也」，以注正文「起焉」，而各本脱去。乾「聖人作」，釋文載鄭云「起也」。但未審善果引何家耳。

〔二七〕注「文王子孫」　案：「子孫」當作「孫子」。各本皆倒。

三都賦序

左太沖　善曰：臧榮緒晉書曰：左思，字太沖，齊國人。少博覽文史，欲作三都賦，乃詣著作郎張載，訪岷、邛之事。遂構思十稔，門庭藩溷，皆著紙筆，遇得一句，即疏之。徵爲秘書。賦成，張華見而咨嗟，都邑豪貴，競相傳寫。三都者，劉備都益州，號蜀；孫權都建業，號吴；曹操都鄴，號魏。思作賦時，吴、蜀已平，見前賢文之是非，故作斯賦以辨衆惑〔一〕。

劉淵林注　三都賦成〔二〕，張載爲注魏都，劉逵爲注吴、蜀，自是之後，漸行於俗也。

蓋詩有六義焉，其二曰賦。善曰：子夏詩序文也。楊雄曰：「詩人之賦麗以則。」善曰：法言文也。班固曰：「賦者，古詩之流也。」善曰：兩都賦序文。先王采焉，以觀土風。善曰：禮記曰：命太師陳詩，以觀民風。鄭玄曰：陳詩，謂采其詩以觀視之。見「緑竹猗猗」於宜，則知衛地淇澳於六之産；善曰：毛詩衛風曰：瞻彼淇澳，緑竹猗猗。見「在其版屋」，則知秦野西戎之宅。善曰：毛詩秦風曰：在其版屋，亂我心曲。毛萇曰：西戎版屋也。故能居然而辨八方。善曰：河圖龍文曰：鎮星光明，八方歸德。難蜀父老曰：六合之内，八方之外。然相如賦上林而引「盧橘夏熟」，楊雄賦甘泉而陳「玉樹青葱」，班固賦西都而歎以出比目，張衡賦西京而述以遊海若。凡此四者，皆非西京之所有也。假稱珍怪，以爲潤色，若斯之類，匪啻失至于兹。善曰：兹，此也，假稱珍怪也。若斯珍之流，不啻於此多。尚書曰：不啻如自其口出。考之果木，則生非其壤；校之神物，則出非其所。於辭則易爲藻飾，於義則虚而無徵。蓋韓非所謂畫鬼魅易爲好，畫狗馬難爲工之類。且夫玉巵紙移無當去聲，雖寶非用；巵，一名觶，酒器也。當，底也。善曰：韓子，堂溪公謂韓昭侯曰：今有白玉之巵無當，有瓦巵有當，君寧何取？曰：取瓦巵也。侈言無驗，雖麗非經。善曰：劉廙答丁儀刑禮書曰：崇飾侈言，欲其往來。而論去聲者莫不詆丁禮訐斤謁其研精，作者大氐音旨〔三〕舉爲憲章。善曰：墨子曰：雖有詆訐之人，無所依矣。説文曰：詆，訶也。訐，面相序罪也〔四〕。尚書序曰：研精覃思。司馬遷書曰：詩三百篇，大氐賢聖發憤之所爲也。禮記曰：憲章文武。積習生常，有自來矣。傳曰：習實生常。善曰：左傳，叔孫曰：叔出季處，有自來矣。

余既思摹莫蒲二京而賦三都，其山川城邑則稽之地圖，其鳥獸草木則驗之方志。善曰：周禮曰：外史掌四方之志。鄭玄曰：志，記也。風謠歌舞，各附其俗；魁梧忤〔五〕長者，莫非其舊。善曰：漢書音義，應劭曰：魁梧，丘墟壯大之意也。韓子曰：重厚自尊，謂之長者。何則？發言爲詩者，詠其所志也；善曰：毛詩序曰：詩者，志之所之，在心爲志，發言爲詩。升高能賦者，頌其所見也。善曰：毛萇詩傳曰：升高能賦，可以爲大夫。美物者貴依其本，讚事者宜本其實。善曰：釋名曰：稱人之美曰讚。匪本匪實，覽者奚信？且夫任土作貢，虞書所著；辯物居方，周易所慎。虞書曰〔六〕：禹别九州，任土作貢。定其肥磽之所生也，而著九州貢賦之法也。周易曰：君子以慎辯物居方。聊舉其一隅，攝其體統，歸諸詁訓焉。

文選考異

〔一〕注「三都者」下至「以辨衆惑」 袁本無此四十六字，有「偏于海内」四字，是也。茶陵本并五臣入善，與此同，非。

〔二〕注「三都賦成」 袁本「三」上有「臧榮緒晉書曰」六字，是也。茶陵本與此同，非。

〔三〕注「音旨」 袁本、茶陵本作「氏音旨」三字，在注末，是也。

〔四〕注「面相序罪也」 案：「序」當作「斥」，各本皆譌。陳云别本作「斥」，今未見。

〔五〕注「忤」 袁本、茶陵本作「音忤」，在注中「丘墟壯大之意也」下，是也。

〔六〕注「虞書曰」 陳云「書」下脱「序」字，是也。各本皆脱。

蜀都賦

有西蜀公子者，言於東吴王孫，善曰：聖主得賢臣頌曰：今臣僻在西蜀。史記，武王得仲雍曾孫周章，封之東吴。漢書曰：漂母謂韓信曰：吾哀王孫而進食。蘇林曰：如言公子也。博物志曰：王孫、公子，皆相推敬之辭。曰：「蓋聞天以日月爲綱，地以四海爲紀。九土星分，萬國錯跱。崤胡交函有帝皇之宅，河洛爲王者之里。非日月無以觀天文，非四海無以著地理，故聖人仰觀俯察，窮神盡微者，必須綱紀也。崤，東、西崤也。函，函谷關也。賈生過秦曰：以崤、函爲宫。里，居也。言周、漢皆以河、洛爲都邑。善曰：越絶書，范蠡曰：天貴持盈，不失日月星辰之綱紀。毛詩曰：滔滔江、漢，南國之紀。周禮曰：以星土分辨九州之地所封域。尚書曰：萬國咸寧〔一〕。張衡靈憲曰：星體生於地，列居錯跱。崔駰河南尹箴曰：唐、虞、商、周，河、洛是居。吾子豈亦曾聞蜀都之事歟？請爲左右揚搉古學而陳之。韓非有揚搉篇。班固曰：揚搉古今，其義一也。善曰：許慎淮南子注曰：揚搉，粗略也。

「夫蜀都者，蓋兆基於上世，開國於中古。廓靈關以爲門，包玉壘而爲宇。帶二江之雙流，抗峨眉之重阻。楊雄蜀王本紀曰：蜀王之先，名蠶叢、柏濩、魚鳧、蒲澤、開明。是時人萌椎髻左言，不曉文字，未有禮樂。從開明上到蠶叢，積三萬四千歲，故曰兆基於上代也。秦惠王討滅蜀王，封公子通爲蜀侯。惠王二十七年，使張若與張儀築成都城。其後置蜀郡，以李冰爲守。地理志曰：蜀守李冰鑿離堆，穿兩江，爲人開田，百姓饗其利。是時蜀人始通中國，言語頗與華同，故言開國於中古也。靈關，山名，在成都西南漢壽界〔二〕。在前，故曰門也。玉壘，山名也，湔水出焉，在成都西北岷山界。在後，故曰宇也。江水出岷山，分爲二江，經成都南，東流經之，故曰帶也。楊雄蜀都賦曰：兩江珥其前。峨眉，山名也，在成都南犍爲界。面之，故曰抗也。水陸所湊，兼六合而交會焉；豐蔚所盛，茂八區而菴烏覽藹焉。八區，四方四隅也。地理志曰：巴、蜀土地肥美，有山林菓實之饒。班固西都賦曰：郊野之富，號爲近蜀。美其豐盛。善曰：六合，已見西都賦。長楊賦曰：洋溢八區。

「於前則跨躡犍乾牂臧，枕之鴆輢交趾。經途所亘，五千餘里。山阜相屬，含谿懷谷。崗巒糺紛，觸石吐雲。阜，大山也。巒，山長而狹也。一曰山小而鋭也。水注川曰谿，注谿曰谷。善曰：漢書志有犍爲郡、牂牁郡，並屬益州，又有交趾郡，屬交州。輢，寄也，於蟻切。春秋元命包曰：山有含精藏雲，故觸石而出也。鬱葐汾蒕於文以翠微，崛魚物巍巍以峩峩。干青霄而秀出，舒丹氣而爲霞。翠微，山氣之輕縹也。霞，赤雲也。嚴夫子哀時命曰：紅霓紛其朝霞。山澤氣通，故曰舒丹氣以爲霞也。善曰：甘泉賦曰：騰青霄而軼浮景。河圖曰：崑崙山有五色水，赤水之氣，上蒸爲霞而赫然也。龍池瀥胡角瀑步角潰扶剡〔三〕其隈，漏江伏流潰胡内其阿。汨骨若湯谷之揚濤，沛普賴若濛汜似之涌波。龍池在朱堤南十里〔四〕，地周四十七里。漏江在建寧，有水道，伏流數里復出。故曰漏江。湯谷，日所出也。濛汜，日所入也。善曰：瀥瀑，水沸之聲也。公羊傳曰：濆泉者何，涌泉也。淮南子曰：日出于湯谷，浴于咸池。楚辭云：日出于陽谷，入于濛汜〔五〕。濛汜，見西京賦。於是乎邛竹緣嶺，菌桂臨崖宜。旁挺龍目，側生荔枝。布緑葉之萋萋，結朱實之離離。迎隆冬而不凋，常曄曄以猗猗。邛竹出興古盤江以南，竹中實而高節，可以作杖。神農本草經曰：菌桂出交阯，圓如竹，爲衆藥通使。一曰：菌，薰也，葉曰蕙，根曰薰。南裔志曰：龍眼，荔枝，生朱提南廣縣，犍爲僰道縣。隨江東至巴郡江州縣，往往有荔枝樹，高五六丈，常以夏生，其變赤可食。龍眼似荔枝，其實亦可食。邛竹、菌桂、龍眼、荔枝，皆冬生不枯，鬱茂於山林。善曰：王逸荔枝賦曰：緑葉蓁蓁。又曰：朱實叢生。孫卿子曰：松柏經隆冬而不凋，蒙霜雪而不變。曄曄、猗猗，已見西都賦。

孔翠羣翔，犀象競馳。白雉朝雊，猩猩生夜啼。金馬騁光而絶景，碧鷄儵忽而曜儀。火井沈熒於幽泉，高爓飛煽扇於天垂。孔，孔雀也。翠，翠鳥也。孔雀特出永昌南涪縣。翡翠常以二月、九月羣翔興古十餘〔六〕。白雉出永昌。猩猩生交趾封溪，似猨，人面，能言語，夜聞其聲，如小兒啼。春秋傳曰：豕人立而啼。服子慎曰：啼，呼也。淮南子曰：猩猩知往。地理志曰：金馬、碧雞，在越嶲青蛉縣禺同山。漢宣帝時，方士言益州有金馬、碧鷄之神，可以醮祭而置也〔七〕。宣帝使諫議大夫王褒持節而求之，褒道病卒，竟不能致也。蜀郡有火井，在臨邛縣西南。火井，鹽井也。欲出其火，先以家火投之，須臾許，隆隆如雷聲，爓出通天，光輝十里，以筩盛之，接其光而無炭也。煽，熾也。善曰：廣雅曰：熒，光也。説文曰：爓，火焰也，音艶〔八〕。天垂，天四垂也。

其間則有虎珀丹青，江珠瑕英。金沙銀礫〔九〕歷，符采彪筆尤炳，暉麗灼酌爍舒藥切。永昌博南縣出虎珀。牂牁有白曹山，出丹青、曾青、空青也。本草經云：皆出越嶲郡。瑕，玉屬也。楊雄蜀都賦云：瑕英江珠。永昌有水出金，如糠在沙中。興古盤町山出銀。符采，玉之横文也。灼爍，艶色也。善曰：博物志曰：虎珀，一名江珠。

「於後則却背華容，北指崑崙。緣以劍閣，阻以石門。華容，水名，在江由之北。崑崙，山名也。楊雄蜀都賦曰：北屬崑崙。劍閣，谷名，自蜀通漢中道，一由此，背有閣道，在梓潼郡東北。石門，在漢中之西，褒中之北。此二處，蜀之險隘於是在焉。流漢湯湯傷，驚浪雷奔。望之天迴，即之雲昏。水物殊品，鱗介異族。或藏蛟螭敕知，或隱碧玉。嘉魚出於丙穴，良木攢於褒谷。有鱗曰蛟螭。蛟螭，水神也，一曰雌龍也，一曰龍子也。相如上林賦曰：蛟龍赤螭。碧玉，謂水玉也。尸子曰：龍淵生玉英。丙穴，在漢中沔陽縣北，有魚穴二所，常以三月取之。丙，地名也，褒中縣南口斜谷，水源在北，南流經褒中，故北口曰斜，南口曰褒，同一谷耳，長四百七十里。褒、斜出良材。漢書曰：斜谷之木，不足爲我械。善曰：枚乘七發曰：波涌而濤起，横奔似雷行。任豫益州記曰：嘉魚，鱗似鱒魚。其樹則有木蘭梫寢〔一〇〕桂，杞櫹蕭椅於其桐，椶枒邪楔耕八樅七松。楩頻縣柟南幽藹於谷底，松柏蓊鬱於山峯。木蘭，大樹也，葉似長生，冬夏榮。常以冬華，其實如小柹，甘美，南人以爲梅，其皮可食。楊雄蜀都賦曰：樹以木蘭。梫桂，木桂也。傳曰：杞梓之木。櫹，大木也。詩曰：其桐其椅。椶枒出蜀，其皮可作繩履。楔，似松有刺也。樅，柏葉松身。楩、柟，二樹名，皆大木也。擢脩幹，竦長條。扇飛雲，拂輕霄。羲和假道於峻歧，陽烏迴翼乎高標。言山木之高也。善曰：楚辭曰：吾令羲和弭節兮。廣雅曰：日御謂之羲和。左傳曰：假道於虞。春秋元命包曰：陽成於三，故日中有三足烏。烏者，陽精。巢居栖翔，聿兼鄧林。穴宅奇獸，窠宿異禽。鄧林，林名也。窠，鳥巢也。善曰：鄧林，已見西京賦。熊羆咆步交其陽，鵰鶚鴥聿其陰。猨狖弋狩騰希而競捷，虎豹長嘯而永吟。鶚，其形如鵰，皆鷙鳥也。枚乘曰：鷙鳥累百，不如一鶚。鴥，疾貌也。善曰：楚辭曰：虎豹鬭兮熊羆咆。説文曰：咆，嘷也〔一一〕。毛詩曰：鴥彼晨風。春秋元命包曰：猛虎嘯，谷風起。杜篤連珠曰：長吟永嘯。

「於東則左緜巴中，百濮音卜所充。濮，夷也。傳曰：麇人率百濮。今巴中七姓有濮也。外負銅梁於宕徒浪渠，内函要害於膏腴。銅梁，山名。宕渠，縣名。銅梁在巴東，宕縣在巴西〔一二〕，出鐵。要害，地險隘也。膏腴，土地肥沃也。其中則有巴菽巴戟，靈壽桃枝。樊以蒩資覩〔一三〕圃，濱以鹽池。巴菽，巴豆也。巴戟，巴戟天也。靈壽，木名也，出涪陵縣。桃枝，竹屬也，出墊江縣。二者可以爲杖。樊，蕃也。詩曰：營營青蠅，止于樊。蒩，草名也，亦名土茄，葉覆地而生，根可食，人飢則以繼糧。鹽池，出巴東北新井縣，水出地〔一四〕如湧泉，可煮以爲鹽。善曰：埤蒼曰：蒩，蕺也。蕺，側及切。蛂必滅蛦音啼山棲，黿元龜水處〔一五〕。潛龍蟠於沮子預澤，應鳴鼓而興雨。蛂蛦，鳥名也，如今之所謂山鷄，其雄色班，雌色黑，出巴東。黿，大龜也〔一六〕。譙周異物志曰：涪陵多大龜，其甲可以卜，其緣中又〔一七〕似瑇瑁，俗名曰靈。又沮，有菜澤也。巴東有澤水，人謂有神龍，不可鳴鼓，鳴鼓其傍，即便雨也。善曰：李尤七嘆曰〔一八〕：龍鼉水處。方言曰：未升天龍，謂之蟠龍。蓁母邃孟子注曰：澤生草言蒩。沮與蒩同。丹沙艴許力熾昌志〔一九〕出其坂，蜜房郁毓被其阜。山圖采而得道，赤斧服而不朽。涪陵、丹興二縣出丹砂。丹砂出山中，有穴。尚書禹貢曰：厥土赤埴〔二〇〕。巴西漢昌縣多野蜂蜜蠟。山圖，隴西人也。隨道士之名山採藥，身輕不食，莫知所如。赤斧，巴人也，能煉丹砂與消石，服之身體毛髮盡赤。皆古仙者也。見列仙傳。善曰：毛萇詩傳曰：艴，赤貌也。鄭玄尚書注曰：熾，赤也。班固終南頌曰：蜜房溜其巔。郁毓，盛多也。若乃剛悍汗生其方，風謡尚其武。奮之則賨在宗〔二一〕旅，翫之則渝舞。鋭氣剽於中葉，蹻綺驕容世於樂府。善曰：廣雅曰：悍，勇也。應劭風俗通曰：巴有賨人，剽勇，高祖爲漢王時，閬中人范目説高祖募取賨人，定三秦，封目爲閬中慈鳧鄉侯；并復除目所發賨人，盧、朴、沓、鄂、度、夕、襲七姓，不供租賦。閬中有渝水，賨人左右居，鋭氣喜舞。高祖樂其猛鋭，數觀其舞，後令樂府習之。楊雄荆州箴曰：風飄以悍，氣鋭以剛。毛詩曰：昔在中葉。漢書曰：武帝樂府〔二二〕。

「於西則右挾故蝶岷山，涌瀆發川。陪以白狼，夷歌成章。江水出岷山也。白狼夷在漢壽西界〔二三〕，漢明帝時，作詩三章以頌漢德，益州刺史朱輔驛傳其詩奏之〔二四〕。語在輔傳也。坰野草昧，林麓黝於糾儵式六。交讓所植，蹲存鴟所伏。交讓，木名也。兩樹對生，一樹枯則一樹生，如是歲更，終不俱生俱枯也。出岷山，在安都縣〔二五〕。蹲鴟，大芋也，其形類蹲鴟，故卓王孫曰：吾聞岷山之下沃野，下有蹲鴟，至死不飢。善曰：黝儵，茂盛貌。百藥灌叢，寒卉冬馥。異類衆夥禍，于何不育？其中則有青珠黄環，碧砮芒消。或豐綠荑啼，或蕃伐元丹椒。蘪蕪布濩護於中阿〔二六〕，風連莚餘戰蔓萬於蘭皋。紅葩紫飾，柯葉漸苞。敷蘂葳蕤，落英飄飖。青珠，出蜀郡平澤。黄環，出蜀郡。碧石生越嶲郡無會縣〔二七〕。砮可作箭鏃。禹貢，梁州厥貢砮石。芒消出蜀郡廣陽山。綠荑、辛荑、蘪蕪，皆香草也。蘪蕪出岷山替陵山〔二八〕。風連出岷山，一曰出廣都山〔二九〕。岷山特多藥草，其椒尤好，異於天下。漸苞，相苞裹而同長也。書曰：草木漸苞。蘂者，或謂之華，或謂之實。一曰花鬚頭點也。楚辭曰：採薜荔之落英。神農是嘗，盧跗是料聊。芳追氣邪，味蠲癘痟音消。扁鵲，盧人，古良醫。楊雄法言曰：扁鵲，盧人，而醫多盧。癘氣，不和之氣也。痟，亦頭病也。周禮，四時皆有癘疾，春多痟首之疾。漢書，相如常有痟病。善曰：淮南子曰：神農乃始教人播種五穀，嘗百草之滋味。史記曰：虢中庶子謂扁鵲曰：臣聞上古之時，醫有俞跗，醫病不以湯液。其封域之内，則有原隰墳衍，通望彌博。演以潛沫武蓋〔三〇〕，浸以緜雒。禹貢梁州云：沱、潛既道。有水從漢中沔陽縣南流至梓潼漢壽縣〔三一〕入穴中，通岡山下，西南潛出，今名複水。舊説云：禹貢潛水也。又有水出岷山之西，東流過漢壽〔三二〕，南流有高山上合下開，水經其中曰沫水。水潛行曰演。此二水伏流，故曰演以潛、沫。緜水在緜竹縣，出紫巖山。雒水在上雒縣，出桐柏山〔三三〕。周禮曰：揚州，其浸五湖，言益州之有緜、雒，猶揚州之有五湖，故曰浸以緜、雒也。潛、沫、緜、雒四水所經，本皆蜀郡，故皆謂之封域之内也。溝洫脈散，疆里綺錯。黍稷油油，稉古衡稻莫莫。指渠口以爲雲門，灑滮扶彪池而爲陸六澤。雖星畢之滂普郎沲度羅〔三四〕，尚未齊其膏液。廣深四尺爲溝，倍溝爲洫。左氏傳曰：先王疆理天下。謂地勢縱横之宜也。莫莫，茂也。李冰於湔山下造大堋以壅江水，分散其流，溉灌平地。故曰指渠口以爲雲門也。滮，流貌。詩曰：滮池北流，浸彼稻田。蔡邕曰：凝雨曰陸。尚書洪範曰：星有好雨。月失道而入畢，則多雨。詩曰：月離于畢，俾滂沲矣。善曰：鄭玄周禮注曰：黄帝樂曰雲門，言黄帝之德，如雲之出門也。然此唯取雲門之名，不取樂也。爾乃邑居隱賑之忍，夾江傍山。棟宇相望，桑梓接連。家有鹽泉之井，户有橘柚之園。隱，盛也。賑，富也。梓，木名，可以爲琴瑟。蜀都臨邛縣〔三五〕、江陽漢安縣皆有鹽井。巴西充國縣有鹽井數十。大曰柚，小曰橘。犍爲南安縣出黄甘橘。地理志曰：蜀都嚴道、巴郡朐忍魚複二縣出橘，有橘官。善曰：楊雄蜀都賦曰：夾江緣山。又曰：西有鹽泉鐵冶，橘林銅陵。其園則有林檎枇杷，橙柿梬郢楟亭〔三六〕。榹心移桃函含列，梅李羅生。皆菓名也。林檎實，似赤柰而小，味如梨。枇杷，冬華黄實，本出蜀。蜀有給客橙，冬夏華實相繼。張揖曰：楟，山梨。善曰：爾雅曰：榹桃，山桃也。百果甲宅坼，異色同榮。朱櫻春熟，素柰夏成。善曰：周易曰：百果草木皆甲坼〔三七〕。鄭玄曰：木實曰果。皆讀如人倦之解，解〔三八〕謂拆呼，皮曰甲，根曰宅。宅，居也。呼，若乃火亞切。漢書，叔孫通曰：古有春嘗果，令櫻桃熟〔三九〕可嘗也。素柰，白柰也。王逸荔枝賦曰：酒泉白柰。

大火流，涼風厲列。白露凝，微霜結。詩曰：七月流火。禮記月令，孟秋涼風至。善曰：毛萇詩傳曰：火，大火也。流，下也。毛詩曰：白露爲霜。楚辭曰：微霜結兮眇眇。紫梨津潤，樼側鄰栗罅呼亞發。蒲陶亂潰胡對，若榴競裂。甘至自零，芬芬酷苦毒烈〔四〇〕。詩云：樹之榛栗。傳曰：榛栗棗脩。罅發，栗皮坼罅而發也。甘至，言熟也。善曰：西京雜記曰：上林有紫梨。郭璞□上林賦注曰〔四一〕：蒲陶似燕薁，可作酒。馬融西第頌曰：紫房潰漏。又曰：胡桃自零若榴，已見兩都賦〔四二〕。上林賦曰：酷烈淑郁。榛與樼同〔四三〕。

其園則有蒟俱宇蒻弱茱萸〔四四〕，瓜疇芋于句區。甘蔗之夜辛薑，陽蓲許于〔四五〕陰敷。蒟，蒟醬也。緣樹而生，其子如桑椹，熟時正青，長二三寸，以蜜藏而食之，辛香，温調五臟〔四六〕。蒻，草也，其根名蒻，頭大者如斗，其肌正白，可以灰汁，煮則凝成，可以苦酒淹食之。蜀人珍焉。茱萸，一名藙也。疇者，界埒小畔際也。楊雄太元經曰〔四七〕：陽蓲萬物。言陽氣蓲煦生萬物也。陰敷，薑生於陰也。

日往菲薇，月來扶疏。任土所麗，衆獻而儲。任土，任其土地所生也。尚書所謂任土作貢也。易曰：百穀草木麗乎土。

其沃瀛盈〔四八〕則有攢在官蔣將叢蒲，緑菱紅蓮。雜以蘊藻，糅女又以蘋蘩。楚辭曰：倚沼畦瀛。王逸云：瀛，澤中也。班固以爲畦。蔣，菰名也。蘊、藻、蘋、蘩，皆水草也。蘊，叢也。

總莖柅柅乃禮，裛於業葉蓁蓁臻。蕡墳〔四九〕實時味，王公羞焉。柅柅、蓁蓁，盛茂貌也。詩曰：爾肴既將〔五〇〕。傳曰：苟有明信，澗、谿、沼、沚之毛，蘋、蘩、蘊、藻之菜，可薦於鬼神，可羞於王公。善曰：毛詩曰：敦彼行葦，維葉柅柅。又曰：桃之夭夭，其葉蓁蓁。又曰：桃之夭夭，有蕡其實。其中則有鴻儔鵠侶，鷖鷺鶩徒兮鵜胡〔五一〕。晨鳧旦至，候鴈銜蘆。皆水鳥名。鴻鵠多羣飛，故言侶儔也。鷖鷺、鶩鵜，二鳥名也。晨鳧，常以晨飛也。鴈，候時南北，故曰候鴈。銜蘆以禦矰繳，令不得截其翼也。淮南子曰：鴈銜蘆而翔，以備矰繳。善曰：毛詩曰：振鷺于飛。爾雅曰：鶩，洿澤也。郭璞曰：即鵜鶘也。説苑曰：魏文侯嗜晨鳧。吕氏春秋曰：季秋之月，候鴈來。木落南翔，冰泮北徂。雲飛水宿，哢吭胡剛〔五二〕清渠。其深則有白黿命鼈，玄獺上祭。鱣陟連鮪于鬼鱒在本魴，鮷啼鱧禮魦鱨。木落者，葉落也。木葉落，秋時也。冰泮，春時也。善曰：淮南子曰：木葉落而長年悲。家語曰：冰泮而農桑起。爾雅曰：吭，鳥嚨。禮記月令，孟春，獺祭魚，將食之，先以祭也。鱣，鮔鱨也〔五三〕。鮷，似鮎。魦，似鮒。鱒、魴，皆見詩也。楚辭曰：乘白黿兮逐文魚。張衡應問曰〔五四〕：黿鳴而鼈應。命，呼也。差鱗次色，錦質報章。躍濤戲瀨，中流相忘。莊周云：泉涸，魚相與處陸。相呴以濕，相濡以沫，不若相忘於江湖。善曰：毛詩曰：終日七襄，不成報章。

「於是乎金城石郭，兼帀中區。既麗且崇，實號成都。金石，言堅也。故朝錯曰：神農之教，雖有金城湯池也。闢二九之通門，畫方軌之廣塗。營新宮於爽塏愷，擬承明而起廬。漢武帝元鼎二年，立成都十八門。周禮，經塗九軌。畫，言端直也。爽塏，高明也。善曰：左氏傳曰：齊景公欲更晏子之宅，曰：請更諸爽塏者。杜預曰：就高燥也。漢書曰：嚴助爲會稽太守，帝賜書曰：君猒承明之廬。張晏曰：承明廬在石渠門外〔五五〕。結陽城之延閣，飛觀榭乎雲中。開高軒以臨山，列綺窗而瞰苦檻江。陽城〔五六〕，蜀門名也。善曰：淮南子曰：延閣棧道。高軒，堂左右長廊之有窗者。張載魯靈光殿賦注曰：軒檻，所以開明也。古詩曰：交疏結綺窗。內則議殿爵堂，武義虎威。宣化之闥，崇禮之闈。議殿、爵堂，殿堂名也。武義、虎威，二門名也。宣化、崇禮，皆闈闥之名也。華闕雙邈，重門洞開。金鋪交映，玉題相暉。金鋪，門鋪首以金爲之。玉題，以玉爲之。孟子曰：榱題數尺。楊雄曰：旋題玉英。善曰：西都賦曰：樹中天之華闕。長門賦曰：擠玉户而撼金鋪。外則軌躅直録八達，里閈汗對出。比屋連甍，千廡音武萬室。閈，里門也。管子曰：閭閈不可以無闔。盧綰與高祖同里。班固曰：綰自同閈。廡，房也。蘇秦説魏襄王曰：廬廡之數也。善曰：漢書，班嗣與桓生書曰：伏孔氏之軌躅。音義曰：三輔説牛蹄處爲躅。爾雅曰：八達謂之崇期。孫炎曰：崇，多也。多道會期於此。亦有甲第，當衢向術。壇徒蘭〔五七〕宇顯敞，高門納駟。術，道也。楚辭九章曰：燕雀烏鵲，巢堂壇兮。王逸曰：壇，猶堂也。漢于公高其門，使容駟馬高蓋。此言甲第高門，可以納駟。善曰：西京賦曰：北闕甲第，當道直啓。李尤高安館銘曰：增臺顯敞，禁室静幽。庭扣苦后鍾磬，堂撫琴瑟。匪葛匪姜，疇能是恤。疇，誰也。善曰：蜀志曰：諸葛亮爲丞相。又曰：姜維初爲亮倉曹掾，稍遷爲大將軍。

「亞以少城，接乎其西。市廛所會，萬商之淵。列隧百重，羅肆巨千。賄呼罪貨山積，纖麗星繁。少城，小城也，在大城西，市在其中也。都人士女，袨縣服靚才姓粧。賈音古貿莫構墆直例鬻，舛兗錯縱横。異物崛詭，奇於八方。布有橦華，麪有桄光榔郎〔五八〕。邛杖傳節於大夏之邑，蒟句醬流味於番潘禺愚之鄉。蘇林曰：袨服，謂盛服也。張揖曰：靚謂粉白黛黑也。墆，貯也。橦華者，樹名橦，其花柔毳，可績爲布也，出永昌。桄榔，樹名也，木中有屑如麪，可食，出興古。張騫傳曰：臣在大夏時，見邛竹杖、蜀布，問安得此？大夏國人曰：吾賈人往市之身毒國。身毒國在大夏東南，可數千里。南越傳曰：使唐蒙諷曉南越，食蒙以蒟醬，蒙問所從來？答曰：西北牂牁江廣數里，出番禺城下。故漢書曰：感蒟醬、竹杖，則開牂牁、越巂也。邛竹杖以節爲奇，故曰傳節也。善曰：都人士女。已見西都賦。漢書曰：富商大賈，或墆財八方，已見上三都序。輿輦雜沓徒合，冠帶混并。累轂疊跡，叛衍相傾。諠譁鼎沸，則哤莫江聒公達〔五九〕宇宙；躢許驕塵張陟亮天，則埃壒烏蓋曜靈。叛，亂也。莊周曰：何貴何賤，是謂叛衍。善曰：蔡邕月令章句曰：冠，首飾也。帶，大帶，所以束身也。司馬彪莊子注曰：叛衍，猶漫衍也。國語，管子曰：四人雜處，則其言哤。説文曰：聒，讙語也。文子曰：四方上下曰宇。説文曰：宙，舟輿所極覆也。西都賓曰：軼埃壒之混濁。楚辭曰：角宿未旦，耀靈焉藏。廣雅曰：耀靈，白日也〔六〇〕。闤闠之裏，伎巧之家。百室離房，機杼相和。貝錦斐成，濯色江波。黄潤比毗二筒，籯盈金所過。闤，市巷也。闠，市外内門也。貝錦，錦文也。譙周益州志云：成都織錦既成，濯於江水，其文分明，勝於初成；他水濯之，不如江水也。黄潤，謂筒中細布也。司馬相如凡將篇曰：黄潤纖美宜制禪〔六一〕。楊雄蜀都賦曰：筒中黄潤，一端數金。籯，縢也。韋賢傳曰：黄金滿籯。善曰：毛詩曰：百室盈止。古詩曰：札札弄機杼。毛詩曰：萋兮斐兮，成是貝錦也。侈侈隆富，卓鄭埒劣名。公擅山川，貨殖私庭。藏鏹九兩巨萬〔六二〕，鈲浦覓〔六三〕摫規兼呈。亦以財雄，翕習邊城。漢書貨殖傳曰：蜀卓氏之臨邛，公擅山川銅鐵，上争王者之利，下錮齊人之業，富至僮八百人。程鄭亦冶鑄，富埒卓氏。司馬相如傳云：臨邛富人程鄭，僮亦數百人。鏹，錢貫也。殖貨志曰〔六四〕：藏鏹千萬。楊雄方言云：

鋠，規，裁也。梁、益之間，裁木爲器曰鋠，裂帛爲衣曰規。兼呈者，皆有常課，至擬於王者。亦以財雄，猶班壹以財雄邊城也。漢書班氏敘傳，當孝惠、高后時，以財雄邊，出入弋獵，旌旗鼓吹。以臨邛是蜀郡之邊縣，故云邊城。善曰：藏鏹，管子之文也。三蜀之豪，時來時往。養交都邑，結儔附黨。三蜀，蜀郡、廣漢、犍爲也。本一蜀國，漢高祖分置廣漢，漢武帝分置犍爲。善曰：孫卿子曰：偷合苟容，以持祿養〔六五〕。劇談戲論，扼腕抵掌〔六六〕。出則連騎，歸從百兩。劇，甚也。鬼谷先生書有抵戲篇。桓譚七説曰〔六七〕：戲談以要譽。張儀傳曰：天下之士，莫不扼腕以言。戰國策曰：蘇秦説趙王：華屋之下，抵掌而言，皆談説之客也。百兩，百乘也。詩云：之子于歸，百兩御之。善曰：漢書曰：楊雄口吃不能劇談。連騎，已見西京賦。若其舊俗，終冬始春。吉日良辰，置酒高堂，以御嘉賓。楊雄蜀都賦曰：其俗迎春送冬，百金之家，千金之公。善曰：楚辭曰：吉日兮良辰〔六八〕。曹植箜篌引曰：置酒高殿上。毛詩曰：以御賓客，且以酌醴。金罍中坐，肴槅四陳。觴以清醥，鮮以紫鱗。羽爵執競，絲竹乃發。巴姬彈弦，漢女擊節。鮮，魚鱠也。詩云：炮鱉鱠鯉。巴姬，漢之美人，猶衞之雅質〔六九〕，蔡之幼女。善曰：毛詩曰：肴核維旅。鄭玄曰：肴，葅醢也。核，桃梅之屬也。左氏傳，楚共王有巴姬。槅與核義同。起西音於促柱，歌江上之飉厲。紆長袖而屢舞，翩躚躚以裔裔。昔周昭王涉漢，中流而隕，其右辛遊靡拯王，遂卒不復還。周乃侯其子于西翟，實爲長公。楚徙宅西河，長公思故處〔七〇〕，始作西音。長公繼是音以處西山，秦國之風，蓋取乎此。見吕氏春秋。韓子曰：長袖善舞。詩曰：屢舞躚躚。合樽促席，引滿相罰。樂飲今夕，一醉累月。言頻飲也。善曰：東方朔六言詩曰：合樽促席相娛。漢書曰：趙、李侍中，皆引滿舉白。毛詩曰：今夕何夕。又曰：一醉日富。

「若夫王孫之屬，郤却戟公之倫。從禽于外，巷無居人。並乘驥子，俱服魚文。玄黄異校，結駟繽紛。王孫，卓王孫也。貨殖傳曰：卓王孫田宅射獵之樂，擬於人君。郤公，豪俠也。楊雄蜀都賦曰：若其漁弋郤公之徒，相與如乎巨野，羅車百乘，觀者萬堤〔七一〕。服，箙服。詩云：象弭魚服。善曰：周易曰：即鹿無虞，以從禽也。毛詩曰：叔于田，巷無居人。桓子新論曰：善相馬者曰薛公，得馬，惡貌而正走，名驥子。周禮，六厩成校，校有左右。楚辭曰：青驪結駟齊千乘。西踰金隄，東越玉津。朔別期晦〔七二〕，匪日匪旬。金隄在岷山都安縣西，隄有左右口，當成都西也。璧玉津在犍爲之東北，當成都之東也。楊雄羽獵賦，前曰邪界虞淵，後曰浮彭蠡。張衡羽獵，前曰逐息崑崙，後曰勞許公于箕隅。道里遼迴，非一日所遊。金堤、玉津，東西分行，所欲經營，亦非一所。其間悠遠，故曰朔別晦期也。若云一月之中，乃能周徧，不以旬日者也。蹴秋六蹈蒙籠，涉蹻寥廓。鷹犬倏眒勝胤，罻尉羅絡幕。倏眒，疾速也。罻羅，鳥獸網也。絡幕，施張之貌也。善曰：蒙籠，已見南都賦。桓譚新論曰：道路皆蒿草，寥廓狼籍。子雲賦曰：倏眒倩浰。毛羣陸離，羽族紛泊匹各〔七三〕。翕響揮霍，中網林薄。毛羣，獸也。羽族，鳥也。陸離，分散也。紛泊，飛薄也。翕響揮霍，奄忽之間也。屠麖京麋，翦旄麈。帶文蛇，跨彫虎。皆獵之所得也。麖麋體大，故屠之；旄麈有尾，故翦之；蛇虎可畏，而帶跨之。言其勇也。尸子曰：中黄伯云：余左執太行之獶，而右搏彫虎。善曰：越人衣文蛇〔七四〕。志未騁，時欲晚。追輕翼，赴絶遠。出彭門之闕，馳九折之坂。經三峽之崢嶸，躡五屼兀之蹇滻。岷山都安縣有兩山，相對立如闕，號曰彭門。楊雄蜀都賦曰：彭門鴻岓〔七五〕。九折坂在漢壽嚴道縣邛萊山。三峽，巴東永安縣有高山相對，相去可二十丈左右，崖甚高，人謂之峽，江水過其中。五岓，山名也。一山有五重，在越嶲，當犍爲南安縣之南也。楊雄蜀都賦曰：五岓參差。善曰：楚辭曰：下峥嶸兮無地。子虛賦曰：蹇滻溝瀆。戟食鐵之獸，射噬毒之鹿。皛胡了切。當爲拍。拍，普格切。貙丑于切氓於葽於堯草，彈言鳥於森木。貊獸，毛黑白臆，似熊而小，以舌舐鐵，須臾便數十斤，出建寧郡也。有神鹿兩頭，主食毒草，名之食毒鹿，出雲南郡。此二事，魏完南中志所記也〔七六〕。易曰：噬腊肉，遇毒。貙氓，謂貙人也。言鳥，鸚鵡之屬。皆出南中。文立蜀都賦：虎豹之人〔七七〕。善曰：方言曰：噬，食也。博物志曰：江、漢有貙人，能化爲虎。説文曰：拍，拊也〔七八〕。漢書音義曰：葽，盛貌〔七九〕。拔象齒，戾歷結犀角。鳥鎩所札翮，獸廢足。鎩翮不能飛，廢足不能行也。善曰：淮南子曰：飛鳥鎩羽，走獸廢足。許慎曰：鎩，殘也。

「殆而朅綺列來相與，第如滇丁田池〔八〇〕，集于江洲。試水客，艤音蟻〔八一〕輕舟。娉江斐，與神遊。朅，去也。第，且也。相如傳曰：第如臨邛。譙周異物志曰：滇池在建寧界，有大澤水，周二百餘里。水乍深廣，乍淺狹，似如倒池，故俗云滇池。江洲在巴郡。楊雄蜀都賦曰：分川並注，合乎江洲。滇池、江洲非一處也，今連之者，説或有在滇池時，或有在江洲時，無有常也。應劭曰：艤，正也。一曰南方俗謂正船迴濟處爲艤〔八二〕。項羽傳曰：烏江亭長艤船待羽。江斐二女，遊於江濱，逢鄭交甫挑之，不知其神女也。遂解珮與之，交甫悦，受珮而去。數十步，空懷無珮，女亦不見。語在列仙傳。罨奄翡翠，釣鰋偃鮋長流。下高鵠，出潛虯。鰋鮋，魚名。吹洞簫，發櫂宅孝謳。感鱏尋魚，動陽侯。洞簫，長簫無底也，王褒所頌者也。漢元帝能吹洞籥。櫂謳，鼓櫂而歌也。鱏魚出江中，頭與身正半，口在腹下。淮南子曰：瓠巴鼓琴，鱏魚出聽。善曰：櫂謳，已見西都賦。陽侯已見南都賦。騰波沸涌，珠貝汜浮。若雲漢含星，而光耀洪流。管子曰：若江湖之人，求珠貝者不舍也。言魚駭波動，珠貝浮見也。善曰：相貝經曰：素質紅裏，謂之珠貝。將饗獠力召者，張帟幕，會平原。酌清酤户〔八三〕，割芳鮮。飲御酣，賓旅旋。車馬雷駭，轟轟闐闐。若風流雨散，漫乎數百里間〔八四〕。獠，獵也。帟，平帳也。周禮曰：田則張幕設帟。月令曰：躬耕帝籍，反乃執爵。命曰勞酒，言以宴羣臣也。鮮，新殺者也，一曰生肉也。善曰：既載清酤。毛萇詩曰〔八五〕：酤，酒也。斯蓋宅土之所安樂，觀聽之所踴躍也。焉獨三川，爲世朝市？

「若乃卓犖吕角奇譎，倜儻罔已。一經神怪，一緯人理。遠則岷山之精，上爲井絡。天帝運期而會昌，景福肸喜筆饗而興作。碧出萇弘之血，鳥生杜宇之魄。妄變化而非常，羌見偉於疇昔。張儀曰：争名者於朝，争利者於市。今三川周室，天下之朝市也。河圖括地象曰：岷山之地〔八六〕，上爲井絡，帝以會昌，神以建福。上爲天井，言岷山之地，上爲東井維絡，岷山之精，上爲天之井星也〔八七〕。昌，慶也。言天帝於此會慶建福也。莊周曰：萇弘死於蜀，藏其血，三年化爲碧。蜀記曰：昔有人姓杜名宇，王蜀，號曰望帝。宇死，俗説云宇化爲子規。子規，鳥名也。蜀人聞子規鳴，皆曰望帝也。善曰：降丘宅土〔八八〕。劉向雅琴賦曰：觀聽之所至，乃知其美也。漢書音義，韋昭曰：有河、洛、伊，故曰三川。上林賦曰：肸饗布寫。近則江漢炳丙靈，世載其英。蔚若相如，皭在爵〔八九〕若君平。王褒韡曄而秀發，揚雄含章而挺生。幽思絢呼絹道德，摛勑離藻掞傷豔天庭。考四海而爲儁俊，當中葉而擅名。是故遊談者以爲譽，造作者以爲程也。相如，司馬長卿也。君平，嚴遵也。王襃，字子淵。楊雄，字子雲。皆蜀人。君平作老子指歸，子雲作太玄、法言，故曰幽思絢道德也。鄭玄曰：文章成謂之絢。漢武帝讀相如子虛賦而善之，吾獨不得與此人同時哉！元帝善王襃所作甘泉洞簫頌，令後宮貴人左右皆誦之。楊雄奏羽獵賦，天子異焉。又云：班固述雄傳曰：初擬相如，獻賦黄門，故曰摛藻掞天庭也。漢書禮樂志曰：長麗前掞光耀明。善曰：史記曰：屈原浮游於塵埃之外，皭然泥而不滓者也。徐廣曰：皭，疎凈之貌也。周易曰：含章可貞。馮衍德誥曰：沈情幽思，引六經之精微。毛詩曰：昔在中葉。戰國策，蘇秦曰：外客遊談之士，無敢自進於前也。至乎臨谷爲塞，因山爲障。峻岨塍繩埒劣長城，豁險吞若巨防。蘇秦曰：齊南有太山，東有琅邪，北有渤海，西有清河，所謂四塞之國也。史遷述蒙恬傳曰：據河爲塞。大曰隄，小曰塍。云峻岨之嚴，視長城若塍埒也。豁，深貌也。戰國策曰：齊有長城巨防，足以爲塞也。一人守隘，萬夫莫向。善曰：淮南子曰：一人守隘，千夫莫向。公孫躍馬而稱帝，劉宗下輦而自王。善曰：范曄後漢書曰：公孫述，字子陽，扶風人也。王莽時，爲導江卒正，更始立，述恃其地險衆附，遂自立爲天子。蜀志曰：先主姓劉，諱備，漢靖王勝後也〔九〇〕。益州牧劉璋使人迎先主，令討張魯，先主遂進圍成都。璋出降，先主即皇帝位。備漢後，故曰宗。由此言之，天下孰尚？故雖兼諸夏之富有，猶未若兹都之無量也。」論語曰：夷狄之有君，不如諸夏之亡。周易曰：富有之謂大業也。又論語曰：惟酒無量。

文選考異

〔一〕注「尚書曰萬國咸寧」　袁本此七字作「萬國已見上」，是也。茶陵本複出，非。

〔二〕注「在成都西南漢壽界」　案：「壽」當作「嘉」，謂漢嘉郡也。各本皆誤。下所言在成都西北岷山界，謂岷山郡，晉書地理志之汶山郡也。「岷」、「汶」二字，古每通用。所言在成都南犍爲界，謂犍爲郡，句例正同。

〔三〕注「胡角」又注「步角」又注「扶刎」　袁本作「濩胡角切瀑步角切」八字，在注中「水沸之聲也」下，「瀆扶刎切」四字，在「涌泉也」下，是也。茶陵本有「濩呼角切」四字，餘無，皆删削也。但「胡」作「呼」爲是。

〔四〕注「在朱堤南十里」　陳云「堤」當作「提」。下「生朱堤南廣縣」，何改「提」，陳同，是也。各本皆譌。

〔五〕注「淮南子曰」下至「入于濛汜」　袁本此二十五字作「湯谷已見東京賦」，是也，茶陵本複出，非。

〔六〕注「翚翔興古十餘」　陳云「餘」下疑脱「日」字，是也。各本皆脱。

〔七〕注「可以醮祭而置也」　陳云「置」當作「致」，是也。各本皆脱。

〔八〕注「火焰也音艷」　袁本、茶陵本「焰」作「爓」，又袁「艷」下有「煽音扇」三字，是也。茶陵無，非也。

〔九〕金沙銀礫　茶陵本「礫」作「鑠」，云五臣作「礫音歷」。袁本作「礫」，用五臣也。尤以五臣亂善，非。下「歷」亦五臣音耳。

〔一〇〕注「寑」　袁本、茶陵本作「善曰梫音寑」五字，在劉注之下，是也。

〔一一〕注「咆嗥也」　袁本、茶陵本此下有「步包切」三字，是也。

〔一二〕注「宕渠縣名銅梁在巴東宕縣在巴西」　袁本、茶陵本無「名銅梁在巴東宕縣」八字。案：此尤校添之。劉昭注續漢書郡國志引銅梁山在巴東也。下「縣」當作「渠」。

〔一三〕注「資覶」　袁本、茶陵本作「葙資覶切」四字，在注中「葙蕺也」下，是也。

〔一四〕注「出巴東北新井縣水出地」　案：「新」字當在「縣」字下。「北井」二字當連文，縣名也。晉太康以前屬巴東郡，見華陽國志。「出巴東北井縣」爲一句，「新水出地」爲一句。

〔一五〕黿鼉水處　案：「黿」當作「元」。茶陵本作「黿」，云五臣作「元」。袁本作「元」，無校語。此當是茶陵、尤所見因劉注中「元鼉」二字誤爲「黿」字，而改正文者耳。袁所見正文及注，皆是「元鼉」字，爲不誤也。又正文下有「元」字，乃割裂所見之校語以爲音。茶陵亦尚無之。恐讀者不察，將致執此音以定善字，特爲訂正焉。

〔一六〕注「黿大鼉也」　袁本「黿」作「元鼉」二字，是也。茶陵本與此同，非。案：説已見上。劉以「大」解「元」，益顯然可知也。

〔一七〕注「其緣中叉」　案：「叉」當作「㕚」，下「靈㕚」同。見華陽國志涪陵郡下。

〔一八〕注「李尤七嘆曰」　袁本、茶陵本「嘆」作「歎」。案：各本皆非也，當作「款」。

〔一九〕注「昌志」　袁本、茶陵本作「昌志切」三字，在注「熾赤也」下，是也。

〔二〇〕注「厥土赤埴」　案：「埴」當作「熾」，觀正文及下善注可見。各本皆誤。又尚書徐、鄭、王皆讀曰「熾」，見釋文，亦其證也。

〔二一〕注「在宗」　袁本、茶陵本作「賨在宗切」四字，在注中「氣鋭以剛」下，是也。

〔二二〕注「武帝樂府」　何校「帝」下添「立」字，陳同，是也。各本皆脱。

〔二三〕注「在漢壽西界」　案：「壽」當作「嘉」。各本皆誤，説見前。下注「九折坂在漢壽嚴道縣」云云，「壽」亦當作「嘉」也。

〔二四〕注「驛傳其詩奏之」　案：「驛」當作「譯」。各本皆誤。事在范書西南夷傳也。

〔二五〕注「出岷山在安都縣」　案：「在」字不當有，「安都」當作「都安」。各本皆誤。下注「金堤在岷山都安縣西」，又「岷山都安縣有兩山相對立如闕」，皆可證。晉書地理志汶山郡有都安縣也。

〔二六〕麋蕪布濩於中阿　袁本、茶陵本「麋」作「蘪」。案：注中作「蘪」，「蘪」、「麋」古通用。或太沖自用「蘪」字。

〔二七〕注「生越嶲郡無會縣」　案：「無會」當作「會無」。各本皆倒。

〔二八〕注「出岷山替陵山」　案：「替」當作「蠶」，「山」字不當有。各本皆誤。晉書地理志汶山郡有蠶陵縣也。此注三言岷山，皆謂汶山郡。

〔二九〕注「一曰出廣都山」　案：「山」字不當有。各本皆衍。晉書地理志廣都屬蜀郡也。

〔三〇〕注「武蓋」　袁本、茶陵本作「善曰沫武蓋切」六字，在劉注之後，是也。

〔三一〕注「有水從漢中沔陽縣南流至梓橦漢壽縣」　案：「漢中」二字不當有，「沔」當作「江」，「漢」當作「晉」。各本皆誤。續漢書郡國志犍爲郡江陽，劉昭注引賦此注「從縣南流」云云，當據之訂正。江陽，晉書地理志屬江陽郡，或「漢中」亦「江陽」之誤。水經潛水注引庾仲雍云：墊江有別江出晉壽縣，即潛水也。晉書地理志晉壽屬梓潼郡，當據之訂正。又袁本「橦」作「潼」，是也。茶陵本亦誤「橦」。

〔三二〕注「過漢壽南流」　案：「壽」當作「嘉」。各本皆誤。水經沫水注云過漢嘉郡，可證。

〔三三〕注「雒水在上雒縣出桐柏山」　案：「上」字、「桐」字衍，「出」下當有「漳山一曰在梓潼縣出」九字。水經江水注曰：洛水出洛縣漳山，一言出梓潼縣柏山，即本此。當據之訂正。「洛」即「雒」字。漢書地理志「漳」作「章」。「漳」即「章」字，何駁善此注，恐誤。蓋未知水經注有其證，故不悟各本皆脱衍，而善自不誤也。

〔三四〕注「扶彪」又注「六」又注「普郎」又注「度羅」　袁本、茶陵本作「滮扶彪切陸音六滂普忙切沲度羅切」十五字，在注末，是也。

〔三五〕注「蜀都臨邛縣」　案：「都」當作「郡」，各本皆譌。下「蜀都嚴道」同。

〔三六〕注「亭」　袁本作「楟音亭」三字，在注中「善曰」下，是也。茶陵本與此同，非。

〔三七〕注「百果草木皆甲坼」　袁本「坼」作「宅」。茶陵本亦作「坼」。案：作「宅」最是。善讀「宅」如字，觀下注所引「根曰宅宅居也」可知。五臣乃音「宅」爲「坼」，今竄「坼」音入正文下，又改此注「宅」爲「坼」以就之，俱大誤也。

〔三八〕注「皆讀如人倦之解解」　案：「之解」當作「解之」。各本皆倒。「皆」字複舉下以七字爲一句也。

〔三九〕注「令櫻桃熟」　陳云「令」當作「今」。各本皆譌。

〔四〇〕芬芬酷烈　袁本、茶陵本下「芬」字作「芳」字，是也。案：此尤本譌字。

〔四一〕注「郭璞□上林賦注曰」　袁本、茶陵本空格有「曰」字，此初亦衍，後脩去。

〔四二〕注「若榴已見兩都賦」　陳云「兩」當作「南」，是也。袁本亦譌「兩」，茶陵本複出，非。

〔四三〕注「榛與㯓同」　袁本、茶陵本此下有「側鄰切鏄呼亞切」七字，是也。

〔四四〕其園則有蒟蒻茱萸　袁本云善作「園」。茶陵本云五臣作「圃」。案：各本皆非也，「園」但傳寫譌耳。

〔四五〕注「俱宇」又注「許于」　袁本作「善曰蒟俱羽切蒚許于切」十字，在劉注之後，是也。茶陵本無「蒟俱羽切」，非。

〔四六〕注「温調五臟」　袁本、茶陵本「臟」作「藏」，是也。

〔四七〕注「楊雄太元經曰」　何云「元」避諱。陳云宋人避當時諱改。袁本、茶陵本不改，尤所改僅此一處。凡宋人諱字每不畫一也。

〔四八〕注「盈」　袁本、茶陵本作「善曰瀛音盈」五字，在劉注之後，是也。

〔四九〕注「乃禮」又注「墳」　袁本、茶陵本作「乃禮切」三字，在「維葉梍梍」下，「扶云切」三字在注末，是也。「墳」是五臣音。

〔五〇〕注「爾肴既將」　袁本「將」作「時」，是也。茶陵本亦誤「將」。

〔五一〕注「徒兮」又注「胡」　袁本、茶陵本作「鶘乃兮切鶘音胡」七字，在注末，是也。

〔五二〕注「胡剛」　袁本作「胡剛切」三字，在注中「吭鳥嚨」下，是也。茶陵本「剛」作「江」，非。

〔五三〕注「鱣鮔鱒也」　案：「鱣」當作「鮪」，各本皆誤。吴都賦「筌鮔鱒」善注「鮔鱒鮪也」，可借證。

〔五四〕注「張衡應問曰」　案：「問」當作「閒」。各本皆譌。

〔五五〕注「左氏傳曰」下至「在石渠門外」　袁本此六十字作「爽塏已見上文承明已見西都賦」，是也。茶陵本複出，非。

〔五六〕注「陽城蜀門名也」　袁本「城」作「成」，茶陵本亦作「城」。案：「門名」不俟更言「城」，必「成」字也。以此訂之，正文亦當作「成」。今各本皆有誤。

〔五七〕注「徒蘭」　袁本、茶陵本作「壇徒蘭切」四字，在注末，是也。

〔五八〕注「縣」又注「直例」又注「光」又注「郎」　袁本作「袨音縣墆音直例切桄音光桹音郎」十四字，在注末，是也。茶陵本無「袨音縣」，非。

〔五九〕注「莫江」又注「公達」　袁本、茶陵本作「莫江切」三字，在注中「則其言哤」下，「公達切」三字在「讙語也」下，是也。

〔六〇〕注「白日也」　案：「白」字不當有，各本皆衍。

〔六一〕注「黄潤纖美宜制禪」　茶陵本「禪」作「襌」，袁本亦作「襌」。案：似「襌」字是也。

〔六二〕藏鏹巨萬　案：「鏹」當作「繈」，注同。漢書食貨志作「繈」，劉引之可證。廣韻云「繈」俗作「鏹」。太沖時未必有此俗字也。

〔六三〕注「九兩」又注「浦覓」　袁本、茶陵本作「鏹九兩切鋠普覓切」在注末，是也。茶陵本無，非。

〔六四〕注「殖貨志曰」　何校「殖」改「食」，陳同。袁本亦誤「殖」。茶陵本作「貨殖」，更非。

〔六五〕注「以持禄養」　案：「養」下當有「交」字。各本皆脱。此所引臣道篇文也。

〔六六〕扼腕抵掌　案：「抵」當作「扺」，注同。袁本善注末有「扺音紙」三字，最是。茶陵本割裂「紙」字入正文下，非。尤又改「紙」爲「紙」，益非。廣韻四紙：扺，扺掌。説文云：側手擊聲也。與十一薺之「抵」，迥然有别。甚明。西征賦、爲蕭揚州作薦士表、廣絶交論用「扺掌」者，放此。今皆作「抵」，蓋誤由五臣而各本亂之。集韻「扺」下重文有「抵」，云或作「抵」，可見其不分别久矣。其羣書此字之誤，不悉數。

〔六七〕注「桓譚七説曰」　案：「譚」當作「麟」。各本皆誤。後漢書本傳章懷注：案摯虞文章志，麟文見在者七説一首云云，後七命注、祭屈原文注皆引桓麟七説，可證。

〔六八〕注「吉日兮良辰」 陳云「良辰」當乙，是也。各本皆倒。

〔六九〕注「猶衛之雅質」 案：「雅」當作「稚」。各本皆譌。

〔七〇〕注「楚徙宅西河長公思故處」 案：「楚」當作「整」，「長公」二字不當有。各本皆誤。此音初文。今本作「殷整甲徙居西河猶思故處」，此引多節也。

〔七一〕注「觀者萬堤」 案：「萬」當作「方」。各本皆誤。

〔七二〕朔別期晦 茶陵本「期晦」作「晦期」，袁本與此同。案：注「故曰朔別晦期也」，所複舉如此，知正文作「晦期」爲是。

〔七三〕注「匹各」 袁本、茶陵本作「善曰泊匹各切」六字，在劉注之後，是也。

〔七四〕注「善曰越人衣文蛇」 案：「善曰」下當有脱文。各本皆同，無以補之。

〔七五〕注「彭門鴻屼」 案：「屼」當作「峴」。各本皆譌。

〔七六〕注「魏完南中志所記也」 袁本、茶陵本「完」作「宏」，是也。

〔七七〕注「文立蜀都賦虎豹之人」 袁本、茶陵本無「立」至「人」八字。茶陵本「文」作「又」，袁本亦作「文」，皆與下「鎩翮」相接連。尤分節不當有「又」，蓋并衍也。晉有文立，劉並時人，決非所引，尤添甚誤。

〔七八〕注「説文曰拍拊也」 袁本、茶陵本「説」上有「畠當爲拍」四字，「也」下有「畠胡了切拍普格切貙丑于切」十二字。案：此善注之斷不容割裂者，尤誤甚矣。

〔七九〕注「萋盛貌」　袁本、茶陵本此下有「於堯切」三字，是也。

〔八〇〕相與第如滇池　袁本「第」作「弟」，茶陵本亦作「第」。案：袁五臣注中作「弟」，劉注中作「第」，仍不著校語。「第」即「弟」俗字，似劉亦作「弟」，但傳寫作「第」耳。袁所見五臣本不誤，茶陵所見亦改爲「第」矣。

〔八一〕注「音蟻」　袁本、茶陵本作「善曰艤音蟻」五字，在劉注之後，是也。

〔八二〕注「俗謂正船迴濟處爲艤」　案：「迴」當作「向」。各本皆誤。

〔八三〕注「户」　袁本、茶陵本作「音户」二字，在注末，是也。

〔八四〕漫乎數百里間　袁本、茶陵本「間」上有「之」字。案：此似善、五臣之異也，今無以考之。

〔八五〕注「善曰既載清酤毛萇詩曰」　袁本、茶陵本無「詩」字，陳云「善曰」下當有「詩曰」二字。各本皆脱。

〔八六〕注「河圖括地象曰岷山之地」　案：「地」當作「精」。各本皆誤。水經江水注引作「精」也。

〔八七〕注「上爲天井言岷山之地上爲東井維絡岷山之精上爲天之井星也」　袁本、茶陵本無「絡」字。案：此注各本皆有誤，今無以訂之。

〔八八〕注「善曰降丘宅土」　何校「善曰」下添「尚書曰」三字。陳云脱，是也。各本皆脱。

〔八九〕注「在爵」　袁本、茶陵本作「在爵切」三字，在注中「皭疎浄之貌也」下，是也。

〔九〇〕注「漢靖王勝後也」　陳云「靖」上當有「中山」二字，是也。各本皆脱。

文選卷第五

京都下

吴都賦〔一〕吴都者，蘇州是也。後漢末，孫權乃都於建業，亦號吴〔二〕。

左太沖　　劉淵林注

東吴王孫囅然而咍〔三〕，囅，大笑貌。莊周云：齊桓公囅然而笑。楚人謂相笑爲咍。楚辭曰：衆兆所咍。善曰：囅，勑忍切。咍，呼來切。曰：「夫上圖景宿，辨於天文者也。下料聊物土，析於地理者也。謂天垂其象，而分野形；地以别土，而區域殊。料，度也。善曰：文子曰：天道爲文，地道爲理。古先帝代，曾覽八紘之洪緒。一六合而光宅，翔集遐宇。烏策篆素，玉牒石記〔四〕。烏聞梁岷有陟方之館、行宫之基歟？淮南子曰：九州外有八澤，方千里。八澤之外，有八紘，亦方千里，蓋八索也。一六合而光宅者，并有天下而一家也。説文曰：牒，札也。石記，刻石書傳記也。烏，安也。梁，梁州也；岷，岷山，皆蜀地也。書云：舜陟方，謂南巡守也。光武紀云：濟陽有武帝行過宫。善曰：吕氏春秋曰：神通乎六合。高誘曰：四方上下爲六合〔五〕。尚書序曰：光宅天下。鳥策，鳥書於策也。春秋運斗樞曰：黄龍負圖出，置帝前。鳥文，漢書音義曰：大篆，蟲書、鳥書是也。鄭玄禮記注曰：筴，簡也。篆素，篆書於素也。楊雄書曰：齎油素四尺。東觀漢記曰：封禪其玉牒文，秘天子事也。説文曰：諜，記也。牒與諜同。孝經鉤命訣曰：封禪，刻石紀號也。天子行所立名曰行宫。陟，升也。方，道也。巡狩，謂舜也〔六〕。

而吾子言蜀都之富，禺同之有。瑋其區域〔七〕，美其林藪。矜巴漢之阻，則以爲襲險之右。徇蹲鴟之沃，則以爲世濟陽九。齷齪而筭〔八〕，顧亦曲士之所歎也〔九〕。旁魄而論都〔一〇〕，抑非大人之壯觀也。

吾子，謂西蜀公子。言蜀地富饒及禺同之所有也。瑋，美也。蜀都賦云：左綿、巴中，百濮所充；緣以劍閣，阻以蜀門。矜夸其險也。徇，營也。亡身從物曰徇，夸物示人亦曰徇。卓王孫曰：吾聞岷山之野，下有蹲鴟，至死不飢。三年不收，其形如蹲鴟，故號也〔一一〕。越嶲郡蜻蛉縣禺山〔一二〕有金馬、碧雞之神。巴、漢之阻，巴郡之扞關也。漢中廣漢，其路由於劍閣，褒、斜也。易無妄曰：災氣有九。陽阨陰阨，四合爲九〔一三〕，一元之中，四千六百一十七歲，各以數至陽阨，故云百六之會。王孫言公子徇其土地，自生蹲鴟，可以救代飢儉，度陽九之厄〔一四〕。漢書律歷志具有其事。齷齪，好苛局小之貌。曲，謂僻也。言筭量蜀地，亦是曲僻之士。旁魄，取寬大之意。王孫謂寬大之意論西都也。善曰：楊雄城門校尉箴曰：盤石唐芒，襲險重固。漢書，酈食其曰：其將齷齪好苛禮。齪，楚角切。文子曰：曲士不可言至道。莊子曰：將旁礴萬物以爲一。司馬彪曰：旁礴，猶混同也。礴與魄同。鵩鳥賦曰：大人不曲。

何則？土壤不足以攝生，山川不足以周衛。公孫國之而破，諸葛家之而滅。茲乃喪亂之丘墟，顛覆之軌轍。安可以儷戾王公而著風烈也〔一五〕？攝，持也。老子曰：善攝生。漢書，公孫述，王莽末時王蜀，爲光武將吳漢破之。魏志曰：漢末諸葛亮輔劉備而爲臣，都於蜀，終於魏將鄧艾所平。麗，著也〔一六〕。凡天下存亡，唯繫乎人。然強弱有常勢，利害有常地，必有不可守之土，不可興之國矣。易曰：六五之吉，麗王公也。善曰：漢武柏梁臺衞尉詩曰〔一七〕：周衞交戟禁不時。毛詩曰：喪亂弘多。呂氏春秋，燭過曰：子胥諫而不聽，故吳爲丘墟。毛詩序曰：閔周室之顛覆。奢，靡也。尚書，周公曰：弊化奢麗。風烈，已見南都賦。翫其磧礫而不窺玉淵者，未知驪龍之所蟠也。習其弊邑而不覩上邦者，未知英雄之所躔也。磧礫，淺水見沙石之貌。玉淵，水深之處，美玉所出也。尸子曰：龍淵生玉英。莊子曰：千金之珠，在九重之淵，驪龍頷下。故曰，不窺玉淵者，不知驪龍之蟠也。善曰：上林賦曰：下磧礫之坻。說文曰：磧，水渚有石也，且歷切。驪音離。左氏傳曰：衞州吁曰：弊邑與陳、蔡從。上邦，猶上國也。方言曰：躔，歷行也。

「子獨未聞大吳之巨麗乎？且有吳之開國也，造自太伯，宣於延陵。蓋端委之所彰，高節之所興。建至德以刱洪業，世無得而顯稱。由克讓以立風俗〔一八〕，輕脱躧於千乘。若率土而論都，則非列國之所觖望也。戰國策曰：黑齒、彫題，大吳之國也。昔周太伯三以天下讓，延陵季子辭國而不處，遂化荆蠻之方，與華夏同風，二人所興。左氏傳曰：太伯端委以治。端委，禮衣委貌。謂冠袖長而裳齊委至地也。孔子曰：太伯三以天下讓，人無得而稱焉。善曰：端委，至德，大伯也。高節、克讓，延陵也。左傳曰：吳子諸樊既除喪，將立季札，札曰：聖達節，次守節，下失節，爲君非吾節也。遂讓不受。史記曰：壽夢欲立季札，讓不可，乃立諸樊也。漢書，武帝曰：吾去妻子如脱躧耳。聲類曰：躧，或爲鞔。說文曰：鞔，鞮屬也，亦所解切。諸侯，故言千乘之國。論語曰：導千乘之國。漢書曰：上欲王盧綰，爲羣臣觖望。臣瓚曰：觖，謂相觖而怨望也。觖，音決。故其經略〔一九〕，上當星紀。拓音託土畫疆，卓犖吕角兼并。包括干越〔二〇〕，跨躡蠻荆。左傳曰：天子經略土地，定城國，制諸侯。略，分界也。一曰遠界爲經略也。爾雅曰：星紀，斗、牽牛，吴分野。斗者，日月五星之所經始，故謂之星紀。意者斗爲星紀，則其分域亦所以能爲綱維，故曰卓犖兼并也。越，今之蒼梧、鬱林、合浦、交阯、九真、南海、日南，皆越地，吴之所并也。荆蠻，吴所得。荆州四郡：零陵、桂陽、長沙、武陵。善曰：漢書曰：戎狄之與干越，不相入也。音義曰：干，南方越名也。春秋曰：干越入吴。杜預注曰：干，越人發語聲。詩曰：蠢爾蠻荆。婺女寄其曜，翼軫寓其精。指衡岳以鎮野，目龍川而帶坰。婺女越分，翼、軫楚分，非吴分，故言寄曜寓精也〔二一〕。善曰：漢書曰：越地婺女之分野，楚地翼、軫之分野。周禮曰：正南曰荆州，其鎮衡山。漢書：南海有龍川縣。南越志，縣北有龍穴山。舜時有五色龍，乘雲出入此穴〔二二〕。爾雅曰：林外謂之坰。

「爾其山澤，則嵬嶷嶢屼，巊冥鬱岪。潰渱泮汗，滇濔淼漫。或涌川而開瀆，或吞江而納漢。磈磈䃶䃶，滮滮汧汧。礆硂乎數州之間，灌注乎天下之半。山之大者衡嶽，澤之大者彭蠡。地理志曰：彭蠡澤在豫章彭澤西，會稽餘姚縣蕭山，潰水所出〔二三〕。嵬嶷，高大貌。巊冥鬱岪，山氣暗昧之狀。潰渱泮汗，謂直望無崖也。滇濔淼漫，山水闊遠無崖之狀〔二四〕。錢塘縣，武林水所出龍川〔二五〕，故曰涌川。九江經廬山而東，故曰開瀆。禹貢曰：三江既入，震澤底定，故曰吞江。又曰：漢水東爲滄浪，南入于江，故曰納漢。磈磈，石在山中之貌。汧汧，水流行聲勢也。礆硂，山深險連延之狀〔二六〕。荆、揚、交、廣數州之間〔二七〕，土地闊遠，故曰天下之半。善曰：嶷，魚力切。字指曰：屼，禿山也，五骨切。埤蒼曰：岪，鬱山貌，扶勿切。渱，胡東切。滇，通見切。洒，莫見切。淼，水貌，音眇。磈，胡罪切。磥，力罪切。洴，古旦切。百川派別，歸海而會。控清引濁，混濤并瀨。濆薄沸騰，寂寥長邁。潝焉洶呼恭切洶，隱焉礚礚。字説曰：水別流爲派。濤，大波也。瀨，急湍也。長邁，不回之意〔二八〕。礚，苦蓋切。善曰：尚書大傳曰：百川趨于海。洶洶、礚礚，皆水聲也。出乎大荒之中，行乎東極之外。經扶桑之中林，包湯谷之滂沛。潮波汩起，迴復萬里。歊霧漨浡，雲蒸昏昧。大荒，謂海外也。爾雅曰：孤竹、北户、西王母、日下，謂之四荒。孤竹在北，北户在南，日下在東，西王母在西，皆四方荒昏之國也。又曰：東至大遠，西至邠國，南至濮鉛，北至祝栗，謂之四極。謂四方之極。極，遠也，言大荒、東極、扶桑、湯谷者，謂海外彌廣，無所不連也。潮波汩起，言水彌廣汩急疾，無所不至。歊霧，水霧之氣，似雲蒸昏暗不明也〔二九〕。善曰：扶桑、湯谷，已見上文。漨，薄工切。浡，蒲昧切。泓澄奫潫，澒溶沆户朗瀁余兩。莫測其深，莫究其廣。澶湉漠而無涯，惣有流而爲長。瓌異之所叢育，鱗甲之所集往。善曰：説文曰：泓，下深大也。澄，湛也。奫潫〔三〇〕，迴復之貌。皆水深廣闊也。奫〔三一〕，於旻切。潫，於權切。澒，胡孔切。溶，余腫切。澶湉，安流貌。澶，音纏。湉，音恬。瓌異、鼂魚，皆在水中生長〔三二〕。

「於是乎長鯨吞航，修鯢吐浪。躍龍騰蛇，鮫鯔琵琶。王鮪偉鯸鮐，鮣印龜鱕鯌。烏賊擁劒，鼅古侯鼊辟鯖鰐。涵泳乎其中。航，舡之別名〔三三〕。異物志云：鯨魚，長者數十里，小者數十丈〔三四〕，雄曰鯨，雌曰鯢，或死於沙上，得之者皆無目，俗言其目化爲明月珠。鄧析子曰：釣鯢者不於清池。一説曰：鯨猶言鳳，鯢猶言皇也。異物志曰：朱厓有水蛇，鮫魚出合浦，長二三尺，背上有甲，珠文堅強，可以飾刀，口可以爲鱸。鰡魚形如鯇，長七尺，吳、會稽、臨海皆有之。琵琶魚無鱗，其形似琵琶，東海有之。鯸鮐，魚狀如科斗，大者尺餘，腹下白，背上青黑，有黃文。性有毒，雖小，獺及大魚不敢餤之。蒸煮餤之肥美，豫章人珍之。鯽魚長三尺許，無鱗，身中正四方如印。扶南俗云：諸大魚欲死，鯽魚皆先封之。鱕鯌有橫骨在鼻前，如斤斧形，東人謂斧斤之斤爲鱕〔三五〕，故謂之鱕鯌。魚二十餘種，此其尤異者。此魚所擊，無不中斷也。有出入鯌子，朝出求食，暮還入母腹中，皆出臨海。烏賊魚腹中有藥〔三六〕。擁劍，蟹屬也，從廣二尺許，有爪，其螯偏大，大者如人大指，長二寸餘，色不與體同，特正黃而生光明，常忌護之如珍寶矣，利如劍〔三七〕，故曰擁劍。其一螯尤細，主取食，出南海、交趾。鼊鼉，龜屬也，其形如笠，四足縵胡無指，其甲有黑珠，文采如瑇瑁，可以飾物，肉如龜肉，肥美可食。鯖魚出交趾、合浦諸郡。鰐魚長二丈餘，有四足，似鼉，喙長三尺，甚利齒，虎及大鹿渡水，鰐擊之皆中斷。生則出在沙上乳卵，卵如鴨子，亦有黃白，可食。其頭琢去齒，旬日間更生，廣州有之。涵，沉也。楊雄方言曰：南楚謂沉爲涵。泳，潛行也，見爾雅。言已上魚龍，潛没泳其中〔三八〕。善曰：莊子曰：吞舟之魚，蕩而失水。周易曰：見龍在田，或躍在淵。楚辭曰：騰蛇兮後從。文子曰：騰蛇無足而騰。鰡，音留。鮐，音夷。鱕，甫袁切。鯌，甫亦切。鰐，五洛切。涵，音含。葺七入鱗鏤甲，詭類舛錯。泝素洄順流，噞喁沈浮。葺，累也。甲，謂龜甲也。楚辭曰：魚葺鱗以自別。噞喁，魚在水中羣出動口貌。善曰：毛詩曰：泝洄從之，道阻且長。淮南子曰：水濁則魚噞喁〔三九〕。噞，牛檢切。喁，魚凶切。鳥則鶡鷄鸀燭鳿玉，鷫霜鵠鷺鴻。鶢爰鶋居避風，候鴈造七報江。鸂鶒鷛鶏，鶄鶴鵁鶴。鷗鷁七激鸕，氾濫乎其上。鶡鷄，鳥也，好鳴〔四〇〕。鸀鳿，水鳥也。鵁，如鷺而大，長頸赤目，其毛辟水毒，丹陽、鄱陽皆有之。鶢鶋，鳥也，似鳳。左傳曰：海鳥爰居，止魯東門外三日，臧文仲使國人祭之，不知其鳥，以爲神也。鸂鶒，水鳥也，色黃赤，有斑文，食短狐蟲，在水中，無毒，江東諸郡皆有之。鷛鶏，似鴨而鷄足。鶄鶴，出南海、桂陽諸郡。善曰：候鴈，已見南都賦。毛詩曰：有鶖在梁。毛萇詩傳曰：秃鶖也。蒼頡篇曰：鴎大如鳩。郭璞山海經注曰：鷗，水鴞也。鷛，音庸。鶏，音渠。鶖，音秋。湛淡羽儀，隨波參差。理翮整翰，容與自翫。彫啄蔓藻，刷盪漪瀾。湛淡，迅疾貌。漪瀾，水波也。彫啄，鳥食貌。蔓藻，海藻之屬也。善曰：説文曰：刷，刮也。漪，蓋語辭也(四一)。毛詩曰：河水清且漣漪。爾雅曰：大波爲瀾。魚鳥聱耴，萬物蠢呂允生。芒芒黖黖，慌呼廣罔奄欻許勿，神化翕忽，函幽育明。窮性極形，盈虛自然。蚌蛤珠胎，與月虧全。巨鼇贔備屓許器，首冠靈山。大鵬繽翻，翼若垂天。振盪汪流，雷抃重淵。殷上聲動宇宙，胡可勝原！蠢，動也。黖黖，絶遠貌。奄欻，去來不定之意。翕忽，疾貌(四二)。函幽育明，皆謂珠玉光耀之狀也。窮性極形，物皆極之也(四三)。呂氏春秋曰：月望則蚌蛤實，月晦則蚌蛤虛。列仙傳曰：鼇負蓬萊山而抃滄海之中。贔屓，用力壯貌。莊子曰：北溟有魚名鵾，化爲鵬，怒而飛，翼若垂天之雲。鵬之將徙於南溟，水擊三千里，摶扶搖而上九萬里。示振盪之狀也。汪流，水深貌，其聲勢之不可勝盡也。淮南子曰：虛廓生宇宙，宇宙生天地者也。善曰：聱耴，衆聲也。埤蒼云：聱，不聽也，魚幽切。耴，牛乙切。杜篤論都賦曰：蠢生萬類。黖黖，不明貌，許既切。春秋保乾圖曰：日以圓照，月以虧全。宋均曰：全，十五日時也。列子，夏革曰：渤海之東曰歸塘，其中有五山焉。帝命禺強使巨鼇十五舉首而戴五山，峙而不動。玄中記曰：鼇，巨龜也。西京賦曰：巨靈贔屓。王逸楚辭注曰：擊手曰抃，音卞。

「島嶼序緜邈，洲渚馮平隆崇。曠瞻迢遞，迥眺冥蒙。珍怪麗，奇隙充。徑路絶，風雲通。洪桃屈盤，丹桂灌叢。瓊枝抗莖而敷蘂，珊瑚幽茂而玲瓏。島，海中山也。嶼，海中洲，上有山石。魏武蒼海賦曰：覽島嶼之所有。綿邈，廣遠貌〔四四〕。水中可居曰洲，小洲曰渚。曠瞻迢遞，謂島嶼也。馮隆，高貌。迢遞，遠貌〔四五〕。迥眺冥蒙，謂洲渚〔四六〕深奥之貌。言珍怪之物，麗於島嶼之中〔四七〕。徑路絶者，人道斷絶，風雲通者，唯風雲能交通也。意者謂奇怪之徒，因風雲以交通。水經曰：東海中有山焉，名曰度索，上有大桃，屈盤三千里。桂生蒼梧、交趾、合浦以南山中，所在叢聚，無他雜木也，其枝葉皆辛。木叢生曰灌。瓊樹生，其華蘂仙人所食〔四八〕，令人長生。楚辭曰：精瓊蘂以爲糧。蓬萊三山，神仙所居，故宜有焉。漢書〔四九〕，歌曰：上蓬萊，咀瓊英。珊瑚樹赤色，有枝無華〔五〇〕。扶南傳曰：漲海中有盤石，珊瑚生其上。玲瓏，明貌〔五一〕。善曰：後漢黎陽山碑曰：山河馮隆，有精英兮。朱稱鬱金賦曰〔五二〕：丹桂植其東。莊子曰：南方積石千里，名瓊枝，高百二十仞。增岡重阻，列真之宇。玉堂對霤，石室相距。藹藹翠幄，嫋嫋素女。江斐於是往來，海童於是宴語。斯實神妙之響象，嗟難得而覼縷〔五三〕！玉堂、石室，仙人居也。海童，海神童也。吴歌曲曰：仙人齎持何，等前謁海童。爾雅曰：嗟，楚人發語端也。善曰：馮衍爵銘曰：富如江海，壽配列真。道書曰：上曰神，次曰仙人，下曰真人〔五四〕。楚辭曰：紫貝闕兮玉堂。鄭玄禮記注曰：堂前有承霤。列仙傳曰：赤松子常止西王母石室中。藹藹，盛貌〔五五〕。徐幹齊都賦曰：翠幄浮遊。埤蒼曰：嫋嫋，美也，奴鳥切。史記曰：泰帝使素女鼓五十絃瑟。神異經曰：西海有神童，乘白馬，出則天下大水〔五六〕。王延壽王孫賦曰：嗟難得而覼縷。覼，力戈切。

「爾乃地勢坱圠，卉木镺蔓。遭藪爲圃，值林爲苑。異荂蓲蘛育，夏曄于輒冬蒨。方志所辨，中州所羨。坱圠，莽沕也，高下不平貌也。卉，百草總名，楚人語也。有木曰苑，有草曰圃。言林藪非一，所在皆爲苑圃，有國有家者，因天地之自然，不復假人功爲園圃也。爾雅曰：荂，榮也。蓲，華也〔五七〕。敷蘛，華開貌。南土草木通□冬生〔五八〕，故曰蒨。善曰：鵩鳥賦曰：坱圠無垠。坱，烏朗切。圠，烏八切。廣雅曰：趼，長也，烏老切。荂，枯瓜切。爾雅曰：蕍，榮也。郭璞曰：蕍猶敷蕍，亦草之貌也。蘛與蕍同，庾俱切。蓲與敷同，無俱切。

草則藿蒳豆蔻，薑彙非一。江蘺之屬，海苔之類。綸組紫絳，食葛香茅莫侯。石帆水松，東風扶留。異物志曰：藿香，交趾有之。豆蔻生交趾，其根似薑而大，從根中生，形似益智，皮殼小厚，核如石榴，辛且香。蒳，草樹也，葉如栟櫚而小，三月採其葉，細破，陰乾之，味近苦而有甘，并雞舌香食之，益美。薑彙，大如累，氣猛，近於臭，南土人擣之以爲齏。荾，一名廉薑，生沙石中，薑類也。其累大，辛而香，削皮以黑梅并鹽汁漬之則成也，始安有之。彙，類也。易曰：拔茅連茹，以其彙，征吉。所謂薑彙非一也。江蘺，香草也。楚辭曰：扈江蘺。海苔，生海水中，正青，狀如亂髮，乾之亦〔五九〕鹽藏，有汁，名曰濡苔，臨海出之。爾雅曰：綸似綸，組似組，東海有之。紫，紫菜也。生海水中，正青，附石生，取乾之，則紫色，臨海常獻之。絳，絳草也，出臨賀郡，可以染食。葛，蔓生，與山葛同，根特大，美於芋也，豫章間種之。香茅生零陵。石帆生海嶼石上，草類也，無葉，高尺許，其華離婁相貫連〔六〇〕，雖無所用，然異物也。死則浮水中，人於海邊得之，希有見其生者。水松，藥草，生水中，出南海交趾。東風，亦草也，出九真。扶留，藤也，緣木而生，味辛，可食〔六一〕。檳榔者，斷破之，長寸許，以合石賁灰〔六二〕，與檳榔并咀之，口中赤如血，始興以南皆有之。善曰：蒳，音納。蔻，火豆切。彙，音謂。綸，古頑切。布濩皋澤，蟬聯陵丘。夤緣山嶽之岊，冪歷江海之流。扤白蔕，銜朱蕤。鬱兮莌茂，曄兮菲菲。光色炫晃，芬馥肸蠁。職貢納其包匭，離騷詠其宿莽。布濩，遍滿貌。蟬聯，不絕貌。夤緣，布藤上貌。冪歷，分布覆被貌〔六三〕。許氏記字曰：岊，陬隅而山之節也。扤，搖也。蔕，花本也。菲菲，花美貌也〔六四〕。方言曰：凡草生而初達謂之莌。芬馥，色盛香散狀〔六五〕。包，裹也。匭，猶結也。尚書禹貢曰：包匭菁茅。菁茅生桂陽，可以縮酒，給宗廟，異物也，重之，是故既包裹而又纏結之。一曰，甽，柙也。爾雅曰：卷施草，拔其心不死。江、淮間謂之宿莽。屈原嘉之以其志，故離騷曰：夕覽洲之宿莽。善曰：毛萇詩傳曰：扤，動也。淮南子曰：草木之勾萌，銜翠載實。説文曰：蕤，草木華垂貌。肸蠁，已見蜀都賦。夤緣，出也。岊，音節。蒞，以税切。蕤，汝誰切。木則楓柙甲櫲樟〔六六〕，栟櫚枸古候椵。緜杬杶櫨，文欀楨橿薑。平仲桾櫏〔六七〕，松梓古度。楠榴之木〔六八〕，相思之樹。楓、柙，皆香木名也。櫲樟，木也。異物志曰：栟櫚，椶也，皮可作索。枸椵，樹也，直而高，其用與栟櫚同。栟櫚出武陵山，枸椵出廣州。木緜樹高大，其實如酒杯，皮薄，中有如絲綿者，色正白，破一實得數斤，廣州、日南、交趾、合浦皆有之。杬，大樹也，其皮厚，味近苦澀，剥乾之，正赤，煎訖以藏衆果，使不爛敗，以增其味，豫章有之。杶、櫨，二木名。文，文木也，材密緻無理，色黑如水牛角，日南有之。欀木，樹皮中有如白米屑者，乾擣之，以水淋之，可作餅，似麪，交趾盧亭有之。楨、橿，二木名。劉成曰：平仲之木，實白如銀。君遷之樹，子如瓠形。松、梓，二木名，古度，樹也，不華而實，子皆從皮中出，大如安石榴，正赤，初時可煮食也，廣州有之。楠榴，木之盤結者，其盤節文尤好〔六九〕，可以作器；建安所出最大長也。相思，大樹也，材理堅，邪斫之則文，可作器；其實如珊瑚，歷年不變，東冶有之。善曰：椵，音郎。杬，音元。杶，勑倫切。欀，音襄。楨，音貞。宗生高岡，族茂幽阜。擢本千尋，垂蔭萬畝。攢柯挐莖，重葩殗葉。輪囷虯蟠，埇塌鱗接。榮色雜糅，綢繆縟繡。宵露霮徒感䨴徒外，旭日晻烏感[日享]。與風飈搖颺様，颱瀏颼飀。鳴條律暢，飛音響亮。蓋象琴筑竹并奏，笙竽俱唱。宗生，宗類而生於高山之脊，故名宗生。族茂，言種族繁多也。擢本，高聳貌。八尺曰尋。言婆娑覆萬畝之地〔七〇〕。莊子曰〔七一〕：匠石見樹百圍，其臨千仞，而後有枝，此大樹之屬也。善曰：許慎淮南子注曰：挐，亂也，女居切。殗，重也，葉重疊貌〔七二〕，於劫切。鄒陽上書曰：輪囷離奇。輪囷，謂屈曲貌。蚪蟠，謂樹如龍蛇之盤屈相糾也〔七三〕。插壒，枝柯相重疊貌〔七四〕。插，楚立切。壒，除立切。縟繡，言草木花光似繡文。綢繆，花采密貌。霮䨴，露垂貌〔七五〕。毛詩曰：旭日始旦。哼，亦闇也，房妹切。颮瀏，風聲也。颮，於酉切。瀏，力久切。颼，所求切。飀，音留。律，謂籟也，殷仲文所謂幽律是也。言木枝葉與風搖蕩作聲，如律呂之暢〔七六〕。說文曰：筑似箏，五絃之樂也。世本曰：隨作竽。鄭玄周禮注曰：三十六簧也。其上則猨父哀吟〔七七〕，獑子長嘯。狖鼯猓然，騰趠飛超。争接縣垂〔七八〕，競游遠枝。驚透沸亂，牢落翬散。吳越春秋曰：越有處女，出於南林之中，越王使使聘問以劒戟之事。處女將北見於越王，道逢老翁，自稱素袁公，問處女：吾聞子善爲劒術，願一觀之。女曰：妾不敢有所隱，唯公試之。於是袁公即跳於林竹，槁折墮地，處女即接末，袁公操本以刺處女，女應節入，三入，因舉枝擊之，袁公即飛上樹，化爲白猿，遂引去。獑子，猿類，猿身人面，見人嘯〔七九〕。異物志曰：狖，猿類，露鼻，尾長四五尺，居樹上〔八〇〕，雨則以尾塞鼻，建安臨海北有之。鼯，大如猿，肉翼，若蝙蝠，其飛善從高集下，食火煙，聲如人號，一名飛生，飛生子故也，東吾諸郡皆有之〔八一〕。猓然，猿狖之類，居樹，色青赤有文，日南、九真有之。楊雄方言曰：透，驚也。善曰：山海經曰：獄法之山有獸，狀如犬，人面，見人則笑，名獑。獑，胡奔切。枚乘兔園賦曰：上涌雲亂葉翬散〔八二〕。狖，余幼切。趠，吐教切。超，士弔切。其下則有梟羊麡儕狼，猰㺄貙勑俱象。烏菟之族，犀兕之黨。鉤爪鋸牙，自成鋒穎。精若燿星，聲若震霆。名載於山經，形鏤於夏鼎。爾雅曰：梟羊，一名萬萬，如人，面長脣黑，身有毛及踵，見人則笑，左手操管。海南經所云也。異物志云：麡狼，大如麋，角前向，有枝下出反向上，長者四五尺，廣州有之，常居平地，不得入山林。山海經曰：南海之外有猰㺄，狀如貙，龍首，食人。貙，虎屬也，或曰能化爲人也。象生九真、日南山中，大者其牙鼻長一丈。於菟，虎也，江、淮間謂虎爲於菟〔八三〕。犀，狀如水牛，頭似猪，四足類象，倉黑色，一角當額上，鼻上角亦墮也，又有小角長五寸，不墮，性好食棘，口中灑血，武陵已南山中有之。兕，獸也，似牛。左傳曰：昔夏之方有德也，遠方圖物，貢金九牧，鑄鼎象物，而爲之備，使人知神姦，故人入山澤林藪，不逢不若，魑魅魍魎〔八四〕，莫能逢之。故曰形鏤於夏鼎。善曰：麡，在西切。猰，於八切。貐，以主切。淮南子曰：勾爪鋸牙，於是摯矣。禮記曰：刀却刃授穎。鄭玄曰：穎，鋒也〔八五〕。摯伯陵答司馬遷書曰：有能見鋒穎之狀。

「其竹則篔簹箖箊〔八六〕，桂箭射筒。柚由梧有篁〔八七〕，篻簩有叢。皆竹名也。異物志曰：篔簹，生水邊，長數丈，圍一尺五六寸，一節相去六七尺，或相去一丈，廬陵界有之。始興以南，又多小桂，夷人績以爲布葛。箖箊，是袁公所與越女試劍竹者也。桂竹，生於始興小桂縣，大者圍二尺，長四五丈。箭竹細小而勁實，可以爲箭，通竿無節，江東諸郡皆有之。射筒竹，細小通長，長丈餘，亦無節，可以爲射筒。筒及由梧竹〔八八〕皆出交趾、九真。篻竹，大如戟槿，實中勁強，交趾人鋭以爲矛，甚利。簩竹，有毒，夷人以爲觚，刺獸中之則必死。篔，于君切。篻，芳眇切。簩，音勞。苞筍抽節，往往縈結。綠葉翠莖，冒霜停雪。櫹矗蓄森萃，蓊茸而勇蕭瑟。檀欒蟬蜎，玉潤碧鮮。梢雲無以踰，嶰谷弗能連。鸑鷟食其實，鵷鶵擾其間。苞筍，冬筍也。出合浦，其味美於春夏時筍也。見馬援傳。漢書天文志曰：見梢雲。其說，梢如樹也。嶰谷，崑崙北谷也。漢書律歷志〔八九〕，黄帝詔伶倫爲音律，伶倫乃之崑崙山之陰、嶰谷之中，取竹斬之，以其厚均者吹之〔九〇〕，以爲黄鍾之管。鸑鷟，鳳鶵也〔九一〕。鵷鶵，周本紀曰〔九二〕：鳳類也，非梧桐不棲〔九三〕，非竹實不食。黄帝時，鳳集東園，食帝竹實，終身不去。馴，擾善也〔九四〕。善曰：櫹矗，長直貌。蓊茸〔九五〕，茂盛貌。蕭瑟，聲也〔九六〕。冒，犯也。嬋娟，言竹妍雅也〔九七〕。櫹，所六切。矗，丑六切。枚乘兔園賦曰：脩竹檀欒，夾水碧鮮。言竹似之也。梢雲，山名，出竹〔九八〕。其果則丹橘餘甘，荔枝之林。檳榔無柯，椰葉無陰。龍眼橄欖，棎榴禦霜〔九九〕。結根比景之陰，列挺衡山之陽。薛瑩荆揚已南異物志曰：餘甘，如梅李，核有刺，初食之，味苦，後口中更甘，高涼建安皆有之。荔枝樹生山中，葉緑色，實赤，肉正白，味大甘美〔一〇〇〕。檳榔樹，高六七丈，正直無枝，葉從心生，大如楯，其實作房，從心中出，一房數百實，實如鷄子皆有殼，肉滿殼中，正白，味苦澀，得扶留藤與古賁灰合食之，則柔滑而美，交趾、日南、九真皆有之。椰樹似檳榔無枝條，高十餘尋，葉在其末，如束蒲，實大如瓠，繫在樹頭，如掛物也。實外有皮如胡桃，核裹有膚，膚白如雪，厚半寸，如豬膏〔一〇一〕，味美如胡桃，膚裹有汁升餘，清如水，美如蜜，飲之可以愈渴，核作飲器也。龍眼，如荔枝而小，圓如彈丸，味甘勝荔枝，蒼梧、交趾、南海、合浦皆獻之，山中人家亦種之。橄欖，生山中，實如雞子，正青，甘美，味成時食之益善。始興以南皆有之，南海常獻之。棎，棎子樹也。生山中，實似梨，冬熟，味酸，丹陽諸郡皆有之。榴，榴子樹也。出山中，實亦如梨，核堅，味酸美，交趾獻之。善曰：橄，音敢。欖，音覽。棎，市瞻切。漢書音義，如淳曰：比景，日中於頭上，景在己下，故名之比景。比，方利切。一作北景，云漢武時日南郡置北景縣，言在日之南，向北看日，故名〔一〇二〕。宋玉笛賦曰：余嘗觀於衡山之陽。素華斐，丹秀芳。臨青壁，系紫房。鷓鴣南翥而中留，孔雀綷羽以翱翔。山雞歸飛而來棲，翡翠列巢以重行。鷓鴣，如雞，黑色，其鳴自呼。或言此鳥常南飛不北，豫章已南諸郡處處有之。孔雀，尾長六七尺，緑色有華彩，朱崖、交趾皆有之，在山草中。山雞，如雞而黑色，樹棲晨鳴。今所謂山雞者，鷩蛦也，合浦有之。翡翠，巢於樹顛生子，夷人稍徙下其巢，子大未飛，便取之。皆出於交趾鬱林郡。其琛賂則琨瑤之阜，銅鍇之垠。火齊之寶，駭雞之珍。赬丹明璣，金華銀樸。紫貝流黃，縹碧素玉。隱賑崴裹，雜插幽屏必井。精曜潛穎，晢陊直氏山谷。碕岸爲之不枯，林木爲之潤黷。隋侯於是鄙其夜光，宋王於是陋其結緑。琛，寶也。賂，貨也。詩曰：來獻其琛，大賂南金。琨、瑶，皆美石也。鍇，金屬也。禹貢，揚州貢金三品，謂金、銀、銅也。異物志曰：火齊，如雲母，重沓而可開，色黄赤，似金，出日南。赬，赤也。丹，丹砂也。出山中，有穴。禹貢，荆州貢丹。璣，珠屬也。朱崖出珠。金華，采者〔一〇三〕。銀樸，銀之在石者。紫貝，以色言之。流黄，土精也。淮南子曰：夏至而流黄澤。縹碧素玉者，亦以色言也。晢者，言其如晢擿〔一〇四〕而陊落山谷者。淮南子曰：積疊琁玉，以純脩碕。張衡南都賦曰：隋珠夜光。張緑先生曰：宋有結緑。隋侯、宋王於此各鄙其寶也。善曰：尚書曰：瑶琨篠蕩。孝經援神契曰：神靈滋液，則犀駭雞。宋衷曰：角有光，鷄見而駭驚也〔一〇五〕。劉欣期交州記曰：金華出珠崖，謂金有華采者。埤蒼曰：崴裹，不平也，又重累貌〔一〇六〕。崴，烏乖切。裹，故乖切。幽屏，謂生處也。潛穎，謂潛深而有光穎〔一〇七〕。説文，晢，擿空青珊瑚墮之，珠玉潛伏土石間，隨四時長，故晢毁陊落山谷之土石也。潤，膩也。黷，黑茂貌〔一〇八〕。晢，勑列切。孫卿子曰：言無小而不聲，行無隱而不形。玉在山而木潤，淵生珠而崖不枯。許慎淮南子注曰：碕，長邊也，巨依切。

「其荒陬子侯譎決詭，則有龍穴内蒸，雲雨所儲。陵鯉若獸，浮石若桴。雙則比目，片則王餘。窮陸飲木，極沈水居。泉室潛織而卷綃，淵客慷慨而泣珠。開北户以向日，齊南冥於幽都。陬，四隅，謂邊遠也〔一〇九〕。湘東新平縣有龍穴，穴中黑土，天旱，人人便共以水沾穴〔一一〇〕，則暴雨應之，常以此請雨也。陵鯉，有四足，狀如獺，鱗甲似鯉，居土穴中，性好食蟻。楚辭曰：陵魚曷止。王逸曰：陵魚，陵鯉也。浮石，體虚輕浮，在海中，南海有之。桴，舟也〔一一一〕。比目魚，東海所出。王餘魚，其身半也。俗云：越王鱠魚未盡，因以殘半棄水中〔一一二〕爲魚，遂無其一面，故曰王餘也。朱崖海中有渚，東西五百里，南北千里，無水泉，有大木，斬之，以盆甕承其汁而飲之。水居，鮫人水底居也。俗傳鮫人從水中出，曾寄寓人家，積日賣綃，綃者，竹孚俞也。鮫人臨去，從主人索器，泣而出珠滿盤，以與主人。日南人北户，猶日北人南户也。善曰：尚書曰：宅朔方曰幽都。謂日既在北，則南冥與幽都同。王餘、泉客，皆見博物志。窮陸，見後漢書。史記曰：秦始皇地南至北向户，北據河爲塞。其四野，則畛畷無數，膏腴兼倍。原隰殊品，窊隆異等。象耕鳥耘，此之自與。穱捉秀菰穗詞翠切，於是乎在。畛畷，謂地廣道多也。舊井田間有徑有畛〔一三〕。善曰：鄭玄毛詩箋曰：畛，舊田有徑路也，之引切。説文曰：畷，兩陌間道也，知衞切，又陟劣切。説文曰：窊，汙邪，下也，於瓜切。越絶書曰：舜葬蒼梧，象爲之耕；禹葬會稽，鳥爲之耘。左傳曰：生人之道，於是乎在。煮海爲鹽，採山鑄錢。國税再熟之稻，鄉貢八蠶之緜。善曰：史記曰：吴有豫章郡銅山，吴王濞則招致天下亡命者，盜鑄錢，煮海爲鹽，國用富饒。異物志，交趾稻夏熟，農者一歲再種。劉欣期交州記曰：一歲八蠶繭，出日南也。

「徒觀其郊隧之内奥，都邑之綱紀。霸王之所根柢帝，開國之所基趾。郛郭周匝，重城結隅。通門二八，水道陸衢。所以經始，用累千祀〔一四〕。憲紫宫以營室，廓廣庭之漫漫。寒暑隔閡五蓋於邃宇，虹蜺回帶於雲館。所以跨跱煥炳萬里也。爾雅曰：柢，本也。吴與周並，世世稱王。自泰伯至闔閭二十五世矣。夫差益強大，得爲盟主〔一五〕。故曰霸王之所根柢也。越絶書曰：吴郭周匝六十八里六十步，大城周匝〔一六〕四十七里二百一十步。水門八，陸門八，其二有樓名門者，車船並入。昌門今見在，銅柱石填地。大城中有小城，周十二里，亦有水陸門，皆〔一七〕闔閭宫，在高平里。言經營造作之始，使子孫累代保居也。漫漫，長遠貌〔一八〕。寒暑所閡，謂冬温夏涼。善曰：西都賦曰〔一九〕：虹蜺迴帶於棼楣。造姑蘇之高臺，臨四遠而特建，帶朝夕之濬池，佩長洲之茂苑。窺東山之府，則壞寶溢目；䂓海陵之倉，則紅粟流衍。姑蘇，吴臺名也。善曰：越絶書曰：吴王夫差〔二〇〕起姑胥之臺，五年乃成，高見三百里。史記曰：越伐吴，敗之姑蘇。漢書，伍被曰：子胥云，見麋鹿遊姑蘇之臺。然姑胥即姑蘇也。漢書，枚乘上書曰：夫漢諸侯方輪，□錯出〔二一〕其珍怪，不如東山之府；轉粟西向，不如海陵之倉；修治上林，圈守禽獸，不如長洲之苑；遊曲臺，臨上路，不如朝夕之池。蔡邕月令章句〔二二〕，穀藏曰倉。蒼頡篇曰：䂓，索視之貌，師蟻切。漢書，太倉之粟，紅腐而不可食。起寢廟於武昌，作離宮於建業。闡闔閭之所營，采夫差之遺法。抗神龍之華殿，施榮楯而捷獵。崇臨海之崔巍，飾赤烏之韡曄。吴志曰：前吴都武昌，在豫章〔二三〕；後都建業，在丹陽。孫權自會稽徙治丹陽，建業人皆不樂徙，故爲歌曰：寧飲建業水，不向武昌居〔二四〕。言離宮者，明非吴舊都也。神龍，建業正殿名。臨海、赤烏，皆建業吴大帝所太初宮〔二五〕殿名也。捷獵，高顯貌〔二六〕。越絶書曰：昔越王勾踐欲伐吴，大夫種〔二七〕對以九術。於是作榮楯，嬰以白璧，鏤以黄金，狀類龍蛇，以獻吴王夫差，夫差大悦〔二八〕。子胥諫曰：王勿受也。王不聽，遂受之以飾殿也〔二九〕。闔閭造吴城郭宮室，其子〔三〇〕夫差嗣，增崇侈靡。孫權移都建業，皆學之〔三一〕，故曰闡闔閭之所營，采夫差之遺法，而施榮楯也。春秋左氏傳曰：夫差，次有臺榭陂池焉！玩好必從，歡樂是務。東西膠葛，南北峥嶸。房櫳對櫎晃，連閣相經。閽闥譎詭，異出奇名。左稱彎碕，右號臨硎。善曰：膠葛，長遠貌〔三二〕。峥嶸，深邃貌〔三三〕。魯靈光殿賦曰：洞膠葛其無垠。説文曰：櫳，房室之疏也。又曰：櫎，帷屏屬。然則門牕之廡，通名櫎。櫎，音榥〔三四〕，音義同。彎碕、臨硎，閽闥名也。吴後主起昭明宮於太初之東，開彎碕、臨硎二門。彎碕，宮東門；臨硎，宮西門。碕，巨依切〔三五〕。硎，口耕切。彫欒鏤楶，青瑣丹楹。圖以雲氣，畫以仙靈。雖兹宅之夸麗，曾未足以少寧。思比屋於傾宮，畢結瑶而搆瓊。梁，栭也。瑣，户兩邊以青畫爲瑣文。楹，柱也〔三五〕。汲郡地中古文册書曰：桀築傾宮，飾瑶臺。紂作瓊室，立玉門。言其夸麗。善曰：鄭玄禮記注曰：栭，謂之楶，音節。左氏傳曰：丹桓宫楹。杜預曰：楹，柱也。高闈有閌，洞門方軌。朱闕雙立，馳道如砥。樹以青槐，亘以緑水。玄蔭眈眈，清流亹亹。善曰：李尤德陽殿賦曰：朱闕巖巖。漢書音義，應劭曰：馳道，天子之道。毛詩曰：周道如砥。言其平直也。漢書，賈山上書曰：秦爲馳道，樹以青松。然古之表道，或松或槐也。亘，引也。眈眈，樹陰重貌〔三七〕。韓詩曰：亹，水流進貌〔三八〕。列寺七里，佽棟陽路。屯營櫛比，解署棊布。横塘查下，邑屋隆夸。長干延屬，飛甍舛互。吴自宫門南出苑路，府寺相屬〔三九〕，佽道七里也。解，猶署也。吴有司徒大監，諸署，非一也。横塘在淮水南，近家渚，緣江築長堤，謂之横塘。北接栅塘查下。查浦在横塘，西隔内江。自山頭南上十里，至查浦。建業南五里有山岡，其間平地，吏民雜居。東長干〔四〇〕中有大長干、小長干，皆相連〔四一〕。大長干在越城東，小長干在越城西，地有長短，故號大、小相干〔四二〕。韓詩曰：考盤在干。地下而黄曰干。櫛比，喻其多也。藏官物曰公廨。醫巫所居曰署。飛甍舛互，言室屋之多相連下之貌〔四三〕。善曰：應劭風俗通曰：今尚書、御史、謁者所止，皆曰寺。佽棟，棟相佽也。古洽切。陽路，路陽也。毛詩曰：其崇如墉，其比如櫛。

「其居則高門鼎貴，魁岸豪傑。虞魏之昆，顧陸之裔。歧嶷繼體，老成弈世。躍馬疊跡，朱輪累轍。陳兵而歸，蘭錡内設。冠蓋雲蔭，閭閻闐噎。魁岸，大度也。漢書曰：江充爲人魁岸。又于公高門以待封。又賈捐之傳曰：石顯方鼎貴〔四四〕。應劭曰：鼎，始也。乃祖乃父已來皆貴，故曰鼎貴也。虞，虞文秀。魏，魏周。顧，顧榮。陸，陸遜。隆吳之舊貴也〔一四五〕。昆、裔，皆後世也。歧嶷，謂有識知也。老成德之人，養之乞言〔一四六〕。躍馬，騰躍之謂，言富貴也〔一四七〕。蔡澤傳曰：躍馬肉食。西京賦曰：武庫禁兵，設在蘭錡。閭閻闐噎，言人物遍滿之貌〔一四八〕。善曰〔一四九〕：毛詩曰：克岐克嶷。又曰：雖無老成人。謝承後漢書曰：王公位二千石，弈世相襲。楊惲書曰：方家隆盛時，乘〔一五〇〕朱輪者十人。

其鄰則有任俠之靡，輕訬之客。締交翩翩，儐從弈弈。出躡珠履，動以千百。里讌巷飲，飛觴舉白。翹關扛鼎，拚射壺博。鄱陽暴謔，中酒而作。靡，美也。楊子法言曰：聶政、荆軻，刺客之靡。締，結也。賈誼過秦論曰：締交。白，罰爵名也。漢書曰：引滿舉白。鄱陽人俗性暴急。何晏云：鄱陽惡戲，難與曹也。鄱陽本豫章縣。善曰：漢書曰：季布爲任俠。如淳曰：相與信爲任，同是非爲俠。漢書述曰：江都輕訬〔一五一〕。謂輕薄爲訬也〔一五二〕。締，結也。翩翩，往來貌。弈弈，輕靡之貌〔一五三〕。高誘淮南子注曰：訬，輕利急疾也。訬，音眇。史記曰：趙平原君使人於楚，楚相春申君處〔一五四〕趙使欲夸楚，爲玳瑁簪，刀劍室皆以珠飾之。請春申君。春申君客三千餘人，其上客皆躡珠履而迎之，趙〔一五五〕使大慙。翹關扛鼎，皆逞壯力之勁，能招門開也〔一五六〕。列子曰：孔子勁，能招國門之關，而不肯以力聞。招與翹同。扛，舉也。漢書曰：項羽力能扛鼎。又〔一五七〕漢書贊曰：元帝時覽拚射。孟康曰：手搏爲拚。壺，投壺也。禮有投壺。論語曰：不有博弈者乎。

「於是樂只衎而歡飫無匱，都輦殷而四奧來暨。水浮陸行，方舟結駟。唱櫂轉轂，昧旦永日。昧旦，清晨也。左傳曰：昧旦丕顯。善曰：毛詩曰：其樂只且。又曰：嘉賓式宴以衎。飫，已見上文。輦，王者所乘，故京邑之地，通曰輦焉。漢書曰：殺身靡骨，死事輦轂下。四隩來暨，言四方之人皆來。唱櫂轉轂，言遠人唱歌擿船，乘車轉轂，以向吳都〔一五八〕。楚辭曰：青驪結駟齊千乘。漢書曰：轉轂百數。毛詩曰：且以永日。衎，苦旦切。飫，一據切。開市朝而並納〔一五九〕，横闤闠而流溢。混品物而同廛，并都鄙而爲一。士女佇眙，商賈駢坒。紵衣絺服，雜沓從萃〔一六〇〕。輕輿按轡以經隧，樓船舉颿帆而過肆。果布輻湊而常然，致遠流離與珂苦何珹。混，同也。佇眙，立視也。今市聚人，謂之立眙。南方多絺葛，故曰紵衣絺服也。樓船，船有樓也。颿者，船帳也。地理志曰：越多犀象、玳瑁、珠璣、銅銀、果布之湊。黄支國多異物，入海市明珠流離。果，橘柚之屬。布，箋紵之屬。近海多寶物。湊，會處也。珹，老鵰化西海爲珹，已裁割若馬勒者謂之珂；珹者，珂之本，璞也。日南郡出珂珹。善曰：楚辭曰：覽涕而佇眙。許慎淮南子注曰：坒，相連也，扶必切。羽獵賦曰：萃從沇溶。埤蒼曰：從，走貌，先鞏切。隧，向市路。肆，市路也〔一六一〕。漢書有樓船將軍。珹音戎。緁賄紛紜，器用萬端。金鎰磊砢〔一六二〕力可，珠琲步對闌干。桃笙象簟，韜於筒中；蕉葛升越，弱於羅紈。緁，蠻夷貨名也。扶南傳曰：緁貨布帛曰賄。金二十四兩爲鎰。史記曰：趙孝成王一見虞卿〔一六三〕，賜黄金百鎰。磊砢，衆多貌。琲，貫也，珠十貫爲一琲。闌干，猶縱横也〔一六四〕。桃笙，桃枝簟也，吴人謂簟爲笙。又折象牙以爲簟也〔一六五〕。蕉葛，葛之細者。升越，越之細者。緁，音捷。儸譶㹶㺜〔一六六〕，交貿相競。諠譁喤呷，芬葩蔭映。揮袖風飄而紅塵晝昬，流汗霡脉霂沐而中逵泥濘。善曰：儸，所立切。蒼頡篇曰：譶，不止也，佇立切。㹶㺜，衆相交錯之貌。㹶，胡巧切。方言曰：㺜，猥也，奴巧切。方言曰：諠，吁横切。諠，通也〔一六七〕。説文曰：呷，吸也，呼甲切。紛葩，謂舒張貿物使覆映〔一六八〕。史記，蘇秦説齊王，舉袂成帳，揮汗成雨。毛萇詩傳曰：小雨謂之霡霂〔一六九〕。杜預左氏傳注曰：濘，泥也，奴定切。

「富中之甿，貨殖之選。乘時射利，財豐巨萬。競其區宇，則并疆兼巷；矜其宴居，則珠服玉饌。越絶書曰：富中，大唐中也，勾踐治以爲田〔一七〇〕，肥饒，故謂之富中。珠服，珠襦之屬，以珠飾之也。玉饌者，尚書曰：惟辟玉食〔一七一〕。言富中之食，貨殖之選者各利〔一七二〕，所以能豐其財也。并疆，踰田畝也。兼巷，踰里閭也。言農人之富，自相夸競〔一七三〕。善曰：説文曰：甿，田人也。孔安國尚書曰：自賢曰矜。射，賓亦切。趫起喬材悍壯，此焉比廬。捷若慶忌，勇若專諸。危冠而出，竦劍而趨。扈帶鮫函，扶揄屬鏤力駒切。秦零陵令上書曰：荆軻挾匕首，卒刺陛下，陛下以神武，扶揄長劍以自救〔一七四〕。韓非子曰：解其長劍，免其危冠。離騷曰：扈江離。楚人謂被爲扈。鮫函，鮫魚甲，可爲鎧。淮南子曰：鮫革犀兕爲甲冑也。周禮曰：燕無函。孟子曰：矢人豈不仁於函人哉。左傳曰：吴賜子胥屬鏤〔一七五〕以死。凡此皆其器用之事義，亦其土俗所能出，有嘉服用也。善曰：成公綏洛禊賦曰：趫才逸態，習水善浮。吕氏春秋曰：吴王欲殺王子慶忌，謂要離曰：吾常以馬逐之江上而不能及，射之，矢左右滿抱而不能中。高誘曰：慶忌，吴王僚之子也。走追奔獸，接及飛鳥〔一七六〕。左傳曰：吴公子光享王，鱄諸寘劍於全魚中〔一七七〕以進，抽劍刺王，遂殺闔閭〔一七八〕。藏鍦於人，去戫自閭。家有鶴膝，户有犀渠。軍容蓄用，器械兼儲。吴鉤越棘，純鈞湛盧。戎車盈於石城，戈船掩乎江湖。鍦，矛也。楊雄方言曰：吴、越以矛爲鍦。戫，楯也。鶴膝，矛也。矛骹如鶴脛，上大下小〔一七九〕，謂之鶴膝。犀渠，楯也，犀皮爲之〔一八〇〕。國語曰：奉父犀渠〔一八一〕。軍容，軍之容表，言矛劍等也。司馬法曰：古者軍容不入國，國容不入軍。軍容入國，則人德麄；國容入軍，則人德弱。越絶書曰：闔閭既重莫耶，乃復命國中作金鉤，有人貪王賞之重，殺其兩兒，以血釁鉤，遂成二鉤，獻之闔閭，詣宫求賞。王曰：爲鉤者衆多，而子獨求賞，何以異於衆人之鉤乎？曰：我之作鉤也，殺二子成兩鉤。王曰：舉鉤以示之，何者是也？於是鉤師向鉤而哭，呼其兩子之名吴鴻、扈稽，曰：我在此，王不知汝之神也。聲未絶於口，兩鈎俱飛著於父之背。吴王大驚，曰：嗟乎！寡人誠負子。迺賞之百金，遂服其鈎。爾雅曰：棘，戟也。純鈎、湛盧，劍名也。越絶書曰：昔越王勾踐有寶劍五，聞於天下，客有能相劍者，名薛燭，王召而問之，對曰：歐冶子因天地之精，悉其伎巧，一曰純鈎，二曰湛盧，三曰莫耶，四曰豪曹，五曰巨闕。石城，石頭隝也，在建業西，臨江，其中有庫，藏軍儲。戈船，船下有戈也。江、湖，二水名也。善曰：禮記曰：越棘大弓，天子之戎器也。鄭玄曰：越，國名也。考工記曰：越鐵利，可以爲戟〔一八一〕。環濟吴紀曰：建安十七年，城石頭。越絶書，伍子胥船有戈。

「露往霜來，日月其除。草木節解，鳥獸腯膚。觀鷹隼，誡征夫。坐組甲，建祀姑。命官帥而擁鐸，將校獵乎具區。詩曰：今我不樂，日月其除。國語曰：本見而草木節解。本，氐也。謂霜降之後，生氣既衰，草木枝葉，皆節理解落也〔一八二〕。腯，肥也。左氏傳曰：肥腯，謂畜之碩大蕃滋也。漢書曰：鷹隼未擊，矰弋不施於溪隧，於此時也，可以戒戎夫。左氏傳曰：裹糧坐甲。又曰：組甲三千。馬融曰：組甲，以組爲甲。祀姑，旛名，麾旗之屬也。國語曰：吴王夫差出軍，與晉爭長，昏乃戒，夜中令服兵擐甲，陳王卒〔一八四〕，官帥擁鐸，建祀姑。此吴軍容之舊制也。鐸，施號令而振之也〔一八五〕。周禮，校人中大夫，掌王田獵之馬，一校千二百九十六匹〔一八六〕。具區，澤名也，在吴之西。善曰：爾雅曰：吴、越之間有具區。烏滸忽古狼𥇠呼光，夫南西屠。儋都含耳黑齒之酋自由，金鄰象郡之渠。驫駥飍矞，靸霅警捷，先驅前塗。異物志曰：烏滸，南夷別名也，其落在深山之中。其種族爲人所殺，則居其死所，且伺殺主，若有過之者，是與非則仇而食之。狼𥇠人，夜齅金，知其良不〔一八七〕。夫南，特有才巧，不與衆夷同。西屠，以草染齒，染白作黑。儋耳人，鏤其耳匡。夫南之外，有金鄰國，去夫南可二千餘里，土地出銀，人衆多，好獵大象，生得，其死則取其牙。酋、渠，皆豪帥也。象郡，今日南郡也，又有象林郡〔一八八〕。善曰：驫駥驫矞，衆馬走貌。驫，必幽切。駥，呼橘切。驫，香幽切。矞，以出切。靸霅，走疾貌。靸，素合切。霅，徒合切。俞騎騁路，指南司方。出車檻檻，被練鏘鏘。吴王乃巾玉輅，軺翊焦驌驦。旍魚須，常重光。攝烏頻號，佩干將。羽旄揚蕤，雄戟耀芒。貝冑象弭，織文鳥章。六軍袀翊遵服，四騏龍驤。管子曰：桓公北征孤竹，見人長尺，而人物具焉。冠而右祛衣，走馬。管仲曰：登山之神，有俞兒者，長尺，人物具焉。霸王之君興，登山之神見，且走馬前導也。祛衣，示前有水也。右祛衣，從右方涉也。至卑耳之溪，有贊水者，從左方涉，其深及冠；從右方涉，其深至膝，已涉大濟也。指南，指南車也。鬼谷子曰：鄭人取玉，必載司南之車，爲其不惑也。鏘鏘，行步貌也。左傳曰：被練三千。馬融曰：被練，爲甲者所服也。玉輅，以玉飾車也。驌驦，馬也。左氏傳曰：唐成公如楚，有兩驌驦馬，子常欲之，不與。三年止之，唐人竊馬而獻子常，子常歸唐侯。馬融曰：驌驦，鳥也，馬似之。旍，旌旗之屬。周禮有巾車官。又〔一八九〕交龍爲旂，以魚須爲柄也。日月爲常，重光。謂日月畫於旍上也。攝，持也〔一九〇〕。烏號，柘名，以爲弓。淮南子曰：烏號之弓，不能〔一九一〕無弦而射。列女傳曰：柘枝體動，烏集其上，被即舉彈，烏乃哀號，故號之〔一九二〕。干將，劍名。冑，兜鍪，以貝飾之。弭，弓末，以象飾之。鳥章，染絲織鳥，畫爲文章，置於旌旗也〔一九三〕。左氏傳曰：袀服振振。袀，同也〔一九四〕。騏，馬名〔一九五〕。善曰：毛詩曰：大車檻檻。子虚賦曰：靡魚須之撓旃。史記，趙良曰：屈盧之勁矛，干將之雄戟。又曰：冑貝朱綅。又曰：象弭魚服。又曰：織文鳥章。又曰：乘其四騏。南都賦曰：馬鹿超而龍驤。峭格周施，罿罻普張。罼罕瑣結，罠蹏連綱。阹以九疑，禦以沅湘。輶軒蓼擾，彀騎煒煌〔一九六〕。莊子曰：峭格羅絡。謂張網周遍〔一九七〕。罿罻、罼罕，皆鳥網也。瑣結，似瑣連結也。連綱，言不絶也〔一九八〕。罠，麋網。蹏，兔網〔一九九〕。周易曰〔二〇〇〕：蹄所以在兔，得兔而忘蹄。阹，闌也。因山谷以遮獸也。禦，禁也。謂因沅、湘爲藩落也〔二〇一〕。楊雄羽獵賦曰：禦自汧、渭。九疑，山名。沅、湘，水名。輶，輕也。詩云：輶車鑾鑣。彀騎，張弓弩之騎也。峭，七肖切。罿，音衝。罻，音尉。罼，音畢。罠，無貧切。阹，音袪。禦，音語。彀，古候切。袒裼徒搏，拔距投石之部。爾雅曰：袒裼，肉袒也。詩云：袒裼暴虎。拔距，謂兩人以手相案，能拔引之也。超，踰躍也。投石，舉石以投擿也。王翦傳曰：投石拔距。猿臂，通肩也。漢書，李廣猿臂，爲武騎常侍。骿脅，今駢幹也。骿、駢通〔二〇三〕。史記商君傳，

猿臂骿脅〔二〇二〕，狂趭獷猤。鷹瞵鶚視，趻趯㹸⿰犭眔。若離若合者，相與騰躍乎莽罠之野。

趙良謂鞅曰：君之出，多力而骿脅者參乘。左傳曰：晉文公骿脅。趭，走也。鷹瞵鶚視，言勇士似之也〔二〇四〕。善曰：司馬相如大人賦曰：騰而狂趭。子召切。說文曰：犬獷不可附也〔二〇五〕。子猛切。猤，壯勇之貌，其翠切。說文曰：瞵，目精也，力辰切。趻趯㹸⿰犭眔，相隨驅逐，衆多貌。趻，七感切。㹸，力荅切。⿰犭眔，徒合切。莽罠，廣大貌。莽，莫浪切。罠，音浪〔二〇六〕。

干鹵殳鋋，暘以良切夷勃盧之旅。長殺短兵，直髮馳騁。儇許緣佻坌並，銜枚無聲。悠悠旆旌者，相與聊浪郎乎昧莫之坰。

干、鹵，皆楯也。越絕書曰：越王身披暘夷之甲，扶勃盧之矛。短兵，刀劍也。尚書曰：稱爾干〔二〇七〕。過秦論曰：流血漂鹵。廣雅曰：殺，矛也，呼狄切。楚辭曰：車錯轂兮短兵接。史記曰：荆軻怒髮直衝冠〔二〇八〕。方言曰：儇佻，疾也。佻，他弔切。漢書曰：相如弔二世曰：坌入曾宮之嵯峨。音義曰：坌，並也，步寸切。周禮，銜枚氏下士。鄭玄曰：止言語囂讙也。枚，大如箸，橫銜之。毛詩曰：有聞無聲。又曰：蕭蕭馬鳴，悠悠旆旌。悠悠，流貌。昧莫，廣大貌。聊浪，放曠貌。

鉦征鼓疊山，火烈熛林。飛爓浮煙，載霞載陰。菈擸雷硠，崩巒弛直氏岑。鳥不擇木，獸不擇音。

疊，振疊也。熛，火爓也〔二〇九〕。左傳曰：鳥則擇木。又曰：鹿死不擇音。鹿得美草，呦呦而鳴，至於困迫將死，不暇復

擇出音。急之至也。凡閑暇而有好聲，逼急不擇音，獸皆然，非唯鹿也。莊子亦曰：獸死不擇音。以雷硠之至，故云鳥不擇木，獸不擇音〔二〇〕。善曰：說文曰：鉦，鐃也。菈擸雷硠，崩弛之聲。菈，朗答切。擸，音獵。硠，音郎。爾雅曰：巒山墮。山小而高曰岑。虣甝虪，䫉麋麖。驀六駮，追飛生。彈鸞鵠，射猱狿。白雉落，黑鴆零。陵絶嶛寮嶕兹遥，聿越巉鋤咸險。䠇踰竹柏，獮猭杞柟。封狶蘢，神螭掩。剛鏃祖禄潤，霜刃染。䫉，絆前兩足也。莊子曰：連之羈䫉。音聳。麖，大麋也。桂林有麖〔二一〕。山海經曰：駮，如馬，白身黑尾，一角，鋸牙，虎爪，音如鼓，能食虎也〔二二〕。詩曰：隰有六駮。飛生，鼯也。師曠曰：南方有鳥曰羌鵠，黄頭赤目，五色備也。猱，似猿，奴刀切。狿，音亭〔二三〕。鴆鳥，一名雲白〔二四〕，黑色，長頸赤喙，食蝮蛇，體有毒，古人謂之鴆毒，江東諸大山中皆有之。左氏傳曰：叔牙飲酖酒而死。聿越，豹走貌〔二五〕。霜刃，言其殺利也。善曰：毛詩曰：不敢暴虎。毛萇曰：暴虎，空手以搏也。虣與暴同。爾雅曰：甝，白虎，明甘切。虪，黑虎，音叔。說文曰：驀，上馬也。鵠，音京。史記曰：䠇萬里。如淳曰：䠇，超踰也，恥曳切。埤蒼曰：獮猭，逃也。獮，丑珍切。猭，恥傳切。淮南子，申包胥曰：吳爲封狶脩蛇。方言曰：南楚人謂豬爲狶，虚豈切。蘢，狶聲，呼學切。

「於是弭節頓轡，齊鑣駐蹕。徘徊倘佯，寓目幽蔚。覽將帥之拳勇〔二六〕，與士卒之抑揚〔二七〕。羽族以觜距爲刀鈹披，毛羣以齒角爲矛鋏古業，皆體著池著而應卒倉忽。所以挂扢而爲創瘡痏，衝踤而斷筋骨。莫不衂銳挫芒，拉捭摧藏。雖有石林之岝嘖崿，請攘臂而靡之；雖有雄虺之九首，將抗足而跐之。離騷曰：抑志弭節。蹕，止行者也。王者出入警蹕。倘佯，猶翱翔。言吳之將帥，皆有拳勇〔二八〕。羽族，鳥屬也。毛羣，獸屬也。鈹，兩刃小刀也。鋏，刀身劍鋒，有長鋏短鋏。體著者，著體而生也。楚辭天問篇曰：烏有石林。此本南方楚圖畫，而屈原難問之。於義，則石林當在南也。楚辭招魂曰：南方不可以止，雄虺九首，往來儵忽。雖有石林，雖有雄虺者，蓋張誕之云，非必臨時所遇。善曰：左氏傳曰：得臣寓目焉。毛詩曰：無拳無勇。拳與權同。楚辭曰：帶長鋏之陸離。廣雅曰：扢，摩也。公紇切。蒼頡篇曰：痏，歐傷也，爲軌切。説文曰：踤，觸也，材律切。屻，折傷也，女六切。拉，頓折也〔二九〕。捭，兩手擊絶也〔三〇〕，布買切。靡，碎也〔三一〕。廣雅曰：跐，蹋也，且爾切。顛覆巢居，剖破窟宅。仰攀鵕鶲，俯蹴七六豻貘。刲剸几熊羆之室，剽掠虎豹之落。猩猩啼而就禽，萬萬笑而被格。屠巴蛇，出象骼。斬鵬翼，掩廣澤。山海經曰：猩猩，豕身人面。異物志曰：出交趾，封溪有猩猩，夜聞其聲，如小兒啼也。萬萬，梟羊也，已解上章矣。梟羊善食人，大口，其初得人喜而笑，却脣上覆額，移時而後食之。人因爲筒貫於臂上，待執人，人即抽手從筒中出，鑿其脣於額而得禽之〔三二〕。張衡玄圖曰：梟羊喜獲，先笑後愁。山海經曰：巴蛇食象，三歲而出其骨。骼，骨也。其爲蛇，青黄赤黑。鵬翼，大垂天也。善曰：許慎淮南子注曰：鵕鶲，鷩雉也。鵕，思俊切。鶲，音儀。爾雅曰：貘，白豹，音陌。剸，亦刲也〔三三〕。廣雅曰：落，居也。萬，扶沸切。骼，音格。輕禽狡獸，周章夷猶。狼跋乎紭横中，忘其所以睒睗，失其所以去就。魂褫氣懾之葉而自踢跋者，應弦飲羽〔三四〕，形僨景僵者，累積而增益，雜襲錯繆。傾藪薄，倒岬岫。巖穴無豜豵，翳薈無麏麚。思假道於豐隆，披重霄而高狩。籠烏兔於日月，窮飛走之栖宿。周章，謂章皇周流也〔三五〕。楚辭曰：君不行兮夷猶。王逸曰：夷猶，猶豫也。紭，網綱也。踶跋，促遽貌〔三六〕。踢跋，皆頓伏也。飲羽，謂所射箭没其箭羽也。闞子曰：宋景公以弓人之弓，升虎圈之臺，東向而射，箭集彭城之東，其餘力逸勁，猶飲羽於石梁。雜襲，重疊也。錯繆，聊亂貌。薄，不入之叢。藪，澤別名〔三七〕。言欲假道豐隆，非實事也。然欲窮高極遠，究變化、備幽明之故，設此云。善曰：毛詩曰：狼跋其胡。說文曰：睒，暫視也，式冉切。睗，疾視也，式亦切。褫，奪也，直示切。聲類曰：踢，跌也，徒郎切。漢書音義曰：蹶，崩也，蒲北切。爾雅曰：僨，僵也，方問切。許慎淮南子注曰：岬，山旁，古押切。爾雅曰：山有穴曰岫。毛萇詩傳曰：獸三歲曰豣，公妍切。爾雅曰：豕生三子曰豵，子公切。說文曰：麢，麚也。音須。又曰：鸜，鳥大鶵也，力幼切。楚辭曰：吾令豐隆乘雲兮。王逸曰：豐隆，雲師也〔三八〕。春秋元命苞曰：日月〔三九〕兩設，以蟾蜍與兔者陰雙居。月中有兔，已見蜀都賦。

「嶰澗閴，岡岵童。罾罛滿，效獲衆。迴靶乎行邪，睨〔三〇〕觀魚乎三江。汎舟航於彭蠡，渾萬艘而既同。閴，空也。易曰：閴其無人。爾雅曰：山多草木曰岵。岡，山脊也。童，無草木也，若童無角。靶，轡革也。彭蠡，澤名。善曰：爾雅曰：小山別大山曰嶰，山夾水曰澗。毛萇詩傳曰：太平，山不童，澤不竭。聖主得賢臣頌曰：王良執靶。左氏傳曰：公觀魚于棠。尚書曰：三江既入，震澤底定，彭蠡既瀦。說文曰：艘，船惣名。衆，一作潀。潀，水會也。嶰，古買切。航，船別名〔三一〕。弘舸連舳，巨檻接艫。飛雲蓋海，制非常模。疊華樓而島跱，時髣髴於方壺。比鷁首而有裕，邁餘皇於往初。楊雄方言曰：江湖凡大船曰舸。舳，船前也。艫，船後也。船上下四方施板者曰檻也〔三二〕。飛雲、蓋海，吳樓船之有名者，皆彫鏤采畫，有軒櫳華檻之船也。島跱，謂似方壺、蓬萊二山有宮闕。左氏傳曰：楚敗吳師，獲其乘舟餘皇，吳子光請於衆曰：喪先君之乘舟，豈唯光罪，衆亦有焉。善曰：釋名曰：上下重牀曰艦。江表傳曰：孫權乘飛雲大船。吳志曰：賀齊所乘船，彫刻丹鏤，望之若山。方壺，已見上文。張組幃，構流蘇。開軒幌，鏡水區。槁工檝師〔二三〕，選自閩禺。習御長風，狎翫靈胥。責千里於寸陰，聊先期而須臾。流蘇，謂翦繒綵垂於彫文之樓也。水區，河中也。言開文軒，光輝如鏡照川也。閩，越名也。秦并天下，以其地爲閩中郡。班固述兩越傳曰：悠悠外宇，閩越東甌。禺，番禺也。其彼地人便水。方言云：刺船曰槁。檝，橈也。淮南子曰：來溪谷之流以象禺。長風，遠風也。靈胥，伍子胥神也。昔吴王殺子胥於江，沈其尸於江，後爲神〔二四〕，江海之間莫不尊畏子胥。將濟者，皆敬祠其靈，以爲性命，舟檝之師，獨能狎翫之也。千里，路之長也。寸陰，晷之短也。言水靈輯睦，浪濤弭息，取長路於短景，獨能先期而到，故有須臾之暇也。善曰：西京賦曰：長風激於別島。越絶書曰：子胥死，王使捐於大江口，乃發憤馳騰，氣若奔馬，乃歸神大海，蓋子胥水仙也。櫂謳唱，簫籟鳴。洪流響，渚禽驚。弋磻波放，稽鶂鶥。虞機發，留鵁鶄。弋，繳射也〔二五〕。鶂鶥，鳥也。楚辭曰：從玄鶴與鶂鶥。尚書曰：若虞機張。鄭氏注曰：虞主田獵之地者也。機，弩牙也。鵁鶄，鳥也，似鳧，頭上揔毛羽。善曰：櫂謳，已見西都賦。説文曰：籟，三孔籥也。磻，已見西京賦。鉤餌縱横，網罟接緒。術兼詹公，巧傾任父。筌鮔亘鰽，鱺鱨魦〔二六〕。罩勑教兩魪，罺側梢鰝鰕。乘鱟胡豆黿鼉，同罛共羅。沈虎潛鹿，馽縶龓僒束。徽鯨輩中於羣犗，攙搶暴出而相屬。雖復臨河而釣鯉，無異射鮒附於井谷。易曰：結繩而爲網罟，以畋以漁。詹公，詹何也。任父，任公子也。莊周曰：任公子爲大鉤巨繒，五十犗牛以爲餌，蹲會稽，投竿東海。已而大魚食巨鉤，鉤没而下，鶩揚奮鬐，白波若山，海水震蕩。任公子得若魚，離餌之，制河以東，蒼梧以西，莫不猒此魚者。筌，捕魚器。今之斗回也〔二七〕。筌，所以得魚也。莊子曰：得魚而忘筌。罩，篧也。編竹籠魚者也。詩云：南有嘉魚，烝然罩罩。魪，左右魪，一目，所謂比目魚也。云須兩魚並合乃能游，若單行，落魄著物，爲人所得，故曰兩魪，丹陽、吴會有之。罩，抑魚之器也。鱟，形如惠文冠，青黑色，十二足，似蟹，足悉在腹下，長五六寸，雌常負雄行，漁者取之必得其雙，故曰乘鱟，南海、朱崖、合浦諸郡皆有之。罛，魚網也。詩云：施罛濊濊。虎魚，頭身似虎，或云變而成虎。鹿頭魚，有角似鹿。同罛共羅，言皆爲網罟所制獲也。䱋鯔儸束者，陷網罟之中，見僒束也。徽鯨，魚之有力者也。魚大者莫若鯨也，故曰徽鯨也。攙搶，星也〔二三八〕。淮南子曰：鯨魚死而彗星出。易井卦曰：九二，井谷射鮒。鄭玄云：九二，坎爻也，坎爲水，上直魚。生一〔二三九〕，艮爻也，艮爲山，山下有井。必因谷水所生魚無大魚，但多鮒魚耳。言微小也〔二四〇〕。夫感動天地，此魚之至大，射鮒井谷，此魚之至小，故以相況。善曰：列子曰：詹何，楚人也，以獨繭絲爲綸，芒針爲鉤，荆篠爲竿，剖粒爲餌，引盈車之魚，於百仞之淵。䱥鱨，鮪也。䱥，古贈切。鱨魦，已見西京賦。魪，音介。爾雅曰：鰝，大魚。鰕，音遐〔二四一〕。鱟，音候。鼂，已見西京賦。又曰：䲡，兼有也〔二四二〕，力公切。鵩鳥賦曰：僒若囚。拘，求殞切。徽，音輝。説文曰：犗，騬牛也。犗，古邁切。騬，以陵切。

「結輕舟而競逐，迎潮水而振緡密巾。想萍實之復形，訪靈夔於鮫人。精衛銜石而遇繳，文鰩夜飛而觸綸。北山亡其翔翼，西海失其遊鱗。繳，弋綸也。緡、綸，皆釣繳也。詩曰：其釣惟何〔二四三〕，惟絲伊緡。善曰：家語曰〔二四四〕：楚昭王渡江，得物如斗，入王舟中，王怪之，使問孔子〔二四五〕。孔子曰：此爲萍實，可剖而食之〔二四六〕，其甘如蜜。唯王者能獲此吉祥也。云先時童謡曰：楚王渡江，得萍實，大如斗，赤如日，剖而食之，甘如蜜。引此事，言今乘江流，想復遇斯事也。山海經曰：東海中有獸如牛，蒼身無角，一足，入水則風，其聲如雷，以其皮冒鼓，聞五百里，名曰夔。鮫人居水中，故訪之。北山經曰：發鳩之山有鳥，狀如烏而文首，白喙，赤足，名精衛，其鳴自呼。赤帝之女，姓姜，遊於東海，溺而死，不反；常取西山木石，以填東海。西山經曰：秦器之山，濩水出焉，是多鰩魚，狀如鯉，魚身而鳥翼，蒼文而白首，赤喙，常行西海，而遊於東海，夜飛而行。言吴之綸繳得此鳥魚〔二四七〕，故西海、北山失其鱗翼也。戰國策曰〔二四八〕：夏水浮輕舟。楊雄蜀都賦曰：行舟競。雕題之士，鏤身之卒。比飾虬龍，蛟螭與對。簡其華質，則亄費錦繢會。料遼其虓勇，則鵰悍狼戾。善曰：水經云：雕題國在鬱林水南。漢書曰：昔少康之庶子，封於會稽，文身斷髮，以避蛟龍之害。蛟螭，龍子也〔二四九〕。亄費，錦文貌。於既切。詩曰：闞如虓虎。火交切。戰國策曰：趙王狼戾無親。戾，力計切。相與昧潛險，搜瓌奇。摸蝳蝐，捫觜蠵。剖巨蚌於回淵，濯明月於漣漪。昧，冒也。巨蚌，育明珠者。列仙傳曰：高后時，會稽朱仲獻三寸四寸珠，此非回淵巨蚌不出之也〔二五〇〕。風行水成文曰漣漪。詩曰：河水清且漣漪。明月珠，珠之至光者。清且漣漪者，水極麗也。濯光珠於麗水，蓋美之。善曰：回淵，水也〔二五一〕。觜，子規切。蠵，呼圭切，大龜也。言天下川澤魚鳥蟲獸瑰奇之物，隱翳之處，搜索使盡也。説文曰：昧，目不明也，門撥切。謂之潛隱之穴也〔二五二〕。

「畢天下之至異，訖無索而不臻。谿壑爲之一罄，川瀆爲之中去聲貧。哂澹臺之見謀，聊襲海而徇珍。載漢女於後舟，追晉賈而同塵。徇，求也。襲，入也〔二五三〕。干寶搜神記曰：澹臺子羽齎璧渡河，風波忽起，兩龍夾舟，子羽奮劍斬龍，波乃止。登岸投璧於河，河伯三歸之。子羽毀璧而去。漢女，賈大夫，已見西京賦。老子曰：和其光，同其塵。汩乘流以砰宕，翼颸風之颲颲。直衝濤而上瀨，常沛沛以悠悠。汔可休而凱歸，揖天吴與陽侯。汩，疾也。砰宕，舟擊水貌。颲颲，風初貌〔二五四〕。颸，疾風。瀨，水大波。沛沛，行貌。悠悠，亦行貌。離騷曰：溘颸風兮上征。班固曰：颸，疾也。凱，樂也。左氏傳曰：振旅凱入于晉。山海經曰：朝陽之谷神爲天吴，是水伯。揖之者，辭水靈而歸。善曰：詩曰：汔可小康。

鄭玄曰：汔，幾也，虚乞切。陽侯，見南都賦。指包山而爲期，集洞庭而淹留。數軍實乎桂林之苑，饗戎旅乎落星之樓。置酒若淮泗，積肴若山丘。飛輕軒而酌緑酃，方雙轡而賦珍羞。班固曰：洞庭，澤名。王逸曰：太湖在秣陵東，湖中〔二五五〕有包山，山中有如石室，俗謂洞庭。吴有桂林苑、落星樓，樓在建鄴東北十里。左傳曰：以數軍實。外傳曰：射不過講軍實。鄭氏曰：軍所以討獲曰實〔二五六〕。善曰：周處風土記曰：陽羡太湖中有包山。左傳，晉穆子曰：有酒如淮，有肉如坻。史記云紂爲肉山也。湘州記曰：湘州臨水縣有酃湖，取水爲酒，名曰酃酒。車騎行酒肉，已見西京賦。飲烽起，釂鼓震真。士遺倦，衆懷欣。幸乎館娃烏佳之宫，張女樂而娱羣臣。羅金石與絲竹，若鈞天之下陳。吴俗謂好女爲娃。楊雄方言曰：吴有館娃宫。善曰：飲烽、釂鼓、鈞天，並見西京賦。左傳曰：女樂二八。登東歌，操南音。胤陽阿，詠韎莫介任。荆豔楚舞，吴愉越吟。翕習容裔，靡靡愔愔。晏子春秋曰：桀作東歌。南音，徵引也，南國之音也。左氏傳曰：鍾儀在晉，使與之琴〔二五七〕，操南音。商、角、徵、羽各有引。鍾儀，楚人，思在楚，故操南音。吕氏春秋曰：禹行水，見塗山之女，未之遇而南省南土。塗山之女乃令其妾往候禹于塗山之陽。女乃作歌曰：候人猗。實始作爲南音，周公、召公取風焉。胤，繼也。吕氏春秋曰：陽阿，古樂曲。周禮曰：韎，東樂名。任，南樂名〔二五八〕。豔，楚歌也。漢書，四面楚歌也。愉，吴歌也，楚辭曰：吴歈蔡謳〔二五九〕。翕習容裔，音樂之狀。靡靡愔愔，言樂容與閑麗也〔二六〇〕。善曰：韎、任，已見東都賦。曹植妾薄相行曰：齊謳楚舞紛紛。登樓賦曰：莊舄顯而越吟。史記曰：紂作靡靡之樂。左傳曰：楚右尹子革曰，祈招之詩曰：祈招之愔愔。

「若此者，與夫唱和之隆響，動鍾鼓之鏗耾横。有殷坻丁禮頹於前，曲度難勝。皆與謠俗汁協，律呂相應。其奏樂也，則木石潤色；其吐哀也，則淒風暴興。或超延露而駕辯，或踰綠水而采菱。軍馬弭髦而仰秣，淵魚竦鱗而上升。詩曰：唱予和女〔二六一〕。解嘲曰：聲若坻頹。坻頹，崩聲也。天水之大坂，名曰隴坻，因爲隴坻之曲〔二六二〕。楚辭曰：伏羲駕辯。伏羲作琴，始造此曲。淮南子曰：瓠巴鼓琴〔二六三〕，鱏魚出聽，伯牙鼓琴，駟馬仰秣。善曰：戰國策，司馬喜曰：臣觀人萌謠俗。列子曰：鄭師文鼓琴，當春而叩商弦，以召南呂，涼風至，草木實。及秋叩角絃，以激夾鍾，温風徐迴，草木發榮。銜子曰：皆與謠俗協。言雖遐方異樂，皆上合律呂，下應謠俗，故能奏和樂之音，則木石潤色也。淮南子曰：夫歌采菱，發陽阿，鄙人聽之，不若延露以和。高誘曰：延露，鄙曲也〔二六四〕。淮南子曰：互會綠水之趣。高誘曰：綠水，古詩也。趣，節也。鏗耾，大聲。汁，猶協也〔二六五〕。

酣湑思與半，八音并。歡情留，良辰征。魯陽揮戈而高麾〔二六六〕，迴曜靈於太清。將轉西日而再中，齊既往之精誠。酣，酒洽也。湑，樂也。辰，時也。爾雅曰：不辰，不時也。楚辭曰：日吉兮辰良〔二六七〕。淮南子曰：魯陽公，楚將也〔二六八〕。與韓遘〔二六九〕，戰酣，日暮，援戈而麾之，日爲之反三舍。太清，謂天也。此言酣飲與音樂，蓋是其中半并會之際，歡情之所以留連，良辰之所以覺也〔二七〇〕。故追述魯陽迴日之意，而將轉西日於中盛之時，以適己之盛觀也〔二七一〕。昔光武合呼沱水，鄒衍有隕霜之應，精誠之感通天地，人神以相應。魯陽公麾日，抑亦此之謂也。苟日可麾而迴，則精誠可庶而幾，故曰齊精誠於既往。蓋是酣樂之至，逼時之晏者，所以慷慨髣髴，是故引而況焉。善曰：曜靈，已見蜀都賦。鶡冠子曰：上及太清，下及太寧也。

「昔者夏后氏朝羣臣於兹土，而執玉帛者以萬國。蓋亦先王之所高會，而四方之所軌則。春秋之際，要盟之主。闔閭信其威，夫差窮其武。内果伍員之謀，外騁孫子之奇。勝彊楚於柏舉，棲勁越於會稽。闕掘溝乎商魯，争長於黄池。左傳曰：禹會諸侯於塗山，執玉帛而朝者〔二七二〕萬國。先王，謂舜等也。信，讀爲申〔二七三〕。國語曰：吴王夫差起軍，與齊、晉争衡，晉文踐土之盟，齊桓邵陵之會，奮其威強，未能過也。伍員，楚大夫，出仕於吴，吴王因其謀伐楚。孫武，吴人，善用兵，作書號孫子兵書〔二七四〕。北征闕池，爲深溝於商、魯之間，北屬之濟，以會晉定公於黄池。吴、晉争長，吴先歃，晉惡之〔二七五〕。善曰：左傳曰：楚師陳于柏舉，闔閭之弟夫槩王先擊楚子常，楚師大敗。國語曰：越王勾踐棲於會稽之上。難蜀父老曰：南馳使以誚勁越。徒以江湖嶮陂，物産殷充。繞霤李救未足言其固，鄭白未足語其豐。士有陷堅之鋭，俗有節概蓋之風。睚五賣眦助賣則挺劍，喑廕鳴烏故則彎弓。漢書，王莽策命前將軍曰：繞霤之固，南當荆楚。鄭、白，二渠名。意者謂吴江湖之阻，洞庭之嶮，土地之沃，物産之豐，雖關中所謂繞霤之固，鄭、白之豐，未足以爲言也。凡天下言豐者，皆多稱關中，故引焉。韓信曰：項羽喑嗚叱吒。善曰：太公陰符經曰：無堅不陷也。楊惲曰：西河魏土，凜然皆有節槩。睚眥，已見西京賦。家語，孔子曰：公良儒者，有勇力，挺劍而令衆也。孟子曰：越人彎弓而射我。擁之者龍騰，據之者虎視。麾城若振槁，搴旗若顧指。雖帶甲一朝，而元功遠致。雖累葉百疊，而富彊相繼。樂湑衍苦旱其方域，列仙集其土地。桂父練形而易色，赤須蟬蜕税而附麗。賈誼傳曰：權制天下，顧指如意。叔孫通列傳曰：斬將搴旗之士。顧指，諭疾且易也。葉，猶世也〔二七六〕。列仙傳曰：桂父，象林人也，常服桂葉，以龜腦和之，顏色如童〔二七七〕，時黑時白時赤，南海人尊事之累世。赤須子，豐人也，豐中傳世見之，秦穆公之主魚吏也，數道豐界災異水旱，十不失一。食柏實石脂，絶穀，齒落更生，細髪復出，後去之吴山。言此人等仙，如蟬之脱殼〔二七八〕。爾雅曰：麗，附也。莊子曰：附離不以膠漆。赤須子本非吴人，故言附麗也。夫土地險固以致彊，豐沃以致盛，而天下之美皆歸焉，霸王之功皆存焉。故賦者既舉其富彊之業，而載其神仙之事。善曰：長楊賦曰：麾城撕邑。商君曰：秦師至鄢、郢，舉若振槁。槁，葉落〔二七九〕。漢書曰：吴晉争長，吴爲帶甲三萬。史記曰：維祖元功，輔臣股肱。新序曰：齊侯相管仲，國既富強。楚辭曰：濟江海兮蟬蜕。淮南子曰：蟬飲而不食，三十日而蜕。

中夏比焉，畢世而罕見，丹青圖其珍瑋〔二八〇〕，貴其寶利也。舜禹游焉，没齒而忘歸，精靈留其山阿，翫其奇麗也。中夏貴其珍寶而不能見，徒以丹青畫其象類也。楚辭九歌曰：九疑繽兮並迎。謂舜神在九疑山也。言聖帝明王，存亡而淹留於是者，貴其奇麗也。書曰：舜南巡狩陟方死〔二八一〕。山海經曰：南方蒼梧之丘，有九疑山焉，舜之所葬。吴越春秋，禹老，嘆曰：吾年壽將盡，止死斯乎！乃命羣臣葬我於會稽之山。論語曰：管仲奪伯氏駢邑，没齒無怨言也。

剖判庶士，商搉角萬俗。國有鬱鞅而顯敞，邦有湫子小阨烏介而踡拳跼。伊兹都之函弘，傾神州而韞櫝。仰南斗以斟酌，兼二儀之優渥。湫，下也。阨，小也。函弘，寬大也。左氏傳，齊景公欲更晏子之宅，曰：子宅湫隘〔二八二〕，不可以居。禹所受地説書曰：崑崙東南方五千里，名曰神州，帝王居之〔二八三〕。楚辭曰：八柱何以東南傾。吴國在地勢所傾寫，故曰傾神州而韞櫝也。論語曰：韞櫝而藏諸。廣雅曰：商，度也。搉，粗略也。言商度其粗略。天官星占曰：南斗主爵禄，其宿六星。春秋説題辭曰：南斗爲吴。詩曰：既優既渥。

「繇此而揆之，西蜀之於東吴，小大之相絶也，亦猶棘林螢燿，而與夫槫木龍燭也〔二八四〕。否泰之相背也，亦猶帝之懸解，而與桎梏疏屬也〔二八五〕。庸可共世而論巨細，同年而議豐确胡角乎？崔寔政論云：使賢不肖相去如日月之與螢火，雖頑嚚之人猶察。山海經曰：檮木長千里。又曰：鍾山之神，名曰燭龍，視爲晝，瞑爲夜。莊子曰：老子死，秦失弔之，三號而出。弟子曰：非子之交耶？曰：然。然弔若是可乎？曰：始也，吾以其人也，而今非也。適爲夫子時也〔二八六〕，適去夫子順也。安時而處順，憂樂不能入也。古者謂是帝之懸解。莊子曰：有繫謂之懸，無謂之解。郭璞曰：懸絶曰解〔二八七〕。山海經曰：二負殺猰貐，帝乃梏之疏屬之山，桎其右足，反縛兩手。漢宣帝時，擊磻石於上郡，陷得石室，其中有反縛械人，劉向曰：此二負之臣也。帝曰：何以知之？以山海經對。帝，天也，人生稟命於天，受拘俗之性，憂虞終身不解，此乃自終執縛，爲天所繫。夫安時處順，憂樂不能入，此自然放肆爲天所解也。天在上者，故曰帝之懸解，性之永放者也。桎梏疏屬，形之永拘者也，相背之甚，故以相況焉。凡物安於所守，思不易方，處窮塞而不識天下之通塗，亦如此也。善曰〔二八八〕：棘聚而成林。郭象玄莊子注曰：生曰懸，死曰解。過秦論曰：不可同年而語矣。确，薄也。暨其幽遐獨邃，寥廓閑奥。耳目之所不該，足趾之所不蹈。倜儻之極異，譎君屈詭之殊事〔二八九〕，藏理於終古，而未寤於前覺也。若吾子之所傳，孟浪之遺言，略舉其梗概，而未得其要妙也。」俶儻、譎詭，皆謂非常詭異之事。終古，猶永古也。周禮考工記曰：輪已崇，則人不能登也。輪已庳〔二九〇〕，則終古登陁。離騷曰：吾焉能忍此終古。孟子曰：伊尹云：天之生斯人也，使先知覺後知，先覺覺後覺也。予，天民之先覺者也。孟浪，猶莫絡也，不委細之意〔二九一〕。莊子曰：夫子以爲孟浪之言，我以爲妙道之行。善曰：司馬彪莊子注曰：孟浪，鄙野之語。東京賦曰：粗謂賓言其梗槩〔二九二〕。梗槩，粗言也〔二九三〕。

文選考異

〔一〕吴都賦　袁本、茶陵本此下有「左太沖劉淵林注」七字，是也。尤脱「左太沖」三字，「劉淵林注」四字倒錯入上行，非。

〔二〕注「吴都者蘇州是也後漢末孫權乃都於建業亦號吴」　案：此一節非善注也。袁、茶陵二本不冠注家名於首，説已見前。

〔三〕東吴王孫囅然而咍　何校「囅」改「𥀉」。陳云「囅」當作「𥀉」，注同，是也。各本皆譌。

〔四〕玉牒石記　案：「牒」當作「諜」。茶陵本云五臣作「諜」。袁本作「諜」，無校語。「牒」但傳寫誤，茶陵校語非。劉注「説文曰牒札也」六字，當作「諜札也」三字。後注毘引説文稱爲許氏記字，此非劉元文明甚。善注「説文曰諜記也」，「諜記」當作「牒札」，因劉以「札」注「諜」，而「諜」乃間諜字，故引説文「牒」以明之。下云「牒」與「諜」同，正謂所引之「牒」與賦及劉注之「諜」同。各本皆誤，絶不可通。

〔五〕注「吕氏春秋曰」下至「爲六合」　袁本此二十字作「六合已見兩都序」，是也。茶陵本複出，非。

〔六〕注「陟升也」下至「謂舜也」　袁本、茶陵本無此十一字。案：無者是也。説見下。

〔七〕瑋其區域　茶陵本「瑋」作「偉」，云五臣作「瑋」。袁本作「瑋」。案：袁用五臣也，失著校語，此以五臣亂善，皆非。

〔八〕齷齪而筭　案：「齷」當作「握」。茶陵本云善作「握」。此以五臣亂善，非。袁本失著校語，而善注引漢書作「握」，未誤，此并改「齷」，益非。

〔九〕顧亦曲士之所歎也　袁本、茶陵本「顧」作「固」，陳云當作「固」。案：似「固」字是也。

〔一〇〕旁魄而論都　何校稱潘稼堂耒云「都」字衍，涉下「論都」而誤。今案：所説是也。「旁魄而論」與上「握齪而筭」偶句，各四字，不當偏贅一字。

〔一一〕注「吾子謂西蜀公子」下至「其形如蹲鴟故號也」　袁本、茶陵本無此九十三字。案：無者最是。尤延之初刻亦無，後乃添入，故脩改之迹，至今尚存。凡此等語，皆五臣以後，不知何人記在行間者，尤校此書，意主改舊，遂悉取以增多，而讀者相沿，罕能辨正。幸袁、茶陵二本均未嘗誤，各得反覆推驗，決知其非，特詳載之，用俟刊正。以下盡同此也。

〔一二〕注「蜻蛉縣禺山」　案：「蜻」當作「青」，「禺」下當有「同」字。各本皆誤。續漢書郡國志可證。

〔一三〕注「四合爲九」　袁本、茶陵本無此四字。

〔一四〕注「各以數至」下至「度陽九之厄」　袁本、茶陵本無此三十六字，有「有九厄陽厄五陰厄四合爲九」十二字。案：二本最是。此所增多，繆戾不可讀。

〔一五〕安可以儷王公而著風烈也　案：「儷」當作「麗」，「著」當作「奢」。劉注引「麗王公也」，「麗」

字之證。善注「奢，靡也」，尚書曰「弊化奢麗」，「奢」字之證。袁、茶陵二本所載五臣銑注云云，作「儷」作「著」。各本皆以五臣亂善，與注不相應，甚非。

〔一六〕注「王莽末時王蜀」下至「麗著也」 袁本、茶陵本無此四十二字，有「王此土而亡諸葛亮相此國而敗」十三字。案：二本最是。

〔一七〕注「漢武柏梁臺衞尉詩曰」 袁本、茶陵本無「衞尉」二字。

〔一八〕由克讓以立風俗 茶陵本云五臣有「俗」字，袁本無校語。案：此與「建至德以刱洪業」偶句，「俗」似傳寫脱，尤校改正之也。

〔一九〕故其經略 茶陵本「故」下校語云「善作固」，袁本無校語。案：「固」似傳寫誤，尤校改正之也。

〔二〇〕包括干越 袁本「干」作「于」，注同。茶陵本作「干」，與此同，注亦作「干」。今案：正文當作「干」。善引漢書及音義當作「干」，引春秋杜預注當作「于」。「春秋曰」上當有「一曰」二字。今注或盡作「于」，或盡作「干」，皆未是。

〔二一〕注「婺女越分翼軫楚分非吴分故言寄曜寓精也」 袁本、茶陵本作「越楚地皆割屬吴故言婺女翼軫寄曜寓精也」。案：二本最是，尤改甚非。

〔二二〕注「南越志」下至「出入此穴」 袁本、茶陵本無此二十一字。

〔二三〕注「會稽餘姚縣蕭山灒水所出」 何校「姚」改「暨」，「灒」改「潘」，陳同。案：據漢書地理志，校是也。各本皆譌。劉昭注續漢書郡國志引賦此注。今本「潘」作「潛」。考顏師古「潘音甫元反」，然則「瀵」、「潛」皆非。

〔二四〕注「嵬嶷高大貌」下至「山水闊遠無崖之狀」　袁本、茶陵本無此三十七字。

〔二五〕注「武林水所出龍川」　袁本、茶陵本作「武陵龍川出其坰」。案：各本皆非也，當作「武林水出其山」，謂漢書地理志錢唐之武林山，武林水所出也。二本涉上節正文而誤。尤所校改未是。

〔二六〕注「磈磈」下至「山深險連延之狀」　袁本、茶陵本無此二十五字。

〔二七〕注「數州之間」　袁本、茶陵本「數」上有「故曰」二字，是也。

〔二八〕注「長邁不回之意」　袁本、茶陵本無此六字。

〔二九〕注「潮波汩起」下至「昏暗不明也」　袁本、茶陵本無此二十九字。

〔三〇〕注「瀇瀁」　袁本、茶陵本無「瀁」字。

〔三一〕注「皆水深廣闊也瀇」　袁本、茶陵本無此七字。

〔三二〕注「瓌異黿魚皆在水中生長」　袁本、茶陵本無此十字。

〔三三〕注「航舡之别名」　袁本、茶陵本無此五字。

〔三四〕注「長者數十里小者數十丈」　袁本、茶陵本「數」上有「有」字，「十」作「千」，無「小者數十丈」五字。

〔三五〕注「東人謂斧斤之斤爲鐇」　案：「鐇」當作「鐇」。各本皆譌。

〔三六〕注「烏賊魚腹中有藥」　袁本、茶陵本無「腹」字、「有」字。案：「中藥」最是。

〔三七〕注「如珍寶矣利如劍」　袁本、茶陵本「矣」作「以」，是也。「以」字下屬。

〔三八〕注「言已上魚龍潛没泳其中」　袁本、茶陵本無此十字。

〔三九〕注「淮南子曰水濁則魚噞喁」　袁本、茶陵本「淮南」作「文」。案：二本是也。「喁」字不當有。此善自引文子，尤以淮南子主術訓改之，其兩見皆無「喁」。各本涉正文而衍。

〔四〇〕注「鶡鷄鳥也好鳴」　袁本、茶陵本無此六字。

〔四一〕注「漪蓋語辭也」　袁本、茶陵本「漪」作「猗」，下同。案：二本是也。劉注爲「漪」，善注爲「猗」，尤并改善作「漪」，甚非。

〔四二〕注「瓹瓹下至「疾貌」　袁本、茶陵本無此十七字。

〔四三〕注「物皆極之也」　袁本、茶陵本「之」作「大」，是也。

〔四四〕注「緜邈廣遠貌」　袁本、茶陵本無此五字。

〔四五〕注「馮隆高貌迢遞遠貌」　袁本、茶陵本無此八字。

〔四六〕注「謂洲渚」　袁本、茶陵本「渚」下有「也」字，是也。

〔四七〕注「深奧之貌下至「麗於島嶼之中」　袁本、茶陵本無此十五字。

〔四八〕注「生其華蘂仙人所食」　袁本、茶陵本「生」作「食」，無「仙人所食」四字。

〔四九〕注「漢書歌曰」　袁本、茶陵本無「書」字。

〔五〇〕注「無華」　袁本、茶陵本無此二字。

〔五一〕注「玲瓏明貌」　袁本、茶陵本無此四字。

〔五二〕注「朱稱鬱金賦曰」　案：「稱」當作「穆」。各本皆譌。魯靈光殿賦注引作「穆」，不誤。

〔五三〕嗟難得而覼縷　案：「嗟」當作「羌」，注同。袁本皆作「羌」，是也。茶陵本亦誤「嗟」。又案：劉注：「爾雅曰：嗟，楚人發語端也。」爾雅無此文，疑「爾」當作「小」，即西都賦善注所引之「小雅曰：羌，發聲也」耳。又案：蜀都賦「羌見偉於疇昔」，劉氏不注，五臣改爲「嗟」，此未改。魯靈光殿賦「羌瓌譎而鴻紛」，張載有注，五臣亦未改。前説善「羌」、五臣「嗟」，乃其大槩，仍不可執一爲例有如此。

〔五四〕注「道書曰」下至「下曰真人」　袁本、茶陵本無此十四字。

〔五五〕注「藹藹盛貌」　袁本、茶陵本無此四字。

〔五六〕注「神異經曰」下至「出則天下大水」袁本、茶陵本無此十八字。

〔五七〕注「藼華也」　袁本、茶陵本無此三字。

〔五八〕注「通□冬生」　袁本、茶陵本「□」作「曰」。案：疑「曰冬」當作「冬日」也。

〔五九〕注「乾之亦」　袁本、茶陵本「亦」作「赤」，是也。以三字爲一句。

〔六〇〕注「其華離婁相貫連」　袁本、茶陵本「婁」作「樓」，是也。

〔六一〕注「可食檳榔者」 陳云「食」下脱一「食」字。今案：此蓋當衍「可」字耳。各本皆衍。

〔六二〕注「以合石賁灰」 案：「石」當作「古」，見下注。各本皆譌。

〔六三〕注「布濩」下至「分布覆被貌」 袁本、茶陵本無此二十三字。

〔六四〕注「蔕花本也菲菲花美貌也」 袁本、茶陵本無此十字。

〔六五〕注「芬馥色盛香散狀」 袁本、茶陵本無此七字。

〔六六〕木則楓柙櫲樟 袁本、茶陵本「櫲樟」作「豫章」，注同，是也。案：此尤誤改。

〔六七〕平仲桾櫏 袁本、茶陵本作「君遷」，是也。案：此尤誤改，注仍作「君遷」未改，可證。字書雖有「桾櫏」字，但劉既不從「木」，善又與劉同，不得取而改之。凡今所論是非，意皆專主善何作。

〔六八〕楠榴之木 案：「楠」當作「南」，注中作「南」，各本皆同。袁、茶陵二本「楠」下有「南」音，蓋五臣「楠」而亂之。「南榴」複二字，爲一木名，與「枏」之别體作「楠」無涉，五臣誤也。

〔六九〕注「尤好可以作器」 袁本、茶陵本無「好」字，是也。

〔七〇〕注「宗生」下至「覆萬畝之地」 袁本、茶陵本無此四十字。

〔七一〕注「莊子曰」 袁本、茶陵本「子」作「周」，是也。

〔七二〕注「葉重疊貌」 袁本、茶陵本無此四字。

〔七三〕注「輪囷謂屈曲貌」下至「相糾也」 袁本、茶陵本無此十九字。

〔七四〕注「枝柯相重疊貌」　袁本、茶陵本無「枝柯」二字，「疊」作「之」。

〔七五〕注「縟繡」下至「露垂貌」　袁本、茶陵本無此二十一字。

〔七六〕注「言木枝葉」下至「如律呂之暢」　袁本、茶陵本無此十五字。

〔七七〕其上則猨父哀吟　袁本、茶陵本「則」下有「有」字，「猨」作「猿」，是也。

〔七八〕爭接縣垂　茶陵本「接縣」作「縣接」，云五臣作「爭接縣垂」。袁本作「接縣」，用五臣也。此蓋亦尤改耳。

〔七九〕注「猩子」下至「見人嘯」　袁本、茶陵本無此十一字。

〔八〇〕注「居樹上」　袁本、茶陵本作「樹上居」，是也。

〔八一〕注「東吾諸郡皆有之」　案：「東吾」當作「江東」。各本皆誤。下注「箭」亦有此句，是其證也。

〔八二〕注「上涌雲亂葉翬散」　袁本、茶陵本「上」作「騰」，是也。陳云「亂」下有「枝」字，案：古文苑所載有，陳據之校耳。

〔八三〕注「於菟虎也江淮間謂虎爲於菟」　袁本二「菟」字皆作「塗」。茶陵本初刻同，後改「菟」。案：「塗」是也。依此則正文當是「塗」字。袁、茶陵二本「菟」下有「徒」音，蓋五臣「菟」而各本亂之矣。

〔八四〕注「魑魅魍魎」　袁本「魑」作「螭」，是也。茶陵本亦誤「魑」。

〔八五〕注「穎鋒也」　案：「鋒」當作「鐶」。各本皆誤。

〔八六〕則篔簹箖箊　袁本、茶陵本「箖」作「林」，注同，是也。案：此尤誤改。

〔八七〕柚梧有篁　案：「柚」當作「由」，注中作「由」，各本皆同。「柚」下「由」乃五臣音，蓋五臣「柚」而亂之。

〔八八〕注「可以爲射筒筒及由梧竹」　案：「射筒」當作「筒射」。各本皆倒。「筒」句絶，「射」下屬。詳劉注意，篔簹也，林箊也，桂也，箭也，射筒也，由梧也，簟也，篣也，凡八竹，此但可以爲「筒」耳，非單名筒也。

〔八九〕注「漢書律歷志」　袁本、茶陵本無此五字。

〔九〇〕注「伶倫乃之崑崙山之陰嶰谷之中取竹斬之以其厚均者吹之」　袁本、茶陵本此二十四字作「伶倫乃之崑崙陰取嶰谷之竹斬其厚均者而吹之」二十字，是也。

〔九一〕注「鳳鷁也」　袁本、茶陵本無此三字。

〔九二〕注「周本紀曰」　袁本、茶陵本無此四字，有「皆」字，屬下。

〔九三〕注「非梧桐不棲」　袁本、茶陵本無此五字。

〔九四〕注「馴擾善也」　案：當作「擾馴也」。各本皆譌。

〔九五〕注「長直貌蓊茸」　袁本、茶陵本無此五字。

〔九六〕注「蕭瑟聲也」　袁本、茶陵本無此四字。

〔九七〕注「嬋娟言竹妍雅也」　袁本、茶陵本無此七字。

〔九八〕注「碧鮮」下至「出竹」　袁本、茶陵本無此十三字。

〔九九〕椓榴禦霜　茶陵本「榴」下校語云善作「劉」。袁本作「榴」，用五臣也。此蓋亦尤改耳。各本注中皆作「榴」，疑注字有譌，而尤誤據之。

〔一〇〇〕注「味大甘美」　袁本、茶陵本無「大」字、「美」字。

〔一〇一〕注「如豬膏」　袁本、茶陵本「膏」作「脂」，是也。

〔一〇二〕注「一作北景」下至「故名」　袁本、茶陵本無此二十六字。

〔一〇三〕注「金華采者」　案：此各本皆有脱，無可補。何、陳校添「金有華」於「采」上，云别本。今未見，恐誤涉下善注耳。

〔一〇四〕注「言其如哲擿」　袁本「如」上有「有」字，是也。茶陵本亦脱。

〔一〇五〕注「鷄見而駭驚也」　袁本、茶陵本無「驚」字。

〔一〇六〕注「又重累貌」　袁本、茶陵本無此四字。又下「崴烏乖切裹故乖切」八字，亦無。案：下八字當有。凡音各本不同，二本删耳。

〔一〇七〕注「潛潁謂潛深而有光潁」　茶陵本二「潁」字，皆作「熲」。袁本亦作「潁」。案：依文義「熲」字爲是。依此則正文當是「熲」字。茶陵校語云五臣作「熲」，與尤所見皆傳寫誤。袁本作「熲」，用五臣，唯無校語，或所見未譌歟？

〔一〇八〕注「珠玉潛伏土石」下至「黷黑茂貌」　袁本、茶陵本無此二十九字。又下「踅勑列切」四字亦無。案：下四字當有，二本删者，因正文下有「勑列」二字也。下放此，不更出。

〔一〇九〕注「四隅謂邊遠也」　袁本、茶陵本無「謂邊遠」三字。

〔一一〇〕注「沾穴」　袁本、茶陵本「沾」下有「此」字。

〔一一一〕注「桴舟也」　袁本、茶陵本無此三字。

〔一一二〕注「因以殘半棄水中」　袁本、茶陵本「殘」作「其」，「水中」作「之」，是也。

〔一一三〕注「畛畷」下至「有徑有畛」　袁本、茶陵本無此十六字。

〔一一四〕用累千祀　袁本、茶陵本「祀」下有「也」字。茶陵云善無。袁無校語。案：此與下文「煥炳萬里也」偶句，恐無者傳寫脱。

〔一一五〕注「二十五世矣夫差益強大得爲盟主」　袁本、茶陵本「矣夫差益強大得」七字作「益強夫差」四字。

〔一一六〕注「大城周匝」　袁本、茶陵本無「匝」字。

〔一一七〕注「亦有水陸門皆」　案：「皆」下當有「有樓」二字。各本皆脱。

〔一一八〕注「言經營造作之始」下至「長遠貌」　袁本、茶陵本無此二十字。

〔一一九〕注「西都賦曰」　袁本、茶陵本「賦」作「賓」，是也。

〔一二〇〕注「越絶書曰吴王夫差」　袁本、茶陵本無「夫差」二字。

〔二一〕注「夫漢諸侯方輸□錯出」　袁本、茶陵本「□」作「謂」。此初亦衍，而後去之。

〔二二〕注「蔡邕月令章句」　袁本、茶陵本「句」下有「曰」字。又「漢書」下同。袁「邕」作「雍」。茶陵本作「邕」。案：疑善盡作「雍」，今「雍」、「邕」錯見，乃後人改之。

〔二三〕注「前吴都武昌在豫章」　袁本、茶陵本「前吴」作「吴前」，無「在豫章」三字。

〔二四〕注「在丹陽孫權自會稽」下至「不向武昌居」　袁本、茶陵本無此三十三字。何云「不樂徙乃孫皓時事」。是矣，但未悟非劉注。案：此不知何人謬記云云，尤乃取以增多，誤之甚者也。

〔二五〕注「皆建業吴大帝所太初宫」　袁本、茶陵本無此十字，有「二」字屬下。案：此增多云「吴大帝」，上下增多云「孫權」，一人之稱，乖刺如此，誤中之誤，不勝辨正。凡今於二本所無當刊削者，譌誤亦不復論。

〔二六〕注「捷獵高顯貌」　袁本、茶陵本無此五字。

〔二七〕注「大夫種」　袁本、茶陵本「種」下有「蠡」字。案：此尤删，似是也。

〔二八〕注「以獻吴王夫差夫差大悦」　袁本、茶陵本無「夫差夫差」四字，有「王」字。

〔二九〕注「以飾殿也」　袁本、茶陵本無此四字。

〔三〇〕注「其子」　袁本、茶陵本無此二字。

〔三一〕注「孫權移都建業皆學之」　袁本、茶陵本無此九字。

〔三二〕注「長遠貌」 袁本、茶陵本「貌」上有「之」字。

〔三三〕注「崢嶸深邃貌」 袁本、茶陵本無此五字。

〔三四〕注「櫎音榥」 茶陵本「音」作「與」，是也。袁本亦誤「音」。

〔三五〕注「吳後主」下至「碕巨依切」 袁本、茶陵本無此三十三字。

〔三六〕注「梁栭也」下至「爲瑣文楹柱也」 袁本、茶陵本無此十六字。

〔三七〕注「亘引也眈眈樹陰重貌」 袁本、茶陵本無此九字。

〔三八〕注「亹水流進貌」 袁本、茶陵本作「亹進也」。案：此當作「亹亹進也」，二本脱重「亹」字。所引當是「亹亹文王」之傳或章句文，尤改大誤，後來考韓詩者從而認爲「梟鷺在亹」，誤中之誤也。

〔三九〕注「吳自宮門南出苑路府寺相屬」 袁本、茶陵本此十二字作「建業宮前宮寺」六字。

〔四〇〕注「横塘在淮水南」下至「吏民雜居東長干」 袁本、茶陵本無此六十二字，有「横塘查下皆百姓所居之區名江東謂山岡間爲干建鄴之南有山其間平地吏民居之故號爲干」三十八字。

〔四一〕注「皆相連」 袁本、茶陵本「連」作「屬」，是也。

〔四二〕注「大長干」下至「故號大小相干」 袁本、茶陵本此二十四字作「疑是居稱干也」六字。

〔四三〕注「櫛比」下至「相連下之貌」 袁本、茶陵本無此三十二字。

〔四四〕注「魁岸大度也」下至「石顯方鼎貴」 袁本、茶陵本無此三十三字。

〔一四五〕注「虞虞文秀魏魏周顧顧榮陸陸遜隆吴之舊貴也」　袁本、茶陵本作「虞魏顧陸吴之舊姓也」。案：二本最是，何陳校改云云，皆未悟非劉注，今不取。

〔一四六〕注「歧嶷」下至「養之乞言」　袁本、茶陵本無此十六字，有「賈捐之傳石顯方鼎貴」九字。案：此九字疑亦後人添之。

〔一四七〕注「言富貴也」　袁本、茶陵本無「言富貴」三字，「也」屬上。

〔一四八〕注「閭閻闐噎言人物遍滿之貌」　袁本、茶陵本無此十一字。

〔一四九〕注「善曰」　袁本、茶陵本此下有「後漢書云江充爲人魁岸」。案：「後」字衍，「云」當作「曰」。尤延之移入劉注，非。

〔一五〇〕注「方家隆盛時乘」　袁本、茶陵本無此六字。

〔一五一〕注「江都輕訬」　案：「輕訬」當作「訬輕」。各本皆倒。

〔一五二〕注「謂輕薄爲訬也」　袁本、茶陵本無「謂輕訬」三字。案：此不當有，見下。

〔一五三〕注「締結也翩翩往來貌弈弈輕靡之貌」　案：此三句，亦不當有。上引景十三王述，下引淮南高注，相連接解「輕訬」，後人添之，隔截其間，非。凡尤本誤取增多之外，袁、茶陵二本亦有失善舊者，如此是矣。

〔一五四〕注「使人於楚楚相春申君處」　袁本、茶陵本無「楚楚相處」四字。

〔一五五〕注「而迎之趙」　袁本、茶陵本無此四字。

〔五六〕注「翹關扛鼎」下至「能招門開也」　袁本、茶陵本無此十五字。

〔五七〕注「漢書曰項羽力能扛鼎又」　袁本此十字作「扛鼎已見西京賦」，是也。茶陵本所複出，不同，亦非。

〔五八〕注「四隩來暨」下至「以向吴都」　袁本、茶陵本無此三十字。

〔五九〕開市朝而並納　袁本、茶陵本「並」作「普」。案：此蓋善「並」、五臣「普」，二本失著校語。

〔六〇〕雜沓從萃　袁本、茶陵本「從」作「縱」。案：此蓋善「從」、五臣「縱」，二本失著校語。又二本注中亦作「縱」，非。

〔六一〕注「隧向市路肆市路也」　袁本、茶陵本無此八字。

〔六二〕金鎰磊砢　袁本、茶陵本「鎰」作「溢」，注同，是也。案：此尤誤改耳。

〔六三〕注「史記曰趙孝成王一見虞卿」　袁本、茶陵本「記」下有「虞卿傳」三字，「見」下無「虞卿」二字。

〔六四〕注「闌干猶縱横也」　袁本、茶陵本無此六字。

〔六五〕注「又折象牙以爲簟也」　袁本、茶陵本無「折」字。

〔六六〕儸譶𩕄㺏　袁本、茶陵本「儸」作「𧬈」。案：此蓋善「儸」，五臣「𧬈」，二本失著校語。琴賦「紛儸譶以流漫」，廣韻二十六緝「儸言不止」，皆可借證也。又考集韻云「𧬈譶言不止」，疑五臣「𧬈」，又「𧬈」之譌耳。

〔一六七〕注「諻吁横切諻通也」　袁本二「諻」字皆作「喤」。茶陵本作「喤通也」無「吁横切諻」四字。案：各本皆非也。方言有「諻音也」，在十二卷，别無「諻通也」。此當作「諻音也吁横切諻與喤通」。今所誤不可讀。

〔一六八〕注「紛葩謂舒張貨物使覆映」　袁本、茶陵本無此十字。

〔一六九〕注「謂之霡霂」　袁本、茶陵本「霂」下有「霡音脉」三字，是也。

〔一七〇〕注「富中大塘中也句踐治以爲田」　袁本、茶陵本「塘」下無「中也」二字，「田」上有「義」字，是也。案：此所引記地傳文。

〔一七一〕注「尚書曰惟辟玉食」　袁本、茶陵本無「惟辟」二字。

〔一七二〕注「言富中之食貨殖之選者各利」　案：「食」當作「人」。陳云「各利」當有脱文。各本皆同，無可補也。以意揣之，似當云「各乘其時而射利」。

〔一七三〕注「言農人之富自相夸競」　袁本、茶陵本無此九字。

〔一七四〕注「以自救」　袁本、茶陵本「救」下有「謂此也」三字。

〔一七五〕注「左傳曰吴賜子胥屬鏤」　袁本、茶陵本無「左」字，是也。

〔一七六〕注「走追奔獸接及飛鳥」　袁本、茶陵本無此八字。

〔一七七〕注「鱄諸寘劍於全魚中」　袁本、茶陵本無「全」字。

〔一七八〕注「遂殺闔閭」　袁本「闔閭」作「王僚」，是也。茶陵本亦誤「闔閭」。

〔七九〕注「上大下小」　袁本、茶陵本無此四字，有「者」字，屬上。

〔八〇〕注「犀皮爲之」　袁本、茶陵本無此四字。

〔八一〕注「奉父犀渠」　案：「父」當作「文」。各本皆譌。此所引吴語文，今本「犀」下有「之」字，疑亦脱也。

〔八二〕注「考工記曰越鐵利可以爲戟」　袁本、茶陵本無此十一字。

〔八三〕注「皆節理解落也」　袁本、茶陵本無「落」字。

〔八四〕注「陳王卒」　袁本、茶陵本「王」作「士」，是也。

〔八五〕注「鐸施號令而振之也」　袁本、茶陵本無此八字。

〔八六〕注「一校千二百九十六匹」　袁本、茶陵本無「一」字，是也。案：此節鄭注而引之，乃五種合之數，尤所添甚誤。

〔八七〕注「狼䟐人夜鴳金知其良不」　袁本、茶陵本無「人夜其不」四字。

〔八八〕注「又有象林郡」　案：「又」字不當有。「郡」當作「縣」。各本皆誤。晉書地理志云：交州日南郡，秦置象郡，漢武帝改名焉。統縣五，象林云云，可證也。

〔八九〕注「周禮有巾車官又」　袁本、茶陵本無此七字。

〔九〇〕注「日月爲常重光謂日月畫於旂上也攝持也」　袁本，茶陵本此十七字作「有日月爲常重光謂日月重光也」十三字。

〔九一〕注「不能」　袁本、茶陵本無此二字。

〔九二〕注「列女傳曰」下至「故號之」　袁本、茶陵本無此二十三字。

〔九三〕注「染絲織鳥畫爲文章置於旌旗也」　袁本、茶陵本此十三字作「鳥爲章也」四字。

〔九四〕注「袀同也」　案：當作「袀服，皁服也」。各本皆涉五臣謂「下同服」而脱誤。劉昭注續漢書輿服志引賦此注，云「袀，皁服也」，可證，但彼「袀」下仍當有「服」字耳。

〔九五〕注「騤馬名」　袁本、茶陵本無此三字。

〔九六〕彀騎煒煌　袁本、茶陵本「煒」作「�」。案：此蓋亦尤改耳。

〔九七〕注「謂張網周遍」　袁本、茶陵本無此五字。

〔九八〕注「瑣結」下至「言不絶也」　袁本、茶陵本無此十三字。

〔九九〕注「蹏兔網」　袁本、茶陵本無此三字。

〔一〇〇〕注「周易曰」　何校「易」下添「略例」二字，陳同，是也。各本皆脱。

〔一〇一〕注「禦禁也謂因沅湘爲藩落也」　袁本、茶陵本「禁」下有「苑」字，無「因沅湘」三字。

〔一〇二〕猿臂骿脅　袁本、茶陵本「猿」作「猨」，「骿」作「駢」。案：此尤誤改也。

〔一〇三〕注「骿脅今駢幹也骿駢通」　袁本、茶陵本無此九字。

〔一〇四〕注「鷹瞵鶚視言勇士似之也」　袁本、茶陵本無此十字。

〔一〇五〕注「犬獷不可附也」　案：「犬獷」當作「獷犬」。各本皆倒。今説文「獷，犬獷獷不可附也」，蓋善節引。

〔二〇六〕注「説文曰䗬」下至「罝音浪」 袁本脱此注，非。茶陵本無「狿䝞莽罝」四音，删也。

〔二〇七〕注「尚書曰稱爾干」 案：「尚」上當有「善曰」二字。各本皆脱。袁本、茶陵本「干」下衍「戈」字，益非。又此節注，二本無「佻，他弔切，又步寸切」兩音，删也。

〔二〇八〕注「史記曰荆軻怒髪直衝冠」 袁本、茶陵本無此十字。

〔二〇九〕注「熛火燗也」 袁本、茶陵本無此四字，有「鳥擇木而棲」五字。

〔二一〇〕注「故云鳥不擇木獸不擇音」 袁本無此十字，茶陵本有。案：袁本有脱誤，茶陵、尤所補亦未是。

〔二一一〕注「麏大麇也桂林有麇」 茶陵本二「麇」字作「麋」，袁本亦作「麋」。案：各本皆非也，當作「麌」。

〔二一二〕注「如馬」又注「鋸牙」又注「能食虎也」 袁本、茶陵本無此八字。

〔二一三〕注「猱似猿奴刀切猱音亭」 袁本、茶陵本無此九字。案：二本删音也。「似猿」二字，尤增。

〔二一四〕注「一名雲白」 案：「白」當作「日」。各本皆譌。羣書或言「運日」，或言「暉日」，或言「鴆日」。「運」、「暉」、「鴆」與此「雲」皆同字。

〔二一五〕注「左氏傳曰」下至「豹走貌」 袁本、茶陵本無此十六字。

〔二六〕覽將帥之拳勇　陳云據注「拳」當作「權」。案：所説是也。善注毛詩曰「無拳無勇」，「拳」與「權」同，謂引詩之「拳」與此賦之「權」同也。疑五臣以此改正文爲「拳」，但於注無明文耳。

〔二七〕與士卒之抑揚　何校「抑揚」改「揚抑」。陳云「抑叶韻」。各本皆同，蓋倒也。

〔二八〕注「言吴之將帥皆有拳勇」　袁本、茶陵本無此九字。又此節注茶陵以下多脱，不具論。

〔二九〕注「女六切拉頓折也」　袁本、茶陵本無此七字。案：二本删音也。下四字，尤增。

〔三〇〕注「捭兩手擊絶也」　袁本、茶陵本無「絶」字。

〔三一〕注「靡碎也」　袁本、茶陵本無此三字。

〔三二〕注「人因爲筒」下至「而得禽之」　袁本、茶陵本無此二十八字。又此上「梟羊善食人」下至「而後食之」二十五字，袁有，茶陵無。

〔三三〕注「剞亦刦也」　袁本此下有「居綺切」三字，是也。茶陵本無，非。

〔三四〕應弦飲羽　袁本、茶陵本「飲」上有「而」字。案：此上自「魂褫氣攝」下及「雜襲錯繆」，似各本皆有誤，今無以訂之也。又後文自「若此者」下及「曲度難勝」亦然，附出於此，以俟再詳。

〔三五〕注「周章謂章皇周流也」　袁本、茶陵本無此八字。

〔三六〕注「踶跋促遽貌」　袁本、茶陵本無此五字。

〔三七〕注「雜襲」下至「澤別名」　袁本、茶陵本無此十九字。

〔二八〕注「王逸曰豐隆雲師也」　茶陵本有此八字，袁本無。

〔二九〕注「春秋元命苞曰日月」　案：「日」字不當有。各本皆衍。

〔三〇〕迴靶乎行邪睨　袁本、茶陵本無「邪」字。案：此蓋尤取西京賦之「遷延邪睨」改「行」爲「邪」，仍未去「行」字，而兩有「行」、「邪」耳。

〔三一〕注「説文曰艘」下至「船別名」　袁本、茶陵本無此二十三字。

〔三二〕注「船上下四方施板者曰艦也」　袁本此十一字作「艦大船也」四字。茶陵本此節注多脱。

〔三三〕槁工檝師　袁本、茶陵本「槁」作「篙」，注同。案：尤取方言改「篙」爲「橋」，而又譌成「槁」也。

〔三四〕注「昔吴王」下至「後爲神」　袁本、茶陵本無此十六字。

〔三五〕注「弋繳射也」　袁本、茶陵本無此四字。

〔三六〕鱺鰽魦　案：「鱺」字誤也。劉、善皆無注。袁、茶陵二本下音「所買」。西京賦「纚鰋鮋」薛注云「纚網如箕形，狹前廣後」；善曰「纚，所買切」。蓋此賦字本與彼同，故善不更注。「所買」即善音，二本割裂入正文下，尤删削之。善音失舊，每如此也。又江賦云「筩灑連鋒」，善引舊説曰「筩、灑，皆釣名也。灑，所蟹切」。彼「灑」亦即「纚」也。或爲網，或爲釣，説之者有不同耳。可證「鱺」字各本所見皆傳寫誤。

〔三七〕注「筌捕魚器今之斗回也」　袁本、茶陵本無此九字。

〔三八〕注「欃搶星也」　袁本、茶陵本無此四字。

〔三九〕注「上直魚生一」　袁本、茶陵本「魚」作「巽」，「一」作「三」，是也。案：「生」當作「九」。各本皆誤。

〔四〇〕注「言微小也」　袁本、茶陵本無此四字。

〔四一〕注「鰝大魚鰕音遐」　案：「魚」字不當有，「鰕」屬上讀。袁本、茶陵本無「鰕音遐」三字，乃删音而誤於衍字絶其句也。又上「魪」下「犗」兩音，二本無，亦删。

〔四二〕注「又曰鼈兼有也」　案：「又」當作「説文」二字，各本皆脱誤。

〔四三〕注「其釣惟何」　袁本、茶陵本「惟」作「伊」。案：此尤改，非是。

〔四四〕注「善曰家語曰」　袁本無此五字。案：無者最是，説見下。茶陵本亦無，但移此下「楚昭王云云」入後善注中，而依家語改其文，大誤。

〔四五〕注「使問孔子」　袁本無「使」字，是也。

〔四六〕注「可剖而食之」　袁本「可」作「令」，是也。

〔四七〕注「得此鳥魚」　袁本、茶陵本無「魚」字。案：此尤補也。下注「失其鱗翼也」，「失」上似各本脱「亡」字。

〔四八〕注「戰國策曰」　袁本「戰」上有「善曰萍實見家語」七字。案：有者最是。茶陵本亦有「善曰」，但改「萍實見家語」爲「家語楚昭王云云」，大誤，説在上。

〔四九〕注「蛟螭龍子也」　袁本、茶陵本無此五字。

〔五〇〕注「不出之也」　袁本、茶陵本「之」下有「珠」字。

〔五一〕注「善曰回淵水也」　案：當作「善曰説文曰淵回水也」。各本皆脱誤。魏都賦「回淵灌」善注可證也。

〔五二〕注「大龜也」下至「目不明也門撥切謂之潛隱之穴也」　袁本、茶陵本無此四十三字。案：此尤所添，最誤。劉注「昧冒也」，與目不明之「昧」迥不相涉，又於賦文義難通。「門撥切」一音，乃尤并添，不在善音二本删之例。

〔五三〕注「徇求也襲入也」　袁本、茶陵本無此六字。案：無者是也，但當有「善曰」二字，觀下注可見。袁、茶陵作「劉曰」，「劉」即「善」字之誤也。

〔五四〕注「風初貌」　案：「初」當作「利」。各本皆譌。

〔五五〕注「太湖在秣陵東湖中」　袁本、茶陵本「在秣陵東」四字作「也」字，「湖」下有「水」字。

〔五六〕注「軍所以討獲曰實」　袁本、茶陵本作「軍實所獲也」五字。

〔五七〕注「鍾儀在晉使與之琴」　袁本、茶陵本無此八字。

〔五八〕注「允繼也」下至「任南樂名」　袁本、茶陵本無此二十四字。

〔五九〕注「吴歈蔡謳」　袁本、茶陵本「歈」作「愉」，是也。

〔六〇〕注「翕習容裔」下至「容與閑麗也」　袁本、茶陵本無此十九字。

〔一六一〕注「詩曰唱予和女」　袁本、茶陵本無此六字。

〔一六二〕注「坻頽崩聲也」下至「因爲隴坻之曲」　袁本、茶陵本無此十九字。

〔一六三〕注「匏巴鼓琴」　袁本、茶陵本「匏」作「瓠」，是也。

〔一六四〕注「鄙曲也」　袁本、茶陵本無「鄙」字。

〔一六五〕注「汁猶愜也」　茶陵本「愜」作「叶」，是也。袁本作「叶猶汁也」，誤。

〔一六六〕魯陽揮戈而高麾　何校「揮」改「援」。案：以「揮」、「麾」文複言之，蓋是也。各本皆誤耳。

〔一六七〕注「楚辭曰日吉兮辰良」　袁本、茶陵本無此八字。

〔一六八〕注「楚將也」　袁本、茶陵本無此三字。

〔一六九〕注「與韓遘」　何校「遘」下添「難」字，陳同，是也。各本皆脱。

〔一七〇〕注「良辰之所以覺也」　袁本、茶陵本「也」作「速」，是也。

〔一七一〕注「以適己之盛觀也」　袁本、茶陵本「觀」作「歡」，是也。

〔一七二〕注「執玉帛而朝者」　袁本、茶陵本無「而朝」二字。

〔一七三〕注「先王謂舜等也信讀爲申」　袁本、茶陵本無此十字。

〔一七四〕注「與齊晉争衡」下至「號孫子兵書」　袁本、茶陵本無此五十五字。案：無者最是。上文「起軍」，下文「北征」，四字爲句，盡「晉亞之」，皆引吴語文。五十五字在其間，誤甚矣。可見凡增多者之決不當有也。

〔二七五〕注「晉惡之」　袁本、茶陵本「惡」作「亞」，是也。

〔二七六〕注「叔孫通列傳曰」下至「猶世也」　袁本、茶陵本無此二十三字。

〔二七七〕注「如童」　袁本、茶陵本無此二字。

〔二七八〕注「山言此人等仙如蟬之脱殼」　袁本、茶陵本無此十一字。

〔二七九〕注「槁葉落」　袁本、茶陵本無此三字。

〔二八〇〕畢世而罕見丹青圖其珍瑋　袁本、茶陵本無「而」字，其下有「象」字。案：此尤添删之，觀下文偶句，蓋是也。詳劉注云「象類」者，解上文「比焉」之「比」，非正文有「象」，或誤認而衍之耳。

〔二八一〕注「書曰舜南巡狩陟方死」　袁本、茶陵本無此九字，有「善曰」二字。案：二本最是。

〔二八二〕注「子宅湫隘」　袁本、茶陵本「隘」作「阨」，茶陵脩改亦作「隘」。案：此蓋劉引，自作「阨」。

〔二八三〕注「帝王居之」　袁本、茶陵本無此四字。

〔二八四〕而與夫檮木龍燭也　袁本、茶陵本「檮」作「尋」，注同。案：此蓋亦尤改之耳。

〔二八五〕而與桱桔疏屬也　袁本、茶陵本「與」下有「夫」字。案：此尤本脱耳。

〔二八六〕注「適爲夫子時也」　袁本、茶陵本「爲」作「來」，是也。

〔二八七〕注「莊子曰有繫」下至「懸絶曰解」　袁本、茶陵本無此十九字。

〔二八八〕注「亦如此也善曰」　袁本、茶陵本「也」下有「确薄也」三字。善注末無此三字，是也。

〔二八九〕 譎詭之殊事　袁本、茶陵本「譎」作「崫」，注同。案：此蓋亦尤改之耳。

〔二九〇〕 注「輪已崇則人不能登也輪已庳」　袁本「登也輪」三字作「升」字，二「已」皆作「以」。案：袁本是也。劉引自如此，茶陵本與此同，皆取考工記改之耳。

〔二九一〕 注「不委細之意」　袁本、茶陵本無此五字。

〔二九二〕 注「粗謂賓言其梗槩」　案：「謂」當作「爲」。各本皆誤。陳云別本「爲」。今未見。

〔二九三〕 注「梗槩粗言也」　袁本、茶陵本無此五字。

文選卷第六

京都下

魏都賦

魏曹操都鄴，相州是也。太沖賦三都，以吴、蜀遞相頓折，以魏都依制度〔一〕。

左太沖〔二〕

魏國先生有睟其容，乃盱衡而誥曰：「异乎交益之士，孟子曰：君子所性，仁義禮智根於心，其生色睟然見於面，不言而喻。趙岐曰：睟，潤澤貌也。眉上曰衡。盱，舉眉大視也。异，異也。尚書堯典，四岳曰：异哉！善曰：漢書曰：武帝置交州；又改梁曰益，有益州。又曰：公盱衡厲色，振揚武怒。音義曰：眉上曰衡，謂舉眉揚目也。字林曰：盱，張目也。爾雅曰：誥，告也。蓋音有楚夏者，土風之乖也；善曰：孫卿子曰：人居楚而楚，居夏而夏，非天性也，積靡使然也。史記曰：淮北沛、陳、汝南、南郡，此西楚也。潁川、南陽，夏人之居，故至今謂之夏人。情有險易者，習俗之殊也。論語曰：性相近，習相遠也。善曰：周易曰：辭有險易。

春秋説題辭曰：中國之性，習俗常操。雖則生常，固非自得之謂也。傳曰：習實生常。善曰：孟子曰：使自得之。趙岐曰：使自得其本善性也。昔市南宜僚弄丸，而兩家之難解。聊爲吾子復翫德音，以釋二客競于辯囿者也。莊子曰：市南宜僚弄丸，而兩家之難解。又曰：公孫龍，辯者之徒，飾人之心，易人之意，能勝人之口，不能服人之心，辯者之囿也。善曰：毛詩曰：德音孔昭。

「夫泰極剖判，造化權輿。善曰：周易曰：易有太極，是生兩儀。史記曰：鄒衍稱引天地剖判以來。淮南子曰：大丈夫無爲，與造化逍遥。爾雅曰〔三〕：權輿，始也。劇秦美新序曰〔四〕：權輿天地未祛也。班固漢書述曰：彰其剖判〔五〕。體兼晝夜，理包清濁。善曰：列子曰：昏明之分察，故一晝一夜。又曰：夫有形者生於無形，清輕者上爲天，濁重者下爲地。流而爲江海，結而爲山嶽。善曰：班固終南山賦曰：流澤遂而成水，停積結而爲山。列宿分其野，荒裔帶其隅。巖岡潭淵，限蠻隔夷，峻危之竅也。潭，淵也。屈平卜居曰：横江潭而漁。善曰：漢書曰：秦地於天官東井、輿鬼之分野。楊雄交州箴曰〔六〕：交州荒裔，水與天際。方言曰：竅，空也。蠻陬子侯夷落，譯導而通，鳥獸之氓也。陬、落，蠻夷之居處名也。一名聚居爲陬。善曰：廣雅曰：落，居也。杜篤通邊論曰：親録譯導，緩步四來〔七〕。論衡曰：四夷入諸夏，因譯而通。説文曰：譯，傳四夷之語者。漢書，賈捐之上書曰：駱越之人，與禽獸無異。毛萇詩傳曰：氓，民也。正位居體者，以中夏爲喉，不以邊垂爲襟也〔八〕。易曰：正位居體，美在其中，而暢於四支。善曰：喉、衿，以身及衣爲喻也。戰國策，頓子曰：韓，天下之喉咽也；魏，天下之胸腹也。李尤函谷關銘曰：衿帶咽喉。聲類曰：衿，衣交領也。

長世字甿者，以道德爲藩，不以襲險爲屏也。善曰：左氏傳，北宮文子曰：有其國家，令問長世。周書，成王曰：朕不知字民之道，敬問伯父。説文曰：甿，田民也。東方朔集曰：文帝以道德爲籬，以仁義爲藩。毛萇詩傳曰：藩，屏也。楊雄城門校尉箴曰：盤石唐芒，襲險重固。毛萇詩傳曰：屏，蔽也。而子大夫之賢者，尚弗曾庶翼等威，附麗皇極。思稟正朔，樂率貢職。善曰：言不曾與衆庶翼戴上者，等其威儀，而附著於大中之道也〔九〕。國語，越王勾踐曰：苟聞子大夫之言。賈逵曰：親而近之，故曰子大夫。尚書曰：庶明厲翼。孔安國曰：衆庶皆明其教而自勉厲，翼戴上命。左氏傳曰：士會曰：貴有常尊，賤有等威。莊子曰：附麗不以膠漆。王弼周易注曰：麗，著也。尚書曰：皇極，皇建其有極。孔安國曰：皇，大；極，中也。謂大中之道也。又曰：稟，受也。論語比考讖曰：正朔所加，莫不歸義。又撰考讖曰：穿胸儋耳，莫不貢職〔一〇〕。漢書曰：單于非正朔所加。東觀漢記曰：百蠻貢職〔一一〕。而徒務於詭隨匪人〔一二〕，宴安於絶域。榮其文身，驕其險棘。善曰：詭隨匪人，言詭善隨惡〔一三〕，同於匪人，又自宴安於其絶域也。毛詩曰：無縱詭隨，以謹無良。毛萇曰：詭隨，詭人之善，隨民之惡〔一四〕。毛詩曰：獨爲匪民。左氏傳，管仲曰：宴安酖毒，不可懷也。李陵書曰：出征絶域。漢書曰：少康之庶子，封於會稽，文身斷髮。蔡雍樊陵碑曰：進路孔夷，人情險棘。毛萇詩傳曰：棘，急也。繆默語之常倫，牽膠言而踰侈。飾華離以矜然，假倔渠屈彊巨兩而攘臂。非醇粹之方壯，謀踳舛駮於王義。孰愈尋靡蓱於中逵，造沐猴於棘刺。李尅書曰：言語辯聰之説，而不度於義者，謂之膠言。周官曰：形方氏掌制邦國之地域，而正其封彊，無華離之地。班固云：不變曰醇，不雜曰粹。莊子曰：惠施多方，其書五車，其道踳駮。言惡也〔一五〕。楚辭天問曰：靡蓱九逵，枲華安居。韓子曰：燕王好微巧，衛人曰：臣能以棘刺之端爲母猴。王悅之，養以五乘之奉。王曰：吾請觀客爲棘刺之母猴。衞人曰：臣爲棘刺之母猴也，人主欲觀之，必半歲不入宮，不飲酒食肉，雨霽日出，視之晏陰之間，而棘刺之母猴乃可見。燕王因養衞人，而不能觀母猴。鄭人有臺下之治者，謂王曰：臣爲削者，諸微巧必以削削之，所削必大於削。今棘刺之端不容削，王試觀客之削，則能與不能可知也。王曰：客爲棘刺之母猴，何以理之？曰：以削。王曰：吾欲觀客之削也。客曰：臣請取之。因逃。冶人謂王曰：上之無度量，言談之士，多棘刺之說也。善曰：周易曰：君子或默或語。廣雅曰：膠，欺也。鄭玄禮記注曰：矜，謂自尊大也。毛萇詩傳曰：然，是也。漢書，伍被曰：倔彊江、淮間。孟子曰：馮婦善搏虎，攘臂下車，衆皆悅之。楚辭曰：王色頩以開顏，精純粹而始壯。華，口哇反。司馬彪莊子注曰：踳，讀曰舛。舛，乖也。駮，色雜不同也。頩，普丁反。王逸楚辭注曰：寧有莽草蔓衍於九逵之道？靡，蔓也。劍閣雖嶛，憑之者蹶，非所以深根固蔕也。善曰：劍閣，蜀境也。酈元水經注曰：小劍戍去大劍〔一六〕，飛閣通衢，故謂之劍閣。廣雅曰：嶛巢，高也，力彫反。又曰：蹶，敗也。善曰〔一七〕：老子曰：有國之母，可以長久。是謂深根固蔕，長生久視之道。聲類曰：蔕，果鼻也。洞庭雖濬，負之者北，非所以愛人治國也。善曰：洞庭，吴境也。史記，吴起曰：三苗氏，左洞庭而右彭蠡，恃此險也，禹滅之。毛萇詩傳曰：濬，深也。鄭玄周禮注曰：負，恃也。漢書音義，服虔曰：師敗曰北，南北之北。老子曰：愛人治國，能無知乎？彼桑榆之末光，踰長庚之初輝。善曰：東觀漢記，光武曰：失之東隅，收之桑榆。毛詩曰：東有啓明，西有長庚。況河冀之爽塏苦改，與江介之湫子小湄。善曰：左氏傳，齊景公欲更晏子之宅，曰：子之宅，湫隘囂塵，請更諸爽塏。楚辭曰：長江介之遺風。薛君韓詩章句曰：介，界也。毛萇詩傳曰：水草交曰湄。故將語子以神州之略，赤縣之畿。魏都之卓犖呂角，六合之樞機。鄒衍以爲儒者所謂中國者，於天下八十一分居一耳。中國名赤縣神州，赤縣神州內自有九州〔一八〕，禹之所敘九州也，是以不得爲州數。中國外，若赤縣神州者九，所謂九州者也。范雎説秦王曰：魏、韓，中國處而天下之樞也。善曰：河圖括地象曰：崑崙，謂東南〔一九〕地方五千里，名曰神州，帝王居之。小雅曰：略，界也。周禮曰：方千里曰王畿。西都賦曰：卓躒諸夏。卓犖與卓躒音義同。呂氏春秋曰：神通乎六合。

「于時運距陽九，漢綱絶維。姦回內臯備，兵纏紫微。翼翼京室，眈耽眈帝宇，巢焚原燎，變爲煨燼，故荊棘旅庭也。殷殷寰內，繩繩八區，鋒鏑縱橫，化爲戰場，故麋鹿寓城也。不飲酒而怒曰臯。詩曰：內臯于中國。漢室之亂，起於閹官，故曰內臯也。紫微宮在南城下，于時兵所圍繞〔二〇〕。光熹元年四月，靈帝崩。八月，大將軍何進入省見太后，黃門張讓、郭進等斬進。進部曲將兵突入尚書閣，閣閉。虎賁中郎將袁術等攻閣。日暮，術等起火燒閣。初平元年十二月，董卓遷都長安，其夜燒洛陽南北宮。易曰：鳥焚其巢。尚書曰：若火之燎于原。春秋穀梁傳曰：寰內諸侯，非天子之命，不得出會。尹更始曰：天子以千里爲寰。伍被謂淮南王曰：昔伍子胥諫吳王，吳王不用，乃曰：臣今見麋鹿遊姑蘇臺也。臣今見宮中荊棘〔二一〕露沾衣也。善曰：春秋保乾圖曰：五運七變，各以類驚。宋衷曰：五運，五行用事之運也。孔安國尚書傳曰：距，至也。漢書，陽九厄曰：初入，百六，陽九。音義曰：易傳所謂陽九之厄。漢書曰：漢興，禁網疎闊。管子曰：國有四維，四維不張則滅。王逸楚辭注曰：維，紘也。尚書曰：崇信姦回。毛詩曰：商邑翼翼。漢書，客謂陳涉曰：夥，涉之爲王沈沈者。應劭曰：沈沈，宮室深邃之貌〔二二〕。沈，長含切〔二三〕，與眈音義同。謝承後漢書曰：陽球爲司隷校尉，虎視帝宇。廣雅曰：煨，燼也，烏瓌反。廣雅曰：煨，煙也〔二四〕。杜預左氏傳注曰：燼，火之餘木也，似進反。毛萇詩傳曰：殷，衆也。毛詩曰：子孫繩繩兮。長楊賦曰：洋溢八區。言廣大也。説文曰：鋒，兵端也。又曰：矢，鋒也〔二五〕。戰國策曰：綴甲厲兵，效勝於戰場。伊洛榛曠，崤函荒蕪。善曰：服虔漢書注曰：榛，木叢生也。賈逵國語注曰：蕪，穢也。臨菑牢落，鄢郢丘墟。善曰：漢書，齊郡有臨菑縣。牢落，猶遼落也。洞簫賦曰：翩連綿以牢落〔二六〕。東觀漢記曰：第五倫自度仕宦牢落。漢書，南郡有故鄢縣。吕氏春秋，燭過曰：子胥諫而不聽，故吴爲丘墟。而是有魏開國之日，締構之初。萬邑譬焉，亦獨犨昌由麋之與子都〔二七〕。培塿之與方壺也。善曰：周易曰：開國承家。廣雅曰：締，結也。犨麋，古之醜人也。吕氏春秋曰：陳有惡人焉，曰敦洽犨麋，椎顙廣額，色如漆赭〔二八〕，陳侯悦之。毛詩曰：不見子都。子都，美丈夫也〔二九〕。左氏傳曰：太叔曰：培塿無松柏。培，步苟反。塿，路苟反。方壺，二山名，已見上文〔三〇〕。

「且魏地者，畢昴之所應，虞夏之餘人。先王之桑梓，列聖之遺塵。考之四隈，則八埏延之中；測之寒暑，則霜露所均〔三一〕。卜偃前識而賞其隆，吴札聽歌而美其風。雖則衰世，而盛德形於管絃；雖踰千祀，而懷舊藴於遐年。詩譜云：魏地，畢昴之分野，虞舜及禹所都之地，在禹貢冀州，雷首之北，析城之西，周以封同姓。其後晉獻公滅魏，以封大夫畢萬。在晉之南河曲，故其詩云：彼汾一曲，寘之河之干。隈，猶隅也。鄒衍曰：四隈不静。司馬相如封禪文曰：下泝八埏。國語曰：卜偃云：魏，大名也，以是始賞，天啓之矣。左傳曰：吴公子札來聘，使工爲之歌魏，曰：美哉，大而婉，儉而易，行以德輔，此則爲明主也〔三二〕。善曰：毛詩曰：惟桑與梓，必恭敬止。王逸楚辭注曰：考，校也。周禮曰：以土圭測日影，以求地中，日南多暑，日北多寒。禮記曰：日月所照，霜露所墜。左氏傳，史趙曰：盛德必百世祀。吴越春秋，樂師曰：君王之德，可記之於管絃。毛詩序曰：懷其舊俗。方言曰：藴，積也。爾其疆域，則旁極齊秦，結湊冀道。

開胸殷衞，跨躡燕趙。山林幽峡烏朗切，川澤迴繚。恒碣碪碍於青霄，河汾浩涆而皓溔。南瞻淇澳於六，則綠竹純茂；北臨漳滏父，則冬夏異沼。神鉦迢遞於高巒，靈響時驚於四表。温泉毖秘涌而自浪，華清蕩邪而難老。善曰：史記〔三三〕，蘇秦説魏襄王曰〔三四〕：南有鴻溝，東有淮潁，西有長城，北有河外。地理志曰：魏，觜觿，參之分野也，自高陵以東，河東、河内，南有陳〔三五〕及汝南之邵陵、隱強、新汲、西華、長平，潁川舞陽、郾、許、鄢樊陵〔三六〕，河南之開封、中牟、陽武、酸棗、卷，皆魏分也。魏武皇帝初封魏公，南得河内、魏郡，北得趙國、中山、常山、鉅鹿、安平、甘陵，東得平原，西得東平，凡十郡，以此爲魏之本國，蓋冀州之地。恒山，北岳也。碣石，山名也。詩云：瞻彼淇澳，綠竹猗猗。漢書溝洫志曰：下淇園之竹。漳、滏，二水名，經鄴西北。滏水熱，故曰滏口。水有寒有温，故曰冬夏異沼也。冀州圖，鄴西北鼓山，山上有石鼓之形，俗言時自鳴。劉邵趙都賦曰：神鉦發聲。俗云：石鼓鳴，則天下有兵革之事。詩云：毖彼泉水。温水，在廣平都易縣〔三七〕，俗以治疾洗百病。華清，井華水也。善曰：王逸楚辭注曰：湊，聚也。冀、道，亦二國名也。爾雅曰：兩河間曰冀州。左氏傳曰：江、黄、道、柏，方睦於齊。杜預曰：道國在汝南。胸，猶前也。南都賦曰：涓水蕩其胸〔三八〕。漢書地理志曰：河内本殷舊都，周分爲邶、鄘、衞。碪碍，高貌。碪，五感反。鄭玄周禮注曰：汾水出汾陽縣。浩，古老切。涆，古旦反。上林賦曰：滉瀁潢漾。廣雅曰：浩溔，大也。皓，故老反。溔，餘眇反。山海經曰：少山，清漳水出焉。郭璞曰：至武安南入濁漳。山海經曰：神囷山，滏水出焉。郭璞曰：經鄴西北入漳。説文曰：泌，水駃流也。泌與毖同，音秘。魚豢典略曰：浪井者，弗鑿而成。毛詩曰：永錫難老。墨井鹽池，玄滋素液。厥田惟中，厥壤惟白。原隰畇畇，墳衍斥斥。或嵬壘力罪而複陸，或黋苦光朗而拓落。乾坤交泰而絪緼，嘉祥徽顯而豫作。是以兆朕振古，萌柢疇昔。藏氣讖緯，閟象竹帛。迥時世而淵默，應期運而光赫。曁聖武之龍飛，肇受命而光宅。鄴西高陵西伯陽城西有石墨井，井深八丈。河東猗氏南有鹽池，東西六十四里，南北七十里。尚書禹貢，冀州厥土惟白壤，厥田惟中中。閟，閉也。詩云：閟宮有洫〔三九〕。善曰：周禮曰：辨其墳衍原隰之名。鄭玄曰：水厓曰墳，下平曰衍。毛詩曰：畇畇原隰。以純反。斥斥，廣大之貌也。蒼頡篇曰：斥，大也。嵬壘，不平之貌。嵬，烏罪切。糙朗，光明之貌。拓落，廣大之貌〔四〇〕。周易曰：天地交泰。又曰：天地絪緼。西京賦曰：備致嘉祥。文帝答曹植詔曰：所獻詩二篇，徽顯成章。兆，猶機事之先見者也。淮南子曰：欲與物接而未成朕兆者也。許慎曰：朕，兆也，直軫反。毛詩曰：振古如兹。毛萇曰：振，自也。廣雅曰：萌，始也。爾雅曰：柢，本也，丁計反。禮記曰：余疇昔之夜夢。鄭玄曰：疇，發語聲也。説文曰：讖，驗也。河、洛所出書曰讖。毛萇詩傳曰：閟，閉也。墨子曰：以其所書於竹帛，傳於後代子孫。春秋説題辭曰：尚書者，所以推期運、明命授之際。魏志曰：太祖武皇帝，姓曹諱操，爲丞相，封魏王。文帝受禪，追尊曰武皇帝。東京賦曰：世祖乃龍飛白水。毛詩序曰：文王受命作周也。鄭玄曰：受天命而王天下也。東京賦曰：漢初弗之宅。

「爰初自臻，言占其良。謀龜謀筮，亦既允臧。修其郛郭，繕其城隍。經始之制，牢籠百王。畫雍豫之居，寫八都之宇。鑒茅茨於陶唐，察卑宮於夏禹。古公草創，而高門有閌苦浪；宣王中興，而築室百堵。兼聖哲之軌，并文質之狀。商豐約而折中，准當年而爲量。思重爻，摹大壯。覽荀卿，采蕭相。僝拱木於林衡，授全模於梓匠〔四一〕。謀龜謀筮〔四二〕，猶周公之卜都洛邑也。毛詩云：爰契我龜。又曰：卜云其吉，終然允臧。重爻，易爻也。

大壯，易卦名也。易曰：上古穴居而野處，後世聖人易之以宮室，上棟下宇，以禦風雨。蓋取諸大壯，謂壯觀也。荀卿曰：宮室臺榭，以避燥濕（四三）。養德，別輕重也，非爲夸泰，將以明人之大通仁順也。春秋左傳曰：山林之木，衡鹿守之。治木器曰梓。尚書有梓材之篇也。善曰：尚書曰：謀及卜筮。淮南子曰：太一者，牢籠天地。雍，西京也。豫，東京也。西京賦曰：取殊裁於八都。墨子曰：堯、舜茅茨不翦。論語，子曰：禹卑宮室。毛詩美古公亶父曰：高門有閌。又美宣王曰：築室百堵。説文曰：僝，具也，鉏勉反。又曰：僝，取也，子軟切（四四）。孟子曰：梓匠輪輿，能與人規矩，不能使人巧。趙岐曰：梓匠，木工也。

遐邇悅豫而子來，工徒擬議而騁巧。闡鉤繩之筌緒，承二分之正要。揆日晷，考星耀。建社稷，作清廟。築曾宮以迴匝，比岡隒魚檢而無陂。造文昌之廣殿，極棟宇之弘規。對若崇山崫起以崔嵬，髧徒感若玄雲舒蜺以高垂。二分，春秋之中者也。詩，定之方中（四五），作爲楚宮。揆之以日，作爲楚室。定，營室星。營室中可以興土功也。陂，傾也。易曰：無平不陂。文昌，正殿名也。蜺，龍形而五色。善曰：難蜀父老曰：遐邇一體。豫或爲務。西都賦序曰：衆庶悅豫。毛詩曰：庶人子來。周易曰：擬之而後言，議之而後動，擬議以成其變化。甘泉賦曰：王爾投其鉤繩。杜預左傳注：銓，次也，與筌同。周禮曰：匠人建國，晝參諸日中之景，夜考之極星，以正朝夕。鄭玄曰：極星，北辰也。周禮曰：左宗廟，右社稷。説文曰：隒，崖也。鄭玄禮記注曰：陂，傾也。周易曰：上棟下宇，以避風雨。對，高貌也。景福殿賦曰：若仰崇山而戴垂雲。髧，垂貌也。淮南子曰：玄雲素朝。

除立參差。枌音汾橑音老複結，欒櫨疊施。丹梁虹申以並亘，朱桷森布而支離。綺井列疏以懸蔕，華蓮重葩而倒披。齊龍首而涌霤，時梗概於滮被尤池。爾雅曰：桷謂之榱。善曰：西都賦曰：因瓌材而究奇，抗應龍之虹梁〔四六〕。廣雅曰：曲枅謂之欒。説文曰：欂櫨，柱枅也。然欒、櫨一也，有曲直之殊耳。西京賦〔四七〕，蔕倒茄於藻井，披紅葩之狎獵。又曰：疏龍首以抗殿〔四八〕。齊龍首而涌霤，謂畫爲龍首於椽〔四九〕，承檐四隅，而以寫霤也。説文曰：霤，屋水流也。東京賦曰：其梗概如此。毛詩曰：滮池北流也。**旅楹閑列，暉鑒抶**烏浪**振**〔五〇〕。**榱題黮䵣，階楯嶙峋**〔五一〕。**長庭砥平，鍾簴夾陳。風無纖埃，雨無微津。**詩云：旅楹有閑。抶，中央也。振，屋宇穩也。文昌殿前有鍾簴，其銘曰：惟魏四年，歲在丙申，龍次大火，五月丙寅，作蕤賓鍾，又作無射鍾。建安二十一年七月，始設鍾簴於文昌殿前，所以朝會四方也。善曰：鄭玄毛詩箋曰：旅楹，衆也。薛君韓詩章句曰：閑，大也，謂閑然大也。暉鑒，言楹柱光輝遠照。抶，振也。廣雅曰：鑒，照也。聲類曰：黮，深黑色也〔五二〕，直感反。䵣，亦黑也，徒對反。應劭上林賦注曰：楯，闌横也。西京賦曰：抵鍔嶙峋〔五三〕。埤蒼曰：嶙峋，山崖之貌也。毛詩曰：風雨攸除。墨子曰：聖王作爲宮室，邊足以御風寒，上足以待露**巖北闕，南端逌遵。竦峭雙碣，方駕比輪。西闢延秋，東啓長春。用覲羣后，觀享頤賓。**文昌殿前值端門。端門之前，南當南止車門，又有東西止車門。端門之外，東有長春門，西有延秋門。文昌殿所以朝會賓客，享四方。善曰：德陽殿賦曰〔五四〕：朱闕巖巖。凡南方正門，皆謂之端。春秋説題辭曰：血書魯端門。西京賦曰：圓闕竦以造天，若雙闕之相望〔五五〕。毛萇詩傳曰：覲，見也。尚書曰：肆覲羣后。周易曰：觀頤，觀其所養也。頤養，亦享也，故曰觀享頤賓。許兩切。

「左則中朝有赩，聽政作寢。匪樸匪斲，去泰去甚。木無彫鎪所留，**土無綈**題**錦。玄化所甄，國風所禀。**中朝，内朝也。漢氏大司馬、侍中、散騎諸吏爲中朝，丞相六百石以下爲外朝也。文昌殿東有聽政殿，内朝所在也〔五六〕。墨子曰：堯之爲君，采椽不斲。晏子春秋曰：明堂之制，下之濕潤不能及也，上之寒暑不能入也。土事不文，木事不鏤，示民知節也。老子曰：去甚去泰。爾雅曰：鏤，鎪也。善曰：毛萇詩傳曰：絶，赤貌也。尚書曰：既勤樸斲。孔安國曰：樸，治；斲，削也。西京賦曰：木衣綈錦。説文曰：綈，厚繒也。蔡雍陳留太守頌曰〔五七〕：玄化洽矣，黔首用寧。漢書音義，如淳曰〔五八〕：陶人作瓦器，謂之甄。吉然反。毛詩序曰：一國之事，繫一人之本，謂之風。**於前則宣明顯陽，順德崇禮。重闈洞出，鏘鏘濟濟。珍樹猗猗，奇卉萋萋。蕙風如薰〔五九〕，甘露如醴。**聽政殿聽政殿門〔六〇〕，聽政門前升賢門〔六一〕，升賢門左崇禮門右順德門〔六二〕，三門並南向。升賢門前宣明門，宣明門前顯陽門，顯陽門前有司馬門〔六三〕。闈，守門也。周官，閽人守王門〔六四〕。爾雅曰：宫中之門謂之闈。洞，達也。南北外内、東西左右掖門，皆洞達相通。善曰：禮記曰：大夫濟濟，庶士鏘鏘。毛萇詩傳曰：猗猗、萋萋，茂盛貌也。音此禮切，叶韻。東京賦曰：惠風横被〔六五〕。邊讓帝臺賦曰〔六六〕：惠風如春施。家語，舜曰：南風之薰兮。王肅曰：薰，風至之貌也。論衡曰：甘露味如飴蜜，王者太平則降。鄭玄周禮注曰：醴，今甜酒。**禁臺省中，連闥對廊。直事所繇，典刑所藏。藹藹列侍，金蜩齊光。詰朝陪幄，納言有章。亞以柱後，執法内侍。符節謁者，典璽儲吏。膳夫有官，藥劑有司。肴醳亦順時，腠理則治。**升賢門内聽政闥，向外〔六七〕東入有納言闥、尚書臺。宣明門内升賢門，升賢門外〔六八〕東入有内醫署。顯陽門内宣明門外，東入最南有謁者臺閤，次中央符節臺閤，最北御史臺閤，三臺並别西向。符節臺東有丞相諸曹。善曰：魏武集，荀欣等曰：漢制，王所居曰禁中，諸公所居曰〔六九〕省中。淮南子曰：連闥通房，人所安也。直事，若今之當直也。蔡邕獨斷曰：直事尚書一人，典刑。周禮六典八刑也。建安十八年，始置侍中、中尚書〔七〇〕、御史、符節、謁者。金蜩，金蟬。蔡邕獨斷曰：侍中、常侍皆冠惠文，加貂附蟬。左氏傳曰：詰朝將見。杜預曰：詰朝，平旦也。周禮曰：幕人掌幄帟〔七一〕。鄭玄曰：王所居之帳也。尚書舜典曰：龍，命汝作納言。應劭漢書注曰：納言，如今尚書官，王之喉舌也。毛詩曰：出言有章。漢書音義曰：柱後，以鐵爲柱，今法冠是。如淳曰：御史冠也。符節掌璽，故云典璽。漢有尚符璽。謁者受事，故曰儲吏。漢書，謁者掌讚受事。周禮：膳夫，上士。又曰：醫師掌毒藥，共醫事。鄭玄周禮注曰：劑，和也。又禮記注曰：舊醳之酒，謂昔酒也。吕氏春秋：伊尹曰：用新去陳，腠理遂通。高誘曰：腠理，肌脈也。於後則椒鶴文石，永巷壼術。楸梓木蘭，次舍甲乙。西南其户，成之匪日。丹青焕炳〔七二〕，特有温室。儀形宇宙，歷像賢聖。圖以百瑞，綷以藻詠。芒芒終古，此焉則鏡。有虞作繪，兹亦等競。近世王者後宫，以椒房爲通稱。聽政殿後有鳴鶴堂、楸梓坊、木蘭坊、文石室，後宫所止也。壼，宫中巷也。術，道也。鳴鶴堂之前，次聽政殿之後，東西二坊之中央有温室，中有畫像讚。尚書，咎繇薦〔七三〕，舜曰：予欲觀古人之象，日月星辰，山龍華蟲，作繪粉米。永巷，掖庭之别名。善曰：列女傳曰：姜后待罪永巷。周禮曰：正宫掌宫中次舍〔七四〕。甲乙謂次舍之名，以甲乙紀之也〔七五〕。毛詩曰：築室百堵，西南其户。又曰：不日成之。藻詠，文藻頌詠也〔七六〕。綷，子對切。芒芒，遠貌也。楚辭曰：長無絶兮終古。廣雅曰：鑒謂之鏡，照也。鄭玄論語注曰：繪，畫也。

「右則疎圃曲池，下畹高堂。蘭渚莓莓，石瀨湯湯。弱葼係實，輕葉振芳。奔龜躍魚，有瞭吕梁。馳道周屈於果下，延閣胤宇以經營。飛陛方輦而徑西，三臺列峙以崢嶸。亢陽臺於陰基〔七七〕，擬華山之削成。上累棟而重霤，下冰室而沍冥。文昌殿西有銅爵園，園中有魚池堂皇〔七八〕。班固曰：畹，三十畝也。離騷曰：既滋蘭之九畹〔七九〕。石瀨，湍也。水激石間，則怒成湍。蔆，木之細枝者也。楊雄方言曰：青、齊、兖、豫之間謂之蔆，故傳曰：慈母怒子，折蔆而笞之，其惠存焉。子紅切。係，古計切。莊子曰〔八〇〕：呂梁懸水三十仞，流沫三十里，黿鼉魚鼈之所不能遊也〔八一〕。漢廄舊有樂浪所獻果下馬，高三尺，以駕輦車。銅爵園西有三臺，中央有銅爵臺，南則金虎臺，北則冰井臺，有屋一百一間〔八二〕。金虎臺有屋一百九間。冰井臺有屋〔八三〕百四十五間〔八四〕，上有冰室。三臺與法殿〔八五〕皆閣道相通，直行爲徑，周行〔八六〕爲營。建安十五年作銅雀臺。山海經曰：太華之山，削成四方。沍，堅也。春秋左氏傳曰：固陰沍寒。善曰：楚辭曰：坐堂伏檻臨曲池。曹植責躬詩曰：夕宿蘭渚。左氏傳曰：原田莓莓。杜預曰：若原田之草莓莓然。莓，莫來反。楚辭曰：石瀨兮淺淺。說文曰：瞭，察也，千例反。漢書曰：太子不敢絶馳道。應劭曰：天子道也，若今之中道。延，相連延也。淮南子曰：延樓棧道。魯靈光殿賦注：飛陛，揭孽；方輦，言廣也。甘泉賦曰：似紫宫之峥嶸〔八七〕。魯靈光殿賦曰〔八八〕：榭而高大謂之陽，基在小故曰陰基。

周軒中天，丹墀臨猋。增搆峩峩，清塵彯彯。雲雀踶甍而矯首，壯翼摛鏤於青霄。雷雨窈冥而未半，皦日籠光於綺寮。習步頓以升降，御春服而逍遥。八極可圍於寸眸，萬物可齊於一朝。

丹墀，以丹與蔣離合用塗地也。爾雅曰：扶摇謂之猋。猋，上也，風從下升也。班固西都賦說鳳闕曰：上觚稜而栖金雀。凡鳥之柄也，羽翼戢弭，以今揆古，言栖非所覩之形也。張衡西京賦曰：鳳騫翥於甍標，咸溯風而欲翔。此鳳之有定有住，尚向風而無一方〔八九〕，則不宜言溯風也。但鳥跱則形定翼住，飛則斂足絶據，踶則舉羽翮用勢，若將飛而尚住，故言雲雀踶甍而矯首也。踶，音提。王吉傳曰：進退步趨以實下。言人不行則膝脛以下虚弱不實也。眸，眸子也〔九〇〕。王褒甘泉賦曰：十分未升其一，增惶懼而目眩；若播岸而臨坑，登木末以闚泉。楊雄甘泉賦說臺曰：鬼魅不能自逮，半長途而下顛。班固西都賦說臺曰〔九一〕：攀井幹而未半，目眩轉而意迷。舍靈檻而却倚，若顛墮而復稽。張衡西京賦說臺曰：將乍往而未半，怵悼慄而竦矜，非都盧之輕蹻，孰能超而究升？此四賢所以説臺榭之體，皆危峴悚懼，雖輕捷與鬼神，由莫得而自逮也。非夫王公大人，聊以雍容升高，彌望得意之謂也〔九二〕。異乎老子曰若春升臺之爲樂焉〔九三〕，故引習步頓以實下，稱八方之究遠，適可以圍於徑寸之眸子，言其理曠而當情也。莊子有齊物之論。善曰：軒，長廊之有牕也。列子曰：周穆王築臺，號中天臺。漢典職儀曰：以丹漆地，故稱丹墀。西都賦曰：正殿崔嵬曾構。七發曰：蒙清塵。毛萇詩傳曰：壯，健也。摛鏤，摛布其彫鏤也。説文曰：窈窕，深遠也。冥，幽昧也。毛詩曰：有如皦日。西京賦曰：交綺豁以疏寮。論語：曾點曰：春服既成。毛詩曰：於焉逍遥。淮南子曰：八紘之外，乃有八極。趙岐孟子章句曰：眸，目童子也。長塗弁首，豪徼古弔互經。晷漏肅唱，明宵有程。附以蘭錡魚九，宿以禁兵。司衛閑邪，鉤陳罔驚。弁者，閣道有説者也。霍光傳，説昌邑王輦道弁首，鼓吹歌舞。豪，徼道也。晷漏，漏刻也〔九四〕。善曰：説文曰：晷，景〔九五〕，故曰晷漏。漢書，房中歌曰：肅倡和聲。字書，倡，亦唱字也，充向反。程，猶限也。程，與呈通。西京賦曰：武庫禁兵，設在蘭錡。建安二十二年，初置衛尉。漢書曰：衛尉掌宮門衛屯兵。周易曰：閑邪存其誠。樂汁圖曰〔九六〕：鉤陳，後宮也。服虔甘泉注曰〔九七〕：紫宮外營鉤陳星。於是崇墉濬洫，嬰堞帶涘。四門轥轥魚竭，隆厦重起〔九八〕。憑太清以混成，越埃壒烏害而資始。藐藐標危，亭亭峻趾。臨焦原而不怳，誰勁捷而無猥？與岡岑而永固，非有期乎世祀。陽靈停曜於其表，陰祇濛霧於其裏。墉，城也。濬，深也。洫，城溝也。張衡西京賦曰：經城洫。堞，城上女牆也。賈誼曰：翟伐衛，寇俠城堞〔九九〕。涘，厓也。毛詩云：夏屋渠渠〔一〇〇〕。又曰：既成藐藐。尸子曰：莒國有石焦原者，廣尋長五十步〔一〇一〕，臨百仞之谿，莒國莫敢近也。有勇以見莒子者，獨却行齊踵焉，所以服莒國也。善曰：薛綜西京賦注曰：巘巘，高貌也。鶡冠子曰：上及太清，下及太寧。老子曰：有物混成，先天地生。西都賦曰：軼埃壒之混濁。周易曰：萬物資始。王逸楚辭注曰：藐藐，遠也。說文曰：標，末也。鄭玄禮記注曰：危，棟上也。西京賦曰：狀亭亭以苕苕。說文曰：阯，基也。論語曰：愼而無禮則葸。猥與葸同，思子反。陽靈，天神也。甘泉賦曰：齊乎陽靈之宮。周禮曰：掌地祇之禮也。

苑以玄武，陪以幽林。繚了垣開囿，觀宇相臨。碩果灌叢，圍木竦尋。篁篠懷風，蒲陶結陰〔一〇二〕。回淵漼，積水深。蒹葭𧄶〔一〇三〕，雚胡官蒻弱森。丹藕淩波而的皪，綠芰泛濤而浸七心潭以心。羽翮頡頏，鱗介浮沈。棲者擇木，雊者擇音。若咆步交渤澥與姑餘〔一〇四〕，常鳴鶴而在陰。表清籞，勒虞箴。思國郇，忘從禽。樵蘇往而無忌，即鹿縱而匪禁。

玄武苑在鄴城西，苑中有魚梁釣臺竹園，蒲陶諸果。詩曰：集于灌木。春秋左氏傳曰：鳥則擇木。又曰：鹿死不擇音。皆自得之謂也。雊者，舉雉兔之類，不傷其時，況其巨者乎！楊雄曰：勃澥之鳥。淮南子曰：軼鶤雞於姑餘。易曰：鳴鶴在陰，其子和之。張衡東京賦曰：江池清籞〔一〇五〕。虞箴，虞人之箴也，事見春秋。其辭曰：芒芒禹跡，畫爲九州，經啓九道。人有寢廟，獸有茂草，各有攸處，德用不擾。在帝夷羿，冒于原獸，忘其國恤，思其麀牡。武不可重，是用不恢于夏家。獸臣司原，敢告僕夫。周易曰：即鹿無虞，往從禽也。孟子，齊宣王問曰：文王之囿方七十里，有諸？孟子對曰：於傳有之。曰：若是其大乎？答曰：民猶以爲小也。曰：寡人之囿方四十里〔一〇六〕，民猶以爲大，何也？答曰：文王之囿方七十里，芻蕘者往焉，雉兔者往焉，與民同之。民以爲小，不亦宜乎？臣始至於境，問國之大禁，然後敢入。臣聞郊關之內有囿方四十里，殺其麋鹿者〔一〇七〕如殺人之罪。則是四十里爲阱於國中〔一〇八〕。民以爲大，不亦宜乎？言樵蘇往而無忌，即鹿縱而匪禁者，蓋同乎周文之德，異乎齊宣之意。善曰：西都賦曰：幽林穹谷。西京賦曰：繚垣緜連。周易曰：碩果不食。莊子曰：見巨木其絜百圍。孫子曰：水深則回。説文曰：淵，回水也。毛詩曰：有灌者泉。文子曰：積水成海。説文曰：䉾，分別也，胡犬反。本草曰：藕，一名水芝。爾雅曰：荷，芙蕖，其根藕。此文云凌波而的皪，即藕爲偏名，非唯根矣。的皪，光明也。上林賦曰：的皪江靡。鄭玄周禮注曰：陵，芰也。説文曰：白濤，大波也〔一〇九〕。浸潭，漸漬也，隨波之貌〔一一〇〕。洞簫賦曰：玉液浸潭而承其根。毛萇詩傳曰：飛而上曰頡，飛而下曰頏〔一一一〕。周禮曰：川澤宜鱗物，墳衍宜介物。鄭玄曰：鱗，魚龍之屬。介，龜鼈之屬，水居陸生者也。漢書音義，晉灼曰：樵，取薪也；蘇，取草也。膴膴坰野，奕奕菑畝。甘荼伊蠢，芒種斯阜。西門溉其前，史起灌其後。墱流十二，同源異口。畜爲屯雲，泄爲行雨。水澍稉古衡稌徒五，陸蒔稷黍。黝黝桑柘，油油麻紵。均田畫疇，蕃廬錯列。薑芋充茂，桃李蔭翳音咽，叶韻。家安其所，而服美自悦。邑屋相望武方，而隔踰奕世。膴膴，美也。詩云：周原膴膴，堇荼如飴。爾雅曰：田一歲曰菑。詩云：薄言采芑，于此菑畝。周官曰：澤草所生，種之芒種。鄭司農曰：芒種，稻麥也。今鄴下有十二墱天井偃〔一一二〕，在城西南，分爲十二墱〔一一三〕。丁鄧切。微子麥秀之歌曰：黍苗油油。漢制，列侯、公主田無過三十頃者，其餘各以官次。哀帝時，董賢賜田猥多，王嘉上疏：均田之制，從此隳壞。疇者，界也。埒，畔際也〔一一四〕。詩云：中田有廬。孟子曰：五畝之宅，樹之以桑。故曰蕃廬錯列。老子曰：甘其食，美其服，樂其俗，安其居。鄰里相望，雞犬之聲相聞，人至老死不相與往來。善曰：韓詩曰：周原膴膴。莫來反。毛詩曰：奕奕梁山，維禹甸之。賈逵國語曰〔一一五〕：阜，長也。河渠書〔一一六〕曰：西門豹引漳水溉鄴，以富魏之河内。漢書曰〔一一七〕：史起爲鄴令，遂引漳水溉鄴，人歌之曰：鄴有賢令兮爲史公，決漳水兮灌鄴旁。終古舄鹵兮〔一一八〕生稻粱。水陸，謂高下之田也。二渠之利，下則澍生稉稌，高則植立稷黍也。説文曰：澍，時雨，所以澍生萬物者也。之樹反。方言曰：蒔，更也〔一一九〕。郭璞曰：謂更種也〔一二〇〕。時吏切。爾雅曰：黑謂之黝。郭璞曰：黝，黑貌也。聲類曰：油油，麻肥也。莊子曰：治邑屋，曷嘗不法聖人哉！謝承後漢書曰：王翁位二千石，奕世相襲。

「內則街衝輻輳，朱闕結隅。石杠飛梁，出控漳渠。疏通溝以濱路，羅青槐以蔭塗。比滄浪平而可濯，方步櫚以占而有踰。習習冠蓋，莘莘所巾蒸徒。斑白不提，行旅讓衢。設官分職，營處署居。夾之以府寺，班之以里閭。鄴城內諸街〔三一〕，有赤闕黑〔三二〕闕正當東西南北城門，最是其通街也。石竇橋在宮東，其水流入南北里。爾雅曰：石杠謂之倚。郭璞曰：石橋，音江〔三三〕。疏，通也。魏武帝時堰漳水，在鄴西十里，名曰漳渠堰。東入鄴城，經宮中東出，南北二溝夾道，東行出城，所經石竇者也。楚辭曰：滄浪之水清，可以濯吾纓。善曰：杜預左氏傳注曰：衝，交道也，齒容反。文子曰：羣臣輻湊。李尤德陽殿賦曰：朱闕巖巖。晉灼漢書注曰：飛梁，浮道之橋。小雅曰：控，引也。步櫚，長廊也。楚辭曰：曲屋步櫚宜擾畜。上林賦曰：步櫚周流，長途中宿。蔡雍胡億碑曰：祁祁我君，習習冠蓋。毛萇詩傳曰：莘莘，衆多也。禮記曰：斑白者不提挈。鄭玄曰：雜色曰斑。家語曰：虞、芮二國爭田，入文王境，行者讓路。周禮曰：設官分職，以爲民極。小雅曰：班，次也。其府寺則位副三事，官踰六卿。奉常之號，大理之名。廈屋一揆，華屏齊榮。肅肅階闟，重門再扃。師尹爰止，毗代作楨。當司馬門南出，道西最北東向相國府，第二南行御史大夫府，第三少府卿寺。道東最北奉常寺，次南大農寺。出東掖門正東，道南西頭太僕卿寺，次中尉寺。出東掖門，宮東北行北城下，東入大理寺。宮內大社西郎中令府。城南有五營。魏武帝爲魏王時，太常號奉常，廷尉號大理。建安十八年，始置侍中、尚書、御史、符節、謁者、郎中令、太僕〔三四〕、大理、大農、少府、中尉。二十一年，大理鍾繇爲相國，始置太常宗正。二十二年，以軍師華歆爲御史大夫。初置衛尉時，武帝爲魏王，置相國、御史大夫，故云位副三事。置卿近九，故曰官踰六卿。善曰：毛詩曰：三事大夫，莫肯夙夜。夏屋，已見上注。鄭玄禮記注曰：畫，華也。爾雅曰：屏謂之樹。鄭玄禮記注曰：榮，屋翼也。爾雅曰：兩階間曰闕，許亮反。周易曰：重門擊柝。說文曰：扃，門之關也。毛詩曰：赫赫師尹。毛萇曰：太師，周之三公也。尹氏爲太師。毛詩曰：天子是毗。又曰：王國克生，維周之楨。毛萇曰：楨，幹也。其閭閻則長壽吉陽，永平思忠。亦有戚里，寘宮之東。閈出長者，巷苞諸公。都護之堂，殿居綺窗。輿騎朝猥，蹀㰦其中。長壽、吉陽、永平、思忠，四里名也。長壽、吉陽二里在宮東，中當石竇。吉陽南入〔二五〕，長壽北入，皆貴里。都護者，將軍曹淵也。漢書萬石君傳曰：徙其家長安戚里，以姊爲美人故。善曰：古詩云：交疏結綺窗。廣雅曰：猥，衆也，烏罪反。聲類曰：蹀，躡也，徒協反。說文曰：㰦，嘔也，丘知反。營客館以周坊，餝賓侶之所集。瑋豐樓之閈閎，起建安而首立。葺牆幂室，房廡雜襲。剞居綺劂罔掇，匠斲積習。廣成之傳無以疇，稾街之邸不能及。鄴城南有都亭，城東亦有都道，北有大邸〔二六〕，起樓門臨道，建安中所立也。古者重客館，故舉年號也。春秋左傳曰：高其閈閎，繕完葺牆，以待賓客。圬人以時幂館宮室。子産曰：僑聞文公之爲盟主也，宮室卑埤，以崇大諸侯之館，館如公寢。爾雅曰：閎，巷門也。一曰：閎，門中所從出入也。葺，覆也。圬人，塗人也。幂，墁也。館宮室，諸侯傳也。史記，藺相如奉璧西入秦，秦舍相如廣城傳〔二七〕。善曰：說文曰：廡，堂下周屋也。許慎淮南子注曰：剞劂，曲刀也。劂，九月反。鄭玄論語注曰：輟，止。掇，古字通〔二八〕。張晏漢書注曰：疇，等也。漢書曰：郅支首懸稾街蠻夷邸間。晉灼曰：黄圖，在長安城内也。廓三市而開廛，籍平逵而九達。班列肆以兼羅，設闤闠以襟帶。濟有無之常偏，距日中而畢會。抗旗亭之嶢嶭五結，侈所覜之博大〔二九〕。周禮，大市，日昃而市；朝市，朝時而市；夕市，日夕而市。此三市之謂也。達〔三〇〕，已見上章。傳曰：達市在達之上。易曰：日中爲市，致天下之人，聚天下之貨，交易而退，各得其所。善曰：有無，謂貨物之多少也。二者常偏，此能濟之也。孟子曰：古之爲市也，以其所有，易其所無。西京賦注曰：旗亭，市樓也。嶢嵲，高峻之貌。爾雅曰：覘，視也，他吊反。

采之異觀。質劑子遺平而交易，刀布貿而無筭。憑軾捶馬，袖幕紛半。壹八方而混同，極風

又曰〔三一〕：以質劑結信而止訟。鄭玄曰：質劑，謂兩書一札而別之也，若今下手書，保物要還矣。質，大賈也。劑，小賈也。刀布，錢刀之謂。荀卿書曰：省刀布之斂。善曰：西京賦曰：俯察百隧。史記，蘇秦曰：臨菑之塗，車轂擊，人肩摩，連衽成帷，舉袂成幕。左傳曰：楚子玉謂晉侯曰：君憑軾而觀之。説文曰：捶，擊也。河圖龍文曰：八方歸德。淮南子曰：采俗者，所以一羣生之短脩，明九夷之風采。高誘曰：風，俗。采，事也。財以工化〔三二〕，賄以

商通。難得之貨，此則弗容。器周用而長務，物背窳而就攻。不鬻邪而豫賈古，著馴

風之醇醲。周官曰：百工飭貨八材，商賈阜通貨賄。漢書貨殖傳曰：桓、文之後，禮義大壞，上下相冒，於是商通難得之貨，工作無用之器。攻者，堅也。詩曰：我車既攻。通物曰商，居賣曰賈。禮記王制曰：器用不中度，不鬻於市；布帛精麤不中數，幅廣狹不中量，不鬻於市；姦色亂正色，不鬻於市；禽獸魚鼈不中殺，不鬻於市。此皆不鬻邪之義。史記曰：子産治鄭，不鬻賈〔三三〕。周官曰：平肆展成。鄭玄曰：展，整也。成，平也〔三四〕。市者使定物賈，防誑豫也。善曰：廣雅曰：財，貨也。財與材古字通。爾雅曰：賄，財也。廣雅曰：長，常也。言常習之。史記曰：舜居河濱〔三五〕，器不苦窳。晉灼曰：窳，病也，餘乳反。淮南子曰：黄帝治天下，市不豫賈。周易曰：馴致其道。仲長子昌言曰：淑清穆和之風既宣〔三六〕，醇醲之化既浹。孔安國尚書傳曰：醇，粹也。説文曰：醲，厚酒也，女龍切。優

渥〔三七〕，然以酒之醲以喻政厚也。白藏平之藏去，富有無隄。同賑大內，控引世資，賨幏積墆，琛幣充牣切。關石之所和鈞，財賦之所底慎。燕弧盈庫而委勁，冀馬填廄救而駔駿。白藏庫在西城下，有屋一百七十四間。爾雅曰：秋爲白藏，因以爲名也。大內，京邑都內寶藏也。漢書，淮南王安上疏曰：越人貢財之奉，不輸大內。食貨志曰：或墆財。夏書曰：關石和鈞，王府則有。此夏之逸書。禹貢曰：庶土交正，厎慎財賦，咸則三壤。鄴城西下有乘黃廄。燕，幽州也。弧，弓也。爾雅曰：北方之美者，有幽都之筋角焉。春秋左傳曰：冀之北土，馬之所生。善曰：周易曰：富有之謂大業。漢書，東方朔曰：不足以危無隄之輿。蘇林曰：隄，限也。爾雅曰：賑，富也。風俗通曰：槃瓠之後，輸布一匹二丈，是謂賨布。廩君之巴氏〔三八〕，出幏布八丈。賨，在宗反。幏音稼。墆音滯。賈逵國語注曰：關，通也。鄭玄儀禮注曰：和，調也。孔安國尚書傳曰：金鐵曰石，供民器用，通之使和平。子虛賦曰：充仞其中。說文曰：駔，壯馬也，子朗反。

「至乎勍敵糾紛，庶土罔寧。聖武興言，將曜威靈。介胄重襲，旍旗躍莖。弓珧以焦解檠巨景，矛鋋飄英。三屬之甲，縵莫韓胡之纓〔三九〕。控絃簡發，妙擬更平贏。建安十九年五月，立魏公〔四〇〕，位諸侯王上，赤紱，遠遊冠。二十一年，進爵爲王。二十二年，得設天子旍旗，出警入蹕，賜朱冠，冕十二旒，金根車，駕六馬，建太常，設五時副車。爾雅曰：弓以蜃者謂之珧。蜃，骨也。檠，弓柙也。詩云：二矛重英。漢書刑法志曰：魏氏武卒，衣三屬之甲。趙惠文王好劍，劍士夾門而客者三千人。趙太子悝謂莊周曰：吾王所見劍士，皆蓬頭突鬢，垂冠縵胡之纓，短後之衣，瞋目而語難者，王乃悅之。戰國策，更贏謂魏王曰：臣能虛發而下鴈。魏王曰〔四一〕：然則射可至於此乎？更贏曰：可。有鴈從南方來，更贏虛發而鴈下。善曰：左氏傳曰：子魚曰：勍敵之人，隘而不成列。杜預曰：勍，強也。尚書曰：庶土交正。毛詩曰：庶士有揭。又曰〔四二〕：興言出宿。長楊賦曰：以露威靈。金匱曰：良弓非勍檠不張。説文曰：鋋，小矛。史記曰：冒頓自立爲單于，控弦之士三十萬。班固漢書李廣述曰：控弦貫石，威動北鄰。爾雅曰：簡，擇也。謂擇處而發也。齊被練而銛息廉戈，襲偏裂以讃會列。畢出征而中律，執奇正以四伐。碩畫精通，目無匪制。推鋒積紀，鋩氣彌鋭。三接三捷，既晝亦月。剋翦方命，呑滅咆白交烋虚交。雲撤叛換，席卷虔劉。祲子鴆威八紘，荒阻率由。洗兵海島，刷馬江洲〔四三〕。振旅輷輷〔四四〕，反旆悠悠。凱歸同飲，疏爵普疇。朝無刓五官印，國無費留。春秋左傳曰：被練三千。馬融曰：練爲甲裘。史記，蘇代曰：強弩在前，銛戈在後。司馬法曰：師多則讃。孫武曰：奇正還相生，若環之無端。莊子曰：庖丁爲文惠君屠牛〔四五〕，手之所觸，莫不中音，合於桑林之舞。文君曰：善哉技！庖丁對曰：臣好者道，進乎技矣。臣始解牛時，所見無非牛者。三年之後，未嘗見全牛也。今臣以神遇而不以目視也。良庖歲更刀，割也；族庖月更刀，折也。今臣刀十九年矣，所解數千牛也。而刀刃若新發於硎。若彼節者有間，而刀刃者無厚；以無厚入有間，恢乎其於遊刃必有餘地矣。文君曰：善。吾聞丁之言，得養生焉。一紀，十二年。推鋒積紀，謂魏武帝從初平元年起兵，至建安二十五年〔四六〕，軍無不尅，抑亦庖丁用刀十九年之義也。孫武曰：避其鋭氣。謂鋭氣之利甚於鋒刃也。易曰：晉，康侯用錫馬蕃庶，晝日三接。詩云：一月三捷。既晝亦月者，蓋取其頻繁之數，或日或月也。方命，放棄王命也。尚書曰：咈哉方命。尅翦方命者，謂始起兵誅董卓之首亂漢室也。咆烋，猶咆哮也，自矜健之貌也。詩云：咆烋于中國。呑滅咆烋者，剋默韓暹〔四七〕、楊奉之專用王命也。叛換，猶恣睢也。漢書曰：項氏叛換。雲撤換叛者，謂討破袁紹，猶勝項羽也。虔劉，殺也。春秋左傳，呂相絶秦曰：虔劉我邊陲。席卷虔劉者，謂擒呂布於徐州，剋袁術於揚州，平韓約、馬超於雍州，降劉表於荆州之屬也〔四八〕。祲威八紘、荒阻率由者，謂北羈單于于白屋〔四九〕，東懷孫權於吴會，西攝劉備於巴蜀也。刷，小嘗也。司馬相如梨賦曰：唰嗽其漿。史記，蘇秦曰：輷輷殷殷，若三軍之衆。穀梁傳曰：入曰振旅，兵事以嚴終也〔一五〇〕。春秋左傳曰：凡公行，告於宗廟，反行飲至。漢書曰：疏爵而貴之。疏爵普疇，疇其爵邑者。刓印，印角刓也。韓信傳曰：項王有功當封爵，印刓忍不能與。孫子兵法曰：戰勝而不脩其賞者凶，命曰費留。善曰：國語曰：公使申生伐東山。韋昭注曰：東山，皋落氏也〔一五一〕。衣之偏裻之衣。韋昭注曰：裻在中，左右異，故曰偏裻，音督。說文曰：讃列，中止也。然讃列，或止或列。周易曰：師出以律。漢書，楊雄上疏曰：石畫之臣甚衆。史記曰：秦穆公與晉惠公戰於韓地，秦人見穆公窘，亦皆推鋒爭死。尚書曰：方命圮族。春秋感精符曰：楚圖宋，更相吞滅。春秋推誠圖曰：諸侯冰散席卷，各争恣妄。西都賦〔一五二〕曰：祲威盛容。淮南子曰：八澤之外，乃有八紘。尚書曰：率由典常，以藩王室。魏武兵接要曰：大將將行，雨濡衣冠，是謂洗兵。刷，猶飲也，所劣切〔一五三〕。劉劭七華曰：漱馬河源，遊目崑崙。蒼頡篇曰：輷輷，衆車聲也，呼萌切。今爲輷字，音田。毛詩曰：悠悠旆旌。魏武孫子注曰：賞不以時，但留費也。

「喪亂既弭而能宴，武人歸獸而去戰。蕭斧戢柯以柙刃，虹旍攝麾以就卷。斟洪範，酌典憲。觀所恒，通其變。上垂拱而司契，下緣督而自勸。道來斯貴，利往則賤。囹圄寂寥，京庾流衍。尚書曰：往伐歸獸。桓譚新論，雍門周説孟嘗君曰：以強秦之勢伐弱燕〔一五四〕，譬猶礰蕭斧以伐朝菌也。馬融廣成頌曰：建雄虹之長旍。洪範，箕子陳政術之篇也。易曰：觀其所恒，而天地萬物之情可見矣。又曰：通其變，使人不倦。老子曰：聖人執左契而不責於人，有德司契，無德司徹。善曰：毛詩曰：喪亂既平〔一五五〕，周公攝政，弘化弭亂。司馬法曰：以戰去戰，雖戰可也。柙，胡甲反。尚書曰：垂拱而天下治。莊子曰：緣督以爲經，可以保身，可以全生。司馬彪曰：緣，順也。督，中也。順守道中，以爲常也。禮記曰：仲春省囹圄。文子曰：法寬刑緩，囹圄空虛。毛詩曰：曾孫之庾，如坻如京。鄭玄曰：庾，露積穀也。於時東鯷即序，西傾順軌。荊南懷憓惠，朔北思韙偉。緜緜迴塗，驟山驟水。襁負賮贄，重譯貢篚。髽首之豪，鐻耳之傑。服其荒服，斂衽而審魏闕。置酒文昌，高張宿設。其夜未遽，庭燎晣晣。有客祁祁，載華載裔入聲，協韻。岌岌冠縰所綺，纍纍辮髮。清酤户如濟，濁醪如河。凍醴流澌，溫酎躍波。豐肴衍衍〔一五六〕，行庖皤皤。愔愔醧一據讌，酣湑無譁呼瓜反。地理志曰：會稽海外，有東鯷人〔一五七〕，分爲二十餘國，以歲時獻見。尚書禹貢曰：織皮西傾，因桓是來。織皮，西戎國也。憓，順也。司馬相如封禪書曰：義征不憓。淮南子曰：三苗髽首。賮，禮贄也。周官曰：九州之外，謂之藩國，世一見，各以其所貴寶爲贄。孟子曰：將有遠行，行者必以賮。蒼頡篇曰：賮，財貨也〔一五八〕。建安二十一年，匈奴南單于呼韓廚泉將其名王大人來朝，待以客禮。張衡南都賦曰：九醖甘醴，十旬兼清。蘇秦曰：齊有清濟濁河。楚辭小招魂曰〔一五九〕：挫糟凍飲酎清涼。王逸曰：凍，冷也。酎，三重釀醇酒也。韓詩云：賓爾籩豆，飲酒之醧。能者飲，不能者已，謂之醧。許氏曰：醧，酒美也。善曰：尚書曰：西戎即序。尸子曰：荆者非無東西也，而謂之南，其南者多也〔一六〇〕。杜預左氏傳注曰：韙，是也。論語曰：襁負其子。博物志曰：織縷爲之，以約小兒於背上。尚書曰：厥貢漆絲，厥篚織文。山海經曰：青要之山，䰠武羅司之，穿耳以鐻。郭璞曰：鐻，金銀之器名。䰠，音神。鐻，音渠。漢書曰：高張四縣。晉灼曰：樂四縣也。周禮曰：凡樂事宿縣。毛詩〔一六一〕曰：夜未央。鄭玄曰：未渠央也。毛詩曰：庭燎晣晣。又曰：采蘩祁祁〔一六二〕。楚辭曰：高余冠之岌岌。鄭玄禮記注曰：纚，今之幘也。纚與縰同。漢書曰：諸侯纍纍從楚。又，終軍曰：解辮髮，削左衽。毛詩曰：既載清酤。說文曰：澌，流冰也。周易曰：鴻漸于磐，飲食衎衎。王肅曰：衎衎，寬饒之貌也。皤皤，豐多貌也。韓詩曰：愔愔夜飲。薛君曰：愔愔，和悅之貌也。孔安國尚書傳曰：樂酒曰酣。毛詩曰：迨我暇矣，飲此湑矣。毛詩曰[六三]：湑，茜也。鄭玄曰：沛[六四]，莤之也。一曰：湑，樂也。歐，乙據反。延廣樂，奏九成。冠韶夏，冒六莖[六五]。傮響起，疑震霆。天宇駭，地廬驚。億若大帝之所興作，二嬴之所曾聆。善曰：賈逵國語注曰：延，陳也。尚書曰：簫韶九成，鳳凰來儀。樂動聲儀曰：帝嚳樂曰六英，帝顓頊曰五莖，舜曰大韶，禹曰大夏。宋衷曰：六英，能爲天地四時六合也。五莖，能爲五行之道，立根本也。漢書曰：顓頊作六莖。夏，大承二帝也。韶，繼堯也。傮與曹古字通。西京賦曰：大帝説秦穆公而覲之，饗以鈞天廣樂。史記曰：趙簡子病，扁鵲視之曰：昔秦穆公[六六]嘗如此，七日而寤。寤之日，告公孫支曰：我之帝所甚樂[六七]。帝告我晉國且大亂。今主君之疾與之同。二日，簡子寤曰[六八]：我之帝所甚樂，與百神遊於鈞天，廣樂九奏萬舞，不類三代之樂。又曰：趙氏之先，與秦同祖。然則秦、趙同姓，故曰二嬴也。博雅曰：聆，聽也。金石絲竹之恒韻，匏土革木之常調。干戚羽旄之飾好去，清謳微吟之要妙。世業之所日用，耳目之所聞覺。雜糅紛錯，兼該泛博。鞮鞻所掌之音，靺邁昧任而金禁金之曲。以娛四夷之君，以睦八荒之俗。鞮鞻，周掌樂官名也。周官，鞮鞻氏掌四夷之樂與其聲歌。韓詩内傳曰：王者舞六代之樂，舞四夷之樂，大德廣之所及。善曰：周禮曰：播之以八音：金、石、土、革、絲、木、匏、竹。禮記□曰[六九]：干戚羽旄謂之樂。鄭玄曰：干，盾也。戚，斧也。武舞所執。羽，翟羽也。旄，旄牛尾。文舞所執。魏文帝樂府曰：短歌微吟不能長。孔叢子曰：世業不替。周易曰：百姓日用而不知。鄭玄周禮注曰：鞮鞻，四夷舞者扉也。鞮，都泥反。鞻，俱具反。毛萇詩傳曰：東夷之樂曰靺。孝經鉤命决曰：東夷曰昧，南夷曰任，西夷之樂曰株離，北夷之樂曰禁。然靺、昧皆東夷之樂，而重用之，疑誤也。甘泉賦曰：八荒協兮萬國諧。

「既苗既狩，爰遊爰豫。藉田以禮動，大閲以義舉。備法駕，理秋御。顯文武之壯觀，邁梁騶之所著。夏獵曰苗，冬獵曰狩。建安二十一年三月，魏武帝親耕藉田于鄴城東。建安二十二年十月甲午，治兵，上親執金鼓，以詔進退。大閲，講武也。魯詩傳曰：古有梁騶。梁騶，天子獵之田曲也〔七〇〕。善曰：孟子，夏諺曰〔七一〕：吾王不遊，吾何以休？吾王不豫，吾何以助？一遊一豫，爲諸侯度。禮記曰：天子爲藉田千畝。公羊傳曰：大閲者何？簡車馬也。蔡邕獨斷曰：天子有法駕。莊子曰：尹需學御三年而無所得，夜夢受秋駕於其師。明日往朝其師，其師望而謂之曰：吾非獨愛道也，恐子之未可與也。今將教子以秋駕。司馬彪曰：秋駕，法駕也。史記曰：此天下之壯觀也。林不槎枿，澤不伐夭。斧斨以時，罾罟以道。德連木理，仁挺芝草。皓獸爲之育藪，丹魚爲之生沼。喬雲翔龍，澤馬亍阜。山圖其石，川形其寶。莫黑匪烏，三趾而來儀。莫赤匪狐，九尾而自擾。嘉穎離合以蓴蓴，醴泉涌流而浩浩。顯禎祥以曲成，固觸物而兼造。蓋亦明靈之所酬酢，休徵之所偉兆。草木未成曰夭。斨，方銎斧也〔七二〕。詩曰：取彼斧斨，以伐遠揚。延康元年，木連理，芝草生於樂平郡，白鹿白麞見於郡國，赤魚見於太原郡。黄初元年十一月，黄龍高四五丈，出雲中。張口正赤。喬雲者，外赤内青也。楊雄太玄經曰〔七三〕：紫霓喬雲。澤馬見於上黨郡。瑞石靈圖出於張掖之柳谷，始見於建安，形成於黄初，文備於大和，周圍七尋，中高一仞，旁厚一里，蒼質素章，龍馬鳳凰仙人之象，粲然盛著，是以有魏詩雲鳥之書。黄初〔七四〕二年，醴泉出，河内郡玉璧一枚。延康元年，三足烏、九尾狐見於郡國，嘉禾生，醴泉出。易曰：顯道而神德行〔七五〕。是故可與酬酢，可與佑神矣。賓主俱飲，主人先舉，名曰酬。客酌主人酒，名曰酢。酢者，報也。行道德，宇神明，而祥瑞皆至。此蓋明靈感應之理，其與人事交報之義也，故曰蓋亦明靈酬酢也。善曰：國語，里革曰：山不槎蘖，澤不伐夭。槎，士雅切。枿，五割切。夭，烏老切。斨，七羊切。罾，子能切。文子曰：鷹隼未擊，羅罔不得張谷；草木未落，斤斧不得入山林。孝經援神契曰：德至草木，則木連理。古瑞命記曰：王者慈仁，則芝草生。説文曰：亍，步也〔一六〕，丑赤反。毛詩曰：莫赤匪狐，莫黑匪烏。尚書曰：鳳凰來儀。應劭漢書曰：擾，音擾〔一七〕，馴也。説文曰：穎，穗也。蓴，茂盛貌，子本切。蒼頡篇曰：禎，善也。周易曰：曲成萬物而不遺。尚書，有休徵。孔安國曰：序美行之驗也。説文曰：偉，大也。

「旼旼率土，遷善罔匱。沐浴福應，宅心醰徒南粹。餘糧栖畝而弗收，頌聲載路而洋溢。河洛開奧，符命用出。翩翩黃鳥，銜書來訊叶韻，音悉。人謀所尊，鬼謀所秩。劉宗委馭，巽其神器。闞玉策於金縢，案圖籙於石室。考歷數之所在，察五德之所莅。量寸旬，涓吉日。陟中壇，即帝位。改正朔，易服色。繼絶世，脩廢職。徽幟以變，器械以革。顯仁翌明，藏用玄默。菲言厚行，陶化染學。讎校篆籀，篇章畢覿。優賢著於揚歷，匪孽形於親戚。河、洛開奧，河出圖，洛出書也。黃初元年，黃鳥銜丹書，晝見河尚臺。易曰：人謀鬼謀，百姓與能。玉策，玉牒也。尚書曰：納策于金縢。縢，緘也。楊雄遺劉歆書曰：得觀書於石室。莅，臨也。詩曰：方叔莅止。司馬法曰：明不寶咫尺之玉，而愛寸陰之旬。旬，時也。禮記曰：聖人南面而治天下，改正朔，易服色，殊徽號，異器械。易曰：顯諸仁，藏諸用。讎校，所爲讎校者也。魏文帝好書，作皇覽，諸文章辭藻，多奏御，故曰讎校。尚書盤庚曰：優賢揚歷。歷，試也。善曰：封禪書曰：旼旼穆穆。周易曰：君子見善則遷，有過必改。史記，太史公曰：成王作頌，沐浴膏澤。尚書曰：宅山阜猥積。醰，美也。廣雅曰：粹，純也。淮南子曰：昔容成之時，置餘糧於畝首。蔡雍胡廣碑曰：餘糧栖于畎畝。公羊傳曰：古者什一而籍，而頌聲作矣。毛詩曰：厥聲載路。毛萇曰：路，大也。七略曰：鄒子有終始五德，從所不勝，木德繼之，金德次之，火德次之，水德次之。魏志曰：文帝諱丕，字子桓，武帝太子，爲魏王。漢帝以衆望在魏，遂禪位，乃爲壇於繁陽。王升壇即阼，改元爲黄初。尚書曰：將遜于位。遜與巽同。涓，擇也，古玄切。淮南子曰：君人之道，儼然玄墨〔七八〕。馬融論語注曰：菲，薄也。論語曰：君子薄於言而厚於行〔七九〕。風俗通曰：案劉向別録，讎校，一人讀書，校其上下得繆誤，爲校；一人持本，一人讀書，若怨家相對。漢書音義曰〔八〇〕：周宣王太史大篆也〔八一〕。籀，音胄。漢書，晁錯曰：今陛下不孽諸侯。應劭曰：接之以禮，不以庶孽畜之也。本枝別幹，蕃屏皇家。勇若任城，才若東阿。抗旍則威喻秋霜，摛翰則華縱春葩。英喆知列雄豪，佐命帝室。相兼二八，將猛四七。赫赫震震，開務有謐。故令斯民覩泰階之平，可比屋而爲一。建安二十三年，代郡烏丸反，魏武帝以鄢陵侯彰爲北中郎將，行驍騎將軍。入涿郡界，叛胡數千騎卒至，彰唯有步卒千人，騎數百疋，身自搏戰，追胡，大破之，斬首五千餘級。二八者，八元八凱也。四七者，漢光武二十八將也。黄帝泰階六符經曰：泰階者，天之三階也。上階，上星爲天子，下星爲女主。中階，上星爲諸侯三公，下星爲卿大夫。下階，上星爲元士，下星爲庶人。三階平，則陰陽和，風雨時，歲大登，民人息，天下平，是謂太平。善曰：毛詩曰：本支百世。説文曰：幹，本也。左氏傳，富辰曰：封建懿親，以蕃屏周。蔡邕述行賦曰：皇家赫而天居。彰後爲任城王，植爲東阿王。漢書，終軍曰：驃騎抗旌，昆耶左衽。喻，猶猛也，魚瞻反。荀悦申鑒曰：人主怒如秋霜。答賓戲曰：摛藻如春華。易乾鑿度曰：代者赤兑黄佐命。應劭漢官儀曰：帝室，猶古言王室。毛詩曰：赫赫師尹〔八二〕。周易曰：夫易開物成務。爾雅曰：謐，静也，音密。尚書大傳曰：周人可比屋而封。

「筭祀有紀，天禄有終。傳業禪祚，高謝萬邦。皇恩綽矣，帝德沖矣。讓其天下，臣至公矣。榮操行之獨得，超百王之庸庸。追亘卷領與結繩，睠留重華而比蹤。尊盧赫胥，羲農有熊。雖自以爲道，洪化以爲隆〔八三〕。世篤玄同，奚遽不能與之踵武而齊其風？淮南子曰：古者有督而卷領以王天下，其爲德，生而不殺。莊周曰：昔者軒轅氏、赫胥氏、尊盧氏、虙戲、神農氏，當是時，人結繩而用之。若此之時，則至治也。黄帝一號有熊氏。踵，繼也。武，迹也。楚辭曰：及前王踵之武〔八四〕。善曰：幽通賦曰：旦筭祀于契龜。音義曰：筭，數也。尚書曰：天禄永終。王逸楚辭注曰：謝，去也。西京賦曰：皇恩溥。尚書曰：帝德廣運。老子曰：大滿若沖。字書曰：沖，虚也。魏志曰：陳留王奂即皇帝位，後禪位于晉嗣王。魏世譜曰：魏封帝爲陳留王。臣至公，謂帝爲臣於晉，至公之道也。仲長子昌言曰：人主臨之以至公。司馬相如弔二世文曰：操行之不得。班固曰：漢承百王之弊。馮衍顯志賦曰：非庸庸之所識。庸，謂凡常無奇異也。史記曰：舜字重華。高誘淮南子注曰：隆，盛也。老子曰：知者不言，言者不知，是謂玄同。韓子曰：雖厚愛之，奚遽不亂。是故料聊其建國，析其法度。諮其考室，議其舉厝。復之而無斁，申之而有裕。非疏糲魯葛之士所能精，非鄙俚之言所能具。詩云：斯干，宣王考室也。疏糲，麤也。韓非曰：糲糧之飲，黎藿之羹。斁，猒也。漢書司馬遷傳曰：質而不俚。俚，鄙也。善曰：説文曰：析，量也。爾雅曰：諮，謀也。陳琳檄吴將校曰：豈輕舉厝也哉！毛詩曰：無斁於人斯。又曰：綽綽有裕。

「至於山川之倬詭，物産之魁殊。或名奇而見稱，或實異而可書。生生之所常厚，洵美之所不渝。其中則有鴛鴦交谷，虎澗龍山。掘鯉之淀，蓋節之淵。羝羝精

衛，銜木償怨。常山平干〔八五〕，鉅鹿河間。列真非一，往往出焉。昌容練色，犢配眉
連。玄俗無影，木羽偶仙。琴高沈水而不濡，時乘赤鯉而周旋。師門使火以驗術，故
將去而林燔。老子曰：人之輕死，以其生生之厚也。謂適生生之情〔八六〕以自厚也。鴛鴦水在南和縣西。交谷水
在鄴南。虎澗在鄴西南。龍山在廣平沙縣〔八七〕。掘鯉淀在河間莫縣之西。淀者，如淵而淺也。蓋節淵在平原鬲縣
北。山海經曰：發鳩之山有鳥，狀如烏，文首，白喙，赤足，名曰精衛。赤帝之女，名曰女娃。女娃遊於海，溺而不反。
精衛〔八八〕常取西山之木石，以堙東海焉。列真，謂列仙也。列仙傳，昌容者，常山道人也，自稱殷王女。食蓬累根二百
餘年，而顔色如年二十人。故曰鍊色。犢子者，鄴人也。時壯時老，時好時醜，乃知其仙人也。陽都女者，生而連眉，
耳細而長，衆以爲異，俗皆言此天人也。會犢子來過都女，都女悦之，遂留相奉待，出門共牽犢耳而走，莫能追之。玄
俗者，自言河間人也。餌巴豆雲英，賣藥於市，七丸一錢，治百病。王病瘕，服藥，用下蛇十餘頭。王家老舍人自言，父
甘見俗〔八九〕，俗形無影。王呼俗著日中，實無影。河間，故趙也，文帝三年以爲國。木羽者，鉅鹿南和人也。母貧賤，
常助産婦，兒生，自下唼母，母大怖。暮，夢見大冠赤幘守兒，言此兒司命君也，當報汝恩，使子與木羽俱仙。母陰信識
之，後兒生，字之爲木羽。兒至年十五，夜有車馬來迎之，呼：木羽木羽，爲我御來。遂俱去。琴高者，趙人也。浮遊
冀州二百餘年，後辭入碭水中〔九〇〕，取龍子，與諸弟子期。期日皆絜齊待於傍，設屋祠，果乘赤鯉來，出坐祠中。留一
月，復入水去。師門者，嘯父弟子，亦能使火，爲孔甲龍師。孔甲不能修其心意，殺而埋之外野。一旦，風雨迎之，訖，
則山木皆燔。孔甲祠而禱之，未還而道死。嘯父，冀州人也，在曲周市上〔九一〕。曲周屬廣平郡，漢武帝征和二年，嘗爲
平干國，故曰常山平干也。師門者，本嘯父弟子，故附冀州。善曰：廣雅曰：倬，絶也。薛綜西京賦注曰：詭，異也。
王逸楚辭注曰：魁，大也。鄭玄周禮注曰：生，猶養也。劉瓛周易義曰：自無出有曰生。毛詩曰：洵美且仁。鄭玄

曰：洵，信也。毛詩曰：舍命不渝。毛萇曰：渝，變也。淀，音殿。説文曰：⿰犭𠂢，亦翅字。翼，翅也，叔豉切，今音祇。⿰犭𠂢，飛貌〔一九二〕。馮衍爵銘曰：壽配列真。劉歆移曰：天下衆書，往往頗出。左傳，太史尅曰：奉以周旋。易陽壯容，衛之稚質。邯鄲躧步，趙之鳴瑟。真定之梨，故安之栗。醇酎中山，流湎千日。淇洹之筍，信都之棗。雍丘之粱，清流之稻。錦繡襄邑，羅綺朝歌。緜纊房子，縑緫清河。若此之屬，繁富夥禍夠古侯。非可單究，是以抑而未罄也。枚乘兔園賦曰：易陽之容。淮南子曰：蔡之幼女，衛之稚質。史遷記曰：趙中山鼓鳴瑟，跕躧躧〔一九三〕。真定屬中山郡，出御梨。故安屬范陽，出御栗。楊雄幽州箴曰：蕩蕩幽州，惟冀之别。禹貢無幽州，故安今見屬中山郡。中山出好酎酒，其俗傳云：昔有人曰玄石者，從中山酒家酤酒，酒家與之千日之酒，語其節度，比歸數百里〔一九四〕可至於醉。如其言飲之，至家而醉。其家不知其醉，以爲死也，棺斂而葬之。中山酒家計向千日，憶曰：玄石前來酤酒，其醉向解也。遂往問其鄰人，曰：玄石死來三年，服已闋矣。於是與其家至玄石冢上，掘而開其棺，玄石於是醉始解，起於棺中。其俗語曰：玄石飲酒，一醉千日。信都屬安平，出御棗。雍丘屬陳留也。地理志曰：魏，參之分野，南有陳留。桓斌曰：雍丘之糧。清流鄴西，出御稻。襄邑屬陳留，舊有服官。中都賦曰：朝歌羅綺。又，房子出御緜。清河出縑緫。清河一名甘陵也。善曰：漢書音義，臣瓚曰：跕爲躧〔一九五〕。跕，都牒反。躧，所解反。薛君韓詩章句曰：均衆謂之流，閉門不出容〔一九六〕謂之湎。淇園，已見上文。杜預左氏傳注曰：水出洹汲郡〔一九七〕。汲，即衛地也。洹或爲園。洹，音垣。孔安國尚書傳曰：纊，細緜。廣雅曰：緫，絹也。廣雅曰：夠，多也〔一九八〕。蓋比物以錯辭，述清都之閑麗。雖選言以簡章，徒九復而遺旨。覽大易與春秋，判殊隱而一致〔一九九〕。末上林之隤牆，本前脩以作系胡計切。逸詩：九變復貫，知言之選。擇來比物，謂屬變而還復舊貫，則知言之選，擇來〔二〇〇〕比物錯辭，物土之敍也。屈原遠遊曰：造旬始，觀清都。言雖選言簡章，徒至九復，而猶遺其精旨也。春秋推見以至隱，易本隱以之顯，所言雖殊，其合德一也，故曰末上林之隤牆，本前脩以作系也。前脩，謂前賢也。離騷，攬吾法夫前脩。司馬相如上林賦曰：頹牆填壍，使山澤之人得至。楊雄羽獵賦後曰：放雉兔，收罝罘，與百姓共之。亂者，理也。傳曰：有亂臣十人。此皆二賦以其後居正之義，理其前過甚之事也。張衡東京賦曰：相如壯上林之觀，楊雄騁羽獵之辭，雖系以隤牆填壍，亂以收其罝罘，卒無補於風規。蓋易有系辭之義，而以本於前脩以爲系胤之意也。系者，胤也。且易之系，述而辨，至於相如初壯上林之觀，後說隤牆之事，首尾相劘，非本系辭之流也。而張衡云系以隤牆，謂爲系辭同音〔二〇一〕，於義有未安焉。諸文賦之後亂者，與本絕。於隤牆、收罝罘，雖不與本文絕義，張氏同諸系辭之别，可知也。善曰：韓子曰：連類比物。列子曰：周穆王曁及化人之宮〔二〇二〕，王以爲清都紫微。班固漢書司馬相如贊文曰：推見至隱。言大易、春秋隱顯殊而合德若一，故觀覽而法則之。上林則頹牆填壍，雖本前修而作系，所謂勸百而諷一，故輕末而鄙賦。

「其軍容弗犯，信其果毅。糾華綏戎，以戴公室。元勳配管敬之績，歌鍾析邦君之肆。則魏絳之賢有令聞也。國語曰：鄭伯納女樂二八，歌鍾二肆。公錫魏絳女樂一八，歌鍾一肆，曰：子教寡人和戎狄而政諸華，於今八年，七合諸侯，寡人無不得志，與子共之。管敬仲相桓公九合諸侯，魏絳輔晉悼公七合諸侯，故謂之元勳配管敬之績也。悼公得二肆而賜魏絳一肆，故諸侯歌鍾析邦君之肆也〔二〇三〕。善曰：司馬法曰：古者國容不入軍，軍容不入國。禮記曰：介冑有不可犯。鄭玄禮記注曰：信，讀如屈伸之伸，假借字也。左氏傳，君子曰：殺敵爲果，致果爲毅。班固漢書述曰：太祖元勳，啓立輔臣。毛詩曰：令問令望。閑居隘巷，室邇心遐。富仁寵義，職競弗羅。千乘爲之軾廬，諸侯爲之止戈。則干木之德自解紛也。呂氏春秋曰：段干木者，魏文侯敬之，過其廬而軾之。其僕曰：干木，布衣耳，而君軾其廬，不亦過乎？文侯曰：干木不趣俗役，懷君子之道，隱處窮巷，聲馳千里之外，未肯以己易寡人也。寡人光乎勢，干木富於義。勢不如德尊，財不如義高，吾安敢不軾乎？秦欲攻魏，而司馬康諫曰：段干木，賢者，而魏禮之，天下皆聞，無乃不可加乎兵〔二〇四〕。秦君以爲然，乃止。干木寂然不競於俗，故曰職競弗羅也。逸詩云：兆云詢多，職競弗羅。善曰：漢書曰：司馬相如稱疾閑居。毛詩曰：誕寘之隘巷。又曰：其室則邇。老子曰：解其紛也。貴非吾尊，重士踰山。親御監門，嗛嗛同軒。搦女格秦起趙，威振八蕃。則信陵之名若蘭芬也。史記曰：魏有隱士曰侯嬴，年七十，家貧，爲大梁夷門監者。公子方置酒大會賓客。坐定，從車騎，虚左，自迎侯生。秦兵圍邯鄲。公子姊爲平原君夫人，平原使使讓公子。公子數請王，及賓客辯士説王萬端。王畏秦，終不聽公子。公子用侯生策，使朱亥椎殺將軍晉鄙，而奪其軍，進擊秦軍。秦軍解去，邯鄲遂存。秦兵伐魏，公子駕歸，救魏王，魏王以上將授公子。公子使徧告諸侯，諸侯各進兵救魏。公子率五國之兵破秦，至函谷關，秦兵不敢出。當是之時，公子威振天下。善曰：史記曰：侯生直上載，欲以觀公子。公子執轡愈恭。然親御，謂身自爲御也。監門，即侯嬴也。周易曰：謙謙君子，卑以自牧。嗛，古謙字。説文曰：搦，按也〔二〇五〕。英辯榮枯，能濟其厄。位加將相，窒知逸隙之策。四海齊鋒，一口所敵，張儀〔二〇六〕、張禄亦足云也。史記，張儀者，魏人也。始嘗與蘇秦俱事鬼谷先生學術，蘇秦自以不及張儀。儀以學而遊説諸侯。嘗從楚相飲，楚相亡璧。楚相門下意張儀，曰：儀貧無行，此必盗相君璧。共執儀，掠笞數百，不服，釋之。張儀相秦，使於諸侯，皆説之，散其合從之謀。秦封儀爲武信君。爲秦將取陝，築上郡塞。范雎者，魏人也。遊説欲事魏王，家貧無以自資，乃事魏中大夫須賈。賈怨范雎，以告魏將魏齊，笞擊折脅摺齒。雎佯死，即盛以簀中。范雎謂守者曰：公能出我，我必厚謝公。守者乃請棄簀中死人。遂伏匿，更名張禄先生，隨秦謁者王稽入秦，謂昭王曰：臣居山東時，聞齊有田單，而不聞其有王也。聞秦有太后、穰侯，不聞其有王也。今太后擅行不顧，穰侯出使不報，華陽、涇陽專斷不請。四貴備而國不危者，未之有也。昭王懼，乃疑穰侯，收其印，而相張禄，爲應侯。應侯之相秦，蔡澤説曰：今君相秦，計不下席，謀不出廊廟，坐制諸侯，六國不得合從，使天下皆畏秦也。善曰：曹植輔臣論曰：英辯博通。張升及論曰〔二〇七〕：嘘枯則冬榮。解嘲曰：窒隙蹈瑕，而無所屈也。

「摧惟庸蜀與鴝鵲同窠〔二〇八〕，句吳與鼃黽同穴。善曰：許慎淮南子注曰：摧，揚摧，略也。尚書曰：及庸蜀人。孔安國曰：庸在江、漢之南。左氏傳曰：鸜鵒株株。鸜，具瑜反。株，音誅。世本曰：吳孰姑徙句吳。注：孰姑，壽夢也。句吳，太伯始所居地名句吳。句，音溝。説文曰：鼃，蝦蟆也，胡蝸反。鄭玄周禮注曰：黽，蝦蟇屬也。黽，莫耿切。一自以爲禽鳥，一自以爲魚鼈。善曰：漢賈捐之上書曰：駱越之人，譬猶魚鼈，何足貪也！鍾會芻蕘論曰〔二〇九〕：吳之玩水若魚鼈，蜀之便山若禽獸。山阜猥積而踦嶇，泉流迸集而咉咽。隰壤瀸漏而沮洳，林藪石留力又而蕪穢。山阜猥積，蜀也。泉流迸集，吳也。戰國策：段規謂韓王曰：分地必取成皋，韓王曰：成皋石留之地，無所用之也。石留之地，喻土地多石，猶人物之有留結也。一曰：壤漱而石也。或作溜字。善曰：廣雅曰：踦嶇，傾側也。字書曰：迸，散走也〔二一〇〕。咉咽，流不通也。咉，烏朗反。公羊傳曰：瀸者何？漬也。作廉反。周易曰：甕敝漏。然漏猶滲也。滲，所禁反。毛詩曰：彼汾沮洳。毛萇曰：沮洳，其漸洳也。漢書楊惲曰：蕪穢不治。窮岫泄雲，日月恒翳。宅土熇暑，封疆障癘。吳、蜀皆暑濕，其南皆有瘴氣。善曰：泄，猶出也。埤蒼曰：熇，熱貌，許妖切。蔡莽螫適刺力割，昆蟲毒噬。蔡莽螫刺，多毒草也。昆蟲毒噬，蝮蛇鴆鳥之屬也。善曰：王逸楚辭注曰：蔡，草莽也。方言曰：莽，草也，南楚曰莽。鄭玄禮記注曰：昆，明也。明蟲者，陽而生，陰而藏。詩序曰：文王德及鳥獸昆蟲〔二二〕。漢罪流禦，秦餘徙帑。楊雄蜀都賦曰：秦、漢之徙，充以山東。貨殖傳曰：秦破趙，遷卓氏於蜀。漢時，日南、北景、合浦、九真亦皆有徙者，息夫躬、孫寵之屬焉。善曰：左氏傳：舜流四凶族，以禦螭魅。廣雅曰：帑，餘也，力制反。宵貌蕞罪陋，稟質遳脆蔣衞。巷無杼直呂首，里罕耆耋。地理志曰：江南卑濕，丈夫多夭。巴、蜀輕易淫泆，柔弱褊阸。漢書曰：人宵天地之貌。方言曰：燕記曰：豐人杼首。杼首，長首也。燕謂之杼。交、益之人，率皆弱陋，故曰無杼首也。善曰：左氏傳曰：蕞爾小國。杜預曰：蕞爾，小貌也。廣雅曰：質，軀也。遳，亦脆也，七戈反。説文曰：脆，少耎易斷也。左氏傳曰：王使宰孔謂齊侯曰：伯舅耋老。杜預曰：七十曰耋。或魋直追髻而左言，或鏤膚而鑽髮。或明發而嬥歌，或浮泳而卒歲。楊雄蜀記曰：蜀之先代，人椎結左語，不曉文字。嬥，謳歌〔二三〕，巴土人歌也。何晏曰：巴子謳歌，相引牽連手而跳歌也。潛行爲泳。詩曰：漢之廣矣，不可泳思。善曰：漢書，淮南王曰：越鑽髮文身之人。張揖以爲古翦字也，子踐反。文身，即鏤膚也。毛詩曰：明發不寐。爾雅曰：嬥嬥契契〔二三〕，愈遐急也。郭璞曰：賦役不均，賢人憂歎，遠急切也。佻或作嬥，音葦苕，一音徒了反〔二四〕。毛詩曰：何以卒歲？風俗以韰果爲嫿，人物以戕害爲藝。善曰：楊雄反騷曰：何文肆而質韰。應劭曰：韰，狹也，下介切。方言曰：惈，勇也。果與惈古字通。説文曰：嫿，静好也，音畫。左氏傳曰：自内害其君曰殺，自外曰戕。七良反。威儀所不攝，憲章所不綴。禮記曰：孔子憲章文、武。善曰：毛詩曰：朋友攸攝，攝以威儀。賈逵國語注曰：綴，連也。由重山之束阨烏介，因長川之裾勢〔二五〕。距遠關以闚闇俞，時高欒而陛制。重山束阸，謂蜀也。長川裾勢，謂吴也。漢書曰：形束壤制。善曰：束扼，拘束其民〔二六〕，由於湫厄也。据勢，依据川之形勢也。闕閣，望尊位也〔二七〕。陛制，亦以高櫟之陛，而能約制其民也。漢書音義，言其土地形勢〔二八〕足以束制其人也。据，古據字，九御切。薄戍緜冪，無異蛛蝥之網；弱卒瑣甲，無異螳蜋之衛。善曰：緜冪，微貌。吕氏春秋，湯祝曰：蛛蝥作罔罟，今之人學之。蛛，音株。蝥，莫侯反。莊子，蘧伯玉謂顔闔曰：汝不知夫螳蜋乎？怒其臂以當車轍，不知其不勝任也。

「與先世而常然，雖信險而勦絶。揆既往之前迹，即將來之後轍。成都迄已傾覆，建鄴則亦顛沛〔二九〕。善曰：尚書曰：天用勦絶其命。勦，子小反。左傳，吕相絶秦曰：傾覆我社稷。論語曰：顛沛必於是。馬融曰：顛沛，僵仆也。顧非累卵於疊棊，焉至觀形而懷怛！善曰：言其危懼易見，不俟觀形也。説苑曰，晉靈公造九層臺，孫息聞之，求見曰：臣能累十二博棊，加九雞子其上。公曰：子作之。孫息以棊子置下，加九雞子于其上。靈公曰：危哉！孫息曰：是不危，復有危於此者。九層之臺，三年不成，鄰國將欲興兵，社稷亡滅，君欲何望？公即壞臺。賈逵國語注曰：怛，懼也。權假日以餘榮，比朝華而菴奄藹。善曰：權，猶苟且也。楚辭曰：聊假日以須時。説文曰：木堇，朝華暮落。覽麥秀與黍離，可作謡於吴會。」善曰：尚書大傳曰：微子將□朝周〔三〇〕，過殷之墟，見麥秀之蔪蔪，曰：此父母之國，宗廟社稷所立也。志動心悲，欲哭則爲朝周，俯泣則婦人，推而廣之，作雅聲。毛詩序曰：黍離，閔宗周。大夫行役，過故宗廟宫室，盡爲禾黍，而作是詩。

先生之言未卒，吴蜀二客，矆焉相顧〔三一〕，瞧焉失所〔三二〕。有靦瞢容，神惢形茹。

弛氣離坐，忚墨而謝。矆，懼也。左傳曰：駟氏矆懼。毛詩曰：有靦面目。瞢，愧也。左傳曰：亦無瞢焉。楊雄方言曰：慙也，荆楊之間曰忚。善曰：張以慺，先壠反。今本並爲矆。矆，大視，呼縛反。說文曰：睎，失意視〔三三〕，他狄反。字書曰：蘂，垂也，謂垂下也。惢，與蘂同，而髓切〔三四〕。說文曰：惢，心疑也，亦而髓反〔三五〕。呂氏春秋曰：以茹魚驅蠅，蠅愈至而不可禁。然茹，臭敗之義也，如舉反。廣雅曰：弛，釋也，施紙反。忚，勑典反。杜預左氏傳注曰：墨，色下也。說文曰：謝，辭也。曰：「僕黨清狂，怵迫閩濮卜。習蓼蟲之忘辛，翫進退之惟谷。非常寐而無覺，不覩皇輿之軌躅。漢書，昌邑王賀傳曰：賀清狂不慧。注〔三六〕，色理清徐而心不慧，故曰清狂也。賈誼鵩鳥賦曰：怵迫之徒，或趣西東。善曰閩，已見吴都賦。孔安國尚書注曰：濮國在江、漢之南。楚辭注曰：蓼蟲不知從乎葵藿。王逸曰：蓼蟲處辛刺，食苦惡，不從葵藿食甘美。毛詩曰：人亦有言，進退惟谷。又曰：尚寐無覺。楚辭曰：恐皇輿之敗〔三七〕。班固漢書，班嗣曰：伏周、孔氏之軌躅。音義曰：躅，迹〔三八〕也。過以仉剽之單慧〔三九〕，歷執古之醇聽。楊雄方言曰：仉剽，輕也。善曰：鄭玄禮記注曰：過，猶誤也。王逸楚辭注曰：歷，逢也。老子曰：執古之道。仉，敷劍切。剽，匹妙反。兼重一龍反悂以貤繆，偭辰光而罔定。善曰：言既重其悂而又累其繆也。廣倉曰：悂，用心并誤也，方奚反。說文曰：貤，重次第物也，弋豉反。漢書音義應劭曰：偭，背也，音面。國語曰：次序三辰。賈逵曰：日月星也。先生玄識，深頌靡測。得聞上德之至盛，匪同憂於有聖。老子曰：古之士微妙玄通，深不可識。夫惟不可識，故強爲之頌，故曰先生玄識，深頌靡測。又曰：上德無爲而無不爲。易曰：顯諸仁，藏諸用，鼓萬物而不與聖人同憂，盛德大業，至矣哉！夫聖人親憂其事，然後能立。易體無爲而無不爲，自然動物，而不與聖人同憂。蓋謂治合造化，出於形器之表者，聖人無所復聞，無復恤也，故曰鼓萬物而不與聖人同憂。其上賦中云顯仁翌明，藏用玄默，故下覆報言之也。善曰：王弼周易注曰〔三〇〕：不與聖人之憂〔三一〕，憂君子之道不長，小人之道不消，黍稷之不茂，荼蓼之蕃殖。至於乾坤，簡易是常，無偏於生養，無擇於人物，不能委曲與彼聖人，同此憂之。抑若春霆發響，而驚蟄飛競。潛龍浮景，而幽泉高鏡。善曰：二客聞言，朗然心悟，猶春霆響，驚蟄紛然而競飛，龍彩幽泉，焕然而照也。吕氏春秋曰：聞春始雷，則蟄蟲動矣。詩推度客曰〔三二〕：震起而驚蟄睹。周易曰：潛龍勿用也。雖星有風雨之好，人有異同之性。庶覿蔀家與剥廬，非蘇世而居正。尚書洪範曰：庶人惟星，星有好風，星有好雨，言人心之不同如星之所好異。易曰：豐其屋，蔀其家，小人剥廬。楚辭九章曰：蔀也必獨立。春秋公羊傳曰：君子大居正。善曰：言己因此幸見蔀家剥廬之凶，非謂悟世而居正道也。爾雅曰：庶，幸也。王弼周易注曰：蔀，覆曖鄣光明之物也。既豐其屋，又覆其家，屋厚家覆，闇之甚也。王逸楚辭注曰：蘇，寤之也。且夫寒谷豐黍，吹律暖之也。昬情爽曙，箴規顯之也。劉向别録曰：鄒衍在燕，有谷，地美而寒，不生五穀。鄒子居之，吹律而温至黍生，今名黍谷。善曰：孔安國尚書注：爽，明也。説文曰：曙，旦明也。雖明珠兼寸，尺璧有盈。曜車二六，三傾五城，未若申錫典章之爲遠也。太史書曰：田敬仲世家傳曰〔三三〕：齊威王二十四年，與魏惠王會田於郊。魏王問曰：王亦有寶乎？曰：無有也。魏王曰：若寡人小國也，尚有徑寸之珠，照車前後十二乘者十枚，奈何以萬乘之國而無寶乎！善曰：尹文子曰：田父得寶玉徑寸，置於廡上，其夜照一室。史記曰：趙惠文王得楚和璧，秦昭王聞之，願以十五城請易璧。毛詩曰：申錫無疆。

「亮曰：日不雙麗，世不兩帝。天經地緯，理有大歸。安得齊給守其小辯也哉！」二客自言安能守此者自晦也〔三四〕。荀卿子曰：辯説譬論，齊給便利，而不愼義，謂之姧説。善曰：禮記曰：天無二日，主無二王。漢書文帝賜尉他書云：兩帝並立。新序單襄公曰：經之以天，緯之以地，經緯不爽，天之象也。家語，孔子曰：小辨害義，小言破道也。

文選考異

〔一〕魏都賦注「魏曹操都鄴」下至「以魏都依制度」　袁本、茶陵本無此一節注，是也。案：此二本亦尚未竄入，其并非五臣注更明。

〔二〕左太沖　茶陵本此下有「劉淵林注」四字，袁本無。案：各本皆非也，當有「張載注」三字。何云前注「張載爲注魏都」，陳云賦末「善曰張以慺先隴反云云」，則知卷首本題張孟陽注，與前合，後來誤作劉淵林耳。所説是也。袁、茶陵賦中每節注首「劉曰」，皆非，蓋合併六家時已誤其題矣。

〔三〕注「爾雅曰權輿」　袁本、茶陵本無「爾雅曰」三字。

〔四〕注「劇秦美新序曰」　案：「序」字不當有。各本皆衍。

〔五〕注「班固漢書述曰彰其剖判」　袁本、茶陵本無此十字。

〔六〕注「楊雄交州箴曰」　袁本、茶陵本無「交」字。案：漢書曰「作州箴」，餘所引有「某州箴者」，疑皆後人所添而此爲是也。

〔七〕注「杜篤通邊論曰親録譯導緩步四來」　袁本、茶陵本無「通録四來」四字。案：尤校添之也。

〔八〕以中夏爲喉不以邊垂爲襟也　袁本、茶陵本「喉」下有「舌」字，「襟」下有「帶」字。案：詳注皆不當有，二本非。又「襟」依注字善作「衿」，蓋五臣「襟」而各本亂之。

〔九〕注「而附著於大中之道也」　袁本、茶陵本「而」作「又不」，無「於」字。

〔一〇〕注「莫不貢職」　袁本、茶陵本「貢職」作「來貢」。案：尤校改之也。

〔一一〕注「漢書曰單于」下至「百蠻貢職」　袁本、茶陵本無此十九字。

〔一二〕而徒務於詭隨匪人　茶陵本「人」作「民」，云五臣作「人」。袁本作「人」，無校語。案：「民」字是也。尤以五臣亂善，又并注「同於匪民」亦改「人」，皆非。

〔一三〕注「詭隨匪人言詭善隨惡」　袁本、茶陵本「詭隨匪人言」五字作「徒務於」三字。

〔一四〕注「詭隨詭人之善隨民之惡」　袁本、茶陵本無上「詭隨」二字，「惡」下有「者也」二字。

〔一五〕注「言惡也」　袁本、茶陵本無此三字。

〔一六〕注「小劍戊去大劍」　袁本、茶陵本無「戊」字。案：此尤校添「戊」字而譌耳。

〔一七〕注「蹶敗也善曰」　袁本、茶陵本無「善曰」二字。案：有者非也。

〔一八〕注「名赤縣神州赤縣神州内自有九州」　袁本、茶陵本無下「赤縣神州」四字。

〔一九〕注「崑崙謂東南」　袁本無「謂」字，是也。茶陵本亦衍。

〔二〇〕注「于時兵所圍繞」　袁本、茶陵本「繞」作「也」，是也。

〔二一〕注「臣今見宮中荆棘」　袁本、茶陵本「荆」上有「生」字。

〔二二〕注「宮室深邃之貌」　袁本、茶陵本無「宮」字。

〔二三〕注「沈長含切」　袁本、茶陵本「切」作「反」。案：「反」字是也。凡善本云「反」，合併以後改爲「切」，其僅存者皆不當改也。

〔二四〕注「廣雅曰煨燼也烏壞反廣雅曰煨煙也」　案：此有誤也。考廣雅並無「煨，燼也」。又其下不當又云「廣雅曰」。各本皆同，無以訂之。唯釋詁云「煨，煴也」，下「煙」必「煴」之誤。

〔二五〕注「又曰矢鋒也」　陳云「矢」上脱「鏑」字，是也。各本皆脱。

〔二六〕注「牢落」下至「翩連緜以牢落」　袁本、茶陵本無此十六字。

〔二七〕亦獨犨麋之與子都　袁本、茶陵本「獨」作「猶」。案：「猶」字是也。尤誤。

〔二八〕注「色如漆赭」　袁本、茶陵本無「赭」字。

〔二九〕注「子都美丈夫也」　袁本、茶陵本無此六字。

〔三〇〕注「二山名已見上文」　袁本、茶陵本無「已見上文」四字。案：「二」當作「三」。各本皆誤。

〔三一〕則霜露所均　茶陵本「均」作「鈞」，云五臣作「均」。袁本作「均」，無校語。案：袁用五臣也。尤蓋以五臣亂善。

〔三二〕注「則爲明主也」　袁本無「爲」字，是也。茶陵本無上「左傳」至此，脱。

〔三三〕注「善曰史記」 袁本、茶陵本作「劉曰當魏襄王時」。案：二本最是。「當魏襄王時」者，上數所賦以前也，尤改誤。又二本每節首有「劉曰」，於此例當去，改爲「善曰」，更誤。

〔三四〕注「蘇秦説魏襄王曰」 袁本、茶陵本無「襄」字。

〔三五〕注「南有陳」 何校「陳」下添「留」字，是也。各本皆脱。

〔三六〕注「潁川舞陽郾許鄢樊陵」 袁本、茶陵本無「樊」字。案：無者是也。「川」下當依漢志補「之」字，各本皆脱。潁川，郡也。舞陽以下，皆縣也。潁川郡屬縣有鄢陵，尤添「樊」字於其間，甚誤。

〔三七〕注「温水在廣平都易縣」 何校「都」改「郡」，「易」下添「陽」字，是也。各本皆誤。晉書地理志之廣平郡易陽縣也。陳云別本「都」作「郡」，今未見。

〔三八〕注「涓水蕩其胸」 案：「涓」當作「湑」。各本皆譌。

〔三九〕注「閟宫有洫」 袁本「洫」作「侐」。茶陵本亦作「洫」。案：「侐」是也。

〔四〇〕注「蒼頡篇斥」下至「廣大之貌」 袁本、茶陵本無此二十九字。

〔四一〕授全模於梓匠 袁本校語云善作「令模」。茶陵本作「全模」，校語但云五臣作「謨」。案：尤所見與茶陵同，注無明文，未審善果何作。

〔四二〕注「謀龜謀筮」 袁本、茶陵本作「尚書曰謀及卜筮」。案：蓋各本皆非也。載注但當有「謀及卜筮」四字。下文善注首「尚書曰謀及卜筮」七字，茶陵本無，非也；袁有，是也。如下節載注「陂，傾也」，善注鄭玄禮記注曰「陂，傾也」，可以例此。

〔四三〕注「以避燥濕」　袁本、茶陵本「燥濕」作「温涼」。案：此尤以今荀子校改之，孟陽引不必同，改者未是。

〔四四〕注「又曰孱取也子軟切」　袁本、茶陵本無此八字。

〔四五〕注「詩定之方中」　袁本、茶陵本「詩」下有「云」字，是也。

〔四六〕注「西都賦曰因瓌材而究奇抗應龍之虹梁」　袁本、茶陵本無此十六字。

〔四七〕注「西京賦」　袁本、茶陵本「西」上有「西都賓曰抗應龍之虹梁」十字。

〔四八〕注「又曰疏龍首以抗殿」　袁本、茶陵本無此八字。案：彼賦「龍首」與此敻然不涉，尤增多，誤甚。

〔四九〕注「謂畫爲龍首於椽」　袁本、茶陵本無「畫於椽」三字。

〔五〇〕暉鑒抰振　案：「抰振」當作「柍桭」，注同。各本皆譌。柍桭見甘泉賦，太沖用其語，彼不誤，可證也。

〔五一〕階陏嶙峋　案：「陏」當作「楯」，善引應劭上林賦「宛虹杝於楯軒」句注可證。袁、茶陵二本所載五臣翰注云「階陏，階道上處」。蓋五臣改爲「陏」，而各本亂之。茶陵本並善注中字亦改爲「陏」，大誤。

〔五二〕注「深黑色也」　袁本、茶陵本無「深」字、「黑」字。

〔五三〕注「抵鍔嶙峋」茶陵本「抵」作「柢」，袁本與此同。案：各本皆非也，當作「坻」。

〔五四〕注「德陽殿賦曰」何校「德」上添「李尤」二字，是也。各本皆脱。

〔五五〕注「西京賦曰」下至「若雙闕之相望」袁本、茶陵本無此十六字。

〔五六〕注「内朝所在也」袁本、茶陵本「所在」作「存」。案：此尤改也。

〔五七〕注「蔡雍陳留太守頌曰」袁本、茶陵本「蔡」上有「玄化自此陶甄而成國風於是有稟承也」十六字。案：有者是也。尤誤脱去。

〔五八〕注「漢書音義如淳曰」袁本、茶陵本作「如淳漢書注曰」。案：此亦尤改也。

〔五九〕蕙風如薰　何引潘校「蕙」改「惠」。案：所校是也，善注可證。袁、茶陵二本所載五臣銑注云「蕙，香草」，是五臣改爲「蕙」而各本亂之。

〔六〇〕注「聽政殿聽政殿門」袁本、茶陵本此七字作「聽政殿前」四字。案：各本皆非也。當作「聽政殿前聽政闥」七字爲一句。

〔六一〕注「聽政門前升賢門」案：上「門」字當作「闥」，下節注云「升賢門内聽政闥外」，與此相承接，各本皆譌。

〔六二〕注「崇禮門右順德門」案：「崇禮門」三字不當有，乃誤複上文。各本皆衍。

〔六三〕注「顯陽門前有司馬門」袁本、茶陵本無「顯陽」二字。

〔六四〕注「闈守門也」下至「守王門」袁本、茶陵本無此十一字。

〔六五〕注「音此禮切」下至「惠風横被」　袁本、茶陵本無此十四字。

〔六六〕注「邊讓帝臺賦曰」　何校「帝」改「章華」二字，陳同，是也。各本皆誤。

〔六七〕注「聽政闥向外」　袁本、茶陵本無「向」字。案：無者最是，四字爲一句。

〔六八〕注「宣明門内升賢門升賢門外」　案：「升賢門」三字不當重。「宣明門内」四字爲一句，與上之「升賢門内」、下之「顯陽門内」句例同也。「升賢門外」四字爲一句，與上之「聽政闥外」、下之「宣明門外」句例同也。又袁本上「升賢門」下有「而」字，茶陵本有「内」字。何校云然此四字疑衍，陳同，是矣。

〔六九〕注「禁中諸公所居曰」　袁本、茶陵本無此七字。

〔七〇〕注「始置侍中中尚書」　袁本、茶陵本無下「中」字。

〔七一〕注「幕人掌幄帟」　袁本、茶陵本作「帟人掌幄」。案：當作「冪人掌幄」，此無取「帟」也。尤改未是。

〔七二〕丹青焕炳　袁本、茶陵本「焕炳」作「炳焕」。案：此疑善、五臣之異，今無以考之也。

〔七三〕注「咎繇薦舜曰」　何云「薦」疑作「蓍」。陳云當作「蓍」，是也。各本皆誤。

〔七四〕注「周禮曰正宮掌宮中次舍」　袁本、茶陵本無此十字。

〔七五〕注「謂次舍之名以甲乙紀之也」　袁本、茶陵本「名」作「處」，「紀」作「緣」。案：此亦尤改也。

〔七六〕注「文藻頌詠也」　袁本、茶陵本「頌」上有「而」字。

〔七七〕亢陽臺於陰基　袁本、茶陵本「臺」下校語云善作「高」。案：此以五臣亂善，非。

〔七八〕注「文昌殿西有銅爵園園中有魚池堂皇」　袁本、茶陵本無上「有」字，不重「園」字。

〔七九〕注「既滋蘭之九畹」　袁本、茶陵本無「既」字、「之」字。

〔八〇〕注「莊子曰」　袁本、茶陵本「子」作「周」。案：二本最是，此稱莊周，舊注例也；若稱莊子，善注例也。餘舊注誤者準此，不更出。

〔八一〕注「流沫三十里黿鼉魚鼈之所不能遊也」　袁本、茶陵本「三」作「四」，無「魚鼈」二字。

〔八二〕注「有屋一百一間」　袁本、茶陵本「有」上有「銅雀臺」三字，是也。

〔八三〕注「一百九間冰井臺有屋」　此九字袁本、茶陵本無。案：尤校添者，是也，蓋依水經濁漳水注。凡二本之誤，多不具論。唯此等經尤延之而改正，讀者所當知，故詳出之。

〔八四〕注「百四十五間」　袁本、茶陵本「四」作「三」。案：水經注作「四」，尤依校改。

〔八五〕注「上有冰室三臺與法殿」　袁本、茶陵本「上」上有「冰室臺」三字，「室三臺」作「三室」。案：尤校改者，是也。水經注云「上有冰室」。詳賦云「下冰室而沍冥」，「上」字必皆「下」字之譌。

〔八六〕注「爲徑周行」　此四字袁本、茶陵本無。案：二本脱也。

〔八七〕注「魯靈光殿賦曰」下至「似紫宫之峥嶸」　袁本、茶陵本無此二十五字。

〔八八〕注「魯靈光殿賦曰」　袁本、茶陵本「賦」下有「注」字。

〔八九〕注「此鳳之有定有住尚向風而無一方」案：此當作「此鳳之住有定向」七字爲一句，「而風無一方」五字爲一句。各本皆誤，絶不可通，今訂正之。

〔九〇〕注「眸眸子也」　袁本、茶陵本無此四字。

〔九一〕注「班固西都賦説臺曰」　袁本、茶陵本無「説臺曰」三字。

〔九二〕注「彌望得意之謂也」　袁本、茶陵本「得意之謂」作「意之得」。

〔九三〕注「若春升臺之爲樂焉」　袁本、茶陵本無「春」字。

〔九四〕注「晷漏漏刻也」　袁本、茶陵本下「漏」作「之」。又「也」下有「西上東門北漏有刻屋也」十字。案：有者是也。尤誤脱去。「上東」當作「止車」，前注「南當南止車門」，又有「東西止車門」。袁、茶陵「止車」皆作「上東」。考水經注説「長明溝南逕止車門下」，然則「上東」非也，此亦當同彼矣。「屋」當作「室」。

〔九五〕注「晷景」　案：「景」下當有「也」字。各本皆脱。

〔九六〕注「樂汁圖曰」　案：「圖」下當有「徵」字。各本皆脱。

〔九七〕注「服虔甘泉注曰」　何校「泉」下添「賦」字，陳同，是也。各本皆脱。

〔九八〕隆厦重起　案：「厦」當作「夏」。載注引詩「夏屋」，善必與之同。蓋五臣「厦」而各本亂之。下文「厦屋一揆」，亦如此。

〔九九〕注「寇俠城堞」　袁本、茶陵本無「堞」字。案：此尤校添也。

〔一〇〇〕注「毛詩云夏屋渠渠」　袁本、茶陵本無「毛」字。案：無者最是。此稱詩，舊注例也；若稱毛詩，善注例也。其有不合者，非。餘各本皆誤者準此，不更出。凡劉淵林、張孟陽諸人之注，皆未必是毛詩，觀下「牒牒坰野」句注，即可知矣。

〔一〇一〕注「廣尋長五十步」　袁本、茶陵本無「長」字。案：此尤校添也。

〔一〇二〕蒲陶結陰　茶陵本「蒲」下校語云善作「蒱」。袁本無校語。案：此尤改未必是也。袁本載注，字亦作「蒱」。然則所見與茶陵同，失著校語耳。尤并注改作「蒲」，非。

〔一〇三〕蒹葭蘙　袁本、茶陵本「蘙」作「蘙」，注同，是也。「蘙」俗字耳，廣韻所謂倒一虎者，非是矣。

〔一〇四〕若咆渤澥與姑餘　案：「渤」當作「勃」，載注引楊雄曰「勃澥之島」，善必與之同。蓋五臣「渤」而各本亂之。

〔一〇五〕注「江池清籞」　袁本、茶陵本「江」作「淵」。案：尤依東京賦改「淵」作「洪」，而又誤其字耳。

〔一〇六〕注「方四十里」　袁本、茶陵本「里」下有「耳」字。案：此尤依今孟子改也，下同。

〔一〇七〕注「殺其麇鹿者」　袁本無「鹿」字，茶陵本有。

〔一〇八〕注「爲阱於國中」　袁本、茶陵本無「於」字。

〔一〇九〕注「鄭玄周禮注」下至「大波也」　袁本、茶陵本無此十七字。

〔一〇〕注「隨波之貌」　袁本、茶陵本無此四字。

〔一一〕注「飛而下曰頏」　袁本、茶陵本無此五字。案：此二本脱，而尤添之，是也。

〔一二〕注「今鄴下有十二蹬天井優」　案：「優」當作「堰」，水經濁漳水注有「天井堰」，可證也。各本皆誤。

〔一三〕注「分爲十二蹬」　袁本、茶陵本「蹬」下有「者也」二字。

〔一四〕注「界也埒畔際也」　案：上「也」字不當有。各本皆衍。「界埒畔際也」五字爲一句。

〔一五〕注「賈逵國語曰」　案：「語」下當有「注」子。各本皆脱。陳云别本有。

〔一六〕注「河渠書」　袁本、茶陵本作「史記曰」。案：此尤改也。

〔一七〕注「漢書曰」　袁本、茶陵本作「又曰」。案：此尤改也。

〔一八〕注「終古潟鹵兮」　袁本、茶陵本「潟」作「寫」。案：「寫」乃「舄」字之譌，尤改未爲是也。

〔一九〕注「蒔更也」　袁本、茶陵本「更」作「植立」二字，是也。

〔二〇〕注「郭璞曰謂更種也」　袁本、茶陵本無此七字。

〔二一〕注「鄴城内諸街」　袁本、茶陵本「鄴」上有「言」字，「街」作「衛」。案：此亦尤改也。

〔二二〕注「有赤闕黑」　案：「黑」當作「里」。各本皆誤。「有赤闕里」四字爲一句。

〔二三〕注「謂之倚郭璞曰石橋音江」　袁本、茶陵本作「謂石橋也」四字。案：以四字爲一句，二本最是。載注不得引郭景純爾雅，尤增多，甚誤。

〔二四〕注「侍中尚書御史符節謁者郎中令太僕」　袁本、茶陵本無此十五字。案：此亦尤添也。「侍中」至「謁者」在前「符節謁者」劉注中，此無取其事，蓋皆未是也。

〔二五〕注「長壽吉陽二里在宮東中當石竇吉陽南入」　此十七字袁本、茶陵本無。案：此蓋二本脱。

〔二六〕注「鄴城南有都亭城東亦有都道北有大邸」　袁本、茶陵本「南」作「東」。案：各本皆有誤。此節賦「邸」，注必説「邸」可知。然則當作「鄴城東有都亭邸」爲一句。「東城下有都道」爲一句，「道北有大邸」爲一句。尤改「東」爲「南」，欲以通之，而彌不可讀，今訂正。此賦前注有「北城下」，後注有「西城下」，可證此之「東城下」也。

〔二七〕注「秦舍相如廣城傳」　茶陵本「城」作「成」，是也。袁本亦誤「城」。

〔二八〕注「輟止掇古字通」　案：「止」下當有「也輟與」三字。各本皆脱。

〔二九〕侈所覜之博大　袁本、茶陵本「覜」作「眺」，注同。案：此疑太沖自用「眺」字，故善以爾雅「眺」解之，「眺」即「覜」耳。善引書之例有如此者，尤延之因爾雅作「覜」改，未必是也。

〔三〇〕注「達已見上章」　案：「達」當作「逵」，下同。各本皆謁。

〔三一〕注「聽賣買以質劑又曰」　袁本、茶陵本無此八字。

〔三二〕財以工化　案：「財」當作「材」。茶陵本校語云五臣作「材」，袁本作「材」，詳載注。善注並作「材」，但傳寫誤作「財」也。

〔三三〕注「史記曰子産治鄭不鬻賈」　袁本、茶陵本無此十字。

〔三四〕注「成平也市者」　袁本、茶陵本無「也」字。

〔三五〕注「舜居河濱器不苦窳」　袁本、茶陵本無「舜居」二字。

〔三六〕注「淑清穆和之風既宣」　袁本、茶陵本無此八字。

〔三七〕注「優渥」　袁本、茶陵本無此二字。案：無者是也。又茶陵删此上「女龍切」、此下「然」，皆非。

〔三八〕注「是謂賨布廪君之巴氏出幏布」　袁本、茶陵本「賨布廪君之」作「廪君之賨」。案：此尤校改也，蓋據後漢書南蠻傳。

〔三九〕縵胡之纓　案：「縵」當作「漫」。袁本、茶陵本載注中字作「漫」，此并改作「縵」，非。其五臣銑注中字作「縵」，然則乃各本亂之而失著校語。今莊子作「曼」，釋文引司馬彪云「曼胡之纓謂麤纓無文理也，漫曼同字」，可借爲證。

〔四〇〕注「立魏公位諸侯王上」　袁本、茶陵本無「立」字。

〔四一〕注「臣能虚發而下鴈魏王曰」　袁本、茶陵本無此十字。案：二本有脱。考楚策，尤所添亦未是。

〔四二〕注「庶士有揭又曰」　袁本、茶陵本無此六字。案：無者最是。陳云注必有誤，未悟爲增多耳。

〔四三〕刷馬江州　案：「刷」當作「唰」，注同。載注引「唰嗽」爲注，是其本作「唰」，善必與之同。五臣向注作「刷」，云乃「洗刷兵馬」云云，各本亂之而失著校語。又案：善赭白馬賦「旦刷幽燕」注引作「刷」，必太沖集別本，與張孟陽注者不同。此之謂各隨所用而引之。善固已自舉其例矣。

〔四四〕振旅輷輷　案：「輷輷」當作「軥軥」。善注有明文，其云「今爲輷字音田」者，猶西京賦注之「今並以亘爲垣」耳。五臣因此改，故正文下有「田」字音，各本亂之而失著校語。集韻「轟」字重文有「軥」，即本此，亦可證。載注、善注兩見「軥軥」，皆同。

〔四五〕注「庖丁爲文惠君屠牛」　袁本、茶陵本無「君」字。案：下文兩云「文君」，疑此本亦云「文君」耳。

〔四六〕注「建安二十五年」　袁本、茶陵本無「五」字。案：此尤添也。

〔四七〕注「剋默韓暹楊奉之專用王命也」　袁本「默」作「黜」，是也。茶陵本亦誤「默」。

〔四八〕注「降劉表於荆州之屬也」　袁本、茶陵本無「之屬」二字，是也。何校「表」改「琮」，陳同。各本皆作「表」，或此本云「表」耳。

〔四九〕注「北羈單于于白屋」　案：「于」字不當重有。各本皆衍。説見後九錫文下。

〔五〇〕注「兵事以嚴終也」　袁本、茶陵本「兵」作「無」，「終」作「衆」。案：此亦尤改也。

〔五一〕注「韋昭注曰東山皐落氏也」　袁本、茶陵本無此十字。

〔五二〕注「楊雄上疏曰」下至「西都賦」　袁本、茶陵本無此七十六字。案：二本以上「漢書」，下接「曰浸威盛容」，當有脱，尤所添，但亦未是。

〔五三〕注「刷猶飲也所劣切」　袁本、茶陵本無此七字。

〔五四〕注「伐弱燕」　袁本、茶陵本「燕」作「韓」，是也。

〔五五〕注「毛詩曰喪亂既平」　袁本、茶陵本無此七字。案：下「周公攝政」，陳云「上脱引書名」，是也。各本皆同，無以補之。

〔五六〕豐肴衍衍　何云「衍衍」據善注當作「衎衎」。陳同。案：所説是也。袁、茶陵二本所載五臣向注字作「衎」，或各本亂之。

〔五七〕注「有東鯷人」　袁本、茶陵本無「東」字。案：此亦尤添也。

〔五八〕注「蒼頡篇曰賷財貨也」　袁本、茶陵本無此八字。善注「以約小兒於背上」句下有「蒼頡篇曰賷財貨」七字，是也。

〔五九〕注「楚辭小招魂曰」　茶陵本無「魂」字。袁本無「曰」字。案：茶陵是也。「小招」者，對「大招」之言也。

〔六〇〕注「其南者多也」　袁本、茶陵本「多」作「分」，是也。

〔六一〕注「高張四縣」下至「毛詩曰」　袁本、茶陵本無此二十二字。案：二本以上「漢書曰」下接「夜未央」，當有脱。尤所添，但亦未是。

〔六二〕注「又曰采蘩祁祁」　袁本、茶陵本無此六字。

〔六三〕注「毛詩曰湑」　案：「詩」當作「萇」。各本皆誤。

〔六四〕注「沛茜之也」　案：「沛」當作「泲」。各本皆譌。

〔六五〕冐六莖　袁本、茶陵本「六莖」作「六英五莖」，云善無「六英」二字。何云以韶夏例之，當作「英」、「莖」，陳同。案：其説是也。各本皆非。

〔六六〕注「昔秦穆公」　袁本作「昔繆公言」。茶陵本作「昔繆公嘗言」。案：蓋袁本是也。

〔六七〕注「嘗如此」下至「甚樂」　袁本、茶陵本無此二十一字。

〔六八〕注「簡子寤曰」　袁本、茶陵本「寤」下有「之」字。案：依趙世家訂之，疑「語」字之誤。

〔六九〕注「禮記□曰」　袁本、茶陵本空格作「注」。案：此初與二本同衍而脩去之也。

〔七〇〕注「天子獵之田曲也」　袁本、茶陵本無「獵之曲」三字。案：無者是也。東京賦善注引作「天子之田也」可證，尤誤添。

〔七一〕注「孟子夏諺曰」　袁本、茶陵本「子」下有「曰」字。

〔七二〕注「方鋻斧也」　袁本、茶陵本無「鋻」字。案：此尤添也。

〔七三〕注「楊雄太玄經曰」　袁本、茶陵本無「經」字。

〔七四〕注「文備於大和」下至「是以有魏詩雲鳥之書黄初」　袁本、茶陵本無此四十四字。案：疑此乃記三國志注文於旁。尤取以增多而又有譌誤也。

〔七五〕注「顯道而神德行」　茶陵本無「而」字，是也。袁本亦衍。

〔七六〕注「亍步也」　袁本、茶陵本「步」上有「小」字，是也。

〔七七〕注「應劭漢書曰擾音擾」　何校下「擾」字改「柔」，陳同。又云「書」下當有「注」字，是也。各本皆脱誤。

〔七八〕注「詩曰方叔莅止」下至「儼然元墨」　此三百七字袁本、茶陵本無。案：此初無，與二本同，脩改添之。蓋無者脱，而尤得之，計當時存本尚衆，或有不失善舊者，惜尤延之未能精擇，每誤取增多，若準此條，固無嫌耳。何校改「宅山阜猥積」爲「宅心知訓」，陳同。又「讎校所爲讎校者也」句亦有譌，無以正之。

〔七九〕注「論語曰君子薄於言而厚於行」　此十二字袁本、茶陵本無。案：蓋二本脱。

〔八〇〕注「讎校」下至「漢書音」　此三十一字袁本、茶陵本無。案：蓋二本脱。又案：「若怨家相對」下當有「爲讎」二字。

〔八一〕注「大篆也」　袁本、茶陵本「大」上有「作」字。

〔八二〕注「毛詩曰赫赫師尹」　袁本、茶陵本無此七字。

〔八三〕雖自以爲道洪化以爲隆　何云下「以爲」二字，傳寫誤加。陳云「道洪化隆」中間不當有「以爲」二字。案：所説是也。各本皆非。

〔八四〕注「及前王踵之武」　案：「踵之」當作「之踵」。各本皆倒。

〔八五〕常山平干　袁本、茶陵本「干」作「于」，注同。案：二本是也。

〔八六〕注「謂適生生之情」　袁本、茶陵本「適」作「通」，「情」作「精」。案：此亦尤改也。

〔八七〕注「在廣平沙縣」　袁本、茶陵本「沙」作「涉」。案：二本是也。晉書地理志廣平郡有涉縣，可證。

〔八八〕注「溺而不反精衛」　陳云「反」下當有「化爲」二字，是也。各本皆脱。

〔八九〕注「自言父甘見俗」　袁本、茶陵本「甘」作「世」，是也。

〔九〇〕注「後辭入碣水中」　袁本、茶陵本「碣」作「碭」。案：此亦尤改也。

〔九一〕注「在曲周市上」　袁本、茶陵本「周」作「州」，下同。案：此亦尤改也。

〔九二〕注「猦飛貌」　案：「猦」字當重有。各本皆脱。

〔九三〕注「趾躍躧」　袁本、茶陵本無「躧」字。案：此尤改「躍」爲「躧」，而兩存也。所引貨殖列傳文，今本云「跕屣」，漢書地理志作「跕躧」，顔注「躧」字與「屣」同，是「跕躍」二字乃「跕躧」二字之誤。

〔九四〕注「比歸數百里」　袁本、茶陵本無「數」字。

〔九五〕注「臣瓚曰跕爲躧」　案：此當作「躡跟爲跕，挂指爲躧」。各本皆脱，絶不可通。依漢書顔注引如此也。

〔九六〕注「閉門不出容」　案：「容」當作「客」。各本皆譌。陳云别本「客」，今未見。

〔一九七〕注「水出洹汲郡」　案：「水出洹」當作「洹水出」。各本皆倒。

〔一九八〕注「夥多也」　袁本此下有「古侯切」三字，是也。茶陵本脱此注，非。

〔一九九〕判殊隱而一致　何校「判殊」改「殊顯」。案：以「判殊」意複言之，蓋是也。各本皆誤耳。

〔二〇〇〕注「知言之選擇來比物謂屬變而還復舊貫則知言之選擇來」　案：此皆誤也。當作「知言之選」爲一句，「選擇采也」爲一句，「謂屢變而還復舊貫」爲一句，「則知言之擇采」爲一句。各本譌舛，絶不可通，今訂正。

〔二〇一〕注「謂爲系辭同音」　案：「音」當作「旨」。各本皆誤。

〔二〇二〕注「周穆王暨及化人之宮」　袁本、茶陵本無「及」字。

〔二〇三〕注「故諸侯歌鍾析邦君之肆也」　陳云「諸侯」當作「謂之」。袁本亦誤。茶陵本脱此注，非。

〔二〇四〕注「無乃不可加乎兵」　案：「乎兵」當作「兵乎」。各本皆倒。陳云别本「兵乎」，今未見。

〔二〇五〕注「説文曰搦按也」　袁本、茶陵本無此六字。

〔二〇六〕張儀張禄　袁本、茶陵本句上有「則」字，是也。案：此尤本脱。

〔二〇七〕注「張升及論曰」　袁本「及」作「反」，是也。茶陵本亦誤「及」。

〔二〇八〕擁惟庸蜀與鴝鵲同窠　案：「鴝」當作「鸜」。善注中字作「鸜」，可證。袁、茶陵二本所載五臣良注字作「鴝」。各本皆以五臣亂善而失著校語。

〔二〇九〕注「鍾會蒭蕘論曰」　袁本、茶陵本無「蒭蕘」二字。案：此尤添之也。

〔二〇〕注「迸散走也」　袁本、茶陵本無此四字。

〔二一〕注「詩序曰文王德及鳥獸昆蟲」　袁本、茶陵本無此十一字。

〔二二〕注「嫐謳歌巴土人歌也」　袁本無「謳」字，是也。茶陵本無「嫐」字，非也。

〔二三〕注「嫐嫐契契」　案：「嫐嫐」當作「佻佻」。各本皆誤。陳云別本「佻」，今未見。

〔二四〕注「一音徒了反」　袁本、茶陵本無此五字。案：袁本正文下有「徒了」音，茶陵有「徒召」音，疑此或尤取五臣音添，非如其餘真善音被刪者也。

〔二五〕因長川之裾勢　何校「裾」改「据」，注同。案：所校是也。善「据」，五臣「裾」，此及袁、茶陵二本所載五臣向注皆有明文，各本亂之，而失著校語。

〔二六〕注「拘束其民」　袁本、茶陵本無「拘」字。

〔二七〕注「闞闍望尊位也」　袁本、茶陵本無此六字。

〔二八〕注「而能約制其民也漢書音義言其土地形勢」　袁本、茶陵本無「也漢書音義言其土」八字。案：此節注各本皆有誤，今無以正之。尤所添非。

〔二九〕建鄴則亦顛沛　袁本、茶陵本「鄴」作「業」，是也。案：此尤本誤也。前吳都賦注中亦有「業」作「鄴」者，放此不更出。

〔三〇〕注「微子將□朝周」　袁本、茶陵本空格作「相」。案：此與二本同衍而脩去之也。

〔三一〕矆焉相顧　陳云「矆」當作「矆」，注同。案：所説是也。袁本、茶陵本云善作「矆」。載注

「春秋傳曰駟氏愯」，各本作「駟氏矍懼」，甚誤。説文心部「愯」下引左氏「駟氏愯」，集韻二腫載「愯」「㦝」「悚」三形，「愯」字即本此，可爲證也。尤以五臣亂善，非。又二本載注云云，亦誤與此同，於其校語不相應，甚非，不更出。

〔二二〕⿰目條焉失所　案：「⿰目條」當作「⿰目脩」。善「⿰目脩」、五臣「⿰目條」，各本皆以五臣亂善也。説見下。

〔二三〕注「説文⿰目條失意視」　袁本「⿰目條」作「⿰目脩」，茶陵本亦作「⿰目條」。案：「⿰目脩」字最是也。所引目部文依此，是善自作「⿰目脩」。袁、茶陵二本所載五臣向注字乃作「⿰目條」。茶陵、尤因正文之誤，并改此注，甚非。

〔二四〕注「而髓切」　袁本、茶陵本「而」上有「並」字，是也。

〔二五〕注「説文曰惢心疑也亦而髓反」　袁本、茶陵本無此十一字。

〔二六〕注「賀清狂不慧注」　袁本、茶陵本無「注」字。

〔二七〕注「恐皇輿之敗」　袁本、茶陵本「敗」下有「績」字。案：「績」之譌也。尤删，非。

〔二八〕注「音義曰躅迹」　袁本、茶陵本無此五字，下「也」字屬上。

〔二九〕過以仉剽之單慧　袁本、茶陵本「仉」作「汎」，注同。案：此尤延之依今方言改「汎」爲「仉」也。今方言「剽」作「僄」，仍未改。「汎剽」與「仉僄」同字。孟陽在景純之前，其所見方言蓋爲「汎剽」，太沖讀方言蓋亦爲「汎剽」耳。尤改非。

〔三〇〕注「王弼周易注曰」　袁本「弼」作「肅」，茶陵本亦作「弼」。案：「肅」字最是。陳云今本周易王注中無此文，乃未知善固引肅注耳。

〔三一〕注「不與聖人之憂」　案：「不與」二字不當有。各本皆衍。

〔三二〕注「詩推度客曰」　案：「客」當作「災」。各本皆誤。

〔三三〕注「太史書曰田敬仲世家傳曰」　案：「書」上當有「公」字，下當無「曰」字。又「家」下當無「傳」字。各本皆誤。以此推之，疑凡載注皆稱「太史公書」，今多失其舊也。

〔三四〕注「二客自言安能守此者自晦也」　袁本、茶陵本無此十二字。案：無者最是也。在二本所載五臣向注中，此以五臣注竄入載注，甚誤。

文選卷第七

郊祀　耕藉　畋獵上

郊祀

祭天曰郊，郊者言神交接也。祭地曰祀，祀者敬祭神明也。郊天正於南郊。郭外曰郊。

甘泉賦　并序

楊子雲　善曰：漢書曰：楊雄，字子雲，蜀郡成都人也〔一〕。雄少好學，年四十餘，自蜀來遊京師，大司馬王音召以爲門下史，薦雄待詔，歲餘，爲郎中，給事黄門，卒。桓譚新論曰：雄作甘泉賦一首，始成，夢腸出，收而内之，明日遂卒〔二〕。然舊有集注者並篇内具列其姓名，亦稱臣善以相別。佗皆類此。

孝成帝時，客有薦雄文似相如者，善曰：雄答劉歆書曰：雄作成都城四隅銘，蜀人有楊莊者，爲郎，誦之於成帝，以爲似相如，雄遂以此得見。上方郊祀甘泉泰畤、汾陰后土，以求繼嗣，善曰：上謂成帝也。漢書曰：武帝幸甘泉，令祠官具太乙祠壇，太一所用，如雍畤物〔三〕。又立后土於汾陰脽上。孟康曰：畤，音止，神靈之所止也。脽，音誰。召雄待詔承明之庭。善曰：諸以材術見知，直於承明，待詔即見，故曰待詔焉。承明，已見上文。正月，從上甘泉還，奏甘泉賦以風。善曰：漢書曰：永始四年正月，行幸甘泉。七略曰：甘泉賦，永始三年正月，待詔臣雄上。漢書三年無幸甘泉之文，疑七略誤也。毛詩序曰：下以風刺上。音諷。不敢正言謂之諷。其辭曰：

惟漢十世，將郊上玄，善曰：惟，有也，是也。十世，成帝也。上玄，天也。定泰畤，雍神休，尊明號，晉灼曰：雍，祐也。休，美也。言見祐護以休美之祥也。明號，下同符三皇也。善曰：言將祭泰畤，冀神擁祐之以美祥，因尊己之明號也。廣雅曰：將，欲也。雍，音擁。同符三皇，録功五帝，文穎曰：符，合也。善曰：言同符契於三皇，録功勤於五帝也。卹胤錫羨，拓迹開統。應劭曰：卹，憂也。胤，續也。錫，與也。羨，饒也。拓，廣也。時成帝憂無繼嗣，故修祠泰畤、后土。言神明饒與福祥，廣迹而開統也。李奇曰：統，緒也。善曰：羨，弋戰反。於是乃命羣僚，歷吉日，協靈辰，善曰：爾雅曰：命，告也。楚辭曰：歷吉日吾將行。郭璞上林賦注曰：歷，選也。爾雅注曰：辰，時也。星陳而天行。善曰：星陳、天行，已見西京賦。詔招搖與太陰兮〔四〕，伏鉤陳使當兵。張晏曰：禮記曰：招搖在上，急繕其怒。太陰，歲後三辰也。服虔曰：鉤陳，神名也，紫微宮外營陳星也。善曰：句陳，已見上文。鄭玄禮記注曰：當，主也。主，謂典領也。屬堪輿以壁壘兮，捎夔魖而抶獝狂。張晏曰：堪輿，天地總名也。孟康曰：木石之怪曰夔，如龍有角，人面。魖，耗鬼也。獝狂，亦惡鬼也。今皆捎而去之。善曰：杜預左氏傳注曰：屬，託也。淮南子曰：堪輿行雄以知雌。許慎曰：堪，天道也。輿，地道也。説文曰：抶，擊也，丑乙切。八神奔而警蹕兮，振殷轔而軍裝。服虔曰：自招摇遊神之屬也。張晏曰：堪輿至獝狂，八神也。善曰：言上諸神各有職役，夔、魖之屬，又捎去之，故令八方之神，奔走而警蹕，殷轔之盛而以軍裝也。轔，栗忍切。漢書武帝紀曰：用事八神。文穎曰：八方之神也。薛君韓詩章句曰：振，奮也。殷轔，言盛多也。軍裝，如軍戎之裝者也。蚩尤之倫帶干將而秉玉戚兮，飛蒙茸而走陸梁。張晏曰：玉戚，以玉爲戚柲也。晉灼曰：飛者蒙茸而亂，走者陸梁而跳，謂猛士之輩。善曰：蚩尤，已見西京賦。干將，已見東京賦。禮記曰：朱干玉戚。鄭玄曰：戚，斧也。又考工記注曰：柲，猶柄也，音祕。茸，而恭反。齊總總以撙撙，其相膠轕兮〔五〕，猋駭雲迅〔六〕，奮以方攘。晉灼曰：方攘，半散也。善曰：王逸楚辭注曰：總總撙撙，束聚貌也。膠葛，已見上文。鄭玄禮記注曰：奮，迅也。撙，子本切。迅，音信。攘，人羊切。騈羅列布，鱗以雜沓兮，柴虒參差，魚頡而鳥䀏。善曰：騈，猶併也。張揖上林賦注曰：柴虒，不齊也。頡䀏，猶頡頏也。柴，初蟻切。虒，音豸。頡，胡結切。䀏，胡剛切。翕赫曶霍，霧集而蒙合兮，半散昭爛，粲以成章。善曰：翕赫，盛貌。曶霍，疾貌。爾雅曰：天氣下，地氣不應曰霧。霧與蒙同〔七〕。曶，音忽。

於是乘輿迺登夫鳳皇兮而翳華芝，韋昭曰：鳳皇爲車飾也。翳，隱也。服虔曰：華芝，華蓋也。

善曰：言以華蓋自翳也。**駟蒼螭兮六素虯，蠖略蕤綏，灕虖襂纚。**善曰：高唐賦曰：乘玉輿兮駟蒼螭。上林賦曰：乘鏤象，六玉虯。說文曰：虯，龍無角者。春秋命歷序曰：皇伯駕六龍。蠖略蕤綏，龍行之貌也。灕虖襂纚，龍翰下垂之貌也。蠖，於鑊切。灕，音離。襂，音森。纚，所宜切。**帥爾陰閉，霅然陽開，**晉灼曰：帥，聚也。霅，散也。善曰：文子曰：與陰俱閉，與陽俱開。霅，於甲切。**騰清霄而軼浮景兮，夫何旟旐郅偈之旖旎也！**張晏曰：軼過雲與倒景也。服虔曰：旖旎，從風柔弱貌。善曰：薛君韓詩章句曰：騰，乘也。何休公羊傳注曰：軼，過也〔八〕。浮景，流景也。神女賦曰：夫何神女之妖麗。何休公羊傳注曰：據疑問所不知者曰何。周禮曰：鳥隼爲旟，龜蛇爲旐。郅偈，竿之貌也。郅，音質。偈，音桀。旖，於綺切。旎，女氏切。**流星旄以電燭兮，咸翠蓋而鸞旗。**善曰：言星旄之流，如電之光也。周書曰：樓煩星旄者，羽旄也。鄭玄曰：可以爲旌旗也。高唐賦曰：蜺爲旌，翠爲蓋。蔡邕獨斷曰：天子出，前驅有鸞旗者，編羽毛，列繫幢傍。**敦萬騎於中營兮，方玉車之千乘。**善曰：敦與屯同。王逸楚辭注曰：屯，陳也。鄭玄儀禮注曰：方，併也。玉車，以玉飾車也。**聲駍隱以陸離兮，輕先疾雷而馺遺風。**善曰：廣雅曰：陸離，參差也。方言曰：馺，馳也。郭璞曰：馺，疾也。聖主得賢臣頌曰：追奔電，逐遺風。駍，普萌切。馺，先合切。**凌高衍之嵱嵷兮，超紆譎之清澄。**孟康曰：衍，無崖岸也。紆譎，曲折也。李奇曰：嵱，音踊。嵷，音竦。如淳曰：嵱嵷，上下衆多貌。**登椽欒而狃天門兮，馳閶闔而入凌兢。**服虔曰：椽欒，甘泉南山也。凌兢，恐懼貌也。李奇曰：狃，音貢。蘇林曰：狃，至也。善曰：楚辭曰：令帝閽開閶闔而望予〔九〕。王逸曰：閶闔，天門也。兢，鉅陵切。

是時未轃夫甘泉也，迺望通天之繹繹。善曰：轃與臻同。至也〔一〇〕。通天，臺名，已見上文。薛君韓詩章句曰：繹繹，盛貌。下陰潛以慘廩兮，上洪紛而相錯。善曰：慘廩，寒貌也。廩，來感切。直嶢嶢以造天兮，厥高慶而不可乎彌度。善曰：七發曰：條上造天。孔安國尚書傳曰：造，至也。爾雅曰：彌，終也。言高不可終竟而度量也。慶，音羌。度，大各切。彌或爲彊。平原唐其壇曼兮，列新雉於林薄。鄧展曰：唐，道也。服虔曰：新雉，香草也。雉、夷聲相近。善曰：子虛賦曰：案衍壇曼。新雉，辛夷也。本草：辛夷，一名辛引。廣雅曰：草藂生曰薄。壇，徒旦切。曼，莫旦切。攢并閭與茇葀兮，紛被麗其亡鄂。善曰：蒼頡篇曰：攢，聚也。并櫚〔一一〕，椶也。茇葀，草名也。被麗，分散貌也。風賦曰：被麗披離。鄂，垠鄂也。茇，步末切。葀，音括。被，皮義切。麗，音隸。崇丘陵之駊騀兮，深溝嶔巖而爲谷。蘇林曰：駊騀，音叵我。善曰：駊騀，高大貌也。嶔岩，深貌也。嶔，口銜切。迣迣離宮般以相燭兮，封巒石關施靡乎延屬。應劭曰：言秦離宮三百，武帝復往往脩理之也。善曰：説文曰〔一二〕：迣：古文往字也。往往，言非一也。般，布也，與班同。三輔黄圖曰：甘泉有石關觀、封巒觀。施靡，相連貌也。施，弋爾切。鄭玄喪服傳注曰：屬，連也。屬，之欲切。於是大廈雲譎波詭，摧嗺而成觀。孟康曰：言廈屋變巧，乃爲雲氣水波相譎詭也。摧嗺，林木崇積貌也〔一三〕。善曰：言大廈之高，而成觀闕也。摧，子罪切。嗺，子水切。觀，工喚切。仰撟首以高視兮，目冥眴而亡見。善曰：王逸楚辭注曰：撟，舉也。撟與矯同。冥眴，昏亂之貌。冥，莫見切。眴，音縣。正瀏濫以弘惝兮，指東西之漫漫。孟康曰：瀏，清也。服虔曰：惝，大貌也，音敞。善曰：瀏濫，猶言清淨而汎濫也。漫漫，無厓際之貌也。瀏，音劉。徒徊徊以徨徨兮，魂眇眇而昏亂〔一四〕。善曰：言迷惑也。據軨軒而周流兮，忽坱圠而亡垠。韋昭曰：軨，欄也。軒，檻板也。善曰：軨與櫺同。周流，流行周遍也。軮軋〔一五〕，廣大貌也。服鳥賦曰：軮軋無垠。軨，音零。坱，烏朗切。圠，烏黠切。翠玉樹之青葱兮，璧馬犀之瞵瑞。善曰：漢武帝故事曰：上起神屋，前庭植玉樹，珊瑚爲枝，碧玉爲葉。璧馬犀，言作馬及犀爲璧飾也。埤蒼曰：瞵瑞，文貌也。應劭曰：瞵，音隣。晉灼曰：瑞，音豳。金人仡仡其承鍾虡兮，嵌巖巖其龍鱗。善曰：孔安國尚書傳曰：仡仡，壯勇之貌也。嵌，開張之貌也。龍鱗，似龍之鱗也。仡，魚乞切。嵌，火敢切。揚光曜之燎燭兮，垂景炎之炘炘。晉灼曰：景，大也。善曰：廣雅曰：炘，熱也，音欣。配帝居之縣圃兮，象泰壹之威神。服虔曰：曾城、縣圃、閬風，崑崙之山三重也，天帝神在其上。善曰：春秋合誠圖曰：紫宮帝室，太一之精〔一六〕。洪臺崛其獨出兮〔一七〕，㯳北極之嶟嶟。應劭曰：崛，特貌也。㯳，至也。晉灼曰：嶟嶟，概緻也。善曰：爾雅曰：北極謂之北辰。崛，其勿切。㯳，竹指切。嶟，千旬切。列宿迺施於上榮兮，日月纔經於柍桭。韋昭曰：榮，屋翼也。服虔曰：柍，中央也。桭，屋梠也。善曰：施，式支切。柍，於兩切。振音辰。雷鬱律於巖窔兮，電儵忽於牆藩。善曰：鬱律，小聲也。上林賦曰：巖窔洞房。釋名曰：窔，幽也。儵忽，疾貌也。藩，籬也。窔，一吊切。鬼魅不能自逮兮，半長途而下顛。善曰：逮，及也。爾雅曰：顛，隕也。歷倒景而絶飛梁兮，浮蠛蠓而撇天。張揖曰：陵陽子明經曰：倒景，氣去地四千里，其景皆倒在下〔一八〕。如淳郊祀志注曰：在日月之上，日月返從下照，故其景倒。又曰：絶，度也〔一九〕。服虔曰：浮，高貌也。晉灼曰：飛梁，浮道之橋也。善曰：孫炎爾雅曰〔二〇〕：蛾蠓，蟲，小於蚊。張揖三蒼注曰：撇，拂也。蠓，莫孔反。撇，匹列反。

左欃槍而右玄冥兮，前熛闕而後應門。晉灼曰：大人賦曰：攬欃槍以爲旗。又曰：左玄冥而右黔雷。雄擬相如，故云爾也。熛闕，赤色之闕也。南方之帝曰赤熛怒。應門，正門，在熛闕之内也。善曰：應劭曰〔二一〕：大人賦注曰：欃槍，奔星也。張揖曰：玄冥，北方黑帝佐也。熛，必遥切。蔭西海與幽都兮，涌醴汩以生川。如淳曰：言闕之高，乃蔭西海也。善曰：山海經曰：北海之内，有山名曰幽都，黑水出焉。涌醴，醴泉涌出也。方言曰：汩，疾也，于筆切。蛟龍連蜷於東厓兮，白虎敦圉乎昆崙。善曰：連蜷，長曲貌也。敦圉，盛怒貌也。春秋漢含孳曰：天一之帝居，左青龍，右白虎。服虔曰：象昆崙山在甘泉宮中也。蜷，音拳。敦，徒昆切〔二二〕。覽樛流於高光兮，溶方皇於西清。服虔曰：高光，宮名也。晉灼曰：樛流，猶繚繞。善曰：樛流，高曲之貌也。溶，盛貌也。方皇，即彷徨，觀名也。漢書曰：甘泉有高光、旁皇。旁，音傍。西清，西廂清淨之處也。上林賦曰：象輿偃蹇於西清。前殿崔巍兮，和氏玲瓏〔二三〕。晉灼曰：以黄金爲璧帶，含藍田璧。玲瓏，明見貌也。善曰：前殿，正殿也，諸宮皆有之。漢書曰：未央宮立前殿。炕浮柱之飛榱兮，神莫莫而扶傾。善曰：炕，舉也。舉浮柱之飛榱，言檐宇高峻，若神清淨而扶其傾危也。炕與抗古字同。毛詩曰：君婦莫莫。毛萇曰：莫莫，清淨也。閌閬閬其寥廓兮，似紫宮之崢嶸。善曰：閌，高也。説文曰：閬閬，高大之貌也。寥廓，虚静貌。紫宮及崢嶸，並已見上文。閬，音浪。寥，音僚。駢交錯而曼衍兮，㟪嵔隗乎其相嬰。善曰：駢，列也〔二四〕。曼衍，分布也。埤蒼曰：崾，山長貌。嵲隗，高貌。嬰，繞也。衍，弋戰切。崾，他賄切。嵲，音臯。隗，五賄切。乘雲閣而上下兮，紛蒙籠以棍成。服虔曰：蒙籠，膠葛貌。棍成，言自然也。善曰：雲閣，言高連雲也。老子曰：有物混成。棍與混同。曳紅采之流離兮，颺翠氣之宛延。善曰：言宮觀之高，故紅采翠氣，流離宛延，在其側而曳颺之〔二五〕。襲琁室與傾宮兮，若登高眇遠，亡國〔二六〕肅乎臨淵。服虔曰：襲，繼也。桀作琁室，紂作傾宮，以此微諫也。應劭曰：登高遠望，當以亡國爲戒，若臨深淵也。善曰：晏子春秋曰：夏之衰也，其王桀作爲琁室；殷之衰也，其王紂作爲傾宮。

回猋肆其碭駭兮，翍桂椒而鬱栘楊。服虔曰：回猋，回風也。善曰：毛萇詩傳曰：肆，疾也。碭，過也。廣雅曰：駭，起也。翍與披同。說文曰：鬱，木聚生也。爾雅曰：棠棣，栘也。楊，楊樹也。言回風碭駭，披散桂椒，又鬱聚栘楊也〔二七〕。碭，徒浪切。栘，音移。香芬茀以穹隆兮，擊薄櫨而將榮。善曰：言香氣芬茀，穹隆而盛，乃拂擊薄櫨，而及屋榮也。說文曰：薄櫨，柱上枅也。薛君韓詩章句曰：將，辭也。茀，房物切。薄，房隔切。櫨，力都切。薌呹肸以棍批兮，聲駍隱而歷鍾。善曰：薌，亦香字也。禮記曰：燔燎羶薌。呹，疾貌也。說文曰：肸，蠁布也。司馬彪上林賦注曰：肸，過也〔二八〕。棍，同也。批，擊也。歷鍾，經歷至鍾也。呹，余日切。肸，許一切。棍，下本切。批，薄結切。駍，普耕切。排玉户而颺金鋪兮，發蘭蕙與芎藭。李奇曰：鋪，門鋪首也。善曰：言風飄香氣，既排玉户而颺金鋪，又發揚蕙蘭與芎藭也。長門賦曰：擠玉户以撼金鋪。司馬注子虛賦曰：芎藭，似槀本〔二九〕。帷弸環其拂汩兮，稍暗暗而靚深。善曰：弸環，風吹帷帳之聲也。

拂汩，鼓動之貌。暗暗，深空之貌。靚，即靜字耳。硼，普萌切。䆖，音宏。汩，于密切。暗，烏感切。陰陽清濁穆羽相和兮，若夔牙之調琴。張晏曰：聲細不過羽，穆然相和也。善曰：莊子：黄帝曰：一清一濁，陰陽調和。尚書曰：夔典樂，教胄子。列子曰：伯牙善鼓琴。般倕棄其剞劂兮，王爾投其鉤繩。應劭曰：剞，曲刀也。劂，曲鑿也。善曰：尚書曰：倕，汝作共工〔三〇〕。般，魯般也。爾，王爾也。並已見西京賦。般與班同。倕，音垂。雖方征僑與偓佺兮，猶彷佛其若夢。晉灼曰：方，常也。征，行也。言宮觀之高峻，雖使仙人行其上〔三一〕，恐遽不識其形觀，猶髣髴若夢也。善曰：鄭玄毛詩箋曰：方，且也。征僑，姓征名僑也。司馬相如大人賦曰：廝征伯僑。漢書曰正伯僑，並同也。餘依晉説。列仙傳曰：偓佺，槐里采藥父也。食松實，形體生毛數寸，能飛行逮走馬。説文曰：彷佛，相似視不諟也。楚辭曰：時彷佛以遥見。諟即諦字，音帝。

於是事變物化，目駭耳回，善曰：蒼頡篇曰：駭，驚也。回，謂回皇也。蓋天子穆然，珍臺閒館，琁題玉英，蜵蜎蠖濩之中。應劭曰：題，頭也。榱椽之頭，皆以玉飾，言其英華相燭也。張晏曰：蜵蜎蠖濩，刻鏤之形也。善曰：范子曰：玉英出藍田。孝經援神契曰：玉英，玉有英華之色。閒，音閑。蜵，音淵。蜎，於緣切。蠖，烏郭切。濩，胡郭切。惟夫所以澄心清魂，儲精垂恩，善曰：鄭玄毛詩箋曰：惟，思也。文子曰：澄心清意。言儲蓄精神，冀神垂恩也。感動天地，逆釐三神者；服虔曰：釐，福也。韋昭曰：逆，迎也，迎受福釐也。善曰：三神，天地人也。釐，音熙。迺搜逑索偶皋伊之徒，冠倫魁能，韋昭曰：搜，擇也。逑，匹也。索，求也。偶，對也。應劭曰：冠其羣倫魁桀也。善曰：皋，皋繇，堯臣也。伊，伊尹，湯臣也。函甘棠之惠〔三二〕，挾東征之意，善曰：毛詩序曰：甘棠，美邵伯也。又曰：東山，周公東征也。相與齊乎陽靈之宮。善曰：韓康伯周易注曰：洗心曰齊。齊，側皆反。祭天之所，故曰陽靈。靡薜荔而爲席兮，折瓊枝以爲芳。善曰：靡，謂偃靡之，藉地而爲席也。楚辭曰：折瓊枝以繼佩。吸清雲之流瑕兮〔三三〕，飲若木之露英。善曰：淮南子曰：志厲青雲，非夸矜也。司馬相如大人賦曰：呼吸沆瀣餐朝霞。霞與瑕古字通。山海經曰：灰野之山，有赤樹青葉，名曰若木。露英，英之含露者。集乎禮神之囿，登乎頌祇之堂。善曰：禮神，謂祭天也。晉灼曰：后土，歌祭之處也。善曰：爲歌頌以祭地祇。建光燿之長旓兮，昭華覆之威威。服虔曰：昭，明也。華覆，華蓋也。善曰：埤蒼曰：旓，旌旗斿也。旓，所交切。威，猶葳蕤也。攀琁璣而下視兮，行遊目乎三危。善曰：漢書曰：北斗七星，所謂琁璣玉衡。楚辭曰：忽反顧以游目。尚書曰：導黑水至于三危。陳衆車於東阬兮，肆玉軑而下馳。如淳曰：東阬，東海也，苦庚切。晉灼曰：軑，車轄也。韋昭曰：軑，徒計切。善曰：賈逵國語注曰：肆，恣也。楚辭曰：齊玉軑而並馳。軑，音大。漂龍淵而還九垠兮，窺地底而上回。應劭曰：龍淵在張掖。服虔曰：九垠，九重也。善曰：言從東阬下馳，遂浮龍淵而繞其九重，乃窺地底而上歸也。説文曰：漂，浮也。莊子曰：千金之珠，在九重之淵驪龍頷下。廣雅曰：垠，厓也，厓亦重之義也。還，音旋。風傱傱而扶轄兮〔三四〕，鸞鳳紛其銜蕤〔三五〕。善曰：傱傱，疾貌也，音竦。晉灼曰：蕤，綏也。梁弱水之濎濴兮，躡不周之逶蛇。服虔曰：崑崙之東有弱水，渡之若濎濴耳。善曰：濎濴，小水貌也。字林曰：濴，絶小水也。廣雅曰：躡，履也。山海經曰：西海之外，有山不合，名曰不周。逶蛇，欲平貌也。濎，吐定切。濴，音熒。蛇，音移。想西王母欣然而上壽兮，屏玉女而却宓妃。善曰：言既臻西極，故想王母而上壽，乃悟好色之敗德，故屏除玉女而及宓妃，亦以此微諫也。山海經曰：玉山，西王母所居也。神異經曰：東荒中有大石室，東王公居之，常與玉女共投壺。宓妃，已見東京賦。玉女亡所眺其清矑兮，宓妃曾不得施其蛾眉。服虔曰：矑，目童子也。善曰：毛詩曰：螓首蛾眉。方攬道德之精剛兮，侔神明與之爲資。晉灼曰：等天地之計量也。善曰：説文曰：攬，撮持也，音覽。精剛，精微剛強也。

於是欽柴宗祈，善曰：恭敬燔柴，尊崇所祈也。尚書曰：至于岱宗，柴。燎薰皇天，應劭曰：牲玉之香也。臯摇泰壹〔三六〕。如淳曰〔三七〕：臯，挈臯也。積柴於挈臯頭，置牲玉於其上，舉而燒之，欲近天也。張晏曰：招摇，泰一，皆神名。善曰：摇與遥同。舉洪頤，服虔曰：洪頤，旌名也。應劭曰：旌旆布也。樹靈旗。李奇曰：欲伐南越，告禱太一，畫旗樹太一壇上，名靈旗，以指所伐之國也。見漢書郊祀志。樵蒸昆上，配藜四施。張晏曰：配藜，披離也。善曰：言燔燎之盛，故樵蒸之光同上，而披離四布也。周禮曰：共祭祀之薪蒸。鄭玄曰：麄曰薪，細曰蒸。説文曰：昆，同也。昆或爲焜。字書曰：焜，煌火貌。東燭滄海，西耀流沙。北熿幽都，南煬丹厓。服虔曰：丹水之厓也。善曰：尚書曰：弱水餘波入于流沙，幽都，已見吴都賦。熿與晃，音義同。方言曰：煬，炙也。玄瓚觩䚭，秬鬯泔淡。服虔曰：以玄玉飾之，故曰玄瓚。張晏曰：瓚受五升，口徑八寸，以大圭爲柄，用灌鬯。觩䚭，其貌也。應劭曰：泔淡，滿也。善曰：孔安國尚書傳曰：黑黍曰秬，釀以鬯草。觩，音求。䚭，力幽切。泔，胡敢切。淡，大敢切。肸蠁豐融，懿懿芬芬。善曰：言秬鬯分布，芬芳盛美也。

肹蠁，已見上文。炎感黄龍兮〔三八〕，熛訛碩麟。韋昭曰：碩，大也。善曰：言焱熛熾盛，感動神物也。字林曰：焱，火光也。說文曰：熛，火飛也。毛萇詩傳曰：訛，動也。熛，必遥切。選巫咸兮叫帝閽，開天庭兮延羣神。服虔曰：令巫祝叫呼天門也。善曰：山海經曰：大荒中有靈山，巫咸從此升降。王逸楚辭注曰：巫咸，古神巫也。楚辭曰：吾令帝閽闢開兮〔三九〕。鄭玄禮記注曰：延，導也。儐暗藹兮降清壇，瑞穰穰兮委如山。張晏曰：儐，贊也。善曰：鄭玄周禮注曰：接賓曰儐，然謂贊禮者也。暗藹，衆盛貌也。委，積也。暗，烏感切。

於是事畢功弘，迴車而歸，度三巒兮偈棠黎〔四〇〕。晉灼曰：黄圖無三巒，相如傳有封巒觀。善曰：三巒即封巒觀也。漢書曰：甘泉有封巒、棠黎。韋昭曰：偈，息也，音憩。天閫決兮地垠開，八荒協兮萬國諧。善曰：鄭玄禮記注曰：閫，門限也。決，亦開也。言門決以出德澤，故八荒萬國，俱協諧也。登長平兮雷鼓磕，天聲起兮勇士厲。如淳曰：長平，坂名，在池陽南。善曰：字指曰：磕，大聲也，口蓋切。天聲，如天之聲，言其大也。杜預左氏傳注曰：厲，猛也。雲飛揚兮雨滂沛，于胥德兮麗萬世。善曰：言恩澤之多，若雲行雨施，君臣皆有聖德，故華麗至于萬世也。毛詩曰：于胥樂兮。鄭玄曰：于，於也。胥，皆也。麗，光華也〔四一〕。

亂曰：善曰：王逸楚辭注曰：亂，理也，所以發理辭指，總撮所要也。崇崇圜丘，隆隱天兮。善曰：崇崇，高貌也。廣雅曰：圜丘，大壇祭天也。登降峛崺，單埢垣兮。善曰：登降，上下也。峛崺，邪道也。單，大貌。埢垣，圜貌。峛，力爾切。崺，弋爾切。單，音蟬。埢，音拳。增宫嵾差，駢嵯峨兮。善曰：嵾與參同，初林切。骿，步千切。嵯，材何切。峨，音俄。岭嶒嶙峋，洞無厓兮。善曰：埤蒼曰：岭嶒嶙峋，深無厓之貌。岭，音零。嶒，音熒。嶙，音鄰。峋，音旬。上天之縡，杳旭卉兮。善曰：縡，事也。杳，深遠也。旭卉，幽昧之貌〔四二〕。毛詩曰：上天之載，無聲無臭。縡與載同。聖皇穆穆，信厥對兮。李奇曰：對，配也，能與天相對配也。善曰：詩曰：帝作邦作對。徠祇郊禋〔四三〕，神所依兮，善曰：言來郊禋而甚敬，故爲神祇之所依也。徠，古來字。徘徊招摇，靈迟迡兮〔四四〕。善曰：招摇，猶彷徨也。迟迡，即棲遲也。毛萇詩傳曰：棲遲，遊息也。招，必遥切。迟，音棲。迡，大夷反。光煇眩燿，降厥福兮。子子孫孫，長無極兮。

文選考異

〔一〕注「蜀郡成都人也」　袁本、茶陵本無「成都」二字。

〔二〕注「明日遂卒」　何云據班書，非新論本然也。今案：此蓋「卒」字有誤。文賦注引新論作「及覺，病喘悸少氣」，或「卒」當作「病」。

〔三〕注「如雍畤物」　袁本、茶陵本無「物」字。

〔四〕詔招摇與太陰兮　茶陵本云「太」善作「泰」，袁本作「太」，用五臣也。漢書正作「泰」。

〔五〕其相膠轕兮　案：「轕」當作「葛」。注云「膠葛已見上文」，謂見吴都賦「東西膠葛」也。蓋善作「葛」，五臣作「轕」，各本亂之。漢書正作「葛」。羽獵賦「從横膠轕」，漢書作「轕」，善及顔皆音葛。此及彼，皆同漢書耳。

〔六〕猋駭雲迅　茶陵本云「迅」善作「訊」。袁本作「迅」，用五臣也。漢書正作「訊」。

〔七〕注「地氣不應曰霧霧與蒙同」　陳云別本兩「霧」字並作「雺」。案：今未見。考爾雅釋文，「雺」或作「霧」，字同，亡公、亡侯二反。善引即「或作」而讀「亡公反」也。

〔八〕注「何休公羊傳注曰軼過也」　袁本、茶陵本無此十字。

〔九〕注「令帝閽開閶闔而望予」　案：「令」上當有「吾」字，「開」下當有「關兮倚」三字。各本皆脱。

〔一〇〕注「至也」　袁本、茶陵本無此二字，有「或作轃」三字，乃校語錯入注。

〔一一〕注「并櫚椶也」　袁本、茶陵本「櫚」作「閭」，是也。

〔一二〕注「説文曰」　袁本、茶陵本無此三字，有「往往作迣」四字，乃校語錯入注。

〔一三〕注「林木崇積貌也」　案：「林」當作「材」，漢書注可證。各本皆譌。

〔一四〕魂眇眇而昏亂　袁本、茶陵本「魂」下有「魄」字，云善本去「魂」作「魄固」。案：漢書作「魂固」，蓋善自作「魂固」。袁、茶陵所見「魂」作「魄」者，非。尤本誤涉五臣脱「固」字，益非。

〔一五〕注「軮軋」　袁本、茶陵本「軮軋」作「坱圠」，下「軮軋無垠」同。案：二本是也。正文善「坱圠」及音，皆可證。

〔一六〕注「善曰春秋」下至「太一之精」　袁本、茶陵本無此十六字。

〔一七〕洪臺崛其獨出兮　茶陵本云「崛」善作「掘」。袁本作「崛」，用五臣也。漢書正作「掘」。

〔一八〕注「其景皆倒在下」　袁本、茶陵本無此六字。

〔一九〕注「又曰絶度也」　袁本、茶陵本無此五字，有「在下」二字。

〔二〇〕注「孫炎爾雅曰」　何校「曰」上添「注」字，是也。陳云別本有。

〔二一〕注「應劭曰大人賦注曰」　案：「劭」下當去「曰」字。各本皆衍。

〔二二〕注「敦徒昆切」　袁本、茶陵本此下有「與屯同」三字，是也。

〔二三〕和氏玲瓏　袁本作「瓏玲」，云善作「玲瓏」。茶陵本云五臣作「瓏玲」。案：各本所見皆非也。陳云漢書作「瓏玲」，此韻脚，不容同異，當乙。其説是矣。凡袁、茶陵皆據所見爲校語，非必善真如此，每有牴牾，詳見各條下。注「玲瓏，明見貌也」，亦當乙。漢書注可證。太玄、法言皆有「瓏玲」，亦可互證。法言「玲」作「瓓」，同字也。

〔二四〕注「善曰駢列也」　袁本無「列也」二字，有「已見上文」四字。案：尤本此處脩改，必初刻同。袁本謂「駢猶併也，已見上注」也。茶陵本複出之，亦可證所改之非。

〔二五〕注「而曳颺之」　袁本、茶陵本無此四字。

〔二六〕若登高眇遠亡國　袁本「眇」下有「而」字，「遠」下無「亡國」二字，云善正文作「登高眇遠亡國」。茶陵本云五臣作「若登高眇而遠」。陳云漢書無「亡國」二字。今案：各本所見皆非也。注應劭曰「當以亡國爲戒」者，但説賦意，非舉賦文也。傳寫善本因注引應而誤添正文。又五臣衍「而」字，漢書亦無。

〔二七〕注「又鬱衆栘楊也」　案：「衆」當作「聚」，漢書注「而栘楊鬱聚也」可證。陳云別本「聚」。

〔二八〕注「司馬彪上林賦注曰肸過也」　袁本、茶陵本無此十一字。

〔二九〕注「長門賦曰」下至「薵蘋似稾本」　袁本、茶陵本無此二十三字。

〔三〇〕注「倕汝作共工」　袁本、茶陵本「倕」上有「咨」字，無「作」字。

〔三一〕注「雖使仙人行其上」　案：「行」上當有「常」字，漢書注可證。各本皆脱。

〔三二〕函甘棠之惠　袁本、茶陵本云「惠」善作「恩」，蓋所見不同也。漢書作「惠」。

〔三三〕吸清雲之流瑕兮　茶陵本「吸」作「噏」，云五臣作「吸」。袁本作「吸」，用五臣也。漢書正作「噏」。

〔三四〕風瑽瑽而扶轄兮　袁本云「瑽」善作「從」。茶陵本作「從」，云五臣作「瑽」。案：茶陵是也。尤誤以五臣亂善，非也。漢書作「從」。集韻二腫有「從」「從」，云「從從，疾貌，或从人」。上字據此，下字據漢書也。袁本當云善作「從」，今有誤。羽獵賦「萃從沇溶」，五臣亦作「瑽」，可互證。

〔三五〕鸞鳳紛其銜蕤　陳云「銜」漢書作「御」，顔注或作「銜」，俗妄改也。今案：五臣注作「銜」，有明文，善注不見此字，或未必與五臣同，但無可考。袁、茶陵二本亦不著校語也。

〔三六〕臯摇泰壹　案：「臯」當作「招」，茶陵本作「臯」，云五臣作「招」。今考漢書作「招」，善與之同，故如淳解讀作「臯」，張晏解「招如字」，而兩引之。不知者但據如解改爲「臯」，而張解不可通矣。袁本作「招」，不著校語，可知非五臣與善異，所見當未誤。

〔三七〕注「如淳曰」　袁本、茶陵本「曰」下有「招作皐」三字。案：有者是也，説已見上。尤因所見賦誤「招」爲「皐」，遂删此注，以就正文，失之矣。

〔三八〕炎感黄龍兮　案：「炎」當作「焱」。據善注云「言焱熛熾盛，感動神物也」。字林曰：「焱，火光也」云云，作「焱」甚明。其五臣注作「炎」，各本亂之。漢書作「炎」，則與此不必全同也。

〔三九〕注「吾令帝閽闢開兮」　袁本、茶陵本無「闢」字。案：當於「開」下添「闢」字。各本皆譌。

〔四〇〕偈棠黎　茶陵本「黎」作「棃」，云五臣作「黎」。袁本作「黎」，用五臣也。漢書正作「棃」。案：此尤本以五臣亂善，非也。

〔四一〕注「麗光華也」　袁本、茶陵本無此四字。

〔四二〕注「幽昧之貌」　袁本、茶陵本作「難知也」三字，是也。

〔四三〕俫祇郊禋　茶陵本「祇」作「秖」，云善作「祇」。案：茶陵所見及尤本非也。顏注漢書與善此注皆以「敬」解「祇」，其非異字可知。袁本作「祇」而不著校語，所見當未誤。

〔四四〕靈迟迡兮　茶陵本「迟迡」作「棲遟」，云善作「迟迡」。案：茶陵所見及尤本皆非也。袁本云「棲遟」善作「屖迡」；其載善音則云「屖音棲」。漢書作「遟迡」，顏注「遟音栖」。考集韻十二齊有「屖」「遟」，別無「迟」字重出其下。然則但傳寫誤耳。當依袁所見訂正。陳云「迡」當作「迡」，從漢書校也。

耕藉

臣瓚漢書注曰：景帝詔曰：朕親耕。本以躬親爲義。藉，謂蹈藉之也。

藉田賦

臧榮緒晉書曰：泰始四年正月丁亥，世祖初藉于千畝，司空掾潘岳作藉田頌也。

潘安仁　臧榮緒晉書，潘岳，字安仁，滎陽中牟人。總角辯惠，摛藻清豔，鄉邑稱爲奇童。弱冠辟司空太尉府，舉秀才，高步一時，爲衆所疾。然藉田、西征咸有舊注，以其釋文膚淺，引證疏略，故並不取焉。

伊晉之四年正月丁未，皇帝親率羣后藉于千畝之甸，禮也。晉書曰：丁亥藉田，戊子大赦。今爲丁未，誤也。千畝，已見西京賦。禮記曰：天子籍田千畝〔一〕。於是乃使甸帥清畿，野廬掃路。周禮曰：甸師掌帥其屬，而耕耨王籍。鄭玄曰：師，猶長也。然師而爲帥者，避晉景帝諱也。周禮曰：野廬氏，掌達國之道路也。封人壝宮，掌舍設枑。周禮曰：封人，掌設王之社壝，爲畿封而樹之。鄭玄曰：聚土曰封。壝，謂壇及堳埒也。周禮曰：掌舍，掌王之會同之舍，設梐枑再重〔二〕。杜子春讀爲梐枑。梐枑，行馬也。壝，以委切〔三〕。枑，音互。青壇蔚其嶽立兮，翠幕黕以雲布。國語，虢文公曰：古者，王命司空，除壇于藉。楊脩許昌宮賦曰：華殿炳而嶽立。鄭玄周禮注曰：帷覆上曰幕。魏文帝愁霖賦曰：玄雲黕其四塞。黕，黑貌也。封禪書曰：雲布霧散。黕，丁敢切。結崇基之靈趾兮，啓四塗之廣阼。崇基，謂壇也。於壇四面而爲階也。

說文曰：阯，基也。又曰：阼，主階也。沃野墳腴，膏壤平砥。墳腴、平砥，已見上文。史記曰：京師膏壤，沃野千里。毛詩曰：周道如砥〔四〕。清洛濁渠，引流激水。子虛賦曰：激水推移。遐阡繩直，邇陌如矢。史記曰：秦孝公壞井田，開阡陌。風俗通曰：南北曰阡，東西曰陌。繩直，已見上文。詩曰：其直如矢。緦犗服于縹軛兮，紺轅綴於黛耜。緦犗，帝耕之牛也。說文曰：緦，帛青色，音葱。犗牛，已見吳都賦。又曰：縹，帛青白色。轅軛，犂轅軛也。鄭玄周禮注曰：轅端壓牛領曰軛，於革切。說文曰：紺，染青而揚赤色也。鄭玄禮記注曰：耜，耒之金。儼儲駕於廛左兮，俟萬乘之躬履。駕牛儼然在於廛左，以待天子躬親履之，耕以儲畜，故曰儲駕也。說文曰：儼，好貌也。晉灼漢書曰〔五〕：廛，一百畝也。然古耕以耒而今以牛者，蓋晉時創制，不沿於古也。百僚先置，位以職分。百僚，已見上文。羽獵賦曰：先置乎白楊之南。漢書曰：六卿各有徒屬職分也。自上下下，具惟命臣。周易曰：自上下下，其道大光。西京賦曰：具惟帝臣。鄭玄儀禮注曰：命者，加爵服之名。襲春服之萋萋兮，接游車之轔轔。司馬彪上林賦注曰：襲，服也。禮記曰：孟春衣青衣。春服，已見魏都賦。薛君韓詩章句曰：萋萋，盛也。文穎漢書注曰：天子出，游車九乘。毛詩曰：有車轔轔。微風生於輕幰，纖埃起於朱輪。幰，車幰也。釋名曰：車幰，所以御熱也。朱輪，見吳都賦。森奉璋以階列，望皇軒而肅震。森，盛貌也。毛詩曰：奉璋峨峨，髦士攸宜。階，爵之次也。爾雅曰：震，懼也。若湛露之晞朝陽，似衆星之拱北辰也〔六〕。毛詩曰：湛湛露斯，匪陽不晞。毛萇曰：晞，乾也。言露見日而乾，以喻諸侯承命而施敬也。論語：子曰：爲政以德，譬如北辰，居其所，而衆星共之。

於是前驅魚麗，屬車鱗萃。周禮曰：王出入，則自左馭而前驅。鄭玄曰：前驅，如今導引也。魚麗，已見東京賦。屬車，已見西京賦。子虛賦曰：珍怪鳥獸，萬端鱗萃。閶闔洞啓，參塗方駟。洛陽宫舍記曰：洛陽有閶闔門。西京賦曰：旁開三門，參塗夷庭。羽獵賦曰：方駕千駟〔七〕。常伯陪乘，太僕秉轡。尚書曰：左右常伯。應劭曰：漢官儀曰〔八〕：侍中，周成王常伯任侍中，殿下稱制，出即陪乘。鄭玄周禮注曰：陪乘，參乘也。漢舊儀曰：漢乘輿大駕儀，公卿奉引，太僕御也。后妃獻穜稑之種，司農撰播殖之器。周禮曰：上春，詔王后帥六宫之人，而生穜稑之種，而獻于王。鄭司農曰：先種後熟謂之穜，後種先熟謂之稑。漢書曰：大農令，武帝更名大司農。孔安國論語注曰：撰，具也。史記曰：后稷播植百穀〔九〕。孔安國尚書傳曰：播，布也。蒼頡篇曰：殖，種也。挈壺掌升降之節，宫正設門閭之蹕。周禮有挈壺氏。周禮曰：宫正，凡邦之事蹕宫中。鄭玄曰：正，長也，宫中之長也。鄭司農曰：蹕，謂止行者清道，若今時警蹕。天子乃御玉輦，蔭華蓋。臧榮緒晉書曰：大駕鹵簿有大輦，華蓋，中道。玉輦，大輦也。華蓋，已見西京賦。衝牙錚鎗，綃紈綷縩。禮記曰：凡帶必有佩，佩玉有衝牙。鄭玄曰：衝牙〔一〇〕，居中央，以前後觸也。錚鎗，玉聲也。錚，乂耕切。鎗，乂行切。鄭玄禮記注曰：綃，綺屬也。許慎淮南子注曰：紈，素也。漢書班婕妤賦曰：紛綷縩兮紈素聲。綃，思樵切。紈，音丸。綷，七悴切。縩，七大切。金根照耀以炯晃兮，龍驥騰驤而沛艾。司馬彪續漢書曰：漢承秦制，御爲乘輿，金根安車，五采文畫輈。西京賦曰：乃奮翅而騰驤。龍驥、沛艾，已見上文。表朱玄於離坎，飛青縞於震兑。中黄曄以發揮，方綵紛其繁會。謂鹵簿之儀，車騎旌旗，各依方色。表，猶摽也。周易曰：

離，南方之卦也；坎者，正北方之卦也；震者，東方；兑，正西秋也。周禮曰：東方謂之青，南方謂之赤，西方謂之白，北方謂之黑。毛萇詩傳曰：縞，白色也。縞，古老切。周禮曰：地謂之黄。臧榮緒晉書，鹵簿，曰青立車、青安車、赤立車、赤安車、黄立車、黄安車、白立車、白安車、黑立車、黑安車，合十乘，並駕駟，建旗十二，如車色。五輅鳴鑾〔一一〕，九旗揚旆。周禮曰：王之五路：一曰玉路，二曰金路，三曰象路，四曰革路，五曰木路。又曰：掌九旗之物名：日月爲常，蛟龍爲旂，通帛爲旃；雜帛爲物，熊虎爲旗，鳥隼爲旟，龜蛇爲旐，全羽爲旞，析羽爲旌。瓊鈒入蘂，雲罕晻藹。臧榮緒晉書曰：雲罕車駕駟，戟車載〔一二〕。闟與鈒音義同也。蒼頡篇曰：蘂，聚也。楚辭曰：揚雲霓之晻藹。鈒，音吸。晻，音烏感切。簫管嘲哳以啾嘈兮，鼓鞞硡隱以砰磕。簫管，已見上文。楚辭曰：鵾鷄嘲哳而悲鳴。蒼頡篇曰：啾，衆聲也。嘈，已見上文。周禮曰：鍾師掌鞞。鄭玄曰：擊鞞以和樂。字林曰：鼙，小鼓也。鞞與鼙同，步迷切。硡與訇音義同，火宏切。字書曰：砰，大聲也。字指曰：磕，大聲也。砰，披萌切。磕，苦蓋切。筍簴嶷以軒翥兮，洪鍾越乎區外。筍簴、軒翥，已見西京賦。天子之行，擊左右鍾，已見西都賦。震震填填〔一三〕，塵鶩連天，以幸乎藉田。震震，盛也。郭璞爾雅注曰：闐闐，羣行聲也。東觀漢記曰：王邑旗幟蔽野，埃塵連天。鶩或爲霧，非也。蟬冕熲以灼灼兮，碧色肅其千千〔一四〕。蟬冕，已見魏都賦。千千，碧貌。似夜光之剖荆璞兮，若茂松之依山巔也。

於是我皇乃降靈壇，撫御耦。降，謂臨幸也。應劭漢官儀曰：天子東耕之日，天子升壇，上空無祭〔一五〕，天子耕於壇，舉耒三推而已。論語曰：長沮、桀溺耦而耕。鄭玄曰：耜廣五寸，二耜爲耦。王逸楚辭注曰：

撫，持也。坻場染屨，洪縻在手。方言曰：坻，場也。蚍蜉犂鼠之場謂之坻。場，浮壤之名也，音傷。說文
曰：縻，牛轡也，忙皮反。三推而舍，庶人終畝。三推，已見上文。國語，虢文公曰：王耕一墢，班三之，庶人
終于千畝。韋昭曰：一墢，一耜之墢也。班，次也。三之，下各三其上。王一，公三，卿九，大夫二十七，庶人盡耕也。
既云以牛而又言推者，蓋沿古成文，不可以文而害實也。墢，扶發切。然國語與禮記不同，而潘雜用之。貴賤以
班，或五或九。禮記曰：帝藉，三公五推，卿諸侯九推。于斯時也，居靡都鄙，民無華裔。都，謂京
邑也。杜預左傳注：鄙，邑也〔一六〕。左傳，孔子曰：裔不謀夏，夷不亂華。王肅家語注曰：裔，邊裔也。長幼雜
遝以交集，士女頒斌而咸戾。雜遝，衆多貌也。頒斌，相雜之貌也。爾雅曰：戾，至也。被褐振裾，垂
髫總髮〔一七〕，老子曰：被褐而懷玉。杜預左氏傳注曰：振，整也。說文曰：褐者，粗衣也。爾雅曰：衱，謂之裾。
郭璞曰：衣後裾也，衱，音劫。魏志，毛玠曰：臣垂髫執簡。埤蒼曰：髫，髦也，大聊切。毛詩曰：總角之宴。毛萇
曰：總角，結髮也。躡踵側肩，掎裳連襼。說文曰：躡，追也。躡其踵，所以爲追逐也。聲類曰：踵，足根
也。史記：馮驩曰：夫朝趨市者，側肩爭門而入。賈逵國語注曰：從後牽曰掎。方言曰：複襦，江湖之間或謂之籥
襼。郭璞方言注曰：襼，即袂字也。說文曰：袂，袖也。黄塵爲之四合兮，陽光爲之潛翳。山陽公載記
曰：賈詡鳴鼓雷震，黄塵蔽天。西都賦曰：紅塵四合。動容發音而觀者，莫不抃儛乎康衢，謳吟乎
聖世。列子曰：一里老幼，喜躍抃儛。康衢，已見上文。吾丘壽王〔一八〕驃騎論功曰：遊童牧豎，詠德謳吟。情欣
樂於昏作兮，慮盡力乎樹蓺。昏作，已見西京賦。韓詩外傳曰：子路治蒲，孔子曰：我入其境，田疇甚易，

草萊甚辟，故其人盡力也。周禮曰：正月之吉，頒職事，二曰樹蓺。鄭玄毛詩箋曰：蓺，猶樹也。靡誰督而常勤兮，莫之課而自厲。説文曰：誰，何也，謂責問之也。字書曰：督，察也。王逸楚辭注曰：課，試也。躬先勞以説使兮，豈嚴刑而猛制之哉〔一九〕！周易曰：説以使民，民忘其勞。史記曰：秦繁法嚴刑，而天下不振。

有邑老田父，或進而稱曰：蓋損益隨時，理有常然。周易曰：損益盈虛，與時偕行。又曰：隨時之義大矣哉！晏子春秋曰：物有必至，事有常然，古之道也。高以下爲基，民以食爲天。老子曰：貴必以賤爲本，高必以下爲基。漢書，酈食其曰：王者以人爲天，而民以食爲天。正其末者端其本，善其後者慎其先。言治國之道，以商爲末而農爲本，以貨爲後而食爲先也。陸賈新語注曰：治末者調其本。李奇漢書注曰：本，農也。末，賈也。漢書，詔曰：農，天下之本也，而人或不務本而事末，故生不遂。禮記曰：善終者如始。尚書大傳曰：八政何以先食。傳曰：食者萬物之始，人事之本也，故八政先食。夫九土之宜弗任，四人之務不壹。國語，展禽曰：共工氏之子曰后土，能平九土。韋昭曰：九土，九州之土。尚書曰：禹別九州，任土作貢。管子曰：士農工商四民者，國之正民也。孔安國尚書傳曰：壹，專一也。野有菜蔬之色，朝靡代耕之秩。禮記曰：三年耕，必有一年食，雖有凶旱水溢，人無菜色。又曰：夫祿足以代其耕。無儲稸以虞災，徒望歲以自必。言無儲稸以度荒災，空自必望於歲也。崔寔四民月令曰：十月，五穀既登，家有儲稸。禮記曰：國無九年之蓄曰不足。韋昭曰：虞，度也。左氏傳，王曰：余一人閔閔焉，如農夫之望歲也。三季之衰，皆此物也。國語：郭偃曰：夫三季王之亡，宜也。韋昭曰：季，末也。三季王，桀、紂、幽王也。今聖上昧旦丕顯，夕惕若慄。昧旦不顯，已見東京賦。周易曰：君子夕惕若厲。爾雅曰：慄，懼也。圖匱於豐，防儉於逸。言常節約以戒不虞，故圖乏者必於豐殷，禦儉者在於奢逸也。廣雅曰：儉，少也。欽哉欽哉，惟穀之卹〔二〇〕。尚書曰：欽哉欽哉，惟刑之恤哉！展三時之弘務，致倉廩於盈溢。國語，虢文公曰：三時務農，一時講武。韋昭曰：三時，春、夏、秋也。管子曰：倉廩實則知禮節。蔡邕月令章句曰：穀藏曰倉，米藏曰廩。固堯湯之用心，而存救之要術也。漢書，董仲舒對策曰：陛下親耕籍田，以爲農先，此亦堯舜之用心也。若乃廟祧有事，祝宗諏日。廟祧，已見西京賦。禮記曰：宗祝在廟。鄭玄曰：宗，宗人也。祀，接神者也。毛詩箋曰：后稷既爲郊祀之酒，則諏謀其日。應劭漢書注曰：諏，謀也。簠簋普淖，則此之自實。周禮曰：舍人，凡祭祀，共簠簋，實之陳之。儀禮曰：孝孫某敢用嘉薦〔二一〕。鄭玄曰：普淖，黍稷也。普，大也。淖，和也。德能大和，乃有黍稷，故以爲號云。淖，乃孝切。縮鬯蕭茅，又於是乎出。左氏傳，管仲曰：爾貢苞茅不入，王祭不供，無以縮酒。周禮曰：鬯人，釀秬以爲酒。又曰：甸師，祭祀共蕭茅。杜子春曰：蕭，香蒿也。鄭玄曰：既薦，然後爇蕭合馨香，茅以縮酒。國語，虢文公曰：上帝之粢盛，於是乎出。黍稷馨香，旨酒嘉栗。左氏傳，季良奉酒醴以告曰：嘉栗旨酒。謂其上下皆有嘉德而無違心，所謂馨香無讒慝。杜預曰：栗，謹敬也。宜其民和年登，而神降之吉也〔二二〕。左氏傳，季梁奉粢盛以告曰：潔粢豐盛。謂其三時不害，而人和年豐也。鄭玄周禮注曰：登，成也。左氏傳曰：致其禋祀，於是乎人和而神降之福。古人有言曰：聖人之德，無以加於孝乎！夫孝，天地之性，人之所由靈也。孝經，曾子曰：敢問聖人之德，無以加於孝乎？子曰：天地之性人爲貴，人之行莫大於孝。夫聖人之德，又何以加於孝乎？漢書曰：人，有生之最靈者也。昔者明王以孝治天下〔二三〕，其或繼之者，鮮哉希矣！孝經，子曰：昔者明王之以孝理天下也。論語，子曰：其或繼周者，雖百世可知也。逮我皇晉，實光斯道。鄭玄毛詩箋曰：光，明也。斯道，謂孝道也。儀刑孚于萬國，愛敬盡於祖考。毛詩曰：儀刑文王，萬國作孚。毛萇曰：孚，信也。孝經，子曰：愛敬盡於事親，而德教加於百姓。故躬稼以供粢盛，所以致孝也。勸穡以足百姓，所以固本也。尚書大傳曰：王者躬耕，所以供粢盛。五經要義曰：天子藉田千畝，所以先百姓而致孝敬也。西京賦曰：勸穡於原陸。論語，孔子曰：百姓足，君孰與不足？尚書曰：民惟邦本，本固邦寧。何晏論語注曰：本，基也。能本而孝，盛德大業至矣哉！周易曰：盛德大業至矣哉。此一役也，而二美具焉。一役，謂籍田也。二美，謂能本而孝也。左氏傳，陰飴甥曰：此一役也，秦可以霸。不亦遠乎，不亦重乎！論語文也。敢作頌曰：

思樂甸畿，薄采其茅〔二四〕。茅，即上甸師之所供者。毛詩曰：思樂泮水，薄采其芹。毛萇曰：薄，辭也。大君戾止，言藉其農。周易曰：大君有命。毛詩曰：魯侯戾止，言觀其旂。毛萇曰：戾，來也。止，至也。其農三推，萬方以祗。禮記曰：耕藉，然後諸侯知所以敬。爾雅曰：祗，敬也。耨我公田，實及我私。鄭玄周禮注曰：耨，耘耔也，奴豆切。毛詩曰：雨我公田，遂及我私。我簠斯盛，我簋斯齊。禮記曰：天子藉田，以事天地山川，以爲齊盛。毛萇詩傳曰：器實曰齊，在器曰盛。齊，音資。我倉如陵，我庾如坻。

毛詩曰：我倉既盈，我庾惟億。又曰：曾孫之庾，如坻如京。鄭玄曰：庾，露積穀也。坻，水中高地。念茲在茲，永言孝思。言念此黍稷，在此祭祀也。尚書，禹曰：念茲在茲。毛詩曰：永言孝思。人力普存，祝史正辭。左氏傳，季梁曰：上思利人，忠也。祝史正辭，信也。故奉牲以告曰：博碩肥腯，謂人力之普存也。神祇攸歆，逸豫無期。左氏傳，楚子曰：能歆神人。杜預曰：歆，享也。毛詩曰：爾公爾侯，逸豫無期。一人有慶，兆民賴之。尚書，王曰：一人有慶，兆民賴之。

文選考異

〔一〕注「禮記曰天子籍田千畝」　袁本、茶陵本無此九字。

〔二〕注「設梐枑再重」　何校「枑」改「柜」，陳同。各本皆譌。

〔三〕注「壝以委切」　袁本、茶陵本「委」作「季」，是也。

〔四〕注「毛詩曰周道如砥」　袁本、茶陵本無此七字。

〔五〕注「晉灼漢書曰」　陳云「書」下當有「注」字。各本皆脱。

〔六〕似衆星之拱北辰也　袁本、茶陵本無「似」字，晉書無。又上句末及「輕幰階列離坎發揮」下有「兮」字，袁本、茶陵本「離坎」下無，餘同。案：此等或善、五臣不同，但不著校語，無可考。

〔七〕注「方駕千駟」 袁本、茶陵本「駕」作「馳」，是也。

〔八〕注「應劭曰漢官儀曰」 陳云上「曰」字衍，是也。各本皆衍。

〔九〕注「后稷播植百穀」 袁本、茶陵本「植」作「殖」，是也。

〔一〇〕注「鄭玄曰衡牙」 袁本、茶陵本無此五字。

〔一一〕五輅鳴鑾 案：「輅」當作「路」。各本善注中字皆作「路」。袁本所載向注則作「輅」。蓋善「路」、五臣「輅」而亂之也。晉書正作「路」。

〔一二〕注「戟車載」 茶陵本「戟車」作「闟」。尤本「戟車」二字處脩改，袁本亦然。案：此當云「闟戟車載戟」，各本皆脱誤。晉書輿服志云「闟戟車，長戟邪偃向後」，是其義。「闟」、「闟」亦同字。

〔一三〕震震填填 案：「填填」當作「闐闐」。各本善注中字皆作「闐」，袁、茶陵二本所載良注則作「填」，蓋善「闐」、五臣「填」而亂之也。晉書作「填」，與五臣所據同。

〔一四〕碧色肅其千千 袁本、茶陵本作「芊芊」。案：尤本是也。高唐賦「肅何千千」，安仁用其語。袁、茶陵作「芊芊」者，五臣字如此，所載向注可考。彼賦善「千」、五臣「芊」，正有明文。晉書作「芊」，與五臣所據同。又二本皆脱去善此節注，亦非。

〔一五〕注「上空無祭」 袁本「上」作「壇」。案：「壇」字是也。茶陵本亦誤「上」。

〔一六〕注「都謂京邑也杜預左傳注鄙邑也」 袁本、茶陵本無此十三字。

〔一七〕垂髫總髮　袁本、茶陵本「髮」作「髫」，云善作「髮」，晉書作「髫」。案晉書、五臣非也。「髮」字去聲，協霽、祭諸韻之字。魏都賦「纍纍辮髮」或「鏤膚而鑽髮」，兩見皆然，不知韻者改之耳。或有謂「髫」是「髮」非者誤，附訂於此。

〔一八〕注「吾丘壽王」　袁本、茶陵本「吾」作「虞」。案：「虞」字是也。「虞」「吾」雖通，但此自爲「虞」耳。

〔一九〕豈嚴刑而猛制之哉　袁本、茶陵本無「之」字，晉書無。案：此尤所見衍。

〔二〇〕惟穀之卹　袁本、茶陵本「卹」作「恤」，晉書作「恤」。案：各本注中引尚書字皆作「恤」，或注有譌也。

〔二一〕注「敢用嘉薦」　何校下添「普淖」二字，陳同。今案：當乙下文「普淖」二字於此。

〔二二〕而神降之吉也　何云「吉」字後人誤改，「福」字本協。今案：各本及晉書盡同，何因注引左傳而云然也。考賦自「四人之務不壹」至「旨酒嘉栗」，所用皆質、術韻之字。「福」字古音「別」，協職、德韻。又案：西征賦以此句與日、室、一協，夏侯常侍誄以此句與秩、疾、卒協，是安仁自作「吉」。善彼二注亦引左傳，皆是注「神降之」，而不取「福」字。善注如此例者甚多，何說非是。

〔二三〕以孝治天下　袁本、茶陵本「治」作「理」，云善作「治」，晉書作「治」。案：注中引孝經字作「理」。考「治」字，唐諱也。李濟翁資暇録曰：李氏依舊本不避國朝廟諱，五臣易而避之，宜矣。其有李本本作「泉」及「年代」字云云，是在當時已錯出不一也。今全書中經五臣以後迴改者又不少矣，皆不復具論。

〔二四〕薄采其茅　袁本「茅」作「芳」，云善作「茅」。茶陵本云五臣作「芳」，晉書作「芳」。案：晉書、五臣非也。賦文作「茅」，觀善注及上文「縮卺蕭茅」句注，灼然可知。何云「茅音蒙」，其説甚是。凡「茅」聲之字，協東韻者多矣。或乃疑此，故附辨之。凡晉書此賦與善異者每誤，不詳論也。

畋獵上

鄭玄禮記注曰：田者，所以供祭祀庖廚之用。王制曰：天子諸侯無事則歲三田。馬融曰：取獸曰畋。

子虛賦

善曰：漢書曰：相如遊梁，乃著子虛賦。後蜀人楊得意爲狗監，侍上。上讀子虛賦，曰：朕獨不得與此人同時哉！得意曰：臣邑人司馬相如自言爲此賦。上乃召相如。相如曰：此乃諸侯之事，未足觀，請爲天子遊獵之賦。以子虛，虛言也，爲楚稱；烏有先生，烏有此事也，爲齊難；亡是公者，亡是人也，欲明天子之義。故虛藉此三人爲辭，以風諫焉。

司馬長卿　善曰：漢書曰：司馬相如，字長卿，蜀郡人。少好讀書，爲武騎常侍，後拜文園令，病卒。

郭璞注

楚使子虛使於齊，王悉發車騎與使者出畋。司馬彪曰：畋，獵也。善曰：家語曰：孔子在齊，齊侯出畋。本或云境内之士，備車騎之衆，非也。畋罷，子虛過奼烏有先生張揖曰：奼，誇也，丑亞切，字當作詫。亡是公存焉。坐定，烏有先生問曰：「今日畋樂乎？」子虛曰：「樂。」「獲多乎？」曰：「少。」「然則何樂？」對曰：「僕樂齊王之欲夸僕以車騎之衆，而僕對以雲夢之事也。」張揖曰：楚藪也，在南郡華容縣。善曰：廣雅曰〔一〕：僕，謂附著於人，然自卑之稱也。夢，莫諷切。曰：「可得聞乎？」

子虛曰：「可。王車駕千乘，選徒萬騎，畋於海濱。郭璞曰：濱，涯也。列卒滿澤，罘網彌山。郭璞曰：彌，覆也。善曰：罘，已見上文。掩兔轔鹿，射麋脚麟。司馬彪曰：轔，轢也，音吝。韋昭曰：脚，謂持其脚也。善曰：鄭玄毛詩箋曰：掩者，覆也。鶩於鹽浦，割鮮染輪。張揖曰：海水之厓，多出鹽也。李奇曰：鮮，生也。染，擩也。切生肉，擩車輪，鹽而食之也。善曰：擩，揾也。擩，而緣切。揾，一頓切。射中獲多，矜而自功，郭璞曰：伐其功也。善曰：鄭玄禮記注曰：矜，自尊大也。顧謂僕曰：『楚亦有平原廣澤游獵之地，饒樂若此者乎？楚王之獵孰與寡人乎？』郭璞曰：與，猶如也。僕下車對曰：郭璞曰：下車，謙也。『臣，楚國之鄙人也。爾雅曰：鄙，小也。幸得宿衛十有餘年，時從出游，游於後園，覽於有無，然猶未能徧覩也，善曰：覽於有無，謂或有所見，或復無也。又焉足以言其外澤乎？』齊王曰：『雖然，略以子之所聞見而言之。』「僕對曰：『唯唯。臣聞楚有七澤，嘗見其一，未覩其餘也。臣之所見，蓋特其小小者耳。郭璞曰：特，獨也。名曰雲夢。雲夢者，方九百里，其中有山焉。其山則盤紆岪鬱，隆崇嵂崒。郭璞曰：隆崇，竦起也。善曰：岪，音佛。岑崟參差，日月蔽虧。張揖曰：高山擁蔽，日月虧缺半見也。善曰：崟，音吟。交錯糾紛，上干青雲。郭璞曰：言相摎結而峻絶也。善曰：孔安國尚書傳曰：干，犯也。罷池陂陀，下屬江河。郭璞曰：言旁頹也。屬，連也。罷，音疲。陂，音婆。陀，音駝。文穎曰：南方無河也。冀州凡水大小皆謂之河，詩賦通方言耳。晉灼曰：文章假借協陀之韻也。其土則丹青赭堊，雌黄白坿，錫碧金銀。張揖曰：丹，丹沙也。青，青雘也。赭，赤土也。堊，白土也。蘇林曰：白坿，白石英也。坿，音附。善曰：高誘淮南子注曰：碧，青石也。衆色炫耀，照爛龍鱗。郭璞曰：如龍之鱗彩也。其石則赤玉玫瑰，琳瑉昆吾。張揖曰：琳，珠也。瑉者，石之次玉者。昆吾，山名也，出美金。尸子曰：昆吾之金。晉灼曰：玫瑰，火齊珠也。郭璞曰：琳，玉名。瑊玏玄厲，張揖曰：瑊玏，石之次玉者。玄厲，黑石可用磨也。如淳曰：瑊，音緘。玏，音勒。碝石碔砆。張揖曰：碝石、碔砆，皆石之次玉者。碝石，白者如冰，半有赤色。碔砆，赤地白采，葱蘢白黑不分。郭璞曰：碝，而兖切。善曰：管子曰：陰山碝珉。戰國策曰：白骨疑象，碔砆類玉。其東則有蕙圃，衡蘭芷若，穹藭菖蒲〔二〕。張揖曰：蕙圃，蕙草之圃也。衡，杜衡也。其狀若葵，其臭如蘪蕪。芷，白芷也。若，杜若也。司馬彪曰：芎藭，似藁本。善曰：薛綜西京賦注曰：蘭，香草也。芷若下或有射干，非也。茳蘺蘪蕪〔三〕，諸柘巴苴。張揖曰：江蘺，香草也。蘪蕪，蘄芷也，似蛇床而香。諸柘，甘柘也。郭璞曰：江蘺，似水薺。文穎曰：巴苴，草名，一名巴蕉。善曰：苴，子余切。其南則有平原廣澤，登降陁靡，案衍壇曼。司馬彪曰：陁靡，邪靡也。案衍，窊下也。壇曼，平博也。善曰：陁，弋爾切。衍，弋戰切。壇，徒旦切。曼，莫幹切。緣以大江，限以巫山。張揖曰：巫山在南郡巫縣。其高燥則生葴菥苞荔，張揖曰：葴，馬藍也。菥，似燕麥也。苞，藨也〔四〕。荔，馬荔也。蘇林曰：菥，斯歷切。善曰：葴，之林切。苞，音包。荔，音隸。藨，皮表切。薛莎青薠。張揖曰：薛，藾蒿也。莎，蒿侯也。青薠，似莎而大，生江湖，鴈所食。善曰：薠，音煩。其埤濕則生藏莨蒹葭，郭璞曰：藏莨，草名，中牛馬芻。張揖曰：蒹，薕；葭，蘆也。善曰：埤，音婢。莨，音郎。東蘠彫胡。張揖曰：東蘠，實可食。彫胡，菰米也。蓮藕觚盧，張揖曰：蓮，荷之實也，其根藕。張晏曰：觚盧，扈魯也。菴閭軒于。張揖曰：菴閭，蒿也，子可醫疾。軒于，蕕草也，生水中，揚州有之。善曰：菴，音淹。蕕，音猶。衆物居之，不可勝圖。郭璞曰：圖，畫也。其西則有湧泉清池，激水推移。郭璞曰：波抑揚也。外發芙蓉菱華，內隱鉅石白沙。應劭曰：芙蓉，蓮花也。其中則有神龜蛟鼉，瑇瑁鼈黿。張揖曰：蛟狀魚身而蛇尾，皮有珠也。其北則有陰林，其樹楩枏豫章。服虔曰：陰林，山北之林也。善曰：尸子曰：水積則生吞舟之魚，土積則生楩楠豫章。本或林下有巨字〔五〕，樹下有則字，非也。桂椒木蘭，檗離朱楊。郭璞曰：木蘭，皮辛可食。張揖曰：檗，皮可染者。離，山梨也。郭璞曰：朱楊，赤莖柳也。善曰：蓋山之國，東有樹〔六〕，赤皮幹，名曰朱木楊柳也。樝梨梬栗，橘柚芬芳。張揖曰：樝，似梨而甘也。梬，梬棗也。善曰：説文曰：梬棗似柿而小，名曰梬，而兗切。蘇林曰：梬，音郢都之郢。然諸説雖殊而木一也。今依蘇音。其上則有鵷鶵孔鸞，騰遠射干。張揖曰：孔，孔雀也。鸞，鸞鳥也。射干，似狐能緣木。服虔曰：騰遠，獸名也。善曰：射，弋舍切。其下則有白虎玄豹，蟃蜒貙犴。郭璞曰：蟃蜒，大獸，似貍，長百尋。貙，似貍而大。犴，胡地野犬也，似狐而小。蟃，音萬。善曰：山海經曰：鳥鼠同穴之山，其上多白虎。又曰：幽都之山，其上有玄豹。郭璞曰：黑豹也。

『於是乎乃使剸諸之倫，手格此獸。善曰：剸諸，已見吴都賦。楚王乃駕馴駮之駟，張揖曰：馴，擾也。駮，如馬，白身黑尾，一角鋸牙，食虎豹，擾而駕之，以當驅馬也。乘彫玉之輿。郭璞曰：刻玉以飾車也。靡魚須之橈旃，張揖曰：以魚須爲旃柄，驅馳逐獸也。橈，靡也〔七〕。善曰：橈，女教切。曳明月之珠旗。張揖曰：以明月珠綴飾旗也。善曰：孝經援神契曰：蛟珠旗。宋均曰：蛟魚之珠有光耀，可以飾旗。建干將之雄戟，張揖曰：干將，韓王劍師也。雄戟，胡中有鉅者，干將所造也。善曰：雄戟，已見吴都賦。鉅，音巨。左烏號之雕弓，張揖曰：黄帝乘龍上天，小臣不得上，挽持龍髯，髯拔，墮黄帝弓，臣下抱弓而號，名烏號也。郭璞曰：雕，畫也。右夏服之勁箭。服虔曰：服，盛箭器也。夏后氏之良弓名繁弱，其矢亦良，即繁弱箭服，故曰夏服也。陽子驂乘，孅阿爲御。張揖曰：陽子，伯樂字也，秦繆公臣，姓孫名陽。郭璞曰：孅阿，古之善御者，見楚辭。孅，音纖。善曰：楚辭曰：孅阿不御焉。**案節未舒，即陵狡獸。**司馬彪曰：案節，行得節。未舒，馬足未舒也。狡獸，狡健之獸也。善曰：天文志曰：案節徐行。服虔曰：謂行遲也。**蹵蛩蛩，轔距虛。**張揖曰：蛩蛩，青獸，狀如馬。距虛，似𧸘而小。善曰：說苑，孔子曰：蛩蛩、距虛，見人將來，必負蟨以走。二獸者，非性心愛蟨也，爲得甘草而貴之故也。**軼野馬，轊陶駼。**張揖曰：軼，過也。野馬，似馬而小。海外經曰：北海内有獸，狀如馬，名陶駼。郭璞曰：轊，車軸頭也。善曰：軼、轊，言車之疾能過野馬及陶駼也。軼不言車，轊不言過，互文也。轊，音衞。陶，音逃。駼，音塗。**乘遺風，射游騏。**張揖曰：遺風，千里馬也。吕氏春秋曰：遺風之乘。爾雅曰：巂，如馬，一角；不角者騏。巂，音攜。**倏眒倩浰，**張揖曰：皆疾貌。善曰：倏，式六切。眒，式刃切。倩，千見切。浰，音練。**雷動猋至，星流霆擊。**郭璞曰：霆，劈歷。**弓不虛發，中必決眦。**李奇曰：射之巧妙，決於目眦。善曰：說文曰：眥，目匡也。眦、眥，俱同。**洞胸達掖，絶乎心繫。**張揖曰：自左射之，貫胸通右髃，中絶系也〔八〕。善曰：說文曰：髃，肩前也，五口切，一音五俱切。繫，音系。**獲若雨獸，揜草蔽地。**善曰：言所在衆多〔九〕，若天之雨獸。雨，于具切。毛萇詩傳曰：揜，覆也。**於是楚王乃弭節徘徊，翺翔容與。**郭璞曰：弭，猶低也。節，所仗信節也〔一〇〕。翺翔容與，言自得也。善曰：王逸楚辭注曰：弭，案也。**覽乎陰林，觀壯士之暴怒，與猛獸之恐懼。徼𠫤受詘，**郭璞曰：𠫤，疲極也。𠫤，音劇。司馬彪曰：徼𠫤，遮其倦者。善曰：受屈，取其力屈也。詘與屈同，丘勿切。**殫覩衆物之變態。**郭璞曰：殫，盡也。變態，姿貌也。

「『於是鄭女曼姬，如淳曰：鄭女，夏姬也。曼姬，楚武王夫人鄧曼也。被阿緆〔一一〕，揄紵縞。張揖曰：阿，細繒也。緆，細布也。揄，曳也。司馬彪曰：縞，細繒也。善曰：列子曰：鄭、衞之處子，衣阿緆。戰國策：魯連曰：君後宮皆衣紵縞。緆與錫古字通。雜纖羅，垂霧縠。司馬彪曰：纖，細也。張揖曰：縠細如霧，垂以爲裳也。善曰：神女賦曰：動霧縠以徐步。襞積褰縐〔一二〕，紆徐委曲〔一三〕，鬱橈谿谷。張揖曰：襞積，簡齰也。褰，縮也。縐，裁也。其縐中文理弟鬱，有似於谿谷也。善曰：襞，必亦切。縐，側救切。齰，詐白切。衯衯裶裶，揚袘戌削，郭璞曰：衯衯、裶裶，皆衣長貌也。張揖曰：揚，舉也。袘，衣袖也。戌削，裁制貌也。善曰：裶，音非。袘，弋爾切。戌，音卹。蜚纖垂髾。司馬彪曰：纖，袿飾也。髾，燕尾也。善曰：纖與燕尾，皆婦人袿衣之飾也。蜚，古飛字也。纖，音纖。髾，所交切。扶輿猗靡，張揖曰：扶持楚王車輿相隨也。善曰：猗，於綺切。翕呷萃蔡。張揖曰：翕呷，衣起張也。萃蔡，衣聲也。善曰：呷，火甲切。萃，音翠。下靡蘭蕙，上拂羽蓋。善曰：垂髾飛纖，飄揚上下，故或摩蘭蕙〔一四〕，或拂羽蓋。錯翡翠之威蕤，張揖曰：錯其羽毛以爲首飾也。繆繞玉綏。張揖曰：楚王車之綏以玉飾之也。郭璞曰：綏，登車所執。言手纏絞之。眇眇忽忽，若神仙之髣髴〔一五〕。郭璞曰：言其容飾奇豔，非世所見也。若神，已見上文。

「『於是乃相與獠於蕙圃，善曰：說文曰：獠，獵也，力笑切。媻姍教窣，上乎金隄。韋昭曰：媻姍教窣，匍匐上也。司馬彪曰：金隄，隄名也。善曰：媻，音盤。姍，先安切。窣，先忽切。揜翡翠，射鵔鸃。善曰：方言曰：揜，取也。鵔鸃，已見上文。微矰出，孅繳施。善曰：矰繳，已見上文。弋白鵠，連駕鶃〔一六〕。善曰：言既弋白鵠，而因連駕鶃也。雙鶬下，玄鶴加。善曰：雙鶬，見上注。爾雅曰：下，落也。戰國策，更嬴曰：臣能虛發而下鳥〔一七〕。淮南子注曰：加，制也。列子曰：蒲且子連雙鶬於青雲之上〔一八〕。戰國策，莊辛曰：黃鵠不知射者修矰繳，將加己也。怠而後發，游於清池。郭璞曰：怠，倦也。浮文鷁，張揖曰：鷁，水鳥也，畫其象於船首也。揚旌栧。張揖曰：揚，舉也。析羽爲旌，建於船上也。郭璞曰：栧，船舷，樹旌於上。善曰：栧，依郭說。栧，音曳。張翠帷，建羽蓋。郭璞曰：施之船上也。善曰：翠帷羽蓋，謂以翠羽飾帷蓋。罔瑇瑁，鉤紫貝。郭璞曰：紫貝，紫質黑文也。善曰：瑇瑁、紫貝，已見西京賦。摐金鼓，韋昭曰：摐，擊也，音窻。郭璞曰：金鼓，鉦也。吹鳴籟。張揖曰：籟，簫也。榜人歌，張揖曰：榜，船也。月令曰：命榜人。榜人，船長也，主唱聲而歌者也。善曰：榜，方孟切。聲流喝。郭璞曰：言悲嘶也。善曰：喝，一介切。嘶，蘇奚切。水蟲駭，波鴻沸。郭璞曰：魚鼈躍，濤浪作。涌泉起，奔揚會。郭璞曰：暴溢激相鼓薄也。善曰：溢，普頓切。礧石相擊，硠硠礚礚。善曰：礧，力對切。若雷霆之聲，聞乎數百里之外。「『將息獠者，擊靈鼓，起烽燧。文穎曰：靈鼓，六面鼓。車按行，騎就隊。應劭曰：按，按次第也。善曰：服虔左氏傳注曰：隊，部也。行，胡郎切。隊，大內切。纚乎淫淫，般乎裔裔。司馬彪曰：皆行貌也。善曰：纚，音屣。般，音盤。於是楚王乃登雲陽之臺，孟康曰：雲夢中高唐之臺，宋玉所賦者，言其高出雲之陽。怕乎無爲，憺乎自持。郭璞曰：養神氣也。善曰：老子曰：我獨怕然而未兆。說文曰：怕，無爲也。廣雅曰：憺怕，靜也。神女賦曰：頩薄怒以自持。憺與澹同，徒濫切。怕與泊同，蒲各切。勺藥之和具，而後御之。服虔曰：具，美也。或以芍藥調食也。文穎曰：五味之和也。晉灼曰：南都賦曰歸鴈鳴鷄，香稻鮮魚，以爲芍藥，酸恬滋味，百種千名之說是也〔一九〕。善曰：服氏一說〔二〇〕，以芍藥爲藥名，或者因說今之煮馬肝，猶加芍藥，古之遺法。晉氏之說，以勺藥爲調和之意。枚乘七發曰：勺藥之醬。然則和調之言，於義爲得。韋昭曰：勺，丁削切。藥，旅酌切。不若大王終日馳騁，曾不下輿。脟割輪焠，自以爲娛。韋昭曰：焠，謂割鮮焠輪也。郭璞曰：焠，染也。善曰：脟，音臠。焠，七內切。臣竊觀之，齊殆不如。』善曰：毛萇詩傳曰：殆，近也。於是齊王無以應僕也。」

烏有先生曰：「是何言之過也！足下不遠千里，來貺齊國，郭璞曰：言有惠賜也。善曰：戰國策，秦王謂蘇秦曰：今先生不遠千里而庭教。高誘曰：不以千里之道爲遠。王悉發境內之士，備車騎之衆，與使者出畋，善曰：家語曰：越悉起境內之士三千人助吳。乃欲戮力致獲〔二一〕，以娛左右，晉灼曰：謙不斥言，故云左右，言使者左右也。善曰：國語曰：戮力一心。賈逵曰：戮，并力也。何名爲夸哉！問楚地之有無者，願聞大國之風烈，先生之餘論也。善曰：風烈，已見上文。先生，謂子虛也。張晏曰：願聞先賢之遺談美論也。今足下不稱楚王之德厚，而盛推雲夢以爲高，郭璞曰：以爲高談。奢言淫樂而顯侈靡，郭璞曰：顯，明也。奢，闊也。竊爲足下不取也。必若所言，固非楚國之美也。無而言之，是害足下之信也。彰君惡，傷私義，善曰：史記，樂毅與燕惠王書曰〔二二〕：恐傷先王之明，有害足下之義。彰君惡，害私義〔二三〕，非楚國之美，彰君惡也；害足下之信，傷私義也。本或云有而言之，是彰君之惡者，非也。二者無一可，而先生行之，必且輕於齊而累於楚矣。文穎曰：必見輕於齊，輕易於齊也。善曰：使者失辭，爲輕於齊；使非其人，爲累於楚也。累，力瑞切。且齊東陼鉅海，南有琅邪。蘇林曰：小洲曰陼。司馬彪曰：齊東臨大海爲渚也。張揖曰：琅邪，臺名也，在渤海間。善曰：呂氏春秋：辛寬曰：太公望封於營丘，渚海阻山也。聲類曰：陼，或作渚。觀乎成山，張揖曰：觀，闕也。成山在東萊掖縣〔二四〕，於其上築宮闕也。射乎之罘。晉灼曰：之罘山在東萊腄縣，獵其上也。善曰：腄，直瑞切。浮渤澥，應劭曰：渤澥，海別枝也。澥，音蟹。游孟諸。文穎曰：宋之大澤也，故屬齊。邪與肅慎爲鄰，郭璞曰：肅慎，國名，在海外，北接之。右以湯谷爲界。司馬彪曰：湯谷，日所出也，以爲東界也。善曰：言爲東界，則右當爲左字之誤也。秋田乎青丘，服虔曰：青丘國在海東三百里。善曰：山海經曰：青丘，其狐九尾。徬徨乎海外。善曰：毛詩曰：海外有截。吞若雲夢者八九，於其胸中曾不蔕芥。善曰：蔕芥，已見西京賦。若乃俶儻瑰瑋，異方殊類。郭璞曰：俶儻，猶非常也。善曰：廣雅曰：瑰瑋，琦玩也。俶，佗歷切。珍怪鳥獸，萬端鱗崒。善曰：高唐賦曰：珍怪奇偉，不可稱論。張揖曰：崒與萃同，集也。充牣其中，不可勝記。禹不能名，卨不能計。張揖曰：禹爲堯司空，辨九州名山，別草木。卨爲堯司徒，敷五教，率萬事。應劭曰：契善計也〔二五〕。善曰：廣雅曰：充牣，滿也。然在諸侯之位，不敢言游戲之樂，苑囿之大。先生又見客，如淳曰：見賓客，禮待故也。善曰：言見先生是客也。是以王辭不復，司馬彪曰：復，答也。何爲無以應哉！」

〔一〕注「廣雅曰僕謂附著於人」　案：「雅」當作「蒼」。各本皆譌。樊恭廣倉見隋志。上林賦注引「若蹈足貌」。茶陵本亦譌「蒼」爲「雅」也。

〔二〕穹藭菖蒲　袁本、茶陵本「穹」作「芎」。案：注中字作「芎」。考説文艸部「营藭，香艸也」。重文「芎」，司馬相如説「营」或从「弓」，謂凡將如此。史記、漢書作「穹」者，假借也。字書别未載「穹」字，當是尤延之以改「芎」爲「穹」，遂成此形耳。甘泉賦「發蘭蕙與穹藭」，正文及注皆誤。

〔三〕茳蘺蘪蕪　案：「茳」當作「江」，注中「江」字兩見，皆不從艸，史記、漢書亦作「江」。考上林賦「被以江蘺」，茶陵本云五臣作「茳」，袁本無校語。蓋此賦亦善「江」、五臣「茳」而亂之，故袁、茶陵二本皆不著校語。何校改作「江」，據史、漢。陳云别本作「江」，未詳其何本也。

〔四〕注「苞麃也」　案：「麃」當作「藨」。史記、漢書注可證。各本皆譌。下「麃皮表切」。茶陵本未誤。

〔五〕注「本或林下有巨字」　案：「有」當作「作」，謂「林」下「其」字作「巨」也。不云「其」作「巨」者，因正文有兩「其」字，以此分别之。史記、漢書及五臣同，或本作「巨」。

〔六〕注「善曰蓋山之國東有樹」　袁本、茶陵本「蓋」上有「有」字，無「東」字。案：二本是也。此所引大荒西經文，依善例「曰」下當有「山海經曰」四字，二本仍皆脱。

〔七〕注「驅馳逐獸也橈靡也」　案：上「也」當作「正」，漢書注可證，以八字爲一句也。各本皆譌。

〔八〕注「中絶系也」　袁本、茶陵本「中」下有「心」字。案：漢書注正有，此脱。

〔九〕注「言所在衆多」　袁本「所在」下有「射獲」二字。茶陵本脱此注。

〔一〇〕注「弭猶低也節所仗信節也」　袁本無此十字，茶陵本亦無。案：漢書注有之。考史記索隱引郭璞曰「言頓轡也」，集解引郭璞曰「或云節，今之所仗信節也」，善此注引王逸「弭，案也」，意謂即上文「案節未舒」，與郭「頓轡」之解相近，無取或云也。尤延之從漢書注添，未是。

〔一一〕被阿緆　案：「緆」當作「錫」。注云「緆與錫古字通」，必善作「錫」，故有此語。今各本皆作「緆」者，以五臣作「緆」而亂之，遂不可通，非也。史記、漢書皆作「錫」。袁、茶陵并削善此注，益非。

〔一二〕襞積褰縐　袁本、茶陵本「積」作「襀」，音積。案：史記、漢書皆作「積」，袁、茶陵二本善注中引張揖字仍作「積」，蓋善「積」、五臣「襀」而音「積」，袁、茶陵所見亂之，故不著校語。尤本獨未誤。

〔一三〕紆徐委曲　何校云漢書無此四字，無者爲勝。案：以李注引張揖詳之，本無此四字。今史記有。而集解引漢書音義，索隱引小顏、孟康，似二家史記亦與漢書同，並不當有。唯五臣向注云「紆徐委曲，裙下垂貌」。蓋五臣較多四字而亂之也。各本皆非。

〔一四〕注「故或摩蘭蕙」　案：善正文作「靡」，此「摩」字誤。五臣作「摩」，袁、茶陵二本有明文。今史記、漢書作「摩」，而張守節正義及顏注中仍作「靡」，「靡」者古「摩」字之通用，恐亦「靡」是「摩」非也。

〔一五〕若神仙之髣髴　袁本、茶陵本云善無「仙」字。案：詳注意，善不當有甚明。尤本此處脩改添入，乃其誤也。漢書無，今史記亦誤衍，并正義所引戰國策末亦贅以「仙」字，誤之甚矣。凡史記與此同誤，皆後人所改耳。

〔一六〕連駕鵝　茶陵本云「駕」，善作「駕」。案：注云「而因連駕鵝也」，字正作「駕」，史記、漢書亦皆作「駕」。考「駕」者，「鳴」之假借。左傳「榮駕鵝」，唐石經、宋槧本下皆從「馬」，古今人表所載亦然。相如此賦用字古矣。唯中山經「是多駕鳥」，郭注未詳也。或曰「駕」宜爲「駕」，駕鵝也。然則「駕」字晉代不復行用之。袁本正文及注並改爲「駕」，而不著校語。又上林賦「駕鵝屬玉」，各本作「駕」，皆誤，以五臣亂善，非也。西京賦「駕鵝鴻鶤」，平子用「駕」字，是爲異人用字不同之例。全書此類極多，皆不更著。

〔一七〕注「戰國策更羸曰臣能虚發而下鳥」　袁本無此十三字，有「見西都賦高誘」六字。茶陵本例改已見者爲複出，故亦有。尤本脩改添入，未是。又「高誘」二字屬下，不當删之也。

〔一八〕注「列子曰蒲且子連雙鶬于青雲之上」　袁本無此十四字，茶陵本有。案：尤本脩改添入，未是。説在上條。

〔一九〕注「之説是也」　案：「之」當作「文」，漢書注可證。各本皆譌。

〔二〇〕注「服氏一説」　案：「一」當作「之」。各本皆譌。

〔二一〕乃欲戮力致獲　袁本、茶陵本「戮」作「勠」。案：史記、漢書皆作「戮」，蓋善「戮」五臣「勠」，二本所見亂之，而不著校語。「戮」「勠」同字耳。劇秦美新曰：「戮力咸陽。」餘同此者，不更出。

〔二二〕注「善曰史記樂毅與燕惠王書曰」　袁本、茶陵本無「史記惠」三字。

〔二三〕注「彰君惡害私義」　袁本、茶陵本無此六字。

〔二四〕注「成山在東萊掖縣」　案：漢書注引「掖」作「不夜」，史記集解徐廣亦曰「在東萊不夜縣」。考史記封禪書、漢書武帝紀、郊祀志、地理志，「不夜」是，「掖」非。各本皆譌也。

〔二五〕注「契善計也」　袁本此下有「契禼同」三字，茶陵本無。案：有者是也。

文選卷第八

畋獵中

上林賦

司馬長卿　　郭璞注

亡是公听然而笑善曰：說文曰：听，笑貌也，牛隱切。曰：「楚則失矣〔一〕，而齊亦未爲得也。夫使諸侯納貢者，非爲財幣，所以述職也〔二〕；郭璞曰：諸侯朝於天子曰述職。善曰：尚書大傳曰：古者諸侯之於天子，五年一朝見，述其職。述職者，述其所職也。封疆畫界者，非爲守禦，所以禁淫也。郭璞曰：天下有道，守在四夷。立境界者，欲以杜絶淫放耳。善曰：小雅曰：淫，過也。今齊列爲東藩，而外私肅慎，郭璞曰：私與通也。捐國踰限，越海而田，其於義固未可也。且二君之論，不務明君臣之義〔三〕，正諸侯之禮，徒事争於游戲之樂，苑囿之大，欲以奢侈相勝，荒淫相越，此不可以揚名發譽，而適足以甹君自損也〔四〕。晉灼曰：甹，古貶字也。善曰：鄧析子曰：因勢而發譽。毛萇詩傳曰：秖，適也。

「且夫齊楚之事又烏足道乎？君未覩夫巨麗也，獨不聞天子之上林乎？左蒼梧，右西極。文穎曰：蒼梧郡屬交州，在長安東南，故言左。爾雅曰：至于豳國，爲西極，在長安西，故言右也。丹水更其南，應劭曰：丹水出上洛冢領山，東南至析縣入汋水。更，公衡切。紫淵徑其北。文穎曰：河南穀羅縣〔五〕有紫澤，在縣北〔六〕，於長安爲在北也。終始灞滻，出入涇渭。張揖曰：灞、滻二水終始盡於苑中，不復出也。涇、渭二水從苑外來，又出苑去也。酆鎬潦潏，紆餘委蛇，經營乎其内。張揖曰：酆水出鄠縣南山酆谷，北入渭。鎬在昆明池北。善曰：潦，即澇水也。説文曰：澇水出鄠縣，北入渭。潏水出杜陵，今名沆水〔七〕，自南山黄子陂〔八〕西北流經至昆明池〔九〕入渭。郭璞曰：經營其内，周旋苑中也〔一〇〕。蕩蕩乎八川分流，相背而異態。郭璞曰：變態不同也。善曰：潘岳關中記曰：涇、渭、灞、滻、酆、鄗、潦、潏，凡八川。東西南北，馳騖往來。郭璞曰：言更相錯涉也。來，盧代切。出乎椒丘之闕，服虔曰：丘名也。兩山俱起，象雙闕者也。善曰：楚辭曰〔一一〕：馳椒丘兮焉且。且，止也，音昌吕切〔一二〕。行乎洲淤之浦。張揖曰：淤，漫也。浦，水崖也。淤，於庶切。善曰：方言曰：水中可居者曰洲。三輔謂之淤也。經乎桂林之中，張揖曰：桂林，林名也。南海經曰：桂林八樹在番禺東也。過乎泱漭之壄。張揖曰：山海經所謂大荒之野。如淳曰：大貌也。泱，烏朗切。汩乎混流，順阿而下，蘇林曰：楊雄方言曰：汩，遝疾也。汩，于筆切。郭璞曰：混，并也。阿，大陵也。赴隘陿之口。郭璞曰：夾岸間爲陿。隘，於懈切。陿，音狹。觸穹石，激堆埼，張揖曰：穹石，大石也。埼，曲岸頭也。郭璞曰：堆，沙堆也，丁回切。埼，巨依切。沸乎暴怒，郭璞曰：沸，水聲也，音拂。洶涌彭湃。司馬彪曰：洶涌，跳起也。彭湃，波相戾也。洶，許勇切。湃，蒲拜切。滭弗宓汩，蘇林曰：滭，音畢。宓，音密。司馬彪曰：滭弗〔一三〕，盛貌也。宓汩，去疾也。汩，于筆切。偪側泌瀄。郭璞曰：泌瀄，音筆櫛。司馬彪曰：偪側，相迫也。泌瀄，相揳也。偪字與逼同。揳，先結切。橫流逆折，轉騰潎洌。司馬彪曰：逆折，旋回也。孟康曰：轉騰，相過也。潎洌，相撇也。潎，匹列切。洌，音列。滂濞沆溉，司馬彪曰：滂濞，水聲也。沆溉，徐流也。郭璞曰：滂，音匹亨切。濞，匹祕切。溉，胡慨切。韋昭曰：沆，胡郎切。穹隆雲橈，郭璞曰：寵起回窊也。善曰：雲橈，如雲屈橈也。橈，女教切。宛潬膠盭。司馬彪曰：宛潬，展轉也。膠盭，邪屈也。宛，音婉。潬，音善。盭，古戾字。踰波趨浥，涖涖下瀨。司馬彪曰：踰波，後波凌前波也。趨浥，輸於淵也。涖涖，水聲也。浥，於俠切。涖，音利。批巖衝擁，奔揚滯沛。司馬彪曰：擁，曲限也。善曰：說文曰：批，擊也。滯沛，奔揚之貌也。滯，直制切。沛，蒲蓋切。臨坻注壑，瀺灂霣墜。鄧展曰：坻，水中山也。坻，音遲。善曰：字林曰：瀺灂，小水聲也。霣，即隕字也。墜，直類切。沈沈隱隱，砰磅訇磕。善曰：沈沈，深貌也。隱隱，盛貌也。司馬彪曰：砰磅訇磕，皆水聲也。砰，普冰切。磅，普萌切。潏潏淈淈，湁潗鼎沸。善曰：説文曰：潏，水涌出也。淈，水出貌〔一四〕。周成雜字曰：湁潗，水沸貌也。淈，音骨。湁，勑立切。潗，子入切。**馳波跳沫，汩㶁漂疾**〔一五〕，司馬彪曰：汩㶁，水聲也。韋昭曰：㶁，許及切。善曰：汩，于筆切。漂，匹姚切。**悠遠長懷。**郭璞曰：懷亦歸，變文耳。**寂漻無聲，肆乎永歸。**善曰：説文曰：漻，清深也〔一六〕。漻，音聊。杜預左氏傳注曰：肆，放也。言水奔放而長歸於淵海也。**然後灝溔潢漾，**郭璞曰：皆水無涯際貌也。灝，音皓。溔，弋少切。潢，胡廣切。漾，弋丈切。**安翔徐回。**郭璞曰：言運轉也。**翯乎滈滈，**郭璞曰：水白光貌也。翯，胡角切。滈，音鎬。**東注太湖，**郭璞曰：太湖在吳縣，尚書所謂震澤也。**衍溢陂池。**郭璞曰：其形狀而出也〔一七〕。陂池，江旁小水。**於是乎蛟龍赤螭，**文穎曰：龍子爲螭。張揖曰：赤螭，雌龍也。**䱻鰽漸離。**李奇曰：周洛曰鮪，蜀曰䱻鰽，出鞏山穴中。司馬彪曰：漸離，魚名也。張揖曰：其形狀未聞〔一八〕。䱻，音亘。鰽，音懵。**鰅鰫鰬魠，**郭璞曰：鰅，魚有文彩。鰫，似鰱而黑。鰬，似鱓。魠，鱤，一名黄曰頰〔一九〕。鰅，音顒。鰫，嘗容切。鰬，音乾。魠，音托。鱓，音善。鱤，音感。**禺禺魼鰨。**郭璞曰：禺禺魚，皮有毛，黄地黑文。魼，比目魚，狀似牛脾，細鱗紫色，兩相合得乃行〔二〇〕。鰨，鯢魚也，似鮎，有四足，聲如嬰兒。禺，音顒。魼，音榻。鰨，奴榻切。**揵鰭掉尾，振鱗奮翼，**郭璞曰：揵，舉也。鰭，背上鬣也。善曰：高唐賦曰：振鱗奮翼。揵，巨言切。掉，徒釣切。**潛處乎深巖。**郭璞曰：隱岸坻也〔二一〕。**魚鼈讙聲，萬物衆夥。**善曰：小雅曰：夥，多也。**明月珠子，的皪江靡，**應劭曰：靡，邊也。明月珠子，生於江中，其光耀乃照於江邊也。張揖曰：靡，厓也。善曰：説文曰：玓瓅，明珠光也。玓瓅與的皪音義同。**蜀石黄碝，水玉磊砢。**張揖曰：蜀石，石次玉者也。郭璞曰：碝，碝石，黄色。水玉，水精也。磊砢，魁礨貌也。善曰：山海經曰：常庭之山〔二二〕其上多水玉。碝，如兖切。砢，洛可切。磷磷爛爛，采色澔汗，郭璞曰：皆玉石符采映耀也。磷，音吝。澔，音皓。藂積乎其中。鴻鷫鵠鴇，駕鵝屬玉。張揖曰：鴻，大鴈也。郭璞曰：鷫，鷫鷞也。屬玉，似鴨而大，長頸赤目，紫紺色者。交精旋目，郭璞曰：交精，似鳧而脚高，有毛冠，辟火災。司馬彪曰：旋目，鳥名也。煩鶩庸渠。郭璞曰：煩鶩，鴨屬也。庸渠，似鳧，灰色而雞脚，一名章渠。鶩，音木。箴疵鵁盧，張揖曰：箴疵，似魚虎而倉黑色。鵁，鵁頭鳥。郭璞曰：盧，鸕鷀也。箴，音鍼。疵，音資。鵁，音慈也。羣浮乎其上。汎淫泛濫，隨風澹淡。郭璞曰：皆鳥任風波自縱漂貌也。汎，音馮。泛，敷劍切。與波摇蕩，奄薄水渚。張揖曰：奄，覆也。郭璞曰：薄，猶集也。唼喋菁藻，咀嚼菱藕。郭璞曰：菁，水草也。善曰：通俗文曰：水鳥食謂之啑，與唼同，所甲切。喋，丈甲切。咀，才汝切。嚼，才削切。

「於是乎崇山矗矗，巃嵸崔巍。郭璞曰：皆高峻貌也。巃，力孔切。嵸，音摠。深林巨木，嶄巖参嵳。郭璞曰：皆峯嶺之貌也。嶄，仕銜切。参，楚林切。嵳，楚宜切。九嵕巀嶭，南山峩峩。郭璞曰：巀嶭，高峻貌也。善曰：九嵕、南山，已見西都賦。巀，音截。嶭，音齧。峩，音娥。巖陁甗錡，摧崣崛崎〔二三〕。司馬彪曰：陁，靡也。甗，甑也。錡，敧也。上大下小，有似敧甑也。張揖曰：摧崣，高貌也。崛崎，斗絶也。摧，作罪切。崣，卒鄙切。郭璞曰：崛，音掘。崎，音錡。振溪通谷，蹇産溝瀆。張揖曰：振，拔也〔二四〕。水注川曰谿，注谿曰谷。蹇産，詰曲也。郭璞曰：自溪及瀆，皆水相通注也。善曰：言山石收歛溪水而不分泄。谽呀豁閜，阜陵别隖。司馬彪曰：谽呀，大貌。豁閜，空虚也。郭璞曰：隖，水中山也。谽，呼含切。呀，呼加切。閜，呵下切。隖，音擣。崴磈嵔瘣，丘虚堀礨。郭璞曰：皆其形勢也。崴，於鬼切。磈，魚鬼切。嵔，惡罪切。瘣，胡罪切。虚，音袪。堀，音窟。礨，音磊。隱轔鬱壘，登降施靡，郭璞曰：隱轔鬱壘〔二五〕，堆壟不平貌。轔，洛盡切。壘，音壘。施，式氏切。陂池貏豸。郭璞曰：陂池，旁頹貌也。陂，音皮。貏，音被。豸，直爾切。善曰：貏豸，漸平貌。沇溶淫鬻，張揖曰：水流谿谷之間也。沇，以水切。溶，音容。淫，以舟切。鬻，音育。散涣夷陸。司馬彪曰：布平地也。亭皋千里，靡不被築。服虔曰：皋，澤也。隄上十里一亭。郭璞曰：皆築地令平也。被，皮義切。揜以緑蕙，被以江蘺。張揖曰：掩，覆也。緑，王芻也。蕙，薰草也。郭璞山海經曰〔二六〕：蕙，香草，蘭屬也。糅以蘪蕪，雜以留夷。張揖曰：留夷，新夷也。善曰：王逸楚辭注曰：留夷，香草。布結縷，郭璞曰：結縷，蔓生，如縷相結。攢戾莎，司馬彪曰：戾莎，莎名也。揭車衡蘭，應劭曰：揭車，一名艺輿，香草也。揭，去竭切。艺，巨乞切。槀本射干。郭璞曰：槀本，槀茇也。方末切。司馬彪曰：射干，香草也。射，弋舍切。茈薑蘘荷，張揖曰：茈薑，子薑也。茈，音紫。蘘，人羊切。葴持若蓀。如淳曰：葴，音鍼。韋昭曰：持，音懲。張揖曰：葴持，闕。若，杜若。郭璞曰：蓀，香草也。鮮支黄礫，司馬彪曰：鮮支，支子也。張揖曰：皆香草也。蔣苧青薠〔二七〕。張揖曰：蔣，菰也。苧，三稜也。郭璞曰：苧，音杼。布濩閎澤，延曼太原。郭璞曰：布濩，猶布露也。善曰：閎，大也。濩，音護。延，弋戰切。離靡廣衍，善曰：離靡，離而邪靡，不絶之貌也。孟康甘泉賦注曰：衍，无厓岸也。離，力爾切。應風披靡。吐芳揚烈，善曰：

烈，酷烈，香氣盛也。披，丕蟻切。郁郁菲菲。衆香發越，郭璞曰：香氣射散也。菲，音妃。肸蠁布寫，晻薆咇茀。司馬彪曰：肸，過也。芬芳之過，若蠁之布寫也。郭璞曰：香氣盛馝馞也。善曰：説文曰：肸，蠁布也。馝馞、咇茀，音義同。説文曰〔二八〕：馣馤，香氣奄藹也。馣與晻，馤與薆，音義同。晻，音奄。咇，步必切。茀，音勃。

「於是乎周覽泛觀，縝紛軋芴，孟康曰：縝紛，衆盛也。軋芴，緻密也。縝，丑人切。芴，音勿。芒芒恍忽。郭璞曰：言眼亂也。芒，莫朗切。視之無端，察之無涯。日出東沼，入乎西陂。張揖云：日朝出苑之東池，暮入於苑西陂中。善曰：漢宮殿簿曰：長安有西陂池、東陂池。其南則隆冬生長，涌水躍波。張揖曰：其苑南陽煖，則盛冬十月，草木生長也。郭璞曰：躍波，言不凍也。善曰：孫卿子曰：松柏經隆冬而不彫。其獸則㺊旄貘犛，沈牛麈麋。郭璞曰：㺊，似牛，領有肉堆也。音容。張揖曰：旄，旄牛也，其狀如牛而四節毛。貘，白豹。犛牛，黑色，出西南徼外。沈牛，水牛也，能沈没水中。麈，似鹿而大。善曰：南越志曰：潛牛，形角似水牛，一名沈牛也。赤首圜題，窮奇象犀。張揖曰：題，頟也。窮奇，狀如牛而蝟毛，其音如嘷狗，食人者也。其北則盛夏含凍裂地，涉冰揭河。司馬彪曰：揭，舉衣也。善曰：尸子曰：寒凝冰裂地。其獸則麒麟角端，騊駼橐駝。郭璞曰：麒，似麟而無角。角端，似貊，角在鼻上，中作弓。韋昭曰：背上有肉似橐，故曰橐駝也。蛩蛩驒騱，駃騠驢驘。郭璞曰：驒騱，駏驉類也。駃騠，生三日而超其母。驒，音顛。騱，音奚。駃，音玦。騠，音提。驘、贏同〔二九〕。

「於是乎離宮別館，彌山跨谷。善曰：鄭玄周禮注曰：彌，徧也。高廊四注，重坐曲閣。司馬彪曰：廊廡上級下級皆可坐，故曰重坐。曲閣，閣道委曲也。華榱璧璫，輦道纚屬。韋昭曰：裁金爲璧，以當榱頭也。如淳曰：輦道，閣道也。司馬彪曰：纚屬，連屬也。張揖曰：纚，力爾切。屬，之欲切。步櫩周流，長途中宿。善曰：步櫩，步廊也。周流，周徧流行也。楚辭曰：曲屋步櫩。郭璞曰：中途〔三〇〕，樓閣間陛道。司馬彪曰：中宿，乃至其上。夷嵕築堂，累臺增成，如淳曰：嵕，山也。張揖曰：平此山以作堂者也。重累而成之，故曰增成。嵕，子公切。巖突洞房。郭璞曰：言於巖突底爲室，潛通臺上也。善曰：突，一吊切。頫杳眇而無見，仰𢪛橑而捫天。善曰：聲類曰：頫，古文俯字。説文曰：頫，低頭也。楚辭曰：遂倏忽而捫天。晉灼曰：𢪛，古攀字也。捫，摸也。橑，音老。捫，音門。奔星更於閨闥，宛虹拖於楯軒。善曰：奔，流星也，行疾，故曰奔。如淳曰：宛虹，屈曲之虹也。應劭曰：楯，欄檻也。司馬彪曰：軒，楯下版也。更，工衡切。青龍蚴蟉於東葙〔三一〕，郭璞曰：蚴蟉，龍行貌也。善曰：孫炎爾雅注曰：葙，夾室前堂也。蚴，一糾切。蟉，力糾切。象輿婉僤於西清。張揖曰：山出象輿，瑞應車也。西清者，葙中清淨處也。善曰：婉僤，動貌也。僤，音善。靈圄燕於閒館，張揖曰：靈圄，衆仙之號也。楚辭曰：坐靈圄而來謁。閒，讀曰閑。偓佺之倫暴於南榮。郭璞曰：偓佺，仙人也。暴，謂偃臥日中也。榮，屋南檐也。醴泉涌於清室，通川過於中庭。郭璞曰：醴泉，瑞水也。善曰：言醴泉於室中涌出，而通流爲川，而過中庭。盤石振崖〔三二〕，李奇曰：振，整也。以石整頓池水之涯也。振，之刃切。嶔巖倚傾，郭璞曰：嶔巖，欹貌也。嶔，口銜切。倚，於綺切。嵯峨㠑嶫，刻削峥嶸。郭璞曰：言自然若彫刻也。司馬彪曰：峥嶸，深貌也。善曰：嶕，音捷。嶫，音業。玫瑰碧琳，珊瑚叢生。善曰：並已見上文。瑉玉旁唐，玢豳文鱗。郭璞曰：旁唐，言磐礴也。玢豳，文理貌也，音紛彬。善曰：宋玉笛賦曰：其處磅磄千仞〔三三〕。赤瑕駮犖，雜臿其間，張揖曰：赤瑕，赤玉也。郭璞曰：言雜廁崖石中。駮犖，采點也。犖，洛角切。晁采琬琰，和氏出焉。司馬彪曰：晁采，玉名。善曰：晁，古朝字。尚書曰：弘璧琬琰在西序。

「於是乎盧橘夏熟〔三四〕，應劭曰：伊尹書曰：箕山之東，青鳥之所，有盧橘夏熟。晉灼曰：此雖賦上林，博引異方珍奇，不係於一也。盧，黑也。黄甘橙楱，郭璞曰：黄甘，橘屬而味精。楱，亦橘之類也，音湊。張揖曰：楱，小橘也，出武陵。善曰：説文曰：橙，橘屬也。枇杷橪柿，楟奈厚朴〔三五〕。張揖曰：枇杷，似斛樹，長葉，子如杏。亭，山梨也。厚朴，藥名也。郭璞曰：橪，橪支木也。橪，音煙。朴，步角切。梬棗楊梅，張揖曰：楊梅，其實似穀子〔三六〕而有核，其味酸，出江南也。櫻桃蒲陶，善曰：櫻桃，蒲陶，見南都賦。隱夫薁棣，張揖曰：隱夫，未詳。薁，山李也。郭璞曰：棣，實似櫻桃也。薁，於六切。棣，徒計切。荅遝離支。張揖曰：荅遝，似李，出蜀。晉灼曰：離支，大如雞子，皮麄，剥去皮，肌如雞子中黄，味甘多酢少。遝，音沓。離，力智切。羅乎後宮，列乎北園。貤丘陵，下平原。司馬彪曰：貤，延也，羊氏切。揚翠葉，扤紫莖。張揖曰：扤，摇也，音兀。發紅華，垂朱榮。煌煌扈扈，照曜鉅野。郭璞曰：言其光采之盛也。煌，音皇。沙棠櫟櫧，張揖曰：沙棠，狀如棠，黄華赤實，其味如李，無核。吕氏春秋曰：果之美者，沙棠之實。櫧，似柃，葉冬不落。應劭曰：櫟，採木也〔三七〕。櫧，音諸。柃，音零。採，音采。華楓枰櫨。張揖曰：華，皮可以爲索。楓，攝也，脂可以爲香。郭璞曰：枰，平仲木也。櫨，已見南都賦。華，胡化切。留落胥邪，仁頻并閭。郭璞曰：留，未詳。落，欂也，中作器。胥邪，似并閭，皮可作索。孟康曰：仁頻，椶也。善曰：仙藥録曰：檳榔，一名椶，然仁頻即檳榔也。胥邪、并閭，已見南都賦。欂，音鑊。欃檀木蘭，孟康曰：欃檀，檀別名也。欃，音讒。豫章女貞。張揖曰：女貞木，葉冬不落。長千仞，大連抱。司馬彪曰：七尺曰仞。夸條直暢，實葉葰楙。郭璞曰：夸，張布也。司馬彪曰：葰，大也。葰，音峻。攢立叢倚，連卷欐佹。司馬彪曰：欐佹，支重累也。倚，於綺切。卷，巨專切。欐，力爾切。佹，音詭。善曰：蒼頡篇曰：攢，聚也。崔錯癹骫，郭璞曰：崔錯，交雜。癹骫，蟠戾也〔三八〕。崔，千賄切。癹，步葛切。骫，古委字。坑衡閜砢。郭璞曰：坑衡，徑直貌。閜砢，相扶持也〔三九〕。坑，口庚切。閜，烏可切。砢，來可切。垂條扶疏，落英幡纚。善曰：説文曰：扶疏，四布也。呂氏春秋曰：樹肥無使扶疏。英，謂華也〔四〇〕。張揖曰：幡纚，飛揚貌也。纚，山爾切。紛溶萷蔘，猗狔從風。郭璞曰：紛溶萷蔘，支竦擢也。張揖曰：猗狔，猶阿那也。溶，音容。萷，音蕭。蔘，音森。猗，憶靡切。狔，女爾切。藰莅芔歙，司馬彪曰：衆聲貌也。藰，音劉。莅，音利，芔，古卉字。歙，音翕。蓋象金石之聲，管籥之音。善曰：金石、管，已見上文。籥，已見南都賦。偨池茈虒，旋還乎後宮。張揖曰：偨池，參差也。茈虒，不齊也。如淳曰：茈，音此。虒，音豸。郭璞曰：還，繞也。偨，音差。雜襲絫輯，郭璞曰：相重被也。善曰：絫，古累字。輯與集同。被山緣谷，循阪下隰，視之無端，究之無窮。

「於是乎玄猨素雌，蜼玃飛蠝〔四一〕，張揖曰：蜼，似母猴，卬鼻而長尾。玃，似獮猴而大。飛蠝，鼠也〔四二〕，其狀如兔而鼠首，以其髯飛。郭璞曰：蠝，鼯鼠也，毛紫赤色，飛且生，一名飛生。蜼，音遺。蠝，音誄。善曰：玄猨，言猨之雄者玄色也。素雌，猨之雌者素色也。玃，音钁。蛭蜩蠼猱，司馬彪曰：山海經曰：不咸之山，飛蛭四翼。蜩，蟬也。蠼猱，獮猴也。郭璞曰：蛭蜩，未聞。如淳曰：蛭，音質。猱，奴刀切。獑胡縠蛫，張揖曰：獑胡，似獮猴，頭上有髦，要以後黑。郭璞曰：縠，似鼬而大，要以後黃，一名黃要，食獮猴。蛫，未聞也。獑，音讒。縠，呼谷切。蛫，音詭。棲息乎其間。長嘯哀鳴，翩幡互經，郭璞曰：互經，互相經過也。夭蟜枝格，偃蹇杪顛。郭璞曰：皆獮猴在樹暴戲姿態也〔四三〕。夭蟜，頻申也。善曰：埤蒼曰：格，木長貌也。說文曰：杪，末也〔四四〕。廣雅曰：顛，末也。蟜，音矯。踰絶梁，騰殊榛，郭璞曰：梁，石絶水也。張揖曰：殊榛，異栫也。善曰：踰字與蹦同。榛，仕人切。栫，五曷切。捷垂條，掉希間。張揖曰：捷持懸垂之條，掉往著稀疏無支之間也。郭璞曰：掉，懸擿也，託釣切。牢落陸離，郭璞曰：羣奔走也。善曰：牢落，猶遼落也。廣雅曰：陸離，參差也。爛漫遠遷。郭璞曰：崩騰羣走貌也。

「若此者數百千處，娛遊往來〔四五〕，宫宿館舍。善曰：說文曰：娛，戲也，許其切。郭璞曰：皆離宫別館，出入所幸也。庖廚不徙，後宫不移，百官備具。郭璞曰：言所在有也。

「於是乎背秋涉冬，天子校獵。李奇曰：以五校兵出獵也。乘鏤象，六玉虯。張揖曰：鏤象，象路也，以象牙疏鏤其車輅。六玉虯，謂駕六馬，以玉飾其鑣勒，有似虯〔四六〕。龍也無角〔四七〕曰虯也。郭璞曰：韓子曰：黄帝駕象軍，六蛟龍。善曰：此依古成文而假言之，非謂似也。今依郭説。拖蜺旌，靡雲旗。張揖曰：析羽毛，染以五采，綴以縷爲旌，有似虹蜺之氣也。畫熊虎於旒爲旗，似雲氣也。善曰：此亦假言也。高唐賦曰：蜺爲旌。雲旗，已見東京賦。前皮軒，後道游。文穎曰：皮軒，以虎皮飾車。天子出，道車五乘，游車九乘，在乘輿車前，賦頌爲偶辭耳。善曰：言皮軒最居前，而道游次皮軒之後，此爲前後相對爲偶辭耳，非謂道游在乘輿之後。孫叔奉轡，衛公參乘。李善曰〔四八〕：孫叔者，太僕公孫賀也，字子叔。衛公者，大將軍衛青也。大駕，太僕御，大將軍參乘。扈從横行，出乎四校之中。晉灼曰：扈，大也。張揖曰：跋扈縱横，不案鹵簿也。文穎曰：凡五校，今言四者，中一校隨天子乘輿也。鼓嚴簿，縱獵者，張揖曰：鼓，嚴鼓也。簿，鹵簿也。善曰：言擊嚴鼓簿鹵之中也〔四九〕。河江爲陆〔五〇〕，泰山爲櫓。郭璞曰：因山谷遮禽獸爲陆。櫓，望樓。車騎靁起，殷天動地。郭璞曰：殷，猶震也。善曰：靁，古雷字。殷，音隱。先後陸離，離散别追。郭璞曰：各有所逐也。善曰：廣雅曰：陸離，參差。淫淫裔裔，緣陵流澤，雲布雨施。郭璞曰：言徧山野也。善曰：韓子曰：雲布風動。周易曰：雲行雨施也。生貔豹，搏豺狼。韋昭曰：生，謂生取之也〔五一〕。郭璞曰：貔，執夷，虎屬，音毗。手熊羆，足壄羊。張揖曰：熊，犬身，人足，黑色。羆，如熊，黄白色。壄羊，麢羊也，似羊而青。郭璞曰：足，謂踏也。蒙鶡蘇，孟康曰：鶡，鶡尾也。蘇，析羽也。張揖曰：鶡，似雉，鬭死不卻。善曰：蒙，謂蒙覆而取之。鶡以蘇爲奇，故特言之以成文耳。鶡，音曷。絝白虎。郭璞曰：絝，謂絆絡之也〔五二〕。善曰：絝，音袴。被班文，善曰：班文，虎豹之皮也。司馬彪漢書曰〔五三〕：虎賁騎皆虎文單衣。跨壄馬。善曰：跨，謂騎之也。

陵三嵕之危，善曰：漢書音義曰：陵，上也。郭璞三倉注曰：三嵕山在聞喜。下碛歷之坻。張揖曰：碛歷，不平也。坻，下阪道也。坻，音遲。徑峻赴險，越壑厲水。郭璞曰：厲，以衣渡水。椎蜚廉〔五四〕，弄獬豸。郭璞曰：飛廉，龍雀也，鳥身鹿頭。張揖曰：獬豸，似鹿而一角，人君刑罰得中則生於朝廷，主觸不直者，今可得而弄也。獬，音蟹。豸，文介切。格蝦蛤，鋋猛氏。孟康曰：蝦蛤、猛氏，皆獸名。郭璞曰：今蜀中有獸，狀如熊而小，毛淺有光澤，名猛氏。蝦，音遐。蛤，音閤。善曰：説文曰：鋋，小矛也，市延切。羂騕褭，射封豕。張揖曰：騕褭，馬金喙赤色，一日行萬里者。郭璞曰：封豕，大豬也。善曰：聲類曰：羂，係取也，工犬切。左氏傳：申包胥曰：吴爲封豕長蛇。箭不苟害，解脰陷腦。弓不虚發，應聲而倒。張揖曰：脰，項也。善曰：脰，音豆。史記：陷，苦念切。

「於是乘輿弭節徘徊，翱翔往來。郭璞曰：言周旋也。善曰：楚辭曰：颭弭節而高厲。睨部曲之進退，覽將帥之變態。善曰：部曲，已見上文。然後侵淫促節，郭璞曰：言疾驅也。善曰：侵淫，漸進之貌。儵敻遠去。郭璞曰：儵忽，長逝也。善曰：曹大家幽通賦注曰：敻，遠也。流離輕禽，蹴履狡獸。張揖曰：流離，放散也。輕禽，飛鳥也。晉灼曰：輕小之禽。善曰：張説是也。轊白鹿，捷狡兔。郭璞曰：狡兔健跳，故曰捷耳。捷，音接。軼赤電，遺光耀。張揖曰：軼，過也。郭璞曰：皆妖氣爲變怪，游光之屬也。追怪物，出宇宙。張揖曰：怪物，奇禽也。彎蕃弱，滿白羽。文穎曰：彎，牽也。蕃弱，夏后氏良弓之名。引弓盡箭鏑爲滿。以白羽爲箭〔五五〕，故言白羽也。善曰：左氏傳，衞子魚曰：分魯公以封父之繁弱。蕃與繁古字通。國語曰：吴素甲白羽之矰，望之如荼。射游梟，櫟蜚遽。張揖曰：梟，惡鳥也，故射之。櫟，梢也。飛遽，天上神獸也，鹿頭而龍身。郭璞曰：梟羊也。善曰：高誘淮南子注，梟羊，山精也，似遽類。高説是也。梟，工聊切。遽，音鉅。擇肉而后發，先中而命處。郭璞曰：言必如所志也。善曰：廣雅曰：命，名也。弦矢分，藝殪仆。文穎曰：所射準的爲藝，壹發死爲殪。善曰：説文曰：仆，頓也。殪，音翳。仆，音赴。

「然后揚節而上浮，郭璞曰：言騰游也。善曰：楚辭曰：鳥託乘而上浮。凌驚風，歷駭猋，乘虚無，與神俱。張揖曰：郭璞老子經注曰〔五六〕：虚無寥廓，與元通靈〔五七〕，言其所乘氣之高，故能出飛鳥之上而與神俱者也。躪玄鶴，亂昆雞。張揖曰：昆雞，似鶴，黄白色。郭璞曰：躪，踐也。亂者，言亂其行伍也。遒孔鸞，促鵔鸃。郭璞曰：遒、促，皆迫捕貌。遒，才由切。拂翳鳥，張揖曰：山海經曰：九疑之山有五采之鳥，名曰翳鳥。捎鳳凰。捷鵷鶵，揜焦明。張揖曰：焦明，似鳳，西方之鳥也。善曰：方言曰：揜，取也。樂汁圖〔五八〕，焦明，狀似鳳皇。宋衷曰：水鳥也。

「道盡途殫，迴車而還。消摇乎襄羊，降集乎北紘。司馬彪曰：消摇，逍遥也。張揖曰：淮南子云：八澤之外，乃有八紘，北方之紘曰委羽。郭璞曰：襄羊，猶彷徉也。率乎直指，郭璞曰：率，徑馳去也〔五九〕。晻乎反鄉。郭璞曰：忽然疾歸貌。蹷石闕〔六〇〕，歷封巒。過鳷鵲，望露寒。郭璞曰：蹷，蹋也，音厥。張揖曰：此四觀，武帝建元中作，在雲陽甘泉宫外。鳷，音支。下棠梨，息宜春，張揖曰：棠梨，宫名，在雲陽東南三十里。郭璞曰：宜春，宫名，在渭南杜縣東。西馳宣曲，張揖曰：宣曲，宫名也，在昆明池西。

濯鷁牛首。張揖曰：牛首，池名，在上林苑西頭。善曰：漢書曰：鄧通以濯舡爲黄頭郎。音義曰：善濯舡於池中也。一説能持櫂行船也。韋昭曰：櫂，今棹也，並直孝切。登龍臺，張揖曰：觀名也，在豐水西北，近渭也。掩細柳。郭璞曰：觀名也，在昆明池南。善曰：方言曰：掩者，息也。觀士大夫之勤略，司馬彪曰：略，巡行也。均獵者之所得獲。郭璞曰：平其多少也。徒車之所轔轢，郭璞曰：徒，步也。轢，輾也。善曰：輾，女展切。步騎之所蹂若，人臣之所蹈籍。善曰：廣倉曰：若，蹈足貌。與其窮極倦𠜲，驚憚讋伏。郭璞曰：窮極倦𠜲，疲憊者也。驚憚讋伏，怖不動貌也。𠜲，音劇。憚，丁曷切。讋，之涉切。不被創刃而死者，他他籍籍。郭璞曰：言交横也。他，徒河切。填阬滿谷，掩平彌澤。善曰：廣雅曰：大野曰平。

「於是乎遊戲懈怠，置酒乎顥天之臺，張揖曰：臺高上干顥天也。張樂乎膠葛之寓。郭璞曰：言曠遠深貌也。撞千石之鍾，張揖曰：千石，十二萬斤也。立萬石之虡。張揖曰：虡，獸，重百二十萬斤，以俠鍾旁。建翠華之旗，樹靈鼉之鼓，張揖曰：以翠羽爲葆也，以鼉皮爲鼓也。郭璞曰：華，葆也。奏陶唐氏之舞，如淳曰：舞咸池也。善曰：尚書曰：惟彼陶唐。孔安國曰：陶唐，堯氏也。聽葛天氏之歌。張揖曰：葛天氏，三皇時君號也。其樂，三人持牛尾，投足以歌八曲：一曰載民，二曰玄鳥，三曰育草木，四曰奮五穀，五曰敬天常，六曰徹帝功，七曰依地德，八曰總禽獸之極。韋昭曰：葛天氏，古之王者，其事見吕氏春秋。善曰：吕氏春秋云：葛天氏之樂，以歌八闋：一曰載民〔六一〕，三曰遂草木，六曰建帝功。今注以闋爲曲，以民爲氏，以遂爲育，以建爲徹，皆誤。千人唱，萬人和。山陵爲之震動，川谷爲之蕩波。郭璞曰：波浪起也。巴渝宋蔡，淮南干遮〔六二〕，郭璞曰：巴西閬中有渝水，獠居其上，皆剛勇〔六三〕好舞。初高祖募取以平三秦，後使樂府習之，因名巴渝舞也。張揖曰：樂記曰：宋音燕女溺志。蔡人謳員三人，淮南鼓員四人。干遮，曲名。文成顛歌。文穎曰：文成，遼西縣名也。其縣人善歌。顛，益州顛縣，其人能作西南夷歌也。顛與滇同也。族居遞奏，金鼓迭起。張揖曰：族，聚也。郭璞曰：遞，迭也，徒結切。鏗鎗闛鞈，洞心駭耳。善曰：鏗鎗，鍾聲也。闛鞈，鼓音也。毛詩曰：擊鼓其鏜。字書曰：鞨，鼓聲。闛與鏜，鞨與鞈，古字通。闛，託郎切。鞈，音榻。荆吳鄭衛之聲，郭璞曰：皆淫哇也。善曰：禮記曰：鄭衛之音，亂世之音也。韶濩武象之樂，文穎曰：韶，舜樂也。濩，湯樂也。大武，武王樂也。張揖曰：象，周公樂也。南人服象，爲虐於夷，成王命周公以兵追之，至於海南，乃爲三象樂。陰淫案衍之音。郭璞曰：流沔曲也。衍，弋戰切。鄢郢繽紛，激楚結風。李奇曰：鄢，今宜城縣也。郢，楚都也。繽紛，舞也。張揖曰：楚，歌曲也。文穎曰：衝激，急風也〔六四〕；結風，亦急風也〔六五〕。楚地風氣既自漂疾，然歌樂者猶復依激結之急風爲節也，其樂促迅哀切也。俳優侏儒，狄鞮之倡，善曰：三蒼曰：俳，倡也。優，樂也。禮記曰：夫新樂及優侏儒。郭璞曰：狄鞮，西戎樂名也。鞮，丁奚切。所以娛耳目樂心意者，麗靡爛漫於前，郭璞曰：言恣所觀也。靡曼美色。張揖曰：靡，細也。曼，澤也。善曰：言作樂於前者，皆是靡曼美色也。下或云〔六六〕於後，非也。

「若夫青琴宓妃之徒，伏儼曰：青琴，古神女也。如淳曰：宓妃，伏羲氏女，溺死洛，遂爲洛水之神。

絶殊離俗，郭璞曰：離俗，無雙也。妖冶嫺都。善曰：字書曰：妖，巧也。説文曰：嫺，雅也，或作閑。小雅曰：都，盛也。靚糚刻飾，便嬛綽約。郭璞曰：靚糚，粉白黛黑也。刻，刻畫鬋鬢也。便嬛，輕利也。綽約，婉約也。善曰：莊子曰：綽約若處子。嬛，音翾。靚，音浄。柔橈嫚嫚〔六七〕，嫵媚孅弱。郭璞曰：柔橈嫚嫚，皆骨體耎弱長豔皃也。孅弱，弱顔也。善曰：埤蒼曰：嫵媚，悦也。孅弱，謂容體孅細柔弱也。方言曰：自關而西，凡物小謂之孅。橈，女教切。嫚，於圓切。嫵，音武。孅，即纖字。曳獨繭之褕絏，眇閻易以邺削。張揖曰：褕，襜褕也。絏，袖也。郭璞曰：獨繭，一繭之絲也。閻易，衣長大貌也。邺削，言如刻畫作之也。善曰：褕，音踰。絏，音曳。易，弋示切。便姍嫳屑，與俗殊服。郭璞曰：衣服婆娑貌。善曰：便，步千切。姍，音先。嫳，步結切。芬芳漚鬱，酷烈淑郁。皓齒粲爛，宜笑的皪。郭璞曰：香氣盛也。漚，一候切。又曰〔六八〕：鮮明貌也。善曰：楚辭曰：美人皓齒嫮以姱〔六九〕。又曰：嫮目宜笑娥眉曼。皪，音礫。長眉連娟，微睇緜藐。郭璞曰：連娟，言曲細也。緜藐，遠視貌。善曰：娟，一全切。睇，大計切。藐，音邈。色授魂與，心愉於側。張揖曰：彼色來授，我魂往與接也。愉，音踰。

「於是酒中樂酣，郭璞曰：中，半也，中仲切。天子芒然而思，似若有亡，司馬彪曰：亡，喪也。曰：『嗟乎，此大奢侈！朕以覽聽餘閒，無事棄日。善曰：言聽政既有餘暇，無事而虛棄時日也。閒，音閑。順天道以殺伐，郭璞曰：因秋氣也。善曰：家語，孔子曰：啓蟄不殺，則順天道也。時休息於此。郭璞曰：謂苑囿中也。恐後葉靡麗，遂往而不返，非所以爲繼嗣創業垂統也。』郭璞曰：

言不可以示將來也。善曰：爲，于僞切。孟子曰：君子創業垂統，爲可繼也。於是乎乃解酒罷獵，而命有司曰：『地可墾闢，悉爲農郊，以贍萌隸，張揖曰：邑外謂之郊。郊，田也。詩曰：稅于農郊。韋昭曰：萌，民也。司馬彪曰：隸，小臣也。善曰：爾雅曰：命，告也。蒼頡篇曰：墾，耕也。小雅曰：贍，足也。隤墻填塹，使山澤之人得至焉。郭璞曰：芻蕘者往也，雉兔者往也。實陂池而勿禁，虛宮館而勿仞。司馬彪曰：養魚鱉滿陂池，而不禁民取也。郭璞曰：虛，言不聚人衆其中也。仞，滿也。發倉廩以救貧窮，補不足。善曰：蔡邕月令章句曰：穀藏曰倉，米藏曰廩。孟子：齊景公興發補不足。趙岐曰：興惠政，發倉廩，以振貧而補不足也。恤鰥寡，存孤獨。出德號，省刑罰。郭璞曰：號，號令也。改制度，郭璞曰：變宮室車服。易服色。郭璞曰：衣尚黑。革正朔，郭璞曰：更以十二月爲正〔七〇〕，平旦爲朔。與天下爲更始。』郭璞曰：新其事。

「於是歷吉日以齋戒，張揖曰：歷，筭也。善曰：周易曰：聖人以此齋戒。韓康伯曰：洗心曰齋，防患曰戒。襲朝服，乘法駕，司馬彪曰：襲，服也。法駕，六馬也。建華旗，鳴玉鸞，郭璞曰：鸞，鈴也。善曰：楚辭曰：鳴玉鸞之啾啾。游于六藝之囿，馳騖乎仁義之塗。郭璞曰：六藝：禮、樂、射、御、書、數也。論語曰：游於藝。塗，道也。善曰：藝，六經也。覽觀春秋之林，如淳曰：春秋義理繁茂，故比之於林藪也。射貍首，兼騶虞。郭璞曰：貍首，逸詩篇名，諸侯以爲射節。騶虞，召南之卒章，天子以爲射節也。弋玄鶴，舞干戚。郭璞曰：干，楯也。戚，斧也。善曰：言古者舞玄鶴以爲瑞，令弋取之而舞干戚也。尚書大傳曰：

舜樂歌曰和伯之樂，舞玄鶴。公羊傳曰：朱干玉戚，以舞大夏。載雲罕，揜羣雅。張揖曰：罕，罼也，前有九流雲罼之車。掩，捕也。詩小雅之材七十四人，大雅之材三十一人，故曰羣雅也。善曰：先用雲罕以獵獸，今載之於車而捕羣雅之士也。悲伐檀，張揖曰：其詩刺賢者不遇明王也。樂樂胥。善曰：毛詩曰：君子樂胥，受天之祜。言王者樂得材智之人使在位，故天與之福禄也。胥，先吕切。脩容乎禮園，郭璞曰：禮，所以整威儀自脩飾也。翺翔乎書圃。郭璞曰：尚書，所以疏通知遠者，故遊涉之。述易道，郭璞曰：脩絜静精微之術。放怪獸。張揖曰：苑中奇怪之獸，不復獵。登明堂，坐清廟。郭璞曰：明堂者，所以朝諸侯處。清廟，太廟也。善曰：禮記月令曰：天子居太廟太室。鄭玄曰：太廟太室，中央室也。次羣臣，奏得失。四海之内，靡不受獲。善曰：得恩德也。於斯之時，天下大説，鄉風而聽，隨流而化，芔然興道而遷義。郭璞曰：芔，猶勃也，許貴切。刑錯而不用，德隆於三王〔七一〕，而功羡於五帝。善曰：包咸論語注曰：錯，置也，千故切。司馬彪曰：羡，溢也。若此，故獵乃可喜也。

「若夫終日馳騁，勞神苦形。罷車馬之用，抏士卒之精。郭璞曰：精，鋭也。抏，損也，音翫。費府庫之財，而無德厚之恩。善曰：管子曰：國雖盛滿，無德厚以安之，國非其國也。務在獨樂，不顧衆庶。善曰：鄭玄毛詩曰〔七二〕：顧，念也。忘國家之政，貪雉兔之獲。則仁者不繇也。郭璞曰：繇，道也，音由。從此觀之，齊楚之事，豈不哀哉！地方不過千里，而囿居九百，是草木不得墾辟，而人無所食也。善曰：蒼頡篇曰：墾，耕也。薛君韓詩章句曰：辟，除也。夫以諸侯之細，而樂萬乘之侈〔七三〕，僕恐百姓被其尤也。」

於是二子愀然改容，超若自失，郭璞曰：愀然，變色貌也，材誘切。善曰：禮記曰：孔子愀然作色而對也。逡巡避𢈪，善曰：公羊傳曰：逡巡北面再拜。廣雅曰：逡巡，却退也。孝經曰：曾子避席。𢈪與席古字通。曰：「鄙人固陋，不知忌諱，善曰：廣雅曰：鄙，小也。乃今日見教，謹受命矣。」

文選考異

〔一〕曰楚則失矣　茶陵本有校語云善作「是」，蓋所見本「楚」譌爲「是」也。袁本無。史記、漢書皆作「楚」。

〔二〕所以述職也　茶陵本云善無「也」字。袁本無校語。史記、漢書皆有。

〔三〕不務明君臣之義　袁本、茶陵本云善無「臣」字。史記、漢書皆有。

〔四〕而適足以㝵君自損也　案：「㝵」當作「导」，各本皆譌。其字上「曰」下「寸」，在説文巢部。今漢書作「导」，亦譌也。史記作「貶」，與五臣同。

〔五〕注「河南穀羅縣」　陳云「河南」漢書注作「西河」爲是。案：史記正義引亦作「西河」。今漢書地理志「西河郡穀羅，武澤在西北」。依文穎此注，似其本「武」作「紫」也。

〔六〕注「在縣北」　案：「北」上當有「西」字，漢書注可證，地理志亦可證，各本皆脱。

〔七〕注「今名沇水」　陳云「沇」當作「沈」，詳漢書顔注。今案：陳説非也，當作「汃」。史記索隱引姚氏云「今名汃水」，善全取彼文與顔注「此即今所謂沈水」迥異。

〔八〕注「黄子陂」　袁本、茶陵本「黄」作「皇」。案：史記索隱引姚氏正作「皇」，「皇」字是也。漢書注亦作「皇」，陳校依漢注。

〔九〕注「經至昆明池」　袁本、茶陵本無「經」字。案：史記索隱引姚氏云「注昆明池」，漢書顔注云「經昆明池」。此尤延之校改「至」作「經」，因誤兩存也。

〔一〇〕注「周旋苑中也」　袁本、茶陵本「周」上有「言」字。

〔一一〕注「善曰楚辭曰」　袁本、茶陵本無「善曰」二字，有「郭璞曰椒丘見」六字。今案：當作「郭璞曰椒丘見楚辭善曰楚辭曰」十三字，各本皆脱。

〔一二〕注「馳椒丘兮焉且且止也音昌吕切」　袁本、茶陵本無「焉且且止也」五字，袁本有「且且」二字，茶陵本有「焉且且」三字。案：各本皆譌，當作「馳椒丘且焉止息也且音昌吕切」。此離騷經文。

〔一三〕注「司馬彪曰畢弗」　案：「畢」當作「滭」，史記索隱引可證。各本皆譌。

〔一四〕注「渥水出貌」　袁本、茶陵本無此四字。

〔一五〕汩濦漂疾　袁本「濦」作「潝」，云善作「濦」。茶陵本云五臣作「潝」。案：各本所見皆非也。史記、漢書皆作「潝」。善引韋昭曰「潝，許及切」，即漢書音正作「潝」可知。彼載晉灼「華給反」，郭璞「許立反」，史記索隱同，諸家無作「澀」者。又各本注中亦譌「澀」。

〔一六〕注「説文曰漻清深也」　袁本、茶陵本無此七字。

〔一七〕注「其形狀而出也」　袁本、茶陵本「其形狀」作「言溢」。漢書注作「言溢溢」。陳云別本作「言溢」爲是。

〔一八〕注「張揖曰其形狀未聞」　袁本、茶陵本無「其形狀」三字。

〔一九〕注「魠鰅一名黄曰頰」　袁本、茶陵本無「曰」字。案：依漢書注無「曰」字，鰅下當有「也」字。

〔二〇〕注「兩相合得乃行」　袁本、茶陵本無「合」字。案：漢書注有，蓋尤依彼添。陳云「得乃」當從漢書注作「乃得」。

〔二一〕注「隱岸坻也」　袁本、茶陵本「坻」作「底」，漢書注作「底」。案：當以尤爲是，即海賦云「巖坻之限」者也，二本及漢書注皆傳寫譌耳。

〔二二〕注「常庭之山」　袁本、茶陵本「常」作「重」。案：今本山海經作「堂」，一作「常」，疑善引自異。

〔二三〕摧崣崛崎　袁本、茶陵本「摧」作「摧」，史記、漢書皆作「摧」。案：此尤本之誤，注同。

〔二四〕注「振拔也」　袁本、茶陵本「拔」作「收」。何云下言「收斂溪水」，當從「收」。今案：漢書注、史記索隱引皆作「拔」。

〔二五〕注「隱轔鬱壘」　茶陵本「壘」作「壨」，袁本與此同。案：下云「壨音壘」，蓋茶陵本是也。今本漢書亦正文「壨」、注「壘」，歧誤正同此。

〔二六〕注「郭璞山海經曰」　何校「經」下添「注」字，陳同。各本皆脱。

〔二七〕蔣苧青蘋　案：「苧」當作「茅」，史記、漢書皆作「茅」，各本及注中俱譌，五臣作「芋，云句切」，大誤。又案：玉篇「芋」、「苧」同，與此賦之「茅」迴别，彼乃説文所云「草可以爲繩」者，此張揖解爲「三稜」。三稜類詳見政和經史證類本草，實異名同，不可援以相證，決爲譌字無疑。

〔二八〕注「説文曰毻毷」　案：此「曰」下有脱也。各本皆同，無以補之。或因此謂説文有「毻毷」，非。羣書引説文而未見者，皆不必今本脱去也。

〔二九〕注「騾贏同」　案：當作「贏騾同」，誤倒也。正文，五臣作「騾」，史記亦作「騾」。凡五臣每取善注以改字或取他書，皆此類。漢書作「驘」。袁本、茶陵本删此注，非。

〔三〇〕注「中途樓閣間陛道」　案：「中」字不當有。史記集解引無。各本皆衍。

〔三一〕青龍蚴蟉於東葙　案：「葙」當作「箱」。史記、漢書皆作「箱」，善與之同。今各本作「葙」，凡偏旁「竹」、「卄」每相混耳。五臣改作「廂」，非也。

〔三二〕盤石振崖　案：「振」當作「裖」，注同。史記、漢書皆作「裖」。高唐賦「裖陳磑磑」，善注云「裖，已見上林賦」。彼五臣作「振」，然則此賦亦爲五臣亂之，而失其校語也。

〔三三〕注「其處磅磄千仞」　案：此下當有「磅磄與旁唐音義同」一句，各本皆無，蓋脱也。

〔三四〕盧橘夏熟　袁本、茶陵本云「熟」善作「熱」。案：二本所見誤也。史記、漢書皆作「孰」，善與之同。「孰」即「熟」字。

〔三五〕楟柰厚朴　「楟」當作「亭」，注引張揖曰「亭山梨也」，蓋善作「亭」，五臣作「楟音亭」，而各本亂之也。漢書作「亭」，史記作「楟」，善此賦大略文同漢書者較多。

〔三六〕注「其實似穀子」　袁本、茶陵本「穀」作「穀」，無「子」字。案：「穀」，亦譌也。此字從「木」不從「禾」，楮也。漢書注、史記索隱皆云「穀子」，尤依添，但「穀」字益譌。

〔三七〕注「採木也」　何校「採」改「棌」，下「採音采」同。漢書注作「采音菜」。

〔三八〕注「崔錯交雜登骫蟠戾也」　袁本、茶陵本作「錯相樛也」四字。考史記索隱引郭璞云「崔錯登骫者，蟠戾相樛也」。袁、茶陵二本有脱，尤所添改，在今漢書顏注，亦未是，當作「蟠戾相樛也」五字。

〔三九〕注「郭璞曰坑衡徑直貌閜砢相扶持也」　袁本、茶陵本無「閜砢相扶持」五字。案：史記索隱引郭璞云「坑衡、閜砢者，揭孽傾欹貌也」，尤所添，在今漢書顏注，亦未是。或「坑衡徑直貌也」一句，係善注誤連爲郭耳。

〔四〇〕注「英謂華也」　袁本、茶陵本無此四字。案：在今漢書顏注。

〔四一〕蛙玃飛蠝　茶陵本「蠝」作「蝠」。案：注中三見，下二字不從「土」，漢書作「蝠」，史記作

「鸓」，單行本索隱仍作「蝙」。考集韻五旨，「鸓」下重文有六，而不載「蝙」，可證其非。袁本正文作「蠝」，注皆作「蝙」，以南都賦互證，疑五臣本之誤，而又相亂也。

〔四二〕注「飛蠝鼠也」　案「鼠」上當有「飛」字。案漢書注、史記集解、索隱有。陳云別本有，各本皆脱。南都賦注引「蝙，飛鼠也」，脱上「飛」字，當互訂。

〔四三〕注「在樹暴戲姿態也」　陳云「暴」當作「共」。案：漢書注、史記正義引作「共」。各本皆誤。

〔四四〕注「説文曰杪末也」　袁本、茶陵本無此六字。

〔四五〕娱遊往來　案：「娱」當作「娭」。各本皆譌。注引説文「娭，許其切」，非「娱」甚明。史記作「嬉」，「娭」、「嬉」同字也。今本漢書及注誤與此同。又見羽獵賦。

〔四六〕注「有似虯」　何校引徐七來惇復曰：「似」下脱「玉」字，據漢書注校，是也。各本皆脱。

〔四七〕注「龍也無角」　何校引徐曰「子」誤「也」，據漢書注校。袁本「無」作「有」，茶陵本亦作「無」。案：漢書注作「有」。説文「虯，龍子有角者」，稚讓所本，故其廣雅亦云「有角曰龍，龍即虯，上卄者，角也」，此注決不當自爲兩解。唯王逸注離騷「有角曰龍，無角曰虯」。善彼注仍之，所以各存異説，或不知者用彼以改此也。

〔四八〕注「李善曰孫叔者」　袁本、茶陵本「李善」作「鄭玄」。案：「玄」當作「氏」，漢書注作「氏」，最是。「鄭氏」，見顔師古敍例臣瓚云「鄭德」者也。

〔四九〕注「言擊嚴鼓簿鹵之中也」　袁本、茶陵本「簿鹵」作「鹵簿」，是也。陳云別本二字乙。

〔五〇〕河江爲陸　茶陵本作「江河」，云善作「河江」。袁本作「江河」，無校語。史記、漢書皆作「江河」。

〔五一〕注「生謂生取之也」袁本、茶陵本「謂生取」三字作「抗」字。案：尤所添改，在今漢書顏注，亦未是。「抗」當作「執」，「生執之也」四字一句讀。五臣向注「生，生執」，即襲韋，可借爲證。

〔五二〕注「綷謂絆絡之也」袁本、茶陵本無「謂絆之」三字。案：史記集解引有此三字。尤延之蓋依彼添。

〔五三〕注「司馬彪漢書曰」何校「漢」上添「續」字，陳同。各本皆脱。

〔五四〕椎蜚廉　案：「椎」史記、漢書皆作「推」。顏注云「推，亦謂弄之也」，其字從「手」。今流俗讀作「椎擊之椎」，失其義矣。考五臣銑注「椎謂擊殺」，其本作「椎」之明文。善既不注此字，袁、茶陵二本又俱無校語，未審何作也。凡偏傍「扌」「木」每相混。

〔五五〕注「以白羽爲箭」袁本、茶陵本「爲」作「羽」。案：重「羽」最是。上「羽」言體，下「羽」言用。漢書注、史記正義引皆可證。

〔五六〕注「郭璞老子經注曰」陳云此七字衍。張氏乃曹魏時人，不當引郭語。老子又無郭注。其説是矣。各本皆衍。

〔五七〕注「與元通靈」陳云「元」當作「天」，漢書注可據。今案：漢書注譌也。史記正義正作「元」。鄭禮記注引孝經説曰「上通元莫」，即此「元」字之義。

〔五八〕注「欒汁圖」　案：「圖」下當有「徵」字。史記索隱引有。各本皆脱。

〔五九〕注「卒徑馳去也」　袁本、茶陵本「徑」作「然」。案：考漢書顔注曰「卒然直去意」，或尤改「馳」爲「徑」而誤去「然」字。

〔六〇〕靂石闕　袁本、茶陵本「闕」作「關」，而不著校語。案：依此善與五臣同作「關」也。漢書作「關」，史記作「闕」，善引張揖漢書注則作「關」，未爲非。恐此是尤延之依史記改。前卷及漢書楊雄傳俱作「關」字。

〔六一〕注「一曰載民」　案：「民」當作「氏」。各本皆譌，下有明文。漢書注誤與此同。

〔六二〕淮南干遮　何云「千」史、漢作「于」。案：善及小司馬皆引張揖漢書注，不當有異文，蓋今各本作「于」並譌耳。

〔六三〕注「皆剛勇」　袁本、茶陵本無此三字。案：史記索隱引無，集解有，尤蓋依彼添。

〔六四〕注「衝激急風也」　袁本、茶陵本「衝」上有「激」字，單行本索隱有，舞賦及七發注有，七命注「衝激」作「激衝」，脱下「激」字，當互訂。

〔六五〕注「結風亦急風也」　案：單行本索隱「結風」下有「回風」二字，舞賦、七發、七命注皆有，依文義，有者是也。各本此注脱。

〔六六〕注「皆是靡曼美色也下或云」　袁本、茶陵本「美色也」三字作「也色」二字。案：「也」句絶，「色」屬下，尤添改失之。

〔六七〕柔橈嫚嫚　案：「嫚嫚」當作「嬛嬛」，漢書作「嬛」，可證也。善注「於圓切」，正爲「嬛」字作音，或五臣誤爲「嫚」，而各本亂之耳。史記作「嬛」，亦「嬛」字之譌。徐廣曰「音娟」。「嬛」即「娟」字，古人每以同字爲音也。小司馬引廣雅「嬛嬛，容也」。今索隱盡作「嬛」，大誤。

〔六八〕注「香氣盛也漚一候切又曰」　袁本、茶陵本無此十字。

〔六九〕注「嫮以姱」　袁本、茶陵本「嫮」作「妩」。案：此尤校改也。

〔七〇〕注「更以十二月爲正」　何校引徐曰「二」當作「三」。案：所校是也。漢書武紀「太初元年以正月爲歲首」。師古曰：「謂建寅之月爲正也。」郭取彼事爲義。「夏以十三月爲正」，原出緯書，不知者誤改之。

〔七一〕德隆於三王　茶陵本云五臣作「皇」，袁本云善作「王」。案：各本所見皆非也。史記、漢書皆作「皇」，善自與之同，傳寫譌耳。

〔七二〕注「鄭玄毛詩曰」　案：「詩」下當有「箋」字。各本皆脱。

〔七三〕而樂萬乘之侈　袁本「之」下有「所」字，云善無。茶陵本云五臣有「所」，漢書有。何云「萬乘之所侈，謂天子猶謂此太奢侈者也」。今案：史記亦有，或各本所見脱之。

羽獵賦〔一〕并序

楊子雲

孝成帝時羽獵，服虔曰：士卒負羽也。善曰：高唐賦曰：傳言羽獵。雄從。以爲昔在二帝三王，應劭曰：堯、舜、夏、殷、周也。善曰：春秋説題辭曰：尚書者，二帝之迹，三王之義，所以推期運，明命授之際。
宮館臺榭，沼池苑囿，林麓藪澤，財足以奉郊廟，御賓客，充庖廚而已，善曰：財與纔同。毛萇詩傳曰：御，進也。禮記曰：天子無事，歲三田：一爲乾豆，二爲賓客，三爲充君之庖也。不奪百姓膏腴穀土桑柘之地。女有餘布，男有餘粟，善曰：孟子曰：以羨補不足，則農有餘粟，女有餘布也。國家殷富，上下交足。故甘露零其庭，醴泉流其唐，善曰：禮記曰：天降膏露，地出醴泉。孝經援神契曰：甘露，一名膏露。應劭曰：爾雅曰：廟中路，謂之唐也。鳳凰巢其樹，黃龍游其沼，麒麟臻其囿，神爵棲其林。善曰：禮記曰：鳳皇麒麟，皆在郊藪，龜龍在宮沼。漢書注曰：神雀，大如鷃，斑文。昔者禹任益虞而上下和，草木茂，善曰：尚書，帝曰：疇若予上下草木。禹曰：益哉。帝曰：汝作朕虞。孔安國曰：上謂山，下謂澤也。成湯好田而天下用足；善曰：呂氏春秋曰：湯見網置四面，湯拔其三面也。文王囿百里，民以爲尚小；齊宣王囿四十里，民以爲大：裕民之與奪民也。善曰：孟子：齊宣王問孟子曰：文王之囿方七十里，有諸？曰：有之。若是其大乎？答曰：民猶以爲小也。寡人之囿方四十里耳，民猶以爲大，何也？答曰：文王之囿，與人同之，民以爲小，不亦宜乎？王之囿四十里，殺其麋鹿，如殺人之罪，人以爲大，不亦宜乎？孫卿子曰：足國之道，節用裕民，而善藏其餘。不知節用裕民，雖好取侵奪，猶將寡獲也。武帝廣開上林，東南至宜春〔二〕鼎湖御宿昆吾，晉灼曰：鼎湖宮，黃圖以爲在藍田。昆吾，地名，上有亭。善曰：宜春，已見上文。三秦記曰：樊川，一名御宿。旁南山西，至長楊五柞，善曰：漢書曰：盩厔有長楊、五柞宮。旁，步浪切。北繞黄山，濱渭而東〔三〕，善曰：漢書曰：槐里有黄山之宮。濱，涯也。言循渭水之涯而東也。公羊傳，濤塗曰：濱海而東。濱與賓同音也。周袤數百里。善曰：説文曰：南北曰袤。穿昆明池，象滇河，瓚曰：西南夷有昆明國，又有滇池，故作昆明池以象之，以習水戰。營建章鳳闕神明馺娑，孟康曰：馺娑，殿名也。善曰：鄭玄毛詩箋曰：營，治也。建章，宮名也。神明，臺名也。漸臺泰液，象海水周流方丈瀛洲蓬萊。善曰：漢書曰：建章，其北治太液池，漸臺高二十餘丈，名曰泰液，中有蓬萊、方丈、瀛洲，象海中仙山。服虔曰：海中三山名，法效象之。游觀侈靡，窮妙極麗。雖頗割其三垂以贍齊民，善曰：三垂，謂西方、南方、東方。武帝侵三垂以置郡，故謂之割。漢書：杜鄴上書曰：三垂蠻夷。又雄上書曰：北狄，中國之堅敵，三垂比之縣矣。爾雅曰：邊，垂也。如淳曰：齊，等也。無有貴賤，故謂之齊人，若今言平人矣。晉灼曰：中國被教齊整之民。然至羽獵甲車戎馬器械儲偫禁禦所營，善曰：説文曰：儲偫，待也。應劭曰：禦，禁也，謂禁止往來。營，謂造作也。即賦云禦自汧、渭，經營酆、鄗。甲或爲田，非也。尚泰奢麗誇詡，善曰：毛萇詩傳曰：詡，大也，許羽切。非堯舜成湯文王三驅之意也。善曰：三驅，已見西都賦。又恐後世復脩前好，不折中以泉臺〔四〕，服虔曰：魯莊公築臺〔五〕，非禮也，至文公毀之。公羊譏云：先祖爲之而毀之，勿居而已。今楊雄以宮觀之盛，非成帝所造，勿脩而已，當以泉臺爲折中也。韋昭曰：制或爲折也。故聊因校獵賦以風之。善曰：七略曰：羽獵，永始三年十二月上。校獵，已見上文。其辭曰：

或稱羲農，豈或帝王之彌文哉？善曰：假爲或人之意〔六〕，言古之樸素而合禮者，咸稱羲、農，是則豈或謂後代帝王彌加文飾而不合禮哉。故論者答之於下。論者云否，各以並時而得宜〔七〕，奚必同條而共貫？善曰：論者，雄自謂也。言帝王文質各並時而得宜，何必同條而共貫乎？言必不然也。尚書大傳曰：否，不也。漢書，武帝制曰：帝王之道，豈不同條共貫也？則泰山之封，焉得七十而有二儀？孟康曰：封禪各言異也〔八〕。善曰：管子曰：古之封太山禪梁父者七十二家，而夷吾所記者，十有二焉。是以創業垂統者俱不見其爽，遐邇五三孰知其是非？張晏曰：爽，差也。不差其優劣，誰知其賢愚也。善曰：言創業垂統者，各隨時立制，皆不見其差爽，故五帝、三王，誰知其是非乎？但文質不同，明無是非也。廣雅曰：爽，差也。遂作頌曰：麗哉神聖，處於玄宮。富既與地乎侔訾，貴正與天乎比崇。善曰：玄，北方也。禮記月令曰：季冬，天子居玄堂右个。蔡邕月令章句曰：玄，黑也，其堂尚玄。莊子曰：夫道，顓頊得之以處玄宮。又曰：莫神於天，莫富於地，莫大於帝王，故曰帝王之德配天地。齊桓曾不足使扶轂，楚嚴未足以爲驂乘。狹三王之阸僻，嶠高舉而大興。善曰：史記曰：齊公子小白立，是爲桓公。又曰：楚穆王卒，子莊王侶立。春秋感精記曰：黄池之會，重吴子，滕、薛夾轂，魯、衛驂乘。鄭氏曰：阸僻，陋小也。王逸楚辭注曰：嶠，舉也。嶠，音矯。歷五帝之寥廓，涉三皇之登閎。善曰：寥廓，高遠也。韋昭曰：登，高也。閎，大也。建道德以爲師，友仁義與之爲朋。

於是玄冬季月，天地隆烈，善曰：北方水色黑，故曰玄冬。隆烈，陰氣盛。萬物權輿於內，徂落於外，善曰：爾雅曰：權輿，始也。大戴禮曰：孟春，百草權輿。帝將惟田于靈之囿，開北垠，受不周之制，善曰：薛君韓詩章句曰：惟，辭也。孟康曰：西北爲不周風，謂冬時也。以奉終始顓頊玄冥之統〔九〕。應劭曰：顓頊、玄冥，皆北方之神，主殺戮者。迺詔虞人典澤，東延昆鄰，西馳閶闔。善曰：孔安國尚書傳曰：虞，掌山澤之官。又曰：延，及也。張晏曰：東至昆明之邊也。善曰：閶闔，已見上文。儲積共偫，戍卒夾道。善曰：郭舍人爾雅注曰〔一〇〕：共，具物也。偫，具事也。漢書曰：廷中陳車騎戍卒衛官也。斬叢棘，夷野草。善曰：杜預左氏傳注曰：夷，殺也。禦自汧渭，經營酆鎬。善曰：孔安國尚書傳曰：經營，規度也。章皇周流，出入日月，天與地沓。善曰：章皇，猶彷徨也。周流，周匝流行也。出入日月，言其廣大，日月似在其中出入也。張晏曰：日出扶桑，入湯谷。應劭曰：沓，合也。爾迺虎路三嵕以爲司馬，圍經百里而爲殿門。晉灼曰：路，音落。落，纍也〔一一〕。服虔曰：以竹虎落此山也。應劭曰：外門爲司馬門，殿門在內也。善曰：三嵕，已見上文。外則正南極海，邪界虞淵。應劭曰：虞淵，日所入也。善曰：爾雅曰：極，至也。淮南子曰：至于虞淵，是謂黃昏。鴻濛沆茫，揭以崇山。韋昭曰：鴻濛沆茫，水草廣大貌也。善曰：薛綜東京賦注曰：揭，猶表也。鴻，胡孔切。濛，莫孔切。沆，胡朗切。茫，音莽。揭，音竭也。營合圍會，然後先置乎白楊之南，昆明靈沼之東。張晏曰：先置供具於前也。服虔曰：白楊，觀名也。善曰：三秦記曰：昆明池中有靈沼神池。賁育之倫，蒙盾負羽，杖鏌邪而羅者以萬計。善曰：說苑曰：勇士孟賁，水行不避蛟龍，陸行不避虎狼。育，夏育也，已見西京賦。說文曰：鏌邪，大戟也。鏌，音莫。邪，弋奢切。其餘荷垂天之畢，張竟壄之罘。善曰：言畢之大，垂天之邊也。靡日月之朱竿，曳彗星之飛旗。善曰：朱竿，太常之竿也。周禮：日月爲太常，王建太常。穆天子傳曰：日月之旗，七星之文。河圖曰：彗星者，天地之旗也。楚辭曰：攬彗星以爲旗。青雲爲紛，紅蜺爲繯，屬之乎崑崙之虚。韋昭曰：紛，旗旒也。繯，旗上繫也。善曰：鄭玄喪服傳注曰：屬，連也。爾雅曰：河出崑崙虚。繯，下犬切。屬，之欲切。虚，音墟。涣若天星之羅，浩如濤水之波。善曰：天星之羅，言光明也。濤水之波，言廣大也。淫淫與與，前後要遮。善曰：淫淫與與，皆行貌也。欃槍爲闉，明月爲候。孟康曰：闉，戰鬭自障蔽，如城門外女垣也。善曰：杜預左傳注曰：候，望敵者。熒惑司命，天弧發射。張晏曰：熒惑法〔一二〕使司命不祥〔一三〕。天弧，虚上二星。善曰：樂緯稽耀嘉曰：熒惑主命。禮記曰：凡生於天地之間者，皆曰命。漢書曰：狼下有四星曰弧。鮮扁陸離，駢衍佖路。服虔曰：鮮扁，戰鬭軍陣貌也。駢衍，軍壘駢衍也。晉灼曰：佖，滿也。善曰：扁，音篇。佖，頻一切。徽車輕武，鴻絧緁獵。晉灼曰：徽，疾貌也，音揮。善曰：爾雅曰：武，健也。鴻絧，相連貌也。緁獵，相次貌也。鴻，胡弄切。絧，徒弄切。緁，音捷。殷殷軫軫，被陵緣岅。窮夐極遠者，相與列乎高原之上。善曰：殷軫，盛貌也。夐或爲冥。殷，音隱。羽騎營營，昈分殊事。韋昭曰：騎負羽也。蘇林曰：昈，明也。善曰：毛萇詩傳曰：營營，往來貌。昈分，謂羽騎明白分別，各殊其事也。昈，音户。繽紛往來，轠轤不絶。若光若滅者，布乎青林之下。孟康曰：轠轤，連屬貌也。如淳曰：轠，音雷。轤，音盧。

於是天子乃以陽晁始出乎玄宫，善曰：陽朝，陽明之朝〔一四〕。晁，古字同也。撞鴻鍾，建九旒，善曰：尚書大傳曰：天子將出，則撞黄鍾之鍾。禮記曰：龍旗，九旒也。六白虎，載靈輿。善曰：杜業奏事曰〔一五〕：輬車駕白虎四。白虎，馬名。服虔曰：靈輿，天子輿也。蚩尤並轂，蒙公先驅。善曰：韓子曰：黄帝駕象車，異方並轂，蚩尤居前。楚辭曰：選衆以並轂。漢書音義曰：蒙公，蒙恬也。如淳曰：蒙公，髦頭也。晉灼曰：此多説天子事，如説是。並，步浪切。立歷天之旂，曳捎星之旃。韋昭曰：歷，干也。捎，拂也。霹靂烈缺，吐火施鞭。應劭曰：霹靂，雷也。烈缺，閃隙也。火，電照也。善曰：言威德之盛，役使百神，故霹靂烈缺，吐火施鞭，而爲衛也。閃，失染切。萃從沇溶，淋離廓落，戲八鎮而開關。應劭曰：四方四隅爲八鎮。如淳曰：不言九者，一鎮在中，天子居之故也。善曰：埤蒼曰：從，走貌也。沇溶，盛多之貌也。上林賦曰：沇溶淫鬻。從，先勇切。沇，以永切。溶，音容。戲，音麾。飛廉雲師，吸嚊潚率，鱗羅布烈〔一六〕，攢以龍翰。善曰：楚辭曰：後飛廉使奔屬。王逸曰：飛廉，風伯也。雲師，已見吴都賦。説文曰：吸，喘息也〔一七〕。埤蒼曰：嚊，喘息聲也。潚率，吸嚊之貌。鱗羅，若鱗之羅也。攢以龍翰，若龍翰之聚也。鄭玄尚書大傳注曰：翰，毛之長大者。嚊，普利切。潚，音肅。啾啾蹌蹌，入西園，切神光。善曰：郭璞三蒼解詁曰：啾啾，衆聲也。啾或爲秋。蹌蹌，行貌。楚辭曰：鳴玉鸞之啾啾。張晏曰：切，近也。神光，宫名也。望平樂，徑竹林。張揖曰：平樂，館名。晉灼曰：在上林中也。蹂蕙圃，踐蘭唐。善曰：蕙圃，已見子虚賦。服虔曰：蘭唐，蘭生唐中也。舉烽烈火，轡者施技，善曰：轡者，執轡之人也。方馳千駟，狡騎萬帥。晉灼曰：狡健之騎也。善曰：鄭玄毛詩箋曰：方，併也。虓虎之陳，從横膠轕。猋拉雷厲，驞駍駖磕。服虔曰：虓音哮。鄧展曰：拉，音獵。善曰：毛詩曰：闞如虓虎。拉，風聲也。哮，火交切。轕，音葛。驞，疋人切。駍，普萌切。駖，力莖切。洶洶旭旭，天動地岋。善曰：洶洶旭旭，鼓動之聲也。韋昭曰：岋，動貌也。洶，旭勇切。岋，五合切。羨漫半散，蕭條數千里外。善曰：羨，戈戰切。

若夫壯士忼慨，殊鄉別趣。善曰：鄉，音向。毛萇詩傳曰：趣，趨也。東西南北，騁耆奔欲。善曰：言各隨其耆欲而奔騁也。耆，音嗜。拖蒼豨，跋犀犛〔一八〕，蹶浮麋。韋昭曰：跋，蹋也。應劭曰：蹶，頓也。善曰：廣雅曰：拖，引也，音他。浮麋，過麋也。跋，步末切。蹶，居月切。斮巨狿，搏玄猨。韋昭曰：斮，斬也，側略切。服虔曰：巨狿，獸名也。善曰：廣雅曰：搏，擊也。狿，已見上林賦。騰空虛，距連卷。張晏曰：連卷，木也。善曰：距，古岠字也。孔安國尚書傳曰：距，至也。卷，音拳。踔夭蟜，娭澗門。張晏曰：踔夭蟜之枝也。善曰：三蒼詁訓曰：踔，踰也，丑孝切。莫莫紛紛，山谷爲之風猋，林叢爲之生塵。善曰：莫莫紛紛，風塵之貌也。及至獲夷之徒，蹶松柏，掌蒺藜〔一九〕。服虔曰：獲夷，能獲夷狄者。善曰：蹶，踏也。掌，以掌擊之也。爾雅曰：茨，蒺藜。獵蒙蘢，轔輕飛。善曰：蒙蘢，已見上文。輕飛，輕獸飛禽也。屨般首，帶脩蛇。如淳曰：般，音班。班首，虎之頭也。善曰：屨，謂踐履之也。淮南子曰：吳爲封豕長蛇。鉤赤豹，擥象犀。韋昭曰：擥，扼也。善曰：擥，古牽字。跇巒阬，超唐陂。如淳曰：跇，超踰也。音義曰：巒，山小而鋭。阬，大坂也。車騎雲會，登降闇藹。善曰：闇藹，衆盛貌。闇，烏感切。泰華爲旒，熊耳爲綴。張晏曰：旒旛，綴旌也。善曰：綴，亦旒也。司馬相如大人賦曰：垂絳幡之素蜺。張揖曰：

以赤氣爲幡，綴以白氣也。木仆山還，漫若天外。如淳曰：還，音旋，言山爲之回旋也。善曰：宋玉大言賦曰：長劍耿介倚天外。儲與乎大浦，聊浪乎宇内。服虔曰：儲與，相羊貌也。浦，水涯也。善曰：淮南子曰：陰陽儲與。聊浪，放蕩也。與，音餘。浦，音普。浪，音琅。

於是天清日晏，善曰：許慎淮南子注曰：晏，無雲之處也。逢蒙列眥，羿氏控弦。善曰：吴越春秋曰：黄帝作弓，後有楚狐父以其道傳羿，羿傳逢蒙。説文曰：匈奴名引弓曰控弦。皇車幽輵，光純天地，服虔曰：皇車，君車也。李奇曰：純，緣繞也。善曰：幽輵，車聲也。方言曰：純，文也。輵，一轄切。純，之允切。望舒彌轡，服虔曰：望舒，月御也。如淳曰：楚辭曰：前望舒使先駈。善曰：彌轡，按行貌也。彌與弭古字通。彌，莫爾切。翼乎徐至於上蘭。晉灼曰：上蘭觀在上林中也。移圍徙陣，浸淫蹵部。善曰：部，軍之部伍也。毛萇詩傳曰：蹵，促也。蹵，古字通，子育切。曲隊堅重，各按行伍〔二〇〕。善曰：隊，徒内切。行，胡郎切。壁壘天旋，神扶電擊，善曰：言威之盛也。埤蒼曰：扶，笞擊也。逢之則碎，近之則破。善曰：六韜：太公曰：當之者破，近之者亡。鳥不及飛，獸不得過。善曰：高唐賦曰：飛鳥未及起，走獸未及發。軍驚師駭，刮野掃地。善曰：言殺獲皆盡，野地似乎掃刮也。宋衷春秋緯注曰：驚，動也。廣雅曰：駭，起也。刮，古滑切。掃，先早切。及至罕車飛揚，武騎聿皇。善曰：罕，畢罕也〔二一〕。聿皇，輕疾貌。蹈飛豹，羂嘄陽。善曰：嘄陽，即狒狒也，已見上文。羂，工犬切。追天寶，出一方。應劭曰：天寶，陳寶也。晉灼曰：天寶鷄頭而人身。應駍聲，擊流光。野盡山窮，囊括其雌雄。如淳曰：陳寶神來下時，騂然有聲，又有光精。應劭曰〔二二〕：下時窮極山川天地之間，然後得其雌雄也。善曰：太康記曰：秦文公時，陳倉人獵得獸，若彘，而不知其名，道逢二童子，曰：此名爲糟弗述。糟弗述亦語曰：彼二童子名爲寶鷄，得雄者王，得雌者霸。陳倉人舍糟弗述，逐二童子，化爲雉，雄止陳倉化爲石，雌如楚止南陽也。糟，浮謂切。沇沇溶溶，遥噱乎紘中。晉灼曰：口之上下名爲噱。言禽獸奔走倦極，皆遥張噱吐舌於紘網之中也。善曰：噱，其略切。三軍芒然，窮冘閼與。孟康曰：冘，行也。閼，止也。言三軍之盛，窮閼禽獸，使不得逸漏也。善曰：孟康之意，言窮其行止，皆無逸漏。如淳曰：窮，音穹。冘者，懈怠也。晉灼曰：閼與，容貌也。如、晉之意，言三軍芒然懈倦，容貌閼與而舒緩也。今依如、晉之説也。芒，莫郎切。冘，音淫。閼，於庶切。與，音豫。亶觀夫剽禽之紲隃，犀兕之抵觸。韋昭曰：亶，音但。善曰：古但字。紲與跇同，已見上文。文子曰：兕牛之動，以抵觸也。熊羆之挐玃，虎豹之凌遽。韋昭曰：挐玃，惶遽也。善曰：説文曰：凌，越也。遽，窘也。徒角槍題，注蹴竦讋。怖魂亡魄〔二三〕，觸輻關脰。晉灼曰：徒，但也。服虔曰：獸以角觸地也。善曰：蹴與蹙同。爾雅曰：竦、慴，懼也。讋與慴同。觸輻關脰，言觸車輻因關其頸也。槍，七羊切。蹴，子育切。脰，音豆。妄發期中，進退履獲。善曰：言矢雖妄發而期於必中，進退之際，必踐履而獲之也。韓子曰：新砥礪殺矢，彀弩而射，雖冥而妄發，其端未嘗不中秋毫者也。創淫輪夷，丘累陵聚。張晏曰：淫，過也。夷，平也。言獸被創過大，血流與車輪平也〔二四〕。音義曰：創血流平於車輪也。善曰：丘累陵聚，言積獸之多也。

於是禽殫中衰，善曰：中，竹仲切。相與集於靖冥之館，以臨珍池。晉灼曰：靖冥，深閑之館也。服虔曰：珍池，山下之流。灌以岐梁，溢以江河。晉灼曰：梁，梁山。善曰：尚書曰：治梁及岐。孔安國曰：治山通水，故以山名。東瞰目盡，西暢無崖。善曰：目盡，盡目而望也。無崖，廣遠也。隨珠和氏，焯爍其陂。善曰：焯，古灼字。爍，式藥切。玉石嶜崟，眩燿青熒。善曰：玉石，玉之與石也。李彤單行字曰：嶜崟，高大貌。青熒，光明貌。漢女水潛，怪物暗冥，不可殫形。應劭曰：漢女，鄭交甫所逢二女也。善曰：不可殫形，不能盡其形也。高唐賦曰：曾不可殫形也。玄鸞孔雀，翡翠垂榮。善曰：榮，光榮也。王雎關關，鴻鴈嚶嚶。善曰：毛詩曰：關關雎鳩。毛萇曰：雎鳩，王雎也。又曰：鳥鳴嚶嚶。嘄與啾同，子由切。説文曰：昆，同也。羣娛乎其中〔二五〕，嘄嘄昆鳴。鳧鷖振鷺，上下砰磕，聲若雷霆。善曰：言鳥飛上下，翅翼之聲若雷霆也。乃使文身之技，水格鱗蟲。服虔曰：文身，越人也，能入水取物也。凌堅冰，犯嚴淵，探巖排碕，薄索蛟螭。善曰：嚴，言可畏也。巖，岸側嶔巖之處也。孔安國尚書傳曰：薄，迫也。賈逵國語注曰：索，求也。嶔，口銜切。蹈獱獺，據黿鼉，善曰：郭璞三蒼解詁曰：獱，似狐，青色，居水中，食魚。服虔曰：音賓。善曰：廣雅曰：據，引也。抾靈蠵。鄭玄曰〔二六〕：抾，音祛，韋昭曰：抾，捧也。服虔曰：蠵，觜蠵。入洞穴，出蒼梧。晉灼曰：洞穴，禹穴也。善曰：郭璞山海經注曰：吴縣南太湖，中有包山，山下有洞庭道也。言潛行水底，無所不通也。乘巨鱗，騎京魚。善曰：京魚，大魚也，字或爲鯨。鯨亦大魚也。浮彭蠡，目有虞。應劭曰：彭蠡，大澤，在豫章。善曰：有虞，謂舜也。方椎夜光之流離，剖明月之珠胎，善曰：鄭玄毛詩箋曰：方，且也。明月珠，蚌子珠，爲蚌所懷，故曰胎。椎，直追切。鞭洛水之宓妃，餉屈原與彭胥。鄭玄曰：彭咸也。晉灼曰：胥，伍子胥也。皆水没也。善曰：楚辭曰：願依彭咸之遺制〔二七〕。王逸曰：殷賢大夫自投水而死。宓妃，已見上。子胥，已見吴都賦。

於兹乎鴻生鉅儒，俄軒冕，雜衣裳，韋昭曰：俄，卬也。車有蕃曰軒。冕，大冠也。善曰：管子曰：先王制軒冕，足以章貴賤。雜衣裳，言衣裳殊色也。脩唐典，匡雅頌，揖讓於前。昭光振耀，蠁曶如神。善曰：蠁曶，疾也。蠁與蠁同。曶與忽同。仁聲惠於北狄，武誼動於南鄰。善曰：南鄰，南方之邑。是以旃裘之王，胡貉之長，移珍來享，抗手稱臣。如淳曰：以物與人曰移。善曰：周禮曰：職方掌九貉。鄭司農曰：北方曰貉。犍爲舍人爾雅注曰：獻珍物曰珍，獻食物曰享。毛詩曰：自彼氐羌〔二八〕，莫敢不來享。爾雅曰：享，獻也。抗手，舉手而拜者也。貉，莫白切。前入圍口，後陳盧山。孟康曰：單于南庭山〔二九〕。羣公常伯陽朱墨翟之徒〔三〇〕，善曰：常伯，侍中也，已見籍田賦。陽朱、墨翟，取古賢以爲喻。列子曰：陽朱南游沛，逢老聃。高誘吕氏春秋注以爲宋人〔三一〕。喟然並稱曰：「崇哉乎德，雖有唐虞大夏成周之隆，何以侈兹！善曰：周易曰：先王以作樂崇德。樂録圖曰：成、康之隆，妖孽滅也。夫古之覲東嶽，禪梁基，舍此世也，其誰與哉？」善曰：東嶽，泰山也；梁，梁父也，已見上文。

上猶謙讓而未俞也，張晏曰：俞，然也。方將上獵三靈之流，下決醴泉之滋。如淳曰：三靈，日、月、星垂象之應也。服虔曰：受福流也。善曰：賈逵國語注曰：獵，取也。發黄龍之穴，窺鳳凰之巢，臨麒麟之囿，幸神雀之林。奢雲夢，侈孟諸。善曰：言以雲夢、孟諸爲奢侈而非之也。雲夢，楚藪澤名也。左氏傳曰：楚靈王與鄭伯田于江南之雲夢。孟諸，宋藪澤也。又曰：楚穆王欲伐宋，昭公導以田孟諸也。非章華，是靈臺。善曰：言以楚章華爲非，而以周之靈臺爲是。左傳：楚子成章華之臺。罕徂離宮而輟觀游。善曰：罕徂，言希往也。土事不飾，木功不彫，善曰：晏子曰：土事不文，木事不鏤。丞民乎農桑，勸之以弗怠，善曰：聲類曰：丞，亦拯字也。說文曰：拯，上舉也。儕男女使莫違。善曰：杜預左氏傳注曰：儕，等也。莫違，謂以時爲婚，無違於期也。毛詩序曰：男女多違。儕，士階切。恐貧窮者不徧被洋溢之饒，開禁苑，散公儲，創道德之囿，弘仁惠之虞。善曰：虞與娛古字通。馳弋乎神明之囿，覽觀乎羣臣之有亡。善曰：言馳弋神明之囿，冀以齊其聖德，觀其有無而加恩施。放雉兔，收罝罘。麋鹿芻蕘與百姓共之，善曰：毛萇詩傳曰：芻蕘，薪采者也。蓋所以臻茲也。於是醇洪鬯之德，豐茂世之規。善曰：鬯與暢同。暢，通也。加勞三皇，勗勤五帝，不亦至乎！乃祗莊雍穆之徒，善曰：祗，敬也。雍，和也。立君臣之節，崇賢聖之業，未遑苑囿之麗，游獵之靡也。因回軫還衡，背阿房，反未央。善曰：麗，光華也。鄭玄禮記注曰：靡，奢侈也。

文選考異

〔一〕羽獵賦　案：賦下當有「一首」二字，後每題盡同。袁、茶陵本無。說見前。又前第七、八，後第十三、十四、十六各卷首子目亦放此。

〔二〕東南至宜春　何云漢書無「東」字，疑衍。案：據史文，此云「南至」，下云「西至」，又下云「北繞」，又下云「頗割其三垂」，故何云即指「上林之三垂」而言，是也。其東濱渭，則云「濱渭而東」而已，無所開廣，亦無所割，此句不得有「東」字。但善解「三垂」爲武帝侵西南東三方以置郡，豈所見漢書有「東」字與下「濱渭而東」相接連，以上林爲不僅有三垂耶？然所解實未安。

〔三〕濱渭而東　案：「濱」當作「賓」。注云「濱」與「賓」同音也。蓋善正文作「賓」，所引公羊作「濱」，故有此語。今各本以五臣作「濱」而亂之。難蜀父老「率土之濱」注「本或作賓」，可爲此作「賓」之證。今漢書作「瀕」，又異本耳。袁、茶陵二本無注「濱與賓同音也」六字，誤謂此專發音，與五臣「濱音賓」重複而削去，益非。

〔四〕不折中以泉臺　案：「折」當作「制」，善引韋昭曰「制或爲折也」，是其證矣。蓋五臣作「折」，而各本亂之。顔注漢書作「折」，即韋所云「或爲」耳。

〔五〕注「魯莊公築臺」　陳云「築」下當有「泉」字，是也。各本皆脱。

〔六〕注「假爲或人之意」　袁本、茶陵本「爲」下有「人也」二字。

〔七〕各以並時而得宜　袁本、茶陵本「以」作「亦」，案：漢書作「亦」，此疑尤本誤也。

〔八〕注「封禪各言異也」　陳云别本「言」字在「封」上爲是。案：今未見，但漢書注如此。

〔九〕以奉終始顓頊玄冥之統　袁本、茶陵本無「奉」字。案：漢書無，疑尤本誤。

〔一〇〕注「郭舍人爾雅注曰」　陳云爾雅郭注，與所引不同，則知非景純也。下文「移珍來享」句，又引犍爲舍人爾雅注。今案：其説是也。爾雅犍爲郡文學卒史臣舍人注二卷，見陸氏釋文敍例。必「犍爲」二字各本誤改作「郭」。

〔一一〕注「落纍也」　袁本、茶陵本無此三字。案：在今漢書顔注。

〔一二〕注「熒惑法」　案：「法」上當有「執」字。「熒惑或謂之執法」，見廣雅。各本及今漢書注皆脱。

〔一三〕注「使司命不祥」　案：「命」字不當有。各本皆衍。漢書注無。

〔一四〕注「陽朝陽明之朝」　案：上「朝」字當作「晁」，此善以「朝」解「晁」，故下云「晁古字同也」。各本皆譌。

〔一五〕注「杜業奏事曰」　袁本、茶陵本無「奏事」二字。案：此文今在漢書霍光傳注中，云「杜延年奏載霍光柩以輬車」云云，非「杜業」明甚。宋孝武宣貴妃誄「晨輼解鳳」注所引云云，亦在霍光傳注。然則當作「杜延年奏曰」。各本皆誤。

〔一六〕鱗羅布烈　茶陵本云五臣作「列」，袁本云善作「烈」。今案：各本所見皆非也。漢書作「列」，善自與之同，但傳寫譌耳。又案上文「霹靂烈缺」，二本校語亦云然，彼漢書仍作「列」，而以應劭「閃隙」之義求之，作「烈」自通，善、顔亦不盡同也。恐此涉彼而加「火」。

〔一七〕注「吸喘息也」　袁本、茶陵本「喘」作「内」。案：二本是也，「喘」字誤。

〔一八〕跋犀犛　袁本、茶陵本云善無「犀」。案：二本所見非也。漢書有，尤本獨未譌。

〔一九〕掌蒺藜　茶陵本「藜」作「䔧」，注同。袁本正文「藜」，注「䔧」。案：漢書作「疾棃」。考字書「藜」、「䔧」二字有分別，據此知「蒺䔧」乃變體加「廾」，非借「藜藋」字。當依茶陵本。

〔二〇〕各按行伍　袁本、茶陵本云「伍」善作「五」。案：漢書作「伍」，或善作古字也。䢼部注「軍之部伍也」，當同此。

〔二一〕注「罼罕也」　袁本、茶陵本「罼」作「畢」。案：「畢」字是也。上「荷垂天之罼」，漢書作「畢」。或善「畢」、五臣「罼」而亂之。尤并此亦改爲「罼」，未是。「太元畢格，禽鳥之貞」，用「畢」字，亦可證。

〔二二〕注「應劭曰下時」　袁本、茶陵本無「劭曰」二字。案：漢書注有。

〔二三〕魂亡魄　袁本、茶陵本下有「失」字，云善無。案：各本所見皆非也。漢書有，善自與之同，傳寫脱耳。陳云上當以「徒角槍題注」爲句，而「蹶竦讋怖」、「魂亡魄失」各以四字爲句也。

〔二四〕注「言獸被創過大血流與車輪平也」　袁本、茶陵本無「大血流車」四字。案：無者是也。言「獸被創過」，解「創淫」；「與輪平也」，解「輪夷」，即謂獲獸平輪耳。張此解與下引音義迥別，尤所添改複沓，非是。

〔二五〕羣娛乎其中　袁本、茶陵本「娛」作「嬉」，云善作「娛」。案：所見皆非也。漢書作「娭」，音許其反，説見上林賦「娭遊往來」下。又案：上文「娭澗間」，袁、茶陵本亦云善作「娛」，此本獨未譌，或尤延之依漢書校正。

〔二六〕注「鄭玄曰抾音祛」　案：「玄」當作「氏」。各本皆誤。又下注「鄭玄曰：彭咸也」之「玄」，亦當作「氏」。「鄭氏」説見上林賦内。

〔二七〕注「願依彭咸之遺制」　案：「制」當作「則」。各本皆譌。陳云別本作「則」，今未見。

〔二八〕注「自彼氐羌」　袁本、茶陵本無此四字。

〔二九〕注「單于南庭山」　袁本、茶陵本「南庭」作「庭南」。案：「庭南」是也。今本漢書注亦誤倒。

〔三〇〕陽朱墨翟之徒　袁本、茶陵本「陽」作「楊」，注同。案：「陽」蓋尤本之譌，漢書作「楊」。

〔三一〕注「高誘呂氏春秋注以爲宋人」　袁本、茶陵本無此十一字。

文選卷第九

畋獵下　紀行上

畋獵下

長楊賦　并序　　楊子雲

明年，上將大誇胡人以多禽獸。善曰：明年，謂作羽獵賦之明年，即校獵之年也。班欲敍作賦之明年。漢書成紀曰：元延二年冬，幸長楊宫，縱胡客大校獵，是也。七略曰：羽獵賦，永始三年十二月上。然永始三年去校獵之前，首尾四載，謂之明年，疑班固誤也。又七略曰：長楊賦，綏和元年上。綏和在校獵後四歲，無容元延二年校獵，綏和二年賦，又疑七略誤。蔡邕曰：上者，尊位所在。呂忱曰：誇，大言也。説文曰：誇，誕也。

秋，命右扶風發民〔一〕入南山，善曰：冬將校獵，故秋先命之也。爾雅曰：命，告也。漢書曰：武帝以右內史更名右扶風。扶風，在涇州界〔二〕。南山，終南山也。西自褒斜，東至弘農，南敺漢中，善曰：褒斜，谷名，已見上。漢書，有弘農郡，武帝置；又有漢中郡，秦置。張羅罔罝罘，捕熊羆豪猪虎豹狖玃狐兔麋鹿，善曰：山海經曰：竹山有獸，其狀如豚，白毛，毛大如笄而黑端，以毛射物，名豪。豪，彘也〔三〕。廣雅曰：狖，蜼也，尾長四五尺。郭璞爾雅曰〔四〕：玃，似獮猴。豹，形如虎而圓文。鄭玄曰：鳥罟曰羅。狖，弋又切。玃，九縛切。載以檻車，善曰：劉熙釋名曰：檻車，上施欄檻以格猛獸，亦囚禁罪人之車也。漢書音義曰：或曰檻車，有封檻也。輸長楊射熊館。善曰：三輔黃圖曰：長楊宮有射熊館，在盩厔。以網爲周阹，李奇曰：阹，遮禽獸圍陣也。阹，音祛。縱禽獸其中，令胡人手搏之，自取其獲，上親臨觀焉。服虔曰：令胡客自取其得也。善曰：廣雅曰：搏，擊也。是時，農民不得收斂。雄從至射熊館，還，上長楊賦，聊因筆墨之成文章，故藉翰林以爲主人，子墨爲客卿以風。韋昭曰：翰，筆也。善曰：翰林，文翰之多若林也。詩大雅曰：有壬有林。君也。此云林，即文翰林，猶儒林之義也。胡廣云：博士爲儒雅之林，是也。說文曰：毛長者曰翰。詩序曰：下以風刺上〔五〕。其辭曰：

子墨客卿問於翰林主人曰：「蓋聞聖主之養民也，仁霑而恩洽，動不爲身。今年獵長楊，先命右扶風，左太華而右褒斜，顏師古曰〔六〕：動不爲身，言憂百姓也。山海經曰：松梁之山西六十里曰太華山，今在弘農縣華陰西也。長安東，故言左。高五千仞，廣十里。善曰：太華，已見西都賦。椓嶻嶻嶭而爲弋，紆南山以爲罝。服虔曰：嶻嶭，山名也。孟康曰：在池陽北。顏師古曰：嶻嶭，即今謂差峩也。善曰：説文曰：弋，橜也。又曰：紆，詘也。椓，音卓。嶻，音截。嶭，音齧。羅千乘於林莽，列萬騎於山隅。帥軍踤阹，錫戎獲胡。漢書音義曰：踤，聚也。顏監曰：踤，足蹴也。善曰：錫戎獲胡，言以禽獸錫戎，令胡自獲之。胡、戎一也，變文耳。踤，音崒。方言曰：踤，蹴蹋也。搤熊羆，拖豪豬。善曰：搤，拖，已見西都賦。木擁槍纍，以爲儲胥。顏師古曰：胥，須也。言有儲畜〔七〕以待所須也。蘇林曰：木擁栅其外，又以竹槍纍爲外儲胥也。韋昭曰：儲胥，蕃落之類也。槍，七羊切。纍，力委切。此天下之窮覽極觀也。雖然，亦頗擾于農人。三旬有餘，其廑至矣，而功不圖，善曰：古今字詁曰，廑，今勤字也。爾雅曰：圖，謀也。凡人之所爲，皆有所圖，今則百姓甚勞而無所圖〔八〕。言勞而無益也。愼子曰：無法之勞，不圖於功。恐不識者，外之則以爲娱樂之游，内之則不以爲乾豆之事，豈爲民乎哉！善曰：禮記曰：天子無事歲三田，一爲乾豆也。且人君以玄默爲神，澹泊爲德，善曰：玄默，謂幽玄恬默也。玄默，已見魏都賦。澹泊與憺怕同，已見子虚賦。今樂遠出以露威靈，善曰：露，暴露也。數摇動以罷車甲，本非人主之急務也，蒙竊惑焉。」善曰：周易曰：蒙者，蒙也。韓康伯曰：蒙昧，幼少之象也。前年獵長楊，故言數。

翰林主人曰：「吁，客何謂之茲耶〔九〕！善曰：孔安國尚書傳曰：吁，疑怪之辭也。若客，所謂知其一未睹其二，見其外不識其内也。善曰：莊子曰：識其一，不知其二；治其内，而不治其外。

僕嘗倦談，不能一二其詳，善曰：毛萇詩傳曰：詳，審也。請略舉其凡，而客自覽其切焉。」善曰：廣雅曰：都，凡也。顔監曰：凡，大指也。張晏曰：切，近也。覽其近於義也。

客曰：「唯，唯。」主人曰：「昔有彊秦，封豕其土〔一〇〕，窫窳其民，鑿齒之徒相與摩牙而爭之。應劭淮南子注云〔一一〕：堯之時，窫窳、封豕、鑿齒，皆爲人害。窫窳，類貙，虎爪，食人。服虔曰：鑿齒，齒長五尺，似鑿，亦食人。李奇曰：以喻秦貪婪，殘食其人也。晉灼曰：鑿齒之徒，謂六國。窫，烏黠切。窳，音庾。豪俊麋沸雲擾，羣黎爲之不康。善曰：如麋之沸，若雲之擾，言亂之甚也。廣雅曰：麋，饘也。毛詩曰：羣黎百姓。爾雅曰：康，安也。於是上帝眷顧高祖，高祖奉命，順斗極，運天關。服虔曰：隨天斗極運轉也。善曰：毛詩曰：乃睠西顧。孔安國尚書傳曰：奉天成命。春秋元命苞曰：命者，天之令。雒書曰：聖人受命，必順斗極。宋均尚書中候注曰：順斗機爲政也。爾雅曰：北極謂之北辰。天官星占曰：北辰一名天關。又星經曰：牽牛神一名天關。橫鉅海，漂昆侖。善曰：橫度大海也。漂，摇蕩之也，匹昭切。提劍而叱之，所過麾城摲邑，下將降旗。顔監曰：摲，舉手擬也〔一二〕。蒼頡篇曰：摲，拍取也。善曰：鄭玄禮記注曰：摲之言芟也。字林曰：摲，山檻切。一日之戰，不可殫記。當此之勤，頭蓬不暇梳，飢不及餐。善曰：頭蓬，髮亂如蓬也。鞮鍪生蟣蝨，介冑被霑汗。善曰：説文曰：鞮鍪，首鎧也。韓子曰：攻戰無已，甲冑生蟣蝨。鄭玄禮記注曰：介，被甲也。孔安國尚書傳曰：冑，兜鍪也。鞮鍪，即兜鍪也。鞮，丁奚切。鍪，音牟。蟣，居綺切。蝨，所乙切。以爲萬姓請命乎皇天。善曰：淮南子曰：高皇帝奮袂執鋭，以爲百姓請命于皇天。家語曰：孔子曰：分於道謂之命。王肅曰：分於道，始得爲人也。廼展人之所詘，振人之所乏。善曰：方言曰：展，申也。詘，古屈字也。賈逵國語注曰：振，救也。規億載，恢帝業。善曰：杜預左氏傳注曰：恢，大也。七年之間而天下密如也。善曰：高祖五年誅羽，自六年至十二年崩，凡七載。爾雅曰：密，静也。

「逮至聖文，隨風乘流，方垂意於至寧。善曰：隨風乘流，言順從高祖之風流也。躬服節儉，綈衣不敝，革鞜不穿。善曰：言不穿不弊，不更爲也。漢書，東方朔曰：孝文皇帝身衣弋綈之衣，履革舄。六韜曰：堯衣履不弊盡，不更爲。服虔曰：鞜，舄也，音沓。大厦不居，木器無文。善曰：晏子曰：土事不文，木事不鏤。於是後宫賤瑇瑁而疏珠璣，善曰：廣雅曰：疏，亦賤也。字書曰：疏，遠也〔一三〕。璣，小珠也，音祈。却翡翠之飾，除彫琢之巧。善曰：爾雅曰：玉謂之琱。又曰：治玉曰琢也。惡麗靡而不近，斥芬芳而不御，善曰：廣雅曰：斥，推也。抑止絲竹晏衍之樂，憎聞鄭衛幼眇之聲，善曰：禮記曰：絲竹，樂之器也。晏衍，邪聲也。禮記曰：鄭、衛之音，亂世之音也。衍，弋戰切。幼，一笑切。眇，音妙。是以玉衡正而太階平也。韋昭曰：玉衡，北斗也。善曰：春秋運斗樞曰：北斗七星，第五曰玉衡〔一四〕。元命苞曰：常一不易，玉衡正，太階平。出黄帝六符經。

「其後熏鬻作虐，東夷横畔。服虔曰：熏鬻，堯時匈奴也。東夷，東越也。一云：吕嘉殺其國王立，國人殺嘉也。善曰：横，自縱也，胡孟切。羌戎睚眦，閩越相亂。晉灼曰：睚眦，瞋目貌也，又猜忌不和貌。

善曰：漢書曰：立無諸爲閩越王。又曰：武帝建元四年，尉佗孫胡爲南越王，閩越王郢興兵擊南越邊邑。遐甿爲之不安〔一五〕，中國蒙被其難。於是聖武勃怒，爰整其旅。善曰：毛詩曰：王赫斯怒，爰整其旅。廼命驃衛，應劭曰：驃，驃騎霍去病也。衛，衛青也。善曰：漢書曰：霍去病爲驃騎將軍，凡六出擊匈奴。又曰：衛青字仲卿，爲大將軍，凡七出擊匈奴。汾沄沸渭，雲合電發。善曰：汾沄沸渭，衆盛貌也。汾，音紛。沄，音雲。猋騰波流，機駭蠭軼。善曰：爾雅曰：扶搖謂之飈。機駭蠭軼，言其疾也。猋與飈古字通也。疾如奔星，擊如震霆。碎轒轀，破穹廬。應劭曰：轒轀，匈奴車也。音義曰：穹廬，旃帳也。服虔曰：轒轀，百二十步兵車，或可寢處。善曰：轒，扶云切。轀，於云切。腦沙幕，髓余吾。服虔曰：破其頭腦，塗沙幕也。余吾，水名。北山經曰：北鮮之山，多馬，鮮水出焉，而北經余吾水。應劭曰：在朔方北。鄭氏曰：折其骨，使髓膏水也。通俗文曰：骨中脂曰髓，古髓字。遂蹷乎王庭。孟康曰：匈奴王庭。善曰：王逸楚辭注曰：蹷，踐也。敺橐駝，燒熐蠡。張晏曰：熐蠡，乾酪母〔一六〕，燒之，壞其養生之具也。張揖曰：熐蠡，山名。熐，音覓。蠡，來戈切。分剺單于，磔裂屬國。韋昭曰：剺，割也，音如梨。顏師古曰〔一七〕：凡言屬國者，存其國號而屬朝。善曰：單于，匈奴王號。漢書曰：單于，廣大之貌也，言其象天單于然也。廣雅曰：磔，張也。漢書曰：置屬國以處匈奴降者。韋昭曰：外國，羌胡，來屬漢者也。夷阬谷，拔鹵莽，刊山石。善曰：毛詩傳曰：夷，平也。鹵莽中生草莽也〔一八〕。説文曰：鹵，西方鹹地也。鄭玄禮記注曰：刊，削也。拔莽削石以通道。蹂屍輿廝，係累老弱。服虔曰：蹂尸，踐尸也。顏師古曰：死則蹂踐其尸，破傷者，輿而行。如淳曰：輿廝，輪踐其廝徒也。善曰：賈逵國語注曰：係，縶也。杜預左氏傳注曰：累，係也。啖鋋瘢耆〔一九〕、金鏃淫夷者數十萬人，如淳曰：啖，括也。孟康曰：瘢耆，馬脊耆創瘢處。善曰：如氏之説，以爲箭括及鋋所中，皆爲創瘢於馬耆。孟氏以爲耆被金鏃過傷者甚衆也。服虔曰：耆，鬣。傷者或矛穳内未出，其瘡如含，然或箭插其項未拔，蘖若鬣焉。孔安國尚書傳曰：淫，過也。杜預左氏傳注曰：夷，傷也。吮，辭兖切。皆稽顙樹領，扶服蛾伏。如淳曰：叩頭時項下向〔二〇〕，則領樹上向也。韋昭曰：領，音蛤。善曰：説文曰：匍匐，手行也。扶服與匍匐音義同。蛾伏，如蟻之伏也。蛾，古蟻字。二十餘年矣，尚不敢惕息。善曰：漢書曰：漢不復出兵擊匈奴。三年，武帝崩。前此者漢兵深入窮邊〔二一〕二十餘年，匈奴極苦之，單于常欲和親。賈逵國語注曰：惕，疾也。説文曰：息，喘也。夫天兵四臨，幽都先加。善曰：天兵，言兵威之盛如天也。尚書曰：宅朔方，曰幽都。迴戈邪指，南越相夷。善曰：漢書曰：南越王胡上書曰：今東越擅興兵侵臣。天子爲興師往討閩越，閩越王弟餘善殺郢以降。廣雅曰：夷，滅也。靡節西征，羌僰東馳。服虔曰：僰，夷名也。善曰：漢書音義曰：節，所杖信節也。僰，蒲北切。是以遐方疏俗，殊鄰絶黨之域。善曰：絶，遠也。自上仁所不化，茂德所不綏。善曰：尚書曰：有夏先后，方楙厥德。莫不蹻足抗首〔二二〕，請獻厥珍。服虔曰：蹻，舉足也，音矯。使海内澹然，善曰：廣雅曰：澹，安也，徒濫切。永亡邊城之災，金革之患。善曰：史記，士蔿曰：邊城少寇。禮記，子夏曰：三年之喪卒，金革之事〔二三〕無避也，禮歟？「今朝廷純仁，遵道顯義，并包書林，聖風雲靡。英華沈浮，洋溢八區。善曰：英華，草木之美者，故以喻帝德焉。沈浮，言多也。禮斗威儀曰：帝者得其英華〔二四〕，王者得其根荄。八區，八方之區也。

普天所覆，莫不沾濡。善曰：禮記曰：天之所覆。難蜀父老曰：羣生霑濡矣。士有不談王道者則樵夫笑之。意者以爲事罔隆而不殺，物靡盛而不虧。善曰：廣雅曰：意，疑也。鄭玄周禮注曰：殺，減也。文子曰：物盛則衰。故平不肆險，安不忘危。服虔曰：肆，弃也。顏監云：肆，放也。不放心於險也。善曰：孫卿子曰：平則慮險，安則慮危。迺時以有年出兵，整輿竦戎。善曰：言時不常也〔二五〕。穀梁傳曰：有年，五穀皆熟爲有年。方言曰：西秦之間，相勸曰聳。竦與聳古字通。振師五莋，習馬長楊。善曰：杜預左氏傳注曰：振，整也。盩厔有五柞宫也。柞，音作。簡力狡獸，校武票禽。善曰：爾雅曰：簡，擇也。賈逵國語注曰：簡，習也。廣雅曰：狡，健也。賈逵國語注曰：校，考也。票禽，輕疾之禽也，匹妙切。迺萃然登南山，瞰烏弋。晉灼曰：萃，集也。服虔曰：三十六國，烏弋最在西。西域傳曰：去長安萬二千二百里，其地暑熱莽平，近日所入。善曰：廣雅曰：瞰，視也。西厭月蝴，東震日域。服虔曰：蝴，音窟，月所生也。善曰：何休公羊傳注曰：厭，服也。爾雅曰：震，懼也。日域，日出之域也。厭，一涉切。又恐後代迷於一時之事，常以此爲國家之大務，淫荒田獵，陵夷而不禦也。顏監曰：禦，止也。善曰：漢書，張釋之曰：秦陵夷至于二世，天下土崩。韓詩曰：無矢我陵。薛君章句曰：四平曰陵。爾雅曰：禦，禁也。是以車不安軔，日未靡旃。從者彷彿，骫屬而還。韋昭曰：不暇稅駕支車也。張晏曰：從者彷彿，委釋而迴旋。善曰：王逸楚辭注曰：軔，支輪木。日未靡旃，言日未移旌旗之影也。委屬而還，謂委釋其事，連屬而迴還也。張以釋爲委。軔，如振切。彷彿，或作髣髴。骫，古委字也。屬，之欲切。亦所以奉太尊之烈，遵文武之度。善曰：太尊，高祖也。爾雅曰：烈，業也。復三王之田，反五帝之虞。善曰：三王之田，文王三驅是也。已見上文。尚書，帝曰：益，汝作朕虞。使農不輟耰，工不下機。韋昭曰：耰，所以覆種，音憂。顔監曰：摩田器也。晉灼云：以耒推塊曰耰。善曰：工，女功也。漢書，酈食其曰：農夫釋耒，工女下機。婚姻以時，男女莫違。善曰：毛詩序曰：婚姻失時，男女多違也。出凱弟，行簡易。善曰：毛詩曰：愷悌君子，人之父母。周易曰：乾以易知，坤以簡能，易則易知，簡則易從，易簡而天下之理得矣。矜劬勞，休力役。善曰：毛萇詩傳曰：矜，憐也。毛詩曰：之子于征，劬勞于野。孫卿子曰：罕興力役，無奪農時。見百年，存孤弱。善曰：禮記曰：百年者就見之。説文曰：存，恤問也。春秋説題辭曰：存恤幼孤。帥與之，同苦樂。然後陳鐘鼓之樂，鳴鞀磬之和，建碣磍之虡。孟康曰：碣磍之簴，刻猛獸爲之，故其形碣磍而盛怒也。善曰：鄭玄禮記注曰：鞀，如鼓而小，有柄，賓至摇之以奏樂。碣，一轄切。磍，音轄。鞀，徒刀切。拮隔鳴球，掉八列之舞。韋昭曰：拮，擽也。鳴球，玉磬也。古文隔爲擊〔二六〕。善曰：賈逵國語注曰：掉，摇也。八列，八佾也。拮，居黠切。球，音求。掉，徒釣切。酌允鑠，肴樂胥。張揖曰：允，信也。鑠，美也。言酌信美以當酒，帥禮樂以爲肴。善曰：毛詩曰：允矣君子，展也大成。又曰：於鑠王師。又曰：君子樂胥。聽廟中之雍雍，受神人之福祜。善曰：毛詩曰：雍雍在宮，肅肅在廟。又曰：受天之祜。爾雅曰：祜，福也，音怙。歌投頌，吹合雅。服虔曰：聲之相投也。其勤若此，故真神之所勞也。張揖曰：詩云，愷弟君子，神所勞矣。方將俟元符，晉灼曰：元符，大瑞也。以禪梁甫之基，增泰山之高。史記，管子曰：古者禪梁父〔二七〕。善曰：難蜀父老曰：增太山之封，加梁甫之事。延光于將來，比榮乎往號。張晏曰：往號，三、五也。善曰：李軌法言注曰：五帝三王，延光至今不絕也。豈徒欲淫覽浮觀，馳騁秔稻之地，周流棃栗之林，蹂踐芻蕘，誇詡衆庶，盛狖玃之收，多麋鹿之獲哉！善曰：孔安國尚書傳曰：浮，過也。說文曰：秔，稻屬也。聲類以爲秔，不黏稻也。漢書，東方朔曰：涇、渭之南，又有秔稻棃栗之饒。芻，馬草也。禮記曰：蹴路馬芻。說文曰：蕘，草薪也。毛萇詩傳曰：詡，大也。且盲者不見咫尺，而離婁燭千里之隅；善曰：莊子，南榮趎曰：盲者不能自見。賈逵國語注曰：八寸曰咫。孟子曰：離婁之明。趙岐曰：古之明目者也，蓋黃帝時人。趎，音樞。客徒愛胡人之獲我禽獸，曾不知我亦已獲其王侯。」善曰：說文曰：曾，辭之舒也。

言未卒，墨客降席再拜稽首曰：「大哉體乎！允非小人之所能及也。善曰：體，猶法也。廼今日發矇，廓然已昭矣！」善曰：禮記曰：昭然若發蒙矣。矇與蒙古字通。廓，除貌。

文選考異

〔一〕命右扶風發民　袁本、茶陵本云善無「發民」二字。案：今本漢書有，蓋尤依之添也。

〔二〕注「在涇州界」　陳云「涇」，「雍」誤，是也。各本皆誤。

〔三〕注「名豪豪毚也」　袁本、茶陵本不重「豪」字。

〔四〕注「郭璞爾雅曰」　袁本、茶陵本「曰」上有「注」字。

〔五〕注「詩序曰下以風刺上」　袁本、茶陵本無此八字。案：無者是也。注具甘泉賦，下羽獵賦已不更出，此亦當爾矣。

〔六〕注「顔師古曰動不爲身」　袁本、茶陵本「師古」二字作「監」，下再見皆同。案：此尤本誤改。

〔七〕注「言有儲畜」　袁本、茶陵本「言有」作「高其」，是也。案：今本漢書注與此同誤。

〔八〕注「而無所圖」　袁本、茶陵本無「所」字。

〔九〕客何謂之茲耶　袁本、茶陵本無「之」字，尤本此處脩改。案：今本漢書作「謂之茲耶」，詳顔注云「謂茲邪猶言何爲如此也」，仍當有「何」字、無「之」字。蓋漢書傳寫譌，尤延之據添，非也。袁、茶陵二本所見與未脩改正同，是矣。又案：難蜀父老曰「烏謂此乎」。烏，何也；此，茲也；乎，邪也。子雲好擬相如，此亦用彼語，不當衍「之」字甚明。

〔一〇〕封豕其土　袁本「土」作「士」。何云漢書作「士」。案：「士」是也。茶陵本作「土」，與尤所見同，非也。

〔一一〕注「應劭淮南子注云」　案：「劭」下當有「曰」字，「子」下當衍「注」字，漢書注可證。各本皆誤。

〔一二〕注「顔監曰撕舉手擬也」　案：顔漢書正文字作「摲」，上引李奇音車轊之轊而解云「摲，舉手擬之也」。蓋其字音義與左氏傳乃掀公之掀相近。善文選正文作「擲」，與顔不同，别引鄭氏禮記注釋義，字林釋音，乃所以改顔也。傳寫者并顔注亦爲「擲」，失之矣。又「蒼頡篇曰擲拍取也」八字，非漢書注，乃善引以證顔者，字亦當是「擲」也。又漢書注「擬」下有「之」字，此無，似亦脱。

〔一三〕注「疏亦賤也字書曰疏遠也」　袁本、茶陵本作「疏遠也字書曰」六字。案：此亦尤增多之誤也。

〔一四〕注「春秋運斗樞曰北斗七星第五曰玉衡」　袁本、茶陵本無此十五字，袁本注末多「已見魏都賦」五字。案：袁本是也。此亦尤增多之誤，茶陵本注末複出「魏都賦注云云」可爲證。

〔一五〕遐氓爲之不安　袁本、茶陵本「氓」作「甿」。案：此皆非也。正文當作「萌」，注當作「韋昭曰萌音甿萌人也」。今作「氓音萌」，誤倒。漢書作「萌」，善自與之同。蓋五臣作「甿」而各本亂之，因又改韋注也。上林賦「以贍萌隸」注「韋昭曰：萌，民也」。張景陽七命「羣萌反素」，袁、茶陵皆有校語云五臣作「甿」，最可證。又如顔延年侍遊蒜山作詩「留滯感遺萌」，亦善「萌」、五臣「甿」相亂，彼二本仍云五臣作「甿」，唯此爲各本所見皆誤，故無校語耳。

〔一六〕注「乾酪母」　何校「酪」下添「也以爲酪」四字。案：依漢書注，是也。各本皆脱。

〔一七〕注「顔師古曰」　何校「師古」改「監」。各本皆譌。下「顔師古曰死則云云」，同。

〔一八〕注「鹵莽中生草莽也」　袁本「中」上有「鹵」字，末無「也」字，是也。茶陵本亦脱衍。

〔一九〕唴鋋瘢耆　茶陵本云五臣作「吮辭兖切」，袁本作「吮」。案：茶陵及尤所見非也，蓋此賦有作「吭」、作「亢」兩本，小顏以作「亢」爲是，故今本漢書字如此。善以作「吭」爲是，故最後引服虔云「其瘖如含然」，乃訓吭爲含也。「唴」字他無所見，恐是或改「吭」爲「亢」而誤成此形耳。袁本無校語，其所見善正文自是「吭」字，尤本注末音云「吭，辭亢切」，不作「唴」，亦其一證。又臣佖校漢書以爲「銃」，與顏、李二家迥異，恐屬臆説，難以爲證。

〔二〇〕注「項下向」　袁本、茶陵本「項」作「頂」。案：「頂」是也。今本漢書注與此同誤。

〔二一〕注「漢兵深入窮邊」　案：「邊」當作「追」。各本皆譌。

〔二二〕莫不蹻足抗首　茶陵本云五臣作「手」，袁本云善作「首」。今案：所見皆非也，漢書作「手」，羽獵賦「抗手稱臣」善「抗手」注具彼下，此不更出，非作「首」也。

〔二三〕注「卒金革之事」　案：「卒」下當有「哭」字。各本皆脱。

〔二四〕注「帝者得其英華」　袁本、茶陵本「英華」作「華英」，是也。

〔二五〕注「言時不常也」　袁本、茶陵本「言時」作「時言」，是也。

〔二六〕注「古文隔爲擊」　袁本、茶陵本此上有「韋昭戛擊爲拮隔」，乃校語錯入注，因正文用五臣「戛擊」，故云然。案：此云古文者，韋所見之古文尚書也，意謂「隔者擊也」耳。子雲用「拮隔」，漢書及史記樂書俱有其證，楊倞注荀子亦極明晰。五臣乃援東晉古文改竄，荒陋甚矣。宋人校語以「拮隔」屬韋，更繆。尤本無之，是矣。

〔二七〕注「史記管子曰古者禪梁父」　袁本、茶陵本無此十字。

射雉賦

潘安仁　善曰：射雉賦序曰：余徙家于琅邪，其俗實善射，聊以講肄之餘暇，而習媒翳之事，遂樂而賦之也。

徐爰注　媒者，少養雉子，至長狎人，能招引野雉，因名曰媒。翳者，所隱以射者也。晉邦過江，斯藝乃廢。歷代迄今，寡能厥事。嘗覽茲賦，昧而莫曉，聊記所聞，以備遺忘。

涉青林以游覽兮，樂羽族之羣飛。樂羽翮之類，或羣或飛，飲啄恣性也。善曰：七發曰：游涉乎雲林，薛君韓詩章句曰：青，静也。鸚鵡賦曰：羽族之可貴者。**聿采毛之英麗兮，有五色之名翬。**聿，述也。述序羽族之中，采飾英麗〔一〕，莫過翬也。翬，雉也。伊、洛以南，素質五采皆備成章曰翬。英者，雄果之目。名者，聲聞之稱也。一本聿作偉。善曰：翬見爾雅。**厲耿介之專心兮，奓雄豔之姱姿。**厲，嚴整也。耿介，專一也。奓，豊也。姱，好也。美色曰豔，言雉嚴整其不羣之性，奮揚其雄豔之貌，見敵必戰，不容他雜，此之謂英麗也。奓，赤氏切。姱，苦瓜切。善曰：薛君韓詩章句曰：雉，耿介之鳥也。**巡丘陵以經略兮，畫墳衍而分畿。**巡，行也。言周行丘陵，因其墳衍以爲疆界，分而護之，不相侵越也。青、幽之間，土高且大者，通之曰墳，雉一界之内，要以一雄爲主，餘者雖衆，莫敢鳴鴝也。此以上言雉之形性也。善曰：左傳，楚無宇曰：天子經略。廣雅曰：巡略，行也。孔安國尚書傳曰：分其圻界，圻與畿同。

於時青陽告謝，朱明肇授。時四月也。善曰：爾雅曰：春爲青陽，夏爲朱明。楚辭曰：青春受謝。王逸曰：謝，去也。靡木不滋，無草不茂。草木具榮。初莖蔚其曜新，陳柯槭以改舊〔二〕。蔚然，初生之莖，曜其新暉。槭然陳宿之柯，變其舊色，言新舊咸茂也。槭，彫柯貌也。所膈切。天泱泱以垂雲，泉涓涓而吐溜。涓涓，清新之色。泱，音英。涓，古玄切。善曰：毛詩曰：英英白雲。毛萇曰：英英，白雲貌。泱與英古字通。家語，金人銘曰：涓涓不壅，終爲江河。溜，水流貌也。麥漸漸以擢芒，雉鷕鷕而朝鴝。漸漸，含秀之貌也。微子曰：麥秀漸漸。鷕鷕，雉聲也。又云：雉之朝鴝，尚求其雌。雌雉不得言鴝。顔延年以潘爲誤用也。案：詩有鷕雉鳴，則云求牡，及其朝鴝，則云求雌。今云鷕鷕朝鴝者，互文以舉雄雌皆鳴也。此以上序節物氣候，雉可射之時也。鷕，以少切。眄箱籠以揭驕，睨驍媒之變態。揭驕，志意肆也。箱籠竹器，盛媒者也。凡竹器，箱方而密，籠圓而疎，盛媒器，籠形者，養鳥宜圓也。箱密者，不欲令見明也。言感辰景之韶淑，樂山梁之榮茂，悟翬雉之奮逸，思騁藝之肆志，顧視箱籠，詳察驍媒，恣睢揭驕，意願得也。楚辭揭驕字作拮矯。揭，居桀切。睨，音詣。善曰：楚辭曰：意恣睢以拮矯。王逸曰：縱心肆志，所意願高也。奮勁骹以角槎，瞵悍目以旁睞。骹，脛也。角，邪也。槎，斫也。悍，戾也。瞵，視貌。睞，視也。奮其堅勁之脛，以利距邪斫；瞵其剛戾之目，以旁視其敵也。骹，苦交切。槎，千荷切。瞵，力新切。睞，力代切。善曰：曹植鬬雞詩曰：悍目發朱光。鸎綺翼而經撾，灼繡頸而衮背。鸎，文章貌也。詩云：有鸎其羽，翼如綺文。經則赤也。撾，朏也。灼，盛貌也。頸毛如繡，背如衮章，言五采備也。經，勑呈切。撾，都瓜切。善曰：朏，音陛。鬱軒翥以餘怒，思長鳴以效能。㦖，暴怒也。軒，起望也。方言云：翥，舉也。㦖然暴怒，軒舉長鳴，思見野敵，效其才能也。此以上言媒之形勢。能，怒代切。

爾乃擘場拄翳，停僮葱翠。擘者，開除之名也。今傖人通有此語。射者聞有雉聲，便除地爲場，拄翳於草。停僮，翳貌也。葱翠，翳色也。擘，步何切。拄，株庾切。善曰：廣雅曰：擘，除也。緑柏參差，文翮鱗次。蕭森繁茂，婉轉輕利。翳，上加木枝，衣之以葉。上則蕭森，下則繁茂而實。綢繆，輕利也。婉轉，綢繆之稱。衷料戾以徹鑒，表厭躡以密緻。料戾，小而撤也。厭躡，重而密也。翳外觀密緻，與草木無別，内視洞徹，多所覩見也。此以上序翳之形飾。厭，於輒切。恐吾游之晏起，慮原禽之罕至。游，雉媒名。江、淮間謂之游，游者，言可與游也。言既芟場拄翳，又恐媒起不早，野雉希至。原禽，雉也。雉不處下濕，故曰原禽也。甘疲心於企想，分倦目以寓視。企想雉出，專視草際，心爲之疲，目爲之倦也。此以上言拄翳之後，遲獲之意也。善曰：説文曰：企，舉踵也。左氏傳楚子玉曰：得臣與寓目焉。杜預曰：寓，寄也。何調翰之喬桀，邈疇類而殊才。調翰，謂媒也。媒性調良，故謂調翰。喬桀，俊逸也，言邈絶疇類，殊異才氣也。善曰：何，疑問之辭也。候扇舉而清叫，野聞聲而應媒。扇，布也，形如手巾。叫，鳴也。將欲媒雊，振布令有聲，媒便清叫，野雉聞即應而出也。褰微罟以長眺，已踉蹡而徐來。褰，開也。罟，網也。古者當以細網，掩翳窗上，視外處，其制未聞也，今則以板矣。言聞野雉應媒之聲，知其必出，開翳户長視，已見踉蹡徐來也。踉蹡，乍行乍止，不迅疾之貌也。善曰：廣雅曰：蹡，走也。踉音亮。蹡，七亮切。摛朱冠之赩赫，敷藻翰之陪鰓。艴赫，赤色貌。陪鰓，奮怒之貌也。善曰：廣雅曰：摛，舒也。藻翰，翰有華藻也。摛，敕知切。艴，許力〔三〕。首葯緑素，身拕黼繪。方言曰：葯，纏也，猶纏裹也。言雉首緑色，頸葯素也。黼，繡也。繪，畫文也。身采如繪也。葯，烏角切。青鞦莎靡，丹臆蘭綷。鞦，夾尾間也。莎，草名。楚辭曰：青莎雜樹，則莎色青也。言雉尾間青毛如莎草之靡也。臆，膺也，膺色如秋蘭之色也。綷，同也。宋、衛之間，謂混爲綷也。鞦，音秋。善曰：小雅曰：雜采曰綷。音最。或蹶或啄，時行時止。皆得意之形容也。善曰：賈逵曰：蹶，走也。鄭玄曰：蹶，行遽貌。字林曰：啄，鳥食也。莊子曰：澤雉十步一啄，百步一飲也。蹶，居衛切。周易曰：時止則止，時行則行。廣雅曰：蹶，踶跳〔四〕。班尾揚翹，雙角特起。雄壯之勢也。此以上言野雉之狀貌也。善曰：説文曰：翹，尾之長毛也。

良遊呃喔，引之規裹。良遊，媒也。言媒呃喔其聲，誘引令入可射之規内也。呃，於隔切。喔，於角切。

應叱愕立，擢身竦峙。峙，立也。既入可射之内，來迅不止，因便叱之，雉聞叱即驚，竦身而立者也。善曰：杜子春周禮注曰：愕，驚也。捧黄間以密彀，屬剛罫以潛擬。捧，舉也。黄間，弩名也。張衡云：黄間機張。一名黄肩。善曰：説文曰：彀，張弓弩也。屬，謂注矢於弦也。剛罫，弩矢鏃也。以鐵爲之，形如十字，各長三寸，方似罔罫，故曰罫焉。罫，古買切，挂同。倒禽紛以迸落，機聲振而未已。射應也。禽被箭，躍起而反落，弩聲猶未歇，言其矢來疾也〔五〕。山鷩悍害，猋迅已甚。鷩雉，似山雞而小，冠背毛黄，腹下赤，項緑色，其性悍戾憨害，飛走如風之猋也。爾雅曰：扶摇謂之猋，謂暴風從下上也。善曰：字書曰：憨，愚也。呼甘切。越壑凌岑，飛鳴薄廩。鶩性悍憋，聞媒聲便越澗凌岑，且飛且鳴，逕來翳前也。廩，翳中盛飲食處，今俗呼翳名曰倉也。善曰：薄，至也。方言曰：憋，惡也。裨列切。鯨牙低鏃，心平望審。鯨，當作擎，擧也。擧弩牙低矢鏑以射之。善曰：禮記曰：心平體正，持弓矢審固也。毛體摧落，霍若碎錦。雉當不止〔六〕，於飛中射之，毛體披散，如錦之分碎也。逸羣之儁，擅場挾兩。逸羣儁異之雉，不但欲擅一場而已，又挾兩雌也。善曰：西京賦曰〔七〕：秦政利觜長距，終得擅場。説文曰：擅，專也。櫟雌妬異，倏來忽往。櫟，擊搏也。聞他雄鳴，擊搏其雌。倏忽往來，無時暫止也。善曰：楚辭曰：荷衣兮蕙帶，倏而來兮忽而逝。六韜曰：倏然而往，忽然而來。忌上風之餮切，畏映日之儻朗。餮切，微動之聲。儻朗，不明之狀。言其忌聲而畏光也。餮音鐵。屏發布而累息，徒心煩而技懩。屏除其布，不敢散氣，意者恐微有所聞，便驚而逝，既無由使媒鳴，欲射則紛紜不定，空心煩而技懩。有伎藝欲逞曰技懩也。音養。善曰：難蜀父老曰：心煩於慮。應劭風俗通曰：高漸離變姓易名，庸保於宋子之家。久作苦，聞其家堂客擊筑，伎養不能毋出言也。伊義鳥之應敵，啾擭地以厲響。義鳥，媒也。爲人致敵，故名曰義媒。見野雉紛紜難中，啾然擭地而鳴，引令來鬭。埤蒼曰：擭地〔八〕，爪持也。三蒼曰：啾，聲也。彼聆音而逕進，忽交距以接壤。彼野雉聞媒聲，便逕來鬭，交距蹶地，土壤相接。善曰：廣雅曰：壤，塵也。彤盈窗以美發，紛首頽而臆仰。彤，赤也。盈，滿也。言其光彩滿當於窗，美取其意而發矢。又曰：既與媒戰，形當翳窗，發弩極美，正射其頸，首頽向後，臆仰却斃也。

或乃崇墳夷靡，農不易壠。墳，大防，今呼爲塘也。夷，靡也。頽，弛也〔九〕。易，脩也。農不脩壠，此言田塘荒廢也。善曰：毛詩曰：禾易長畝。稊菽藂糅，藹薈菶茸。稊，稗類也。菽，豆也。謂勞豆之屬野生也。田既荒廢，雜草繁茂。藹薈菶茸，深概貌。菶，蒲動切。茸，如隴切。善曰：孫子兵法曰：林木翳薈。西京賦曰：萃蕁菶茸。鳴雄振羽，依于其冢。冢，山巔也。爾雅曰：山頂曰冢。言野之雄雉，振其羽翼，鳴鴝高墳之上。善曰：毛詩曰：莎雞振羽。⿰扌閃降丘以馳敵，雖形隱而草動。⿰扌閃，疾貌也。言雉鴝於高丘之頂，⿰扌閃然降下向敵，不見其形，而見草動也。⿰扌閃，一本或作撋。⿰扌閃，尸豔切。撋，而專切。善曰：尚書，是降丘宅土。瞻挺穟之傾掉，意淰躍以振踊。挺穟，草莖也。掉，動也。覘草莖傾動，冀雉將出，意淰躍踊逸也。善曰：淰，失冉切。躍，失藥切。噉出苗以入場，愈情駭而神悚。噉，漸出貌也。楚辭曰：噉將出兮東方，向覘草動，冀雉當至，噉然而出，果其所願，情神愈驚動。望黶合而翳皛，雉脥肩而旋踵。言雉出苗，望諸處黶然闇合，唯翳皛然獨顯，仍斂翼旋反也。人斂身謂之脥肩。黶，烏簟切。善曰：說文曰：皛，顯也。漢書，公孫玃曰：脅肩低首。呂氏春秋，管仲曰：車不結軌，士不旋踵。皛，胡了切。脥，許結切。俽余志之精鋭，擬青顲而點項。雉既反歸，乃從後射，正中項也。顲，頭也。俽音欣。亦有目不步體，邪眺旁剔。目不步體，視與體違也。邪眺旁剔，視瞻不正，常驚惕也。善曰：國語，單襄公曰：晉侯目不在體，而足不步目。說文曰：惕，驚也。剔與惕古字通。靡聞而驚，無見自鷩〔一〇〕。鷩，音脉。字亦從脉。方言云：脉，俗謂黠爲鬼脉。言雉性驚鬼黠。周環回復，繚繞磐辟。皆回從往復〔一一〕，不正之貌也。善曰：漢書曰：何武所舉者，磐辟雅拜。戾翳旋把，縈隨所歷。戾，轉也。把，翳内所執處也。言轉翳回旋〔一二〕，隨雉所趣，取其便也。善曰：戾，力結切。彳亍中輟，馥焉中鏑。彳亍，止貌也。輟，止也。鏑，矢鏃也。馥，中鏃聲也。彳，丑亦切。亍，丑録切。馥，被逼切。善曰：今本並云彳亍中輒。張衡舞賦曰：蹇兮宕往，彳兮中輒。以文勢言之，徐氏誤也〔一三〕。前剔重膺，傍截疊翮。正横射也。剔，割也。前割重膺，傍斷兩翮也。剔，魯跌切。

若夫多疑少決，膽劣心狷。雉性怯而多疑，膽劣而心戾者。善曰：説文曰：狷，急也。古縣切。內無固守，出不交戰。內，心也。固，堅也。心無堅守，外無鬭意也。善曰：管子曰：民無恥，外不可以應敵，內不可以固守。賈逵國語注曰：交，共也。來若處子，去如激電。處子，處女也。莊周云：藐姑射之山，有神人居，綽約若處子。來若處女之畏人，去若激電之迅疾也。善曰：司馬兵法曰：始如處女。答賓戲曰：風颮電激〔一四〕。闞閭藹葉，幎歷乍見。藹，麥稍也。謂在麥田中藹葉間，闞閭於外，乍見乍隱，不敢出場也。閭，丑占切。善曰：藹與稍並同，古玄切。幎，音覓。於是筭分銖，商遠邇。分銖，弩牙後刻畫，定矢所至遠近之處也。雉既不出，將就草射之，故計其分銖，商其遠近也。揆懸刀，騁絶技。懸刀，弩牙後刀也。一名機。揆，度也。籌量可發而發，故言騁絶技也。善曰：釋名曰：弩牙，外曰郭，下曰懸刀，其形然也。西京賦曰：妙材騁伎。薛君韓詩章句曰：騁，施也。如輶如軒，不高不埤。言至平也。善曰：毛詩曰：如輊如軒。輊與輶同。鄭玄周禮注曰：埤〔一五〕，短也。埤與庳古字通。輶，竹二切。埤，貧美切。當咮值胸，裂膆破觜。射面也，膆喉受食處也。觜，喙也。裂喉破喙也。字書曰：咮，鳥口也。咮，竹秀切。膆，音素。夷險殊地，馴驫異變。地有平險之殊，雉有馴驫之異，隨變而應，不可爲一准也。昃不暇食，夕不告勌。言樂之者忘飢倦也。昔賈氏之如皋，始解顏於一箭。善曰：左氏傳曰：昔賈大夫惡，取妻三年，不言不笑，御以如皋射雉，獲之，其妻始笑始言。列子曰：列子師老商氏，五年之後，夫子始一解顏而笑也。醜夫爲之改貌，憾妻爲之釋怨。妻所以愁恨者，怨其夫之醜也。今見獲雉而言笑，則是斯藝能使醜夫變貌、恨妻釋忿者也。憾，胡闇切。彼遊田之致獲，咸乘危以馳騖。騖，疾也。田，獵也。言遊獵馳車騁馬，飛鷹走犬，陵山越澗，常乘危險也。何斯藝之安逸，羌禽從其已豫。善曰：言斯藝極安，從禽最逸。豫，言禽來就己，故豫不勞。清道而行，擇地而住。人多則雉驚，故僻除人從〔一六〕，清道而行，擇善地而住爲場也。善曰：司馬相如上疏曰：清道而後行。班固漢書贊曰：馮參鞠射履方〔一七〕，擇地而行。尾飾鑣而在服，肉登俎而永御。豈唯皁隸，此焉君舉！舉，音據。善曰：説文曰：鑣，馬銜也。董巴輿服志曰：馬並以黄金爲叉髦，插以翟尾，先多用雉尾。周禮，王后六服，有褕翟闕翟。儀禮，上大夫庶羞，有雉兔鶉鴽。左氏傳，臧僖伯曰：鳥獸之肉，不登於俎，則公不射，若夫山林川澤之實，皁隸之事，非君所及。又曹劌曰：君舉必書。

若乃耽槃流遁，放心不移。槃，樂也。善曰：東京賦曰：若乃流遁忘返，於心不覺也〔一八〕。忘其身恤，司其雄雌。恤，憂也。司，主也。善曰：左氏傳，虞人箴曰：忘其國恤，思其麀牡。樂而無節，端操或虧。善曰：東京賦曰：樂而無節。楚辭曰：内惟省以端操。此則老氏所誡，君子不爲〔一九〕。老子曰：馳騁畋獵，令人心發狂。善曰：歸田賦曰：感老氏之遺誡。孫卿子曰：此小人之所務，而君子之所以不爲也。

文選考異

〔一〕注「采飭英麗」　袁本、茶陵本「飭」作「飾」，是也。

〔二〕陳柯槭以改舊　袁本、茶陵本「槭」作「摵」，注同。案：此從「扌」「木」二字並通，未審善果何作？餘如此者，不盡出。

〔三〕注「艳許力」　案：「力」下當有「反」字。各本皆脱。

〔四〕注「廣雅曰蹶踶跳」　案：「踶」字當衍，「跳」下當有「也」字。各本皆譌。廣雅釋詁「二跳也」條，共釋十字，有「蹶」無「踶」，可證。

〔五〕注「言其矢來疾也」　袁本、茶陵本無「矢」字。案：蓋尤校改「來」爲「矢」，遂兩有也。

〔六〕注「雉當不止」　袁本、茶陵本「當」作「尚」，是也。

〔七〕注「西京賦曰秦政」　茶陵本「西」作「東」，袁本作「西」。案：「西」乃「兩」之譌也。餘注放此者，不更出。

〔八〕注「埤蒼曰擭地」　案：「地」字當去。各本皆衍，因正文云「擭地」而誤耳。又案：韻會舉要「攫」下引説文「扟也，爪持也」，今徐鼎臣本無下三字。然則「擭」即「攫」之異文，故五臣改正文爲「攫」，亦可證此注不常有「地」字。

〔九〕注「夷靡也頹弛也」　袁本、茶陵本無上「也」字。此處尤本脩改。案：「夷靡」乃複出正文，不得有「也」字，尤所據添者，誤本耳。

〔一〇〕無見自鷩　案：「鷩」當作「鷶」，注同。徐云「鷶音脉，字亦從脉」者，謂「鷶」之或體字作「鷩」也；云方言云「脉」者，謂此賦之「鷶」即方言之「脉」也；云俗謂「黠爲鬼脉」者，方言注云然也。此必五臣用徐注改正文作「鷩」，後遂以亂善。於是賦及注中各本皆不見「鷶」字，而徐爰所云絶不可通矣。唯集韻二十一麥載「鷩」字從「脉」，二十三錫載「鷶」字從「脈」，皆云「鳥驚視」，其所據此賦未誤也。凡此等全失善舊，所宜訂正。

〔一一〕注「皆回從往復」　袁本「從」作「旋」，是也。茶陵本亦誤「從」。

〔一二〕注「言轉翳回旋」　袁本、茶陵本「回旋」作「旋回」，是也。

〔一三〕注「徐氏誤也」　袁本、茶陵本「也」作「之」。案：「之」是也。謂以文勢言，當爲彳兮，而並云彳亍，非潘賦本然，由徐乃爾耳。

〔一四〕注「風颺電激」　茶陵本「颺」作「颮」，袁本作「颺」。案：「颮」是也。又江賦注引此。各本皆譌，不更出。

〔一五〕注「埤短也」　案：「埤」當作「庳」。各本皆譌。

〔一六〕注「故僻除人從」　案：「僻」當作「辟」。各本皆譌。

〔一七〕注「馮參鞠射履方」　陳云「射」當作「躬」。各本皆譌。

〔一八〕注「於心不覺也」　茶陵本「於」作「放」，是也。袁本亦誤「於」。

〔一九〕此則老氏所誡君子不爲　袁本、茶陵本「氏」下有「之」字，「子」下有「之所」二字。案：此疑善、五臣之異，但二本無校語，今不可考，當各仍其舊。此類亦未全出。

紀行上

北征賦

流別論曰：更始時，班彪避難涼州，發長安，至安定，作北征賦也。

班叔皮

漢書曰：班彪，字叔皮，扶風安陵人也。性好莊、老。祖況，成帝時爲越騎校尉。父稚，哀帝時爲廣平太守。彪年二十，遭王莽敗，劉聖公立未定，乃去京師，往天水郡，歸隗囂。囂時據隴擁衆。囂不禮彪。彪後知囂必敗，乃避地於河西，就大將軍竇融，勸融歸光武。光武問融曰：比來文章所奏誰作？答云：班彪也。融知彪有才，舉茂才，爲徐令，卒。亦爲望都長。

余遭世之顛覆兮，罹填塞之阸災。毛詩序曰：閔周室之顛覆。孔安國尚書傳曰：罹，被也。王道不通，故曰填塞。廣雅曰：填，塞也。王逸楚辭注曰：險阸，傾危也。舊室滅以丘墟兮，曾不得乎少留。吕氏春秋，燭過曰：子胥諫而不聽，故吴爲丘墟。楚辭曰：欲少留此靈瑣。遂奮袂以北征兮，超絶迹而遠遊。淮南子曰：奮袂執鋭。莊子曰：絶迹易。廣雅曰：絶，滅也。楚辭曰：願輕舉而遠遊。

朝發軔於長都兮，夕宿瓠谷之玄宮。楚辭曰：朝發軔於天津兮，夕余至乎西極。長都，長安也。晉灼漢書注曰：有宮觀故稱都。楚辭曰：夕宿兮帝郊。爾雅曰：周有焦穫。郭璞曰：音護。今扶風池陽縣瓠中是也。按瓠谷、玄宮皆地名，在長安西。羽獵賦曰：處於玄宮。歷雲門而反顧，望通天之崇崇。雲陽古縣在池陽西北，屬右扶風。雲門即雲陽縣門也。漢書，左馮翊有雲陽縣。楚辭曰：忽反顧而遊目。通天，臺名，已見上文。乘陵崗以登降，息郇邠之邑鄉。漢書，右扶風栒縣有豳鄉。詩，豳國〔一〕，公劉所治邑也。栒與郇同。豳與邠同。應劭曰：左傳云：畢、原、豐、郇，文之昭也。郇侯賈伯伐晉是也。臣瓚曰：按汲郡古文，晉武公滅郇以賜大夫原黠，是爲郇叔。又云：文公城郇。然則當在晉之境内，不得在右扶風之界也。今河東有郇城，即古郇國也。廣雅曰：乘，陵也。爾雅曰：大阜曰陵。郇音荀。邠與豳同，方旻切。慕公劉之遺德，及行葦之不傷。尚書曰：公劉克篤前烈。孔安國曰：公，爵。劉，名也。莊子，盜跖曰：此父母之遺德也。毛詩序曰：行葦，忠厚也。詩曰：敦彼行葦，牛羊勿踐履。彼何生之優渥，我獨罹此百殃〔二〕？毛詩曰：既優既渥。鄭玄禮記注曰：殃，禍惡也。毛詩曰：我生之後，逢此百殃。故時會之變化兮，非天命之靡常。故時會者，言此乃時君不能修德致之，故使傾覆，非天命無常也。時，亦世也〔三〕。言人吉凶乃時會之變化，豈天之命無常乎？爾雅曰：時，會也。毛詩曰：侯服于周，天命靡常。天命，上天之命也。

登赤須之長坂，入義渠之舊城。赤須坂，在北地郡。義渠，城名，在北地，王莽改爲義溝。酈善長水經注曰：赤須水出赤須谷，西南流注羅水，然坂因水以得名也。漢書，北地郡有義渠道。忿戎王之淫狡，穢宣后之失貞。嘉秦昭之討賊，赫斯怒以北征。史記秦本紀曰：昭襄王母，楚人，姓芈氏，號宣太后。秦昭王時〔四〕，義渠戎王與宣太后亂，有二子。宣太后詐而殺義渠戎王於甘泉，遂起兵伐滅義渠而得其地〔五〕。杜預左氏傳注曰：狡，猾也。赫怒，已見上注。**紛吾去此舊都兮，騑遲遲以歷茲。**杜預左氏傳注曰：紛，亂也，謂心緒亂也。楚辭曰：紛吾乘兮玄雲。舊都，北地郡也。說文曰：驂，傍馬也。毛詩曰：行道遲遲。楚辭曰：喟憑心而歷茲。

遂舒節以遠逝兮〔六〕，指安定以爲斯。舒節，將行，舒其志節也。淮南子曰：縱志舒節，以馳大區。漢書，安定郡，武帝元鼎三年置，在涇、渭之間，去長安三百五十里。**涉長路之緜緜兮，遠紆回以樛流。**毛萇詩傳曰：緜緜，長不絶貌也。劉歆遂初賦曰：路脩遠而緜辟。說文曰：紆，屈也。樛流，曲折貌也。樛音糾。**過泥陽而太息兮，悲祖廟之不脩。**漢書，北地郡有泥陽縣。漢書曰：班壹，始皇之末，避地於樓煩，故泥陽有班氏之廟也。泥，奴雞切。**釋余馬於彭陽兮，且弭節而自思。**孝武帝傷李夫賦曰〔七〕：釋余馬於椒丘。楚辭曰：步余馬於蘭皋。漢書，安定郡有彭陽，即今彭原是也。楚辭曰：吾令羲和弭節兮。司馬彪上林賦注曰：弭節，安志也。**日晻晻其將暮兮，覩牛羊之下來。**楚辭曰：日晻晻下而頹。說文曰：晻，不明也，於感切。毛詩云：日之夕矣，牛羊下來〔八〕。君子行役，如之何勿思。**寤曠怨之傷情兮〔九〕，哀詩人之歎時。**思君子爲怨曠，嗟行役爲歎時。毛詩序曰：大天久役，男女怨曠。廣雅曰：歎，傷也。

越安定以容與兮，遵長城之漫漫。楚辭曰：遵赤水而容與。又曰：路曼曼其脩遠。漫與曼古字通。**劇蒙公之疲民兮，爲彊秦乎築怨。**說文曰：劇，甚也。史記曰：蒙恬，齊人也。爲秦將，拜爲內史。

秦使蒙恬築長城。劉歆遂初賦曰：劇彊秦之暴虐兮。舍高亥之切憂兮，事蠻狄之遼患。不耀德以綏遠〔一〇〕，顧厚固而繕藩。言不光耀道德，以綏遠方，反爲厚固繕藩而已。廣雅曰：切，近也。史記曰：周穆王將征犬戎，祭公謀父諫曰：不可，昔我先王耀德不觀兵。杜預左氏傳注曰：繕，脩也。首身分而不寤兮，猶數功而辭亹。何夫子之妄説兮，孰云地脉而生殘。史記曰：趙高者，諸疏遠屬也〔一一〕。爲中車府令，事公子胡亥。始皇崩，高得幸胡亥，欲立爲太子。太子已立，遣使以罪賜蒙恬死。蒙恬喟然太息，我何罪於天，無過而死。良久徐曰：恬罪固當死矣。起臨洮，屬之遼東，城壍萬餘里，此其中不能毋絶地脉哉？乃恬之罪也。吞藥自殺。

登鄣隧而遥望兮〔一二〕，聊須臾以婆娑。蒼頡篇曰：障，小城也。漢書，武帝謂狄山曰：使居一障間。説文曰：隧，塞上亭，守烽火者也，篆文從火，古字通，詞醉切。班固漢書贊曰：不脩障隧。其義並同。隧或爲墜。説文曰：墜〔一三〕，古文地字也。須臾，少時也。楚辭曰：何須臾而忘反。毛詩曰：市也婆娑。閔獯鬻之猾夏兮，弔尉卬於朝那。史記文紀曰：匈奴謀入邊爲寇，攻朝那塞，殺北地都尉卬。徐廣曰：姓孫。尚書曰：蠻夷猾夏。漢書曰：安定郡有朝那縣。姚察曰：卬姓段。從聖文之克讓兮，不勞師而幣加。惠父兄於南越兮，黜帝號於尉他。聖文，文帝也〔一四〕。尚書曰：允恭克讓。幣加，加之幣帛也。史記文紀曰：南越王尉他自立爲武帝，上召他兄弟，以德報之，他遂去帝稱臣。又曰：南越王尉他者，真定人，姓趙氏，爲南海尉。然爲尉，故曰尉他。又云：他，秦時爲龍川令，使南越王〔一五〕，值秦亂，遂不歸，自立爲越王。降几杖於藩國兮，折吴濞之逆邪。史記曰：吴王濞，高帝兄劉仲之子也。高祖立爲吴王。孝文時，稍失藩臣之禮，稱病不朝，天子賜吳王几杖，老不朝，其謀亦益不解也。惟太宗之蕩蕩兮，豈曩秦之所圖。言文帝知加幣以懷邊，豈如彊秦繕藩而禦遠也。史記，承相申屠嘉議曰：孝文皇帝廟宜爲帝者太宗之廟。尚書曰：王道蕩蕩。曩，猶向時也。

隮高平而周覽，望山谷之嵯峨。漢書，安定有高平縣。高唐賦曰：周覽九土。野蕭條以莽蕩，迥千里而無家。楚辭曰：山蕭條而無獸，爾雅曰：迥，遠也。劉歆遂初賦曰：迥百里而無家。風猋發以漂遥兮，谷水灌以揚波。言水灌注且以揚波也。管子曰：山水之溝，命曰谷水。列女傳津吏女歌曰：水揚波兮杳冥冥。飛雲霧之杳杳，涉積雪之皚皚。楚辭曰：眴兮杳杳。王逸曰：杳杳，深冥貌也。説文曰：皚皚，霜雪，白之貌也，牛哀切。劉歆遂初賦曰：漂積雪之皚皚，涉凝露之隆霜。鴈邕邕以羣翔兮，鶤雞鳴以嚌嚌。毛詩曰：雍雍鳴鴈。楚辭曰：鶤雞啁哳而悲鳴。嚌嚌，衆聲也，音啨。

遊子悲其故鄉，心愴悢以傷懷。漢書，高祖曰：遊子悲故鄉。廣雅曰：愴愴悢悢，悲也。悢，力上切。毛詩曰：嘯歌傷懷。蒼頡篇曰：懷，抱也。撫長劍而慨息，泣漣落而霑衣。左氏傳曰：晉子朱怒撫劍從之。説文曰：慨，太息也。周易曰：泣血漣如。古詩曰：淚下霑衣裳。攬余涕以於邑兮，哀生民之多故。楚辭曰：思美人兮攬涕而竚眙。又曰：氣於邑而不可止。又曰：哀生人之長勤。國語，桓公問於史伯曰：王室多故。夫何陰曀之不陽兮，嗟久失其平度。陰曀，喻昏亂也。楚辭曰：欲俟時而須臾，日陰曀其將暮。毛萇詩傳曰：陰而風曰曀。於計切。諒時運之所爲兮，永伊鬱其誰愬？爾雅曰：諒，信也。宋衷春秋緯注曰：五運，五行用事之運也。楚辭曰：獨鬱結其誰語。説文曰：愬，亦訴字。

亂曰：夫子固窮遊藝文兮，樂以忘憂惟聖賢兮；論語，子曰：君子固窮。又曰：遊於藝。又曰：樂以忘憂。達人從事有儀則兮，行止屈申與時息兮；毛詩曰：我從事獨賢。莊子曰：形體保神，各有儀則。周易曰：時止則止，時行則行，動静不失，其道光明。家語，孔子曰：君子之行己也，可以屈則屈，可以伸則伸。周易曰：天地盈虚，與時消息是也。君子履信無不居兮，雖之蠻貊何憂懼兮！周易曰：履信思乎順。論語曰：子張問行，子曰，言忠信，行篤敬，雖蠻貊之邦行矣。

文選考異

〔一〕注「栒縣有豳鄉詩豳國」　袁本、茶陵本作「有栒縣豳國」五字。案：此尤延之據地理志改補，是也。注「又云文公城郇」袁本、茶陵本無「文」字。案：此亦據志，是也。

〔二〕我獨罹此百殃　茶陵本「罹」作「離」，云五臣作「罹」字。袁本云善作「離」。案：此尤本以五臣亂善，非也。五臣以「離」是古「罹」字，故從而改之，其實班自用「離」字矣。

〔三〕注「時亦世也」　袁本、茶陵本無「亦」字。

〔四〕注「秦昭王時」　袁本「秦」上有「又匈奴列傳曰」六字。茶陵本與尤同。説見下。

〔五〕注「而得其地」　袁本作「於是秦有隴西北地上郡築長城以拒胡」十六字。茶陵本與尤同。案：此及上條，皆茶陵、尤所見，非。袁本是也，匈奴列傳可證。

〔六〕遂舒節以遠逝兮　茶陵本無「兮」字，云五臣有。袁本有。又下文「過泥陽而太息兮」句，袁、茶陵二本皆無「兮」字，但不著校語。

〔七〕注「傷李夫賦曰」　袁本、茶陵本「夫」下有「人」字。案：有者是也。

〔八〕注「牛羊下來」　案：「牛羊」當作「羊牛」，此因正文云「牛羊」，因依以改注耳。凡引古但取義同，不嫌語倒。善每知此。各本皆非。

〔九〕瘠曠怨之傷情兮　袁本、茶陵本「曠怨」作「怨曠」。案：注複舉正文云「思君子爲怨曠」，蓋尤本誤倒。

〔一〇〕不耀德以綏遠　袁本、茶陵本下有「兮」字，亦不著校語。下文「隮高平而周覽」、「遊子悲其故鄉」、「撫長劍而慨息」三句同。

〔一一〕注「諸疏遠屬也」　案：「諸」下當有「趙」字，蒙恬列傳文也。各本皆脱。陳云別本有「趙」字。

〔一二〕登鄣隧而遥望兮　袁本、茶陵本「鄣」作「障」。茶陵本有校語云善作「鄣」。案：注中「障」字三見，皆不作「鄣」，疑校語未是。

〔一三〕注「或爲墜説文曰墜」　袁本、茶陵本二「墜」字皆作「隧」。案：「隧」是也。

〔一四〕注「聖文文帝也」　袁本、茶陵本無此五字，而所載五臣濟注有之。案：此蓋尤所見有也。

〔一五〕注「使南越王」　袁本、茶陵本無「王」字。

東征賦

大家集曰：子穀爲陳留長，大家隨至官，作東征賦。流別論曰：發洛至陳留，述所經歷也。

曹大家

范曄後漢書曰：扶風曹世叔妻者〔一〕，同郡班彪之女也，名昭，字惠姬〔二〕。年十四，嫓世叔。和帝數召入宫〔三〕，令皇后、貴人師事焉，號曰大家。兄固修漢書，不終而死，大家續之。時馬融受業於大家。

惟永初之有七兮，余隨子乎東征。惟，是也。東觀漢記曰：和帝年號永初。時孟春之吉日兮，撰良辰而將行。禮記曰：孟春之月，日在營室。鄭玄禮記注曰：撰，猶擇也。楚辭曰：吉日兮良辰〔四〕。毛萇詩傳曰：辰，時也。乃舉趾而升輿兮，夕予宿乎偃師。左氏傳曰：鬭伯比曰：莫敖舉趾高。杜預注曰：趾，足也。漢書，河南郡有偃師縣，在洛陽東三十里。洛陽故事云：帝嚳所都，後爲西亳，即古之昜亭。周、秦之世，爲偃師，盤庚所遷處也。遂去故而就新兮，志愴悢而懷悲！楚辭曰：愴怳懭悢兮，去故而就新。明發曙而不寐兮，心遲遲而有違。毛詩曰：明發不寐。又曰：行道遲遲，中心有違。酌鐏酒以弛念兮，喟抑情而自非。漢書，東方朔曰：銷憂者莫若酒。廣雅曰：弛，絶也。爾雅曰：念，思也。諒不登櫟而椓蠡兮，得不陳力而相追。登櫟椓蠡，謂上古未有君臣，又無宫室，不知火化之時也。言信不能同於上古登櫟而椓蠡，得不陳力就列而相追乎。禮記曰：昔者未有宫室，夏則居橧巢〔五〕。韓子曰：上古之世，人民少而禽獸衆，人不勝禽獸蟲蛇，聖人作，構木爲巢以羣居，天下號曰有巢氏。民食果蓏蚌蛤，腥臊惡臭，聖人作，鑽燧取火，以化腥臊，天下號曰燧人氏。鄭玄周禮註曰：椓，擊也。淮南子曰：古者人茹草飲水，食蠃蚌之肉。陳思王遷都賦曰：覽乾元之兆域兮，本人物乎上世，紛混沌而未分，與禽獸乎無別。椓蠡蛰而食疏，摭皮毛以自蔽。然陳思之言蓋出於此也。尸子曰：卵生曰琢，胎生曰乳。琢與椓，蠡與蠃，古字通。蠡，力戈切。蛰，力兮切。蚌，蒲講切。論語，子謂冉有曰：周任有言，陳力就列，不能者止。

且從衆而就列兮，聽天命之所歸。論語曰：吾從衆。就列，已見上注。墨子曰：貧富治亂，固有天命，不可損益也。

遵通衢之大道兮，求捷徑欲從誰？楚辭曰：夫唯捷徑以窘步。王逸曰：徑，邪道也。

乃遂往而徂逝兮，聊游目而遨魂！楚辭曰：忽反顧而游目。韓詩曰：聊樂我魂。薛君曰：魂，神也。

歷七邑而觀覽兮，遭鞏縣之多艱。史記曰：秦莊襄王滅東、西周。徐廣曰：周比亡之時，凡七縣：河南、洛陽、穀城、平陸、偃師、鞏、緱氏。漢書河南郡有鞏縣。楚辭曰：路脩遠以多艱。鞏，居勇切。

望河洛之交流兮，看成皋之旋門。郭璞曰：山海經注曰〔六〕：洛水東至河南鞏縣入河。廣雅曰：交，合也。漢書河南郡有成皋縣。旋門，已見東京賦。成皋縣，今虎牢是也。

既免脱於峻嶮兮，歷滎陽而過卷〔七〕。漢書，河南郡有滎陽縣。應劭曰：卷故虢國，今虢亭是也。卷，丘圓切。

食原武之息足，宿陽武之桑間。漢書河南郡有原武縣、陽武縣。

涉封丘而踐路兮〔八〕，慕京師而竊歎！漢書，陳留郡有封丘縣。應劭曰：即春秋所謂敗狄於長丘。史記曰：紂醢九侯，西伯聞之竊歎也。

小人性之懷土兮，自書傳而有焉。論

語，子曰：君子懷德，小人懷土。孔安國曰：懷，安也。遂進道而少前兮，得平丘之北邊。家語曰：孔子適齊，驅而少前。漢書陳留郡有平丘縣。入匡郭而追遠兮，念夫子之厄勤。彼衰亂之無道兮，乃困畏乎聖人。論語，子畏於匡。又曰：慎終追遠。史記曰：孔子將適陳，過匡，匡人聞之，以爲魯之陽虎。虎嘗暴於匡人，匡人遂止孔子。悵容與而久駐兮，忘日夕而將昏。神女賦曰：時容與以微動。漢書，門卒謂韓延壽曰：明府久駐未出。蒼頡篇曰：駐，主也〔九〕。到長垣之境界，察農野之居民。漢書，陳留郡有長垣縣也。睹蒲城之丘墟兮，生荊棘之榛榛。丘墟，已見上文。漢書，伍被曰：臣見宮中生荊棘〔一〇〕。惕覺寤而顧問兮，想子路之威神。長門賦曰：惕寤覺而無見。韓詩外傳曰：周公無所顧問。史記徐廣注曰：長垣縣有匡城蒲鄉。史記曰：子路爲蒲邑大夫。論語，子曰：君子有勇而無義爲亂。又曰：民到于今稱之。衛人嘉其勇義兮，訖于今而稱云。蘧氏在城之東南兮，民亦尚其丘墳。蘧氏，蘧瑗也。陳留風俗傳曰：長垣縣有蘧鄉，有蘧伯玉冢。廣雅曰：墳，高也。春秋説題辭曰：丘者，墓也。唯令德爲不朽兮，身既没而名存。毛詩曰：顯顯令德。左氏傳，穆叔曰：太上有立德，此之謂不朽。論語曰：文王既没。惟經典之所美兮，貴道德與仁賢。老子曰：莫不尊道而貴德。尹文子曰〔一一〕：親疏係乎勢利，不係乎不肖與仁賢也。吴札稱多君子兮，其言信而有徵。左氏傳曰：吴季札適衛，説蘧瑗、史狗、史鰌、公子荊、公叔發，謂公子朝曰：衛多君子，未有患也。又叔向曰：君子之言信而有徵。後衰微而遭患兮，遂陵遲而不興。史記衛世家曰：成侯貶號曰侯〔一二〕。平侯子嗣君更貶號曰君〔一三〕。朝魏〔一四〕，魏殺懷君。至君角，秦二世廢爲庶人，衛絶祀。孫卿子曰：百仞之山，而豎子憑而游焉，陵遲故也。今夫世之陵遲亦久矣，而能使勿踰乎？漢書，劉向上書曰：周室多禍，遂陵夷不能復興。王肅家語注曰：陵遲，猶陂陀也。知性命之在天，由力行而近仁。論語，子夏曰：死生有命，富貴在天。家語，孔子曰：形於一謂之性。王肅曰：人各受陰陽剛柔之性，故曰形於一也。命已見上文。禮記，子曰：好學近乎知，力行近乎仁。勉仰高而蹈景兮，盡忠恕而與人。毛詩曰：高山仰止，景行行止。論語，子貢問曰：有一言而終身行之者乎？子曰：其恕乎？己所不欲，勿施於人。老子曰：天道無親，常與善人。好正直而不回兮，精誠通於明神。毛詩曰：靖恭爾位，好是正直，神之聽之，介爾景福。又曰：求福不回。鄭玄曰：不違先祖之道也。文子曰：精誠通於形〔一五〕，動氣於天。庶靈祇之鑒照兮，祐貞良而輔信。楚辭曰：招貞良與明智。

亂曰：君子之思，必成文兮。盍各言志，慕古人兮。楊子法言曰：君子言則成文，動則成德。論語曰：顏淵、季路侍，子曰：盍各言爾志。先君行止，則有作兮。雖其不敏，敢不法兮。先君，謂彪也。有作，謂北征賦也。論語，顏淵曰：回雖不敏，請事斯語矣。貴賤貧富，不可求兮。正身履道，以俟時兮。論語，子曰：富而可求，雖執鞭之士，吾亦爲之；如不可求，從吾所好。周易曰：履道坦坦。孫卿子曰：君子博學深謀，脩身端行，以俟其時。脩短之運，愚智同兮。靖恭委命，唯吉凶兮。靖恭，已見上注。鶡冠子曰：縱軀委命。敬慎無怠，思嗛約兮。清靜少欲，師公綽兮。毛詩曰：敬慎威曰：上猶嗛讓而未俞也。老子曰：清浄爲天下正。論語曰：子路問成人子曰：若公綽之不欲。馬融曰：孟公綽也。嗛與謙音義同，苦兼切。封禪書曰：儀。尚書曰：無怠無荒。周易曰：人道惡盈而好謙。

文選考異

〔一〕注「曹世叔妻者」　袁本無「者」字。茶陵本脱此注。

〔二〕注「名昭字惠姬」　袁本「惠」下有「班一名」三字。茶陵本脱此注。

〔三〕注「和帝數召入宫」　袁本無「和」字。茶陵本脱此注。

〔四〕注「吉日兮良辰」　案：「良辰」當作「辰良」，此亦引古不嫌語倒。各本皆非。

〔五〕注「禮記曰」下至「夏則居橧巢」　袁本、茶陵本無此十四字。

〔六〕注「郭璞曰山海經注曰」　陳云上「曰」字衍。各本皆譌。

〔七〕歷滎陽而過卷　袁本、茶陵本「卷」上有「武」字。案：二本非也。善引應劭曰「卷，故號國」，不云「武卷」，唯五臣向注乃云「滎陽、武卷皆縣名」。今考漢書地理志，河南郡有卷，無武卷，五臣讀誤本而望文爲解耳。袁、茶陵不著善無「武」字校語，失之。唯尤本爲未誤。

〔八〕涉封丘而踐路兮　茶陵本云五臣有「兮」。袁本有。

〔九〕注「駐主也」　陳云「主」疑「止」。各本皆譌。

〔一〇〕注「丘墟」下至「臣見宫中生荆棘」　袁本、茶陵本無此十八字。

〔一〕注「尹文子曰」　袁本、茶陵本無「尹」字。

〔二〕注「成侯貶號曰侯」　袁本、茶陵本無下「侯」字。案：尤依世家校添。

〔三〕注「平侯子嗣君更貶號曰君」　袁本、茶陵本無「子嗣君」三字。案：尤依世家校添。

〔四〕注「朝魏」　案：「朝」上依世家當有「子懷君」三字。各本皆脱，尤亦失校添也。

〔五〕注「精誠通於形」　袁本、茶陵本無「通」字。

文選卷第十

紀行下

西征賦

臧榮緒晉書曰：岳爲長安令，作西征賦，述行歷，論所經人物山水也。

潘安仁 岳，滎陽中牟人。晉惠元康二年，岳爲長安令，因行役之感而作此賦。岳家在鞏縣東，故言西征。

歲次玄枵許喬，月旅蕤賓。丙丁統日，乙未御辰。岳傷弱子序曰：元康二年五月，余之長安。以歷推之，元康二年，歲在壬子，乙未，五月十八日也。爾雅曰：太歲在子曰困敦。左氏傳，梓慎曰：歲在星紀，而淫於玄枵。杜預曰：歲，歲星也。玄枵在子，虛危之次也。然玄枵，歲星所歷；困敦，太歲所次。今論太歲而曰玄枵，疑誤也。鄭玄周禮注曰：旅，猶處也。禮記曰：仲夏之月，律中蕤賓。鄭玄曰：中，猶應也。仲夏氣至，則蕤賓律應也。呂氏春秋曰：仲夏，其日丙丁。高誘曰：丙丁，火日也。然夏爲火德，故以丙丁統夏也。左氏傳云：日月之會是謂辰，故以配日。杜預曰：一歲，日月十二會，所會謂之辰。配日，謂子丑配甲乙也，然其日值乙未也。鄭玄禮記注曰：御，猶主也。潘子憑軾西征，自京徂秦。潘子，岳自謂也。馮衍揚節賦曰：馮子耕於酈山之阿。憑軾，已見魏都賦。爾雅曰：徂，往也。迺喟然歎曰：論語，夫子喟然歎曰：吾與點也。

古往今來，邈矣悠哉！寥廓惚怳，化一氣而甄三才。寥廓惚怳，未分之貌也。鵩鳥賦曰：寥廓忽荒。列子曰：太易者，未見氣也。易變而爲一。又曰：一者，形變之始也。輕清者上爲天，重濁者下爲地，中和之氣者爲人。張湛曰：所謂易者，窈冥惚怳，不可變也。一氣恃之而作化，故寄名變耳。甄，已見魏都賦。易曰：兼三才而兩之。漢書音義曰：陶人作瓦器謂之甄〔一〕。此三才者，天地人道。唯生與位，謂之大寶。周易曰：天地之大德曰生，聖人之大寶曰位。生有脩短之命，位有通塞之遇。鬼神莫能要，聖智弗能豫。東征賦曰：脩短之運，愚智同。通塞，猶窮達也。班固覽海賦曰：運之脩短，不豫期也。

當休明之盛世，託菲薄之陋質。左氏傳，王孫滿曰：德之休明。楚辭曰：質菲薄而無由。馬融論語注曰：菲。薄也。納旌弓於鉉台，讚庶績於帝室。臧榮緒晉書曰：岳弱冠辟太尉府掾。孟子曰：夫招士以旌，大夫以旍。左氏傳，陳敬仲曰：詩云，翹翹車乘，招我以弓。周易曰：鼎金鉉。鄭玄曰：金鉉，喻明道能舉君之官職也。鄭玄尚書注曰：鼎，三公象也。春秋漢含孳曰：三公在天，法三台也。尚書曰：庶績其凝。應劭漢官儀曰：帝室，猶言王室者也。嗟鄙夫之常累，固既得而患失。無柳季之直道，佐士師而一黜。臧榮緒晉書曰：岳遷廷尉平，爲公事免官。論語，子曰：鄙夫不可與事君，其未得之，患得之；既得之，患失之。

又曰：柳下惠爲士師，三黜。人曰：子未可以去乎？曰：直道而事人，焉往而不三黜。

武皇忽其升遐，八音遏於四海。臧榮緒晉書武紀曰：帝諱炎，字世安，崩，謚曰武。禮記曰：天王崩，告喪曰：天王登遐。尚書曰：帝乃徂落，三載，四海遏密八音。孔安國尚書傳曰：遏，絶；密，静也。天子寢於諒闇，百官聽於冢宰。臧榮緒晉書惠紀曰：帝諱衷，字正度。武帝崩，太子即皇帝位。禮記曰：高宗諒闇，三年不言。干寶晉紀曰：楊駿爲太傅，百官總己以聽於駿。尚書曰：百官總己，以聽於冢宰。彼負荷之殊重，雖伊周其猶殆。伊尹之相太甲，致桐宫之師；周旦之輔成王，有流言之謗。左氏傳曰：子産曰：其父析薪，其子弗克負荷。爾雅曰：殆，危也。窺七貴於漢庭，譸一姓之或在？七姓，謂吕、霍、上官、趙、丁、傅、王也。庾亮表曰：向使西京七族，皆非姻黨，從而悉全〔二〕，决不盡敗。聲類曰：譸，亦疇字也。爾雅曰：疇，誰也。無危明以安位，祗居逼以示專。陷亂逆以受戮，匪禍降之自天〔三〕。言無見危之明以安其位，祗爲逼主以示己專也。干寶晉紀曰：駿被誅。禮記曰：明於順，然後能守危。鄭玄曰：能守自危之道。周易曰：危者，安其位者也。毛詩曰：亂匪降自天，生自婦人。孔隨時以行藏，蘧與國而舒卷。苟蔽微以繆章，患過辟之未遠。言孔、蘧有知微知章之鑒，故隨否泰而行藏，與治亂而舒卷。中庸之流，苟蔽繆於斯術，故患此過常之辟，未遠其身也。周易曰：隨時之義大矣哉！論語，子謂顔淵曰：用之則行，舍之則藏，唯我與爾有是夫！又曰：君子哉蘧伯玉。邦有道，則仕；邦無道，可卷而懷之。周易注曰：君子知微謂幽昧，知章謂明顯也。爾雅曰：辟，罪〔四〕。未遠，不離其身也。辟，匹亦切。悟山潛之逸士，卓長往而不反。班固漢書，贊曰：山林之士，往而不能反。陋吾人之拘攣，飄萍浮而蓬轉。言己闕行藏之明，而有蔽繆之累，故悟山潛之爲是，陋拘攣之寔非。謝承後漢書，鄭玄戒子書曰：黄巾爲害，萍浮南北。東觀漢記，太史官曰：票駭蓬轉 因遇際會。寮位偏其隆替，名節漼以隳落。危素卵之累殼，甚玄鷰之巢幕。心戰懼以兢悚，如臨深而履薄。說文曰：偏，壞敗之貌，洛罪切。漼亦壞貌，七罪切。累卵，已見魏都賦。左氏傳，吳公子札曰：夫子在此，猶鷰巢幕上也。杜預曰：夫子，孫文子也。毛詩曰：戰戰兢兢，如臨深淵，如履薄冰。殼，苦角切。夕獲歸於都外，宵未中而難作。王隱晉書曰：潘岳爲楊駿府主簿，駿被誅日，岳取急，對人朱振代夷三族。匪擇木以棲集，尠林焚而鳥存。擇木，已見魏都賦。爾雅曰：尠，寡也。遭千載之嘉會，皇合德於乾坤。聖主得賢臣頌曰：上下懽然交欣，千載一會。周易曰：亨者，嘉之會也。乾坤，天地也。張超宣尼頌曰：合量乾坤。周易曰：大人者，與天地合其德。弛秋霜之嚴威，流春澤之渥恩。韋昭漢書注曰：弛，廢也。荀悦申鑒曰：人主怒如秋霜。漢書，孫寶敕侯文曰：今鷹隼始擊，當從天氣取姦惡，以成嚴霜之威。古□長歌行曰〔五〕：陽春布德澤，萬物生光輝。洞簫賦曰：蒙聖主之渥恩。甄大義以明責，反初服於私門。宋均尚書緯注曰：甄，表也。楚辭曰：進不入以離尤兮，退將復脩吾初服。戰國策，蘇子説魏王曰：破公家而成私門。皇鑒揆余之忠誠，俄命余以末班。末班，謂長安令也。楚辭曰：皇鑒揆余於初度。何休公羊傳注曰：俄者，須臾之間。牧疲人於西夏，攜老幼而入關。周禮曰：以嘉石平疲民。陳思王述征賦曰：恨西夏之不綱。戰國策曰：薛人攜老幼迎孟嘗君道中。丘去魯而顧歎，季過沛而涕零。伊故鄉之可懷，疚聖達之幽情。韓詩外傳曰：孔子去魯，遲遲乎其行也。漢書曰：上過沛，留，置酒沛宮，乃起舞，忼慨傷懷〔六〕，泣下數行，謂沛父老曰：遊子悲故鄉。爾雅曰：疚，病也。舞賦曰：幽情形而外揚。矧匹夫之安土，邈投身於鎬京。爾雅曰：矧，況也。漢書，元帝詔曰：安土重遷，黎人之性。毛詩序曰：王居鎬京。猶犬馬之戀主，竊託慕於闕庭。曹植責躬表曰：不勝犬馬戀主之情。東都賦曰：闕庭神麗。眷鞏洛而掩涕，思纏緜於墳塋。鞏、洛，二縣名也〔七〕。河南郡圖經曰：潘岳父冢，鞏縣西南三十五里。楚辭曰：長太息以掩涕。張升與任彥堅書曰：纏緜恩好，庶蹈高蹤。漢書音義，如淳曰：塋，冢田也，音營。

爾乃越平樂，過街郵。秣馬皐門，稅駕西周。平樂，館名也。酈善長水經注曰：梓澤西，有一原，古舊亭處，即街郵也。石巻瀆口，高三丈，謂之皐門橋。左氏傳曰：秣馬利兵。毛萇詩曰〔八〕：秣，粟也。韓子曰：衞靈公至濮水之上，稅馬而牧。法言曰：仲尼之駕，稅矣。李軌曰：稅，舍也，失銳切。西周，見下注解。遠矣姬德，興自高辛。思文后稷，厥初生民。率西水滸，化流岐豳。祚隆昌發，舊邦惟新。左氏傳，劉子曰：美哉禹功，明德遠矣。史記曰：帝嚳高辛者〔九〕，黃帝曾孫也。姜嫄爲帝嚳元妃，生弃，號曰后稷，別姓姬氏。毛詩曰：思文后稷，克配彼天。又曰：厥初生人，時維姜嫄。又曰：古公亶父，來朝走馬，率西水滸，至於岐下。史記曰：后稷之孫慶節立國於邠。後古公爲戎狄攻之，遂去邠，止於岐下。公季卒，子昌立，曰文王。文王崩，太子發立，是爲武王。毛詩曰：周雖舊邦，其命惟新。佶與嚳同。邠與豳同。旋牧野而歷兹，愈守柔以執競。尚書曰：武王與受戰于牧野。兹，此也，謂此周也。北征賦曰：騑遲遲兮歷兹。老子曰：守柔曰強。毛詩曰：

執競武王，無競維烈。鄭玄曰：競，强也。能材强道者〔一〇〕，惟有武王爾。夜申旦而不寐，憂天保之未定。
楚辭曰：獨申旦而不寐。史記曰：武王望商邑，至于周，自夜不寐。周公旦曰：曷爲不寐？王曰：我未定天保，何暇
寐也。惟泰山其猶危，祀八百而餘慶。言武王滅商〔一一〕，雖有泰山之固，尚以爲危，故能載祀八百，猶有餘
慶也。郭璞爾雅注曰：惟，發語辭也。戰國策，吕不韋曰：周凡三十七王，八百六十七年。然今言八百，舉全數也。
周易曰：積善之家，必有餘慶。鑒亡王之驕淫，竄南巢以投命。坐積薪以待然，方指日而比
盛。亡王，謂桀也〔一二〕。言武王居安而慮危，而桀處險而逾泰也。尚書曰：成湯放桀於南巢。范曄後漢書，趙壹
曰：奚異涉海之失柂，坐積薪而待然。尚書大傳曰：伊尹入告於王曰：大命之去有日矣。王曰：天之有日，猶吾之
有人，日有亡哉？日亡吾亦亡。鄭玄曰：自比於天，言常在也。比於日，言去復來也。人度量之乖舛，何相
越之遼迥！人，謂武王與桀也。安危異情，故曰乖舛也。喻巴蜀檄曰：人之度量相越，豈不遠哉！乖舛，不齊也。
爾雅曰：迥，遠也。今協韻，爲呼瞑切。

考土中于斯邑，成建都而營築。既定鼎于郟鄏，遂鑽龜而啓繇。尚書曰：成王欲
宅洛邑，周公曰：王來紹上帝，自復于土中。毛詩曰：考卜惟王。鄭玄曰：考，稽也。東都賦曰〔一三〕：建都河、洛。
左氏傳曰：王孫滿曰：成王定鼎於郟鄏，卜世三十，卜年七百。杜預左氏傳注曰：繇，卜兆辭也。平失道而來
遷，繄二國而是祐。史記曰：平王東遷于雒邑。二國，晉、鄭也。左氏傳，桓公曰：我周之東遷，晉、鄭焉依？
杜預左氏傳注曰：繄，語助也。豈時王之無僻？賴先哲以長懋。言周末之王，豈無邪僻之行，但賴前聖

之德，所以長茂也。左傳，韓厥曰：三代之令王，皆數百年保天之禄，夫豈無僻王，賴前哲以免也。漢書策詔曰：大禹能亡失德，夏以長楙。説文曰：楙，盛也。望圉北之兩門，感虢鄭之納惠。討子頽之樂禍，尤闕西之効戾。言鄭伯以子頽樂及偏舞爲樂禍而討之。既尤之矣，及乎享王闕西，備樂，是乃効其爲戾也。左氏傳曰：初王姚嬖于莊王，生子頽。子頽有寵。及惠王即位，衛師、燕師伐周，立子頽。享五大夫，樂及偏舞。鄭伯聞之，見虢叔曰：寡人聞之，哀樂失時，殃咎必至。今王子頽歌舞不倦，樂禍也，盍納王乎？虢公曰：寡人之願也，同伐王城。鄭伯將王自圉門入，虢叔自北門入，殺子頽。鄭伯享王于闕西辟，樂備。原伯曰：鄭伯効尤，其亦將有咎〔一四〕。包咸論語注曰：尤，過也。爾雅曰：戾，罪也。重戮帶以定襄，弘大順以霸世。左氏傳曰：太叔帶以狄師伐周，襄王出，適鄭。晉侯迎王，王入于城，取太叔於温，殺之。鄭玄毛詩箋曰：弘，廣也。重，晉文侯重耳。靈壅川以止鬭，晉演義以獻説。國語曰：靈王二十二年，穀、洛二水鬭，欲毁王宫。王欲壅之，太子晉諫曰：不可。晉聞古之長人，不隳山，不防川。今吾執政實有所辟，而禍夫二川之神。賈逵曰：鬭者，兩會似於鬭。小雅曰：演，廣遠也。咨景悼以迄丐，政凌遲而彌季。俾庶朝之構逆，歷兩王而干位。孔安國尚書傳曰：咨，嗟也。左氏傳曰：王子朝有寵於景王。王崩，子朝因舊官之喪職秩者以作亂。單子逆悼王於莊宫以歸，子朝奔京。王子猛卒，敬王即位。王子朝入于尹。劉子以王如劉，王子朝入於王城。單子如晉告急，晉智躒帥師納王。子朝奔楚。王人殺子朝于楚。杜預曰：悼，王子猛也。敬，王子猛母弟子丐也。賈逵國語注曰：子朝，景王之長庶子也。爾雅曰：迄，至也。呼乞切。丐，音蓋。毛詩序曰：禮義凌遲。左氏傳，晏子曰：此季世也。毛詩曰：我日構禍。毛萇曰：構，成也。左氏傳，衛彪奚曰：魏子干位，以令大事。踰十葉以逮赧，邦分崩而爲二。竟横噬於虎口，輸文武之神器。史記曰：景王崩，子悼王立。崩，弟敬王立。崩，子元王立。崩，子定王立。崩，子哀王立。弟殺哀王自立爲思王。弟殺思王自立爲考王。崩，子威烈王立。崩，子安王立。崩，子烈王立。崩，弟立爲顯王。崩，子慎靚王立。崩，子赧王立。東、西周分治，王赧徙都西周。初，考王封其弟于河南。桓公卒，威公立。卒，子惠公立，乃封其少子于鞏，以奉王，號東周惠公。秦莊襄王滅東、西周。爾雅曰：逮，及也。論語，子曰：邦分崩離析。虎口，喻秦也。漢書曰：秦二世拜叔孫通爲博士，通出曰：我幾不免虎口。老子曰：天下神器，不可爲也，爲者敗之。

澡孝水而濯纓，嘉美名之在兹。澡，水經注作濟〔一五〕。字林曰：孝水，在河南郡。酈元曰：在河南城西十餘里。楚辭曰：滄浪之水清，可以濯吾纓。毛萇詩傳曰：濯，滌也。夭赤子於新安，坎路側而瘞之。亭有千秋之號，子無七旬之期。雖勉勵於延吴，實潛慟乎余慈。傷弱子序曰：三月壬寅，弱子生。五月之長安。壬寅，次于新安之千秋亭。甲辰而弱子夭，乙巳瘞于亭東。廣雅曰：夭，折也。書曰：若保赤子。字書曰：瘞，埋也，猗例切。禮記曰：延陵季子適齊，於其反也，其長子死，葬於嬴、博之間，其坎深不至於泉。列子曰：魏有東門吴者，子死而不憂。其相室曰：公之愛子也，天下無有。子死而不憂者，何也？東門吴曰：吾嘗無子之時〔一六〕，不憂。今子死，乃與向無子時同，吾奚憂也？戰國策以吴爲吾。

眄山川以懷古，悵攬轡於中塗。虐項氏之肆暴，坑降卒之無辜。激秦人以歸德，成劉后之來蘇。事回泬而好還，卒宗滅而身屠。東都賦曰：慨長思而懷古。楚辭曰：攬騑轡而下節。杜預左氏傳注曰：肆，極也。史記曰：章邯降項王，秦吏卒多竊言曰：今能入關破秦，大善；即不能，秦必盡誅吾父母妻子。諸將聞其計，以告項羽。於是楚軍夜擊，坑秦卒二十餘萬新安城南。後羽敗垓下，至烏江自剄。尚書曰：后來其蘇。韓詩曰：謀猷回泬。薛君曰：回，邪僻也〔一七〕。老子曰：其事好還。**經澠池而長想，停余車而不進。**漢書弘農郡有澠池縣。舞賦曰：遠思長想。**秦虎狼之彊國，趙侵弱之餘燼。超入險而高會，杖命世之英藺。**戰國策，楚王曰：秦，虎狼之國也。左氏傳，齊賓媚人曰：請收合餘燼，背城借一。杜預曰：燼，火餘之木也。高會，已見吴都賦。孟子曰：五百年必有王者興，其間必有命世者。廣雅曰：命，名也。李陵書曰：命世之才。**恥東瑟之偏鼓，提西缶而接刃。辱十城之虚壽，奄咸陽以取儁。**史記曰：趙王與秦王會於澠池，秦王曰：寡人聞趙王好音，請奏瑟。趙王鼓瑟。相如前曰：趙王竊聞秦王善爲秦聲，請奏缶。秦王怒，不許。相如曰：請得以頸血濺大王矣。左右欲刃相如，相如叱之，皆靡。秦王不懌，爲一擊缶。秦之羣臣請以趙十五城爲秦王壽。藺相如亦曰：請以秦咸陽爲趙王壽。秦王終不能加勝於趙〔一八〕。爾雅曰：盎謂之缶。吕氏春秋曰：兵不接刃，而人人服化。説文曰：奄，覆也。取儁，自取雄儁也。**出申威於河外，何猛氣之咆勃。入屈節於廉公，若四體之無骨。**河外，謂之澠池。史記曰：秦王使使告趙王爲好會於西河外澠池。咆勃，怒貌也。史記曰：廉頗曰：我爲趙將，有攻城野戰之功，而藺相如徒以口舌爲勞，而位居我上。我見相如，必辱之。相如出，見廉頗，引車避匿〔一九〕。荀悦申鑒曰：高祖申威於秦、項。宋玉笛賦曰：悲猛氣兮飄疾。家語，子夏曰：今夫子欲屈節以救父母之國。論語，丈人曰：四體不勤。尸子曰：徐偃王有筋而無骨也。**處智勇之淵偉，方鄙炁之忿悁。雖改日而易歲，無等級以寄言。**智勇，相如也。忿悁，廉頗也。言以相如之比廉頗，雖以一日之促，方一歲之永，猶未足以寄言。言相去遠也。史記，繆賢曰：臣舍人藺相如，勇士，有智謀。太史公曰：其處智勇，可謂兼之矣。范曄後漢書，陳蕃曰：鄙吝之萌，復存乎心。戰國策，張儀曰：秦忿悁含怒之日久也。

當光武之蒙塵，致王誅于赤眉。異奉辭以伐罪，初垂翅於回谿。不尤眚以掩德，終奮翼而高揮。東觀漢記曰：馮異，字公孫，拜爲征西將軍，與赤眉相距。上命諸將士屯澠池，爲赤眉所乘，反走，上回谿阪。異復合兵追擊，大破之殽底。璽書勞異曰：垂翅回谿，奮翼澠池。左氏傳，臧文仲曰：天子蒙塵于外。東都賦曰：天人致誅。東觀漢記曰：樊崇欲與王莽戰，恐其衆與莽兵亂，乃皆朱其眉，以相別識，由是號曰赤眉。尚書曰：奉辭伐罪。左傳，秦穆公曰〔二〇〕：吾不以一眚掩大德。西京賦曰：遊鷮高翬。薛綜曰：翬，飛也。揮與翬古字通。建佐命之元勳，振皇綱而更維。佐命，已見西都賦。答賓戲曰：廓帝紘，恢皇綱。鄭玄周禮注曰：維，猶連結也〔二一〕。

登崤坂之威夷，仰崇嶺之嵯峨。韓詩曰：周道威夷。薛君曰：威夷，險也。嵯峨，已見上文。臯記墳於南陵〔二二〕，文違風於北阿。蹇哭孟以審敗，襄墨縗以授戈。曾隻輪之不反，綂三帥以濟河。左氏傳曰：秦穆公召孟明、西乞、白乙，使出師襲鄭。蹇叔之子與師，哭而送之曰：晉人禦師必於殽。殽有二陵焉，其南陵，夏后臯之墓也；其北陵，文王之所避風雨也。必死是間，余收爾骨焉。秦師還，晉文公子墨縗絰〔二三〕敗秦師于殽，獲百里孟明視、西乞術、白乙丙以歸。文嬴請三帥，公許之。杜預曰〔二四〕：公未葬，故襄公稱子。公羊傳曰：晉人敗秦師于殽，匹馬隻輪而無反者〔二五〕。其餘裕，獨引過以歸己。明三敗而不黜，卒陵晉以雪恥。豈虛名之可立，良致霸其有值。庸主之矜愎，殆肆叔於朝市。任好綽以。言若值庸主，矜而愎諫，殆戮三帥，陳之市朝，而賴任好綽然寬裕，故直引過而歸諸己。爾雅曰：庸，常也。鄭玄禮記注曰：矜，自尊大也。左氏傳曰：慶鄭曰：愎諫違卜。杜預曰：愎，戾也。論語，子服景伯曰：吾力猶能肆諸市朝。鄭玄曰：陳其尸曰肆。史記，秦繆公曰任好。孟子曰：吾進退豈不綽然有餘裕哉？左氏傳曰：秦伯不廢孟明，曰：孤之罪也。又曰：秦孟明視伐晉，晉侯禦之，戰于彭衙〔二六〕，秦師敗績。又曰：晉先且居伐秦，取汪、彭衙而還，以報彭衙之役，斯三敗矣〔二七〕。又曰：秦伯伐晉，取王官及郊，晉人不出，封殽尸而還，遂霸西戎，用孟明也〔二八〕。然止二敗，言三，未詳。史記，秦穆公謂三將曰：子其悉雪恥〔二九〕。古詩曰：虚名復何益。楚辭曰：名不可以僞立。毛詩曰：何其久也，必有以也。鄭玄曰：必以有功德也。卒或爲雜，非也。

降曲崤而憐虢〔三〇〕，託與國於亡虞。貪誘賂以賣鄰，不及臘而就拘。垂棘反於故府，屈産服于晉輿。德不建而民無援，仲雍之祀忽諸。劉澄之地理書曰：肴有純石，或謂石肴。如淳漢書注曰：相與友善爲與國。與，黨與也。左氏傳曰：晉荀息請以屈産之乘，垂棘之璧，假道於虞以伐虢，虞公許之。宮之奇曰：虞不臘矣。晉滅虢，虢公醜奔京師，還館於虞，遂襲虞，滅之。穀梁傳曰：後晉舉虞，荀息牽馬操璧而前曰：璧猶是，馬齒加長矣。燕丹子，夏扶曰：馬無服輿之伎，則未可與決良。左氏傳曰：臧文仲聞六與蓼滅，曰：皋陶庭堅，不祀忽諸，德之不建，人之無援，哀哉！杜預曰：忽然而亡也。史記曰：武王求仲雍之後，得虞仲，封於周之北，故夏墟之地。

我徂安陽，言陟陝郛。行乎漫瀆之口，憩乎曹陽之墟。漢書，弘農郡有陝縣。酈善長水經注曰：橐水出橐山，北流出谷，謂之漫澗。與安陽溪水合，又西經陝縣故城南，又合一水，謂之瀆谷水。漫澗水北有逆旅亭，謂之漫口客舍。弘農郡圖經曰：曹陽，桃林縣東十二里。美哉邈乎！兹土之舊也，固乃周邵之所分，二南之所交。麟趾信於關雎，騶虞應乎鵲巢。公羊傳曰：自陝以東，周公主之；自陝以西，召公主之。毛詩序曰：關雎、麟趾之化，王者之風也，故繫之周公。鵲巢、騶虞之德，諸侯之風也，故繫之邵公。周南、邵南，正始之道，王化之基。

愍漢氏之剥亂，朝流亡以離析。卓滔天以大滌，劫宫廟而遷迹。俾萬乘之盛尊，降遥思於征役。顧請旋於傕汜，既獲許而中愓。追皇駕而驟戰，望玉輅而縱鏑。魏志曰：董卓，字仲穎，隴西人，爲相國。卓以山東豪傑並起，乃徙天子都長安，燔燒洛陽宫室。卓至西京，吕布誅卓。卓將李傕、郭汜擅朝政。傕質天子於營。傕將楊奉叛傕，傕衆稍衰，天子乃得出，至新豐。楊奉、董承以天子還洛陽。傕、汜悔遣天子，復相與追及天子於弘農之曹陽，大戰，奉兵敗。左氏傳，子朝曰：單旗、劉狄，剥亂天下。毛詩曰：民卒流亡。離析，已見上注。孔安國尚書傳曰：滌，除也。左氏傳，晉趙括謂楚曰：寡君使羣臣遷大國之迹於鄭。淮南子曰：雖有盛尊之親。萬乘，已見上文。痛百寮之勤王，咸畢力以致死。分身首於鋒刃，洞胸腋以流矢。有褰裳以投岸，或攘袂以赴水。傷桴檝之褊小，撮舟中而掬指。華嶠後漢書曰：李傕等大戰弘農，百官士卒死者不可勝數。董承率衆擊傕，大破之，乘輿乃得進。承先具舟船，帝以絹挽而下，餘人匍匐岸側，或自投死。范曄後漢書，獻帝下登船，諸不得渡者皆争攀船，船上人刃擽其指，舟中之指可掬。左氏傳，狐偃曰：求諸侯莫如勤王。東觀漢記，太史曰：忠臣畢力。尉繚子曰：未有不能得其力而致其死。北征賦曰：首身分而不寤。子虚賦曰：洞胸達腋。禮記曰：流矢在白肉。毛詩曰：褰裳涉洧。又曰：攘袂而興〔三二〕。左氏傳曰：晉中軍、下軍争舟，舟中之指可掬。

升曲沃而惆悵，惜兆亂而兄替。枝末大而本披，都偶國而禍結。左氏傳曰：晉穆侯之夫人姜氏，以條之役生太子，命之曰仇；其弟以千畝之戰生，命之曰成師。師服曰：今君命太子曰仇，弟曰成師，始兆亂矣。兄其替乎？復封桓叔于曲沃。師服曰：吾聞國家之立也，本大而末小，是以能固。天子建國，諸侯立家。今晉，甸侯也，本既弱矣，其能久乎？後曲沃莊伯伐翼，殺孝侯。曲沃武公伐翼，獲翼侯。然孝侯、翼侯，仇之後也；莊伯、武公，桓叔、成師之後也。翼，晉都也。曲沃在河東聞喜縣。酈善長水經注曰：春秋，晉侯使詹嘉〔三二〕守桃林之塞，處此以備秦，時以曲沃之官守之，故有曲沃之名。然此曲沃在西，因彼曲沃而得名。今因名而說彼。楚辭曰：惆悵而私自憐。爾雅曰：替，廢也。左氏傳，申無宇曰：末大必折。漢書曰：田蚡曰：枝大於幹，脛大於股，不折必披。或云：枝本大而末披。左氏傳，辛伯曰：大都偶國，亂之本也。臧札飄其高厲，委曹吳而成節。何莊武之無恥，徒利開而義閉〔三三〕！左氏傳曰：吳子諸樊將立季札，季札辭曰：曹宣公之卒也，諸侯與曹人不義曹君，將立子臧，子臧去之，遂不爲也，以成曹君。君子曰：能守節矣。君，義嗣也，誰敢奸君？有國非吾節也。札雖不才，願附於子臧，以無失節。王逸楚辭注曰：委，弃也。范曄後漢書，李固奏記梁商曰：夫義路閉則利門開，利門開則義路閉。躡函谷之重阻，看天險之衿帶。迹諸侯之勇怯，筭嬴氏之利害。廣雅曰：躡，履也。函谷，已見西都賦。鸚鵡賦曰：崎嶇重阻。周易曰：天險不可升也。險，山川丘陵。衿帶，已見上文。孫卿子曰：勇怯，勢也。或開關以延敵，競遯逃以奔竄。言其利也。過秦論曰：諸侯以百萬之衆，叩關而攻秦，秦人開關延敵。九國之師遯逃而不敢進也。有噤門而莫啓，不窺兵於山外。言其害也。戰國策，范雎謂秦王曰：秦今反閉關而不敢窺兵於山東者，穰侯爲國謀不忠，大王計有所失也。楚辭曰：噤閉而不言。然噤亦閉也。

噤，巨蔭切。連雞互而不棲，小國合而成大。言小國異乎連雞也。戰國策，秦惠王謂寒泉子曰：蘇秦約于諸侯，諸侯之不可一，猶連雞之不能俱止棲亦明矣。豈地勢之安危，信人事之否泰！言崤、函之險，未嘗暫改，或開關延敵，或噤門莫啓，明此不徒在地勢，亦由在人也。湯曰〔三四〕：吾欲因其地勢所有而敵之〔三五〕。否、泰，周易二卦名也。周易曰：泰，上下交而其志同也；否，上下不交而天下無邦。

漢六葉而拓畿，縣弘農而遠關。六葉，武帝也。難蜀父老曰：德茂存乎六世。應劭漢書注曰：拓，廣也。漢書，元鼎三年，徙函谷關於新安，以故關爲弘農縣也。厭紫極之閑敞，甘微行以遊盤。長傲賓於柏谷，妻覿貌而獻餐。疇匹婦其已泰，胡厥夫之繆官！紫極，星名。王者爲宮以象之〔三六〕。曹植上表曰：情注于皇居，心在乎紫極。南都賦曰：體爽塏以閑敞。蒼頡篇曰：敞，高顯也。漢武帝故事曰：帝即位，爲微行，嘗至柏谷，夜投亭長宿。亭長不納，乃宿逆旅。逆旅翁要少年〔三七〕十餘人，皆持弓矢刀劍，令主人嫗出遇客。婦謂其翁曰：吾觀此丈夫，非常人也。且有備，不可圖也。天寒，嫗酌酒，多與其夫。夫醉，嫗自縛其夫。諸少年皆走。嫗出謝客，殺雞作食。平旦上去。還宮，乃召逆旅夫妻見之，賜嫗金千斤，擢其夫爲羽林郎。疇，猶誰也。昔明王之巡幸，固清道而後往。懼銜橜之或變，峻徒御以誅賞。東觀漢記曰：西巡幸長安，司馬相如上疏曰：夫清道而後行，猶將有銜橜之變。漢書音義，張揖曰：銜，勒也。司馬彪莊子注曰：橜，騑馬口中長銜也。橜，巨月切。淮南子曰：陗法刻刑。許慎曰：陗，峻也〔三八〕。毛詩曰：徒御不驚。彼白龍之魚服，挂豫且之密網。輕帝重于天下，奚斯漸之可長？白龍，已見東京賦。帝重，帝位之重也。言輕帝位之重於天下，此乃陵上之漸，何可長乎。弔戾園於湖邑，諒遭世之巫蠱。探隱伏於難明，委讒賊之趙虜。加顯戮於儲貳，絶肌膚而不顧。作歸來之悲臺，徒望思其何補？漢書曰：戾太子據與江充有隙。會巫蠱事起，充遂至太子宮，掘得桐木人。太子無以自明，乃斬江充。與丞相劉屈氂戰，兵敗，東至湖邑，自縊而死。車千秋訟太子冤。上憐太子無辜，乃作思子宮，爲歸來望思之臺於湖。宣帝即位，謚曰戾，以湖邑閿鄉爲戾園。又太子罵充曰：趙虜乃亂吾父子也。蒼頡篇曰：委，任也。尚書，王曰：弗迪有顯戮。漢書，疏廣曰：太子，國儲副君。宋均元命苞注曰：儲君，副主。言設以待之。王命論曰：高四皓之名，刻肌膚之愛〔三九〕。幽通賦曰：雖覆醢其何補？

紛吾既邁此全節，又繼之以盤桓。問休牛之故林，感徵名於桃園〔四〇〕。言吾紛然行此全節之野，又繼之以盤桓而不前。楚辭曰：紛吾乘兮玄雲。北征賦曰：紛吾去此舊都，騑遲遲而歷茲。爾雅曰：邁，行也。全節，即漢書全鳩里〔四一〕，戾太子死處。圖經曰：全節，閿鄉縣東十里鳩澗西〔四二〕。廣雅曰：盤桓，不進也。周易曰：初九，盤桓。尚書武成曰：放牛於桃林之野，示天下弗服。東征記曰：全節，地名，其西名桃原，古之桃林也。發閿鄉而警策，愬黄巷以濟潼。眺華岳之陰崖，覿高掌之遺蹤。漢書，湖，縣名，今號州閿鄉、湖城二縣皆其地也〔四三〕。曹子建應詔詩曰：僕夫警策。鄭玄周禮注曰：警，勑戒之也。薛綜西京賦注曰：愬，向也〔四四〕。愬與遡古字通。獻帝春秋曰：興平二年十一月丙寅，車駕東行，到黄巷亭；庚午到弘農。述征記曰：河自關北東流，水側有坂〔四五〕，謂之黄巷坂。雍州圖經曰：潼水在華陰縣界。水經曰：北流注河。西京賦曰：綴以二華，巨靈贔屓，高掌遠蹠，以流河曲。閿，音聞。憶江使之反璧，告亡期於祖龍。史記曰：秦始皇帝三十六年，鄭使者從關東來，至華陰之野，有持與使者璧曰：爲我遺鎬池君。因言曰：明年祖龍死。置璧而去，忽不見。始皇使人視璧，乃二十八年渡江所沈璧也。蘇林曰：祖，始也；龍，人君之象。謂始皇也。不語怪以徵異，我聞之於孔公。論語曰：子不語怪力亂神。

愠韓馬之大憝，阻關谷以稱亂。何晏論語注曰：愠，怒也。魏志曰：建安十六年，關中諸將馬超、韓遂等反。超等屯潼關。尚書曰：元惡大憝。孔安國曰：憝，惡也。杜預左氏傳注曰：阻，恃也。關、谷，潼關、函谷也。尚書曰：敢行稱亂。孔安國曰：稱，舉也。魏武赫以霆震，奉義辭以伐叛。魏志曰：曹公西征，與超等夾關爲戰，大破之。尚書曰：奉辭伐罪。左氏傳，隨武子曰：伐叛，刑也；柔服，德也。又屈完曰：雖君之衆，無所用之。孫子曰：水因地而制行，兵因敵而制勝。又曰：夫未戰而廟勝，得筭之多者也。故制勝於廟筭。漢書，楊雄即趙充國圖畫而頌之曰：料敵制勝〔四六〕。砰揚桴以振塵，繣瓦解而冰泮。

超遂遁而奔狄，甲卒化爲京觀。字書曰：砰，大聲也。魏志曰：韓遂、馬超走涼州。楚辭曰：揚桴兮拊鼓。左氏傳曰：援枹而鼓。説文曰：枹，鼓椎也。東觀漢記，馮衍説吴漢曰：得道之兵，鼓不振塵。鄭玄禮記注曰：振，動也。繣，破聲也，呼麥切。春秋運斗樞曰：不能宣德，天下瓦解。漢書曰：徐樂上書曰：何謂瓦解？吴、楚、齊、趙之兵是也。當此之時，安土樂俗之人衆，故諸侯無境外之助，此之謂瓦解。淮南子曰：冰泮而農桑起。左氏傳，潘黨曰：君盍收晉尸以爲京觀。杜預曰：積尸封土其上，謂之京觀。砰，普耕切。

倦狹路之迫隘，軌踦鏂以低仰。倦，極也。司馬相如大人賦曰：區中之隘狹。廣雅曰：踦鏂，傾側也。蹈秦郊而始闢，豁爽塏以宏壯。黄壤千里，沃野彌望。華實紛敷，桑麻條暢。班固高紀述曰：粤蹈秦郊。尚書曰：雍州，厥土惟黄壤。杜篤論都賦曰：沃野千里，原隰彌望，保植五穀，桑麻條暢。春秋文耀鉤曰：春致其時，華實乃榮。洞簫賦曰：標紛敷以扶疏。廣雅曰：暢，長也。邪界褒斜，右濱汧隴，褒、斜、汧、隴，並已見上文。寳雞前鳴，甘泉後涌。寳雞、甘泉，並已見上文。面終南而背雲陽，跨平原而連嶓冢。漢書，武功山有太一，古文以爲終南。此賦下云太一，明與終南别山。西京賦曰：於前則終南、太一。二山明矣。漢書，左馮翊有雲陽縣。西京賦曰：後則高陵、平原。又曰：連崗乎嶓冢。九嵕巀嶭，太一巃嵸。並已見上文。吐清風之飂戾，納歸雲之鬱蓊。孔叢子，孔子曰：夫山者，興吐風雲，以通乎天地之間。四子講德論曰：虎嘯而風寥戾。思玄賦曰：馮歸雲而遐逝。楚辭曰：望谿谷兮滃鬱。南有玄灞素滻，湯井温谷。玄、素，水色也。灞、滻，二水名也。楚辭曰：臨沅、湘之玄淵。又曰：舍素水而蒙深。湯井，温湯也。雍州圖曰：温湯在新豐縣界。温谷，即温泉也。雍州圖曰：温泉在藍田縣界。北有清渭濁涇，蘭池周曲。毛萇詩傳曰：涇、渭相入而清濁異。三輔黄圖曰：蘭池觀在城外。長安圖曰：周氏曲，咸陽縣東南三十里，今名周氏陂，陂南一里，漢有蘭池宫。浸決鄭白之渠，漕引淮海之粟。鄭玄周禮注曰：浸者，可以爲陂灌溉者〔四七〕。鄭白，已見上文。西都賦曰：通溝大漕，控引淮、湖，與海通波也。林茂有鄠之竹，山挺藍田之玉。並已見上文。班述陸海珍藏，張叙神皋隩區。此西賓所以言於東主，安處所以聽於憑虚也，可不謂然乎？西都賦曰：陸海珍藏。西京賦曰：寔惟地之奥區神皋。

勁松彰於歲寒，貞臣見於國危。論語，子曰：歲寒然後知松柏之後凋。老子曰：國家昏亂有貞臣。入鄭都而抵掌〔四八〕，義桓友之忠規。竭股肱於昏主，赴塗炭而不移。世善職於司徒，緇衣獘而改爲。史記曰：鄭桓公友者，周厲王少子也。犬戎殺幽王於酈山下，并殺桓公。鄭人共立其子爲武公。抵掌，已見蜀都賦。左氏傳，荀息曰：竭其股肱之力。尚書，帝曰：臣作股肱。又曰：民墜塗炭。毛詩序曰：緇衣，美武公也。父子並爲周司徒，善於其職。詩曰：緇衣之宜兮，敝予又改爲兮。

履犬戎之侵地，疾幽后之詭惑。舉僞烽以沮衆，淫嬖褒以縱慝。軍敗戲水之上，身死驪山之北。赫赫宗周，威爲亡國。史記，宣王崩，子幽王宫涅立。幽王嬖愛褒姒，竟廢申后及太子，而以褒姒爲后。褒姒不好笑，幽王爲烽燧大鼓，有寇至，舉烽火。諸侯悉至，至而無寇，褒姒乃大笑。幽王悦之，爲數舉烽火。其後不信，諸侯益亦不至。廢后之父申侯，乃與西夷犬戎共攻幽王。幽王舉烽火徵兵，兵莫至。遂殺幽王驪山下。毛萇詩傳曰：沮，止也。又曰：慝，邪也。國語，里革曰：厲流于彘，幽滅于戲。毛詩曰：赫赫宗周，褒姒威之。毛萇曰：威〔四九〕，呼滅切。

又有繼於此者，異哉秦始皇之爲君也！傾天下以厚葬，自開闢而未聞。匠人勞而弗圖，俾生埋以報勤。外罹西楚之禍〔五〇〕，内受牧豎之焚。漢書，劉向上疏曰：秦始皇葬驪山之阿，石槨爲遊館，生埋工匠。後項籍燔其宫室營宇。其後牧兒亡羊入其鑿中，牧者持火照求羊，失火，燒其藏槨。自古至今，葬未有盛始皇也，數年之間，外被項籍之災，内離牧豎之禍，豈不哀哉！尚書考靈耀曰：天地開闢，勞而不圖。言匠人勞苦，而不圖謀其賞。生埋報勤，謂反以生埋之事，以報其功勤也。語曰：行無禮必自及。此非其効與？左氏傳，君子曰：志有之，所謂行無禮，必自及者也。

乾坤以有親可久，君子以厚德載物。周易曰：乾以易知，坤以簡能。易知則有親，易從則有功。有親則可久，有功則可大。可久則賢人之德，可大則賢人之業。又曰：君子以厚德載物，方論高祖之德，故以乾坤爲喻焉。觀夫漢高之興也，非徒聰明神武、豁達大度而已也。漢書班固高紀述曰：寔天生德，聰明神武。漢書曰：高祖仁愛，意豁如也，常有大度。乃實慎終追舊，篤誠款愛。澤靡不漸，恩無不逮。論語曰：慎終追遠。左氏傳，季孫行父曰：明允篤誠。廣雅曰：款，誠也。説苑，晏子謂景公曰：今君愛老，而恩無不逮也。

率土且弗遺〔五二〕，而況於隣里乎？況於卿士乎〔五三〕？

于斯時也，乃摹寫舊豐，制造新邑。故社易置，枌榆遷立。街衢如一，庭宇相襲。渾雞犬而亂放，各識家而競入。三輔舊事曰：太上皇不樂關中，思慕鄉里。高祖徙豐、沛屠兒酤酒煮餅商人，立爲新豐。西京雜記曰：高祖既作新豐，并徙舊社，放犬羊雞鴨於通途，亦競識其家。孟子曰：變置社稷。趙岐曰：更置立之。漢書曰：高祖禱豐枌榆社。張晏曰：枌，白榆。社在豐東北十五里。尚書曰：欲遷其社。孔安國尚書傳曰：襲，因也。渾，胡本切。

籍含怒於鴻門，沛跼蹐而來王。范謀害而弗許，陰授劍以約莊。揮白刃以萬舞，危冬葉之待霜。履虎尾而不噬，寔要伯於子房。漢書曰：項羽欲西入關，聞沛公已定關中，大怒，遂至戲，於是饗士，旦日合戰。羽季父項伯素善張良，夜馳見良，具告事實。良與項伯俱見沛公，沛公曰：吾豈敢反，願伯明言，不敢背德。戒沛公早自來謝。沛公旦見羽鴻門，因留沛公飲。范曾數目羽擊沛公，羽不應。范曾起出，謂項莊曰：汝入以劍舞，因擊沛公殺之。不者，女屬且爲所虜。莊拔劍起舞，項伯亦起舞，常翼蔽沛公。周書，武王曰：吾含怒深矣。毛詩曰：謂天蓋高，方敢不跼；謂地蓋厚，不敢不蹐。尚書曰：四夷來王。毛詩曰：莫敢不來王。揮，挺也，力刃切。周易曰：履虎尾，不咥人，亨。鄭玄注本爲噬。噬，齧也，音誓。樊抗憤以巵酒，咀彘肩以激揚。漢書曰：樊噲聞事急，乃持楯撞入。項羽目之，問之爲誰，張良曰：沛公參乘樊噲。項羽曰：壯士！賜之巵酒彘肩。噲飲酒，拔劍切肉食之。項羽曰：能復飲乎？曰：臣死且不辭，豈特巵酒乎？又谷永上疏曰：贊命之臣，靡不激揚也。忽蛇變而龍攄，雄霸上而高驤。曾遷怒而橫撞，碎玉斗其何傷？史記曰：褚先生曰：丈夫龍變。傳曰：蛇化爲龍，不變其文；家化爲國，不變其姓。漢書曰：元年十月，沛公至霸上。鄒陽上書曰：蛟龍驤首奮翼。漢書曰：沛公獻璧，羽受之。又獻玉斗於范曾，曾怒，撞其斗，曰：吾屬今爲沛公虜矣！論語曰：不遷怒。又曰：何傷乎？

嬰罥組於軹塗，投素車而肉袒。漢書曰：秦王子嬰素車白馬，係頸以組，降軹道傍〔五三〕。軹塗，已見東京賦。左氏傳曰：鄭伯肉袒牽羊以逆。杜預曰：肉袒，示服爲臣僕也。疏飲餞於東都，畏極位之盛滿。漢書曰：疏廣，字仲翁，爲太子太傅，兄子受爲少傅。廣謂受曰：吾聞知足不辱，知止不殆。今官成名立不去，懼有後悔。遂上疏乞骸骨，上皆許之。故人邑子爲設祖道，供帳東都門外〔五四〕。蘇林曰：長安東門也。毛詩曰：飲餞于禰。毛萇曰：祖而舍軷，飲酒於其側曰餞。漢書曰：劉德妻死，霍光欲以女妻之，德不敢取，畏盛滿也。金塘鬱其萬雉，峻嶒峭以繩直。西京賦曰：横西洫而絶金墉。西都賦曰：建金城而萬雉。嶒，謂棧嶒，嶮貌也。繩直，已見東京賦。戾飲馬之陽橋，踐宣平之清闉。爾雅曰：戾，至也。長安圖曰：漢時七里渠有飲馬橋。夏侯嬰冢在橋南三里。陽，橋之陽也。三輔黄圖曰：長安東出北頭第一城門名宣平門。清，謂華而且清也。都中雜遝，户千人億。華夷士女，駢田逼側。展名京之初儀，即新館而蒞職。勵疲鈍以臨朝，勗自強而不息。長安舊都，故曰名京。潘子初臨，故曰新館。涖職，謂蒞政也。毛萇詩傳曰：涖，臨也。孔安國尚書傳曰：勵，勉也。又曰：勗，勉也。周易曰：君子以自強不息。於是孟秋爰謝，聽覽餘日。楚辭曰：青春爰謝〔五五〕。王逸曰：謝，去也。上林賦曰：聽覽餘閑。舞賦曰：餘日怡蕩。巡省農功，周行廬室。街里蕭條，邑居散逸。營宇寺署，肆廛管庫，蕞芮於城隅者，百不處一。言今之寺署，蕞芮在於城隅。方之昔時，雖復百分不能處一也。漢書，劉向上疏曰：項籍燔其宮室營宇。風俗通曰：今尚書、御史、謁者所止，皆曰寺。漢書百官表，少府有諸僕射署。鄭玄周禮注曰：肆，市中陳物處。鄭司農周禮注曰：廛，市中空地。禮記曰：管庫之士。鄭玄曰：管，管鍵也。庫，物所藏也。字林曰：蕞，聚貌也，音在外切。説文曰：芮，小貌，而鋭切。處一，或爲一處，非也。所謂尚冠脩成，黄棘宣明。建陽昌陰，北焕南平。皆夷漫滌蕩，亡其處而有其名。皆里名也。漢書曰：宣帝舍長安尚冠里。又曰：武帝同母姊金王孫女，號脩成君。餘未詳。爾乃階長樂，登未央。汎太液，凌建章。縈馺娑而款駘盪，轥枍詣而轢承光。徘徊桂宫，惆悵柏梁。已上並見西京賦。鷩雉雊於臺陂，狐兔窟於殿傍。何黍苗之離離，而余思之芒芒！鷩雉，已見射雉賦。黍苗，已見魏都賦。尚書曰：予思日孜孜〔五六〕。洪鍾頓於毁廟，乘風廢而弗縣。史遊急就章曰：乘風縣鍾華祠樂〔五七〕。禁省鞠爲茂草，金狄遷於灞川〔五八〕。如淳漢書注曰：本名禁中。漢儀注，孝元皇后父名禁，避之，故曰省。毛詩曰：踧踧周道，鞠爲茂草。毛萇曰：鞠，窮也。潘岳關中記曰：秦爲銅人十二，董卓壞以爲錢，餘二枚，魏明帝欲徙詣洛，載到霸城，重不可致〔五九〕。今在霸城次道南〔六〇〕。銅人，即金狄也。

懷夫蕭曹魏邴之相，並已見西都賦。辛李衛霍之將。漢書曰：辛慶忌，字子真，爲左將軍。匈奴西域親附，敬其威信。本狄道人。又曰：李廣，隴西人也，爲右北平太守。匈奴號曰漢飛將軍，避之。數歲不入界。衛、霍，已見長楊賦。銜使則蘇屬國，震遠則張博望。漢書，孫寶銜命奉使，職在刺舉。又曰：蘇武字子卿，杜陵人也。武以中郎將，使持節送匈奴使留在漢者。匈奴乃徙武北海上。武杖漢節牧羊。武留匈奴凡十九歲，乃還，拜爲典屬國。又曰：張騫，漢中人也。以郎應募，使月氏，去十三年，得還。騫以校尉從大將軍擊匈奴，知水草處，軍得以不乏。封騫爲博望侯。教敷而彝倫敘，兵舉而皇威暢。敷教，蕭、曹也。舉兵，衛、霍也。尚書曰：彝倫攸敘。臨危而智勇奮，投命而高節亮。臨危，張騫也。智勇，已見上文。投命，蘇武也〔六一〕。吴子曰：一人投命，足懼千人。杜預左氏傳注曰：投，弃命也。史記曰：魯連好持高節。暨乎秺侯之忠孝淳深，小雅曰：暨，及也。漢書曰：金日磾，字翁叔，本匈奴休屠王太子也。武帝拜爲侍中駙馬都尉。莽何羅矯制發兵。明旦，上卧未起，何羅從外入。日磾奏廁心動，立入坐内户下。何羅褏白刃從東廊上，日磾抱何羅呼曰：何羅反！得禽縛之。繇是著忠孝節，封爲秺侯。音妬。陸賈之優游宴喜〔六二〕。漢書曰：陸賈，楚人也。高祖拜賈爲太中大夫，有五男。分其子，子二百金，令爲生産。賈常乘安車駟馬，從歌鼓瑟侍者十人。謂其子曰：與女約，過女，女給人馬酒食。後陳平乃以奴婢百人、車馬五十乘、錢五百萬遺賈爲食飲費。賈以此游漢庭公卿間，名聲籍甚。答賓戲曰：陸子優游，新語以興。毛詩曰：吉甫燕喜，既多受祉。長卿淵雲之文，子長政駿之史。司馬長卿、王子淵、楊子雲也〔六三〕。史記曰：司馬遷字子長，爲太史令。修史記，歷黄帝以來至太初，凡百三十篇。漢書曰：劉向字子政，元帝擢爲宗正。著疾讒、擿要、救危及世頌，凡八篇；又著五行傳、列女傳、新序、説苑。又曰：劉歆字子駿，爲中壘校尉。爲七略。趙張三王之尹京，定國釋之之聽理。漢書曰：趙廣漢，字子都，涿郡人，守京兆大尹，發姦擿伏如神。又曰：張敞，字子高，河東人也。守京兆尹，枹鼓稀鳴，市無偷盜。又曰：王遵，字子貢，涿郡人也。爲諫大夫，守京輔都尉，行京兆尹事，旬月間，盜賊清。又曰：王章，字仲卿，泰山人也。章以選爲京兆尹。又曰：王駿，琅邪人也，爲京兆尹。趙廣漢、張敞、王章至駿，皆有能名，故京師稱曰前有趙、張，後有三王。又曰：于定國，字曼倩，東海人也。爲廷尉，其決疑平法，務在哀鰥寡，罪疑惟輕，朝廷稱之。又曰：張釋之，字子季，南陽人也，爲廷尉。周亞夫見釋之持議平，乃結爲親友，繇此天下稱之也。汲長孺之正直，鄭當時之推士。漢書曰：汲黯，字長孺，濮陽人也，爲主爵都尉，數直諫。又曰：鄭當時，字莊，陳人也，爲大司農，每朝，候上間説，未嘗不言天下長者；聞人之善，進之上唯恐後。班固贊曰：汲黯之正直，鄭當時之推賢。終童山東之英妙，賈生洛陽之才子。漢書曰：終軍，字子雲，濟南人也，年十八選爲博士弟子。上書言事，武帝異其文，拜爲謁者。死時年二十餘，故世謂之終童。又曰：賈誼，雒陽人也，年十八，以能誦詩屬書稱於郡中。文帝召以爲博士，時年二十餘。曹植自試表曰：終軍以妙年使越。飛翠緌，拖鳴玉，以出入禁門者衆矣。鄭玄禮記注曰：緌，纓之飾也。禮記曰：君子行則鳴珮玉。東觀漢記，杜詩上書曰：伏湛宜出入禁門，補缺拾遺是也。或被髮左衽，奮迅泥滓。謂日磾也。論語曰：吾其被髮左衽矣。凡人沈於卑賤，故曰泥滓。東觀漢記曰：趙喜奮迅行伍。李陵與蘇武書曰：言爲瑕穢，動增泥滓。説文曰：滓，澱也。或從容傅會，望表知裏。謂陸賈也。班固漢書贊曰：陸賈從容平、勃之間，附會將相。尚書大傳，孔子謂子夏曰：子見表，未見其裏。或著顯績而嬰時戮，謂廣漢之屬也。或有大才而無貴仕。謂賈誼之屬也。皆揚清風於上烈，垂令聞而不已。想珮聲之遺響，若鏗鏘之在耳。胡廣曰〔六四〕：建鴻德，流清風。毛詩曰：令聞令望。左氏傳，穆嬴曰：今君雖終，言猶在耳。當音鳳恭顯之任勢也，乃熏灼四方，震耀都鄙。漢書曰：王鳳與元后同母，爲大司馬大將軍，用事。上遂謙讓無所專。鳳薨，從弟音代鳳爲司馬車騎將軍。又曰：弘恭，沛人，坐法腐刑。爲中尚書，明習法令故事。石顯，已見西京賦。漢書，谷永曰：許、班之貴，熏灼四方。范曄後漢書曰：鄧騭寵靈顯赫，光震都鄙。而死之日，曾不得與夫十餘公之徒隸齒。才難，不其然乎？論語曰：齊景公死之日，民無德而稱焉。漢書，賈誼曰：握重權大官，而有十餘公之徒，謂蕭、曹之屬也。張湛列子注曰：隸，猶羣輩也。一云，徒隸，賤人也。漢書，賈誼曰：徒隸無耻之心乎？高誘吕氏春秋注曰：齒，列也。論語，子曰：才難，不其然乎？

望漸臺而扼腕，梟巨猾而餘怒。漢書曰：更始兵從宣平城門入，王莽之漸臺上，商人杜吴殺莽，取其綬。史記曰：天下之士，莫不扼腕而言。西京賦曰：巨猾間亹。漢書音義曰：懸首於木上曰梟。揖不疑於北闕，軾樗里於武庫。漢書曰：儁不疑字曼倩，勃海人也，爲京兆尹。有一男子乘黄犢車詣北闕，自謂衛太子。公車以聞，丞相、二千石至者莫敢發言。不疑後到，叱從吏收縛，曰：昔蒯聵違命出奔，輒距而不納，春秋是之。衛太子得罪先帝，亡不即死，今來自詣，此罪人也。遂送詔獄。史記曰：樗里子者，名疾，秦惠王之弟也，卒葬于渭南章臺之東。曰：後百歲，當有天子之宫夾我墓。至漢興，長樂宫在其東，未央宫在其西，武庫正直其墓也。酒池鑒於商辛，追覆車而不寤。漢書贊曰：武帝設酒池肉林。賈逵國語注曰：鑒，察也。六韜，太公曰：桀、紂王天下之時，積糟爲阜，以酒爲池，脯肉爲山林。晏子春秋曰：諺曰：前車覆，後車戒。賈誼過秦曰：三主惑而終身不寤也。**曲陽僭於白虎，化奢淫而無度。**漢書曰：王根爲曲陽侯。五侯大脩第室，起土山漸臺，洞門高廓〔六五〕。百姓歌之曰：五侯初起，曲陽最怒。壞決高都，連竟外杜。土山漸臺，象西白虎。毛詩序曰：遊蕩無度。**命有始而必終，孰長生而久視？**家語，孔子曰：命者，性之始也；死者，生之終也。有始必有終矣。老子曰：長生久視之道。**武雄略其焉在，近惑文成而溺五利。**文成將軍李少翁，五利將軍欒大，皆方術士，説武帝作宮觀以延神仙。帝耽溺之，其雄才大略亦何在也〔六六〕。**侔造化以制作，窮山海之奧秘。**淮南子曰：大丈夫無爲，與造化逍遥。**靈若翔於神島，奔鯨浪而失水。爆鱗骼於漫沙，隕明月以雙墜。擢仙掌以承露，干雲漢而上至。**西都賦曰：抗仙掌以承露，擢雙立之金莖。西京賦曰：干雲霧以上達〔六七〕。**致邛蒟其奚難，惟余欲而是恣。縱逸遊於角觝，絡甲乙以珠翠。忍生民之減半，勒東岳以虚美。**班固漢書西域贊曰：孝武之時，感蒟醬邛竹杖，則開牂柯、越巂。漢書曰：武帝作角抵戲。又東方朔曰：甲乙之帳。臣瓚曰：興造甲乙之帳，絡以隋珠和璧〔六八〕。漢書贊曰：孝武奢侈，海内虚耗，户口減半。漢書曰：武帝登封泰山。封禪書曰：勒功中岳〔六九〕。續漢書曰：羣臣上言，宜封泰山。詔曰：遠遣吏上壽，盛稱虚美。餘並已見上文。**超長懷以遐念，若循環之無賜。**尚書大傳曰：三王之統，若循連環，周則復始，窮則反本。方言曰：賜，盡也。**較面朝之焕炳，次後庭之猗靡。**言先明面朝，次至後庭也。廣雅曰：較，明也。周禮曰：面朝後市。子虛賦曰：飛纖垂髾，扶輿猗靡。較，音校。壯當熊之忠勇，深辭輦之明智。漢書曰：孝元馮昭儀，上幸虎圈鬭獸，熊佚出圈，攀檻欲上殿，左右貴人、傅昭儀皆走，馮婕妤直前，當熊而立。左右格殺熊。上問：人情驚懼〔七〇〕，何故當熊？婕妤對曰：猛獸得人而止，妾恐熊至御坐，故身當之。元帝嗟嘆，以此倍敬重焉。傅昭儀等皆慚〔七一〕。又曰：成帝遊於後庭，嘗欲與班婕妤同輦載。婕妤辭曰：觀古圖畫，賢聖之君，皆有名臣在側。三代末主，乃有嬖女。今欲同輦，得無近似之乎？楚辭曰：招貞良與明智。衞鬒髮以光鑒，趙輕體之纖麗。漢武故事曰：衞子夫得幸，頭解，上見其美髮，悅之〔七二〕。左傳，叔向母曰：昔有仍氏生女，鬒黑而甚美，光可以鑑。廣雅曰：鑑，照也。荀悅漢紀曰：趙氏善舞，上悅之，事由體輕〔七三〕。咸善立而聲流，亦寵極而禍侈。以奇見幸，故曰聲流。緣廢自裁，故曰禍侈。

津便門以右轉，究吾境之所暨。漢書武帝紀曰：三年，作便門橋。杜預左氏傳注曰：暨，至也。掩細柳而撫劍〔七四〕，快孝文之命帥。周受命以忘身，明戎政之果毅。距華蓋於壘和，案乘輿之尊轡。肅天威之臨顏，率軍禮以長揖。輕棘霸之兒戲，重條侯之倨貴。方言曰：掩，止也。掩與揜同。漢書曰：孝文後六年，匈奴大入邊，遣宗王劉禮軍霸上，祝茲侯徐厲軍棘門，河內守周亞夫軍細柳。帝勞軍至霸上、棘門，直馳入；而之細柳軍，軍士吏被甲持滿，上至，不得入。於是上使使詔將軍曰：吾欲勞軍。亞夫乃傳言開壁。壁門士謂車騎曰：將軍約，軍中不得驅馳。天子乃案轡徐行，至中營，亞夫持兵揖曰：介胄之士不拜，請以軍禮見。文帝曰：嚮者，霸上、棘門軍如兒戲，至於亞夫，可得而犯耶？左氏傳曰：子朱怒，撫劍從之。六韜曰：爲將者，受命忘家，當敵忘身。左氏傳，君子曰：殺敵爲果，致果爲毅。華蓋，已見上文。壘，營也。和，軍營之正門也。左氏傳，齊侯曰：天威不違顔咫尺。説文曰：擡，拜舉手下也，因利切。漢書曰：丞相條侯，至貴倨也。
杜預左傳注曰：倨，傲也。

索杜郵其焉在，云孝里之前號。惘輟駕而容與，哀武安以興悼。争伐趙以徇國，
定廟筭之勝負。扞矢言而不納，反推怨以歸咎。耒十里於還路，尋賜劍以刎首。嗟
主闇而臣嫉，禍於何而不有？杜郵，亭名，在咸陽西，今謂之孝里。辛氏三秦記曰：畢陌西北有孝里，畢陌
西有白起墓。惘，猶罔罔，失志之貌也。楚辭曰：遵赤水而容與。史記曰：白起者，郿人也，善用兵，事秦昭王，爲武
安君。秦使王陵攻趙邯鄲，少利。秦王欲使武安君代陵將，武安君曰：邯鄲未易攻也。王自命不行，乃使應侯請之，
終不肯行〔七五〕。秦圍邯鄲，弗能拔。武安君曰：不聽臣言〔七六〕，今何如矣。秦王聞之怒，遣白起不得留咸陽中。既
行，出咸陽西門十里至杜郵。秦王乃使使者賜之劍，自殺。昭王，昭襄王也〔七七〕。廟筭，已見上文。尚書曰：率籲衆
慼，出矢言。何休公羊注曰：刎，割也。孫卿子曰：主闇於上，臣詐於下，俱害之道。杜篤弔比干文曰：闇主之在上，
豈忠諫之是謀〔七八〕。西京賦曰：林麓之饒，于何不有？

窺秦墟於渭城，冀闕緬其堙盡。覓陛殿之餘基，裁岥岮以隱嶙。聲類曰：墟，故所居
也。史記曰：秦孝公作爲咸陽，築冀闕。緬，盡貌也，亡衍切。岥岮，頽貌也。司馬相如哀二世曰：登岥岮之長阪。
隱嶙，絶起貌。想趙使之抱璧，瀏睨楹以抗憤。史記曰：秦王得趙璧，無意償趙城。相如曰：璧有瑕，請
指示王。王授璧。相如因持璧却立倚柱，曰：臣觀大王無償趙王城邑〔七九〕，故臣復取璧。大王必欲急臣，臣頭今與璧
俱碎於柱矣。相如持其璧睨柱，欲以擊柱〔八〇〕，秦王乃辭謝。瀏睨，目清貌也。燕圖窮而荆發，紛絶袖而自

引。史記曰：荆軻獻燕督亢之地圖，圖窮匕首見。因左手把秦王之袖，而右手持匕首揕之。未至身，秦王驚，自引而起，袖絶。以其匕首揕秦王，不中。揕，丁鴆切。筑聲厲而高奮，狙潛鉛以脱臏。史記曰：荆軻之客高漸離，變名姓爲人庸保，以擊筑聞於秦始皇。始皇召見，人有識者，乃高漸離。秦帝矐其目，使擊筑。稍益近之，高漸離乃以鉛置筑中，舉筑扑秦皇帝，不中，遂誅。論衡曰：高漸離舉筑擊秦王，中臏。秦王病瘡死。蒼頡篇曰：狙，伺候也，七豫切。尚書刑德放曰：臏者，脱去人之臏也。郭璞三蒼解詁曰：臏，膝蓋。矐，音各，一音格字。據天位其若兹，亦狼狽而可愍！尚書曰：伊尹曰：天位艱哉！文字集略曰：狼狽，猶狼跋也。孔叢子曰：吾於狼狽，見聖人之志。荀悦漢紀論曰：周勃狼狽失據，塊然囚執。狽，音貝。簡良人以自輔，謂斯忠而鞅賢。寄苛制於捐灰，矯扶蘇於朔邊。史記曰：商君者，衛之諸庶孼子也，名鞅，姓公孫氏。商君之法，刑弃灰於道者。又曰：李斯者，上蔡人也。始皇以斯爲丞相。始皇長子扶蘇監兵上郡。始皇崩，與趙高謀，詐爲受始皇命，立子胡亥爲太子，爲書賜長子扶蘇曰：扶蘇不孝，其賜劍以自裁。扶蘇爲人仁，即自殺。賈逵國語注曰：苛，煩也。鄭玄周禮注曰：矯，稱詐以爲是。儒林填於坑穽，詩書煬而爲煙。史記曰：盧生爲始皇求仙藥，亡去，始皇大怒，使御史案問諸生。諸生犯禁者四百六十四人，皆坑之咸陽。又曰：李斯曰：臣請非博士官所職，天下敢有藏詩書百家語，詣守尉雜燒之。廣雅曰：穽，阬也，才性切〔八一〕。郭璞方言注曰：今江東呼火熾猛爲煬，余亮切。國滅亡以斷後，身刑轘以啓前〔八二〕。商法焉得以宿，黄犬何可復牽？史記曰：秦孝公卒，太子立，公子虔之徒告商君反。商君亡至關下，欲舍客舍，人不知其是商君，曰：商君之法，舍人無驗者坐之。商君喟然嘆曰：嗟乎！爲法之獘，一至於此哉！秦惠王車裂商君。鄭玄周禮注曰：車裂曰轘。史記曰：李斯具五刑，出獄，與其中子俱執，顧謂其子曰：吾欲與若復牽黄犬俱出上蔡東門，逐狡兔，可得乎？遂夷三族。商鞅、李斯各有食邑，故曰國也。刑轘之辟，二人爲首，故曰啓前。野蒲變而成脯，苑鹿化以爲馬。風俗通曰：秦相趙高指鹿爲馬，束蒲爲脯，二世不覺。史記曰：趙高欲爲亂，恐羣臣不聽，乃先驗，持鹿於二世曰：馬也。二世笑曰：丞相誤耶？謂鹿爲馬也。假讒逆以天權，鉗衆口而寄坐。春秋元命苞曰：赤受命，持天權。莊子曰：鉗墨翟之口。兵在頸而顧問，何不早而告我？願黔黎其誰聽，惟請死而獲可。國語，單襄公曰：兵在其頸，不可久。東征賦曰：愓覺寤而顧問〔八三〕。史記曰：趙高恐二世怒，誅及其身，與其女壻閻樂謀易置上，樂遂斬衛令。二世怒，召左右，皆惶擾，不鬬。傍有宦者一人侍，不敢去。二世入内謂曰：公何不蚤告我？宦者曰：臣不敢言，故得全；使臣蚤言，皆已誅，安得至今。閻樂前，即告二世曰：足下其自爲計。二世曰：吾願得郡〔八四〕爲王。弗許。又曰：願爲萬户侯。弗許。願與妻子爲黔首。弗許。閻樂麾其兵陵二世，乃自殺。兵在頸，已見東京賦。健子嬰之果決，敢討賊以紓禍。勢土崩而莫振，作降王於路左。史記曰：趙高立公子嬰爲秦王，子嬰與其子二人謀曰：今使我齋見廟，此欲因廟中殺我。我稱病不行，丞相必自來，來則殺之。高果自往，子嬰遂刺殺高於齋宫。廣雅曰：果，能也。杜預左氏傳注曰：紓，除也。漢書，徐樂上書曰：臣聞天下之患，在於土崩，秦之末世是也。人困而主不恤，下怨而上不知，此之謂土崩。賈逵國語注曰：振，救也。子嬰降，已見上文。蕭收圖以相劉，料險易與衆寡。史記，沛公至咸陽，蕭何獨先入，收秦丞相、御史圖書藏之。漢所以具知天下阨塞、户口多少者，以何具得秦圖書也。説文曰：料，量也。孫卿子曰：地者遠近險易〔八五〕。又曰：識衆寡之用者勝也。羽天與而弗取，冠沐猴而縱火。史記曰：客有説張耳曰：天與不取，反受其咎。又曰：或説項王，關中可都。項王見秦皆已燒殘破，又心懷思欲東歸。說者曰：人言楚人沐猴而冠耳，果然。張晏曰：沐猴，獼猴也。漢書曰：羽屠咸陽〔八六〕，燒其宮室。楚辭曰：若縱火於秋蓬。貫三光而洞九泉，曾未足以喻其高下也。鄧析子曰：賢愚之相覺，若九地之下與重天之顛。淮南子曰：大道含吐陰陽而章三光。許慎曰：三光，日、月、星也。燕丹子曰：死懷恨入於九泉。

感市閭之蕆井，歎尸韓之舊處。丞屬號而守闕，人百身以納贖。豈生命之易投，誠惠愛之洽著。許望之以求直，亦余心之所惡。思夫人之政術，實幹時之良具。苟明法以釋憾，不愛才以成務。弘大體以高貴，非所望於蕭傅。漢書曰：韓延壽，字長公，燕人也，爲東郡太守，爲天下最，代蕭望之爲左馮翊。望之遷御史大夫。延壽在東郡時，放散官錢千餘萬。會御史問事東郡，望之因令并問之，延壽知，即案劾望之在馮翊時，廩犧官錢，放散百餘萬。上令窮竟所考，望之卒無事實，而延壽竟坐弃市。吏民數千人送至渭城，百姓莫不流涕〔八七〕。說文曰：蕆，麻蒸也，阻留切。然蕆井即渭城，賣蒸之市也。延壽被誅，丞屬無守闕者，而趙廣漢就戮，則有之。恐潘誤。毛詩曰：如可贖兮，人百其身。論語，子貢曰：賜也，亦有惡乎？惡訐以爲直者。說文曰：訐，面相斥罪。左氏傳，穆叔曰：齊人釋憾於弊邑之地。又，魏犨，公欲殺之，而愛其材。周易曰：開物成務。莊子曰：襄公之應司馬曰夷〔八八〕，知大體者也。漢書曰：蕭望之左遷太子太傅。

造長山而慷慨，偉龍顏之英主。胸中豁其洞開，羣善湊而必舉。漢書曰：高祖隆準而龍顏。又曰：高祖葬長陵。三秦記曰：秦名天子冢曰長山〔八九〕，漢曰陵，故通名山陵。漢書曰：高祖意豁如也。王命論曰：英雄陳力，羣冊畢舉，此高祖之大略也。潘元茂九錫文曰：羣善必舉也。存威格乎天區，亡墳掘而莫禦。臨揜坎而累抃，步毀垣以延佇。尚書，周公曰：時則有若伊尹，格于皇天。范曄後漢書曰：赤眉焚西京宮室，發掘園陵。又光武詔曰：脩復西京園陵。爾雅曰：揜，蓋也。郭璞曰：謂覆蓋。王逸楚辭注曰：擊手曰抃。楚辭曰：結幽蘭而延佇。

越安陵而無譏，諒惠聲之寂寞。漢書曰：惠帝葬安陵。穀梁傳曰：公會齊侯于讙，無譏乎？楚辭曰：欲寂漠而絶端。薛君韓詩章句曰：寂，無聲之貌也。漢，靜也。弔爰絲之正義，伏梁劍於東郭。漢書曰：爰盎字絲，楚人也，爲楚相，病免家居。梁孝王欲求爲嗣，盎進説，王以此怨盎，使人刺殺盎安陵郭門外。盎，烏浪切。訊景皇於陽丘，奚信譖而矜謔？隕吳嗣於局下，蓋發怒於一博。成七國之稱亂，翫助逆以誅錯。恨過聽而無討，茲沮善而勸惡。廣雅曰：訊，問也。何休公羊傳注曰：如其事曰訊，加誣曰譖。爾雅曰：戲，謔也。漢書曰：景帝葬陽陵。又景帝爲太子，吳太子侍飲博弈，爭道不恭。皇太子引博局提吳太子殺之。景帝即位，晁錯説上，令削吳地。及書至，吳王起兵，誅漢吏二千石以下。膠西、膠東、淄川、濟南、楚、趙亦皆反。七國反書聞，爰盎曰：吳、楚相遺書，言賊臣晁錯擅迫諸侯，削奪之地，以故反爲名，而共誅錯。方今計獨斬錯，發使赦七國，則兵可無血刃。上從其議，遂斬錯。又，鄧公謂上曰：錯患諸侯強大，請削之地，計畫始行，卒受大戮，内杜忠臣之口，外爲諸侯報仇。帝曰：公言善，吾亦恨之。又曰：晁錯，潁川人，爲御史大夫。錯，七故切。今協韻，七各切。漢書，成帝曰：過聽將作大匠解萬年〔九〇〕言，昌陵三年可成。無討，謂不誅盎也。左氏傳，子鮮曰：賞罰無章，何以沮勸？沮，才與切。漢書，谷永曰：虧德沮善。毛萇詩傳曰：沮，止也。

皆孝元於渭塋，執奄尹以明貶。漢書曰：元帝葬渭陵。奄尹，謂弘恭、石顯也。班固漢書述曰：閹尹之咎，穢我明德。韋昭曰：咎，病也，疾移切。鄭玄禮記注曰：咎，毀也，子爾切。何休公羊傳注曰：貶，損也。

襃夫君之善行，廢園邑以崇儉。襃，猶贊美也。夫君，元帝也。漢書曰：元帝罷衛思園及戾園。又詔曰：初陵勿置縣邑。

過延門而責成，忠何辜而爲戮？陷社稷之王章，俾幽死而莫鞠。漢書曰：成帝葬延陵。爾雅曰：辜，罪也。漢書曰：成帝時，日有蝕之。王章奏封事，召見，言王鳳不可任用。帝謂章曰：微京兆直言，吾不聞社稷計。後上不忍退鳳，章遂爲鳳所陷，章罪至大逆，死獄中。爾雅曰：俾，使也。漢書曰：趙王幽死。張晏漢書曰：鞠〔九一〕，窮也，謂窮問囚情也。一曰勒。毛萇詩傳注曰：勒，告也〔九二〕。忲淫嬖之匈忍，勦皇統之孕育。小雅曰：狃，忲也。淫嬖，謂趙飛燕也。漢書曰：司隸解光奏言：許美人及宮史曹宮，皆御幸孝成皇帝，産子，隱不見。又掖庭中，御幸生子者輒死。又飲藥傷惰者無數。左氏〔九三〕，楚令尹子上曰：蜂目而豺聲，忍人也。杜預曰：忍，行不義也。尚書曰：天用勦絶其命。孔安國曰：勦，截也。截絶其命，是也。張舅氏之姦漸，貽漢宗以傾覆。廣雅曰：張，開也。舅氏，諸王也。爾雅曰：貽，遺也。左氏傳，吕相曰：傾覆我國家。

刺哀主於義域，僭天爵於高安。欲法堯而承羞，永終古而不刊。漢書曰：哀帝葬義陵。王莽奏曰：王者父事天，故爵稱天子〔九四〕。又曰：封董賢爲高安侯。已見西京賦。論語曰：不恒其德，或承之羞。楚辭曰：長無絶兮終古。鄭玄禮記注曰：刊，削也。瞰康園之孤墳，悲平后之專絜。殃厥父之篡逆，蒙漢恥而不雪。激義誠而引決，赴丹爓以明節。投宮火而焦糜，從灰熛而俱滅。漢書曰：平帝葬康陵。又曰：孝平王皇后，莽女也。及漢兵誅莽，燔燒未央宮，后曰：何面目以見漢家！自投火中而死。后不合葬，故曰孤墳。

鶩横橋而旋軫，歷敝邑之南垂。潘岳關中記曰：秦作渭水横橋。横，音光。雍州圖曰：在長安北二里横門外也。門礠石而梁木蘭兮，構阿房之屈奇。疏南山以表闕，倬樊川以激池。役鬼傭其猶否，矧人力之所爲？工徒斵而未息，義兵紛以交馳。宗祧汙而爲沼，豈斯宇之獨隳？三輔黄圖曰：阿房前殿，以木蘭爲梁，礠石爲門。懷刃者止之。史記曰：始皇南山之巔〔九五〕以爲闕。毛萇詩傳曰：倬，大也。三秦記曰：長安正南秦嶺，嶺根水流爲秦川，一名樊川。漢武上林，唯此爲盛。史記，由余曰：役鬼爲之，則神怒矣；使人爲之，則人亦苦矣。鄭玄周禮注曰：傭與庸通。漢書，高祖曰：吾以義兵誅殘賊。禮記曰：遠廟爲祧。又邾婁定公曰：臣弑君，殺其人，壞其室，洿其宫而豬焉。汙與洿古字通，音烏。方言曰：隳，壞也。

由僞新之九廟，夸宗虞而祖黄。驅吁嗟而妖臨，搜佞哀以拜郎。漢書，王莽下書曰：定有天下，號曰新。又王莽九廟：一曰黄帝，二曰虞帝，三曰陳王，四曰齊敬王，五曰濟北惠王，六曰濟南伯王，七曰元城孺王，八曰陽平頃王，九曰新都顯王。又曰：鄧曅、于匡起兵南鄉，莽愈憂不知所出。崔發曰：周禮，國有大災，則哭以厭之。莽乃率羣臣至南郊，搏心大哭。諸生甚悲哀，及能誦策文，除以爲郎也。誦六藝以飾姦，焚詩書而面牆。心不則於德義，雖異術而同亡。漢書曰：王莽立樂經，徵天下通一藝，皆詣公車。焚詩書，已見上文。尚書曰：不學牆面。左氏傳，富辰曰：心不則德義之經爲頑。班固漢書王莽贊曰：昔秦焚詩書，以立私義；莽誦六藝，以文姦言，同歸殊塗，俱用滅亡。

宗孝宣於樂游，紹衰緒以中興。漢書音義，應劭曰：宣帝廟曰樂游。又宣紀贊曰：可謂中興，侔德殷宗、周宣矣。不獲事于敬養，盡加隆於園陵。兆惟奉明，邑號千人。訊諸故老，造自帝詢。隱王母之非命，縱聲樂以娛神。漢書，孝武衞皇后生戾太子，太子納史良娣，産子男進，號曰史皇孫。太子敗，皆遇害。太子遺孫一人，史皇孫子，王夫人男，是爲孝宣。帝即位，乃葬衞后，追謚曰思后，故太子謚曰戾，史良娣曰戾夫人，史皇孫曰悼，母曰悼后。悼園稱奉明園。潘岳關中記曰：宣帝父曰悼皇考，母曰悼夫人，墓曰奉明園，后曰思后。以倡優雜伎千人樂思后園，今所謂千人鄉者是也。兆，塋也。詢，宣帝名也。毛詩曰：召彼故老，訊之占夢。毛萇詩傳曰：隱，痛也。王母，思后也。爾雅曰：父之妣爲王母。雖靡率於舊典，亦觀過而知仁。爾雅曰：率，循也。尚書曰：舊典時式。論語，子曰：人之過也，各於其黨；觀過，斯知仁矣。

憑高望之陽隈，體川陸之汙隆。廣雅曰：憑，登也。長安圖曰：高望堆，延興門南八里。隈，厓也。鄭玄周禮注曰：體，分也。漢書音義，或曰：汙，下也。開襟乎清暑之館，游目乎五柞之宫。曹植閑居賦曰：愬寒風而開襟。清暑，謂甘泉也。西都賦曰：九嵕甘泉，固陰沍寒。日北至而含凍，此焉清暑。楚辭曰：忽反顧而游目。五柞在盩厔〔九六〕。交渠引漕，激湍生風，漕渠，已見上文。乃有昆明池乎其中。漢書，武帝發謫穿昆明池〔九七〕。其池則湯湯汗汗，滉瀁彌漫，浩如河漢。西都賦曰：集乎豫章之宇，臨乎昆明之池，左牽牛而右織女，似雲漢之無厓。古詩曰：皎皎河漢女〔九八〕。日月麗天，出入乎東西，旦似湯谷，夕類虞淵。周易曰：日月麗乎天。西京賦曰：日月於乎出，象扶桑與濛汜。淮南子曰：日出湯谷。又曰：日入虞淵之汜，曙於濛谷之浦〔九九〕。昔豫章之名宇，披玄流而特起。三輔黄圖曰：上林有豫章觀。西京賦曰：神池靈沼，黑水玄阯，豫章珍館，揭焉中峙〔一〇〇〕。儀景星於天漢，列牛女以雙峙。儀，謂法象之也。毛萇詩傳曰：京，大也。大戴禮曰：漢，天漢。宮閣疏曰：昆明池有二石，牽牛、織女象也〔一〇一〕。圖萬載而不傾，奄摧落於十紀。孔安國尚書傳曰：十二年曰紀。武帝元狩三年，穿昆明池。至王莽之敗，凡一百一十三年。今云十紀，言其大數耳。擢百尋之層觀，今數仞之餘趾。鄭玄周禮注曰：八尺曰尋。包咸論語注曰：七尺曰仞。説文曰：趾，基也〔一〇二〕。振鷺于飛，鳧躍鴻漸。毛詩曰：振鷺于飛。周易曰：鴻漸于干〔一〇三〕。乘雲頡頏，隨波澹淡〔一〇四〕。毛萇詩傳曰：飛而上曰頡，飛而下曰頏。上林賦曰：浮淫汎濫，隨波澹淡〔一〇五〕。瀺灂驚波，唼喋蔆芡。瀺灂，出没之貌。高唐賦曰：巨石溺以瀺灂。西京賦曰：散似驚波。上林賦曰：唼喋菁藻〔一〇六〕。華蓮爛於淥沼，青蕃蔚乎翠瀲。説文曰：蕃，草茂也，夫袁切。瀲，波際也，力奄切。

伊兹池之肇穿，肆水戰於荒服。志勤遠以極武〔一〇七〕，良無要於後福。釋穿池之意也。言志在勤於遠略，以極武功，良無要於已後之福也。福，謂水物之利。漢書曰：越欲與漢用船戰，遂乃脩昆明池。賈逵國語注曰：肆，習也。左氏傳，周宰孔曰：齊侯不務德而勤遠略。鍾會檄曰：窮武極戰。杜預左氏傳注曰：要，邀也。而菜蔬芼實，水物惟錯，乃有贍乎原陸。在皇代而物土，故毀之而又復。西都賓曰：華實之毛。尚書曰：海物惟錯。字書曰：贍，足也。皇代，謂晉也。言在皇代，物其土宜，故前毀之，而今又復。左氏傳，賓媚人曰：先王疆理天下物土之宜。杜預曰：播殖之物，各從土宜。凡厥寮司，既富而教。咸帥貧惰，同整檝櫂。收罟課獲，引繳舉效。鰥夫有室，愁民以樂。論語，冉有曰：既富矣，又何加焉？曰：教之。廣雅曰：課，第也，謂品第也。謂品第其所獲也〔一〇八〕。杜預左氏傳曰〔一〇九〕：效，致也。謂其舉所致多少也。**徒觀其鼓枻迴輪，灑釣投網**〔一一〇〕，**垂餌出入，挺叉來往。**言欲迴輪必先鼓枻也。郭璞方言曰〔一一一〕：今江東人呼枻爲軸。舊説曰：輪，釣輪也。謂爲車以收釣緡也。輪或爲綸。毛萇詩傳曰：緡，綸也。灑，亦投也。挺，拔也。叉，取魚叉也。西京賦曰：叉蔟之所攙捔。**纖經連白，鳴根厲響。貫鰓罥尾，掣三牽兩。**纖經連白，網也。連白，以白羽連綴，網經其上於水中，二人對引之。説文曰：根，高木也。以長木叩舷爲聲。言曳纖經於前，鳴長根於後，所以驚魚，令入網也。淮南子曰：魚者扣舟。罥，猶擊也，音的。字書曰：掣，牽也。**於是弛青鯤於網鉅**〔一一二〕，**解赬鯉於黏徽。**杜預左氏注曰：弛，解也。鯉、鯤，二魚名。孔安國論語注曰：網者，爲大網，以繳繫鉤羅屬著網。鉅，鉤也。説文曰：黏，相著也，女廉切。又曰：徽，大索也。言魚黏於網，故曰黏徽也。**華魴躍鱗，素鱮揚鬐。**鬐，已見子虛賦。**雍人縷切**〔一一三〕，**鸞刀若飛。應刃落俎，靃靃霏霏。**周禮曰：内饔中士。鄭玄曰：饔者，割亨煎和之稱也。鸞刀，已見東京賦。**紅鮮紛其初載，賓旅竦而遲御。既餐服以屬厭，泊恬静以無欲。迴小人之腹，爲君子之慮。**傅毅七激曰：膾其鯉魴，積如委紅。張衡七辨曰：鞏、洛之鱒，割以爲鮮。薛君韓詩章句曰：載，設也。毛萇詩傳曰〔一一四〕：南方有魚，遲之也；然遲，思待之也。毛詩曰：以御賓客。左氏傳曰：梗陽有獄，其大宗賂以女樂，魏子將受，閻没女寬將諫，饋入三歎曰：始至，恐其不足，是以歎。中置自咎曰，豈將軍食之而有不足，是以再歎。及饋之畢，願以小人之腹，爲君子之心，屬厭而已。獻子辭梗陽人賂〔一一五〕。廣雅曰：恬，泊静也。老子曰：我好静而民自正，我无欲而民自朴。

爾乃端策拂茵，彈冠振衣。言將還也。許慎淮南子注曰〔一一六〕：策，杖也〔一一七〕。茵，車中蓐也。毛詩曰：文茵暢轂。楚辭曰：新沐者必彈冠，新浴者必振衣。徘徊酆鎬〔二八〕，如渴如飢。心翹懃以仰止，不加敬而自祗。酆、鄗，周所居也。孔叢子，子思曰：君若飢渴待賢。企佇也〔二九〕。毛詩曰：高山仰止。禮記曰：宗廟之中，未施敬而人敬。豈三聖之敢夢，竊十亂之或希。琴操曰：崇侯譖文王於紂曰：西伯昌，聖人也。長子發、中子旦，皆聖。三聖合謀，將不利於君。論語，孔子曰：吾不復夢見周公。尚書曰：予有亂臣十人。馬融論語注曰：周公旦、召公奭、太公望、畢公、榮公、太顛、閎夭、散宜生、南宮适。其一人謂文母也。廣雅曰：希，庶也。經始靈臺，成之不日。惟酆及鄗，仍京其室。庶人子來，神降之吉。積德延祚，莫二其一。靈臺，已見上文。毛詩曰：作邑於酆。又曰：宅是鎬京。左氏傳，季梁曰：人和而神降之福。史記曰：古公積德行義，國人皆戴之。漢書，翼奉上書曰：永世延祚，不亦優乎？莫二其一，謂周祚延之長，唯有其一，莫能爲二。蔡邕胡黄公頌曰〔三〇〕：參其二也〔三一〕。永惟此邦，云誰之識？越可略聞，而難臻其極。言誰之識，言難識也。馬融廣成頌曰：三、五以來，越可略聞。周禮嘉量銘曰：允臻其極。子嬴鋤以借父，訓秦法而著色。耕讓畔以閑田，沾姬化而生棘。蘇張喜而詐騁，虞芮愧而訟息。漢書，賈誼曰：商君遺禮義，秦俗日敗，借父耰鋤，慮有德色。音義曰：假與父鋤而德之。尚書傳曰：虞人與芮人質其成於文王，入文王之境，則見其人萌讓爲士大夫，入其國，則見士大夫讓爲公卿。二國相謂曰：此其君亦讓以天下而不居也。讓其所爭，以爲閑田。毛萇詩傳曰：耕者讓畔，行者讓路。蘇秦、張儀，已見上文。由此觀之，土無常俗，而教有定式。上之遷下，均之埏埴。漢書，董仲舒曰：上之化下，下之從上，猶泥之在鈞，唯甄者之所爲。

如淳曰：陶家作器於鈞上。杜預左氏傳注曰：均，平也。老子曰：埏埴以爲器。河上公曰：埏，和也。埴，土也。謂和土以爲器也。埏，失然切。埴，市力切。**五方雜會，風流溷淆。惰農好利，不昏作勞。密邇獫狁，戎馬生郊。**漢書曰：秦地五方雜錯，風俗不純，富人則商賈爲利。説文曰：溷，亂也。溷或爲渾。尚書曰：惰農自安，不昏作勞。左氏傳曰：以魯國之密邇仇讎。毛詩曰：獫狁孔熾。老子曰：天下無道，戎馬生郊。**而制者必割，實存操刀。**言在於化也。漢書，賈誼曰：黄帝云，操刀必割。左氏傳，子産曰：大官大邑，而使學者制焉，猶未能操刀而使之割。**人之升降，與政隆替。杖信則莫不用情，無欲則賞之不竊。**左氏傳，子展曰：杖德莫如信，杖信以待晉，不亦可乎？論語，子曰：上好信，則人莫敢不用情。又曰：季康子患盗，孔子曰：苟子之不欲，雖賞之不竊也。**雖智弗能理，明弗能察；信此心也，庶免夫戾**〔三〕。言己雖無才能，然任其才信無欲之心〔三〕，庶足以理。左氏傳，太史克曰：庶幾免於戾乎？戾下或有劣字，非。**如其禮樂，以俟來哲。**論語，冉求曰：如其禮樂，以俟君子。幽通賦曰：訊來哲以通情。

文選考異

〔一〕注「易曰兼三才而兩之漢書音義曰陶人作瓦器謂之甄」　袁本「易」上有「周」字，「曰」下有「有天道焉有地道焉有人道焉」十二字，無「漢書音義」以下十三字。茶陵本同，唯上注「甄已見魏都賦」作「如淳漢書注曰陶人作瓦器謂之甄」十四字。案：此尤本脩改之誤也。茶陵例以已見者複出，尤本、袁本俱不然，其不當更贅十三字明矣，因此而删善引易，益非。

〔二〕注「從而悉全」　陳云「從而」當作「縱不」，是也。各本皆譌。

〔三〕匪禍降之自天　袁本、茶陵本「禍降」作「降禍」，不著校語，無可考也。

〔四〕注「爾雅曰辟罪」　案：「罪」下當有「也」字。各本皆脱。

〔五〕注「古□長歌行曰」　袁本、茶陵本「古」下有「今」字。案：此尤知其字衍，脩改去之，是也。

〔六〕注「忼慷傷懷」　案：「慷」當作「慨」。各本皆譌。

〔七〕注「鞏洛二縣名也」　袁本、茶陵本無此六字，所載五臣翰注有之。案：蓋尤所見有。

〔八〕注「毛萇詩曰」　陳云「詩」下當有「傳」字，是也。各本皆脱。

〔九〕注「史記曰帝嚳高辛者」　袁本「嚳」作「佶」。案：「佶」是也，後注「佶與嚳同」可證。茶陵本亦誤「嚳」。又下云「姜嫄爲帝嚳元妃」，「嚳」亦當作「佶」。各本皆誤。

〔一〇〕注「能材強道者」　袁本、茶陵本無「材強」二字，陳云别本「材」作「持」。案：考詩箋是「持」字，無者益非。

〔一一〕注「言武王滅商」　袁本、茶陵本「滅商」二字作「基」。案：「基」是也。

〔一二〕注「亡王謂桀也」　袁本、茶陵本無此五字，所載五臣向注有之。案：蓋尤所見有。

〔一三〕注「東都賦曰」　袁本、茶陵本「賦」作「主人」二字。案：前注「東都賦曰：闕庭神麗」，一本「賦」亦作「主人」。考今注中有「西都賓」、「東都主人」，亦有「東都賦」、「西都賦」，疑作「賦」

者皆後人所改。

〔一四〕注「左氏傳曰初」下至「其亦將有咎」　此一百二十六字袁本、茶陵本無，蓋因五臣同善而節去也。尤本有者是。

〔一五〕注「澡水經注作濟」袁本、茶陵本無此六字。案：尤本此處脩改，未知其爲别本如此，抑或有記水經注之異於旁者，而尤延之取以入注也。

〔一六〕注「吾嘗無子之時」　袁本重「無子」二字。案：重者是也。尤本此處脩改，蓋誤依五臣向注删。茶陵本全删此注，益非。

〔一七〕注「回邪僻也」　案：「僻」上當有「泬」字，曹大家注幽通賦可證。彼「泬」作「穴」，同字也。各本皆脱。

〔一八〕注「史記曰趙王」下至「終不能加勝於趙」　此一百二十字袁本、茶陵本無，蓋因五臣同善而節去也。尤本有者是。

〔一九〕注「史記曰廉頗曰」下至「引車避匿」　此四十九字袁本、茶陵本無，蓋因五臣同善而節去也。尤本有者是。

〔二〇〕注「左傳秦穆公曰」　袁本、茶陵本無「秦穆公」三字。

〔二一〕注「維猶連結也」　袁本、茶陵本「也」作「之」。

〔二二〕臯記墳於南陵　袁本、茶陵本「記」作「託」，云善作「記」。案：此善亦作「託」，但傳寫譌爲

「記」，二本校語及尤所見皆非。

〔二三〕注「晉文公子墨縗經」　陳云「晉文」二字當在後「杜預曰」下，「公」字衍。各本皆誤。

〔二四〕注「杜預曰公未葬」　案：「曰」下脱字，見上。

〔二五〕注「而無反者」　陳云「而」字衍，是也。各本皆衍。

〔二六〕注「戰于彭衙」　袁本、茶陵本無此四字。

〔二七〕注「又曰晉先且居伐秦」下至「斯三敗矣」　袁本、茶陵本無此二十四字。案：無者是也。善明云「止二敗，言三未詳」，更不得有此。當是或駁善注而記於其旁，尤延之不審，取以入注耳。考此役，秦未嘗及晉師戰，其非孟明將而敗，無待言，故難數之以足三也。於此可知善義例之精矣。

〔二八〕注「封殽尸而還」下至「用孟明也」　袁本、茶陵本無此十三字。

〔二九〕注「子其悉雪恥」　袁本、茶陵本「恥」下有「又曰穆公遂霸西戎」八字。案：此一節注皆當以袁本茶陵本爲是也。尤所添删俱失善意。

〔三〇〕降曲崤而憐虢　案：注引劉澄之地理書「肴有純石，或謂石肴」。今正文未見當引此爲注之處，疑「曲崤」善作「石肴」也。五臣良注曰「曲崤，地名」，或其本亂善耳。

〔三一〕注「又曰攘袂而興」　陳云「又」字當作「七啓」二字，是也。各本皆誤。

〔三二〕注「晉侯使詹嘉」　袁本、茶陵本無「侯」字。

〔三三〕徒利開而義閉　茶陵本「徒」作「徙」，云五臣作「徒」。袁本云善作「徙」。案：「徒」但傳寫譌也。

〔三四〕注「湯曰」　陳云別本「湯」上有「周書」二字。案：此周書王會解文，有者是。但今未見其本耳。

〔三五〕注「而敵之」　案：「敵」當作「獻」，王會解可證。各本皆譌。

〔三六〕注「紫極星名王者爲宫以象之」　袁本、茶陵本無此十一字。

〔三七〕注「乃宿逆旅逆旅翁要少年」　袁本、茶陵本不重「逆旅」二字，「要」作「惡」。

〔三八〕注「淮南子曰」下至「陗峻也」　袁本、茶陵本無此十四字。

〔三九〕注「刻肌膚之愛」　陳云「刻」當作「割」，是也。各本皆譌。

〔四〇〕感徵名於桃園　何云「園」疑作「原」。案：何校據善注「其西名桃原」而云然，五臣銑注云桃園則桃林也，疑善與五臣之異，但袁、茶陵二本不著校語。又水經注河水四引此賦亦作「園」，然則未當改也。

〔四一〕注「即漢書全鳩里」　陳云別本「全」作「泉」。案：今未見，戾太子傳是「泉」字。

〔四二〕注「閿鄉縣東十里鳩澗西」　何校「十」下添「五」字，「鳩」上添「泉」字。案：何校據戾太子傳顔注云：「泉鳩水今在閿鄉縣東南十五里」而添也。此注各本盡同，未審善有以否。

〔四三〕注「漢書湖縣名今虢州閿鄉湖城二縣皆其地也」　袁本、茶陵本此十八字作「漢書湖有閿鄉」六字。案：二本是也。但此六字實續漢書郡國志文，疑「漢」上脱「續」字，善以注正文「閿鄉」，尤延之取顔戾太子傳之注「湖」者添改，不知此正文並無「湖」字，甚非。

〔四四〕注「愬向也」　案：「愬」當作「遡」。各本皆譌。

〔四五〕注「水側有坂」　袁本、茶陵本「坂」上有「長」字。案：有者是也。匡謬正俗所謂「過此長巷」者也。

〔四六〕注「漢書楊雄」下至「料敵制勝」　袁本、茶陵本無此十八字。

〔四七〕注「鄭玄周禮注曰浸者可以爲陂灌漑者」　袁本、茶陵本無此十五字。

〔四八〕入鄭都而抵掌　案：「抵」當作「扺」。各本皆非也，説見前。

〔四九〕注「毛萇曰威」　袁本、茶陵本無此四字。陳云下當有「滅」也。案：此尤延之添改而仍脱誤。

〔五〇〕外羅西楚之禍　袁本、茶陵本「羅」作「離」。案：「離」是也。

〔五一〕率土且弗遺　袁本、茶陵本「且」下有「猶」字。案：此亦無可考也。

〔五二〕況於卿士乎　袁本作「而況於卿士乎矣」，云善無七字。茶陵本作「而況於卿士乎」，亦云善無六字。尤本此處脩改乃取五臣五字以亂善，非也。

〔五三〕注「漢書曰」下至「降軹道旁」　此十九字袁本、茶陵本無。案：有者是。

〔五四〕注「漢書曰疏廣」下至「東都門外」　此六十八字袁本無，因五臣同善而節也。茶陵本亦有。

有者是。

〔五五〕注「青春爰謝」　案：「爰」當作「受」。此大招文也。正文云「孟秋爰謝」，善引此及王逸注者，但取「謝」字耳。其楚詞之「春受」，潘賦之「秋爰」，各自爲義。五臣乃改賦作「孟春受謝」，不知岳以仲夏憑軾，及此莅職，初不改歲，何言春乎？各本又因善正文之「爰」迴改注「受」字，亦爲失之。其他篇注誤爲「爰」者，不盡出。

〔五六〕注「尚書曰予思日孜孜」　袁本、茶陵本無此八字。

〔五七〕注「乘風懸鍾華祠樂」　案：「祠」當作「洞」。袁本茶陵本作「獨」，亦誤。

〔五八〕金狄遷於灞川　袁本、茶陵本「灞」作「霸」。案：「霸」是也。注中皆作「霸」。

〔五九〕注「潘岳關中記」下至「重不可致」　此三十六字袁本、茶陵本無，因五臣同善而節也。有者是。

〔六〇〕注「次道南」　袁本、茶陵本「次」作「大」，是也。

〔六一〕注「臨危」下至「蘇武也」　此十六字袁本、茶陵本無。案：有者是。

〔六二〕陸賈之優游宴喜　何校「宴」改「燕」。案：據注引毛詩也。其實「宴」、「燕」同字，亦未當改。廣絶交論「陸大夫宴喜西都」注正引此。

〔六三〕注「司馬長卿王子淵楊子雲也」　此十一字袁本、茶陵本無。案：有者是。

〔六四〕注「胡廣曰」　案：「廣」下當有「書」字。後屢引。各本皆脱。

〔六五〕注「洞門高廓」陳云「廓」別本作「廊」。案：今未見。外戚傳是「廊」字。

〔六六〕注「文成將軍李少翁」下至「亦何在也」此一節注四十字，袁本係「五臣良曰」下，其善注作「班固漢書贊曰如武帝有雄才大略文成已見上文」二十字。案：此尤本所見，以五臣語當善，反失真善注，誤甚，幸袁本訂正之。但袁「文成」下尚少「五利」二字，引漢書「有」當作「之」，爲小誤。茶陵本載善注上十四字與袁同，下「文成」、「五利」悉複出，亦非。

〔六七〕注「西都賦曰抗仙掌」下至「干雲霧以上達」袁本無此二十六字，其善注作「並已見上文」。案：袁本是也。茶陵本悉複出，與此全異，亦非。

〔六八〕注「漢書曰武帝作角抵戲」下至「絡以隋珠和璧」袁本無此三十三字。案：不當有也。善下注所謂「餘並已見上文」，即指此等耳。茶陵本悉複出，仍與此不同，亦非。

〔六九〕注「漢書曰武帝」下至「勒功中岳」袁本、茶陵本無此十七字。案：不當有也。説在上條。

〔七〇〕注「人情驚懼」袁本、茶陵本無此四字。

〔七一〕注「傅昭儀等皆慚」袁本、茶陵本無此六字。

〔七二〕注「漢武故事曰衛子夫」下至「悦之」袁本無此十九字。其善注作「衛趙已見西京賦」。案：袁本是也。茶陵本有，乃取西京賦注而複出也。彼全書於善云已見者例如此，蓋尤所見本亦然，而誤依添耳。

〔七三〕注「廣雅曰鑑照也」下至「事由體輕」袁本無此二十二字。案：袁本是也。茶陵本有，仍與此不同。說在上條。唯「廣雅曰鑑照也」六字，非取西京注，或當有。

〔七四〕掩細柳而撫劍　案：注云「方言曰掩止也掩與揜同」，蓋善「揜」、五臣「掩」而亂之。袁、茶陵二本不著校語，及尤所見，皆非。

〔七五〕注「終不肯行」　袁本、茶陵本「肯」作「可」，是也。

〔七六〕注「不聽臣言」　袁本、茶陵本「言」作「計」，是也。

〔七七〕注「昭王昭襄王也」　袁本作「暗主昭王也」。案：袁本最是。正文云「主暗」而注云「暗主」者，如上注云「敷教舉兵」，正文云「教敷兵舉」之例也。茶陵本全删此注，益非。

〔七八〕注「杜篤弔比干文曰」下至「豈忠諫之是謀」　袁本、茶陵本無此十八字。

〔七九〕注「無償趙王城邑」　袁本「邑」作「色」。案「色」是也。茶陵本亦誤「邑」。

〔八〇〕注「欲以擊柱」　袁本、茶陵本無「柱」字。

〔八一〕注「廣雅曰穽阬也才性切」　袁本、茶陵本無此九字。案：蓋尤所見有。

〔八二〕身刑轘以啓前　袁本云善作「先」，茶陵本作「先」，云五臣作「前」。案：二本與尤所見不同也。但各本於注中皆云「故曰啓前」，似善自作「前」字也。

〔八三〕注「國語單襄公曰」下至「惕覺寤而顧問」　袁本無此二十三字，茶陵本有。案：袁是也。善明云「兵在頸已見東京賦」，茶陵複出，尤增多，皆於注末，所云不可通。

〔八四〕注「吾願得郡」　袁本、茶陵本「郡」上有「一」字。案：有者是也，史記文。

〔八五〕注「地者遠近險易」袁本「者遠近」作「有近遠」。案：袁本是也。茶陵本作「者近遠」，「者」亦「有」之誤。

〔八六〕注「羽屠咸陽」袁本「羽」下有「因」字，茶陵本有「西」字。案：有「西」字是也，史記文。尤本有者是。

〔八七〕注「漢書曰韓延壽」下至「莫不流涕」此一百十八字袁本、茶陵本無，因五臣同善而節去也。

〔八八〕注「襄公之應司馬曰夷」陳云「曰」當作「目」，是也。各本皆譌。

〔八九〕注「秦名天子冢曰長山」案：「長」字當去。各本皆衍。水經注渭水下所引無，可證也。

〔九〇〕注「過聽將作大匠解萬年」袁本、茶陵本無「解」字。案：無者是也。

〔九一〕注「張晏漢書曰鞠」案：「曰」上脱「注」字，見下，「鞠」當作「鞫」。各本皆譌。

〔九二〕注「一曰勒毛萇詩傳注曰勒告也」陳云「注」字當在上。「張晏漢書」下兩「勒」字，並當作「鞫」，所引乃采芑三章傳，是也。各本皆譌。

〔九三〕注「左氏」陳云下當有「傳」字，是也。各本皆脱。

〔九四〕注「王莽奏曰」下至「故爵稱天子」袁本、茶陵本無此十四字。

〔九五〕注「始皇南山之巔」陳云「南」上當有「表」字，是也。袁本亦脱。茶陵本全删此注，益非。

〔九六〕注「五柞在盩厔」袁本作「五柞已見上文」。案：袁本是也。茶陵本複出，亦非。

〔九七〕注「漢書武帝發謫穿昆明池」袁本無此十字，正文不另分節。

〔九八〕注「西都賦曰集乎豫章之宇」下至「皎皎河漢女」　袁本無此三十七字，其善注作「並已見上文」，詳下。

〔九九〕注「周易曰日月麗乎天」下至「曙於濛谷之浦」　袁本無此四十五字，其善注作「並已見上文」，詳下。

〔一〇〇〕注「三輔黄圖曰」下至「揭焉中峙」　袁本無此三十一字，正文不另分節。

〔一〇一〕注「毛萇詩傳曰」下至「牽牛織女象也」　袁本無此三十一字，其善注作「餘並已見上西京賦」。案：以上各條皆袁本是也。善注例自如此，尤增多，茶陵本複出，互有不同，皆非。

〔一〇二〕注「鄭玄周禮注曰」下至「趾基也」　袁本無此二十六字，正文并在上節。案：袁本是也。

〔一〇三〕注「毛詩曰」下至「鴻漸于干」　袁本無此十四字，正文不另分節。

〔一〇四〕隨波澹淡　袁本、茶陵本「波」作「流」。案：尤此處皆脩改，蓋「流」字是。

〔一〇五〕注「毛萇詩傳曰飛而上」下至「隨波澹淡」　袁本無此二十七字，正文不另分節。

〔一〇六〕注「瀺灂出没之貌」下至「唼喋菁藻」　袁本無此三十二字，其善注作「並已見上文」。案：皆袁本是也。茶陵本所複出，互有不同，亦非。

〔一〇七〕志勤遠以極武　袁本、茶陵本云「勤」，善作「懃」。案：此處尤本皆脩改，下文「心翹懃以仰止」，亦五臣「勤」、善「懃」，二本所見是矣。

〔一〇八〕注「謂品第也謂品第其所獲也」　茶陵本無「也謂品第」四字，是也。袁本亦衍。

〔九〕注「杜預左氏傳曰」　袁本重「曰」字，茶陵本「左」上有「春秋」二字。案：皆非也。陳云「傳」下當有「注」字。

〔一〇〕灑釣投網　袁本云善作「罔」。茶陵本作「罔」，云五臣作「網」。案：二本所見是也。

〔一一〕注「郭璞方言曰」　陳云「言」下脱「注」字，是也。各本皆脱。

〔一二〕於是弛青鯤於網鉅　袁本作「網」，云善作「網」。茶陵本亦作「網」，無校語。案：所見皆非也。善作「綱」，故引孔安國論語注，必「子釣而不綱」之注也。今并注中三「綱」字盡譌爲「網」。尤及茶陵遂不見「綱」字，袁本又以「網」轉屬之五臣，全失善意。

〔一三〕雍人縷切　袁本云善作「雍」。茶陵本云五臣作「饔」。案：各本注中皆作「饔」，疑善自作「饔」字。

〔一四〕注「毛萇詩傳曰南方有魚」　陳校「毛萇傳」改「鄭玄箋」。案：此節箋文也。但善引毛、鄭每不甚分別，蓋其時傳、箋久并，故致如此耳。陳校悉以爲誤而改之。當仍其舊。他條亦不更出。

〔一五〕注「獻子辭梗陽人賂」　袁本無「賂」字，是也。茶陵本删「陽」以添「賂」，益誤。

〔一六〕注「許慎淮南子注曰」　袁本、茶陵本無此七字。

〔一七〕注「策杖也」　袁本、茶陵本「杖」作「馬檛」二字。

〔一八〕徘徊酆鎬　袁本云善作「鎬」。茶陵本作「鎬」，云五臣作「鄗」。案：各本注中皆作「鄗」，似善自作「鄗」字。下文「惟酇及鄗」，亦各本俱作「鄗」。

〔二九〕注「企佇也」　陳云「企」上脱「翹」字。案：爲正文「翹」字作注也。各本皆脱。

〔三〇〕注「蔡邕胡黄公頌曰」　案：「公」上當有「二」字，皇太子釋奠會作詩注所引可證。

〔三一〕注「參其二也」　案：「參」上當有「莫」字，皇太子釋奠會作詩注所引可證。今後漢書胡廣傳注及蔡中郎集皆作「莫與爲二」，更誤。

〔三二〕庶免夫戾　何校「夫」改「大」，陳云别本作「大」。案：何、陳所言皆誤。「夫」是，「大」非。今各本亦未見有作「大」者。

〔三三〕注「然任其才信無欲之心」　陳云「才」當作「杖」，是也。各本皆譌。